एक महानायक की शौर्यकथा

संन्यासी योद्धा

उत्तराखंड के लोकनायक, न्याय के देवता गोलू देव के
जीवन पर आधारित एक शौर्य महागाथा

कौस्तुभ आनंद चंदोला

RG books

RG
books
Published By
Redgrab Books Pvt. Ltd.
942, Mutthiganj, Prayagraj, 211003
www.redgrabbooks.com
contact@redgrabbooks.com

Price in india : 350/- INR

Paperback 4th Edition Published by Redgrab Books in 2023

Printed and bound in India
Cover Design & Typesetting by Redgrab Books team

ISBN : 978-93-90944-10-1

समर्पण

परमपूज्यनीया माँ कौशल्या देवी
को सादर समर्पित
जिन्होंने अपने हृदय पर शिला रख कर
मुझे खुद से दूर शहर भेजा
जिससे मैं समाज में अपनी पहचान बना सका

उ.प्र. हिन्दी संस्थान द्वारा
वर्ष 2015 'अमृतलाल नगर सम्मान' प्राप्त कृति

उ.प्र. राज्य कर्मचारी साहित्य संस्थान द्वारा
वर्ष 2017 में 'अमृतलाल नागर साहित्य सम्मान' प्राप्त कृति

दो शब्द

मुझे कौस्तुभ चंदोला द्वारा लिखित 'उत्तरापथ का वीर नायक गोलू के जीवन गाथा पर आधारित उपन्यास संन्यासी-योद्धा की पाण्डुलिपि देखने का अवसर मिला। उत्तराखण्ड के महान लोकचरित नायकों की कथा या गाथा का आधार लेकर हिन्दी में कई लेखकों ने अपने ढंग से कथा की पुनर्सृष्टि करते हुए अपनी कल्पना और मौलिकता का परिचय दिया है। प्रस्तुत उपन्यास में गोलू को उपन्यासकार ने एक 'संन्यासी-योद्धा' के रूप में चित्रित किया है। वह हर असत्य, अन्याय व अत्याचार से लड़ते हुए समाज में सत्य, न्याय और सदाचार की स्थापना और सामाजिक वैषम्य को दूर करने के लिए सतत् संघर्षरत् दिखलाई पड़ता है। इस उपन्यास का ताना-बाना उत्तराखण्ड की पृष्ठभूमि पर बुना गया है।

वैदिक साहित्य, पौराणिक साहित्य, रामायण, और महाभारत ही नहीं लोक प्रचलित आख्यान भी प्राचीनकाल से ही लेखकों के उपजीव्य रहे हैं। पूर्व प्रचलित या लोक प्रचलित साहित्य को आधार मानकर साहित्यकार अपनी नवोन्मेषशालिनी प्रतिभा के बल पर छोटे से कथानक को भी नए रंग रूप और मौलिकता के साथ युग जीवन के सापेक्ष प्रस्तुत करते रहे हैं। कुछ इसी तरह का कार्य कौस्तुभ चंदोला जी किया है। उत्तराखण्ड में न्याय देवता के रूप में गोलू की लोक गाथा अत्यंत प्रसिद्ध रही है। लेखक ने लोक गाथा के कलेवर को आधार मानकर वर्तमान जीवन के यथार्थ को निरूपित करते हुए आधुनिक समस्याओं को बड़ी शिद्दत के साथ रूप दिया है।

इस उपन्यास में गोलू आज उत्तराखण्ड में न्याय के देवता के रूप में स्थापित है। गोलू का चरित्र एक सामान्य निम्न कुल में बढ़े बालक के रूप में सम्मुख आता है। उसके पालक माता-पिता निम्न धीवर कुल के होने के कारण गोलू को गुरुकुल में शिक्षा प्राप्त करने से वंचित होना पड़ता है। जिस कारण भाना धीवर उसे गुरु गोरखनाथ के पास शिक्षार्थ भेजते हैं। गुरु गोरखनाथ उसे केवल शास्त्र सम्मत शिक्षा ही नहीं देते अपितु अस्त्र-शस्त्र की भी शिक्षा देते हैं। गोलू आगे चलकर इस शिक्षा का लाभ लेकर उसे सामाजिक भलाई के निमित्त प्रयुक्त करता है। वह हर ऐसे अहंकार, अंधशक्ति और बाहुबल के प्रतीक मसाणों, तात्रिकों को साधता है जो जन सामान्य की अंधभक्ति का फायदा उठाकर उन्हीं का शोषण करते हैं। अंततः एक दलित सामान्य जन से उठकर अपने योगबल और बाहुबल से वह धूमाकोट का एक न्यायप्रिय, निष्पृह , साधु राजा के रूप में मान्यता प्राप्त करता है और सामाजिक विद्वेष तथा जाति मनोवृत्ति से ग्रस्त रूढ़िवादी समाज के सम्मुख समातावादी मनोवृत्ति एवं सामाजिकता की स्थापना का आदर्श प्रस्तुत करता है।

लेखक ने एक दलित नायक के सिहांसनारूढ़ होने को गाथा से हटकर यथार्थ का जामा पहनाया है। साथ ही राजधर्म, साधुधर्म और वर्तमान विसंगतियों का उपन्यास में सटीक चित्रण किया है। राजतंत्र की विडम्बनाओं पर भी स्थान-स्थान पर कटु व्यंग्य किया गया है।

वस्तुत: गोलू के चरित्र का नायकत्व समतावादी समाज के पोषक और गीता के कर्मवाक्य प्रस्थापक के रूप में हुआ है। कहीं जहाँ यथार्थ से हटकर चित्रण हुआ है वहाँ अतिमानवीय तत्वों का वर्णन आ गया है।

गोलू के चरित्र को बल देने के लिए राजा गरूण और भागवती, गुरु गोरखनाथ, देवहरु, सैसज्यू, वीर कलुआ, सेनानायक उग्र भट्ट, महामंत्री नरोत्तम, चंपावत के राजा नागनाथ, धरमदास, सात रानियाँ हालूराय, सामण दैत्य आदि की कथाएं अवांतर के रूप में उपन्यास में आयी हैं।

उपन्यास की भाषा आद्यंत संस्कृतनिष्ठ है। इसमें उत्तसाखण्ड के कई स्थानिय शब्दों का जैसे-भिड़, अकड़, बाखली, कुटेला, मुन्याल आदि के साथ ही साधर्म्य मूलक अलंकारों का सटीक प्रयोग हुआ है। संवादों में वैचारिकता, नाटकीयता, पात्रनुकूलता और चुटीलापन है। कुल मिलाकर लेखक उपन्यास रचना के उद्देश्य में सफल रहा है। रचनाकार का उद्देश्य कथानायक गोलू के इस कथन से स्पष्ट होता है-

''मुझे राज्य सत्ता का सुख प्यारा नहीं है, मुझे धर्म व न्याय प्यारा है। मैंने राज्य व राजसत्ता हथियाने के लिए, राज्य विस्तार के लिए शस्त्र विद्या को ग्रहण नहीं किया है। मैंने धर्म की स्थापना, अन्याय का अन्त, दुष्टों के विनाश के लिए शस्त्र शिक्षा प्राप्त की है। यह सच है कि राज्य व सत्ता के माध्यम से धर्म व न्याय की स्थापना करना सम्भव है, सरल है। हमें ऐसा वातावरण स्थापित करना है जहाँ जातीयता की संकीर्ण भावनाएँ न हों। सच्चाई, समानता व न्याय जैसे उच्चादर्शों पर राज्य निर्धारित हो। हमें ऐसे आदर्शों से अनुप्राणित होना जिसमें अन्याय व शोषण न हो। राज्य का चिंतन जातीय, धार्मिक भावनाओं पर आधारित न हो कर मानवीय समानता, समान अवसर, सामाजिक न्याय के आदर्शों की नींव पर हो।''

- डॉ० देवसिंह पोखरिया

निदेशक - महादेवी वर्मा सृजन पीठ

(कुमाउँ विश्वविद्यालय) रामगढ़, नैनीताल

मो - ९४११५९३३४६

अपनी बात

''भवानीशङ्करौ वन्दे श्रद्धाविश्वासरूपिणौ,
याभ्यां विना न पश्यन्ति सिद्धाः स्वान्तःस्थमीश्वरम्।

भगवान कोई व्यक्ति नहीं है, भगवान एक सिद्धांत का नाम है। भगवान एक आदर्श का नाम है। न्याय व मानवता के लिए संघर्ष का नाम है। पूजा व्यक्ति अथवा मूर्ति की नहीं होती है; पूजा होती है उसके द्वारा दिखाये गये मार्ग की, सिद्धांत कीr; उसके संघर्ष की, उसके त्याग, मानवता के प्रति उसके भाव की।

ईश्वर को जब जब पृथ्वी पर प्रकट होना होता है तो किसी न किसी रूप को धारण कर के ही प्रकट होता है। ईश्वर स्वयं के कार्यों हेतु पृथ्वी पर अवतरित नहीं होते। वह जीव मात्र की रक्षा के लिए अवतरित होता है। मनुष्य उन्हें समझ सके तो ईश्वर माने, पहचान सके तो पहचाने; ईश्वर किसी से नहीं कहता है कि तुम मुझे भगवान मानो। मनुष्य के पास आँखें हैं, बुद्धि है, बस पारखी आँखें चाहिए। वह मानव शरीर धारण कर प्रकृति के नियमों की सीमा में ही अपनी आत्मा को दिव्य बनाता है। वह सभी मनुष्यों के लिए एक उदाहरण प्रस्तुत करता है कि-मनुष्य अपनी आत्मा का विकास कर अपने को ईश्वर के समान दिव्य, अलौकिक बना सकता है।यह उसके शरीर की नहीं, आत्मा, बुद्धि, विवेक की विकसित स्थिति है। प्रकृति के नियमों के विरूद्ध न हो कर भी लोग इसे अतींद्रिय, अलौकिक या चमत्कार मानते लगते हैं।

''एतावान् हि प्रभोरर्था यद् दीन परिपालनम्''

''शक्तिवान-सामर्थ्यवान् जीवन तभी सफल है जब वह दीन दुखियों की रक्षा का संबल बने।''

सज्जन, योगी पुरुष अपने अनित्य देह की बलि देकर भी दूसरों के प्राणों की रक्षा करते हैं। प्रजा का मंगल, संकट निवारणार्थ, स्वयं को कष्ट में डालने की शिक्षा हमें विषपायी-नीलकंठ देवाधिदेव से प्राप्त हैं। मानव जब स्वयं काम, क्रोध, लोभ, मोह और अहंकार की विषैली वृत्तियों से आवृत्त होकर अमानवीय कृत्य करने लगता है तो वह परिवार, समाज और देश के लिए एक विषधर से भी भयानक बन जाता है। उससे बचाने के लिए किसी महापुरुष को अवतार लेना पड़ता है। परोपकारी सज्जन पुरुष लोक के संकट निवारणार्थ स्वयं को कष्ट में डाल देते हैं; जिसे वे विपत्ति के रूप में नहीं वरन् हृदय विराजित भगवान की आराधना, सेवा समझते हैं।

प्रत्येक मनुष्य के भीतर कुछ विशेषताऐं जन्म से ही होती हैं, कुछ को वह अपने पुरुषार्थ से अर्जित करता है। अतींन्द्रिय क्षमता से संपन्न व्यक्ति वह सब कर सकता है जिसे सामान्य मनुष्य के द्वारा कर पाना असंभव होता है। मेरे लोकनायक वीरगोरिया में कई अतींन्द्रिय क्षमताऐं जन्मजात प्राप्त थीं। शेष कई शक्तियाँ उसने गुरू गोरखनाथ, देवहरज्यू के मार्गदर्शन में अपने तप व पुरुषार्थ से प्राप्त कर ली थी।

किन्तु यदि मनुष्य अपनी क्षमताओं-शक्तियों का सदुपयोग मानवता के हित के उद्देश्यों हेतु करता है तो वह देवत्व को प्राप्त होता है। वहीं पर यदि इन क्षमताओं-शक्तियों का प्रयोग भोग, मद, लोभ तथा मानवता को कष्ट पहुँचाने में करता है तो वह दैत्य, राक्षस या मसाण कहलाता है। अर्थात् मनुष्य अपने सुकर्मों से देवता या अवतारी बन जाता है। ठीक उसी प्रकार, जैसे भगवान राम ने अपनी अपार शक्तियों का सदुपयोग किया; कभी इन शक्तियों का दिखावा नहीं किया,न उन पर अभिमान या अहंकार ही किया।

श्रेष्ठ गुरू गोरखनाथ ने भी बालागोरिया के अलिखित मानस पटल पर श्रीराम का दर्शन स्थापित कर दिया था। उसे यह पाठ पढ़ाया कि वह इन शक्तियों पर अभिमान व दंभ न भरे तथा इनका प्रयोग तभी करे जब अति आवश्यक हो। श्रीराम के दर्शन का अनुसरण के क्रम में ही साधारण ग्रामीण परिवेश का बालक श्रेष्ठ गरुओं के मार्गदर्शन से अवतारी का रूप धारण कर सका।

लोकसाहित्य विद देव सिंह पोखरिया जी ने कहा है :-

''...लोक-साहित्य का सांस्कृतिक, ऐतिहासिक, भौगोलिक, सामाजिक, धार्मिक, आर्थिक, साहित्यिक, सांगीतिक, मनोवैज्ञानिव,भाषा-वैज्ञानिक आदि कई दृष्टियों से महत्व होता है। विशाल लोकमन्दिर की ये ईंटें एक-एक कर खिसक रही हैं। लोक-मानस का पुजारी स्तब्ध है, असहाय है। इस शिष्टता की आँधी में लोक का ज्ञानदीप भी बुझने को है, लोक-देवता की प्रतिभा काँप रही है। ऐसे में हमारा पुनीत कर्तव्य है कि इस थाती को सँभालने का हम हर संभव प्रयत्न करें।''

लोक मंदिर की इन्हीं खिसकती ईंटों में से एक ईंट को मैंने भी एक स्थान पर संजोने का प्रयास किया है। यह गाथा मैंने आस्था से लिखी है और आस्थावानों के लिए लिखी है; परन्तु वीरगोरिया का चरित्र आज के सत्ताधरियों के लिए भी अनुकरणीय है। राजा वीरगोरिया आज कलुषित, उदासीन,कर्त्तव्यच्युत होती जा रही शासन-प्रशासन एवं न्याय व्यवस्था पर अपना दृष्टिकोण स्पष्ट करता है। सामाजिक अमर्यादाओं पर भी असहमति का मंतव्य रखता है। वह क्षमाशील, धैर्यवान और त्यागी तो है, वह वीर पराक्रमी और संघर्षशील भी है। महान कवि रामधारी सिंह दिनकर की कविताओं की निम्न पंक्तियों में मुझे अपने वीर नायक की स्पष्ट झलक दिखाई पड़ती है :-

''छीनता हो स्वत्व कोई, और तू, त्याग तप से काम ले यह पाप है।

पुण्य है विच्छिन्न कर देना उसे, बढ़ रहा तेरी तरफ जो हाथ है।

व्यक्ति का है धर्म तप,करुणा,क्षमा, व्यक्ति की शोभा विनय भी त्याग भी।

किन्तु उठता प्रश्न जब समुदाय का भूलना पड़ता हमें तप त्याग को।

त्याग तप करुणा, क्षमा से भींग कर व्यक्ति का मन बली होता मगर,

हिंस्र पशु जब घेर लेते हैं उसे काम आता है शरीर व अस्त्र तब।''

आधुनिक इतिहास अतीत में वास्तविक रूप में घटी हुई घटना का एक वृहत् यथारूप वृतांत है। इसमें कल्पना, काव्य व दर्शन का स्थान नहीं है। जबकि लोक कहानी, पौराणिक कथा-कहानियाँ, वीर गाथाओं पर आधारित उपन्यास तथा साहित्य एक घटी घटना का काव्यात्मक, दर्शनात्मक, भावात्मक संकलन हैं। कल्पना के द्वारा उकेरा गया, शब्दों से संजोया गया, रोचक संग्रह है। अत: ऐसे ग्रंथ को पूर्ण इतिहास नहीं कहा जा सकता है। भारतीय इतिहास दृष्टि व दर्शन दोनों को समभाव से देखता है। भारतीय इतिहास की दृष्टि में कालखण्ड की समग्रता को स्वीकार किया जाता है। काल प्रतीकों, मिथकों और आख्यानों को समुचित स्थान मिलता है। इसी कारण से भारतीय इतिहास में दर्शन, काव्य दोनों का अनुप्रवेश सहजता से हुआ है। दर्शन अर्थात् वैचारिक विश्लेषण, तर्क एवं तथ्य का प्रकटीकरण, जबकि काव्य का तात्पर्य है:-संवेदना एवं भावनाओं का सरल, सहज और सजल संगीतमय कलकल प्रवाह। जिसमें दिव्य और दैवीय सौन्दर्य का भाव झलकता हो। सामान्य रूप में दोनों विधायें एक दूसरे के विपरीत मानी जाती हैं, जबकि दोनों एक दूसरे के प्रतिपूरक हैं। इसी कारण भारतीय इतिहास शुष्क रेगिस्तान न होकर अलंकृत इतिहास एवं काव्योत्हिास का रूप ले लेता है।

वीर गोरिया को ऐतिहासिक व्यक्ति कहा गया है लेकिन उतराखण्ड के लिखित इतिहास में उसका कहीं उल्लेख नहीं है; वीरगोरिया लोकमानस का सम्राट है। इस राजा को उतराखण्ड में किसी लिखित इतिहास पुरुष से कहीं अधिक ख्याति प्राप्त है। आज के आधुनिक परिवेश में भी इसे कुमाँऊ का कमिश्नर या न्यायाधीश कहा जाता है।

उत्तरापथ का न्यायदेवता, वीरगोरिया एक ऐतिहासिक चरित्र होने के साथ-साथ किसी व्यापक बोध एवं अवधारणा का प्रतीक-प्रतिनिधि होने के कारण शाश्वत है। इतिहास घटना की व्यापक अवधारणा एवं गहरी दृष्टि को सीमित व सीमाबद्ध नहीं रखा गया। इससे इतिहास को समग्र एवं व्यापक बोध मिलता है। अत: इन दोनों के बीच एक सुमेल एवं सरस संबंध बनाने का व्यापक प्रयास मैंने किया है जिससे घटनाओं के व्यापक, सूक्ष्म परिदृश्य को देखा जाना और अनुभव किया जाना चाहिए। इस उपन्यास को हिन्दी भाषा में लिखने पर भी उत्तराखण्ड की संस्कृति, दर्शन, साहित्य एवं इतिहास के बीच नए सूत्र संबंध बनाने का प्रयास किया गया है। आशा है इससे उत्तराखण्ड के पौराणिक कथाओं-गाथाओं पर साहित्य रचने के नए आयाम विकसित होंगे।

अपने परिवेश में व्यक्ति जो कुछ भी बनता-बिगड़ता, अच्छा-बुरा देखता है, वह मानव हृदय में विचार, भावना बन अंकुरित होता है। जब लेखक इन भावनाओं को कलमबद्ध कर रचता है तो वह साहित्य बन जाता है। मैं, लोकवाणी से सुनी गई बातों को आपको मात्र गद्य में लिखकर सुना रहा हूँ। मेरी कई वर्षों की तपस्या का यह फल है। ईश्वर तपस्या का फल अवश्य देते हैं ऐसी मेरी श्रद्धा है।

गोलज्यू के जीवन पर आधारित उपन्यास लिखने का विचार मन में तब आया जब मैं वर्षों बाद अपने गाँव विनतोली (केदारलिंग) दफौट, बागेश्वर गया था। गाँव में हमारे ईष्टदेव के रूप में गोल्ज्यूदेव का नवरात्रि में 'नौर्त' लगाए गए थे। जब धर्मदास ने ढोल-दमाऊ, नगाड़े, झाल-तूरी की धुन के साथ वीरगोल्ज्यू की ओजपूर्ण गाथा गायी तो मेरे रोमकूप तन गए थे। कई पुरुष मंदिर के बाहर विशाल

धूनी,जिसमें मोटे-मोटे काष्ठकुंद दहक रहे थे,के चारों ओर नाचने लगे। मैंने स्वयं को कठिनाई से रोका। हालाँकि बचपन से ही मैंने ऐसा होते देखा था; परन्तु तब विषय की गहराई व गायन के अर्थ, भाव तथा दर्शन की समझ नहीं थी। लेकिन प्रौढ़ अवस्था में पठन-पाठन में रुचि बढ़ जाने से, साथ ही समयाभाव न होने के कारण, मैंने अपने हृदय में रचे-बसे ईष्टदेव गोल्ज्यू के जीवन से संबधित कथाओं, गाथाओं, जागर तथा पुस्तकों का अध्ययन, मंथन व मनन प्रारम्भ कर दिया। मैं सोचता,उत्तराखण्ड के लोकदेवताओं में सर्वाधिक पूजित इस गोल्ज्यू ने अपने जीवन काल में कुछ ऐसा कृत्य किया है जिससे लोग इन्हें ईश्वर का अवतार मानने लगे और इन्हें न्याय का देवता कहा जाने लगा। अल्मोड़ा के चितई के गोल्ज्यू मंदिर में उनसे माँगी गई मनौती पूर्ण होने के उपलक्ष्य में हजारों टँगी घंटियों और पीड़ितों व दुखियों के हजारों शपथपत्रों, दुख-दर्द व न्याय की गुहार में टँगे पत्रों को देखकर अपने ईष्टदेव के प्रति श्रद्धा में अगाध वृद्धि होती चली गई और यह भी सुनिश्चित हो गया कि आज भी गोलू देवता निरीह, पीड़ितों, दीन दलितों को न्याय दिलाते हैं। इसी खोज के दौरान मुझे डा० सी० एम० अग्रवाल द्वारा लिखी ''न्याय का देवता गोलू'' पुस्तक जो मनौतियों के आधार पर एक शोधपरक-तथ्यपरक पुस्तक है, हाथ लगी, जो यह दर्शाती है कि इतिहास जो भी रहा हो, नाम स्थान जो भी रहे हों; परन्तु यह स्थापित है कि गोलू देवता आज भी सभी लोगो की पुकार सुनते हैं और उन्हें न्याय देते हैं। ऐसी आस्था सभी वर्गों में व्याप्त है।

अपनी इस पुस्तक को मैंने अपनी ममतामयी माँ-देवी कौशल्या को समर्पित किया है जिसने बालागोरिया की माँ की भाँति ही मुझे भी बलपूर्वक, निष्ठुर और निर्मोही बनकर मेरे उज्ज्वल भविष्य के लिए मुझे बचपन में ही अपने से दूर भेजा और स्वयं कष्ट उठाए। जिसके लिए मैं प्रारम्भ में उसे कोसता रहा; परन्तु समझ आने पर मुझे अपनी अनपढ़ माँ पर गर्व हुआ। वह प्राय: कहती-मनुष्य पढ़ा-लिखा हो,आवश्यक है; किन्तु उससे अधिक अच्छा है कि वह गुणी हो।

''ममता व्यक्ति व संतान के कर्तव्य मार्ग में बाधक नहीं होनी चाहिए। कई बार समाज, व्यक्ति अथवा संतान की प्रगति के लिए निर्मोही भी बनना पड़ता है।''

मैं अकिंचित्कर उत्तराखण्ड के जनमानस के लोक सम्राट की दिव्यमूर्ति को गढ़ने में कहाँ सक्षम था। उसी दिव्यमूर्ति ने ही मुझे यह शक्ति प्रदान की, ऐसा मेरा दृढ़ विश्वास है।

इस उपन्यास को पूर्ण करने में कई शुभचिंतकों का सहयोग मिला। साहित्यिक संशोधनों के लिए कृतज्ञता प्रकट करना चाहता हूँ-सुप्रसिद्ध रंगकर्मी, नाटक निर्देशक, साहित्यकार तथा निसर्ग... के अध्यक्ष-श्री ललित सिंह पोखरिया जी का। लिखित रूप में आभार व्यक्त करता हूँ अपनी सहधर्मिणी सुधा का,जो इस पुस्तक की प्रथम पाठक हैं। कई बार कुछ भावभीगे पृष्ठों को पढ़,मेरे साथ-साथ भावुक हो कर उसका भी कंठ रुद्ध हुआ था। मैं, श्री गिरीश लोहानी का जिन्होंने मेरी पांडुलिपि को बढ़ी आस्था व श्रम के साथ टाइप किया और श्री कैलाश चन्द्र बिनवाल, लखनऊ का जिन्होंने उसमें काफी समय दे कर उसे परिमार्जित किया-का भी आभार प्रकट करता हूँ। आभार व्यक्त करता हूँ-उनका जिन्होंने विगत तीन वर्ष से भी अधिक के श्रमयुक्त काल में मुझे इस पुस्तक को पूर्ण करने हेतु प्रोत्साहित किया।

सबसे अधिक नतमस्तक हूँ उस लोकमानस का जिसने इस वीर लोकगाथा को जीवंत रख इसे हम तक पहुँचाया।

- कौस्तुभ आनंद चंदोला

५२९/२२९ पन्त नगर कॉलोनी

खुर्रमनगर, लखनऊ-२२६०२२, उत्तर प्रदेश

मो. - ९४१५५४२११२

ईमेल - kanandchandola@gmail.com

अनुक्रम

उत्तरापथ

भारतवर्ष के उत्तर में धवल मुकुट पहने नगाधिराज मेरू पर्वत, जो हिमालय के नाम से विख्यात है, के दक्षिणी पनढालों, सुरम्य घाटियों, निचली पर्वत शृंखलाओं, जिन्हें शिवालिक पहाड़ियाँ कहा जाता है, से लेकर उच्च हिमशृंगों तक के दुर्गम क्षेत्र को पाँच पौराणिक खण्डों में बाँटा गया था,जिसमें से केदारखण्ड और मानसखण्ड नामक दो क्षेत्र इस हिमालयी क्षेत्र में सबसे महत्वपूर्ण धार्मिक-पौराणिक खण्ड हैं। प्राचीन भारतीय साहित्य व पुराणों में इस क्षेत्र को पुण्य क्षेत्र, देव भूमि भी कहा गया है। इस क्षेत्र को एलावर्त, ब्रह्मपुर, उत्तरापथ, हिमवंत, रूद्रहिमालय आदि कई नामों से जाना जाता था। महाभारत के वन पर्व में इसे उत्तरापथ कहा गया है। महाकवि कालिदास ने तो हिमालय को देवात्मा ही कह दिया है। प्राचीन साहित्यकारों में कोई ऐसा नहीं जिसने इस देवभूमि हिमालय का गुणगान न किया हो।

वर्तमान परिस्थितियों में हम इसे पूर्व में काली नदी के पश्चिम की ओर से लेकर पश्चिम में टौंस नदी, दक्षिण में मैदानी भू-भाग तराई भावर से लेकर उत्तर में उच्च हिमालय के विस्तृत हिमाच्छादित दुर्गम क्षेत्र को उत्तरांचल या उत्तराखण्ड के नाम से जानते हैं।

आज से लगभग ढाई हजार वर्ष पूर्व यहाँ किरात, किन्नर, यक्ष, गन्धर्व, विद्याधर, नाग, तवंग, कुलिन्द, खस जातियाँ निवास करती थीं। इनमें से कुछ को देव जातियाँ कहा जाता था। इन सबके पृथक-पृथक जनपद-राज्यखण्ड स्थापित थे। पुराणों में मानसखण्ड एवं केदारखण्ड के नाम से सुविख्यात यह प्रदेश वनाच्छादित, हिमाच्छादित एवं अतुलनीय प्राकृतिक सौन्दर्य से परिपूर्ण था। यहाँ के निवासी साहसी, वीर, युद्धकौशल में निपुण थे। आखेट करते, धनुष-बाणों, खड्ग-खुकरियों को चमकाते, नुकीले भाले लिये, चंचल घोड़ों पर सवार हो पहाड़ी सँकरे रास्तों में शस्त्र सज्जित होकर दौड़ते। यहाँ के निवासी स्वभाव से कोमल हृदय, स्वाभिमानी, संकोची, सहिष्णु एवं संवेदनशील थे।

इस हिमालयी भू-भाग के मानसखण्ड क्षेत्र में चंपा नदी के तट पर चंपावत नगर बसा था। इस के उत्तर पूर्व में कच्छप की पीठ की आकृति वाले क्रान्तेश्वर पर्वत, जिसे लोग वर्तमान में काण्डादेव या कानदेव भी कहते हैं। जनश्रुति है कि भगवान विष्णु का कूर्मावतार- कुर्म पर्वत-कानदेव में माना जाता है। वर्तमान में कुर्मांचल (कूर्मअंचल) नाम पड़ गया। उस समय भी यह कुर्म-प्रदेश लगभग वर्तमान भौगोलिक सीमाओं में ही था। वर्तमान के तराई भावर, रूद्रपुर, बाजपुर, काशीपुर, आदि नगरों की स्थापना भी तत्कालीन राजाओं के शासन काल में हो गयी थी। इस प्रकार मानसखण्ड का विस्तार तराई से लेकर सुदूर पर्वतीय अंचलों में जोशीमठ, गोपेश्वर, नन्दप्रयाग से लेकर व्याघ्रेश्वर, सोर, डोटी तक था। जहाँ एक ओर नन्दादेवी, नन्दाकोट, पंचचूली, दूनागिरी, चैखम्बा, कामेद जैसे ऊँचे पर्वत-शृंग थे, तो पिण्डर, अलकनंदा, कालीगंगा, गोरीगंगा, सरयू, रामगंगा से लेकर धौली गंगा, कोशी आदि नदियाँ विशाल जलराशि को समेटे बह रही थीं। जौलिंग, मिलम, सुन्दरढूँगा के मध्य से लेकर तिब्बत जाने वाले दर्रों-माड़ा, नीति, थागला, लिपुलेख, दारमा तक फैला था-यह मानसखण्ड। साथ ही पूर्व में काली नदी के उस पार डोटी एवं गोरक्षा जनपद का कुछ भाग भी मानस खण्ड का ही भाग था।

इस प्रदेश में नागवंशीय जातियाँ भी बहुतायत में निवास करती थीं, साथ ही यक्षों का प्रभाव था। इन्हीं क्षेत्रों में कार्तिकेयपुर में कत्यूरी राजवंश की राजधानी की स्थापना हुई थी। प्रारम्भ में इनकी राजधानी अलकनंदा नदी के तट पर जोशीमठ के पास थी जो बाद में कत्यूर घाटी में गोमती नदी के तट पर, बैजनाथ के निकट कार्तिकेयपुर नामक सुरम्य स्थान पर स्थापित की गयी। इस पूरे प्रांत में विभिन्न क्षेत्रों में इन्हीं राजवंशों के कई परिवारों का शासन था। यह बड़ा ही धर्मपरायण राजवंश था।

यह सम्पूर्ण उत्तरापथ क्षेत्र देवताओं की भ्रमणस्थली रहा है। ऋषियों की तपोस्थली, आदिदेव कैलाशवासी शंकर की निवास स्थली भी यही प्रदेश है। महादेव की इस निवास स्थली में नागजाति के निवासियों को महादेव का पूर्ण संरक्षण प्राप्त था। इसीलिए इस क्षेत्र में वर्तमान में भी कई नाग मंदिर मिलते हैं-कालीनाग, किणनाग, फिणनाग, धौलीनाग, बेणीनाग, वासुकीनाग,सुन्दरीनाग, पिंगलनाग आदि। यक्षो के राजा यक्षपति कुबेर ने अलकापुरी नामक नगरी भी यहीं-कहीं बसाई थी। यक्षों और कुबेर को भी महादेव का संरक्षण प्राप्त था। इस प्रदेश में यक्षों के वंशधरों की भी भरमार थी। यक्षो को प्राप्त ऐश्वर्य से ये खूब भोगविलास करते, मधुपान करते और इन वन प्रदेशों में आखेट करते, खाते-पीते, सुख और आनंद से रहते थे।

सातवीं सदी आते आते इस क्षेत्र को ब्रह्मपुर के नाम से भी जाना जाने लगा था। जहाँ कत्युरियों का शासन स्थापित हो चुका था। इन्हें कुणिंदों का वंशज माना जाता था। जिन्होंने मध्य हिमालय में ई.पू. २५०-३०० वर्ष पूर्व में ही राज्य स्थापित कर लिया था।

धूमाकोट

रमणीय स्थल को हरी भरी पर्वत शृखलाओं ने ढाँप रखा था। इस स्थल के उत्तर पूर्व में हिमाच्छादित दुर्लंघ्य पर्वत श्रेणियाँ थीं। इनके मध्य था कत्यूरी राजवंशियों का एक राजमहल-राजकोट-गढ़ जिसका नाम था-धूमाकोट। यह सुन्दर मनोरम प्राकृतिक छटा से परिपूर्ण नगर था। दूर तक वन, पर्वत, उपत्यकायें फैली थी। जगह-जगह समतल भूमि पर खेती लहलहा रही थी। इस नगर के एक छोर पर बना था-धूमाकोट महल। बड़े-बड़े पत्थरों की मोटी दीवारों के कारण यह अजेय दुर्ग कहलाता था। पर्वतों की चट्टानों को काटकर कई कंदराएँ भी बनायी गयी थीं। इन्हें महलों की भाँति प्रयोग में लाया जाता था। इन महल-कोट व गुफाओं को विविध प्रकार से चित्रित किया गया था। विभिन्न प्रकार के शैल-चित्र यत्र-तत्र बने हुये थे। यह छोटा महल था; परन्तु यह बड़ा ही दुर्लंघ्य था। कोट के दोनों ओर तीखी पहाड़ियाँ थीं जिनमें चढ़ना कठिन था। मात्र एक ओर से एक सीधा मार्ग इस महल में जाता था। जिस पर निरंतर प्रहरियों की दृष्टि रहती थी। महल में प्रवेश करने का कोई अन्य मार्ग न था। आज तक इस पर आक्रमण कर कोई जीत न सका था। महल की सीढ़ियों में ऐपण एवं विभिन्न प्रकार की रंगोलियाँ बनायी गयी थीं। घर-आँगन को लाल मिट्टी से लीपा गया था। जगह-जगह रंगोलियों के ऊपर फूल और चावल बिखेरें गये थे। यह सुख-समृद्धि का प्रतीक था। लकड़ी के विशाल नगरद्वार पर अद्भुत काष्ठकला द्वारा सुन्दर चित्र उकेरे गये थे। फल-फूल, बेल, पक्षी, देवी-देवताओं की आकृतियाँ उकेरी गयी थीं। आम-जन इन

आकृतियों को निहारते रह जाते थे। विशाल कपाटों पर लौह की मोटी मोटी अर्गलाएँ लगी थीं। इन विशाल कपाटो को खोलने के लिए विविध प्रकार के यंत्र लगे थे। राजमहल के भीतर जाने के लिए एक मात्र मार्ग-राजपथ पर काफी दूरी तक चलने पर राजकोट का आंतरिक भाग प्रारम्भ होता था। जहाँ पर विभिन्न आसन बने हुए थे। जिसके शीर्ष में एक बड़ा स्वर्णजड़ित राजसिंहासन था।

धूमाकोट में न्यायप्रिय, सुसंस्कारी क्षत्रिय राजा तलराई राज्य करते थे। प्रतापी राजा की कीर्ति चारों ओर फैली थी। इनकी मृत्यु के पश्चात् इनके बड़े पुत्र झलराई ने गद्दी सँभाली और प्रतापी पिता के सुशासन को आगे बढ़ाया। यह उत्तरापथ प्रदेश प्रारम्भ से ही गन्धर्वों, विद्याधरों, नागों, किन्नरों का प्रदेश रहा है, इसलिए राजा के प्रासाद में कई अप्सरायें और गंधर्व थे। गंधर्व कई वाद्य यंत्रों के साथ सुर-लहरियाँ बिखेरते थे। चारों ओर प्राकृतिक सुगंध फैली रहती थी। गन्धर्व कन्यायें सुन्दर पन-गगरियाँ लिये जगह-जगह स्वागत में खड़ी रहती थीं। महल के चारों ओर सुगंधित वृक्ष, पुष्प लताओं के कारण महल सदैव सुगंधित रहता था। जो मन को मनमत्त कर देता था। इस प्रकार झलराई जहाँ एक ओर सुख-ऐश्वर्य का भोग कर रहे थे, वहीं प्रजा कष्ट में थी। भोग विलास के कारण वे लम्बी आयु को प्राप्त न कर सके। उनके युवा पुत्र हालुराई ने धूमाकोट मण्डल का राज्य सँभाला और पिता की प्रवृत्ति के विपरीत प्रजा का कष्ट दूर किया। भोग विलास को नियंत्रित किया। उसके स्थान पर उन्होंने मर्यादित ढंग से राजनैतिक दिशा-दृष्टि को ध्यान में रखा। विभिन्न उपमण्डलों में विचरण कर प्रजा के कष्टों को जाना, दुष्टों का संहार और दमन किया, राज्य में शांति स्थापित की। राजनैतिक दूरदर्शिता दिखाते हुए उन्होंने विभिन्न मण्डलों के सामंतों की कन्याओं से विधिसम्मत विवाह किया। उनके प्रासाद में सात रानियाँ थी। ये सभी रानियाँ अति रूपसंपन्ना थीं। राजा हालुराई संस्कारयुक्त, चरित्रवान थे। उनकी नैतिकता की पराकाष्ठा से प्रभावित हो सभी मर्यादित आचरण में रहते थे। सातों रानियाँ, नारी सुलभ ईर्ष्या के रहते हुए भी सखीवत रहती थीं और हर प्रकार की सेवा-सत्कार, अर्चना, आहार, व्यवहार से सब भाँति राजा को तृप्त रखती थीं। जिससे राजा का श्रम भी दूर हो जाता था। संध्या होते ही महल का वातावरण सुगंधित तेल के अनगिनत दीपों से आलोकित हो उठता था। धूप की गंध से वातावरण मन को आनन्दित करने वाला था। नगरवासी प्रसन्न थे।

धूमाकोट की धूम चारों ओर फैली थी। धूमाकोट मण्डल के दोनों ओर काली और गोरी नदियाँ प्रवाहित थीं। जिनके निर्मल जल से प्रदेश हरा भरा था। प्रभात की किरणों के समान मण्डल की ख्याति बढ़ती जा रही थी। ज्यों-ज्यों दिन बीतते गये, राजा हालुराई प्रौढ़ा अवस्था को पहुँचते गये। धूमाकोट मण्डल को उन्होंने बड़े श्रम से संपन्न बनाया था। जहाँ प्रजा सुखी और सुरक्षित थी। राजा के प्रभाव के कारण और उसके पराक्रम से सीमांत राजा अपनी सीमाओं में रहते थे। सब प्रकार से धूमाकोट मण्डल स्थिर, संपन्न राज्य के रूप में स्थापित हो गया था।

परन्तु इन सबके बीच राजा की एक सबसे महत्वपूर्ण कामना शेष रह गई थी जिस हेतु राजा हालुराई स्वच्छ, श्वेत वस्त्र धारण कर अपने आराध्यदेव महादेव के प्राचीन-पौराणिक सुप्रसिद्ध व्याघ्रेश्वर महादेव के आलय में उद्वेगपूर्ण परंतु विनम्र भाव से, अश्रुपूरित नेत्रों से, गद्गद वाणी से अपनी मनोकामना को व्यक्त करता,स्तुति कर रहा था-पूजा, अर्चना, प्रार्थना कर रहा था।

व्याघ्रेश्वर महादेव

कार्तिकेयपुर से पूर्वोत्तर में लगभग बीस मील दूर, एक दुर्गम घाटी में जहाँ पवित्र सरयू नदी अपने प्रबल वेग से कलकल-छलछल करती बह रही है तथा गोमती नामक एक अन्य छोटी नदी इस सरयू नदी में समा रही है। इन दो नदियों के संगम पर उन दिनों बहुत से साधु-संन्यासी, तपस्वी अपना अखाड़ा बनाकर तप में लीन रहते थे। नदी के किनारों पर दूर तक अखाड़े व पर्णकुटियाँ नजर आती थीं। ब्रह्ममुहूर्त में ही मंदिरों में घंटे-घड़ियाल बजने लगते। अग्निहोत्रियों के यज्ञकुण्डों से सुगंधित धूम्र उठता रहता था। ब्रह्ममुहूर्त के क्षीण प्रकाश के पूर्व ही संगम में स्नान हो जाता था। यहाँ के अखाड़ों में कठोर, हठी, तप करने वाले बैरागी, साधु यत्र-तत्र देखे जाते थे। जिनमें से कुछ का वेश देखकर भय उत्पन्न होता था। उनके पास नाना प्रकार के शस्त्र भी होते थे जैसे त्रिशूल, चिमटा, भाला आदि। अनेकों साधु भभूति रमाये फिरते थे।

ये कठोर तपस्या करते, कोई एक पाँव पर खड़े होकर तो कुछ वृक्षों पर निराहार महीनों बैठ जाते। कितने ही आकण्ठ जल के भीतर, कुछ शूल-शय्याओं पर लेटे रहते तो कितने ही हिमालय के शीत प्रदेश में निर्वस्त्र रात-दिन खुले में पड़े तपस्या करते। संगम के ऊपर पर्वतशृंग, जो नीलपर्वत कहलाता था।सरयू नदी के पार उत्तर पूर्व में भी विशाल शिलाओं युक्त पर्वत खड़ा था। इन पर्वतों में बहुत-सी गुफायें थीं। नीलपर्वत की इन कंदराओं में भी बहुत से तपस्वी एकांत में रहकर कठोर तपस्या करते थे। वे सभी इन्द्रियों को वश में किये, संसार से पूर्ण वैराग्य लिये, देह को कष्ट एवं सुख से विलग किये, भूखे-प्यासे दिगम्बर वेश में, पड़े रहते थे। बहुत से साधु, तपस्वी कापालिक थे। ये मुर्दों की खोपड़ी के साथ कई तांत्रिक क्रियायें करते और मुण्डमाला धारण किये रहते। संगम पर स्थित श्मशान में रात भर रात्रिवास करते, विभिन्न प्रकार के तंत्र-मंत्रों का उच्चारण करते थे। कुछ कापालिक तो वीभत्स तांत्रिक क्रियायें करते थे।

संगम के श्मशान स्थल पर दूर-दूर से मृत शरीरों को भस्मीभूत करने के लिए लाया जाता था। इसी कारण यह भयावह श्मशान स्थल माना जाता था। सामान्य लोग गोधूलि बेला के पूर्व ही इस स्थान को छोड़ देते थे। रात्रि होते ही यह क्षेत्र भयावह प्रतीत होता था। तमाम चितायें धधक रही होती थीं। कई नंग-धड़ंग कपाली, जटा-जूट धारण किये, तंत्रक्रियायें प्रारंभ कर देते थे।

संगम के अखाड़ों में कई ज्ञानी एवं सिद्ध साधु भी निवास करते थे। जिन्हें शवयात्रा के साथ आये जन बड़े सम्मानित दृष्टि से देखते थे। उनका पूजन वन्दन करते। इनके शास्त्रज्ञान से लाभ लेते थे। इनके अखाड़ों में प्राय: लोगों की भीड़ जमा रहती। इनके शास्त्रज्ञान, सिद्धि, सरल स्वभाव, तप, निष्ठा से पूरा मानसखण्ड प्रभावित रहता था। दूर-दूर से सामान्यजन, सामंत, राजा इन सिद्ध पुरुषों से मिलने आते। श्रद्धा से अन्न, दूध, घी, वस्त्र, लकड़ियाँ तथा विविध खाद्य पदार्थ एवं सामान्य आवश्यकता की वस्तुएँ भी भेंट करते। ये साधु टोली के रूप में भी विचरण करते थे। भिक्षाटन करने टोलियों में दूर दूर तक निकल जाते। महीनों बाद भिक्षा में प्राप्त सामग्री को लाकर अपनी इन कुटियों में जमा करते थे।

इनके अखाड़ों के प्रमुख को महंत कहा जाता था, जो सबसे ज्ञानी, सिद्ध एवं तेजस्वी होता था। सभी साधु उसका चरण वन्दन, पूजन करते थे। ये साधु-महन्त समाज से घुले मिले रहते थे। ये समाज को धार्मिक आस्थाओं, अनुष्ठानों की ओर अग्रसर करते थे; परन्तु ये अपनी आवश्यकताओं को सीमित रखते थे। इसी कारण लोग इन्हें श्रद्धा की दृष्टि से देखते थे। इस संगम स्थल के महत्त्व का व्याख्यान इन महात्माओं द्वारा किया जाता था।

अखाड़ों के निकट एक बड़ा भव्य मंदिर था जिसे व्याघ्रेश्वर मंदिर कहा जाता था। उस समय इस व्याघ्रेश्वर मंदिर के दर्शन पूजन एवं संगम के पवित्र जल में स्नान करने का शुभ समय मकर संक्रान्ति से प्रारम्भ होता था। इन दिनों यहाँ लोग दूर-दूर से आते, पवित्र सरयू नदी में स्नान करते, व्याघ्रेश्वर मन्दिर में पूजा-अर्चना करते थे। माघ मास में लोग यहाँ रुक कर कल्पवास करते। इस प्रकार पूरे मास पर्यन्त एक भारी मेला लगा रहता था।

इस तपोभूमि के बारे में यहाँ पर स्थित मठ के वृद्ध-ज्ञानी-महंत, लोगों को बताते थे कि- यह अत्यंत प्राचीन तपोभूमि है।पहले यहाँ पर कोई नदी नही थी। एक समय था यहाँ यह नीलपर्वत मार्कण्डेय मुनि की तपस्या स्थली थी। वे महीनों कठोर समाधि में रहते थे। इसी काल में भगीरथ ने कठिन प्रयास कर गंगा को पृथ्वी में अवतरण का उपक्रम किया था। यह गंगा हिमालय से निकल कपिलमुनि के आश्रम होते हुए गंगा सागर की ओर चल पड़ी थी। महर्षि वशिष्ठ ने भी हिमालय की नन्दादेवी पर्वत के पास से सरयू नामक नदी को मानसखण्ड के पूर्वी भाग में लाकर प्रवाहित करने के प्रयास के उद्देश्य से भगवान महादेव को प्रसन्न कर लिया। महादेव ने प्रसन्न होकर अपनी जटाओं से सहत्रधारा नामक स्थान से सरयू की एक धार वशिष्ठ के आग्रह पर छोड़ दी। सरयू नदी वशिष्ठ मुनि के पीछे उनका अनुसरण करती तीव्र गति से प्रवाहित होने लगी। लेकिन महातपस्वी मुनि मार्कण्डेय की तपस्थली के निकट आकर सरयू नदी अचानक ठिठक कर रुक गयी। वशिष्ठ मुनि ने जब देखा कि तीव्रगति से गर्जना करती, विशाल-बल-युक्त सरयू इतने वेग के बाद भी ठिठक गयी है, रुक गयी है तो उन्होंने तुरंत अपने तपोबल से जान लिया कि आगे नीलपर्वत पर मार्कण्डेय मुनि महासमाधि में लीन हैं। उनकी समाधि भंग करना सर्वथा अनुचित जानकर सरयू नदी रुक गयी। वशिष्ठ मुनि भी उनकी तपस्या भंग कर आगे बढ़ने का दुःसाहस नहीं करना चाहते थे। वशिष्ठ मुनि ने तुरंत देवताओं से सहायता का निवेदन, वन्दन करना प्रारम्भ कर दिया; परन्तु कोई भी समाधिस्थ ऋषि का कोप-भाजन नहीं बनना चाहता था। अंतत: आदिदेव भोलेनाथ जिन्होंने सरयू के प्रवाह को छोड़ा था, उन्होंने ही ऋषि की तपस्या में विघ्न डाल कर सरयू नदी को मार्ग देने की युक्ति सोची। उसमें देवी पार्वती का सहयोग लिया। पार्वती ने गाय का रूप धारण किया और नील पर्वत में मार्कण्डेय मुनि के निकट विचरण करने लगी तभी शिव, बाघ रूप धारण कर भयंकर दहाडें मारते, गर्जना करते गाय की ओर झपटे। गाय ज़ोर-ज़ोर से रंभाती हुयी मुनि के निकट पहुँच गयी। बाघ भी बार-बार घोर गर्जना करने लगा। इस कोलाहल से मार्कण्डेय मुनि की समाधि भंग हो गयी। वे गाय को बचाने के लिए दौड़ पड़े। जैसे ही मुनि गाय को बचाने आगे बढ़े, स्थान पाकर वशिष्ठ मुनि आगे बढ़ गये। पीछे-पीछे सरयू नदी भी वेग के साथ कल-कल, छल-छल करती उनके पीछे चल पड़ी। तत्पश्चात् गाय व बाघ दोनों अपने वास्तविक रूप में मुनि के सम्मुख प्रकट हो गये। मुनि

समाधि भंग से रुष्ट होने के स्थान पर आदिदेव महादेव को माता पार्वती के साथ अपने सम्मुख खड़ा पाकर अत्यंत अह्लादित होकर उनका चरण वंदन करने लगे। पार्वती ने जब उनके ध्यान को भंग करने का वृतांत सुनाया तो मार्कण्डेय मुनि ने ध्यान भंग करने की कुचेष्टा के दण्डस्वरूप निवेदन किया कि महादेव को आज से एक नाम व्याघ्रेश्वर से जाना जायेगा और वे इसी रूप में माता पार्वती के साथ इस स्थान पर निवास करेंगे। महादेव और माँ पार्वती ने सहर्ष सहमति दे दी। ऋषि मार्कण्डेय की यह तपस्थली शिव-पार्वती के स्वयं आगमन से पवित्र व धन्य हो गयी। साथ ही सरयू के स्वच्छ जल से सभी जीव, प्राणी तृप्त हो गये। यही तपस्थली व्याघ्रेश्वर के नाम से जानी जाने लगी। मार्कण्डेय मुनि द्वारा ही यहाँ पर एक शिवालय की स्थापना की गयी। शिवलिंग की स्थापना पर सभी देवी-देवता अत्यंत प्रसन्न हो, आदि देव व माता पार्वती की स्तुति करने लगे और आकाश से पुष्पवर्षा होने लगी। तब से यह स्थल मानसखण्ड का पुण्य तीर्थ स्थल बन गया। इसे उत्तरापथ का काशी कहा जाने लगा। यह मोक्षदाता स्थल भी कहलाया जाने लगा। साधु, मुनियों, तपस्वियों के लिए यह एक पवित्र साधना-स्थली बन गया।

आज यह क्षेत्र भी धूमाकोट राज्य की सीमा के भीतर था। सभी राजा, सामंत इस प्राचीन तपस्थली पर स्थित व्याघ्रेश्वर मंदिर में पूजा अर्चना करते एवं उमा-महेश के इस प्राचीन मंदिर में अपनी मनोकामनाओं और इच्छाओं को रखते। यह आम धारणा थी कि जो भी स्वच्छ हृदय से उचित उद्देश्यों की पूर्ति हेतु इस देवालय में वन्दना, अर्चना करेगा उसकी मनोकामना अवश्य ही पूर्ण होगी।

याचना

धौली धूमाकोट राज्य का राजा हालूराई वेश बदल, पाँवप्यादा व्याघ्रेश्वर तपस्थली में, मन में किसी विशेष कामना को लेकर नितांत अकेले, स्वच्छ श्वेत वस्त्र धारण कर, विनम्र भाव से, अश्रुपूरित नेत्रों से, गद्गद वाणी से स्तुति कर रहा था-पूजा, अर्चना, प्रार्थना कर रहा था।

मध्यम आकार का हरे रंग के पत्थरों से बना महारुद्र का व्याघ्रेश्वर मंदिर- यह मंदिर विशाल प्रांगण के मध्य स्थित है। प्रांगण विशाल शिला-पटालों से आच्छादित किया गया है। मंदिर के गर्भगृह में जाने के लिए छोटा सा द्वार है। द्वार के बाहर विशाल कठोर शिला पर उकेरी गयी नन्दी की प्रतिमा स्थापित है। गर्भगृह में स्थान अधिक न होने पर भी वह अपनी स्थापत्य शैली एवं पत्थरों पर बनी कई देव-प्रतिमाओं, पुष्पलताओं, गंधर्व, अप्सराओं की प्रतिमाओं के कारण भव्य दिखायी देता है। गर्भगृह के मध्य में शिवलिंग स्थापित है। जिस पर निरंतर जलधार पड़ती जा रही है। शिवलिंग को बेलपत्र, पुष्पादि से सम्पूजित किया गया है। सुगंधित धूप व पुष्पों से पूरा वातावरण आह्लादित है। महारुद्र के इस आलय में राजा हालुराई नितांत अकेले ध्यानमग्न बैठे हैं, उनके मुँह से कोई शब्द नहीं निकल रहा है लेकिन उनका मन बड़ा ही उद्वेगपूर्ण भाव लिए, अशांत है। अपने ईष्ट देव से याचना कर रहे हैं। तभी एक कर्कश स्वर उनके कानों से टकराया, ''अरे राजन्! तू यहाँ क्या कर रहा है?''

राजा ने आँखें खोलीं, महालिंग को दण्डवत प्रणाम किया और आसन से हट कर तेजी से गर्भगृह से बाहर द्वार की ओर अग्रसर हुआ। द्वार के बाहर नन्दी की प्रतिमा पर एक हाथ टेके, एक हाथ में

भारी चिमटा, शरीर पर भभूति रमाये, कटि में ब्याघ्र-चर्म पहने, शुष्क,दुर्बल किन्तु सुदृढ़ दीर्घकाय, प्रशस्त ललाट पर त्रिपुण्ड, बड़ी-बड़ी लाल आँख, सघन भौंहें, पिंगल जटाजूट धारण किये, नग्न पाँव, विस्मयकारी, प्रभावान औघड़ साधु खड़ा था। जिसको देखकर स्त्री, बच्चे, कमजोर हृदय व्यक्ति भयभीत, व्यथित हो जायें। उसे देखकर राजा के हाथ स्वतःस्फूर्त जुड़ गये। राजा हालुराई यंत्रवत हो घुटनों के बल बैठकर साधु के चरणों में झुक गया। राजा के मुँह से कोई बोल न निकला। साधु ने कहा ''अरे राजन्! प्रजा का दुख-सुख छोड़ तू महाकाल के आलय में क्यों व्यथित बैठा है?'' राजा कुछ संयत हुये, वह अपनी व्यथा किसी को नहीं बताना चाहते थे। बोले, ''पूज्यहरि साधु देव! आपको शत-शत् प्रणाम, मैं आपका किस प्रकार आदर सत्कार करूँ?''

''अरे राजन्, तू तो स्वयं व्यथित है, मेरा सत्कार क्या करेगा? जिसे अपने सुख की चिन्ता हो वह दूसरों के चिन्ता का हरण कैसे करेगा? तू अत्यंत थकित एवं क्लांत है?''

''देव साधु, कृपा कर आप आसन ग्रहण करें।'' राजा ने घास से निर्मित एक स्वच्छ आसन को आँगन के भिड़ में बिछाते हुए विनयावनत भाव से कहा। विकटरूप धारी साधु अकड़ कर आसन में विराजमान हो गया।

''भगवन्, आप तो परम् तपस्वी प्रतीत होते हैं, व्याघ्रेश्वर तीर्थ एवं धूमाकोट मण्डल में पहले आपको नहीं देखा। आपने मुझे पहचान भी लिया है। अवश्य ही आप मेरे हृदयगत भाव से भी अवगत हो गये होंगे। मैं आपसे आशीर्वाद की कामना करता हूँ।''

''राजा को उसकी क्या आवश्यकता है? राजकोट में प्रचुर संसाधन उपलब्ध हैं, भोग विलास हेतु सात रानियाँ हैं, दास-दासियाँ हैं। सेना व कूटनीति का दर्प है, तुम्हें और क्या चाहिए?''

''देव,कृपया प्रसन्न हों। व्याघ्रेश्वर तीर्थ में पधारे साधु हमारे लिए महादेव के दूत के समान हैं; परन्तु आपके वाक्य, कोप-वाक्य लग रहे हैं। इस तुच्छ से कोई धृष्टता हो गयी हो तो क्षमा करें।''

''नहीं नहीं, राजन् कोप-वाक्य नहीं है; परन्तु तुम जानते हो राजाओं का दृष्टिकोण सदैव अपने व अपने राज्य, वैभव के हित में होता है जबकि विरक्तों का हित आत्म कल्याण व मानव कल्याण के अतिरिक्त कुछ भी नहीं।''

''लेकिन देव, मानव समाज के कल्याण एवं राज्य हित में राजाओं और विरक्तों का उद्देश्य तो एक ही है, क्योंकि राजा भी राज्यहित में, व्यवस्थाओं के द्वारा समाज को सुखी रखना चाहता है।''

''और उन्हें नियंत्रण में भी रखना चाहता है?'' साधु ने कहा।

''भगवन्, यह तो राजव्यवस्था का प्रश्न है।''

''राजा के अधिकारों को भी सुरक्षित करने का भी? और भोग विलास की वस्तुऐं जुटाने का भी? यही भोग-विलास, अधिकार, अशांति की जड़ हैं। जिनकी विरक्तों को आवश्यकता नहीं।''

''अविनय क्षमा हो भगवन्, पर मैंने अपने ज्ञान से लोकोत्तर, लोकोपकारी कार्य करने का प्रयास किया है। छोटे मण्डलों को एक कर उन्हें सुव्यवस्थित एवं समृद्ध करने का प्रयास किया है। धूमाकोट मण्डल के अधीन एकत्र कर राज्य को शांत एवं समृद्ध बनाया है। एक गणतंत्र का रूप दिया है। उन्हें

आपसी मित्रता में बाँधने के लिए मैंने उनकी पुत्रियों से विधि सम्मत विवाह किया है। ताकि सभी मण्डल मित्रवत रह सकें।''

साधु ने भृकुटि खींचते, आँखें फैलाते हुए कहा,''सबको अपने अधीन करना ही क्या श्रेष्ठता का प्रतीक है?''

राजा कुछ सकपकाये; परन्तु विनय के साथ हाथ जोड़कर बोले, ''भगवन, सर्वत्र स्वाधीनता भी तो उचित नहीं हैं। विरक्तों के लिए तो यह ठीक है, क्योंकि उनका चरित्र स्वार्थहीन है और उन्हें किसी सांसारिक सामग्री की अधिक आवश्यकता नहीं; परन्तु मनुष्य जैसे ही स्वच्छन्द होता है, उसमें अपने से बलहीन को अपने अधीन रखने की इच्छा जागृत होने लगती है। वह श्रेष्ठ बनना चाहता है। भोग-विलास की सामग्री एकत्र करने लगता है। इस कड़ी में वह आपात, अशांति, अव्यवस्था और उत्क्रांति फैलाता है। जिस कारण राज्य के राजा को एक निश्चित व्यवस्था रखनी पड़ जाती है। उसके लिए कुछ उपक्रम तो आवश्यक हो ही जाते हैं।''

साधु कुछ प्रसन्न दिखायी दिये, राजा के तर्क को वह समझते थे। ''तब तू क्यों उद्विग्न है और महाकाल से क्या याचना कर रहा है?''

''भगवन्, आप हृदयगत भाव से अवगत हैं।''

''मैं तुम्हारे मुख से सुनना चाहता हूँ।''

''मैं बड़े ही ऊहापोह में हूँ, पर मेरे भाव के पीछे राज्य कल्याण की भावना निहित है।''

''तब उजागर करने में समस्या कैसी?'' साधु की प्रसन्नचित भाव-भंगिमा देखकर राजा को धैर्य हुआ और विनय पूर्वक बोला।

''भगवन् क्षमा करें, सात रानियों के होते हुए भी मैं संतान सुख से वंचित हूँ। मुझे संतान सुख की अधिक आवश्यकता नहीं है; परन्तु राज्य के उत्तराधिकारी का आकांक्षी हूँ। मैं चाहता हूँ कि धूमाकोट को एक योग्य उत्तराधिकारी मिल जाये।'' राजा बड़े ही दीन स्वर में हाथ जोड़कर विनय पूर्वक अपने हृदय की बात उजागर कर गया।

''राजन्, एक ओर तू राज्य कल्याण आदि-आदि की बड़ी बड़ी बातें करता है, दूसरी ओर तुझे अपने उत्तराधिकारी के रूप में संतान की आवश्यकता है।''

''भगवन, व्यवस्था तो यही है कि राजा का पुत्र उत्तराधिकारी के रूप में राजा बनता है।''

''लेकिन आवश्यक नहीं कि राजा का पुत्र योग्य ही हो और उसकी भाँति ही राज्य कल्याण का कार्य करे।''

राजा सोच में पड़ गया फिर धैर्य पूर्वक बोला, ''भगवन्, आपकी वाणी में सत्यता है। यह पूर्व से ही सुनिश्चित करना बड़ा कठिन है कि होने वाली संतान सर्वगुणसम्पन्न होगी। इसी कारण में महादेव त्रिकालदर्शी से राज्य कल्याण हेतु सुयोग्य उत्तराधिकारी की कामना लिये याचना कर रहा था।''

''सात रानियों के होने के पश्चात् भी जब तुम्हें संतान की प्राप्ति नहीं हुई, तब क्या तुम एक और विवाह की इच्छा रखते हो।''

''देव, यह आवश्यक नहीं, परन्तु यह एक विकल्प हो सकता है।''

''तात्पर्य यह है कि राजन् के भोग की कुत्सित तृष्णा अभी पूर्ण नहीं हुयी है?''

''पूज्य साधु, मैंने तो विवाह को एक विकल्प के रूप में निवेदन किया था। देव, क्या उपभोग करना पाप की श्रेणी में है?''

''धर्म द्वारा निर्धारित नियमों के अंतर्गत भोग करना पाप नहीं है।''

राजा ने पूछा, ''उपभोग के धर्म का निर्धारण कौन करेगा?''

''तुम स्वयं करोगे। तुम्हें अपने ज्ञान, बुद्धि, विवेक के द्वारा यह नियम स्वयं तय करना होगा। संक्षेप में कह सकता हूँ, भोग सुफल और कुफल को ध्यान में रख करना होगा यदि उसका उद्धेश्य एवं फल सुफलदायी है तो वह धर्म है यदि वह विनाशकारी, कष्टकारी, कुफलदायी है तो वह अधर्म है, यह तुम्हें स्वयं निर्धारित करना है। भोग करने के लिए किसी को रोका नहीं जा सकता है।''

राजा निरुत्तर था।

साधु पुन: बोला,''राजन्, उत्तराधिकारी की खोज तू प्रजा के मध्य से क्यों नहीं करता? क्या तेरी प्रजा में कोई भी उत्तराधिकारी बनने योग्य प्रतापी पुरुष नहीं है?''

''देव! आप सत्य कह रहे हैं; परन्तु मैंने इस दृष्टिकोण से कभी विचार नहीं किया। मुझे कोई ऐसा व्यक्ति अभी नहीं दिखाई दिया।''

''परन्तु राजन् तुम्हें प्रजा से ही उत्तराधिकारी प्राप्त होगा। ''साधु ने दृढ़ता से कहा।

''देव इसका तात्पर्य यह है कि मुझे संतान की प्राप्ति नहीं होगी?''

''मैंने ऐसा तो नहीं कहा, तेरे जीवन में संतान का योग है; परन्तु संतान-सुख के पूर्व महाकष्टों का कालयोग दिखाई देता है।'' साधु के कठिन तर्क को राजा समझ न सका। उसने अधिक तर्क-वितर्क करना उचित नहीं समझा। राजा ने अनुरोध किया, ''साधु देव, कृपा कर धूमाकोट नगर में प्रवेश कर राजमहल का आतिथ्य स्वीकार करें और अपने आशीर्वाद से धूमाकोट को भी अभिसिंचित करें।''

''मुझ वैरागी का राजमहल में जाने का क्या उद्देश्य? बस मुझे यह जानकर प्रसन्नता हुई है कि धूमाकोट का राजा प्रजा के हित में विचार करता है। उसे एक सुयोग्य उत्तराधिकारी की चिन्ता है। मैं तुम्हें आशीर्वाद देता हूँ कि उत्तरापथ को अवश्य ही एक सुयोग्य उत्तराधिकारी मिलेगा।'' इससे पहले कि राजा अपनी संतान सुख के गहन प्रश्न की जिज्ञासा शांत कर पाते, साधु तीव्र कदमों से मंदिर परिसर के बाहर निकल गये। राजन् पीछे दौड़े, आश्चर्य! वह विचित्र साधु अदृश्य हो चुका था।

अनोखा आखेट

सूर्योदय के साथ ही राजा आखेट शिविर से बीस सैनिकों के दल के साथ आखेट हेतु जंगल की ओर निकल चुके थे। यह आखेट पैदल ही किया जाना था। कुछ ही समय पश्चात्-दूर हिमाच्छादित

पर्वतशृंग साफ दिखाई दे रहे थे। उनका सौन्दर्य मन को मोहित करने वाला था। हिमाच्छादित गिरिशृंगों पर सूर्य की सुनहरी किरणें पड़ कर अनोखी छटा बिखेर रही थीं। हरे-भरे वनों में विभिन्न प्रकार के विशाल वृक्ष शोभा बढ़ा रहे थे। बाँज, फयाँठ, बुराँश के वृक्षों की घनी छाँव थी। कहीं कहीं पर देवदार व चीड़ के वृक्ष आकाश को छूने की होड़ में लम्बे खींचे जा रहे थे। झींगुर एक अजीब-सी धुन से वातावरण को रहस्यपूर्ण बना रहे थे। जगह-जगह निर्मल स्वच्छ जलधाराऐं प्रवाहित हो रही थीं। छोटी-छोटी जलधारायें मिलकर बड़ा जलप्रवाह निर्मित कर, कठोर पत्थरों से संघर्ष करती आगे बढ़ रही थीं। कहीं-कहीं पर तो इतने घने जंगल-झाड़ियों वाली घाटी थी कि वहाँ पर प्रकाश की किंचित किरणें भी भूमि को स्पर्श नहीं कर पा रही थीं। ऐसे स्थानों पर विविध औषधीय पौधों के साथ ही मादक और विषैली वनस्पतियाँ भी पायी जाती थीं। चारों ओर रंग बिरंगे पुष्प खिले थे। जैव विविधता की पराकाष्ठा देखने को मिल रही थी। प्रकृति ने दिल खोल कर,मुक्तहस्त से इस क्षेत्र को वरदान दिया था।

राजा सोच रहा था कि इसी कारण विषपायी भगवान शिवशंकर इस स्थल से अपना निवास पृथक करना नहीं चाहते हैं। चारों ओर गहरी दृष्टि दौड़ाते हुए राजा निरन्तर हिरन का पीछा कर रहे थे। बहुत समय बाद आज वे ऐसे सघन वन के मध्य अकेले आखेट पर थे। आगे और अधिक घना वन न था जहाँ से अत्यंत सुन्दर दृश्य दिखाई देने लगे। हरा भरा छोटा-सा बुग्याल नजर आ रहा था। बुग्याल के उत्तर में एक निर्मल झरना दूर से ही दिखायी दे रहा था। हिरन उसी ओर भाग रहा था। हिरन तीर की पहुँच में था, अब तक हिरन बार बार झाड़ियों की ओट में छुपकर बच रहा था। बुग्याल के खुले स्थान में पहुँचने पर अब उसका आखेट सरल हो गया। राजा ने तीर छोड़ा, तीर हिरन के गर्दन में धँस गया; परन्तु वह गिरता-पड़ता भागता रहा। वह बुग्याल के उत्तरी छोर, जहाँ एक सरोवर स्थित था, की ओर भागा। राजा उसके पीछे दौड़े। अब हिरन भूमि पर पड़ा था। लेकिन राजा हिरन को न देख कर सरोवर व झरने के अनुपम, सम्मोहित करने वाले दृश्य को देख रहे थे-

सामने एक सरोवर है, स्वच्छ निर्मल छोटा-सा झरना उसमें समा रहा है। सरोवर में कमल दल खिले हैं। लताओं में पुष्प सुशोभित हो रहे हैं और भँवरे गुंजायमान हो रहे हैं। प्राकृतिक छटा का अद्भुत चित्रण है। यह सब मन को सम्मोहित करने वाला है। एक तरुणी अभी-अभी सरोवर में स्नान कर बाहर निकल रही है। वह अपने बालों को सुलझा रही है। उसके गहन श्यामल घुँघराले बालों के मध्य उसका दिव्य सुन्दर रूप ऐसा प्रतीत हो रहा है मानो शरद काल में मेघों के पीछे चन्द्रमा की कला।

इस सौन्दर्य प्रतिमा को देख, राजा अचंभित रह गया। राजा कुछ क्षण विमूढ-सा हो गया, लेकिन स्वयं को संयमित कर आगे बढ़ा।

विभोर होकर राजा ने तरुणी-बाला से पूछा, ''प्रिय, तुम कौन हो? और इस निर्जन वन में अकेले विचरण क्यों कर रही हो?''

राजा के वस्त्रों, वेशभूषा एवं हाथ में धनुष-बाण, कमर में खुकरी देखकर, क्षणभर के लिए तरुणी सशंकित हुई। उसने पुरुष को उपर से नीचे तक तीखी निगाहों से देखा। चित्त में दृढ़ता धारण कर बोली। ''यही प्रश्न मैं आपसे करती हूँ, इस निर्जन वनस्थली में जहाँ एक नारी स्नान कर रही हो-आने का प्रयोजन?''

‘‘भद्रे, आप रुष्ट न हों,मैं तो आखेट का पीछा करते करते झाड़ियों को पार कर यहाँ पहुँच गया। इस मनोहारी, पुष्प-पल्लवित वातावरण में खो गया। इस स्वच्छ सरोवर के निर्मल शीतल जल को देखकर मेरी तृष्णा भी जाग उठी। मैं कब इस सरोवर के निकट आ गया मुझे ज्ञान नहीं।’’

‘‘लेकिन आप तो कोई राज-पुरुष प्रतीत होते हैं?’’

‘‘देवी,मैं अचंभित हूँ कि आप इस हिंसक पशुओं से भरे निर्जन भयावह वन में अकेले कैसे और क्यों हैं?’’

‘‘परन्तु प्रश्न मैंने आपसे किया था?’’ युवती दृढ़ता से बोली और वस्त्रों के बीच उसने अपनी खुकुरी छुपा ली, लेकिन वह पूरी तरह सतर्क थी-किसी भी विषम स्थिति का सामना करने के लिए। ‘‘मैं तुम्हारे प्रश्नों का उत्तर अवश्य ही दूँगा। तुम किसी भाँति सशंकित न होओ। मैं तो अत्यन्त प्रसन्न हूँ। मैं इस निर्जन वन में भटक गया हूँ। तुम से मिलकर मैं निश्चिंत हुआ। चलो मैं ही पहले अपना परिचय दे देता हूँ। मैं, धूमाकोट का राजा हालुराई हूँ। आखेट के लिए निकला था। हिरण का पीछा करते करते यहाँ आ गया। वह देखो मेरे तीर से घायल हिरण पड़ा है। अब तो सुन्दरी को मेरा परिचय प्राप्त हुआ?’’

‘‘क्या आप सचमुच राजा हालुराई हैं?’’

‘‘मैं तुम्हें क्या प्रमाण दूँ? यह राजमुकुट देख, तुम समझ सकती हो।’’ तरुणी हर्षोल्लास से चीख उठी! आनन्दातिरेक में उसके हाथ से खुकुरी व अन्य वस्त्र भूमि पर गिर गये। अब वह मात्र अन्त:वस्त्रों में थी, उसका अनावृत-उन्मुक्त यौवन छलक रहा था। उसके रूप-लावण्य से सम्मोहित हो राजा उसे अपलक निहारता रह गया। तरुणी भी सम्मोहित-सी धीरे-धीरे राजा के निकट आ गयी। राजा को उसके रूप-तेज की सुषमा का अहसास हो रहा था। तरुणी राजा के और निकट आ खड़ी हुई। राजा किंकर्तव्यविमूढ़-सा उसके रूप-सागर में डूबता जा रहा था।

‘राजन्!’ तरूणी का स्वर उसके कानों से टकराया तो राजा चौंके। उन्होंने तरुणी को बिलकुल अपने निकट पाया। ‘‘तो आप ही मेरे बाबा के मित्र राजा हालुराई हैं?’’

तरुणी तुरंत ही राजा के चरणों में गिर पड़ी। तरुणी के नेत्रों से अविरल आँसुओं की धार निकल रही थी। उसे रोता देखकर, राजा ने तरुणी को अपनी लम्बी भुजाओं से उठाया और अपने चौंड़े कठोर वक्ष में समेट लिया। दोनों परस्पर आबद्ध हो गये। तरुणी को होश न था, उसकी आँखो सें निरंतर आँसू निकल रहे थे। राजा ने कुछ देर उसे आलिंगनबद्ध रखा, फिर तरुणी की व्यथित स्थिति को जान उसको स्नेह सहित विलग किया। राजा के स्नेहिल व्यवहार से तरुणी चेतन अवस्था में आयी। अब वह प्रसन्नचित्त थी। संयत होकर उसने अपने दोनों हाथों को मुँह पर फेर कर आँसू पोंछे। अब वह सामान्य स्थिति में आ चुकी थी। राजा का स्नेहिल हाथ अभी भी उसके कंधे पर था।

‘‘आप सुपूजित हैं, राजन्! आप के गुणों, आपके शौर्य, प्रखर बुद्धि, स्नेहिल संस्कारों व न्याय प्रिय शासन से मैं पूर्णरूप से भिज्ञ हूँ।’’ तरुणी बोलती रही और राजा सुनते रहे, कई बातें जो राजा विस्मृत कर चुके थे। कई योजनाऐं, रचनाऐं, कूट, श्रम जो राजा के अतिरिक्त उनके कुछ अंतरंग ही जानते थे, वह सब यह तरुणी जानती थी। राजा की आँखें विस्मय से खुली की खुली रह गयीं! यह तरुणी कौन

है? इस निर्जनवन में क्या कर रही है? इसका रूप तो अगाध है। मेरे विषय में इतनी बातें इसको कैसे ज्ञात है? यह कोई स्वप्न तो नहीं? यह नाग प्रदेश है, कहीं यह विषकन्या, नागकन्या तो नहीं! कई प्रश्न एक साथ राजा के मन-मस्तिष्क में उठ खड़े हुए। वह पलभर अचंभित हो एक पग पीछे हटा।

''तुम तो मेरे विषय में बहुत कुछ जानकारी रखती हो। तुम इस निर्जनवन में रह कर यह सब कैसे जानती हो? पूरे विस्तार से वर्णन करो।'' राजन् ने कठोर स्वर से कहा।

''आप मेरे लिये श्रेष्ठ हैं, राजा है। आप किसी प्रकार सशंकित न हों। आपको अपने प्रश्नों के उत्तर शीघ्र ही मिल जायेगें।''

''लेकिन अभी क्यों नहीं?'' राजा ने अधिकारपूर्वक कहा।

''राजन्, शीघ्रता न करें।'' तरुणी ने सम्मोहित स्वर में चपल नेत्रों से राजा को देखते हुए कहा।

''आयें, मैं आपको अपनी कुटिया में ले जाती हूँ, जो निकट ही है। आपके सारे प्रश्नों के उत्तर वहीं प्राप्त होंगे।'' तरुणी ने वस्त्र शीघ्रता से अपने बदन पर लपेटे, खुकुरी उठायी और आगे आगे चल दी। राजा मंत्रमुग्ध से यंत्रवत् तरुणी के पीछे चल दिये। उन्हें ऐसा प्रतीत हो रहा था कि वे अपने वश में नहीं है। एक ओर युवती का रूपसागर, ऊष्मायुक्त आलिंगन, उसकी अद्भुत एवं गोपनीय सूचनाऐं, निर्जन वन-सब कुछ स्वप्न-सा था। राजा कब एक विशाल चट्टान के पास लटके छप्पर के निकट पहुँच गये उन्हें कुछ याद नहीं। युवती ने राजा को रुकने का संकेत किया और स्वयं छप्पर के अन्दर प्रविष्ट हो गयी। राजा दिग्भ्रमित-सा खड़ा था।

गुफा के भीतर शांति थी। मन्द प्रकाश, भारी काष्ठ-कुन्द धूनी के मध्य सुलग रहे थे। गुफा के कुछ और भीतर जहाँ पर्याप्त स्थान था, पास ही उच्च शिला पर घास का आसन, आसन में एक साधु ध्यान की मुद्रा में बैठे थे। मुख, पत्थर के समान भावहीन। श्वेत दाढ़ी, लम्बे मिश्रित जटा-बाल जो बलिष्ठ कंधों पर सर्प वही भाँति लटक रहे थे। उन्नत ललाट, उच्च नासिका, गहरी भौंहें, लम्बे-लटके कान ऐसा प्रतीत हो रहा था मानो स्वयं महादेव आसन में विराजमान हों। क्षीण प्रकाश में उनके धवल केश दूर से ही चमक रहे हैं। युवती ने मन्दगति में निकट पहुँच कर कहा, ''बाबा आश्रम के द्वार पर कोई आप से मिलने आये हैं, जो स्वयं को धूमाकोट का राजा हालुराई बताते हैं। मुझे विश्वास है कि वे राजा हैं और वे सर्वथा अकेले हैं।'' युवती ने विश्वास भरे शब्दों में कहा।

वृद्ध साधु ने आश्चर्यचकित भाव से बड़ी बड़ी आँखें खोलीं और उठ खड़े हुए। ''वह यहाँ तक एकाकी ही कैसे आ गये? यहाँ का मार्ग उन्हें कैसे ज्ञात हुआ?'' वृद्ध साधु ने आश्चर्य सहित कहा।

''बाबा, आप क्यों चिंतित हो रहे हैं? वे बड़े भद्र पुरुष हैं, आप ही तो उनकी प्रशंसा करते थे। आपने उनके कितने संस्मरण मुझे सुनाये थे। वे तो आपके मित्र हैं।''

''परन्तु उनके यहाँ आने का क्या कारण है? और वे यहाँ क्यों और कैसे आ सके? यह आश्रम तो आमजन से अत्यंत दूर एवं दुरूह स्थान पर स्थित है। बिना किसी मार्गदर्शन के यहाँ पहुचना असंभव है।''

तरुणी ने सरोवर तट के वृत्तांत को कह सुनाया। कैसे राजा आखेट के साथ सरोवर तक पहुँच गये और उसका राजा से सामना हुआ। वह यह जानकर हर्षविभोर हो उठी थी कि बाबा जिनके बारे में

नित्य कोई प्रसंग सुनाते थे वह राजा स्वयं उनके सम्मुख उपस्थिति था-वह भी अकेले। तरुणी ने कहा। ''बाबा,राजन् बड़े ही दयालु व स्नेही हैं। जैसा आप बताते थे उससे भी अधिक। मैं उन्हें स्वयं अपने साथ यहाँ ले आयी ताकि आप भी उनसे मिल सकें। आप भी उनसे मिलकर अवश्य ही प्रसन्न हो जायेंगे।''

साधु बाबा पुन: आसन पर बैठ गये। कुछ चिंतित व असमंजस की स्थिति में सोचने लगे कि जिस राज्य, राजा, प्रजा आदि से वे कई वर्षों से दूर रहकर पंचचूली की दुर्गम घाटी में महादेव की आज्ञा से तपस्यारत थे,आज पुन: राजा से साक्षात्कार होगा। उन्हें आशा नहीं थी कि राजा से कभी इस प्रकार साक्षात्कार होगा! यह अप्रत्याशित था!

साधु-मित्र

काफी समय व्यतीत हो जाने के बाद भी गुफा से कोई बाहर नहीं निकला। हालुराई असमंजस में इधर से उधर टहल रहे थे। उन्हें ज्ञान न था कि वे कहाँ पर हैं? इतने दुर्गम व सघन वन में उन्होंने कभी अकेले प्रवेश नहीं किया था। युवती का मोहपाश ही उन्हें यहाँ खींच लाया था। किसी विषम परिस्थिति की आंशका उन्हें घेर रही थी। उनके सैनिकों का भी कहीं अता पता न था। लेकिन उन्हें क्या हो गया था! उसने सेना की भी चिन्ता नहीं की, बिना सूचना के काफी दूर, दुर्गम, निर्जन स्थल पर चले आये। कौन सा आकर्षण उन्हें यहाँ ले आया था? राजा सोच रहे थे। तभी कुछ आहट-सी हुई। उन्होंने गुफा की ओर दृष्टि डाली। गुफा के अन्दर से एक आकृति बाहर आती दिखाई दी जो शनैः-शनैः स्पष्ट हो रही थी। राजा ने देखा कुछ दूर व ऊँचाई पर एक लम्बे कद वाला, बलिष्ठ शरीर धारी, महातेजवान,जिसके सिर पर श्वेत चाँदी के समान बाल हैं, दाढ़ी है। शरीर पर मृग छाला, ऊपरी बदन पर धवल भेड़ के ऊन से बनी पंखी लिपटी है। उनका गौरवर्ण,बड़ी-बड़ी आँखें, लम्बे कान, ऊँची नाक, स्वयं महादेव के प्रतिरूप दिखाई दे रहे हैं। उनकी आँखों में महातेज था। उनसे आँखें मिलाये रखना राजा के लिये कठिन हो रहा था। उनके तेजस्वी मुखमण्डल पर अत्यंत तेज को देख कर राजा हालुराई को पुन: एक बार महादेव उमा-महेश के आलय व्याघ्रेश्वर मंदिर में मिले औघड़ साधु की याद आ गयी। कहीं यह वही साधु तो नहीं? राजा हतप्रभ था! राजा के मुँह से कोई संबोधन न निकला। वह एकटक तेजस्वी साधु को देख रहा था। उनके हाथ स्वत: अभिवादन में जुड़ गये। आँखें अभी भी साधु के मुखमण्डल पर टिकी थीं। साधु हाथ में तिमूर का दण्ड लिये निश्छल भाव से खड़े थे। कुछ क्षण इसी तरह बीत गये। साधु की गंभीर वाणी ने नि:शब्दता तोड़ी।

''तो राजन् आप यहाँ तक आ पहुँचे। महाराज हालुराई की जय हो।'' राजा के कानों में शब्द गूँजे। राजा कुछ संयत हुए, उन्हें यह वाणी जानी पहचानी-सी लगी लेकिन वे कुछ समझ नहीं पाये और बोले, ''साधु देव,मेरा यहाँ पहुँचना तो असंभव था यदि एक कन्या मुझे अपने साथ यहाँ न लाती।''

''राजन्, आप मेरे आश्रम में आ गये हैं, आसन ग्रहण करें।''

''धूनी के चारों ओर शिला आसन बने थे। धूनी में मोटे मोटे काष्ठ-कुन्द दहक रहे थे। राजा ने आसन ग्रहण किया। साधु भी कुछ ऊँचे आसन में बैठ गये थे।

''राजन, थक गये होंगे? भूख भी अवश्य ही लग गयी होगी?''

''अवश्य, देव।''

''बहन काली, कुछ खाने की साम्रगी व तेजपत्ता, गंदरायण मिला तेज गर्म औषधीय पेय लेकर आओ।'' साधु ने कुछ ऊँचे स्वर में कहा।

''अभी लायी बाबा।'' गुफा के अन्दर से आवाज आयी।

अब तक राजा शांत व संयत हो चुके थे। उनके मस्तिष्क में कई विचार उपज रहे थे। बोले, ''महामन्, पूज्यदेव, आप कौन हैं? इस निर्जन, दुर्गम, शीतल प्रदेश में कब से रह रहे हैं।''

''अरे राजन्!, साधुओं-तपस्वियों के लिए तो निर्जन स्थल ही साधना व तपस्या के लिए उपयुक्त है।''

''पूज्य, आप की बहन ने मुझे बताया कि आप मेरे बारे में काफी सूचनाएँ रखते हैं।''

''तो इसमें आश्चर्य कैसा, साधु प्रजा में विचरण करते रहते हैं। उन्हें प्रजा से राजा के पुण्य व दुष्कर्मों दोनों की जानकारी प्राप्त होती रहती है।''

''लेकिन आप को कभी धूमाकोट में नहीं देखा?''

''राजा की दृष्टि तुच्छ साधु पर न पड़ी होगी। हम तपस्वियों का महल में जाना तो कम ही होता है।''

तभी कलिंगा साधु जिसे काली शब्द से बुला रहे थे, एक काष्ठ वर्तन में गर्म पेय लेकर आ गयी। कलिंगा के आने से वार्तालाप भंग हुआ। कलिंगा ने फल व गर्म पेय राजन् के समक्ष रखे। राजा ने कलिंगा को देखा। वह उसके सौन्दर्य व शृंगार को देखते रह गये। अब वह पूर्ण वस्त्रों में थी। केशों में सफेद फूलों का गुच्छा लगा था। कंठ में कुछ लाल मूगों व काष्ठ के आभूषण तथा वनपुष्प-माल्य पड़ी थी। राजा ने सरोवर पर तरुणी कलिंगा का जो अनावृत सौन्दर्य का दर्शन किया था वह वस्त्रों, आभूषणों के साथ कई गुना निखर गया था। राजा की दृष्टि का भेद साधु भी पल भर में समझ गये। काली भी अपलक राजा को देख रही थी। दोनों को यह भान ही न रहा कि निकट आसन पर साधु बाबा बैठे हैं। कुछ देर साधु एक दूसरे को इधर से उधर निहारते रहे।

कुछ पल उन दोनों को देखते रहने के पश्चात साधु ने कहा। ''राजन्, आपका पेय ठण्डा पड़ जायेगा। आप कुछ खा भी लें, आपकी थकान मिट जायेगी।''

राजा अचकचा कर संयत हुए। उन्होंने कलिंगा से नजर हटाकर गर्म पेय की ओर हाथ बढ़ाया। कलिंगा निकट ही आसन पर आँखें नीचे कर बैठ गयी, जैसे उसकी चोरी पकड़ी गयी हो। गर्म पेय की चुस्की लेकर राजा बोले। ''अत्यंत मधुर पेय है।''

''इससे आपकी थकान दूर होगी, आपने काफी लम्बा मार्ग पैदल तय किया है।'' कलिंगा चहकी।

''अवश्य ही।'' राजा गर्म पेय व फल खाने में व्यस्त हो गये।

कलिंगा बाबा की तरफ देख कर बोली। ''बाबा मैं कह रही थी न, राजन् के बारे में जितना आप

बताते थे उससे भी अधिक भद्र हैं।''

बाबा कुछ न बोले। कलिंगा ने पुन: कहा।

''बाबा, राजन् तो मेरे साथ शायद यहाँ न आते; परन्तु जब मैंने आप द्वारा सुनाये गए कुछ गोपनीय संस्मरण इन्हें सुनाये तो इन्हें विश्वास हुआ कि मैं अपरिचित नहीं हूँ।''

बाबा अभी भी कुछ न बोले, मात्र इन दोनों को देख रहे थे। कलिंगा बोलती रही।

''बाबा, आपने एक संस्मरण सुनाया था कि आप और राजन् हालुराई किशोरावस्था में दोनों अकेले ही आखेट करने निकले; परन्तु काफी समय तक आखेट नहीं मिला। संध्या होने लगी तब आप दोनों थक हारकर शिविर की ओर लौट चले थे। तभी अचानक बाघ को एक हिरन पर झपटते हुए आप दोनों ने देखा। शोर सुन कर बाघ वह शिकार छोड़कर भाग गया था। उसी क्षण घायल हिरन पर तीर चला कर आप लोगों ने यह दिखाने का प्रयास किया कि वह आखेट आपके हाथों ही हुआ हो। तब आप दोनों बाण लगे हिरन को आखेट शिविर में ले आये और आप दोनों ने अपने आखेट की झूठी कहानी सैनिकों को बता कर खूब वाहवाही लूटी थी। यह झूठी कहानी किसी को उजागर नहीं हुई थी। कलिंगा लगातार भावविह्वल हो बोलती रही और पूरी कहानी को एक बार में उगल गयी।

साधु बाबा भावहीन, शब्दहीन आसन पर आँखें बंद किये बैठे सुन रहे थे। कलिंगा बच्चे की भाँति वे कहानियाँ जो उसे बहलाने के लिए बाबा ने सुनाये थे, उन्हें उद्घाटित कर रही थी। राजा हालुराई की आँखें खुली की खुली रह गयी थीं। राजा जड़, स्तंभित व चकित थे! वे स्तब्ध होकर इस साधु को एकटक निहार रहे थे। उनकी आँखों से झर-झर आँसू बहने लगे। धूमाकोट नरेश हालूराई हतप्रभ होकर विमूढ़ हो गये। एक अकल्पित आनन्द उनके हृदय में था। बीस वर्ष पुरानी स्मृतियाँ एक कथाचित्र की भाँति राजा के मस्तिष्क में प्रकट हो रही थीं।

''साधु! कौन हो तुम? हरू.......? वही हो वही! मैं निश्चित ही जान गया हूँ तुम मेरे मित्र हरू ही हो। तुम कुछ बोलते क्यों नहीं हरू! मित्र, कुछ बोलो। अब सब कुछ स्पष्ट हो गया है, प्रकट हो चुका है! मैं महाभाग्यवान हूँ जो महादेव ने मुझे आखेट के बहाने तुम से मिला दिया। मित्र हरू अब बालो।'' राजा बच्चों की भाँति अश्रुपूरित नेत्रों से बोलते जा रहे थे; परन्तु साधु नि:शब्द निशृंचित आसन पर जमे थे।

राजा हालुराई खड़े हो गये। दोनों हाथ साधु के कंधों पर रख उन्हें झिंझोड़ते हुए बोले,

''हरू, अब चुप न रहो। क्या अब भी तुम कहोगे कि तुम मेरे मित्र हरू नहीं हो? मुझे ठीक राज्याभिषेक के समय छोड़कर तुम साधु बनने चले गये। यह तुमने ठीक नहीं किया, बोलो... हरू.... बोलो!'' भावविह्वल स्वरों से हालुराई बोल रहे थे। साधु कुछ न बोले, आँखें बंद किये भावहीन मुखमण्डल-आसन पर बैठे रहे। राजा की व्यग्रता बढ़ रही थी। तभी कलिंगा ने आकर राजन की बलिष्ठ बाँह को पकड़ा और उन्हें आसन पर बैठाया और बोली।

''राजन् शांत हो जायें। बाबा अभी बोलेंगे।''

राजा का मन अशांत था। मित्र के प्रति स्नेह व क्रोध मिश्रित भाव ले कर आसन पर बैठ गये। शांत साधु उसी प्रकार निश्छल, स्थिर, भावहीन मुद्रा में बैठे थे। कुछ पलों के पश्चात् उन्होंने आँखें खोली। उनकी दृष्टि सीधे राजन पर पड़ी। मंद व सपाट स्वर में बोले, ''राजन् मैं कई वर्षो से निर्जन वनों में योग,

तपस्या में रत हूँ। मैं अब मात्र एक साधु हूँ। जो तुम्हारे सम्मुख आसन पर बैठा हूँ। अवश्य ही तुम इस राज्य के राजा हो। मैं उसी प्रयोजन से तुम्हारा यहाँ पर स्वागत करता हूँ।''

''लेकिन, तुम मेरे मित्र हरू हो, तुमने ठीक वही समय चुना तपस्या में प्रवेश करने का जब तुम्हारे अंतरंग मित्र का राज्याभिषेक होना था। क्या तुम राज्याभिषेक से अप्रसन्न थे? तरुणाई के अमूल्य क्षणों का साथी, कभी विस्मृत न किये जा सकने वाले संस्मरणों के सहयोगी, तुमने ठीक मेरे राज्याभिषेक के उत्सव को ही तपस्या में प्रवेश करने का दिन क्यों चुना? मुझे तुम पर क्रोध आ रहा है।''

राजा लम्बे समय के बाद अपने अंतरंग मित्र को पाकर विह्वल हो गया। हरू राजा से उम्र में कुछ बड़े थे। तरुणाई में हरू कुछ बलिष्ठ भी थे, जिस कारण हरू से हालुराई को हमेशा संबल, मार्गदर्शन एवं सहयोग मिलता था। युवराज के परम मित्रों में हरू था। जिस कारण युवराज हालुराई का उन पर विशेष आग्रह भी रहता था। हरू ने भी गहराई व निष्ठा के साथ मित्रता निभायी थी। वास्तव में निश्छल व निष्ठापूर्ण मित्रता के पल मनुष्य के तरुणाई के दिनों में ही होते हैं। धीरे धीरे मनुष्य सांसारिक चक्र, गृहस्थी व धन अर्जन करने के चक्र में उलझता जाता है तब मित्रता में कहीं न कहीं थोड़ा बहुत स्वार्थ भी सम्मिलित हो जाने की संभावना बन जाती है; परन्तु तरुणाई के दिनों में ही नि:स्वार्थ मित्रता देखी जा सकती है। हरू और हालुराई की मित्रता भी ऐसी ही थी। हालुराई बोलते रहे।

साधु शांत होकर राजा को सुनते रहे।

राजा थक कर,नि:शब्द होकर शांत हुए। राजा अपना हाथ अपने गाल पर टिका कर विचारणीय मुद्रा में बैठ गया। कलिंगा हतप्रभ थी। उसे कुछ सूझ न रहा था। वह कभी बाबा को देखती, कभी राजा हालुराई को। यह तो वह पहले से समझती थी कि बाबा व राजा हालुराई मित्र रहे होगें। पर मित्रता इतनी घनिष्ठ होगी, इतनी अंतरंग होगी उसे ज्ञात न था। जिस अधिकारपूर्ण प्रतिक्रिया के साथ हालुराई साधु पर क्रोध पूर्ण शब्दों के साथ निरंतर प्रहार कर रहे थे,इससे स्पष्ट था कि राजा की बाबा के साथ निष्कपट मित्रता रही होगी। वह यह भी वार्तालाप से समझ गयी थी कि राजा के अभिन्न मित्र हरू उनके राज्याभिषेक के समय ही राजा को छोड़कर साधु बनने निकल गये थे। तपस्या हेतु इस निर्जन वन में आ गये होंगे। राजा की व्यग्रता, भावुकता एवं मित्रवत क्रोध को वह समझ रही थी। साधु बाबा का राजा के प्रश्नों का उत्तर न देना भी उसे अच्छा नहीं लग रहा था। कलिंगा राजा पर और अधिक स्नेह रखने लगी। राजा से उसे अधिक सहानुभूति होने लगी थी। लेकिन साधु मौन थे।

कुछ क्षणों तक मौन छाया रहा। नि:शब्दता को तोड़ते हुए साधु ने गंभीर व शांत स्वर में बोलना प्रारम्भ किया। ''राजन् हाँ, मैं कई वर्ष पूर्व तुम्हारा मित्र था। मेरा नाम तब हरू रहा होगा। लेकिन मैं अब एक साधु हूँ। एक तपस्वी हूँ, एक विरक्त हूँ। तपस्वी की असली परीक्षा तभी है जब वह परम सुख व परम दुख को समान रूप में देखे। दोनों उसे विचलित न कर सकें। परम सुख के क्षणों को त्याग कर ही मनुष्य त्यागी कहलाता है। सुख व दुख में समभाव रखकर सांसारिक इच्छाओं का शमन कर ही मनुष्य तपस्वी बन सकता है। मैंने भी इस दिशा में प्रयास किया है,मैं कितना यह सब कर पाया? इसका आकलन मैं स्वयं नहीं कर सकता हूँ। इसलिए मैं नहीं कहता हूँ कि मैं तपस्वी हूँ या पूर्ण संन्यासी हूँ। लेकिन मैंने प्रयास किया है-इच्छाओं का दमन करने का, आवश्यकताओं को सीमित रखने का, ईश्वर जप करने का,

दुःख व सुख में समभाव रखने का। परन्तु यह भी सत्य है कि मनुष्य के मस्तिष्क में अंकित स्मृतियों को सदैव के लिए विस्मृत नहीं किया जा सकता है। यह संभव नहीं है। अत: पुरानी बातों से आप व्यथित न हों। आप इस राज्य के राजा हैं, हमारे माननीय हैं, मैं आपका अपने आश्रम में पुन: अभिन्दन करता हूँ।''

राजा कुछ न कह सका। गालों पर हाथ रख सोचनीय मुद्रा में भूमि की ओर देख, बस साधु की वाणी सुन रहा था। इस गंभीर वाणी में उसे अपना मित्र हरू कहीं दिखाई नहीं दे रहा था। उन्हें प्रतीत हो रहा था कि वे किसी महान संत के संगत में बैठकर, उसकी अमृत वाणी सुन रहे हैं।

साधु बोले, ''मुझे ज्ञात है कि राजा हालुराई आप धूमाकोट राज्य को बड़ी निपुणता के साथ सुव्यवस्थित किये हुए हैं। प्रजा सुखी है, राज्य संपन्न है। ऋषि-मुनि, साधु-तपस्वी, संन्यासी अपने कार्यों में निर्विघ्न संलग्न हैं। चारों ओर खुशहाली है। तुम भी हर प्रकार से खुश हो। राज्य में शांति है। महल में सात सुलक्षणा रानियाँ तुम्हारी सेवा शुश्रुषा में हैं। यह जान कर एक तपस्वी को निशूंचितता होती है कि जनसामान्य सुखी है। लेकिन तपस्वी व ऋषियों का यह भी कर्तव्य है कि यदि राजा भटक रहा हो, अपने कर्तव्यों-अधिकारों का उचित उपयोग न कर रहा हो, तो उसे सही मार्ग दिखायें। तभी उनकी तपस्या सार्थक है। जिस प्रदेश में वह विचरण करता है, तपस्या साधना करता है, उसे वह असुरक्षित देखकर निरपेक्ष भाव नहीं रख सकता है। इसलिए जब कभी तुम्हें मेरे मार्गदर्शन एवं सहयोग की आवश्यकता हो, एक तपस्वी-नागरिक होने के कारण तुम्हारे साथ उपस्थित रहूँगा-एक दायित्वशील नागरिक की भाँति।''

साधु हरू की वाणी सुन राजा ने अपना मस्तक ऊपर उठाया। साधु की ओर देखा। साधु के मुखमण्डल की आभा पूर्ववत थी। भावविहीन मुखमण्डल। पर साधु की तेजपूर्ण वाणी से हालुराई प्रभावित हो गये। राजा समझ गया कि इतने गंभीर चिंतनशील, प्रजा प्रेमी, मार्गदर्शी साधु अब मात्र उनके तरुणाई के मित्र, बाल-सखा हरू नहीं रहा। वह अब एक तेजस्वी तपस्वी था। कई वर्षो की कठिन तपस्या, चिंतन, अनुभव, विरक्ति ने उन्हें आज एक महामानव बना दिया था। यह तपस्वी अब राजा को उसके लिए मित्र हरू से भी अधिक मित्र, अभिभावक, मार्गदर्शी, अधिक प्रिय व आदरणीय लगने लगा। राजा सोच रहा था कि कई वर्ष पूर्व जिस मित्र को उन्होंने खो दिया था वह आज पुन: उसे प्राप्त हो गया है। उनका चित्त अत्यंत प्रसन्न होने लगा। हरू ने आश्वासन भी दे दिया था कि वह आवश्यकता पड़ने पर उपस्थित हो जायेंगे। प्रजा के लिए उनके मन में अभी भी अनुराग है। वह मुझे समय-समय पर मार्ग दर्शन अभी भी देते रहेंगे। राजा का मुखमण्डल खिल उठा। राजा यंत्रवत विनयानवत भाव में उठकर साधु के चरणों में प्रणिपात हो गया।

दोपहर हो चुकी थी। नभ से सूर्य का तेज प्रकाश फैल कर पूरे शीतल प्रदेश में ऊष्मा का संचार कर रहा था।

अपरिमित सौंदर्य

साधु तपस्या हेतु गुफा में प्रवेश कर गये थे। कलिंगा ने राजा के समक्ष रखे भोजन को ग्रहण करने

का आग्रह किया। राजा प्रसन्नचित्त हो कर फल ग्रहण करने लगे,उन्हें आज असीम तृप्ति की अनुभूति हो रही थी। कलिंगा पेय को पुन: गर्म कर ले आयी थी जो हरू और राजन् के मध्य वार्तालाप के कारण ठण्डा हो गया था।

कलिंगा बोली, ''राजन् बाबा महान, कठोर तपस्वी हैं लेकिन हृदय से अत्यंत कोमल, कृपालु व स्नेही हैं। वर्षों से कठिन तपस्या कर रहे हैं। उन्हें कई सिद्धियाँ प्राप्त हैं। बाबा कई घण्टों तक, कई दिनों तक अदृश्य हो जाते हैं; परन्तु अदृश्य होकर भी मुझे आवश्यक मार्गदर्शन देते नजर आते हैं।''

कलिंगा ने बात समाप्त की तब तक राजन स्वादिष्ट फल और गर्म पेय पीकर तरोताजा हो चुके थे। उनके मन मस्तिष्क को नया संबल एवं ऊर्जा प्राप्त हो चुकी थी। शरीर भी ऊर्जावान प्रतीत हो रहा था।

राजा बोले, ''कलिंगा, इस सघन वार्तालाप व मित्र हरू के मिलने के उत्साह, आश्चर्य के बीच, मैं तुम्हारे बारे में कुछ भी नहीं जान पाया हूँ। तुम कौन हो? इस निर्जन वन में मेरे मित्र साधु हरू के साथ कब से रहती हो? यहाँ कैसे आ गयी? तुम्हारे माता पिता कौन हैं?

कलिंगा खिलखिलाकर हँसी, पूरे निर्जन वन में उसके खिलखिलाने की गूँज फैल गयी।

फिर बोली, ''इस विषय पर आपके मित्र, मेरे बाबा ही पूरी जानकारी आपको देंगे। मैं तो इतना जानती हूँ कि बाबा ही मेरे माता-पिता हैं, भाई हैं, गुरू हैं-सब कुछ हैं। बाबा अभी तपस्यारत हैं। वह सांध्य वेला में ही ध्यान से बाहर आयेंगे। मैं तब तक आपको वन भ्रमण कराती हूँ।''

कलिंगा ने पुन: कहा, ''राजन्, चलिए आपको एक ऐसा रमणीक स्थान दिखाती हूँ जो आपने कभी न देखा होगा।'' राजा ने कुछ न कहा, मौन स्वीकृति दे दी। कलिंगा और राजा ऊँचे पर्वत शिखर पर चढ़ने लगे। राजा ने देखा हिमाच्छान्न हिमाद्रि खड़ा था। ऐसा प्रतीत होता था बस हाथ बढ़ाऊँ और छू लूँ; परन्तु वह काफी दूर था। आस-पास के वन में चारों ओर कौवाल, मासीनैर, कस्तूरी फल, छिविच, गुगुल फूले हुए थे। चारों ओर सुगंधित मनमोहक हवा बह रही थी। ऐसी प्राकृतिक छटा एवं वातावरण राजा ने इसके पूर्व कभी न देखा था। हिमाद्रि से हिमनद निकल कर नीचे की ओर झरने का रूप ले रहे थे। पर्वतों से निकलती जल धाराऐं ऐसी प्रतीत हो रही थीं जैसे महादेव की जटाओं से जल धारायें निकल रही हों। विशुद्ध प्राकृतिक भूदृश्यों की छटा थी -चारों ओर। राजा थोड़ी देर कलिंगा को भूल गये थे। कभी इधर दृष्टि दौड़ाते कभी उधर। उन्हें विश्वास नहीं हो रहा था कि यह स्थान उनके राज्य का हिस्सा है। यदि है तो अभी तक किसी ने उन्हें इसके बारे में ज्ञात क्यों नहीं कराया? चारों ओर फैली सुगंधित वनौषधियों की सुगंध शीतल एवं निर्मल हवा ने राजा की समस्त थकान को हर लिया था। जो शिखर पर चढ़ने के कारण उत्पन्न हुई थी। वह इस अलौकिक वातावरण और अतुल्य दृश्यों को देख सम्मोहित हो कर रह गया। कलिंगा, राजा की भाव भंगिमा को देखती जा रही थी।

राजा मंत्र विमोहित-सा देखता रहा-इस नैसर्गिक असीम को। इस बीच एक रंग बिरंगी तितली राजा के नाक पर आ बैठी। कलिंगा जोर से हँसी, राजा का सम्मोहन तब टूटा जब उन्होंने नाक पर बैठी तितली को हटाने का प्रयास किया। उसने देखा चारों ओर फूलों पर रंग बिरंगी तितलियाँ मँडरा रही थीं। पास में ही हिमालयी मुन्याल घूम रही है। पक्षी कलरव कर रहे हैं। ऐसा दृश्य अकल्पित था।

''आहा, महादेव तभी इस क्षेत्र में अपना निवास बनाये हैं। कौन इस प्रदेश से दूर जाना चाहेगा।''

राजा चारों ओर घूम-घूम कर विमोहित -सा हो बोल उठा।

कलिंगा बोली, ''राजन्! मैं आप को स्मरण दिला दूँ कि मैं भी आपके संग हूँ!''

राजन का एक सम्मोहन टूटा। उसने कलिंगा की ओर देखा। दूसरी सम्मोहनी सामने खड़ी थी। कुछ क्षण अपलक कलिंगा को देखते रहने के बाद राजा ने कहा। ''प्रथम तो तुम्हारा अतुलनीय, अपूर्व रूप सौन्दर्य, मन को विमोहित करने वाला था। तुम्हारा कांचन शरीर, असाधारण रूप यौवन;मैं प्रथम दृष्टि में ही तुमसे प्रेम करने लगा हूँ। दुसरा तुम मुझे पुन: कौन से अलौकिक सौन्दर्य के वातावरण में ले आयी हो, कलिंगा!''

कलिंगा का मुँह लाल हो गया। नयनों में अनोखा मद छाने लगा। उसके नयनों से पलकें ऊपर नहीं उठ पा रही थीं; परन्तु राजन के मुख से निकल रहे शब्द उसके रक्त को उत्तप्त कर रहे थे। कलिंगा कभी किसी अन्य पुरुष से इतनी निकटता एवं एकांत में न मिली थी। इस निर्जन वन में कोई मानव आता भी न था। उसके बाबा के अतिरिक्त किसी अन्य पुरुष से उसका सम्पर्क न था। पुरुष की निकटता, एकांत और प्रेम वचन उसके कानों में पहली बार गुंजित हो रहे थे। प्रथम बार कोई उसके रूप सौन्दर्य, कांचन शरीर तथा असाधारण रूप यौवन की प्रशंसा कर रहा था। वह एक अनूठे आंतरिक सुख का अनुभव कर रही थी। उसका हृदय और अधिक प्रेम वक्तव्य को सुनने के लिए उत्साहित हो रहा था।

कलिंगा का मौन व लज्जावनत मुँह देख राजा उत्साहित होकर बोले-''प्रिये, मैंने अपने पूरे राज्य का भ्रमण किया है; परन्तु न तो मैंने तुम जैसा रूप-लावण्य देखा है, न ऐसा प्राकृतिक सौन्दर्य। मैं बड़ा ही महाभाग हूँ जो दोनों सौन्दर्यों को एक साथ निहार रहा हूँ। मुझे आज प्रकृति और प्रिय दोनों का साहचर्य प्राप्त हुआ।'' राजा तरुणी के और समीप आ गया। उसने कलिंगा को अपने वक्ष से सटा लिया। कुछ क्षण दोनों नि:शब्द आलिंगनबद्ध खड़े रहे। कलिंगा को अपूर्व आनन्द की अनुभूति हुई। अब वह स्वयं भी राजा के वक्ष से पृथक होना नहीं चाह रही थी। कुछ क्षण ऐसे ही बीत गये। संग-सुख की कामना में वे संसार को विस्मृत-सा कर बैठे थे। कलिंगा एवं राजा दोनों के मन में सुरति अंकुर फूटने को व्याकुल थे तभी सहसा वन चकोर की तीव्र चहचहाहट व कस्तूरी मृग के पद चाप ने शांत वातावरण में कलरव-कोलाहल उत्पन्न किया। इस वन में किसी अन्य जीव की उपस्थिति के आभास से दोनों कुछ कहे बिना विलग हो गये। इन दोनों के इस एकांत प्रेमालाप का एक मात्र साक्षी वन चकोर अभी भी कलरव कर इस निर्जन वन में अपनी उपस्थिति जता रहा था। कलिंगा सकुचाती, ढलान में कुटिया की ओर उतरने लगी। राजा ने उसका अनुसरण किया। दोनों किसी अतिरिक्त वार्तालाप के बिना कुटिया की ओर बढ़े। तब तक भुवन भास्कर का रथ पश्चिम नभ-तल पर पहुँच चुका था।

बाघिन का नारी रूप

सूर्य की निस्तेज किरणें शिखरों की ओर बढ़ने लगीं। घाटियों में प्रकाश क्षीण होता जा रहा था। निर्जन वन में पक्षियों का कलरव भी मन्द पड़ता जा रहा था। निर्जन वन के इस सौन्दर्यपूर्ण कृति को

अंधकार धीरे-धीरे ढाँपता जा रहा था। दूर-दूर तक कहीं भी मनुष्य के निवास का चिन्ह न था।

राजा हालुराई इस सघन वन में गुफा के बाहर शिलासन पर आ बैठा- एकांत!

बहुत देर बाद राजा उठा और उस एकांत, भयानक गुफा के सम्मुख टहलता रहा। वह कुछ बुदबुदा रहा था-होंठों ही होंठों में। कभी कभी वह हाथों की मुट्ठियाँ बाँध लेता, एक हाथ की मुष्टि को दूसरे हथेली पर मारता। कभी उत्तेजित हो जाता और इधर उधर देखता। वह कभी अतीत की स्मृतियों को खोजता, वर्तमान स्थितियों पर विचार करने की चेष्टा करता। कुछ देर बाद पुन: आसन में बैठता,फिर व्यग्र होकर टहलता। वह कितनी दूर है? उसके सैनिक उसे खोज रहे होंगे? अब तो रात्रि भी होने को है, बिना कलिंगा के पथ प्रदर्शन के उन तक पहुँचना भी संभव नहीं प्रतीत होता है। दोनों गुफा के भीतर हैं। मैं अतीत व वर्तमान की इस टेढ़ी परिस्थिति में उलझ गया हूँ। तुरंत ही कलिंगा के रूप सौन्दर्य का दृश्य, यौवन की ऊष्मा उसके मस्तिष्क में छा जाती। वह किस मोह पाश में बंध कर रह गया है! कलिंगा के अद्भुत यौवन-प्रभाव, अप्रतिम रूप सौन्दर्य का आकर्षण राजा के मन-मस्तिष्क पर सर्पदंश की भाँति प्रभाव करने लगा था।

राजा यंत्रवत शिलाआसन पर बैठकर एकाग्रचित्त होने का प्रयास करने लगा। काफी समय तक वह कलिंगा के रूप सौन्दर्य के विचारों में गोता लगाता रहा। कलिंगा गुफा की टेढ़ी-तिरछी सुरंगों से होती हुई हाथ में मशाल लिए गुफा के द्वार पर आकर खड़ी हो गयी। उसने देखा राजा शिला पर ध्यानस्थ हैं।

कलिंगा ने मशाल को ज्यों ही काष्ठ कुन्दों के मध्य रखा, वृत्ताकार निर्मित धूनी पर रखे काष्ठ कुन्द शनैः-शनैः दहकने लगे। चारों ओर पीला प्रकाश फैल गया। कलिंगा, राजा के निकट आ खड़ी हुई और मन्द स्वर में बोली।

''राजन्, विलम्ब के लिए क्षमा करें। रात्रि के भोजन की व्यवस्था करनी थी और मुझे भी सांध्य की वेला में पूजा, अर्चना, तप निश्चित रूप से करना होता है, अत: विलम्ब हुआ।''

''नहीं ..नहीं क्षमा का प्रश्न नहीं है, मैं तो यहाँ पूर्ण रूप से तुम पर ही आश्रित हूँ।''

''ऐसा क्यों कहते हैं राजन्? आप हमारे अतिथि हैं, पूज्य हैं।''

''निश्चय ही!'' राजा ने प्रीतिसिंचित दृष्टि से कहा।

''निश्चय ही।'' कलिंगा ने मन्द मुस्कान के साथ उत्तर दिया।

''हरू क्या अभी भी तपस्या में हैं?'' राजा ने पूछा।

''बाबा रात्रि के प्रथम प्रहर के पश्चात् ही आयेंगे। अभी वे ध्यान में हैं।''

''कलिंगा, में तुम्हारे जीवन के बारे में अधिक नहीं जान पाया हूँ। तुम इस निर्जन वन में बाबा के पास कैसे पहुँच गयी? कब से यहाँ रह रही हो आदि!''

कलिंगा ने कहा, ''राजन्, बस मुझे इतना ज्ञात है कि जब से मुझे स्मृति आयी है, मैं यहाँ बाबा के पास हूँ। उन्होंने मुझे अपने बच्चे की तरह पाला है। मुझे शिक्षा दी, ज्ञान दिया। जप-तप की भी शिक्षा दी। आत्मरक्षा के लिए मुझे धनुषबाण, खड्ग-खुकरी चलाने में भी पारंगत किया। बाबा मुझे बहन काली कहते हैं; परन्तु मैं उन्हें बाबा कह कर ही संबोधित करती हूँ। मुझे उन्हें बाबा कहना ही प्रिय लगता है।''

''लेकिन बाबा के पास तुम आयी कैसे?''

''यह तो बाबा ने मुझे नहीं बताया। आप बाबा से पूछ लेना।''

''ठीक है।'' राजन ने कहा।

शीत बढ़ रही थी, अंधकार घना होता जा रहा था। जंगल में अब बाघ की गर्जना सुनाई दे रही थी। लोमड़ी व रात्रि विचरण करने वाले पशुओं का कर्कश स्वर वातावरण को भयावह बना रहा था। लेकिन दहकती धूनी के प्रकाश में यहाँ पर कोई डर न था। तरुणी कलिंगा के निकट होने पर राजा भी चपल तरुण की भाँति स्फूर्तिपूर्ण हो गये थे। उसकी उपस्थिति में राजा अपनी स्मृतियों को जैसे विस्मृत करते जा रहे थे। धूनी के पीत-प्रकाश में कलिंगा को वह देखता जा रहा था। राजा, कलिंगा पर पूर्ण रूप से आसक्त हो चुके थे। कलिंगा भी पुरुष का साथ पाकर प्रसन्न थी। उसकी उम्र ही ऐसी थी कि प्रथम पुरुष का स्पर्श उसके लिए अनूठे आनन्द का विषय था। कलिंगा के अंदर अनोखा ज्वार उमड़ रहा था। उसके स्थिर मन रूपी तालाब में किसी ने एक कंकड़ फेंक दिया था। अब उस शांत तालाब में मन्द-मन्द हिलोरें उठ कर विलीन होती जा रही थीं। सुनहरे प्रकाश में वह एक मोहक शर्मीली मूर्ति-सी प्रतीत हो रही थी। राजा उसे निहारता जा रहा था। इसका भान कलिंगा को था; वह भी थाल में रखे अनाज के दानों के साथ अनावश्यक रूप से खेलते हुए अनजान बने रहने का प्रयास कर रही थी। अब रात्रि का प्रथम प्रहर समाप्त हो चुका था। छप्पर के नीचे धूनी अभी भी दहक रही थी, पर शीतल ठण्डी हवायें साँय-साँय करने लगी थीं। तभी गुफा के अन्दर से आवाज आयी।

''बहन काली, अन्दर आ जाओ, राजन को भी अन्दर ले आओ, ठंड बढ़ रही है।''

''जी बाबा।'' काली ने अचकचाते हुए उत्तर दिया और उठते हुए राजन की ओर तिरछी नजरों से देखते हुए कहा,

''राजन् अन्दर चलें। अब ठंड भी बढ़ गयी है, बाबा भी जप से उठ चुके हैं।''

राजा बिना कुछ बोले उठ खड़े हुए और कलिंगा के पीछे गुफा में पारवेश करने लगे।

टेढ़ी मेढ़ी गुफा का सँकरा रास्ता। जगह जगह झाड़ियाँ उगी थीं। जगह जगह अपने शरीर को सिकोड़ते हुए काली के पीछे-पीछे राजा गुफा के भीतरी भाग में पहुँच गये थे। राजा ने चारों ओर नजर दौड़ाई। अन्दर काफी स्थान था और गुफा की छत भी काफी ऊँची थी। बीच में धूनी जल रही थी,जिसके प्रकाश में अन्दर की हर वस्तु दिखाई दे रही थी। सबसे ऊँचे स्थान पर एक शिवलिंग था, उसमें गुफा की छत से निरन्तर पानी टपक रहा था। राजा को स्पष्ट हो गया कि यह हरू का पूजा का स्थान था। एक ओर कलिंगा की रसोई थी। वहीं पास में बिछौना पड़ा था। दूसरी ओर शिवलिंग के निकट इसी प्रकार का एक और बिछौना रखा था। शिवलिंग पर टपक रहा पानी नीचे बहकर अदृश्य होता जा रहा था। हरू एक शिला जिस पर सूखी घास बिछी थी, बैठे थे। राजा सोच रहा था, हरू को तपस्वी बनने का विचार क्यों आ गया होगा? वह तो एक समय एक मण्डल का राजा था। उसके चारों ओर सुख-सुविधा, भोग-विलासता, दास-दासियाँ उपलब्ध थीं। हरू ने इन सबको त्याग कर कठिन तपस्या का मार्ग आखिर क्यों चुना? क्या इस कठिन तपस्या में उसे अधिक सुख प्राप्त होता होगा?

राजा के विचार खत्म होने को नहीं आ रहे थे। वह सोचने लगा। हरू से मैं सामान्य स्थिति में मिला होता तो कितना उत्साह होता। हम बचपन से लेकर तरुणाई तक की खट्टी मीठी यादों के विषय में चर्चा करते, हँसते, धृष्टताओं पर पछताते। पर हरू एकदम विरक्त! अब उससे बीती बातें करना ही व्यर्थ है!

कलिंगा ने एक मृगछाला उठायी और एक चौड़ी ऊँची शिला पर बिछाते हुए कहा।

''राजन् बैठ जायें।''

कलिगां गुफा के कोने में बनी अपनी रसोई में चली गयी। कलिंगा कुछ भोजन बनाने का उपक्रम करने लगी थी। राजा ने अपना खड्ग व तीर-कमान किनारे रख दिये। मुकुट भी उसने उठाकर नीचे रख दिया। सामने हरू, घास के आसन में ध्यानमग्न से बैठे थे। वह कुछ देर हरू को अपलक देखता रहा। तभी हरू ने आँखें खोलीं और हरू भी अपलक राजा को देखने लगे। मन्दप्रकाश में हरू का स्वरूप भयावह लग रहा था। लम्बी जटायें, उसके उधड़े बदन पर सर्प की भाँति लटकी थी। अति शुभ्र चाँदी के समान दाढ़ी-मूँछ, तेजस्वी मुखमण्डल। राजा को उसमें अपने तरुणाई के मित्र हरू की कहीं छवि नजर नहीं आ रही थी। वह कुछ देर अपलक उसे देखता रहा तभी हरू ने भी आँखें खोली और वह भी अपलक राजा को ही देखने लगे। दोनों ही मित्र अपने अपने दृष्टिकोण से आँखों ही आँखों में बात कर रहे थे। कुछ देर नि:शब्दता छायी रही। हरू कुछ न बोले। तब राजा ने ही मौन तोड़ा।

''हरू, आप से मिलकर बहुत प्रसन्नता हुई।''

''अवश्य प्राप्त हुई होगी। पर मेरी प्रसन्नता तो एक ही है-वह है तपस्या। मेरे लिए सभी सुख दुख समान हैं। समस्त परिस्थितियों में एकाग्रचित्त भाव से बिना विचलित हुए पूर्ण भक्ति में प्रवृत्त रहना ही मेरी प्रसन्नता है।'' साधु बोला।

राजा के मन में कितने प्रश्न हरू के लिए थे; परन्तु हरू की वाणी, दृष्टिकोण के सामने राजा की भावनायें मानो निष्प्राण हो कर रह गयीं। इतने लम्बे समय बाद अंतरंग मित्रों के मिलने पर क्या ऐसा दृश्य होता? क्या दोनों एक दूसरे के गले लग कर रोये न होते? तरुणाई के दिनों के संस्मरणों का अंतहीन वार्तालाप न चल रहा होता? राजा आगे कुछ बोलने की स्थिति में न थे। अत: चुप रहे।

कुछ क्षणों के बाद हरू के गंभीर स्वर गूँजे। ''राजन्, तुम्हारी प्रजा सुखी है? तुम्हारा राज-काज सुव्यवस्थित तो चल रहा है?''

''महादेव की कृपा से सब प्रकार आनन्द है।''

''राजन्! इस उम्र में भी क्या तुम्हें आखेट से खुशी प्राप्त होती है?''

राजा ने इस प्रश्न का उत्तर न देते हुए कहा। ''अगर मैं आखेट हेतु इस प्रांत में न आया होता तो क्या आपसे मिल पाता?''

साधु के मुख पर प्रथम बार मुस्कान उभर कर आयी। राजन् बोले, ''महादेव की कृपा से आपसे दीर्घ अंतराल के पश्चात् मिलना संभव हो पाया और इस मिलन की सेतु बनी-कलिंगा। सरोवर पर अकस्मात् कलिंगा का मिलना, फिर कलिंगा ने जब यह जाना कि मैं राजा हालुराई हूँ तो उसने इतने गोपनीय संस्मरण सुनाये कि मैं स्वयं को यहाँ आने से रोक न पाया। अब मैं आपके सम्मुख हूँ।'' साधु

हरू ने कोई उत्तर न दिया। राजा पुन: बोले। ''हरू, आपने कठिन तपस्या की है;आप परम ज्ञानी हैं। कलिंगा बता रही थी कि आपको कई सिद्धियाँ प्राप्त हैं।''

''कलिंगा से तुम्हारी काफी वार्तालाप हो चुकी है!'' साधु बोले

''मध्याह्न के बाद कलिंगा मुझे इस सुन्दर रमणीक वन प्रदेश में घुमाती रही। इसी मध्य उससे आपके विषय में बातें होती रही।''

''ठीक है, कलिंगा अभी निश्छल व सरल है, मैं उसी के भविष्य को सुरक्षित करने के प्रयत्न में हूँ।''

''लेकिन कलिंगा ने मुझे नहीं बताया कि वह कौन है? और कैसे इस निर्जन वन में आपके पास पहुँच गयी?'' राजा ने पूछा।

''यह प्रसंग बढ़ा अनूठा है। मैंने अभी तक इसे कलिंगा को नहीं सुनाया; परन्तु आज मैं यह तुम दोनों को किसी विशेष प्रयोजन से सुनाता हूँ।''

अपने विषय में वार्तालाप को सुनने कलिंगा भी बाबा के निकट आ बैठी। अनेकों बार के आग्रह के पश्चात् भी बाबा ने उसे उसके विषय में इसके पूर्व कुछ न बताया था; परन्तु आज वह राजन के एक बार के प्रश्न में ही उन्हें सब बताते जा रहे हैं। उसे अत्यंत उत्सुकता हुई। रसोई का काम छोडकर वह एकाग्र होकर बाबा की बातें सुनने लगी।

''यह बड़ा रोचक एवं हृदयस्पर्शी क्षण था।'' साधु ने बोलना प्रारम्भ किया।

''राजन्,लगभग सोलह-सत्रह वर्ष पूर्व की बात है। मैं उन दिनों कुछ अन्य यात्रियों के साथ कैलाशपर्वत तथा पवित्र मानसरोवर दर्शन कर लौट रहा था। हिमरेखा को पार कर हम पाँच पर्वत शिखरों के ठीक नीचे तक उतर आए थे। जिसे लोग पंचाचूली पर्वत शृंखला के नाम से पुकारते हैं। वहाँ से नीचे मनुष्य के निवास करने के लक्षण दृष्टिगोचर होने लगे थे। कुछ भेड बकरियाँ बुग्यालों में चरती दिखाई दे रही थीं। जिसका तात्पर्य था कि कहीं पास ही कोई गाँव था। कुछ आगे बढ़ने पर कुछ स्थानीय लोगों के दर्शन हुए। ये स्थानीय लोग महादेव के परम भक्त कहे जाते हैं। कहा जाता है कि महादेव रुद्र स्वयं यहाँ आकर समाधिस्थ हो जाते थे और स्थानीय लोगों को दर्शन देते थे। यह स्थान दंदाना क्षेत्र कहलाता था। दंदाना का अर्थ था हिम प्रदेश से कुछ गर्म प्रतीत होता स्थान। स्थानीय भाषा में लोग दाँतू क्षेत्र भी कहते थे। चूँकि हिम प्रदेश से नीचे आकर यह प्रथम क्षेत्र था जो कुछ गर्म प्रतीत होता था। स्थानीय लोग उन यात्रियों को देवतुल्य मानते थे जो कैलाश पर्वत एवं पवित्र सरोवर के दर्शन कर इस दुर्गम यात्रा से सकुशल वापस लौट आते थे। राजन्, वास्तविक रूप से यह यात्रा दुर्गम है। यह सत्य ही है कि जो इस यात्रा से सकुशल लौटे वह उसी महान महाकाल महादेव की कृपा से ही लौट सकता था। इस प्रकार यह पूरा दाँतू क्षेत्र महादेव का स्वयं उपस्थिति समाधिस्थली था। रात्रि विश्राम के लिए मैं एक समाधिस्थली के निकट बनी एक छोटी टूटी-फूटी निर्जन-सी कुटिया में प्रवेश कर गया। मृगचर्म बिछा कर थकान मिटाने हेतु आँखें बंद कर सोने का प्रयास करने लगा। मैंने अपना चिमटा, झोली, दंड, चाबुक व शंख यथा स्थान रखा। यह स्थान हिम क्षेत्र की अपेक्षा गर्म प्रतीत हो रहा था। अत: नींद ने मुझे आ घेरा। मैं गहरी निन्द्रा में सो गया।''

साधु बोलते जा रहे थे। कलिंगा सोच रही थी कि मेरे बारे में बाबा कब बतायेंगे? वह अधीर होने लगी थी। उसे यह संस्मरण एक कहानी की तरह लग रहा था। बाबा उसे उसके बचपन में कोई न कोई रोचक कहानी सुनाया करते थे तब कलिंगा कहानी सुनते-सुनते उनके गोद में सो जाया करती थी। पर आज वह न तो बच्ची थी, न यह कहानी उसे सोने देने वाली थी।

बाबा ने संस्मरण को आगे बढ़ाते हुए कहा, ''अचानक अर्धरात्रि में बाघ की तीव्र गर्जना ने मुझे जगा दिया। मैं झट से उठ बैठा। बाघ कुटिया के अन्दर था; मेरे सम्मुख था। मैं ध्यान की मुद्रा में बैठ गया। बाघ की आँखें अंधेरे में साफ चमक रही थीं, बाघ की गंध से कुटिया भर गयी थी। मैं अपलक उसकी चमकीली आँखों में आँखें डाल कर देखता रहा। थोड़ी देर में बाघ बैठ गया; परन्तु निरंतर वह मुझे घूर रहा था। मैं भी उसे निरंतर देख रहा था। हम दोनों पर एक दूसरे का सम्मोहन चढ़ रहा था। थोड़ी देर में उस बाघ ने एक नारी का रूप धारण कर लिया। वह अब एक श्वेत धवल वस्त्रों में लिपटी नारी थी। मैं अभी तक उसे अपलक देख रहा था। सहसा वह मेरे चरणों में झुक गयी।कुछ पल बाद बैठ कर बोली।

''मैंने आपको गहरी निद्रा से जगाया, क्षमा चाहती हूँ। आप महादेव के दर्शन कर आ रहे हैं, तपस्वी हैं; परन्तु मैं आपको एक गुरुतर भार सौंपने जा रही हूँ।''

मैं विस्मयकारी स्थिति में था। मैं इतना सिद्धि प्राप्त तपस्वी नहीं था कि किसी जीव का रूप बदल सकूँ; पर तपस्या का आत्मबल मेरे अन्दर अवश्य था।

मैं संयत हुआ। मैंने पूछा, ''देवी, आप कौन हैं? मुझसे क्या चाहती हैं?''

वह बोली, ''मैं एक शापित नारी हूँ। महादेव की इसी समाधिस्थली पर मेरे द्वारा उनकी तपस्या में विघ्न डालने के कारण महादेव ने मुझे भस्म हो जाने का श्राप दे दिया था। मैं तब गर्भवती थी, मैंने प्रार्थना की कि मैं गर्भवती हूँ। मेरे गर्भ में पल रहा जीव निर्दोष है, कृपा कर मुझे भस्म होने के श्राप से मुक्ति दें। जब मैंने महादेव को अपनी व्यथा बतायी तो वे द्रवित हुए, परन्तु श्राप दिया जा चुका था। तब महादेव ने कहा तुम बाघिन के रूप में रहोगी, परन्तु तुम्हारी संतान सामान्य मनुष्य योनि में ही जन्म लेगी। क्योंकि वह दोष मुक्त है; परन्तु मातृ-पितृ दोष के कारण वह भी सोलह वर्ष तक वन में रहकर तपस्या करेगी। सोलह वर्ष बाद तुम मेरे श्राप से स्वत: भस्म होकर मुक्ति पा जाओगी। तुम से उत्पन्न बालिका का विवाह एक राजपुरुष से होगा। तुम्हारी उस बालिका से एक बालक जन्म लेगा जो पूरे उत्तरापथ में दुष्टों का विनाश कर न्यायकारी राज की स्थापना करेगा।''

''लेकिन देवी इसमें मैं आपकी क्या सहायता कर सकता हूँ? फिर आप बाघिन रूप से नारी रूप में किस प्रकार बदल गयी?''

नारी भावहीन मुख मुद्रा से बोली- ''हे साधुदेव! महादेव मेरी व्यथा समझते थे तभी उन्होंने कहा कि मेरी संतान उत्पत्ति के समय मेरा एक परमभक्त एवं तपस्वी इसी स्थल पर आ कर रुकेगा। तुम उसकी समाधि को भंग करोगी, तुम उसके सम्मोहन से कुछ समय के लिए नारी रूप के रूप में आ जाओगी। तब तुम उस नवजात संतान को उस तपस्वी को सौंप देना। वह उसी तपस्वी के साथ रह कर तपस्या करेगी जो तुम्हारे मोक्ष का कारण बनेगी। देव, आप ही वह महापुरुष तपस्वी हैं जिसके आँखों के सम्मोहन से मुझे कुछ क्षणों हेतु नारी का रूप प्राप्त हुआ है। मैं वह संतान आपको सौंपना चाहती हूँ।''

''परन्तु मुझे ही महादेव ने इस योग्य क्यों चुना? यहाँ तो कई तपस्वी-साधु आते होंगे क्योंकि यह मार्ग तो कैलाश यात्रियों का पड़ाव है।''

''यह तो महादेव ही जानें। मैं बाघिन के रूप में गर्जना के साथ जब भी किसी तपस्वी के सम्मुख प्रकट हुयी तब या तो वह भाग खड़ा होता था अथवा मुझे मारने का उपक्रम करता था; परन्तु आपने ऐसा कुछ भी नहीं किया और आपकी आँखों के सम्मोहन से मैं बाघिन से नारी के रूप में परिवर्तित हो गयी हूँ। इससे स्पष्ट हो गया कि आप ही वह तपस्वी देव हैं, जिन्हें महादेव ने स्वयं इस कार्य के लिए अधिशासित किया है।जितने क्षण मैं आपकी दृष्टि परिधि में रहूँगी उतने ही क्षण मेरा नारी रूप बना रहेगा।''नारी-बाघिन बोली।

साधु हरू ने राजा को आगे का वृतांत बताते हुए कहा। ''मेरे पास नारी को कहने के लिए कुछ बचा न था। महादेव ने मुझे इस गुरुतर भार के लिए चुना था। मैं आश्चर्यचकित एवं हतप्रभ था। महादेव के इस आशीर्वाद से मैं आह्लादित हो गया था। मैं अपने को धन्य मान रहा था कि स्वयं महादेव ने मुझे एक परम पवित्र कार्य के लिए नियुक्त किया है। मैं इसे अपनी कैलाश यात्रा का प्रतिफल मान प्रसन्न था।''

नारी बोली, ''देव, देरी न करें कुछ ही दूरी पर एक गुफा है जहाँ पर मेरी सन्तान सुरक्षित है। मुझे उसे आपको सौंपना हैं। कृपा कर मेरे साथ चलें।''

मैंने कोई अन्य प्रश्न उससे नहीं किया। मैंने अपना चिमटा, झोली, चाबुक, डंडा आदि सामान उठाया और तरुणी के पीछे चल दिया। घने जंगलों के मध्य एक गुफा के अन्दर वह मुझे ले गयी, जहाँ एक नवजात शिशु घास पर लेटा था। तरुणी ने उस शिशु को गले से चिपका लिया, कई बार उसे चूमा, उसकी आँखों से अश्रुधार बह निकली। कई क्षणों तक वह उसे अपने वक्ष से चिपकाये खड़ी रही। सहसा मेरे निकट आकर उसने शिशु को मेरी ओर बढ़ाया। मैं अब तक उत्साहित था कि महादेव ने मुझे महान तपस्वी माना है। मुझे महत्वपूर्ण कार्य सौंपा है। परन्तु इस शिशु को देखते ही मैं बड़ा असमंजस की स्थिति में पड़ गया। मैं सोचने लगा कि अकेले में इस शिशु का पालन कैसे कर सकूँगा? इस बियाबान जंगल में जहाँ न कोई खाने-पीने की सामग्री है न अन्य कोई साधन, मैं इतना बड़ा भार कैसे उठाऊँगा? मेरे हाथ आगे नहीं बढ़े। तरुणी ने कहा, ''देव, महादेव की इच्छानुसार अब इस बालिका को मैं आपको सौंप रही हूँ। अब मैं प्रसन्न हूँ।'' करुणामयी माँ ममतावश रो रही थी। आँसू निरंतर उसकी आँखों से उमड़ रहे थे, जैसे किसी पहाड़ी जल स्रोत से जल निकल रहा हो। मेरा मन द्रवित हो उठा।

किसी प्रकार शक्ति एकत्र कर मैंने पूछा-''इस अबोध शिशु का पालन, मैं तपस्वी किस प्रकार कर सकूँगा;यहाँ तो इस शिशु को दूध आदि की आवश्यकता होगी? मैं तो तपस्वी हूँ, कई दिन निराहार रह सकता हूँ,परन्तु यह शिशु?''

बीच में ही तरुणी बोली, ''साधु देव, आप चिंतित न हों, जब तक यह अबोध सोलह वर्ष की नहीं हो जाती तब तक का जीवन महादेव ने मुझे प्रदान किया है। शायद यही सोच कर कि इस अबोध को माँ की आवश्यकता होगी; परन्तु मैं जब तक आपकी आँखों के सामने रहूँगी तभी तक मैं नारी रूप में रह सकती हूँ। इस प्रकार मैं इसका लालन-पालन करने में आपको सहयोग करूँगी। यही महादेव की इच्छा है।''

तरुणी की बात सुन मैंने कहा, ''इस अबोध शिशु को जब बोध आ जाएगा और वह अपनी माँ को बाघिन के रूप में पाएगा, उस पर क्या प्रभाव पड़ेगा?''

''निश्चय ही, इसी कारण में तभी तक नारी रूप में इसका पालन करूँगी जब तक उसे बोध न हो जाये।''

''यह बड़ा अनूठा एवं कठिन कार्य महादेव ने मुझे सौंपा है! क्या मैं इसे निष्ठा पूर्वक पूर्ण कर पाऊँगा?''

''निश्चित ही कर पायेंगे। जिस तपस्वी के आँखों के सम्मोहन से, जिसकी दृष्टि परिधि में रहने से, जिसके तप व सिद्धि से, मुझ महादेव श्रापित बाघिन को नारी का रूप मिलता है। उस तपस्वी को महादेव ने निश्चित ही इस योग्य बनाया है कि वह यह भार सफलता से उठा लेगा।''

मेरे हाथ स्वत: ही किसी अलौकिक शक्ति के प्रभाव में शिशु को लेने आगे बढ़ गये। नारी ने शिशु को मुझे दे दिया। यह उज्ज्वल श्वेत वस्त्र में लिपटी एक बालिका थी। मैं उसे अपलक देखता रहा। तरुणी ने मुझे कहा कि वह समय-समय पर आकर बालिका को स्तनपान करायेगी। बाघिन के रूप में भी में वह उसकी रक्षा करती रहेगी। मैं अब कुछ सीमा तक निश्चिंत था। पर मुझ विरक्त, तपस्वी पर एक बड़ा सांसारिक काम का बोझ आन पड़ा था। लेकिन महादेव ने जब मुझे इस हेतु चुना है तो भय किस बात का; यह सोच कर मेरा आत्मबल द्विगुणित हो गया। मैं बालिका की सेवा में लग गया। तरुणी गुफा के बाहर की ओर अग्रसर हुई, जैसे ही वह मेरी दृष्टि से दूर हो गुफा के द्वार पर पहुँची, बाघिन के रूप में बदल गयी। ऊँची और लम्बी छलाँग लगाकर गुफा से दूर वन में अदृश्य हो गयी। अब मेरी दिनचर्या बदल गयी थी। मैं इस बालिका को महादेव का प्रसाद समझ उसकी सेवा करने लगा। नित्यकर्म, तपस्या हेतु अल्प समय के अतिरिक्त मेरी तपस्या वही बालिका थी। बाघिन समय-समय पर गुफा के द्वार पर आती, मेरा दृष्टिपात होते ही वह नारी का रूप धारण कर लेती, बालिका को अपने वक्ष से लगाकर अमृतमयी स्तनपान कराती, लाड़ दुलार देती,फिर गुफा के बाहर चली जाती। क्रम चलता रहा। बालिका धीरे-धीरे बड़ी होने लगी। जैसे-जैसे बालिका बड़ी होती गयी, बाघिन का गुफा में आने का क्रम घटता गया; परन्तु वह गुफा के निकट ही घूमती। किसी भी जंगली जानवर आदि से गुफा को सुरक्षित रखती थी। यह ममतामयी बाघिन की करुणा देख, मैं विरक्त भी कई बार व्यथित हुआ। पर व्यथित होना मुझ विरक्त का काम न था। अत: महादेव द्वारा सौंपे गये गुरुतर भार को मैं निर्विकार ढंग से निभाता रहा। बालिका भोजन करने में सक्षम होने लगा। अब उसे माँ के दूध की अधिक आवश्यकता न रही। नारी से अधिक इस विषय में कौन जान सकता है। अब बाघिन कई कई दिन के बाद गुफा में आती, दूर से ही बालिका को निहारती थी। एक बार वह बाघिन के रूप में बालिका के निकट आ गयी। मैं तब ध्यान लगाये, महादेव से इस भार को उठाने की शक्ति हेतु प्रार्थना कर रहा था। बालिका ने चीख कर रोना आरम्भ कर दिया। वह बाघिन, जो उसकी माँ थी, जिसने श्रापित होकर भी उसे जीवन देने के लिए महादेव से प्रार्थना कर अपने अधम शरीर को भस्म होने से रोका था। वही बालिका उसे देखकर भयभीत होकर चीख रही थी, रो रही थी। बाघिन का मन चीत्कार उठा। मैं महादेव को दण्डवत् कर, आसन से उठा;बालिका को सीने से चिपका लिया। मैंने बाघिन की ओर देखा व क्षण भर में ही नारी रूप में बदल गयी। उसकी आँखों से

अविरल आँसू निकल रहे थे। चेहरा मलिन व मन द्रवित था। मैंने तरुणी से कहा, ''देवी, बालिका को अब बोध आ गया है वह जीवों में, अच्छाई व भलाई में, सुख व दुख: में अंतर करना जान गयी है। अब तुम बाघिन के रूप में उसके सम्मुख प्रकट न होना या प्रर्याप्त दूरी बनाये रखना।''

''देव, इसी क्षण की प्रतीक्षा मैं कर रही थी। अब इस बालिका को माँ के दूध की आवश्यकता नहीं रही। मेरे निरंतर नारी रूप में इसके निकट आने से यह माँ के साथ के साथ के लिए अभ्यस्त हो सकती है। मैं भी स्वयं को न रोक पाऊँगी। अब मैं प्रयत्न करूँगी कि मैं गुफा के भीतर प्रवेश न करूँ। जब यह गुफा के बाहर आयेगी मैं इसे देख लिया करूँगी।''

उसके शब्द लड़खड़ा रहे थे। करुणा, ममता से उसका हृदय फटा जा रहा था। बरसते नयनों से उसने मुझे देखा, मैंने कहा, ''देवी, जैसा तुम उचित समझो, मैं तुम्हें किसी प्रकार से रोकूँगा नहीं। पर गुफा सुरक्षित रहे इसका भार अभी भी तुम पर ही है।''

''पूज्यहरि, आप निश्चिंत रहें। आप इसे योग्य बनायें। इसके सोलह वर्ष पूर्ण होने के पश्चात् मैं शांत एवं आश्वस्त मन से इस श्रापित जीवन से मुक्त हो सकूँगी।''

बालिका अभी भी भय के कारण मेरे पीठ की ओर मुँह फेरे, मेरे वक्ष से चिपटी पड़ी थी। करुणामयी माँ, हिंसक बाघिन बन, वन में अदृश्य हो चुकी थी। बालिका जंगल के वृक्ष-लताओं की भाँति मेरे और बाघिन के सुरक्षा कचव में बढ़ने लगी।''

अकल्पित, अविश्वसनीय। राजा व कलिंगा जड़, स्तम्भित थे। उनके मस्तिष्क ने सोचना बंद कर दिया था। वह दोनों खुली आँखों से स्वप्न देख रहे थे। उनके शरीर की मात्र श्रवण इन्द्रिय ही कार्य कर रही थी। गुफा में नि:शब्दता छा गयी। तपस्वी हरू, कभी राजा को देख रहे थे, कभी कलिंगा को। कलिंगा तो जैसे इस लोक में उपस्थित थी ही नहीं। राजा कुछ संयत हुए। लम्बी साँस छोड़ी। हरू की ओर देखकर बोले।

''मित्र, इसका तात्पर्य है कि कलिंगा ही वह बालिका है?'' राजा, हरू की तपस्या से प्रभावित हुआ।

''इसमें कोई संशय नहीं।''

राजा की नजर कलिंगा की ओर मुड़ी; परन्तु कलिंगा मूर्तिवत बैठी थी। आँखें अपलक खुली थीं, मुखमंडल पर असीम पीड़ा। कलिंगा की स्थिति देख, राजा तुरंत कलिंगा के सम्मुख गये। उसके कंधों पर स्नेहिल हाथ रखा। उसे हलके से हिलाया, कलिंगा के मुँह से अनायास ही तीव्र स्वर में निकला ''माँ...ऽ...ऽ..''।

माँ शब्द का उच्चारण इतना तीव्र था कि गुफा में लटके चमगादड़ फड़फड़ा कर उड़ने लगे। माँ..ऽ.ऽ.ऽ.....शब्द की गूँज देर तक गुफा में प्रतिध्वनित होती रही। हरू सदैव की भाँति भावहीन, अविचलित बैठे रहे। पर राजा एक सामान्य पुरुष था। वह कलिंगा के पीड़ा के भाव में बह गया था। राजा कलिंगा के सामने बैठ गया और मधुर स्वर से पूछा,

''कलिंगा, तुम ठीक तो हो? ''

कलिंगा की आँखों से आँसू टपक रहे थे। राजा ने उसे रोने से नहीं रोका, वह राजा की ओर देखती रही और आँसू बहाती रही।

धूनी पर रखे काष्ठ कुन्द पूर्णरूप से जल कर राख बन चुके थे। उसकी राख ठण्डी पड़ चुकी थी।

गुफा में अलौकिक-नृत्य

रात्रि का दूसरा प्रहर समाप्त होने को था। गुफा के अन्दर तपस्वी देव हरू आसन पर ध्यान मुद्रा में बैठे थे। पर उनकी आँखें खुली थीं। राजा हालुराई कलिंगा के निकट बैठे उसके कंधे पर हाथ फेरकर उसे सांत्वना दे रहे थे। कलिंगा के मुँह से माँ का शब्द निकलने के बाद कई घड़ी बीत जाने पर भी कोई शब्द नहीं फूट रहा था। राजा प्रयास कर रहा था कि वह कुछ बोले। राजा उससे निरंतर बात कर रहे थे। पर उधर से बोलने का कोई लक्षण प्रकट नहीं हो रहा था। कलिंगा अधिक जड़वत, सूखी लकड़ी की भाँति अकड़ रही थी। उसे गहरा आघात पहुँचा था। समय बीत रहा था। रात्रि का दूसरा प्रहर समाप्त हो चुका था। मध्यरात्रि थी। राजा भी बोलते बोलते थक चुके थे। हरू ध्यानमुद्रा में थे। उनको देखकर ऐसा प्रतीत हो रहा था जैसे कुछ हुआ ही न हो, उनकी आँखें बंद थीं। उनका शरीर धीरे धीरे कंपन कर रहा था। सहसा धूनी धधक उठी। चारों ओर प्रकाश फैल गया। राजा ने देखा, हरू आँख बंद किये ध्यान की मुद्रा में हैं। उनका शरीर कंपन कर रहा है। फिर अचानक धूनी में पड़े बुझे काष्ठ कुन्द स्वत: ही धधक उठे! उसमें ऊँची लपटें निकल रही थीं। राजन अभी इस चमत्कार से उबरे भी न थे कि हरू हठात उछल कर खड़े हो गये। उनका पूरा शरीर और अधिक कंपन करने लगा। वे धूनी के चारों ओर नाचने लगे। कभी तेज कदमों से कभी रुक-रुक कर। कभी आगे पीछे कदमों से हरू धूनी के चक्कर लगाने लगे। राजा इस अलौकिक नृत्य को देख कर विस्मित था। हरू को देख ऐसा प्रतीत हो रहा था जैसे साक्षात शिव तांडव की मुद्रा में हों। हरू के हाथ में चिमटा था। वह बार बार चिमटा अपने शरीर पर मार रहे थे। तभी उन्होंने एक फावड़ा नुमा शस्त्र धूनी के मध्य से उठाया जो गर्म होकर लाल हो गया था। वह हरू के हाथ में था। राजा की आँखें विस्मय से खुली की खुली रह गयी थीं। ऐसा चमत्कृत, अलौकिक नृत्य राजा ने न देखा था। सहसा हरू ने लाल गर्म फौड़ी अपनी लपलपाती लम्बी जीभ पर रख दी, मुँह से तीव्र धुवाँ प्रकट हुआ। राजा के मुँह से आह निकल पड़ी। तब तक हरू पुन: फौड़ी जीभ में लगा चुके थे। राजा का पूरा शरीर रोमांचित होने लगा। उसके रोम कूप उठ गये थे। शरीर में अलौकिक स्फूर्ति का अनुभव होने लगा था। हरू का नृत्य तेज होता गया। गुफा के अन्दर अदृश्य अलौकिक संगीत के स्वर गुंजित होने लगे। डमरू, थाल, हुड़का, ढोल नगाड़े बजने की आवाजें राजा के कानों में पड़ने लगीं। संगीत और तीव्र होने लगा। अब राजा एक अलौकिक आकर्षण से हरू की ओर खींचे जाने लगे। सहसा राजा तीव्र गति से उठा और धूनी के चारों ओर हरू के साथ नृत्य करने लगा। राजा का शरीर भी हरू की भाँति ही कंपन करने लगा था। दोनों संगीत की तीव्र स्वर लहरियों में खो गये थे। धूनी की लपटें और अधिक प्रचंड होती जा रही थीं। अचानक हरू ने चाबुक उठा लिया। उसने कई चाबुक स्वयं की पीठ पर मारे। संगीत व नृत्य यथावत चल रहा था। हरू ने फिर कई चाबुक राजा को मारे। पर न तो नृत्य कम हुआ न संगीत। हरू ने राजा के गले में हाथ डालते हुए धूनी के चारों ओर कंपन सहित नृत्य जारी रखा। दोनों मित्र वास्तव में बीस वर्ष बाद पुन: प्रथम बार गले से मिले थे। अद्भुत क्षण था। अलौकिक नृत्य था। ऐसा प्रतीत हो

रहा था जैसे महादेव के तांडव नृत्य के साथ नन्दी भी मदमत्त हो नाच रहा हो। कुछ क्षणों के पश्चात राजा शिथिल पड़ गया और कलिंगा के पास आकर झूमते हुए बैठ गया। परन्तु हरू यथावत धूनी के चक्कर लगा रहे थे। उन्होंने धूनी से कुछ भभूति उठाई और राजा की ओर बढ़े। अपनी हथेली से भभूति राजा के माथे पर पोत दी। फिर शिवलिंग के पास रखे जलपात्र से पानी लेकर राजा पर छिड़का। राजा शांत व संयत हो गया। हरू अभी भी पूर्ववत् थे। वह कलिंगा की ओर बढ़े। जल पात्र से उन्होंने कलिंगा पर जल के तीव्र छींटे डाले। सहसा कलिंगा ने आँखें खोलीं। वह सीधे होकर बैठ गयी थी। उसकी आँखें जो अब तक खुली थीं बन्द हो चुकी थी। वह ध्यानमुद्रा में बैठ गयी थी। उसके शरीर में मन्द-मन्द कंपन आरम्भ हो गया था। राजा एक बालक की भाँति दृश्य देख रहे थे। तभी हरू के मुख से तेज आवाज निकली

''वाह्ट............'' इस तीव्र स्वर से पूरी गुफा गूँज उठी।

साधु हरू ने पुन: धूनी की राख उठायी और कलिंगा की ओर नृत्य करते हुए बढ़ा। हरू ने स्नेहिल हाथों से कलिंगा के सिर पर भभूति पोत दी। कुछ देर अपना हाथ कलिंगा के सिर पर रखे रहे। दूसरा हाथ कलिंगा के सिर के पीछे था। उन्होंने कलिंगा के सिर को दोनों हाथों से दबा रखा था। कुछ क्षण बाद उन्होंने कलिंगा को छोड़ दिया। अब कलिंगा पूर्ण स्वस्थ लग रही थी। हरू पूर्व की भांति धूनी के चारों ओर नृत्य करते घूमने लगे। कलिंगा उठ खड़ी हुई। शिवलिंग के पास जाकर उसने हाथ जोड़कर महादेव को प्रणाम किया और धूप, दीप, पुष्प एवं जल एक काष्ठथाल में लेकर धूनी के पास आ गयी। उसने हरू की पूजा प्रारम्भ कर दी। हरू कलिंगा के समीप आकर रुक गये। कलिंगा ने हरू के सिर पर जल छिड़का फिर पुष्प चढ़ाये और धूप-दीप से हरू की पूजा करने लगी। हरू के शरीर का कंपन क्षीण पड़ रहा था। हरू धीरे-धीरे अपने आसन पर बैठ गये। कलिंगा ने अर्चना जारी रखी। आसन पर अपनी पूर्व मुद्रा में हरू बैठ चुके थे। उनका हाथ ऊपर उठा, कलिंगा को ठहरने का संकेत था। कलिंगा ने थाल एक किनारे रखा और हरू के सम्मुख बैठ गयी।

हरू की आखें बन्द थीं। राजा भी हरू के निकट आकर बैठ गये। कलिंगा हाथ जोड़े हरू को देख रही थी और राजा भी।

हरू के मुँह से मन्द स्वर निकले,''कलिंगा, कुछ और जानना चाहती हो?''

''मेरी माँ अब कहाँ है और कैसी है?''

''तुमने प्रसंग ध्यान से नहीं सुना। उसे तुम्हारे सोलह वर्ष होने तक की आयु ही प्राप्त थी। महादेव के श्राप के अनुरूप वह इसी धूनी में भस्म हो गयी थी।अब वह तुम्हारे माथे पर है।''

कलिंगा ने माथे पर हाथ लगाया, उसके हाथ में बहुत सी भभूति लग गयी। वह कुछ देर तक उस राख को देखती रही फिर उसने वह राख अपने पूरे मुँह पर मल लिया। काफी देर तक वह अश्रुपूर्ण नेत्रों से उस राख को स्नेह के साथ अपने मुख पर मलती रही।

''और कुछ पूछना है कलिंगा?'' हरू की वाणी सुनकर कलिंगा का क्रम टूटा।

''मेरे पिता कौन थे देव?''।

''यह न तुम्हारी माँ ने मुझे बताया, न मैंने उचित समझा पूछना। चूँकि, यह अधम शरीर पंच तत्व से

निर्मित है। अत: आज से तुम इतना जानो कि इन पंच तत्व रूपी पंचनाम देवताओं की बहन हो तुम, जैसे तुम मेरी बहन हो। आज से तुम्हें पंचनाम देवताओं की बहन के नाम से भी जाना जायेगा''।

साधु हरू से कलिंगा और कुछ न पूछ सकी।उसका गला रूँध गया था। आँखें नम थीं।

राजा जड़ स्थिति में था। बस सुनता जा रहा था, देखता जा रहा था। यह कैसा चमत्कार था? क्या स्वप्न था? राजा अभी भी किसी और लोक में था।

हरू ने राजा से कहा, ''राजन्, आपके पास भी कुछ प्रश्न हैं?''

राजा का स्वप्न टूटा; कुछ क्षण रुक कर उसने पूछा, ''देव, में भ्रमित हूँ, यह क्या चमत्कार है? जानता चाहता हूँ।''

''यहाँ जो भी हो रहा है, उसमें मेरा कुछ भी नहीं। यहाँ जो भी घटित है वह महारुद्र, महाभैरव की कृपा से हो रहा है। मैं रुद्रभैरव द्वारा नियुक्त एक तुच्छ प्राणी हूँ। अत: मेरे ईष्ट देव महारुद्र, महाभैरव का ही यह चमत्कार है। जिसका प्रसाद आज तुम्हें भी प्राप्त हुआ है। राजा के पास बहुत से विषयों पर प्रश्न होते हैं। पूछना है तो शीघ्रता से पूछ लो, समय कम है।''

राजन के पास वास्तव में इतने प्रश्न थे, वह कहाँ से पूछे-क्या पूछे। उसे कुछ सूझ नहीं रहा था। क्षण भर खामोशी के पश्चात् हरू ही बोले- ''तुम राजमहल वापस जाना चाहते हो?''

''अवश्य देव''।

''कलिंगा तुम्हारी सहायता करेगी। तुम्हें राज्य की चिन्ता सता रही होगी?''

''हाँ, हाँ देव, सभी चिंतित होगें, आखेट शिविर में मेरे सैनिक भी।''

''वह तुम्हें खोज रहे हैं। अभी सामड़भट पचास सैनिकों सहित आधार शिविर में है।सामड़भट काफी परेशान दिखाई दे रहा है।वह चालीस सैनिकों को लेकर दिन भर तुम्हें खोजता रहा है। तुम्हारे शीघ्र न पहुँचने पर राज्य में अशान्ति फैल सकती है।'' हरू ने कहा। हरू की आँखें अभी भी बन्द थी। राजा आश्चर्यचकित था कि साधु हरू को सामड़भट का नाम व शिविर के सैनिकों की संख्या के विषय में कैसे ज्ञान हुआ? आश्चर्य! राजा फिर कुछ न बोला।

''राजन्, तुमने तो राज्य का उत्तराधिकारी भी नियुक्त नहीं किया है? तुम्हारी अधिक अनुपस्थिति में राज्य की स्थिति का तुम्हें भान है?''

''देव, आप मेरे हृदयगत भाव को जान ही गये हैं। आप अब मेरे मित्र नहीं, एक देवपुरुष हैं-एक महान तपस्वी, सिद्ध।'' राजा भावुक हो कर बोला। राजा,देवहरू के चरणों में झुक गया। हरू कुछ न बोले। आँखें अभी भी बन्द थीं।

राजा ने शक्ति एकत्र कर देवहरू से पूछा। ''मेरी सात रानियाँ हैं। पर मुझे संतान सुख की प्राप्ति नहीं हुई है। मुझे एक योग्य उत्तराधिकारी की आकांक्षा है। क्या मेरी अभिलाषा पूर्ण हो सकेगी?''

''इसमें रानियों का दोष नहीं है, न ही तुम्हारा। तुम पूर्वजन्म के दोषपूर्ण कर्मों के कारण संतान सुख प्राप्त नहीं कर सके हो। जब तुम्हें संतान प्राप्त होगी तब तक तुम अतिवृद्ध हो चुके होगे। उत्तराधिकारी तो तुम्हें प्राप्त होगा, परन्तु संतान सुख भोगने से पूर्व तुम्हें कई कष्ट उठाने पडेंगे।''

यह कैसा उत्तर है। राजा समझ न सका।

''देव, राज्य का उत्तराधिकारी का विषय ही मेरी सबसे बड़ी चिन्ता है।''

''वह तुम्हें अवश्य प्राप्त होगा, पर इन सात रानियों से नहीं।''

''अर्थात मुझे एक और विवाह करना होगा!''

''निश्चित ही।'' हरू की आँखें बन्द थीं।

''लेकिन कब, कहाँ, कैसे? देव मुझे बतायें, मैं अब प्रौढ़ावस्था पार कर चुका हूँ, मेरी सबसे बड़ी चिन्ता का कृपाकर हरण करें''। राजा लगभग गिड़गिड़ाने की मुद्रा में बोला।

हरू बोले ''तुम आठवीं रानी पसन्द कर चुके हो,राजन्!''

अचानक इतनी शीघ्रता से इसका उत्तर मिलेगा, ऐसी आशा राजा को न थी। संध्या बेला से ऐसा प्रसंग चल पड़ा था कि राजा सांसारिक लोक को भूल सा गया था। कलिंगा के साथ का एक पूर्ण दिवस का संसर्ग वह विस्मृत कर गया था।

''परन्तु देंव...'' राजा कुछ कहता, इससे पूर्व ही हरू बोले-

''इसी तरह विस्मृत करने के दुष्प्रभावों से ही पूर्वजन्म में तुम्हें श्राप मिला था, जिसका तुम आज तक भुगतान कर रहे हो। आगे भी करोगे। तुमने इस नवयौवना को सांसारिक सुख का प्रथम अनुभव कराया और विस्मृत कर दिया?'' राजा अवाक् रह गया, देवहरू ने उसके हृदय में छिपे कलिंगा के प्रेम व आकर्षण को पढ़ लिया था। राजा ने स्वीकार किया कि वह कलिंगा से प्रेम करने लगा है। देवहरू ने कलिंगा की ओर देखा उसने शीघ्रता से सर झुका लिया।

साधु हरू की यह एक और तपस्या पूर्ण होने में अब अधिक विलम्ब न था। दोपहर ढलते-ढलते हरू गुफा में वापस आ गये। उनके हाथ में एक गठरी और तीमूर का भारी दण्ड था। गुफा में प्रवेश के साथ ही उन्होंने कलिंगा को पुकारा। कलिंगा बाबा के पास आ गयी। बाबा ने पूछा, ''राजा कहाँ हैं?''

''राजन् गुफा के द्वार के पास ही थे।'' कलिंगा ने कहा।

''ठीक है तुम उन्हें तुरन्त अन्दर बुलाकर लाओ।''

कलिंगा तीव्रता से गुफा की द्वारा की ओर बढ़ गयी और कुछ ही क्षण में राजन के साथ गुफा में वापस लौट आयी।

हरू ऊँचे आसन में बैठे थे। उन्होंने राजा व कलिंगा को अपने-अपने आसन परें बैठने का संकेत किया। दोनों ने अपना-अपना स्थान ग्रहण किया। कुछ क्षण मौन के पश्चात हरू ने कहा, ''राजन्, आप कल प्रात: से अपने शिविर से अदृश्य हैं। आपके सैनिक आपको निरंतर खोज रहे हैं। अब आपको शीघ्रता से शिविर में पहुँचना चाहिए। यहाँ आपके सैनिकों का पहुँच पाना कठिन है।''

राजा ने कलिंगा की ओर एक दृष्टि डाली फिर कहा, ''निश्चित ही देव। परन्तु कलिंगा के विषय में आपके आदेश की प्रतीक्षा है।''

''इसमें आदेश का क्या प्रश्न है? मैं कह चुका हूँ। तुम दोनों एक दूसरे के प्रति मन में स्नेह रखते हो। मैं तो इसी क्षण की प्रतीक्षा में था। महादेव महारुद्र, महाभैरव ने जो गुरुतर भार मुझे सौंपा है उसे में तब तक

पूरा नहीं समझता हूँ जब तक कलिंगा का हाथ मैं किसी सुयोग्य पुरुष को न सौंप दूँ। महादेव का चमत्कार देखो, उसकी कृपा देखो, मैं नतमस्तक हूँ उस कृपालु की दया पर। सोलह वर्ष की आयु के पश्चात् ही तुम इस सघन प्रदेश में आ गये। कलिंगा से तुम्हारा प्रथम साक्षात्कार हुआ। उसी महाकाल, उसी व्याघ्रेश्वर की कृपा से तुम दोनों के हृदय में स्नेह उत्पन्न हो गया। व्याघ्रेश्वर की कृपा और इच्छा से ही राजन् तुम्हारा विवाह आठवीं रानी के रूप में कलिंगा से होना निश्चित है। इसी की कोख से इस देवभूमि, उत्तरापथ को एक योग्य उत्तराधिकारी प्राप्त होगा।वह बालक वीर एवं न्यायकारी होगा;जो महादेव, महाभैरव का वरदान होगा। उसको इस इलावृत्त में रुद्र हिमालय से लेकर केदार खण्ड, मानस खण्ड, व सम्पूर्ण ब्रह्मपुर में महादेव के वरदान-''गौरभैरव'' के रूप में जाना जायेगा। मैं तुम दोनों को आशीर्वाद देता हूँ। अब तुम दोनों शीघ्रता से तैयार हो जाओ, मैं तुम्हें शिविर तक पहुँचाऊँगा।'' हरू अपने आसन से खड़े हो गये। राजन् और कलिंगा दोनों हरू के चरणों में झुक गये। हरू ने स्नेहपूर्वक दोनों को गले लगाया। कलिंगा की आँखें डबडबा रही थीं। वह कुछ न बोल सकी, बस बाबा को कातर दृष्टि से निहार रही थी, दो मोती उसकी आँखों से निकल कर बाबा के चरणों में गिर गये।

उत्साहित आखेट शिविर

वह वीर, साहसी, दृढ़ पुरुष- सामड़भट, थका-हारा सभी सैनिकों के साथ खाली हाथ शिविर में लौट आया। वह गहरी सोच में था। आगे क्या किया जाना चाहिए? राजमहल में सूचना दे दी जानी चाहिए और अधिक सैनिक बल बुलाकर बृहद खोज अभियान चलाया जाना चाहिए। क्योंकि अभी कोई ऐसा संकेत भी प्राप्त नहीं हुआ है कि राजा जीवित न हों। बड़ी दुविधा में था- सामड़भट। वह एक निष्ठावान,पर महत्वाकांक्षी सेनानायक था। वह राजा की अनुपस्थिति की परिस्थितियों पर भी विचार कर रहा था। उसके मन में अच्छे व बुरे विचारों की लहरें दौड़ रही थीं। रात्रि का प्रथम प्रहर समाप्त होने को था। सभी सैनिक थके-हारे अपने शिविर में विश्राम कर रहे थे।

अचानक शिविर के द्वार पर कोलाहल हुआ। साथ ही ''राजा हालूराई की जै'', ''राजा हालूराई की जै'' की आवाजों से सारा जंगल गुंजायमान हो गया। सामड़भट सहसा अपने पलँग से उछल पड़ा व नंगे पाँव ही शिविर के द्वार की ओर दौड़ा, सभी सैनिक जो विश्राम कर रहे थे, जो जिस स्थिति में था उसी स्थिति में शिविर द्वार की ओर दौड़ पड़े। सामड़भट ने देखा राजा शिविर द्वार पर आ खड़े हैं। वह दौड़ता हुआ गया और राजा के चरणों में प्रणिपात हो गया। राजा ने उसे अपनी बाँहों से उठाया। सामड़भट तुरन्त बोला-

''राजन् क्षमा करें, मैं अपना कर्तव्य निभाने में चूक गया हूँ। मेरी भूल के लिए देव, क्षमा करें। हम सभी कल से लगातार आपके लिए चिंतित है। पूरे दिन आपको इस बियाबान, सघन जंगल में खोजा पर आपका पता न चल पाया। क्षमा करें देव।''

''सामड़भट, तुम्हारी कोई चूक नहीं है, शांत हो जाओ।'' राजा स्नेह से साम़ड़भट को सामड़भट से पुकारता था।

''नहीं राजन्, आखेट में मुझे स्वयं आपके दल के साथ होना चाहिए था। मैं महारानी को क्या उत्तर दे पाऊँगा! उन्होंने कहा था कि मैं सदैव आपके साथ रहूँ।'' सामड़भट बड़ी व्याकुलता से बोल रहा था।

''सामड़भट शांत हो जाओ। अब मैं वापस आ गया हूँ और तुम्हारा कोई दोष नहीं है।''

सभी सैनिक उत्साहित हो गये। बड़ी देर तक निर्जन जंगल जै जै कार की ध्वनि से गुंजायमान होता रहा। पूरा शिविर आह्लादित था। राजा के आखेट दल के बीस सैनिक जो के समय राजा के साथ थे इतने प्रसन्न थे जैसे किसी पिंजरे से पक्षी को आकाश में छोड़ दिया हो अथवा जल से बाहर निकाली गयी तड़पती मछली को पुन: पानी में छोड़ दिया हो। चारों ओर प्रसन्नता थी। सामड़भट दौड़-दौड़ कर खाने-पीने की व्यवस्था का निर्देश दे रहा था। शीघ्रता से सभी व्यवस्था कर पुन: राजन् के शिविर में आ गया। उसके मन में अनेक प्रश्न थे। राजा के साथ सुन्दर नारी और साधु कौन है? जिनका वेश अनोखा है। एक हाथ में तीमूर का कंटीला दण्ड है, कमर में बड़ा चिमटा बँधा है, माथे पर भभूति रमी है, पाँव नंगे हैं। यह सुन्दर नारी इस निर्जन वन में कहाँ से आ गयी? राजा कैसे अदृश्य हो गये आदि-आदि? राजा के शिविर कक्ष में पहुँचा। वह कभी कलिंगा को देखता और कभी साधु को। राजन उसके मन के भाव को समझ मुस्करा रहे थे।

गुरु गोरखनाथ

चम्पावत से उत्तर पश्चिम केदारखण्ड के सघन वन, मंदाकिनी के ऊपरी भाग धवल गुहा-धौल्या उड्यार में एक साधनास्थली। इस साधना स्थली की प्रतिष्ठा पूरे केदारखण्ड, मानसखण्ड में फैली थी। यह मठ तपस्वी साधुओं, तंत्र साधकों, सिद्ध प्राप्त कर्ता हठी साधुओं सभी के लिए समान रूप से सम्मानित था। डोडी, गौरक्षा प्रान्त और भोटान्तक से लेकर तराई भावर तक इस मठ की कीर्ति फैली थी। राजा व सामन्त भी यहाँ पहुँचते थे।

इस साधना स्थली के परम पूज्य महन्त, गुरू गोरखनाथ थे। गुरू गोरखनाथ इस साधना स्थली के गुरूपद थे। सभी तपस्वी, साधु उनकी चरणधूलि लेकर ही अनेक विद्याओं का अध्ययन करते। इनसे दीक्षा लेकर ही तप, सिद्धि, ज्ञान, सम्पदा, प्राप्त कर चारों दिशाओं में फैल जाते थे। पूरे ब्रह्मवर्त में अधिकांश देवत्व प्राप्त सिद्धपुरुष इनके शिष्य रह चुके थे। इस मठ में राजा, सामन्त, मण्डलप्रमुख, धनी लोग भी गुरू के आशीर्वाद से विभिन्न कामनायें पूरी कर लेते थे। लेकिन गुरू से शिक्षा ले पाना सरल न था। कठिन नियमों का पालन करने वाला ही गुरू गोरखनाथ से शिक्षा-दीक्षा प्राप्त कर पाता था।

गुरू गोरखनाथ कब इस मठ में आये, कहाँ से आये; यह कोई नहीं जानता। किसी को भी उनके जन्म के विषय में निश्चित ज्ञान नहीं था। कोई कहता कि इन्होंने स्वयंभू गोमयपिंड से अवतार लिया है तो कोई कहता था कि शिवजी की जटाओं से इनकी उत्पत्ति हुई। कुछ लोग इन्हें शिवांश वीर भैरव कहते थे। कोई नहीं जानता था कि उनकी आयु कितनी है। इनके विषय में यही जनश्रुति है कि ये हनुमान, अश्वत्थामा के समान अमर हैं और वे आज जैसे दिखायी देते हैं वैसा ही लोग उन्हें सदैव देखते आ रहे हैं।

गुरू गोरखनाथ श्वेत केश धारण करते थे। उनका हलका साँवला वर्ण,लम्बी धवल दाढ़ी थी। बड़ी-बड़ी आँखें, घनी भौंहें, तेजस्वी मुखमण्डल पर भभूति शोभायमान रहता था। कद लम्बा, बलिष्ठ शरीर, उज्जवल नेत्र। मुख पर मृदु-मुस्कान। सिद्धों में उनका स्थान माना जाता था। उनके मुख मण्डल पर महातेज था। शरीर पर अभिमंत्रित भभूति रमी थी। इन्हें सभी एक नाम से जानते थे ''गुरू गोरखनाथ।'' पूरे ब्रह्मवर्त में देवो के आवाहन के साथ गुरू गोरखनाथ का आवाहन आवश्यक रूप से होता था। वे अपने साधनास्थली के गुफा के भीतरी भाग में समाधिस्थ हो जाते थे, घण्टों समाधि में रहते। दिन में तपस्वियों और अपने शिष्यों को ज्ञान देते। मध्याह्न के उपरान्त सामान्यजनों की समस्याओं एवं रोगों का निदान करते। दुष्टों व अन्यायियों को दण्ड देने के लिए अपने सिद्ध वीर शिष्यों को आदेश देते। विरक्त होकर भी वह मानवकल्याण के लिए सदैव दौड़ पड़ते। उनके सिद्ध शिष्य, पूरे उत्तरापथ में फैले थे। वह उन्हें अपने दिव्यज्ञान के द्वारा मठ से ही आज्ञा प्रसारित कर देते थे।

गुरू गोरखनाथ की साधनास्थली पर एक धूनी निरन्तर जलती रहती। यह कभी बुझती नहीं। इसके चारों ओर चिमटा, त्रिशूल, दण्ड, डमरू, पत्र-छत्र, मुद्रा-नाद, सेली सिंधी, फौड़ी सजी रहती।

तपस्वी लोग यहाँ आकर कठिन तपस्या करते। अपनी तपस्या साधना के आधार पर गुरू गोरखनाथ उन्हें सिद्धियाँ, अलौकिक शक्तियाँ प्रदान करते। कोई नौ दिन तक कठोर तप करता। कोई बाईस दिन, कोई तिमाही, छमाही और कई वर्षों तक लगातार तप करते थे। वह तपस्वी की कड़ी परीक्षा लेते। तपस्या के दौरान कठोर नियमों का पालन करना पड़ता। जरा सी चूक साधक की तपस्या का फल कम कर देती थी।

उस दिन आकाश स्वच्छ था। रात्रि का प्रथम प्रहर, चारों ओर चाँदनी फैली थी। गुरू गोरखनाथ एक शिलाखण्ड पर विराजमान थे। उनकी आँखों बन्द थीं। उनके सामने तीन तपस्वी साधु बैठे थे। गुरू गोरखनाथ ने कहा।

''तुम तीनों को यहाँ आने का कारण ज्ञात है?''

''नहीं गुरुदेव, आपकी आज्ञा शिरोधार्य कर हम क्षण भर में यहाँ प्रकट हो गये''। तपस्वी सैम ने उत्तर दिया।

''गुरुदेव, आपके आवाहन का निश्चित ही महत्त्व होगा।'' निरंकार देव जो केदारखण्ड के हिमवंत प्रदेश से पधारे थे ने कहा।

तीसरा तपस्वी कुछ न बोला। गुरू गोरखनाथ ने उससे पूछा,''तुम्हें ज्ञान है मेरे आवाहन का?''

''गुरूदेव, विषय ज़ानने की धृष्टता नहीं कर सकता हूँ। मात्र आपकी आज्ञा की प्रतीक्षा कर रहा हूँ।'' शिष्य ऐड़ी ने विनम्रता से उत्तर दिया।

गुरू देव ने आगे कहा, ''मेरी एक साधनास्थली मानसखण्ड के कूर्म पर्वत के पास है जो तुम सभी को ज्ञात है। यह स्थान मेरे लिए प्रिय है। आज हमें उसी क्षेत्र के उत्तर-पूर्व में किरात जनपद में जाना है। वहाँ से मेरे शिष्य, सिद्धपुरुष हरू ने हमें आवाहन किया है। इस तपस्वी हरू के साथ ही तुम तीनों ने कैलाश यात्रा की थी। लेकिन हरू एक स्थान से अदृश्य हो गया था, तुम्हें याद होगा। उसके बाद का

वृतांत भी तुम तीनों को ज्ञात है। हरू ने अपनी बहन कलिंगा का विवाह धूमाकोट के राजा हालुराई से निश्चित कर दिया है। यह कन्या महादेव के वरदान से बच गयी थी। उसकी रक्षा का भार महादेव ने हरू को सौंप दिया था। इस सबके पीछे कोई रहस्य छिपा है। धूमाकोट के राजा को पूर्व जन्मों के कर्मों के फलस्वरूप सन्तान प्राप्ति नहीं हुई है। आज इस देवभूमि को एक योग्य नायक की आवश्यकता है। कलिंगा को इस कार्य हेतु चुना गया है जो भैरव अवतारी एक पुत्र को जन्म देगी। वह किरातवंश की है। धूमाकोट में उसे सम्मान मिले, इस उद्देश्य से हमें, वहाँ जा कर उसे आशीर्वाद देना है। हमारे लिए सभी जाति, कर्म-धर्म के लोग समान हैं। हम विरक्तों में समदर्शीपन होना आवश्यक है। हमारे लिए न कोई ऊँचा है, न नीचा;न कोई निर्धन,न धनी! सब समान हैं। उत्तरापथ के निरीह जनों की चिन्ता के लिए हमें एक ऐसा योग्य उत्तराधिकारी धूमाकोट को देना है जो इस देवभूमि की संस्कृति के अनुरूप राज्य करे।'' गुरु लगातार बोल रहे थे।

''अब हम प्रात: प्रस्थान करेंगे। राजा हालूराई व कलिंगा का विवाह कराकर, आशीर्वाद देकर हम अपने-अपने स्थान लौट सकते हैं।''

''जो आज्ञा गुरूदेव'' तीनों ने गुरू चरणवन्दना की और आज्ञा पाकर गुफा में विश्राम करने चले गये।

गुरू गोरखनाथ ऊँचे शिलाखण्ड पर पुन: ध्यानमुद्रा में समाधिस्थ हो गये।

पंचदेवों की बहन का चमत्कारिक विवाह

आखेट शिविर के चारों ओर सघन वन। प्रात: के आगमन की सूचना पक्षियों ने दे दी थी। शिविर की व्यवस्था में लगे सैनिक अपने-अपने कार्यों में जुड़ चुके थे। सूर्य का प्रकाश फैलने के पूर्व ही सभी सैनिक यथास्थान थे। राजा भी सूर्योदय के साथ ही जाग चुका था। सामड़भट व्यवस्था में व्यस्त था। राजा ने साधु हरू के शिविर में प्रवेश किया पर हरू वहाँ नहीं थे। राजा तुरन्त बाहर निकले,सामड़भट से पूछा, ''क्या साधु हरू शिविर के बाहर गये हैं?''

सामड़भट व द्वार प्रहरियों ने बताया कि उन्होंने उन्हें कहीं बाहर आते-जाते नहीं देखा। सामड़भट सोचने लगा,साधु हरू पूरे शिविर में नहीं हैं। प्रहरियों ने भी उन्हें जाते नहीं देखा। वे शिविर में नहीं है,यह कैसे सम्भव है? राजा क्या सोचगें? कैसी व्यवस्था है शिविर की? थोड़ी देर सोचने के बाद राजा ने कहा,

''चिन्ता की बात नहीं है सामड़भट, साधु हरू सिद्ध तपस्वी हैं। वह अदृश्य हो जाते हैं। यह समय उनका तपस्या में रहने का है। वे आते ही होंगे।''

सामड़भट आश्चर्य चकित था-अदृश्य!क्या यह सम्भव है?

राजा अपने शिविर में चले गये। पूरे शिविर में चर्चा फैल गयी कि एक अद्भुत तपस्वी शिविर में आया है जो अदृश्य होने की क्षमता रखता है। सूर्य की किरणों ने शिविर में ऊष्मा फैला दी थी। सामड़भट के सैनिक पंक्तिबद्ध खड़े थे। उनके सामने तीन ऊँचे आसन रखे थे। सभी राजा हलुराई, देवी कलिंगा और साधु के आने की प्रतीक्षा कर रहे थे।

कुछ ही समय पश्चात् राजा, देवी कलिंगा के साथ अपने शिविर से बाहर निकले। सामड़भट उन्हें लेने शिविर की द्वार की ओर लपका। उसने दोनों को आसन ग्रहण करने का अनुरोध किया। राजा ने पूछा, ''साधु हरू क्या शिविर में लौट आये हैं?''

''राजन् अभी तक तो नहीं।''

''जाकर पुन: देखो, यदि शिविर में हों तो निवेदन करो कि मैं उनसे मिलना चाहता हूँ।''

सामड़भट लगभग दौड़ता हुआ साधु के शिविर कक्ष में प्रवेश कर गया। सामड़भट की आँखें खुली की खुली रह गयीं। अन्दर हरू के साथ कई तपस्वी बैठे थे। यह कैसे सम्भव है? पुन:आश्चर्य! कुछ क्षण पूर्व वह शिविर का निरीक्षण कर लौटा था, तब तो वहाँ कोई न था।

सामड़भट आश्चर्यचकित हो साधुओं को देखता रह गया। देवहरू ने सामड़भट को देखकर कहा,''क्या राजन् प्रतीक्षा कर रहे हैं?''

''जी देव, कृपा कर पधारें।'' उसने बाहर की ओर दोनों हाथों से चलने का संकेत किया।

हरू शिविर से बाहर निकले। उनके पीछे विचित्र वेषभूषा में चार साधु और थे। जैसे ही ये पाँचों आसन के समीप पहुँचे, राजा और कलिंगा आसन को छोड़कर तेजी से देवहरू की ओर बढ़े। दोनों ने सबसे पहले देवहरू को प्रणाम किया। फिर जैसे ही उनके पीछे देखा राजा की आँखें आश्चर्य से खुली रह गयीं। राजा क्षणभर में पीछे खड़े साधु के चरणों में बिना शब्द उच्चारित किये प्रणिपात हो गये। वह तभी चरणों से उठे जब गुरू गोरखनाथ ने उन्हें स्वयं हाथ लगाकर नहीं उठा लिया। राजा को आश्चर्य मिश्रित खुशी थी। राजा बोले ''गुरूदेव, मेरा परम सौभाग्य, जो यहाँ आकर दर्शन दिये। मैं और कलिंगा अत्यंत महाभाग हैं।'' राजा ने कलिंगा की ओर संकेत कर कहा, कलिंगा ने बिना क्षण गवाये ही गुरू के चरणों में प्रणाम किया। गुरू ने आशीर्वाद दिया।

गुरू गोरखनाथ, सम्पूर्ण हिमालयी प्रदेश के महान गुरू थे। सभी तपस्वी, साधु, राजा गुरू गोरखनाथ को सबसे अधिक सम्मान देते थे। गुरू गोरखनाथ को महादेव का अंश माना जाता था। उनके अन्दर असीम, अलौकिक शक्तियाँ विद्यमान थीं। उनके आश्रम की धूनी कभी बुझती न थी। आश्रम में कई शिष्य उनसे शिक्षा लेते थे। कई राजा व मण्डल प्रमुख अपने पुत्रों को शिक्षा हेतु गुरू गोरखनाथ के आश्रम में ही भेजते थे। कड़ी परीक्षा के बाद ही गुरू उन्हें शिक्षा प्रदान करते थे। ऐसे महान गुरू को राजा हालुराई अपने सम्मुख पाकर अपार हर्षित थे। वे समझ गये कि देवहरू ने अपनी सिद्धि के बल पर उन्हें यहाँ आमंत्रित किया होगा। जैसे ही गुरू आगे बढ़े पीछे थे-सैमदेव। राजा ने उन्हें देखा और वह चरणों में झुक गया। यह साधु झाँकर के देवदारु के सघन वन प्रदेश में रहने वाले पूज्य संन्यासी थे। राजा पूर्व में भी उनसे कई बार मिल चुके थे। यह भी सिद्ध संन्यासी थे। कलिंगा ने भी उन्हें प्रणाम किया। उनके पीछे थे निरंकार। निरंकार भी गुरू गोरखनाथ के शिष्य थे। गुरू गोरखनाथ के समान योग्य थे जो कूर्म क्षेत्र के उत्तर पश्चिम क्षेत्र में निवास करते थे। ये गुरू के वरिष्ठ शिष्य थे। साधु निरंकार से राजा प्रथम बार मिल पा रहे थे। राजन ने उन्हें भी दण्डवत प्रणाम किया। साधु निरंकार आगे बढ़ गये। सबसे पीछे कुछ दूरी पर एक विचित्र साधु खड़ा था। उसे देख कलिंगा दो कदम पीछे हट गयी। उसने अपना मुख अपने आँचल से ढक लिया। देवहरू पास में खड़े थे। उन्होंने स्नेह से अपना हाथ कलिंगा के सिर पर रखा और कहा।

''बहन कलिंगा! यह साधु देवऐड़ी हैं। ये महान योद्धा, विशाल धनुषधारी, सिद्धिप्राप्त हैं। इनसे डरने की आवश्यकता नहीं है। पर उन्हें छूना मत। उन्हें कोई यों ही नहीं छू सकता है। स्वच्छता एवं नियमों के प्रति ये अति कठोर हैं।''

राजन् उनके विषय में ज्ञान रखते थे। उसके पूर्व में भी गुरू गोरखनाथ की कृपा से राजा उनसे मिल चुका था। कई युद्धों में उन्होंने राजा को सहयोग ही नहीं दिया था बल्कि स्वयं के अस्त्र- शस्त्र देकर शत्रुओं को पराजित करने में सहयोग किया था। उन्हें देख राजा पुनः एक बार आश्चर्य चकित हुए। राजा ने दूर से ही उन्हें दण्डवत प्रणाम किया। देवऐड़ी को देख कर कलिंगा अभी भी सहमी सी खड़ी थी। ऐड़ी की आँखें चढ़ी हुई थीं;ऐसा प्रतीत होता था जैसे उनकी आँखें माथे में निकली हों। लम्बा बलिष्ठ विशाल शरीर, लम्बी जटायें। कंधे पर विशाल धनुष, हाथ में भारी लम्बा त्रिशूल, दूसरे हाथ में भारी भरकम लौह दण्ड, लाल चमकीले वस्त्र, उसमें छोटी छोटी घण्टियाँ बँधी थीं। शरीर के हिलने पर उनसे टन-टन की मंद ध्वनि निकल रही है। प्रथम बार देखने पर कोई भी भयभीत हो जाता था। सामान्य जन उनके निकट नहीं आते थे। वे प्राय: जंगलों में ही निवास करते थे। पर किसी के पुकार पर, धात लगाने पर अन्यायी को दण्ड देने दौड़ पड़ते थे। उनके बाणों में इतनी शक्ति थी कि कई मील दूरी से ही ये अचूक निशाना लगाकर अन्यायी या शत्रु पर प्रहार कर सकते थे। इनका धनुष इतना भारी था कि कई लोग मिल कर न उठा पाते थे। यह अत्यंत डरावने दिखाई देते थे। नारियाँ उन्हें देखकर भयभीत हो जाती थीं। पर ये जिस नि:संतान को आशीर्वाद देते थे वह निश्चित ही संतान सुख पाता था। ये महान सिद्धपुरूष के साथ ही महान योद्धा भी थे।

राजा इतने महान तपस्वियों व गुरू गोरखनाथ की उपस्थिति से आह्लादित हो उठा। सामड़भट जो स्वयं एक वीर योद्धा था, सहमा सा कुछ दूर पर खड़ा सन्न था। ये कौन हैं? यह विचित्र वीर दिखने वाला साधु कौन है! उसने तो धूमाकोट में उन्हें कभी नहीं देखा। गुरू गोरखनाथ के बारे में उसे ज्ञात था। पर अन्य कौन हैं? वह कुछ न समझ पाया। सभी सैनिक हाथ जोड़ आँखें फाड़े उन्हें देख रहे थे।

देवहरू आगे बढ़े। उन्होंने आसन हटाकर उसके स्थान पर घास का स्वच्छ आसन बिछाने का निर्देश दिया। सामड़भट यंत्रवत सभी काम सम्पन्न करा रहा था। सभी ने स्थान ग्रहण किया। सबसे पहले गुरू गोरखनाथ ने स्थान ग्रहण किया। गुरू ने स्थान ग्रहण कर सभी को बैठने का संकेत किया। एक ओर सभी तपस्वी, क्रमश: साधु हरू, साधु सैम, साधु निरंकार व विचित्र वीर साधु ऐड़ी जमीन पर घास के आसन में बैठ गये। कुछ दूरी पर सैनिकों को भी बैठने का आदेश मिल गया। राजा व कलिंगा एक ओर बैठ गये। कलिंगा सर झुकाये राजा के बगल में बैठी थी।

कुछ क्षण तक मौन रहा, फिर राजा बोला- ''देवहरू की कृपा से मैं अतुल्य सौभाग्य को प्राप्त कर रहा हूँ। मैं बड़भागी हूँ कि एक साथ पाँचों महानदेवों के दर्शन प्राप्त कर रहा हूँ। मैं ही नहीं, मेरे सभी सैनिक, मेरा सेनानायक सामड़भट व देवी कलिंगा भी धन्य हो गये हैं। जिन्हें आप सबके एक साथ दर्शन हो गये। यह सब देवी कलिंगा के जपतप की शक्ति होगी कि आपने स्वयं यहाँ आकर हमें आशीर्वाद दिया। पर मैं इस सघन वन में आपकी सेवा कैसे करूँ। मैं चिंतित हूँ।'' राजन अति प्रसन्न थे। अत्यंत द्रवित भी।

साधु हरू बोले, ''राजन्! चिंतित न हों। हम तपस्वी सघन वनों में ही सुख की अनुभूति करते हैं।

महलों में नहीं। मैंने ही गुरू गोरखनाथ का आवाहन किया था कि वे सभी देवों के साथ इस वन प्रदेश में पधारें। मुझे बहन कलिंगा के लालन-पालन में आप सभी देवों का प्रत्यक्ष या अप्रत्यक्ष सहयोग प्रदान हुआ है। गुरू गोरखनाथ के निर्देशों से ही मैं कलिंगा का पालन करने के लिए तैयार हो सका था। गुरू ने मुझे आदेश दिया था कि महादेव द्वारा तुम्हें जिस कार्य हेतु अधिकृत करने का संकेत किया है वह तुम्हें पूरा करना है। अत: बहन कलिंगा, जिस प्रकार मेरी बहन है उसी प्रकार महादेव शिवशंकर द्वारा रक्षित यह कन्या हम पाँचों की बहन कहलायेगी। मैं पंचतत्वों से निर्मित इस कन्या को पंचनाम देवताओं की बहन कह चुका हूँ। यह आज प्रत्यक्ष गुरू गोरखनाथ, सैम, निरंकार, वीर ऐड़ी एवं मैं हरू, पाँचों की यह बहन पंचनाम देवों की बहन कहलायेगी।

''हम धन्य हैं, हम धन्य हैं।'' सभी चारों देवों ने एक साथ कहा।

हरू बोले, ''गुरूदेव! आपके निर्देशों पर ही आज यह संयोग प्राप्त हुआ है कि देवी कलिंगा का विवाह राजा हालूराई से सम्पन्न होगा। दोनों एक दूसरे से स्नेह भी रखते हैं।''

गुरू गोरखनाथ ने कहा, ''देवहरू आप ने महादेव-महारूद्र-महाकाल की आज्ञा से तपस्वी होकर भी एक सांसारिक मनुष्य की भांति इस कन्या का लालन-पालन का कठिन काम, एक माँ की भांति किया। उसके मलमूत्र के प्रक्षालन से लेकर उसके पालन, ज्ञान, संस्कार का निर्वाहन किया। उसकी श्रापित माँ का संताप दूर किया। इसके कारण पूरी पृथ्वी आपको सदैव याद रखेंगी। आपका सम्मान सभी तपस्वियों में श्रेष्ठ हो गया है। अब विलम्ब न करें, इनका विवाह सम्पन्न करा कर इन्हें विदा करें। इस प्रकार आपका दायित्व पूर्ण हो जायेगा। इन दोनों को आशीर्वाद देने हम सब यहाँ उपस्थित हुए हैं। वीर देवएड़ी जो ऐसे समारोहों से प्राय: दूर रहते हैं, वह भी राजा हालूराई व देवी कलिंगा को संतान व धूमाकोट को एक वीर न्यायप्रिय उत्तराधिकारी के प्राप्ति का आशीर्वाद देने स्वयं यहाँ पहुँचे हैं।'' गुरू ने ऐड़ी की ओर संकेत करते हुए कहा।

वीर ऐड़ी ने गर्वीले गम्भीर स्वर में कहा-

''गुरूदेव, देवी कलिंगा ने स्वयं महारूद्र के वरदान से जीवन प्राप्त किया है, उनसे उत्पन्न पुत्र स्वयं भैरव का अवतार होगा। वह वीर, प्रतापी व न्याय प्रिय होगा। इसमें कोई संदेह नहीं। मेरा आशीर्वाद दोनों के साथ है। हम सभी उस भैरव अवतारी की प्रतीक्षा करेंगे।''

''अवश्य ही।'' गुरुदेव बोले।

गुरु गोरखनाथ ने धूनी पर दृष्टिपात किया। धूनी में रखे काष्ठकुन्द स्वत: दहक उठे। काष्ठकुन्दों से निकल रही लपटें उँचीची होती जा ही थीं। हरू ने अपनी गठरी खोली। उसमें से दो सुन्दर फूलों से बनी मालाएँ निकाली और राजा व देवी कलिंगा के हाथों में दे दी। संक्षिप्त विधान से विवाह सम्पन्न हुआ। पाँचों देवों ने राजा हालुराई व देवी कलिंगा को अपने आशीर्वाद से अभिसिंचित किया। कलिंगा अति प्रसन्न थी, लेकिन मन में उसे संताप था कि बाबा अब अकेले रहेंगें। वह सोच रही थी-क्या मैं राजमहल में सात रानियों के साथ तालमेल बैठा पाऊँगी? मैं तो समाज के बीच रही नहीं हूँ। क्या मैं राजमहल के रीति रिवाज निभा पाऊँगी? उसके मन में कई शंकाऐं थीं।

तभी गुरू गोरखनाथ का आदेश हुआ।

''राजन, अब हमारे जाने का समय निकट है। आप हमें आज्ञा दें।''

''गुरूदेव, मैं आपका शिष्य हूँ, कृपया,आप मुझे आज्ञा दें कि मैं आपकी किस भाँति सेवा करूँ। कृपाकर आप धूमाकोट महल में सभी देवों के साथ पधारकर हमें व धूमाकोट को आशीर्वाद प्रदान करें।'' राजा ने हाथ जोड़कर निवेदन किया।

''महल में तो हम तभी आयेंगे जब तुम्हें उत्तराधिकारी की प्राप्ति हो जायेगी। आश्रम में सदैव तुम्हारा स्वागत है।''

''जैसी आज्ञा गुरू देव।''

''परन्तु राजन्! ध्यान रहे, तुम्हारे पूर्व जन्म के कर्मों के फलों के कारण तुम्हें अभी तक संतान प्राप्ति नहीं हुई थी। वह दोष अभी समाप्त नहीं हुआ है। तुम्हें कलिंगा का विशेष ध्यान रखना होगा। थोड़ी सी भी असावधानी तुम दोनों के लिए घातक होगी। साथ ही धूमाकोट राज्य के लिए भी। सावधान राजन्! सावधान।'' गुरू ने सभी देवों को संकेत किया। पलभर में ही पाँचों देव तीव्रगति से शिविर से बाहर निकले और पल भर में ही अदृश्य हो गये।

कलिंगा बाबा हरू से बात तक न कर पायी। ''बाबा को दो शब्द तो मुझसे कहने चाहिए थे।'' कलिंगा ने राजा की ओर देखकर कहा।

''देवी बाबा विरक्त हैं, उन्होंने अपना कार्य पूर्ण किया। उन्हें न अधिक सुख की अनुभूति, न दुख: की। उनके लिए सभी परिस्थितियाँ समान हैं। अत: आप दुखी न हों,उन सब का आशीर्वाद हमारे साथ है।''

पर कलिंगा की आँखों में आँसू थे। वह विरक्त नहीं थी। बाबा ने उसे संस्कार,लोक-व्यवहार आदि का ज्ञान जरूर दिया था। पर वह बाबा को कैसे भूल पायेगी? माँ, बाघिन को कैसे भूल पायेगी? यह सघन वन, स्वच्छ जलसरोवर, पक्षियों का कलरव, पता नहीं क्या क्या उसे याद आने लगे। उसकी इच्छा हुयी कि गुफा की उस धूनी पर जाये, एक मुट्ठी राख अपने आँचल में बाँध कर ले जायें, जहाँ उसकी माँ भस्म हुई थी। माँ की अन्तिम निशानी राख ही तो थी। कलिंगा की आँखों से आँसू निकल पड़े। राजा ने उसके कंधे पर हाथ रख कर उसे सांत्वना दी। पर मायके से विदा हो रही कन्या क्या आँसू रोक पाती?

सैनिकों ने जड़वत् होकर बैठे-बैठे पूरा अनुष्ठान देखा। उन्हें ऐसा प्रतीत हुआ था जैसे वे किसी अन्य लोक में जाकर स्वप्न देख रहे हों। उन सब के हाथ अभी जुड़े थे। अभी भी वे यथावत बैठे थे,जैसे उन्हें किसी ने सम्मोहित कर दिया हो। सामड़भट भी सम्मोहन की स्थिति में था। उसने विचित्र तपस्वी, वीर व बलिष्ठ योद्धा रूपी साधु, तेजस्वी गुरू गोरखनाथ को कभी नहीं देखा था। वह धन्य हो गया था, सब के दर्शन पाकर। इन देवताओं के अदृश्य होने की शक्ति से वह विशेष प्रभावित था। ऐसे तो कोई भी उसके शिविर में घुस आयेगा। मेरी तो सुरक्षा व्यवस्था धरी की धरी रह जायेगी। इसके मन में विचार आया कि वह भी इन अलौकिक शक्तियों को प्राप्त करेगा, लेकिन कैसे?

राजा व देवी कलिंगा शिविर के भीतर जा चुके थे। परन्तु सामड़भट अपने स्थान पर जड़वत खड़ा था। सैनिक प्रतिमाओं की तरह यथास्थान बैठे थे। कई क्षणों तक वे सब इसी प्रकार रहे। अचानक

सम्मोहन खत्म हुआ। सामड़भट ने अचानक इधर-उधर देखा। सभी देव अदृश्य हो चुके थे। राजन व कलिंगा शिविर में प्रवेश कर चुके थे। उसके मुँह से अचानक आवाज निकली-''ह्वाट! ह्वाट....'' एकाएक सभी सैनिक उठ खड़े हुए। सामड़भट स्वयं चकित था! यह क्या हुआ?

दूसरे दिन धूमाकोट में यह समाचार आग की तरह फैल गया। देखते ही देखते धूमाकोट नगर में हर्ष व्याप्त हो गया। राजमहल से सूचना प्रसारित की जाने लगी थी। राजमार्ग सजने लग गये। पताकायें, बंदनवार एवं जगह-जगह स्वागत द्वार खड़े होने लगे। राजमार्ग के दोनों ओर के घर विशेष रूप से सजने लगे। पुष्पमालाओं, पताकाओं, कलशों से गृह सज चुके थे। देहलियों को लाल मिट्टी से सुन्दर तरीके से लीपा जा रहा था। उनमें ऐपण, रंगोली बनायी जा रही थी। रंगोलियों के ऊपर पुष्प और अक्षत फैला दिये गये थे। दीपमालायें लगायी जा रही थीं। जगह-जगह शंख-घन्टा बजने लगे थे। शकुन-आँखर गाने वाली महिलाओं की टोलियाँ जगह-जगह एकत्र होने लगी थीं। विचित्र साधुओं, ऋषि-मुनियों द्वारा राजा का आठवाँ विवाह जंगल में सम्पन्न कराये जाने के समाचार ने नगर के आमजन की उत्सुकता बढ़ा दी थी। दूसरी ओर वनसुन्दरी की चर्चा थी। राजा के अदृश्य होने का समाचार, तपस्वी मुनियों का प्रकट होना, अदृश्य होना; इन समाचारों से धूमाकोट की जनता में नयी रानी को देखने की अनोखी उत्सुकता व्याप्त थी। विचित्र एवं अलौकिक विवाह पर अफवाहें भी फैल रही थीं। पूरे नगर में सैनिक पहरा देने लगे। दूसरी ओर छोलिया नृत्य दल ढोल, दमाऊँ, नगाढ़ा, तूरी, भौंकर, बीनबाजा, झाँझ, आदि वाद्य यंत्रों के साथ नगर के मुख्य प्रवेशद्वार के बाहर तैनात हो गया था। उनके साथ नगर के पुरुष, महिलायें सज-धज कर राजा के आगमन की प्रतीक्षा करने लगे। पूरे धूमाकोट में भीड़ बढ़ने लगी। अल्प समय में जिन मण्डलप्रमुखों को सूचना लग गयी थी वे विविध प्रकार की भेंटों के साथ नगर की ओर आ रहे थे। ब्राह्मणों के झुण्ड भी दान दक्षिणा की लालसा लिये, नगर में प्रवेश करने लगे थे। सैनिक उन्हें व्यवस्थित करने में लगे थे। शहर व्यवस्थानायक को सबसे ज्यादा चिन्ता सता रही थी। उसे आशंका थी कि आग की तरह फैल रहे विचित्र समाचारों से नगर में भीड़ क्षमता से अधिक एकत्र न हो जाये। अत: वह अधिक से अधिक सैनिकों को व्यवस्था में तैनात कर रहा था। सेनानायक तेज गति अश्व पर चढ़कर राजपथ पर घूम-घूम कर व्यवस्था का निरीक्षण कर रहा था। नगर में हर मुँह पर उस विचित्र विवाह की चर्चा थी।

राजमहल के अन्दर महारानी सुगन्धा के आदेश से नयी रानी के स्वागत की तैयारियाँ चल रही थीं। महारानी ने सभी को आदेश दिया था कि नयी रानी के स्वागत में कोई कमी न रह जाये। राजपुरोहितों का दल जीवेन्द्र ज्योत्सी के नेतृत्व में पूजा कार्यों की समीक्षा में जुटा था। दासियों का एक दल उन्हें आवश्यक सामग्री देने में सहयोग कर रहा था। राजमहल के द्वार पर चौकियाँ तैयार की जा रही थी। एक ओर शकुन आँखर गाने वाली महिलाओं के लिए एक मंच बना था, दूसरी ओर राजद्वार पर विविध प्रकार के वाद्य बजाने वाले कलाकारों का मंच था। महारानी, गगरी में पानी,फूल, आम की पत्तियों सहित कलश उठाने वाली कन्याओं को निर्देश दे रही थीं। अन्य रानियाँ भी महारानी के निर्देशों का यंत्रवत् पालन कर रही थीं। उनके मुखमण्डल पर अधिक उल्लास तो नहीं दिखाई दे रहा था पर महारानी के निर्देशों का अक्षरश: पालन कर रही थीं। एक अनोखी कसमसाहट रानियों के मध्य चल रही थीं। पर बाह्य रूप से सभी उल्लास व्यक्त कर रही थीं। महारानी सुगन्धा पर इसका कोई असर नहीं था। वह

बढ़चढ़ कर तैयारियाँ कर रही थीं। महल के अन्दर की हर तैयारी का स्वयं निरीक्षण कर रही थीं। उसने नयी रानी के लिए कक्ष सुसज्जित कर दिया था। पूरा महल सुन्दर फूलों, सुगन्धित इत्र की गंध से मदमत्त करने वाला था। महारानी सुगन्धा अपने दायित्व के प्रति पूर्णत: सजग थीं। महारानी एक चतुरशीला, तेजस्विनी व अनुभवी थीं। वह इसके पूर्व छ: रानियों का स्वागत इसी महल में कर चुकी थीं। सभी की सेज उसके सामने सजी थी। अपने हाथों से सजाये ताजे फूलों को महारानी ने कुचलते देखा था। उन मसले फूलों के भाग्य के साथ-साथ अपने भाग्य पर भी वह कई बार रोई थी। अब वह अभ्यस्त हो चुकी थीं। अपने मन के हर भाव को वह बड़ी आसानी से छुपाना जानती थी। राजा भले ही नयी रानियों से स्नेह रखते हों पर महारानी का वह सैदव सम्मान करते थे। पूरे धूमाकोट में भले ही राजा हालूराई की आज्ञा चलती हो पर महल के भीतर महारानी सुगन्धा का ही राज चलता था। इस प्रकार महल के बाहर और भीतर राजा हालूराई व आठवीं रानी वनसुन्दरी, के स्वागत की धूमधाम से तैयारी हो चुकी थी। नारी मण्डल शकुन आँखर गा रहा था।

उधर शिविर उखड़ चुका था। पूरा आखेट दल निर्जन वनप्रदेश को पार कर चुका था। रानी कलिंगा एक निपुण अश्व पर विराजमान थीं। आगे-आगे सारथी उसकी लगाम थामे मन्दगति से पैदल आगे बढ़ रहा था। उसके पीछे राजा हालूराई अपने घोड़े पर सवार थे। आगे व पीछे सैनिक पूर्ण अस्त्र-शस्त्रों से सुज्जित धीरे-धीरे राजधानी की ओर बढ़ रहे थे। सभी को धूमाकोट पहुँचने की शीघ्रता थी; परन्तु रानी कलिंगा निपुण घुड़सवार न थीं। इसी कारण सैनिक दल मन्दगति से आगे बढ़ रहा था। निर्जन वनप्रदेश समाप्त होने का संकेत निकट के ग्रामीणों के चरते पशु दे रहे थे। कुछ आगे बढ़ने पर घसियारिनें घास काटती दिखायी दे रही थीं। घसियारिनें पहाड़ में स्वत: उगी कोमल घास काट कर घास की पुँ (गठरी) बना रही थीं। कुछ बाँज, फल्याँट के पेड़ों पर चढ़ी थीं। उन पेड़ों से पाल्यो (मुलायम पत्ते व छोटी टहनियाँ) काट रही थीं। घोड़ों के टापुओं की आवाज व सैनिकों का कोलाहल सुन सब भयमिश्रित भाव से पेड़ों व झाड़ियों में छुप कर बैठ गयीं और खुसुरपुसुर करने लगीं। जब उन्होंने एक घोड़े की पीठ पर बैठी सुन्दर नवविवाहिता जिसके गले में पुष्प माला पड़ी थी को देखा तो उनकी चिन्ता दूर हुई। साथ-साथ पीछे घुड़सवार के राजसी वस्त्र, सर पर मुकुट, गले में पड़ी माला देख उन्हें समझते देर न लगी कि यह धूमाकोट के राजा हैं। अवश्य ही किसी मण्डल से नई रानी से ब्याह कर लौट रहे हैं। घसियारिनों का भय समाप्त हुआ। वे उत्सुकतावश घास काटना छोड़कर रानी को दूर से ही देखने का प्रयास करने लगीं। एक हँसुली नाम की घसियारिन बोली, ''दुलहन तो अत्यन्त सुन्दर है।''

''सभी राजा बड़े कामुक होते हैं। जहाँ सुन्दर नवयौवना देखी उसे ये अपने रनिवास में देखना चाहते हैं। इनसे तो दूर ही रहना ठीक है।'' नन्दी घसियारिन चहकी।

''तुम क्यों डरती हो? तुम तो बूढ़ी हो चली हो।'' अपनी दराँती ऊपर करते हुए सरूली घसियारिन ने उपहास किया।

''अरी! बूढ़ा हो जाये तेरे गोठ का बल्द'' नन्दी ने नाराज होकर कहा। सभी घसियारिनों को जोर की हँसी आ गयी।

''ये सब तो हमारे गाँव की ओर ही जा रहे हैं'' हँसूली बोली ''चलो जल्दी-जल्दी घास

समेटो,फाँची बाँधो। हम छोटे रास्ते से जल्दी से गाँव पहुचते हैं। वहाँ राजा, घनुवापधान के यहाँ जरूर रुकेंगे।'' सबसे सयानी घसियारिन कौशल्या बोली।

''हाँ, हाँ, जल्दी करो। हो सकता है वहाँ राजा के सम्मान में भोजन भी हो। दाल-भात खाने को मिलेगा, और रानी के भी दर्शन कर लेंगे।'' एक घसियारिन ने कौशल्या का समर्थन किया।

सभी घसियारिनें अपनी दराँती के छल्लों को छनकाती हुई तेजी से घास बटोरने लगीं।

पर राजा का लश्कर अन्य दूसरे गाँव की ओर मुड़ चुका था।

राजा ने पूछा ''सामड़भट, अपने दल के पास खाने-पीने के सामान की क्या स्थिति है? खाद्य पदार्थ पर्याप्त तो हैं?''

''राजन्, जिस गति से हम यात्रा कर रहे हैं, हम कल दोपहर के बाद ही धूमाकोट पहुँच पायेंगें। खाद्य सामग्री आज तक के लिए प्रर्याप्त है। इस दफौट गाँव का प्रधान आपके स्वागत की प्रतीक्षा कर रहा है।''

राजन बोले ''नहीं, सामड़भट हमें तीव्रता से चलना होगा, मैं चाहता हूँ कि हम कल प्रात: अथवा मध्याह्न तक अवश्य ही धूमाकोट पहुँच जायें।''

राजा ने रानी कलिंगा की से पूछा, ''कलिंगा तुम थक तो नहीं गयी हो? क्या तीव्रता से यात्रा कर सकोगी?''

''राजन्, मैं तो वन प्रदेश में विचरण करने वाली हूँ, महलों में रहने वाली नहीं। मुझे तो अश्व पर चढ़कर यात्रा करने से ज्यादा सुख पैदल चलने में प्राप्त होता है। यदि हम पैदल यात्रा करें तो छोटे रास्ते से चलकर शीघ्रता से धूमाकोट पहुँच सकते हैं।'' रानी कलिंगा ने उत्तर दिया।

''अवश्य ही; यह तो अच्छी युक्ति है। रानी कलिंगा घोड़े की सवारी की अभ्यस्त भी नहीं हैं। उन्हें घोड़े की सवारी में निश्चित रूप से आनन्द नहीं आ रहा होगा।'' राजा ने सामड़भट की ओर देख कर कहा।

''सामड़भट, अभी सूर्यदेव सर पर हैं। अभी पर्याप्त समय है। निकटस्थ पैदल मार्ग से चलते हैं। तुम कुछ सैनिकों को छोड़ दो वे अश्वों व अन्य सामग्रियों के साथ घोड़िया मार्ग से धूमाकोट पहुँचें।''

''लेकिन राजन्, रात्रि विश्राम और खाद्य सामग्री तो घोड़ों पर ही जा सकेगी।''

''अरे, सामड़भट तुम क्या इस पैदल मार्ग से कभी धूमाकोट नहीं गये हो?''

''नहीं राजन्।''

''अच्छा ठीक है। मैं बताता हूँ; यहाँ से कुछ ही दूरी पर पैदल मार्ग पर केदारलिंग गाँव पड़ता है। यह पहाड़ की ऊँचाई वाले क्षेत्र में है। इसे लोग बिन्तोली भी कहते हैं। यह एक सुरम्य स्थान है। यहाँ से हिमाच्छादित पर्वतशिखरों के दर्शन होते हैं। इस गाँव के मध्य काफी ऊँचाई पर खुला स्थान है। वहाँ पर एक विशाल शीलंग का पेड़ भी है। बगल में विशाल शिलाखण्ड है। मैं कई बार उस स्थान पर विश्राम कर चुका हूँ। इस शिला को मैंने सिंहासन के रूप में कई बार प्रयोग किया है। सूर्यास्त के पूर्व ही हम वहाँ पहुँच जायेंगें। तुम आवश्यक सामग्री ही अपने साथ ले चलने की व्यवस्था करो। शिविर व अधिक

भोजन सामग्री की आवश्यकता नहीं है।'' राजन ने कहा।

''पर राजन् रात्रि के भोजन की व्यवस्था?''

''उसकी चिन्ता न करो। यह सम्पूर्ण दफौट मण्डल, देवहरू व देवसैम का अनुयायी है। पास में ही देवसैम का मठ है। जहाँ वह यदाकदा आते हैं। उसी स्थान से नौगाँव के पर्वतशिखर पर देवहरू के आश्रम के स्पष्ट दर्शन होते हैं। जहाँ जल रही धूनी का दर्शन भी रात्रि में हम उस स्थान से ही कर सकते हैं।'' राजा हालूराई ने दोनों हाथों को कान पर रखते हुए कहा, ''वहाँ महानन्द नाम का एक ग्राम प्रधान रहता है। वह देवसैम व देवहरू का भक्त है और तपस्वी व ज्ञानी है। वह हम सभी व‌े लिए ठीक ठाक व्यवस्था करने में सक्षम है। अत: अब विलम्ब न करो, शीघ्र आगे की पैदल यात्रा की तैयारी करो।'' राजा पुन: विश्राम की अवस्था में आसन पर लेट गया।

सामड़भट ने पन्द्रह सैनिकों के दल को अश्व और सामग्री के साथ घोड़िया मार्ग अर्थात चौड़ा मार्ग जिस पर घोड़े चल सकें, से धूमाकोट पहुँचने और शेष सैनिकों को निकटस्थ पैदल मार्ग से चलने का आदेश दे दिया। पहाड़ों पर पैदल मार्ग बड़ा कठिन होता है। तीव्र चढाई, सँकरा मार्ग, कहीं पर उबड़-खाबड़ पत्थरीला मार्ग तो कहीं सीधी चढ़ाई। सघन जंगल के मध्य से रास्तों पर जंगली हिंसक पशुओं का भी भय होता है। तीखी ढलान पर जरा सी असावधानी से पैर फिसलकर गहरी खाई में मनुष्य गिर सकता है। लेकिन यहाँ के लोगों को इन मार्गो में चलने में कोई कष्ट व भय नहीं होता।

सामड़भट्ट ने राजा को आकर अवगत कराया कि लश्कर प्रस्थान के लिए तैयार है। उसने यह भी अवगत कराया कि दफौट गाँव का प्रधान तुनेड़ सिंह दफौटी आपके दर्शन व स्वागत के लिए प्रतीक्षारत है।

राजा व रानी कलिंगा प्रस्थान के लिए तत्पर थे। राजा पहाड़ी की ओट से निकल कर आगे बढ़े। जहाँ बड़ी संख्या में जनसमुदाय तुनेड़ा सिंह के साथ राजा व रानी के दर्शन और स्वागत में खड़ा था। तुनेड़ा सिंह राजा के चरणों में दण्डवत हो गया। राजा ने उन्हें अपनी बलिष्ठ भुजाओं से उठाया। राजा हालुराई व रानी की जैकार की ध्वनि पर्वत व घाटियों में गूँजने लगी। तुनेडा सिंह ने अपने दस भाइयों के साथ राजा को पुष्पहार पहनाकर स्वागत किया और विभिन्न प्रकार की भेंट प्रस्तुत की। तुनेडा सिंह ने राजा से अनुरोध किया कि वह मध्याह्न का भोजन यहाँ पर करके ही आगे यात्रा करें; परन्तु राजा ने उससे कहा कि उन्हें कल प्रात: धूमाकोट पहुँचना है। अत: वे अधिक आग्रह न करें। जाते समय राजा ने तुनेडा सिंह दफौटी से कहा-

''मैं तुम्हारे इस स्वागत से अत्यधिक प्रसन्न हूँ। बिना पूर्व सूचना व अल्प समय में इतना विशाल जनसमुदाय यहाँ एकत्र हो गया, मुझे प्रसन्नता हुई।'' राजा ने रानी की ओर संकेत कर बताया कि यह रानी कलिंगा है। जनसमुदाय ने रानी कलिंगा की जय का घोष किया।

कलिंगा की ओर देख राजा पुन: बोले, ''कलिंगा, यह पूरा दफौट क्षेत्र, यहाँ का प्रत्येक वासी, तुम्हारे बाबा देव हरूज्यू का उपासक है। इसी प्रदेश में उनका एक आश्रम भी है। तपस्वी हरू प्राय: यहाँ आते हैं।''

कलिंगा ने सभी नर-नारियों को प्रणाम किया और कहा, ''मैं धन्य हूँ ऐसे स्थान पर आकर, जहाँ मेरे बाबा का पूज्य स्थल विद्यमान है। क्या बाबा हरू आश्रम में लौट आए हैं?''रानी ने पूछा।

तुनेड़ा सिंह ने हाथ जोड़कर उत्तर दिया, ''नहीं महारानी, वे तो कई वर्षों से यहाँ लौटकर नहीं आये हैं; परन्तु उनके शिष्य उनकी कुशल की सूचना पहुँचाते रहते हैं। उन्होंने विश्वास दिलाया है कि वे शीघ्र ही हमें दर्शन देंगे।''

''निश्चित ही, मुझे भी विश्वास है कि अब शीघ्र ही वे इस आश्रम में आयेंगे।'' रानी ने राजा की ओर देखकर कहा। राजा, रानी का अभिप्राय समझ गये थे कि हरूज्यू अब तक महादेव द्वारा डाले गये सांसारिक चक्र में उलझे थे। अभी तो वह अपने दायित्वों से मुक्त हो पाये हैं। रानी का सोचते-सोचते गला भर आया। उसने पुन: जनसमुदाय को प्रणाम किया और आगे बढ़ गयी। राजा ने तुनेड़ा सिंह व उपस्थित भारी जनसमुदाय का धन्यवाद ज्ञापित किया और अन्त में बोले-

''प्रिय तुनेड़ा सिंह, तुम मेरे प्रिय मित्र, मेरे देव तुल्य हरू के भक्त हो। इस पूरे दफौट मण्डल का मैं तुम्हें मण्डलप्रमुख घोषित करता हूँ। यहाँ से दस कोस तक का समस्त क्षेत्र अब तुम्हारे अधीन होगा। तुम अपनी समस्याओं को लेकर कभी भी राजधानी धूमाकोट आ सकते हो। तुम्हारे सारे कष्ट दूर किये जायेंगे।'' राजा ने सामड़भट को आज्ञा प्रसारित करने के आदेश दिए। पुन: सारा क्षेत्र राजा व रानी कलिंगा की जयघोष से गूँज उठा। राजा व रानी पैदल चढ़ाई-मार्ग की ओर नि:संकोच बढ़ चले। उनके आगे पीछे सैनिकों का दल कुछ दूरी बनाये चल रहा था।

ग्राम केदारलिंग का चमत्कारिक नागवंशी

सीधी चढ़ाई, ऊबड़-खाबड़ व अत्यंत सँकरा मार्ग, तंग घाटियाँ, कई गाड़-गधेरे, छोटे-बड़े जल प्रवाहों को पार कर, अत्यंत ऊँचाई वाले प्रदेश में सैन्यदल आगे बढ़ रहा था। अब स्थान अपेक्षाकृत समतल था। रास्ते अधिक ऊबड़-खाबड़ न थे। इसी प्रकार यात्रा आगे बढ़ती रही। पहाड़ों, उपत्यकाओं, जलधाराओं, वनों को पार करते, हर पल बदलते दृश्यों का आनन्द लेते, सभी को इस पैदल मार्ग की यात्रा में अत्यंत आनन्द आ रहा था। फूलों, पेड़ों को स्पर्श करने का आनन्द अविस्मरणीय था। ठंडे जल के स्रोत से निरन्तर जलराशि निकल रही थी। अब वे पास के अधिकतम ऊँचाई वाले क्षेत्र में पहुँच चुके थे। यहाँ से हिमाच्छादित नन्दा देवी पर्वत शिखर के स्पष्ट दर्शन हो रहे थे। अत्यंत ऊँचाई वाले एक पर्वत शिखर पर देवसैम का आश्रम दिखाई दे रहा था। इधर कुछ दूरी पर समतल स्थान के पास एक विशाल शीलंग का वृक्ष खड़ा था। शीलंग के वृक्ष से सटा खड़ा था -खड़िक का विशाल वृक्ष। उसकी टहनियाँ दूर-दूर तक फैली थीं। शीलंग वृक्ष की सुगंधित गंध चारों ओर वातावरण में फैली थी। राजा से संकेत पाकर सैनिक दल रुक गया। सामड़भट को राजा ने संकेत किया और कहा।

''सामड़भट, यही वह स्थान है जिसके बारे में, मैं तुमसे चर्चा कर रहा था। चारों ओर छोटे-छोटे पर्वत और सीढ़ीदार खेत हैं, जिनमें लहलहाती फसल है। उस ओर देखो! केले का बाग प्रतीत हो रहा है। चारों ओर केले के ही पौधे दिखायी पड़ रहे हैं। जगह-जगह जल स्रोत फूट रहे हैं। हिमालय की चोटियों

का धवल रूप दिखाई दे रहा है। ऐसा प्रतीत हो रहा है कि आँखों के सामने किसी गुणी चित्रकार ने चित्र खचित कर दिया हो।''

रानी कलिंगा ने भी चारों ओर नजर दौड़ाई और बोलीं। ''राजन्, यह स्थान अत्यन्त रमणीक है। इस स्थान को देख, मुझे अपने बाबा के वन-प्रांत की याद आ रही है।''

''अवश्य कलिंगा, इसी कारण मैंने यह स्थान रात्रि विश्राम के लिए चुना है।''

कलिंगा ने कहा, ''लेकिन राजन्, हमारे शिविर एवं भोजन हेतु अन्य सामग्री तो हमारे घोड़िया सैनिकों के पास ही रह गई है।''

''तुम तो वनप्रदेश में रहने वाली हो, तुम्हें कैसी चिन्ता?''

''मैं बाबा के साथ सुरक्षित गुफा में रहती थी। क्या हम खुले स्थान पर ही रात बितायेंगे?'' रानी ने पूछा।

''देखो, महादेव की क्या कृपा होती है!'' राजा चुप हो गये।

राजा शीलंग व खड़िक के पेड़ के पास एक विशाल शिलाखण्ड पर ऐसे चढ़कर बैठ गया, जैसे राजा अपने सिंहासन पर बैठा हो। राजा ने कलिंगा का हाथ पकड़ कर शिला पर खींच लिया। शिला काफी ऊँची थी; परन्तु शीर्ष पर समतल थी। ऊँचे कद के सामड़भट का चेहरा अब राजा के ठीक चेहरे के बराबर ऊँचाई पर था।

राजा शिला के सिंहासन पर अकड़ कर बैठ गया। कलिंगा कभी राजा को कभी सामड़भट को देख रही थी।

शिलासिंहासन पर राजा रानी को बैठे कुछ देर ही हुई थी कि पहाड़ी से सैकड़ों नर-नारी कोलाहल करते हुए, भाला त्रिशूल लेकर तेजी से उनकी ओर आ रहे थे। सैनिकों ने राजा व रानी के चारों ओर घेरा बना लिया। सामड़भट ने सैनिकों को ललकारा, ''सावधान! कोई आगे न आने पाये।''उसने स्वयं भी तलवार खींच ली। जिस ओर से कोलाहल करती भीड़ आ रही थी, उस मार्ग पर सामड़भट तन कर खड़ा हो गया। राजा मूक होकर देख रहा था। भीड़ का नेतृत्व एक तेजस्वी, बलिष्ठ, प्रौढ़ पुरुष कर रहा था, जिसके माथे पर तिलक था। स्वच्छ-धवल दाढ़ी में उसका व्यक्तित्व आकर्षक था। उसने मात्र धोती पहनी थी। अर्धनग्न शरीर पर मात्र जनेऊ लटक रही थी। सामड़भट की नंगी तलवार का भय किये बिना ब्राह्मण बोला- ''मुझे राजा से मिलना है, रास्ता न रोकें।''

क्रोधित सामड़भट ने कठोर स्वर में कहा। ''तुमने न तो अभिवादन किया, न ही आज्ञा ली। तुम कौन हो? अपना परिचय दो।''

''तुम बड़े अशिष्ट सेनानायक लग रहे हो। एक वृद्ध ब्राह्मण से तुम अपेक्षा करते हो कि वह तुम्हारा अभिवादन करे? क्या राजा ने तुम्हें उचित निर्देश व संस्कार नहीं दिये हैं कि वरिष्ठ जनों का कैसे सम्मान करना चाहिए?'' सामडभट को अपनी भूल का तनिक अहसास हुआ। यह भीड़ जनसाधारण की भीड़ थी। वृद्ध ब्राह्मण को अभिवादन करते हुए उसे शिष्टाचार का पालन करना चाहिए था; परन्तु वह बल का घमंड न छोड़ पाया। उसने तुरन्त तलवार लहराई और कुछ विनम्र होकर कहा, ''आप जो भी हों, अपना

परिचय दीजिए, भीड़ और शस्त्रों के साथ समूह में राजा से मिलने का प्रयोजन बतायें?''

''मुझे अपना परिचय राजा को देने की आवश्यकता नहीं पड़ेगी; परन्तु तुम्हें मैं अपना परिचय अवश्य देता हूँ।''

यह कह कर ब्राह्मण ने अपनी एक हथेली खोली। एक फूँक हथेली पर मार कर सामड़ की ओर कर दी। सामड़ की नाक में एक तीव्र गंध समा गयी और क्षणभर में ही वह अचेत हो कर गिर गया। उसके साथ खड़े सात-आठ सैनिक भी अचेत होकर गिर गये। अन्य दिशाओं से भी सैनिक दौड़े, पर जो उस गंध की परिधि में पहुँचता था वह अचेत होकर गिर जाता था।

तभी राजा ने सैनिकों को तेज स्वर में आदेश दिया, ''सैनिको! जो जहाँ हो वहीं रुक जाओ।'' सैनिक, जो जहाँ था वहीं रुक गया। ब्राह्मण ने दूसरी मुट्ठी खोली और एक फूँक मारी। फिर वह राजा की ओर बढ़ गया। अपने पीछे सैकड़ों जनसमुदाय को ब्राह्मण ने आगे बढ़ने का संकेत दे दिया। सभी ने राजा-रानी की जैकार का घोष किया।

राजा, रानी सहित शिलाखण्ड से नीचे उतरे। आगे बढकर दोनों ने आदर सहित ब्राह्मण को प्रणाम किया। ब्राह्मण ने उन्हें आशीर्वाद देते हुए कहा-

''राजन्, आपने अपने सेनानायक को क्या मेरा परिचय नहीं दिया था? वह एक शिष्ट सेनानायक नहीं है।''

''देव, मैंने जानबूझकर उसे आपका परिचय नहीं दिया था। उसे भी तो ज्ञात हो कि बलवान, वीर व शक्तिशाली होना ही सब कुछ नहीं है। शिष्टाचार, नम्र व्यवहार के साथ ही सामने वाले की मंशा को उचित प्रकार समझ लेना भी महानता है। बल और अभिमान की परीक्षा भी आवश्यक थी।'' राजा ने मन्द मुस्कान के साथ कहा। ब्राह्मण संतुष्ट हुए। रानी कलिंगा हतप्रभ थीं। इसका अर्थ यह था कि राजा ब्राह्मण की क्षमता को पहले से ही जानते थे।

राजा, रानी कलिंगा व महानन्द पुन: शिला-सिंहासन के पास आ गये। ब्राह्मण ने राजा व रानी से शिला पर पुन: बैठने का अनुरोध किया। स्वयं निकट ही एक अन्य शिला पर बैठ गया। सभी ग्रामवासी भी सप्रेम भूमि पर बैठ गये।

''राजन्, आप व रानी कलिंगा के लिए गाँव में रुकने की व्यवस्था की जा चुकी है। सैनिकों के लिए शिला के उत्तर में झोपड़ियाँ बनायी गयी हैं, जिनमें वह आराम कर सकते हैं। सैनिकों के लिए उनके स्थान पर ही भोजन पहुँचाया जायेगा। पहले आप जन साधारण से यहाँ पर मिल लें। उसके बाद गाँव में प्रवेश करें।'' ब्राह्मण ने निवेदन किया।

''उचित है, देव महानन्द।''

आज्ञा पाकर महानन्द ने लोगों को आगे आने का संकेत किया। गाँव के सैकड़ों नर-नारी शिलाखण्ड के सामने हाथ जोड़कर बैठ गये। राजा शिला सिंहासन पर ऐसे बैठे थे जैसे राजमहल के सिंहासन पर हों और सभा चल रही हो। देवी कलिंगा इससे पूर्व इतने बड़े जन समूह के सामने नहीं आयी थी। लज्जाशील कलिंगा ने दृष्टि झुका ली थी।

जनसमुदाय में हर वर्ग के लोग थे। ब्राह्मण ने बताया कि इस गाँव में अधिकांश कामगार निवास करते हैं। ओड़-मिस्त्री, टमट-लौहार, ढोली, धोणी, बखरी, भूल, चमार, हुड़किया आदि सभी जातियाँ आपस में एक साथ एक परिवार की भाँति निवास करती हैं। पूरे क्षेत्र में इन शिल्पकारों की माँग है। सभी तीज त्यौहार एक दूसरे के साथ मिलकर मनाते हैं। सभी एक दूसरे को सम्मान देते हैं। राजा यह सुनकर बड़ा प्रसन्न हुआ। उसने कहा-

''देव महानन्द! आप महान हैं। ब्राह्मण होकर भी आपने सभी शिल्पकारों को यहाँ बसाया, उनको सम्मान दिया। जिस कारण आप स्वयं भी सम्मान के पात्र हो गये हैं।''

ब्राह्मण बोले, ''राजन्! ईश्वर ने सभी मनुष्यों को जन्म से उँâचा और नीचा नहीं बनाया है। मनुष्य ने अपनी सुविधा, अपने स्वार्थ हित के लिए उन्हें वर्गों में बाँट दिया है। इस प्रकार एक चतुर वर्ग, भोले-भाले निष्कपट लोगों को अपना दास बना लेता है। मेरा उनके प्रति कुछ भी किया जाना मेरा सम्मान या बड़प्पन नहीं है। हमें निरीह प्रजा पर उपकार करने का अहं नहीं पालना चाहिए। यह तो ईश्वर ने कुछ मनुष्यों को एक अवसर दिया है कि वह अन्य मनुष्यों की सेवा करें।''

राजा के दोनों हाथ स्वत: ही ब्राह्मण के सम्मान में प्रणाम की मुद्रा में जुड़ गये। ''देव महानन्द, आपने मुझे भी सचेत किया है। आप ब्राह्मण रूप से जितने तेजस्वी, चमत्कारी हैं, भीतर से भी समान रूप से उतने ही ज्ञानी हैं। आप धन्य हैं।''

पूरे शिल्पकार जनसमुदाय ने राजा की जै जै कार की।

राजा ने उन्हें आश्वासन दिया कि उनके हितों की वह सदैव रक्षा करेगा। उन्होंने महानन्द से अनुरोध किया, ''देव, धूमाकोट आकर हमें अनुग्रहीत करें। हम आपसे और अधिक वार्तालाप करना चाहते हैं। मैं यह भी चाहता हूँ कि मेरे महल के विस्तार हेतु यहाँ के अधिकाँश कुशल शिल्पकार धूमाकोट आयें।''

पूरे गाँव में हर्षोल्लास छा गया। सभी ने राजा को धन्यवाद दिया। पूरे गाँव से एकत्र खाद्यसामग्री से इस छोटे सैनिक दल को भोज कराया जा चुका था। महानन्द, राजा-रानी को अपने निवास पर ले गया जहाँ उनके बंधु-बांधवों ने रानी कलिंगा का और राजा का खूब सत्कार किया। विभिन्न प्रकार के पकवान तैयार किये गये थे। घर की बड़ी बहू व उसकी चार देवरानियों ने रानी कलिंगा को स्वादिष्ट पुवे-पकवान बनाकर ख़िलाये। खीर में शुद्ध देशी घी डाल कर राजा-रानी को परोसा।

वन में रहने वाली कलिंगा ने इतने स्वादिष्ट और इतने प्रकार के पकवान जीवन में पहले कभी न खाये थे। उसे घर की बहुओं से अत्यधिक अपनत्व पाकर पहली बार परिवार के सुख की अनुभूति हुई थी। फिर उसे अपने जंगल के व्यंजन याद आये। उसने कुछ झिझक कर पूछ ही लिया-

''क्या यहाँ लिंगुड़ व तरूड़ की सब्जी नहीं बनती?''

सबसे छोटी बहू ने सबसे पहले चहकते हुए कहा, ''हाँ, क्यों नहीं। मैं व बड़ी दीदी ने कई बार जंगल से लिंगुड़ लाकर उसकी सब्जी बनाकर खायी है। पर इधर जंगल कम होते जा रहे हैं इसलिए अब लिंगुड़ कम मिलता है।''

दूसरी बहू ने बताया, ''तरूड़ यहाँ बड़ी कठिनाई से मिलता है लेकिन कभी-कभी घास काटते-

काटते हमें उसकी जड़ मिल ही जाती है।''

राजा-रानी तृप्त हुए।

रानी को खुशी हुई कि कम से कम उसके व्यंजन को ये लोग जानते हैं, खाते हैं। खाना खाने के बाद महानन्द की पाँचों बहुएँ, उनके बच्चे रानी के साथ देर रात तक बातें करते रहे। रानी ने अपने बारे में बताया, उन सबके बारे में जाना। इस तरह धीरे-धीरे सभी सो गये।

रंगयाली पिछौड़ा

महानन्द ब्रह्ममहूत के पूर्व ही जग जाते थे। जग कर पानिधार-पानी के छोटे झरने पर जाकर स्नान करते थे। सूर्योदय के पूर्व ही उन्होंने पूजा-पाठ पूर्ण कर ली थी। उनके साथ ही पाँचों बहुऐं भी उठ जातीं। अपने गाय, भैसों की देखभाल करतीं। दूर नौले से या धार से ताँबे की गगरियों में स्वच्छ पीने का जल भरकर ले आती थीं। यह सब काम बिना कोलाहल किये हो जाता था, ताकि बच्चे व अन्य लोगों की निद्रा भंग न हो।

ब्राह्मण महानन्द की शंख की गर्जना से पूरा गाँव जग जाता था। पूरे गाँव में मुर्गे के बाँग देने या पक्षियों की कोलाहल के पूर्व ही शंखनाद की ध्वनि पहाड़ के इस गाँव में गूँज जाती। यहाँ के पक्षी भी शंखध्वनि के साथ ही जगते थे। शायद वे इसी ध्वनि को प्रात: होने का संकेत मानने लगे थे।

चारों ओर जगाहट हो गयी। उधर राजा के शिविर में भी सैनिक जग गये थे। सामड़भट अपने बारह साथियों के साथ अभी भी अचेत था। लेकिन सैनिकों को बता दिया गया था कि वे चिन्ता न करें। सूर्योदय के साथ ही इन अचेत सैनिको की निद्रा स्वत: टूट जायेगी। सभी सैनिक नित्यकर्म निपटा कर अपनी अपनी पोशाक व शस्त्रों के साथ उपनायक गोसाईंराय के नेतृत्व में क्रमबद्ध हो गये थे। उधर पूरा गाँव जल्दी जल्दी तैयार हो, महानन्द के घर पहुँच कर राजा के विदाई समारोह में सम्मलित होना चाहता था। रानी कलिंगा भी शंखध्वनि के साथ ही जग चुकी थीं। महानन्द की बहुओं ने उसके स्नान आदि की व्यवस्था पूरी कर दी थी। पाँचों बहुएँ व उनकी तरुण कन्याओं के साथ कलिंगा ऐसे घुल-मिल गयी थी जैसे वह उन्हीं के घर की कन्या हो। कोई उसके बाल सुलझा रहा था। कोई उसके लिए इत्र ला रहा था। वह सभी का खिलौना बनी थी। कलिंगा के लिए यह सुखद एवं नूतन अनुभव था।

बड़ी बहू ने चारों देवरानियों को एकत्र किया और कहा-

''देखो बहनो, कलिंगा वनकन्या है। इसे राजमहल-धूमाकोट की रीति रिवाज का ज्ञान नहीं है। यह मातृविहीन है। तपस्वी द्वारा पाली गयी है। अब यह नवब्याहता दुल्हन है। क्या यह धूमाकोट सामान्य वस्त्रों में, बिना दुल्हन की वेषभूषा में जायेगी? यह न राजन् के लिए सम्मानजनक होगा, न राजमहल के लिए, न ही रानी कलिंगा के लिए। क्या यह हमें शोभा देगा कि हम रानी को जो पहली बार धूमाकोट में प्रवेश करेगी सामान्य वेशभूषा में ही भेज दें?''

एक बहू ने उत्सुकता से पूछा, ''दीदी, आप क्या कहना चाहती हैं?''

तीसरी बहू बोली ''दीदी, रानी को दुल्हन के रूप में सिंगार कर सजाना चाहती हैं।''

''सत्य है,मैं उसे अपना रंगयाली पिछौड़ा दे दूँगी, मेरा पिछौड़ा तुम सबसे सुन्दर भी है।'' चौथी बहू इठलाते हुए बोली। ''मैं अपनी नथ दे दूँगी; पिछली बार किरन के पिता धूमाकोट से ही तो बना कर लाये थे, आखिर कलिंगा हमारी रानी हैं।'' पाँचवी व सबसे छोटी बहू ने बड़ी दीदी का हाथ पकड़ कर लिया, फिर सकुचाकर धीरे से बोली, ''यदि आप आज्ञा दें तो।'' बड़ी बहू ने उसे स्नेह से अपनी छाती से चिपटा लिया। अन्त में बड़ी बहू बोली, ''बहनों, यह हमारे मान सम्मान की बात है। मैंने तुम्हारे जेठ जी से रात में ही बात कर ली थी। हमें रानी को अपनी बेटी की भाँति दुल्हन की तरह सजाना सँवारना है। केवल सजाना सँवारना ही नहीं बल्कि उसी प्रकार विदा भी करना है, जैसे हम अपनी बेटियों को विदा करते आये हैं।''

तभी दूसरी बहू की आँखों में आँसू आ गये। वह सिसक पड़ी और बड़ी दीदी से लिपट कर रोने लगी। उसने अपनी पहली लाड़ली बेटी हरूली को कुछ ही दिन पूर्व विवाह कर विदा किया था। बड़ी दीदी ने उसके सिर पर स्नेह से हाथ फेरा और बोली-

''अरी रो मत, अब दूसरी बेटी को विदा करने की तैयारी कर।''

बहू ने आँसू पोंछ लिए। सभी की आँखें नम हो गयी थीं।

सामड़भट की चेतना लौट आयी थी। सभी अचेत सैनिक भी एक-एक कर सचेत होते जा रहे थे। सामड़भट अब पूर्ण स्वस्थ था। उसने चारों ओर देखा। वह एक कुटी के अन्दर था।

उसे तुरन्त ही राजन की चिन्ता हुई। उसने अपने साथी सैनिकों से पूछा, ''राजन् कहाँ हैं? वह ठीक से तो हैं?''

सैनिक बोला, ''नायक, आप चिंतित न हों, राजन व रानी कलिंगा सब सुरक्षित हैं; अभी वह महानन्द ब्राह्मण के घर में हैं।''

''अरे! उस ब्राह्मण ने मुझ पर कौन सा जादू कर दिया था, मुझे कुछ याद नहीं और मैं कब से अचेत हूँ?'' सामड़ ने पूछा।

''नायक, आप कल सायं से ही अचेत हैं, अब प्रात: हो गयी है।''

''इसका तात्पर्य यह है कि मैं लगभग बारह घड़ी तक बेहोश रहा?''

''जी, नायक। आपके साथ बारह सैनिक भी अचेत हो गये थे। अब उन्हें भी चेतना आ चुकी है।''

''ठीक है सैनिक, मेरे स्नान की व्यवस्था करो, कुछ खाने की भी। मुझे तीव्र भूख लगी है; शीघ्रता करो कहीं हमें धूमाकोट पहुँचने में विलम्ब न हो जाय।

बेटी की विदाई

कुछ ही देर बाद, राजा पुन: शिला सिंहासन पर विराजमान था। सामड़भट दो भागों में पंक्तिबद्ध

अपनी सेना के साथ अनुशासित खड़ा था। राजा के दायीं ओर ब्राह्मण महानन्द अपनी श्वेत धवल दाढ़ी, बड़ी-बड़ी आँखों, लम्बे बालों के साथ बड़ी गर्वीली मुद्रा में खड़ा था। उसके पीछे उसके पाँचों पुत्र क्रमबद्ध खड़े थे। महानन्द के पाँचों पुत्र बलिष्ठ, तेजस्वी और ज्ञानी थे। सभी धोती पहने थे। सर पर छोटे-छोटे बाल व बड़ी-बड़ी चोटी लटक रही थी। चोटी में गाँठ बँधी थी। पाँचों सैनिकों की भाँति अपने पिता महानन्द के पीछे खड़े थे। ठीक सामड़भट के सैनिकों के सम्मुख। कुछ ही देर में महिलाओं का एक दल इनकी ओर आ रहा था। महिलाओं के मध्य में वधू के वेश में सजी धजी एक नारी चली आ रही थी। उसके दायें-बायें महानन्द की दो बहुएँ, उसे स्नेह से बाँह पकड़कर, धीरे-धीरे ला रही थीं। दुल्हन के पीछे महानन्द की शेष तीन बहुएँ थीं। उनके पीछे गाँव की कई नारियाँ, कन्याऐं अपनी पारम्परिक वेषभूषा में मंगलगीत गाती चली आ रही थीं। दुल्हन के सिर पर एक सुन्दर मुकुट बँधा था और चेहरे को चावल से बने सफेद रंग से कुरमूँ बना कर सजाया गया था। वह अत्यन्त सुन्दर साड़ी में लिपटी थीं। सिर पर पिछौड़ा,माथे पर शीशफूल और सुहाग बिन्दी। नाक में बड़ी सी स्वर्णनथुली। गले में हँसुला, तिलहरी,काले चरेऊ की लम्बी माला और लाल मूँगों की लम्बी संयुक्त लड़ी पड़ी थीं। कमर में तिगड़ी एवं करधनी। हाथों में लाल चूड़ियों के साथ चाँदी की पहुँची, अंगुलियों में कई रंगों की अंगूठियाँ पहने थीं। पैरों में चाँदी के चमकते झाँवर जो हर कदम पर मन्द मोहक स्वर बिखेर रहे थे। वह पैरों की अंगुलियों में प्वल्या-बिछुआ पहने थी। इस प्रकार शृंगार सज्जित सुन्दर नारी को देखकर एकाएक राजा पहचान न सके कि यह सुन्दर नारी कौन आ रही है? जैसे ही राजा की दृष्टि-सीमा में वह पहुँची, राजा आश्चर्यचकित हो, शिलाखण्ड से नीचे उतर खड़े हो गये। वह कोई और नहीं राजा की प्रिय रानी, नवब्याहता दुल्हन कलिंगा थी। राजा ने कलिंगा का अनावृत रूप, वनसुन्दरी के रूप में देखा था। एक दुल्हन के रूप में कलिंगा का रूपसागर अकल्पित था। शृंगार ने उसका रूप कई गुना बढ़ा दिया था। कलिंगा के सुन्दर केशविन्यास के साथ लम्बी धमेली कमर के नीचे उन्नत नितम्बों के ऊपर मन्द प्रहार कर रही थी। राजा इस रूप शृंगार और वस्त्र आभूषणों को देखता रह गया। अब कलिंगा सचमुच ही रानी लग रही थी। महानन्द की बहुओं ने कलिंगा को ठीक राजा के सामने लाकर खड़ा कर दिया। वह एकटक कलिंगा को देखे जा रहा था।

महानन्द ने मौन तोड़ा। ''राजन्! रानी कलिंगा ही आपके सामने खड़ी हैं।''

राजा ने अचकचा कर महानन्द की ओर देखा और कुछ क्षण के बाद बोला-

''देव, निश्चित ही मैं रानी कलिंगा को देखता ही रह गया था; रानी कलिंगा का यह रूप तो अपरिमित है।''

महानन्द बोले, ''राजन्, मेरे पाँच पुत्र और इनकी ये पाँचों बहुओं ने कल ही यह निर्णय ले लिया था कि वे रानी कलिंगा को सामान्य वेषभूषा में धूमाकोट नहीं भेज सकते हैं। वह हमारी रानी है। वह हमारे इस क्षेत्र में रात्रि विश्राम कर प्रथम बार ब्याहता के रूप में ससुराल जाये वह भी साधारण वनकन्या के वेश में? यह उचित न होगा। अत: मेरी पुत्रबधुओं और उनकी तरुण कन्याओं ने रात से ही उसे दुल्हन के रूप में सँवार कर आपके साथ भेजने का निश्चय कर लिया था। अब पुत्री कलिंगा आपके सामने है।''

''देव महानन्द, मैं आपके पूरे परिवार और इस ग्राम का अत्यधिक ऋणी हूँ, जो आपने रानी को

इतने बहुमूल्य वस्त्रों, आभूषणों से सज्जित किया'' राजन और बोलते इससे पहले महानन्द की बड़ी बहू ने कहा।

''महाराज! रानी कलिंगा को हमारे ससुर महाराज के पाँचों पुत्रों ने अपनी बहन माना है। इस प्रकार रानी कलिंगा हमारी ननद है। अब वह इन पाँच भाइयों की बहन व देव महानन्द की पुत्री के रूप में ही यहाँ से विदा हो रही हैं। अब रानी कलिंगा का मायका यही केदारलिंग ग्राम होगा। इन्हें जब भी मायके आना होगा वह यहाँ आयेंगी। रानी से भी हमने यही प्रतिज्ञा ले ली है। इस प्रकार अब रानी कलिंगा हमारे परिवार की सदस्य हैं।''

''धन्य हैं देवी, आप धन्य हैं, श्रेष्ठ महानन्द परिवार धन्य है।'' राजन् बोले।

''जब भी रानी कलिंगा अपने मायके आना चाहेगी, आप उन्हें सादर हमारे यहाँ भेजेंगे, कृपाकर आश्वासन दें।'' बड़ी बहू ने राजा से पुन: आश्वासन चाहा।

''अवश्य देवी, इसमें आश्वासन का प्रश्न कहाँ! यह तो आपका व कलिंगा का अधिकार है।''

राजा पूरे महानन्द परिवार व पूरे गाँव का अनेकों प्रकार से आभार व्यक्त करता रहा। पूरा गाँव अति प्रसन्न था कि रानी ने उनके गाँव को अपना मायका मान लिया है। गाँव के खस वीर गोविन्द सिंह, शिल्पकार श्रेष्ठ फकीरा, गुलाबी, दिवानी व लौहशिल्पी पिरमुवा, थनवा, दिवानी राय, गंगाराय आदि सभी हर्ष व उल्लास से पूर्ण थे। सभी राजा-रानी की जै जै कार करने लगे। इसी बीच ढोल, नगाड़ा, दमुवा, हुड़का, बीन, झाँल,तुरही आदि वाद्य यंत्रों को लेकर दासों की टोली आ चुकी थी, जिसकी अगुआई धर्मदास लछिया कर रहा था। उस टोली के साथ एक छोलिया नृत्यदल था, जो पारम्परिक वेषभूषा में नृत्य कर रहा था। ढोल, दमाऊँ की तीव्र ध्वनि पहाड़ों में गूँजने लगी। ज्यों-ज्यों ढोल-दमाऊ की ध्वनि तीव्र होती, राजा के जै जै कार की ध्वनि भी तीव्र होती जा रही थी। अब राजा-रानी की बारात विदाई का क्षण निकट आ गया था।

राजन की ओर संकेत कर, महानन्द ने कहा,''राजन्, मेरे दो पुत्र व छोलिया नृत्य का पूरा दल आपके साथ धूमाकोट आपको पहुँचाने जायेगा।''

''उचित है देव।''राजा ने गदगद हो कर कहा।

इस प्रकार सौभाग्यकांक्षिणी रानी कलिंगा ने सर्वप्रथम देव महानन्द के चरण स्पर्श कर आशीर्वाद लिया। वृद्ध महानन्द ने कलिंगा को वक्ष से लगाकर उसे सौभाग्यवती, पुत्रवती होने का आशीर्वाद दिया। वृद्ध महानन्द की आँखों से दो बूदँ आँसू निकल कर धीरे से कब उनकी धवल दाढ़ी में विलीन हो गये किसी ने नहीं देखा।

कलिंगा ने अपने पाँचों भाइयों के चरण स्पर्श कर आशीर्वाद लिया और कहा- ''मेरे बाबा ने भी अपने चार तपस्वी भाइयों के साथ ही मुझे विदा करते समय कहा था कि अब तुम पंचनाम देवताओं की बहन कहलाओगी। आज मैं धन्य हूँ। मुझे पाँच देवता स्वरूप भाई यहाँ पुन: मिल गये हैं। मैं अति सौभाग्यशालिनी हूँ।'' सबकी आँखें नम थीं।

कलिंगा अपनी सहेलियों की ओर बढ़ी। महानन्द की तरुण नातिनों ने रातभर में ही कलिंगा को

अपनी सहेली बना लिया था। कलिंगा को कभी न माँ का प्यार मिला था न भाई-बहनों का प्यार। वह इतना स्नेह पाकर अभिभूत थी। वह सब से लिपट-लिपट कर रोयी। बड़ी बहू ने सबको जल्दी-जल्दी गले मिलकर रानी को विदा करने का निर्देश दिया और रानी कलिंगा को उनसे किसी तरह विलग किया। रानी ने सभी गाँव की महिलाओं, पुरुषों को प्रणाम किया। पूरा गाँव विदाई की घड़ी में अपने आँसू न रोक पा रहा था। गाँव के सभी शिल्पकारों को राजा ने आश्वस्त किया कि उन्हें अधिक से अधिक काम के अवसर दिलाये जायेंगे। राजा ने ब्राह्मण महानन्द से अनुरोध किया कि वह भी धूमाकोट चलें, परन्तु ब्राह्मण ने कहा, ''राजन,मैं शीघ्र ही अपने क्षेत्र की कठिनाइयों के हल के उद्देश्य से अवश्य ही धूमाकोट आपके समक्ष उपस्थित होऊँगा। आप अभी प्रस्थान करें। धूमाकोट आपकी प्रतीक्षा कर रहा है।''

कलिंगा अपनी पाँचों भाभियों से बारी-बारी गले लग कर विदा ले रही थी। उसका मन आनन्द व दुख के मिश्रित भाव से गदगद था। मुँह से बोल न फूट रहे थे। वह जब भी बोलना चाहती उसको और अधिक रोना आ जाता,कंठ रुद्ध हो जाता। ऐसा अपनापन उसको पहली बार प्राप्त हुआ था। महानन्द की बड़ी बहू ने उसे एक माँ का स्नेह दिया था। वह कलिंगा को एक बेटी की भाँति विदा कर रही थी। बेटी को विदा करने में सुख-दुख: का एक अनूठा संगम होता है। सब बातें आँखों से अथवा आँसुओं की भाषा में होती हैं क्योंकि गला तो बोलने की स्थिति में होता ही नहीं है। कलिंगा ने अन्तिम बार पाँचों बहुओं की ओर कातर दृष्टि से देखा। सभी ने आँसुओं की भाषा में उत्तर दिया। बड़ी बहू कलिंगा को राजा के समीप लेकर गयी और दोनों के ऊपर चावल, खील, फूलों की वर्षा करते हुए वर-वधू की परछन की रस्म पूरी की। महानन्द आगे बढ़े और राजा को चलने का संकेत किया। राजा का आदेश पाकर सामड़भट अपने सैनिकों के आधे दल के साथ आगे बढ़ गया। उसके बाद छोलिया नृत्यदल ढोल, दमाऊ, बीन, तूरी बजाते हुए आगे बढ़ा, वाद्ययंत्रों से इस समय प्रस्थान का संकेत देने वाला हिटाऊ बाजा बज रहा था। नृत्य और वादक दलों के पीछे महानन्द के दो पुत्र, पीछे रानी कलिंगा और राजा हालूराई शनैः-शनैः पहाड़ी पैदल मार्ग में आगे बढ़ने लगे। रानी कलिंगा बार-बार पीछे मुड़कर सभी को देख रही थी। जैसे सबको शीघ्र धूमाकोट आने का निमंत्रण देना चाहती हो। गाँव के नर-नारी दुखी थे। बीच में किसी के सिसकने की आवाज सुनाई दे रही थी। महानन्द की दूसरे पुत्र की तरुण कन्या हेमवन्ती अधिक दुखी थी क्योंकि कल रात वही कलिंगा के सबसे निकट रही थी। गाँव के सभी नर-नारी तब तक उस बारात को निहारते रहे जब तक बारात पर्वत की ओट में न चली गयी। कलिंगा ने पर्वत की ओट में जाने के पूर्व पुन: एक बार गाँव की ओर मुड़ कर देखा। हाथ उठाकर अभिवादन किया। गाँव वालों के हाथ एक साथ उठ गये। कलिंगा धीरे-धीरे पर्वत की ओट में गाँव के लोगों की दृष्टि से ओझल होती चली गयी।

अभिमान का पतन-आहत सामड़भट

रानी कलिंगा व राजा हालूराई पर्वतों की दुर्गम चढ़ाई पार करते आगे बढ़ते जा रहे थे। पहाड़ की खड़ी चढ़ाई वाले मार्ग में चलना अति कठिन होता है। साँसें फूलने लगती हैं, कदम भारी हो जाते है।

लेकिन कलिंगा चपलता से साथ तीव्र गति से चल रही थी। उसे बार-बार रुक कर राजा की प्रतीक्षा करनी पड़ती थी। राजा को भी पैदल यात्रा में कोई कठिनाई नहीं आती थी। पर्वतों में निवास करने वाले हर व्यक्ति चाहे वह राजा हो अथवा प्रजा, उसे पैदल चलना ही पड़ता है। क्योंकि यहाँ हर स्थान पर घोड़ा, रथ नहीं जा सकता है। जिस कारण राजा हो अथवा रंक,पैदल चलने का प्रत्येक को पर्याप्त अभ्यास रहता है। पर्वत की चढ़ाई पार करने के पश्चात् सभी सैनिक दोपहर की धूप व चढ़ाई के कारण थक गये थे। सभी को प्यास भी लग रही थी। राजा ने सामड़भट से कहा, ''सामड़भट यहाँ सभी लोग कुछ देर विश्राम कर लें। सैनिकों को भी प्यास लगी होगी। हमारे पास सभी के लिए पर्याप्त मात्रा में जल उपलब्ध नहीं है। आस-पास कहीं सरोवर या जल स्रोत अवश्य होगा। सैनिक पात्र में जल लेकर आ जायें।''

''जो आज्ञा, राजन!'', सामड़भट ने चार सैनिकों को सम्भावित स्थान की ओर जल लेने भेज दिया। अन्य सभी सैनिक थकान मिटाने-सुस्ताने लग गये।

कुछ ही समय पश्चात् चारों सैनिक दौड़ते हुए, हाँफते हुए, खाली पात्र लेकर लौटे। राजा व सामड़भट ने उन्हें खाली हाथ आते देख पूछा। ''क्यों हाँफते, दौड़ते आ रहे हो और बिना जल के?'' सैनिक ने हाथ जोड़ कर विनम्रता से कहा। ''राजन् कुछ ही दूरी पर एक छोटा सा सरोवर है, दो बलिष्ठ भैंसे उसमें घुसे हैं और लड़ रहे हैं। वह किसी को भी निकट फटकने नहीं दे रहे हैं। हमने काफी प्रयास किया पर हम उन्हें विलग नहीं कर पाये और पानी भी नहीं भर पाये।''

राजा बोला'' तुम चार सैनिक होकर दो भैंसों को लड़ने से छुड़ा नहीं पाये?''

चारों सैनिकों ने सिर झुका लिया।

सामड़भट बोला ''राजन्, आप विश्राम करें, मैं कुछ सैनिकों के साथ जाता हूँ।''

राजन बोले, ''नहीं हम सब चलते हैं, वहीं पानी भी पी लेगें और वहीं से आगे की यात्रा भी करेंगे। हम भी तो देखें ये कैसे भैंसे हैं!''

सभी सैनिक, राजा और रानी कलिंगा सहित सरोवर की ओर बढ़ गये। सरोवर के पास पहुँच कर सबने देखा कि दो अत्यंत बलशाली काले भैंसे इस छोटे से सरोवर के पानी में घुसे हैं और आपस में लड़ रहे हैं। उनके लड़ने से उथले सरोवर का पानी मैला हो गया था। छोटा जलस्रोत,जहाँ से अल्प मात्रा में पानी निकल रहा था, वहाँ तक इन दोनों गुस्सैल भैंसों को हटाये बिना नहीं पहुँचा जा सकता था। सामड़भट का संकेत पाते ही आठ-दस सैनिक सरोवर में कूद गये और गुस्सैल, बलिष्ठ, पुष्ट, विशालकाय भैंसों को विलग करने का प्रयास करने लगे; परन्तु दोनों भैंसे आपस में इतना गुस्से में भिड़े थे कि उन्हें कोई अलग न कर पा रहा था। कई सैनिकों को भैंसों ने झटक कर दूर फेंक दिया। कुछ सैनिक घायल हो गये। सामड़भट ने कुछ और सैनिकों को उनकी मदद के लिए भेजा, पर स्थिति जस की तस। दस-दस सैनिक एक भैंसे को पीछे खींच रहे थे, कुछ उनकी सींगें थामे खींच रहे थे। सैनिक बलिष्ठ भैंसों में चींाटीं की तरह चिपटे पड़े थे, पर भैंसों को कोई विलग नहीं कर पा रहा था।

सामड़ ने आदेश दिया व ललकारा, ''अरे, और सैनिक जाओ, शीघ्रता करो! पन्द्रह-पन्द्रह सैनिक दो भैंसों को विलग नहीं कर पा रहे हो!'' कई सैनिक घायल हो कर कराहने लगे।

तब राजन बोले ''सामड़भट, तुम्हारे सैनिकों में बल रहा नहीं, तीस सैनिक भी दो भैंसों को छुड़ा

नहीं पा रहे हैं।''

''मैं स्वयं जाता हूँ।'' कहकर सामड़भट भी सैनिकों के साथ भैंसों को छुड़ाने का प्रयास करने लगा। सामड़भट को अपने बल पर अभिमान था। वह कई पहलवानों को एक साथ अकेले ही पछाड़ देता था। लेकिन यह क्या! सामड़भट ने जैसे ही भैंसे का सींग पकड़ा, दूसरे भैंसे ने उसे सींग के बल उठा लिया और सरोवर में ही पटक दिया। यह सामड़भट का सौभाग्य था कि वह जल में गिरा अन्यथा उसकी हड्डियाँ टूट चुकी होतींr।

यह सब देख कर राजा चिल्लाया, ''अरे सैनिको, छोड़ दो। भैसों से दूर हट जाओ।'' राजा की आज्ञा सुन सभी सैनिक सरोवर से बाहर आ गये। सामड़भट ने भी अधिक प्रयास करना उचित नहीं समझा। लेकिन वह लज्जित लग रहा था। उसका पूरा सैनिक दल दो भैसों को सरोवर में लड़ने से विलग नहीं कर सका था।

राजा बोला-''सामड़भट, अब रहने दो। पानी हम आगे चलकर पी लेंगे।''

सामड़भट के पास और कुछ उपाय न था। राजा के सामने सभी सैनिक सिर नीचा किये खड़े थे। सबसे अधिक लज्जित,पराक्रमी सामड़भट था। कलिंगा यह सब चुपचाप देख रही थी।

अचानक राजा की तरफ देख कर बोली। ''राजन्, आप आज्ञा दें तो मैं एक प्रयास करूँ।''

राजन ने आश्चर्य से कलिंगा को देखा फिर बोले। ''अरे! तुम देख रही हो ये अत्यंत बलशाली गुस्सैल व लड़ाकू भैंसे हैं।''

''राजन मैं देख रही हूँ,इसीलिए निवेदन कर रही हूँ।''

''नहीं, नहीं, उन्होंने हमारे कई सैनिकों को घायल कर दिया है, सामड़भट बाल बाल बचा है; फिर उन्हें छुड़ाने का कोई विशेष प्रयोजन भी नहीं है।''

''लेकिन राजन् पहाड़ी रास्तों में पता नहीं कितनी दूर पर पानी मिल पाये। एक बार मुझे प्रयास करने दें।''

''नहीं, मैं कोई जोखिम नहीं उठाना चाहता हूँ।''

''लेकिन राजन्, मैं वचन देती हूँ, यदि मुझे जोखिम दिखाई दिया तो मैं स्वयं पीछे हट जाऊँगी।''

इसी बीच सामड़भट ने दम्भ सहित कहा, ''रानी जी, यह अत्यंत बलशाली व लड़ाकू भैंसे हैं। मुझ जैसे बलवान को उन्होंने पलक झपकते ही पटक दिया। आप अनावश्यक हठ ना करें। हमें धूमाकोट भी सकुशल पहुँचना है।''

''बलवान होने के साथ बुद्धिमान होना भी आवश्यक है, सेनानायक सामड़भट।'' सामड़भट सन्न रह गया। रानी ने पहली बार उस पर कटाक्ष किया था। वह भी उसके शरीर बल पर। वह सोचने लगा, रानी को भी सबक मिल ही जाये तो अच्छा है। जब मेरे पन्द्रह-पन्द्रह सैनिक, ऐसे लड़ाकू भैंसों को अलग न कर पाये तो रानी की क्या बिसात है।

उसने राजा से कहा, ''महाराज, एक बार रानी को प्रयास करने दें।''

''नहीं सामड़भट, हमारे कई सैनिक घायल हो गये हैं। तुम भी किसी तरह बच सके हो। क्यों व्यर्थ

में जोखिम लिया जाये।''

रानी कलिंगा बोली, ''राजन् आप चिन्तित न हों, मुझे कुछ न होगा।'' यह कहते हुए रानी बिना राजा के आदेश की प्रतीक्षा किये सरोवर की ओर बढ़ गयी। सरोवर में काले विशालकाय भैंसे पानी में घुस कर अभी भी मल्लयुद्ध कर रहे थे।

कलिंगा इतने बड़े विशाल भैंसों को लड़ने से कैसे छुड़ा सकेगी?

सभी सैनिक, सामड़भट, राजा सन्न थे। सभी अपलक आँखों से रानी को देख रहे थे। रानी ने अपनी साड़ी उँची कर कमर में खोंस ली। वह धीरे से पानी में उतरी। उसने बड़े स्नेह से दोंनों लड़ते भैसों के कान एक साथ पकड़ कर दोनों का मुख अपनी ओर करने का प्रयास किया। राजा अवाक् देख रहे थे। उनका हृदय मुख में आ गया। तभी यह क्या देख रहे थे राजा! जैसे ही रानी ने दोनों भैसों का कान पकड़कर विशेष युक्ति से अपनी ओर खींचा दोनों भैंसे लड़ना छोड़, भागने लगे। वे दोनों एक पल में ही सरोवर के बाहर जंगल की ओर भाग खड़े हुए।

सामड़भट का तो जैसे खून जम गया था। वह एकटक रानी को देख रहा था। राजा का चेहरा प्रसन्नता से खिल गया। राजा के हाथों ने स्वत: ताली बजानी शुरू कर दी। सहसा सभी सैनिकों के मुँह से निकला, ''देवी कलिंगा की जै! देवी कलिंगा की जै! रानी कलिंगा की जै!'' पूरा जंगल जै जै कार की ध्वनि से गूँज उठा। कलिंगा ने अपने पाँव में लगे कीचड़ को धोया। अब वह एक विजयी मदमस्त हाथी की भाँति मंथर गति से वापस आ रही थी।

वह पास आकर राजा की ओर देख मुस्करायी।

राजा बोले, ''आश्चर्य! अति सुन्दर, न ऐसा देखा न ऐसा सुना!''

पूरे सैन्यदल की आँखें लज्जा से भूमि में गड़ गयीं। सामड़भट की ओर देख राजन बोले- ''क्यों सामड़भट? रानी की शक्ति का हमने गलत अनुमान लगाया था। तुम्हें तो भैंसों ने पटक दिया था।'' राजा ने हँसते हुए व्यंग्य किया।

''अकल्पनीय, असाधारण।'' कहकर सामड़भट के हाथ रानी की ओर स्वत: ही जुड़ गये। सिर झुक गया।''रानी जी, वास्तव में आप देवी हैं। आप साक्षात् माँ दुर्गा का रूप लग रही हैं। मैं और मेरे बलवान तीस सैनिक जिन्हें न छुड़ा सके,आपने कौन से मंत्रशक्ति से उन्हें कान पकड़ कर छुड़ा दिया? आप महान हैं।'' सामड़भट ने पहली बार रानी कलिंगा को सम्मान की दृष्टि से देखा। रानी के सामने उसके बल व मान का दो बार पतन हो चुका था। प्रथम बार ब्राह्मण महानन्द के कारण और आज इन लड़ते भैंसों के कारण। सामड़भट को प्रथम बार अपने बलशाली होने का कुछ अभिमान कम हुआ। पर रानी के सामने तो उसका सिर सदैव के लिए झुक गया था।

राजा ने रानी को सबके सामने स्नेह व गर्व के साथ वक्ष से लगा लिया। राजा गर्व से तन गया।

तभी उप सेनानायक ने जोर से घोष किया।

''देवी कलिंगा की जै। रानी कलिंगा की जै।'' सैनिक दोहराते जा रहे थे। सामड़भट आहत,सन्न खड़ा था।

अज्ञात कुलशीला रानी का नगर में प्रवेश

धूमाकोट नगरद्वार से कई मील पहले ही हजारों ग्रामवासी व नगरवासी बारात की प्रतीक्षा कर रहे थे। जिसको भी सूचना मिली कि राजा की बारात धूमाकोट जा रही है, वह बारात के साथ हो लिया। महानन्द के गाँव से चला छोलिया नृत्यदल पूरे गाजे-बाजे के साथ आगे-आगे था। महानन्द के दोनों पुत्र राजा के साथ-साथ चल रहे थे। रानी कलिंगा अब भी फुर्ती के साथ पैदल यात्रा कर रही थीं। जैसे ही धूमाकोट का छोलिया दल बारात में सम्मलित हुआ, बाजों की ध्वनि कई गुना बढ़ गयी। पर्वत, घाटियाँ ढोल, नगाड़ा, दमुवा की ध्वनि से गूँज उठे। तूरी, नरसिंह की ध्वनि दूर-दूर तक सुनाई दे रही थी। धूमाकोट से रानी के लिए डोली आ गयी थी। कहारों ने तत्परता से डोली नीचे रखी और रानी को डोली में बैठने की प्रार्थना करने लगे। लेकिन कलिंगा डोली में नहीं बैठना चाहती थी। उसे पैदल चलने में ही आनन्द आता था। डोली में बैठना उसके लिए अटपटा सा था। राजा ने कलिंगा से कहा-

''रानी कलिंगा यह हमारे राज्य की परम्परा है कि सामान्य मार्गों पर रानी कभी पैदल नहीं चलती। तुम तो अभी दुल्हन हो, तुम्हें नगर में डोली में ही बैठकर प्रवेश करना होगा।''

''लेकिन राजन् मुझे डोली में बैठने में डर लगेगा, कहीं यह पलट न जाये।''

''कलिंगा, ये बहुत ही अनुभवी कहार हैं। आज तक यह नहीं हुआ है, तो तुम कैसे गिर जाओगी।''

कलिंगा अधिक कुछ न कह सकी। वह डोली में बैठ गयी। कहारों ने बड़े यत्न से डोली उठायी। यह सजी-धजी पालकी-डोली धूमाकोट की ओर बढ़ने लगी। सैकड़ों नर-नारी बारात में पीछे-पीछे चल रहे थे। धूमाकोट से अतिरिक्त सैन्यदल आ चुका था, जो भीड़ को अनुशासित ढंग से व्यवस्थित कर रहा था।

धूमाकोट नगरद्वार पर पहुँचते ही ब्राह्मणों के दल ने मंत्रोच्चार प्रारम्भ कर दिया। ब्राह्मणों ने राजा को दुल्हे की तरह सजाने के लिए चेहरे पर चावल से बने सफेद रंग से कुरमूँ बनाये। लाल शाल राजा के कन्धे पर विशेष प्रकार से डाला गया। चेहरे के सामने झालर लटका दिये गये। राजा के लिए विशेष प्रशिक्षित सफेद घोड़ा आ चुका था। राजा उस पर सवार हो गया। राजमहल को सूचना थी कि रानी कलिंगा सामान्य वेशभूषा में आ रही है, जिस कारण रानी के लिये राजमहल से विशेष वस्त्र आभूषण भेजे गये थे। पर रानी कलिंगा पहले से ही दुल्हन के रूप में थी। राजा की आज्ञा से बारात छोलिया नृत्य और वाद्ययन्त्रों की ध्वनि के साथ नगर के अन्दर प्रवेश कर गयी। नगर की अट्टालिकाओं से लोग पुष्पवर्षा करने लगे। बारात नगर के भीतर बढ़ती चली गयी।

अट्टालिकाओं के छज्जों में खड़ी नारियाँ, राजा की आठवीं रानी पर चर्चाएँ कर रही थीं। कई मन्द स्वर में ठिठोलियाँ भी कर रही थीं। कुछ नारियाँ अलग अलग झुण्ड में खड़ी, रानी के मुख-दर्शन के लिए उत्सुक थीं। कुछ उनके रहन-सहन, मायके की चर्चा कर रही थी।

एक वृद्ध नारी ने कहा, ''अरी, राजा तो आखेट पर गये थे। यह कौन सा आखेट करके लौट रहे हैं!''

''इसमें नया क्या है? राजा जब कहीं जाते हैं, नयी रानी के साथ ही लौटते हैं।'' एक स्त्री ने कटाक्ष किया।

''हाँ, अब तो यह आठवीं रानी है।''

''राजा बूढ़ा हो चला है। अब क्या इन्हें संतान प्राप्त हो पाएगी?'' एक चुलबुली नारी ने ठहाका लगाया।

''अरी, चुप-कर, सैनिकों ने सुन लिया तो दण्ड पा जाओगी।''

चुलबली नारी सहम गयी।

एक प्रौढ़ा नारी बोली, ''संतान के रूप में पुत्र मिल जाये तो राज्य के लिए अच्छा ही होगा। ईश्वर करे इन्हें पुत्र प्राप्त हो।''

''ठीक कह रही हो। अभी तक राज्य का कोई उत्तराधिकारी नहीं है, अगर राजा-रानी को पुत्र प्राप्त न हुआ तो धूमाकोट का भविष्य अनिश्चित है।''

एक अन्य भवन की छत पर ब्राह्मण स्त्रियों का झुण्ड आपस में अलग-अलग बातें कर रहा था। ये नारियाँ, जो अपने को उच्चकुलीन मानती थी, उन्हें दूसरों की कमी उजागर करने में बड़ा आनन्द आता था। एक कुलीन वृद्ध नारी बोली-

''अरी, इस रानी के कुल, गोत्र का तो सुना कोई पता ही नहीं है।''

''सुना है, यह तो अति पिछड़े वन किरातों की कन्या है,राजा ने इससे कैसे ब्याह रचा लिया?''

''पगली बुढ़ापे में और कौन राजा से शादी करना चाहेगा?''

''अरी, ऐसा नहीं है। धन व राज्य सत्ता की लोलुपता बहुतों को होती है।''

''पर इस वन किरात कन्या में ऐसा क्या? सुना है बड़ी सुन्दर है!''

भवन की छतों से ताक रही नारियाँ खुसुर-फुसुर करने में लगी हैं। एक ने कहा, ''आली, ऊँचे पहाड़ों में रहने वाले अति सुन्दर व गोरे होते हैं। राजा का दिल आ गया होगा! फिर राजा को ना करने का साहस किसमें हैं।''

''तुम ठीक कहती हो।''

''बाकी रानियाँ तो सब बड़े घरानों से हैं, क्या यह वनकन्या उनसे सामंजस्य बिठा पायेगी?''

इस प्रकार भीड़ व प्रजा में रानी कलिंगा के कुल-गोत्र को लेकर, उसके जन्म, विवाह को लेकर तरह-तरह की आंशकायें, कई सन्देह व लांछन थे। परन्तु कंलिंगा के असाधारण रूप सौन्दर्य की सब ओर चर्चा थी। कोई कहता था कि यह तो वन किरातों की कन्या है। कोई कहता नागकन्या। कुछ कह रहे थे कि यह राजमहल के योग्य कहाँ?

पर सब सहमे थे। यह जानकर कि रानी कलिंगा का विवाह स्वयं गुरू गोरखनाथ की उपस्थिति में, महातपस्वी हरूज्यू, सैम, ऐड़ी, निरंकार के समक्ष हुआ है। सब यह सुन कर आश्चर्य चकित थे कि महान तपस्वियों एवं महागुरू गोरखनाथ द्वारा यह विवाह सम्पन्न कराया गया। यह कुछ अलौकिक व

आश्चर्यप्रद था! धूमाकोट में यह प्रचारित हो चुका था कि कलिंगा पंचनाम देवों की बहन है। पूरे राज्य में तरह-तरह की अफवाहें फैल रही थी। यही एक बात रानी कलिंगा के पक्ष में जाती थी कि पंचनाम देवों ने एक साथ स्वयं उपस्थित होकर राजा-रानी का विवाह कराया।

राजमहल में सातों रानियाँ, सभी उच्च कुल व मण्डलप्रमुखों की कन्यायें थी। उनके पीछे उनके मायके के मण्डलों की शक्ति उनका मनोबल बढ़ाती थी। प्राय: राजा के महत्वपूर्ण मंत्री, सेनानायक, उपनायक व कई महत्त्वपूर्ण पदों पर इन्हीं सात रानियों के निकट सम्बन्धियों ने कब्जा जमाया था। इस प्रकार ये रानियाँ मानसिक रूप से मजबूत थीं। परन्तु रानी कलिंगा के पास तो पंचनाम देवों के आशीर्वाद के अतिरिक्त मात्र राजा का ही सम्बल था। रानी कलिंगा के लिए तो राजा हालूराई भगवान राम की भाँति थे, जिन्होंने एक खेत से उत्पन्न हुयी अज्ञात कुलशीला से सम्मान पूर्वक विवाह किया था। कलिंगा के पीछे न पिता का वैभव था, न माँ की ममता, न भाइयों का बल।

थोड़ा सा बल था- बाह्मण महानन्द के साधारण परिवार के प्यार स्नेह का।

राजा की बारात, नगर के मुख्य मार्ग से होकर राजमहल के द्वार पर आ पहुँची। ढोल दमाऊ, बीन, नगाड़ा, तूरी, रणसिंह, झाल की ऊँची ध्वनि के आगे कुछ न सुनाई दे रहा था।

राजमहल के मुख्यद्वार के कुछ पूर्व सभी लोग रुक गये थे। छोलिया नृत्यदल तथा प्रजा के समस्त जन पीछे पूर्व निश्चित स्थानों में ठहर गये। मुख्यद्वार पर प्रवेश हेतु पूजा की तैयारी पूर्ण थी। एक ओर शकुन आँखर का महिला दल मंच पर बैठ कर गा रही थी-

''शकुना दे शकुनादे काज ये, अति निको..... कमले को फूल सोई ....सिद्धि बुद्धि सीता देही बहूरानी आई वान्ती पुत्र वान्ती होय।''

दूसरी ओर ब्राह्मणों का दल मंत्रोच्चारण करते हुए महल के विशाल द्वार पर बाहरी ओर द्वारपूजा सम्पन्न करा रहा था। रानी व राजा दोनों बैठ कर पूजा में व्यस्त थे।

उधर द्वार के भीतर चौखट पर सातों रानियाँ परम्परागत परिधान में सज-धज कर गहनों से लदी-फँदी अपनी आठवीं बहन के स्वागत में खड़ी थीं। महल के भीतरी मार्ग पर दोनों ओर सैकड़ों कन्यायें सिर पर ताँबे की गगरियाँ लिए खड़ी थीं। इन कलशों में पानी भरा था। इन्हें रोली,आम्रपत्र,फूल आदि से सजाया गया था। गगरियों पर कई प्रकार की रंगोली बनी थीं। पूरा राजमहल दुल्हन की भाँति सजा था। जैसे ही द्वारपूजा सम्पन्न हुई, रानी कलिंगा ने महल में प्रवेश किया। चारों ओर से पुष्पवर्षा होने लगी। रानियों में सबसे पहले महारानी सुगन्धा ने रानी कलिंगा को गले लगाया। रानी कलिंगा ने सबसे बड़ी रानी के चरणों में बैठकर पैलागन किया, फिर क्रम से सभी रानियों ने कलिंगा को गले लगाकर स्वागत किया। महारानी सुगन्धा, कलिंगा को स्नेह के साथ महल के अन्दर लेकर जाने लगींr। राजा भी पीछे-पीछे मन्थर गति से चल रहे थे। वह रानियों से नजर नहीं मिला रहे थे। ऐसा प्रतीत हो रहा था मानो कोई बालक गलती करके घर के अन्दर प्रवेश कर रहा हो।

बाहर प्रजाजन राजा की जैकार कर रहे थे। राजमहल के बाहर विशाल मैदान में एक भोज आयोजित था। लोग पंक्तिबद्ध, जमीन पर बैठकर, भोजन ग्रहण कर रहे थे। कुछ दूरी पर स्वपाकी ब्राह्मणों

की टोली अलग पंक्तियों में, शरीर पर मात्र धोती पहने भोजन ग्रहण कर रही थी। इस कोटि के ब्राह्मण अन्य किसी मनुष्य द्वारा पकाया गया भोजन ग्रहण नहीं करते हैं। इनके घर में पैदा होने वाला शिशु स्वत: श्रेष्ठ गोत्र, श्रेष्ठ ब्राह्मण मान लिया जाता है। उनके कर्मो का महत्व नहीं है, जन्म का महत्व है। इस प्रकार ये ब्राह्मण अपने को उच्च कुलीन ब्राह्मण कहते हैं। इनमें से कई विद्वान भी हैं। कई विद्वानों के तर्क एवं सलाह से राजा भी असहमत नहीं हो पाते है। पर इन ब्राह्मणों में से कई के कर्म तो अति निकृष्ट हैं; पर अपने उच्च कुल में उत्पन्न होने का ये पूरा लाभ उठाते हैं। मण्डलप्रमुखों, राजाओं के यहाँ उन्हें अधिक से अधिक दक्षिणा प्राप्त होती है। स्वयं ब्राह्मण समाज को इन्होंने कई-कई वर्गों में विभक्त कर रखा है। उसके लिए नित नये नियम बनाते है। छुआछूत के बीज बोते हैं। मण्डलप्रमुख भी उनसे भय खाते हैं।

पूरे दिन भोज चलता रहा। अब नगर धीरे-धीरे खाली होने लगा। निकट के गाँवों से आये नर-नारी वापस जा चुके थे। सैनिक पूरी तत्परता से सभी कार्यों को सेनापति गरूणभट, सामड़भट के नेतृत्व में सम्पन्न कर रहे हैं। रात्रि के प्रथम प्रहर होते-होते धूमाकोट नगर में शान्ति छा गयी थी।

घर-घर में राजा का नया विवाह चर्चा का विषय बना हुआ था।

राजमहल के अन्दर महारानी सुगन्धा के संचालन में सभी वैवाहिक अनुष्ठान सम्पन्न हो चुके थे। महारानी सुगन्धा बड़ी अनुभवी,चतुरशीला थी। उसने इसके पूर्व छः रानियों का महल में स्वागत किया था। उसके अन्दर अब नारी सुलभ ईर्ष्या न थी। उसके अनुभव के कारण उसका बड़ा सम्मान था। इस तेजवती विदुषी के चारों भाई भी महाराजा के दरबार में उच्च पदों पर विराजमान थे। संतान उत्पन्न न कर पाने की ग्लानि ने उसे अपने प्रथम रानी होने के अभिमान को नष्ट कर दिया था। अन्य रानियों के भींतर ईर्ष्या के नारी सुलभ भाव अवश्य थे; परन्तु वे महारानी की निर्लिप्तता को देख चुप रहना ही श्रेयकर समझती थीं। कुछ रानियाँ जो राजा की अधिक प्रिय थीं, उनके अन्दर उथल पुथल थी। उन्होंने जब रानी कलिंगा को देखा तो वह देखती रह गयी थीं। उसका अद्भुत स्वच्छ-गौरवर्ण, नीली झील सी आँखें, दमकता चेहरा, लम्बे श्यामल-सघन केश, सुगठित उन्नत देहयष्टि। आज कलिंगा वन की चपल व सुकोमल स्वर्ण-हिरनी के समान लग रही थी। पर वह महल का रनिवास देख कर चकित थी।

राजा की कुछ प्रिय रानियों के अन्दर एक गहरा स्वाभाविक ईर्ष्या का भाव समा गया कि अब राजा इस नयी सुन्दर रानी की ओर अधिक आकृष्ट होंगे। सभी रानियाँ चुपचाप, कौतूहल पूर्वक विवाह अनुष्ठान की तैयारी में जुटी थीं; परन्तु मन में ईर्ष्या के भाव भर गये थे।

सुहागरात का अपहरण

राजा ने सीधे महारानी के कक्ष में प्रवेश किया। महारानी ने उनका स्वागत किया। आठवीं रानी से विवाह के पश्चात् राजा पहली बार महारानी से एकांत में मिल रहे थे। राजा ने सकुचाते हुए रानी के कन्धों पर अपने दोनों हाथ रख, उसकी आँखों में आँखें मिलाने का प्रयास करते हुए कहा।

''महारानी, मुझे यह विवाह संतानाकांक्षा से करना पड़ा।''

''महाराज,यह पिटा-पिटाया तर्क आप हर विवाह के पश्चात् देते आए हैं। मुझे कोई कष्ट नहीं है। एक-एक कर मैंने इसके पहले छः रानियों की सेज आपके लिए सजायी है। आज एक और सेज सजा दी है। अब मेरे मन में कोई अन्यथा भाव नहीं आते हैं। ''महारानी ने स्पष्ट व दृढ़ स्वरों में राजा से आँखें मिलाते हुए कहा।

राजा ने आँखें नीची कर ली और बोला, ''देवहरू, गुरूगोरखनाथ व उनके साथ देवऐड़ी, देव निरंकार, व देवसैम ने स्वयं यह विवाह सम्पन्न कराया, उन्होंने यह भी आशीर्वाद दिया कि हमें उत्तराधिकारी की प्राप्ति अवश्य होगी।''

''निश्चित ही पंचनाम देवों की उपस्थित चमत्कारिक है।'' रानी ने कहा।

''महारानी, यह वास्तव में चमत्कारिक था, अलौकिक था। ऐसा विवाह का दृश्य मैंने पूर्व में नहीं देखा था।'' महारानी ने तुनक कर कहा- ''मुझे सामड़भट ने सारी सूचना पहले ही भेज दी है, आपको उसे दोहराने की आवश्यकता नहीं है।''

''हाँ, मैं तो भूल ही गया, तुम्हारा गुप्त सूचना तंत्र बड़ा शक्तिशाली है।''

राजा व महारानी दोनों मुस्करा दिये।

महारानी ने पुन: गम्भीरता से कहा। ''राजन्, आपके आठवें विवाह से मुझे अधिक अन्तर नहीं पड़ता; परन्तु आपकी चहेती शेष रानियों को अवश्य ही ईर्ष्या हो रही होगी? फिर कलिंगा का रूप सौन्दर्य भी तो अगाध है।''

राजा पहली बार खुल कर हँसा। कलिंगा के रूप-सौन्दर्य की प्रशंसा सुन उसे अपने इस चयन पर गर्व का अनुभव हुआ। राजा ने रानी की ओर स्नेहिल मुद्रा में देखकर व्यंग्य किया। ''क्या तुम्हें ईर्ष्या नहीं हैं?''

''राजन्, यह प्रश्न भी आप मुझसे कई बार कर चुके हैं।'' रानी ने तनिक क्रोधाभाव दिखाया।

''चलो छोड़ो, पर महारानी यदि महादेव व्याघ्रेश्वर की कृपा और पंचनाम देवों के आशीर्वाद से हमें उत्तराधिकारी मिल जाये तो यह सौभाग्य का अवसर होगा।''

''निश्चित राजन्, महादेव हम पर व धूमाकोट पर कृपा रखें।''

अनुभवी महारानी को राजा ने हृदय से लगाकर दीर्घ चुम्बन से अभिसिंचित किया। महारानी ने अधिक उत्साह नहीं दिखाया। उसने राजा को अपने वक्ष से विलग करते हुए कहा, ''रानी कलिंगा अकेले अपने कक्ष में है, आप शीघ्रता से जायें। रात्रि का द्वितीय प्रहर समाप्त होने को है।'' राजा ने एक बार पुन: महारानी के मुख की ओर देखा, फिर तेज पग भरते कक्ष से बाहर निकल गया। बाहर सन्नाटा था। राजा सीधे रानी कलिंगा के कक्ष में प्रवेश करने ही जा रहे थे कि उनकी सबसे प्रिय व युवा रानी नैनाश्री उनके सम्मुख खड़ी थी। राजा उसको देखते ही ठिठक गया। रानी नैनाश्री ने राजा पर तीक्ष्ण दृष्टिपात किया। राजा कुछ अचकचाये।

नैनाश्री ने कहा,''राजन्! चलो मैं आपको नयी रानी के कक्ष में छोड़ देती हूँ।''

''ठीक है।'' राजा ने उत्तर दिया।

रानी नैनाश्री राजा की बाँहों को अपने बाहों में लपेटते हुए कलिंगा के कक्ष में प्रवेश कर गयी। कक्ष सुरुचिपूर्ण ढंग से सज्जित किया गया था। पलंग पर रानी कलिंगा गहरी नींद में सो रही थी। उसके साँसों के तीव्र स्वर कक्ष में गूँज रहे थे।

''रानी कलिंगा ने दोपहर तक पैदल मार्ग तय किया है। फिर दिन भर वैवाहिक अनुष्ठानों के कारण वह बुरी तरह थक चुकी होगी। कक्ष में अकेले होने के कारण भी निद्रा ने उसे अपनी गोद में सुला लिया है।'' रानी नैनाश्री ने राजा से कहा।

राजा, कलिंगा के निकट आ खड़ा हुआ। ''राजन्! रानी कलिंगा काफी थक चुकी है, वह गहरी निन्द्रा में है। क्या अब उसे जगाना उचित है?'' रानी ने तीखी नजरें राजा पर डालकर कहा।

''नहीं, नहीं, कलिंगा ने दो दिन लगातार यात्रा की है। वह थक गयी होगी, मुझे इसका ज्ञान होना चाहिए था।''

''हाँ राजन् सत्य है। आप यहाँ रात्रि विश्राम करेंगें तो उसकी निद्रा भंग हो सकती है। क्यों न आप मेरे कक्ष में विश्राम करें?''

राजा ने तनिक सोचा, फिर कोई अन्य विकल्प न जान कर कहा, ''हाँ, यह उचित होगा। रानी कलिंगा को जगाना, उसकी नींद भंग करना उचित न होगा।''

''तो चलिए।'' रानी नैनाश्री ने लगभग राजा की बाँह खींचते हुए कहा। रानी नैनाश्री उनकी सबसे युवा व प्रेयसी रानी थी। उसका आग्रह और परिस्थिति ही ऐसी थी कि राजा कुछ न कह सके। राजा, रानी नैनाश्री के साथ उसके कक्ष में पहुँच गये। नैनाश्री ने कक्ष का द्वारा बन्द कर दिया। राजा ने देखा नैनाश्री का कक्ष काफी सुन्दर ढंग से सुसज्जित था। कक्ष में सुगन्धित मदमस्त गंध फैली थी। नैनाश्री ने राजा को पलँग पर प्रेम से बैठाया। राजा का मकुट, आभूषण, शस्त्र आदि शरीर से विलग किये, जैसा कि वह प्राय: करती थी। आज राजा पूरे एक माह पश्चात् आखेट से लौटा था। उसके पूर्व भी राजा युद्ध अभियानों, सभाओं के कारण अथवा आखेट हेतु लम्बे समय तक धूमाकोट शहर से बाहर रहते थे। बाहर से लौटने के पश्चात् वह प्रथम रात्रि रानी नैनाश्री के कक्ष में ही व्यतीत करते थे। नैनाश्री से विवाह हुए सात वर्ष से अधिक समय व्यतीत हो चुका था। नैनाश्री अभी पच्चीस वर्ष की सम्पूर्ण युवा नारी थी। उसका सौन्दर्य भी अगाध था। राजा एक अबोध शिशु की भाँति रानी नैनाश्री के समक्ष प्रस्तुत थे। रानी ने कक्ष की रोशनी मन्द कर दी थी। वह भीतर के कक्ष में गयी और कुछ क्षणों पश्चात् लौट कर आ तो उसके हाथ में एक विशेष प्रकार का पेय था। रानी ने यह पेय-पात्र राजा के हाथ में दे दिया। राजा इसके पूर्व भी इस पेय का सेवन कर चुके थे। वह इस पेय का प्रयोजन जानते थे। रानी अब झीने वस्त्रों में थी। कक्ष के मन्द प्रकाश में उसका श्वेत झीना वस्त्र उसके सुन्दर शरीर को चमकने से नहीं रोक पा रहा था। राजा पेय ग्रहण कर चुका था। धीरे-धीरे पेय का असर प्रारम्भ होने लगा। राजा भी काफी समय के बाद नारी संसर्ग में आ रहा था। रानी नैनाश्री का उन्मुक्त यौवन, चिकना, कोमल, सुन्दर, सुस्पष्ट, उन्नत अंग राजा को विमोहित करने लगे। झीने वस्त्रों से झाँकते यौवन को देख, राजा अपने को संयत न कर सका। राजा ने अपनी भुजाओं में नैनाश्री को आबद्ध कर लिया। रानी नैनाश्री तो पहले से ही सुनियोजित ढंग से राजन् को आनन्दित करने के लिए तत्पर थी। रानी ने हर्षोल्लास में धीरे से चीत्कार किया और आनन्दतिरेक

में राजा के कठोर वक्ष में जा धँसी। राजा अति आवेशित हो कर रानी के समर्पित उन्मुक्त यौवन सागर में डूब गया। राजा ने उसे अपनी बलिष्ठ बाँहों में उठा लिया और उसके मधुर, कोमल अधरों का चुम्बन करने लगा। रानी भी आनन्द से विभोर हो, राजा के कंठ से ऐसे लिपट गयी, मानो विषैली नागिन चन्दन के वृक्ष से लिपटी हो। वह भी राजन को प्रतिचुम्बन दे रही थी। उसकी योजना सफल हो चुकी थी। दोनों एक दूसरे के अंग प्रत्यंग में समा चुके थे। कक्ष के बुझते दीपक की लौ तीव्र होती जा रही थी।

सहसा कक्ष का दीपक तीव्र प्रकाश की लौ के साथ बुझ गया था।

रनिवास के नियमों का उल्लंघन

प्रात: रनिवास के भीतर रानियों के मध्य हाहाकार मचा था; परन्तु सात रानियों के अतिरिक्त किसी को इस हाहाकार की भनक न थी। महारानी सुगन्धा का क्रोध सातवें आसमान पर था। राजा रनिवास से सूर्योदय के साथ ही जा चुके थे। महारानी सुगन्धा ने रानी कलिंगा को छोड़, सभी छः रानियों को अपने कक्ष में बुलाया था। एक-एक कर सभी रानियाँ आ चुकी थीं। महारानी सुगन्धा क्रोध में इधर से उधर टहल रही थी। इसी बीच मन्द गति व नि:शब्द, रानी नैनाश्री ने कक्ष में प्रवेश किया। उसने महारानी का अभिवादन किया, पर महारानी ने कोई प्रत्युत्तर न दिया। फिर महारानी एक झटके के साथ रुक कर नैनाश्री की ओर क्रोधपूर्ण मुद्रा में देखते हुए बोली।

''नैना, मुझे तुम से यह आशा न थी?''

''मैने ऐसा क्या किया महारानी?'' नैनाश्री ऐसे बोली जैसे कुछ हुआ ही न हो।

''तुम महाराज को कल रात्रि में अपने कक्ष में बुलाकर क्यों ले गयी?''

''मैं क्या राजा को बलपूर्वक अपने कक्ष में ले जा सकती हूँ?''

''तुम धृष्टता कर रही हो नैना!'' महारानी सुगन्धा अधिकार व क्रोध के साथ बोली।

''महारानी क्षमा करें, मैं कलिंगा के कक्ष में गयी थी; वह गहरी निद्रा में थी, तभी राजन वहाँ आ गये, राजन ने स्वयं कहा कि रानी कलिंगा की निद्रा भंग करना उचित नहीं है।''

''लेकिन उन्होंने तुम्हारे कक्ष में जाने का विचार प्रस्तुत नहीं किया था।''

''आप ठीक कह रही हैं, मैंने ही राजन से कहा कि यहाँ कक्ष में रुकने से रानी कलिंगा, जो थकी है, की निद्रा भंग हो जायेगी, उसे विश्राम की आवश्यकता है। अत: राजन मेरे कक्ष में विश्राम करें।''

''तुम असमय रानी कलिंगा के कक्ष में क्यों गयी थी?''

''इसमें असमय की क्या बात है? मैं तो उत्सुकता वश रानी कलिंगा से मिलने गयी थी।''

''नैना, तुम मुर्खता पूर्ण बातें कर रही हो। जब रनिवास में यह नियम सभी रानियों के लिए है कि रात्रि के प्रथम प्रहर के बाद कोई रानी अन्य रानी के कक्ष में प्रवेश नहीं करेगी, न ही राजन को अपने कक्ष की ओर आकर्षित करेगी। राजन को जिसके कक्ष में जाना हो, वह स्वत: जायेंगे।''

''मैं तो रानी कलिंगा से बातें कर रही थी, इसी कारण समय का ध्यान न रहा।'' तभी एक अन्य रानी बोली।

''नैना, तुम कह रही हो कि रानी कलिंगा गहरी निद्रा में थी, तब तुम बातें किससे कर रही थी?''

''उसे तो मुझसे बातें करते करते नींद आ गयी थी।'' नैनाश्री ने उत्तर दिया।

महारानी सुगन्धा का क्रोध और तीव्र हो उठा था। नैनाश्री असत्य कह रही थी। रानी सुगन्धा ने अपने दोनों हाथ रानी नैनाश्री के कन्धे पर रखकर झिझोड़ते हुए पूछा, ''नैनाश्री, जो पेय आपने रानी कलिंगा को पिलाया, उसमें क्या मिला था?'' महारानी सुगन्धा की बड़ी-बड़ी क्रोधित आँखें नैनाश्री को घूर रही थीं।

रानी नैनाश्री का मुँह पीला पड़ गया था। वह अचकचा कर बोली, ''मैंने उन्हें कोई पेय नहीं पिलाया था।''

महारानी सुगन्धा का क्रोध फूट पड़ा। ''हमारे महल में ऐसा कभी नहीं हुआ था, आज अनर्थ हो रहा है।'' सब रानियाँ सन्न थीं। सुगन्धा ने तुरन्त दासी को आवाज लगायी। दासी सिर झुका कर महारानी के समक्ष आ खड़ी हुयी। इस दासी को स्वयं महारानी ने रानी कलिंगा के कक्ष की सेवा का भार सौंपा था। महारानी ने दृढ़ता से दासी से पूछा, ''बताओ हेमवन्ती, रात्रि में रानी नैनाश्री, रानी कलिंगा के कक्ष में थी? क्या उसने कोई पेय इस पात्र में भर कर रानी कलिंगा को पिलाया था?'' महारानी ने खाली पात्र दासी को दिखाते हुए पूछा।

''महारानी, मैं झूठ कैसे बोल सकती हूँ। रानी नैनाश्री प्रथम प्रहर में रानी कलिंगा के कक्ष में आयी थीं और बातें करते-करते रानी नैनाश्री ने कुछ देर पश्चात् अपने कपड़ों में छुपे इस पात्र को निकाला और रानी कलिंगा को थमा दिया। रानी नैनाश्री ने रानी कलिंगा से कहा था कि यह पेय पी ले, इससे थकान दूर हो जायेगी और शरीर में स्फूर्ति आ जाएगी। राजन शीघ्र ही कक्ष में आने वाले हैं। रानी नैनाश्री के स्नेह आग्रह को पाकर रानी कलिंगा ने पात्र के पेय को पी लिया। कुछ क्षणों बाद ही वह गहरी निद्रा में सो गयी थीं।''

''यह झूठ है।'' रानी नैनाश्री बीच में बोली।

''ठीक है, रानी कलिंगा तो सच बता देगी? उसे ही क्यों न बुला लिया जाये?'' महारानी ने क्रोधपूर्वक कहा। हर तरफ से घिर चुकी रानी नैनाश्री निरुत्तर हो चुकी थी। वह यह भी जानती थी कि महारानी यदि रुष्ट हो गयीं तो उसके लिए ठीक न होगा। क्योंकि महारानी की प्रतिष्ठा के आगे वह कहीं नहीं टिकती थी। यद्यपि वह भी भीमताल मण्डल के मण्डल प्रमुख की कन्या थी, परन्तु महारानी के आगे सब बेकार था। अधिक तर्क न जान कर, नैनाश्री बिलख-बिलख कर रोने लगी। उसके रोने की तीव्र आवाज कक्ष के बाहर तक जा रही थी। सभी रानियाँ भौचक थी। यदि उसकी आवाज को बन्द न किया गया तो यह बात पूरे महल में फैल सकती थी। महारानी ने तुरन्त कक्ष का द्वार बन्द करने का आदेश दिया। अपनी विश्वसनीय दासी को यह भी निर्देश दिया कि यह बात बाहर न जाये।

तब रानी सुगन्धा ने पुन: रानी नैनाश्री से कहा, ''अब चुप करो,यह प्रलाप बन्द करो! महल की

मर्यादा का ध्यान रखो। यह प्रलाप तुम्हारे लिए उचित नहीं होगा; उचित होगा कि यह बात हम रानियों में ही रहे। तुम्हारे इस षड़यंत्र की बात राजा तक गयी तो तुम्हें दण्ड मिलना निश्चित है।'' महारानी ने क्रोध भरे गर्वीले स्वर में रानी नैनाश्री को सचेत किया।

रानी नैनाश्री का प्रलाप तुरन्त कम हो गया। अभी भी वह सिसक रही थी। कुछ देर तक सभी चुप खड़े रहे। तभी तीसरी रानी ने कहा, ''नैनाश्री, तुम्हें यह यत्न करने की क्या आवश्यकता पड़ गयी?''

तीसरी रानी की ओर देख कर रानी नैनाश्री रोते रोते बोली, ''मैं सच कहती हूँ, मुझे ईर्ष्या हो गयी थी। राजा जब भी लम्बे समय के बाद धूमाकोट राजमहल लौटते थे, प्रथम रात मेरे ही कक्ष में व्यतीत करते थे। मैं यह सहन न कर सकी कि राजा, मुझे छोड़ कर नयी रानी के कक्ष में जायें। मैं कामान्ध हो गयी थी। युवा हूँ, मेरे शरीर में भी अग्नि है। सुन्दर हूँ, आप रानियाँ तो प्रौढ़ा हो चुकी हो। अधिक संयमी भी हो। पर मैं अपने नारीसुलभ मन को न रोक सकी। किसी भी तरह से राजा को आज की रात अपने निकट रखना चाहती थी। भले ही कल से वे रानी कलिंगा के पास जायें।''

''अकल्पनीय, अनर्थ है ऐसी सोच।''

''महारानी क्षमा करें, मैं अभी मात्र पच्चीस वर्ष की नवयुवती हूँ, आप मेरी माँ की उम्र की लगभग पचपन वर्ष की हैं। मैं आपका सम्मान करती हूँ। एक युवा मन की पीड़ा, दशा आप भी झेल चुकी हैं। क्या आपके मन में ऐसा विचार कभी नहीं आया? जब राजा, आपको तड़पता छोड़ कर अन्य किसी रानी के कक्ष में चले गये हों? क्या डाह ने आपको कभी नहीं सताया? क्या आपने कभी उन्हें रोकने का प्रयास किया?''

पहली बार रानी नैनाश्री ने तर्कपूर्ण प्रश्न रखा था। महारानी का क्रोध कुछ कम हुआ। यह सत्य था कि महारानी को कई रातें रो-रो कर बितानी पड़ी थीं। उसको भी ईर्ष्या सताती थी।

कोई भी नारी अपने प्रेम को बाँटना नहीं चाहती है। वह पति से सम्पूर्ण समर्पण चाहती है।

नैनाश्री बोलती रही, ''हम रानियों की विचित्र स्थित है। पहले तो हमारी इच्छा के विपरीत हमें ब्याह कर लाया जाता है और इस अन्त:पुर में धकेल दिया जाता है। हमारी भावनाओं, इच्छाओं की किसी को चिन्ता नहीं। एक प्रौढ़ा अवस्था पार करता राजा कई माह बाद राजमहल लौटता है, वह भी एक नयी रानी के साथ। क्या एक पुरुष एक ही साथ इतनी पत्नियों को सम्मान, प्यार व अधिकार दे सकता है? यह सर्वथा अनुचित है। असम्भव है। यह हमारे प्रति अन्याय है। यदि हम सात रानियों के रहते राजा उत्तराधिकारी उत्पन्न नहीं कर पाये, तो क्या निश्चित है कि वह आठवीं रानी से संतान उत्पन्न कर सकेंगे? यह न्याय नहीं है।''

महारानी सुगंधा ने तो इससे कहीं अधिक सहन किया था। महारानी,नैनाश्री के हृदय की पीड़ा को समझ सकती थी। उसने बड़े स्नेह से कहा, ''परन्तु राजमहलों की यही परम्परा है। यहाँ सत्ता, वैभव, अधिकार, भय के कारण यह भावनायें रानियों को शोभा नहीं देती हैं। राजा के लिए कोई नियम नहीं है क्योंकि नियम स्वयं उसके अधिकार में हैं। यह असमानता पुरुष वर्ग ने अपने स्वार्थ हेतु बनायी है। यहाँ केवल नारी ही आत्मसमर्पण करती है, पुरुष नहीं। नारी तो केवल पुरुषों के आश्रय में उनकी इच्छाओं के अधीन ही रह पाती है। नारी वर्ग में जन्म लेकर अधिकार की बातें करना यहाँ पुरुषों के पौरुष को

ललकारना है। राजमहल ही क्यों, पूरे समाज में यही नियम है। जब स्वयं राजा कई रानियाँ रखता हो, तो वह समाज, प्रजा में कैसे कोई प्रतिबंध लगाएगा? यहाँ तो पुरुष, स्त्रियों को आश्रय देकर उपकार समझता है। क्या हम राजा को उसके अधिकार से वंचित करने का बल रखते हैं? नहीं। हम में यह क्षमता नहीं है। फिर छल बल का क्या औचित्य है? हमें मन मार कर इन नियमों का पालन करना ही पड़ेगा। तुम सब इस बात को अच्छी तरह समझ लो। विशेष रूप से रानी नैनाश्री अब इस प्रकार की धृष्टता पुन: न हो।'' महारानी सुगंधा ने दृढ़ता से समझाया।

रानी नैनाश्री बोली, ''महारानी क्षमा कर दें, मैं ईर्ष्या के वश में हो गयी थी। अब पुन: इसकी पुनरावृत्ति न होगी।'' नैनाश्री ने महारानी के निकट जाकर हाथ जोड़ लिए।

महारानी अति अनुभवी नारी थी। उसे लोकलीक का गहरा अनुभव था। वह नारी के मन पीड़ा को भी समझती थी। उसने कोमल स्वर में कहा, ''अब जो हो चुका, उस पर पर्दा रहना चाहिए। इस बात की भनक हम रानियों के बीच से बाहर नहीं जानी चाहिए। यह हम सभी के लिए उचित होगा। साथ ही जो नियम रनिवास के लिए मेरे द्वारा निर्धारित हैं, वे महाराज की सहमति से निर्धारित हैं। इनका उल्लंघन दण्डनीय होगा।'' महारानी ने अधिकार पूर्वक सभी रानियों को सचेत किया। सभी रानियाँ सिर झुका कर कक्ष के बाहर चली गयी।

महारानी ने दासी हेमवंती से मन्दस्वर में कुछ कहा। दासी सिर हिलाकर सहमति प्रकट करते हुए अभिवादन कर कक्ष के बाहर निकल गयी। महारानी के मन में रानी नैनाश्री की बातें गहरा असर कर चुकी थीं। रानी नैनाश्री सभी रानियों के हृदय स्थल में एक नये विष बीज का रोपण कर चुकी थीं।

यह ईष्या का विष बीज शीघ्र ही जड़ें जमाकर अंकुरित होगा।

प्रजा में राजा के आठवें विवाह की चर्चा फैलती जा रही थी। यह बात भी फैल चुकी थी कि गुरू गोरखनाथ सहित ब्रह्मपुर के सबसे तेजस्वी तपस्वियों द्वारा नई रानी को संतान का आशीर्वाद दिया गया है। लेकिन लोगों में आशंका भी थी कि सात रानियों से राजा संतान उत्पन्न न कर सके तो आठवीं रानी से संतान उत्पन्न होगी? कठिन है। सब अपने अपने विचार रख रहे हैं। मण्डल प्रमुखों में विशेष हलचल इस कारण थी कि इस विशिष्ट प्रकार के आयोजन की न तो उन्हें कोई पूर्व सूचना थी। न बारात, न तामझाम, न किसी को निमंत्रण-आमंत्रण। कई मण्डलों तक तो अभी सूचना भी न पहुँची थी। जैसे-जैसे सूचना फैल रही थी, मण्डलप्रमुख धूमाकोट प्रस्थान कर रहे थे। कई मण्डलप्रमुख इस विवाह से अप्रसन्न थे। उत्तराधिकारी की अनुपस्थिति में उनके युवा पुत्रों में से उत्तराधिकारी बनने की सम्भावना थी। कोशी मण्डल के प्रमुख जो महारानी सुगन्धा के पिता थे, के चारों पुत्र राज्य के महत्वपूर्ण पदों पर आसीन थे। उनमें उत्तराधिकारी बनने के गुण उपलब्ध थे। इसमें से सामड़भट राजा का प्रिय था। वह राजा के अंगरक्षक सेना का प्रमुख था। उसका बल अपार था। राजा हर अभियान में उसे साथ रखता था। गरूणभट चारों भाइयों में बड़ा था। वह सम्पूर्ण सेना का सेनाप्रमुख था। अंगरक्षक सेना भी प्रमुख सेना के अधीन थी। सोमईश्वरभट वीर, चतुर, बुद्धिमान और कूटनीतिज्ञ भी था। अत: राजा ने उसे कर वसूली व मण्डलप्रमुखों से अन्न, धन, कर, शस्त्र आदि एकत्र करने का महत्त्वपूर्ण कार्यभार सौंपा था। उसका पदनाम शौलिक्य था। इस प्रकार महारानी के चारों भाइयों का राज्य में सबसे अधिक महत्वपूर्ण स्थान

था। उत्तराधिकारी के अभाव में इनमें से किसी एक का धूमाकोट का उत्तराधिकारी बनना तय था। इस कारण कई मण्डलप्रमुख अन्दर से खुश न थे; परन्तु राजा ने तो बिना सूचना के विवाह कर लिया था। किसी को कानों कान सूचना न थी। इस कारण भी शंका के बीज गहरे हो गये थे। सभी मण्डलप्रमुखों के रानियों के भाई, पिता व निकट सम्बन्धी धूमाकोट राज्य में महत्वपूर्ण पदों पर आसीन थे। रानियों के निकट सम्बन्धी होने के कारण राजा उन पर विश्वास करता था। ये सम्बन्धी भी राजा के प्रति निष्ठा रखते थे। इस प्रकार धूमाकोट में सातों रानियों के निकट सम्बन्धियों का बोलबाला था। परन्तु प्रमुख स्थान महारानी के भाइयों का ही था। ये चारों भाई निश्चय ही योग्य भी थे। इसी कारण शासन तंत्र सुव्यवस्थित था।

मानव में महत्वाकांक्षाऐं होना स्वाभाविक है। मनुष्य में यदि आगे बढ़ने की इच्छायें समाप्त हो जायें तो वह मनुष्य किसी भी क्षेत्र में प्रगति नहीं कर सकता है। ईश्वर ने प्रत्येक मनुष्य के अन्दर नियंत्रण करने के गुण भी संचित किये हैं। नियंत्रण करने के नियंता के इस गुण के अंश का निर्माण मनुष्य अपनी क्षमता के अनुरूप करता रहता है।

यह गुण इन चारों भाईयों में भी विद्यमान था। मन के किसी कोने में उत्तराधिकारी बनने की सम्भावनायें उपस्थित थी। यदि राजा को संतान की प्राप्त हो जाती है तो यह सम्भावनाऐं क्षीण हो सकती थीं, अथवा समाप्त हो सकती थीं। यह भाव सबके दिलों में उत्पन्न हो चुका था। यह आठवाँ विवाह तो बिन मौसम की बरसात की तरह आ टपका था। उसके साथ यह सूचना कि यह विवाह गुरू गोरखनाथ की उपस्थिति में; अलौकिक था। जिसका प्रत्यक्षदर्शी सामड़भट स्वयं था। अत: अविश्वास का प्रश्न न था।

सामड़भट के सामने आखेट के मध्य जो घटित हुआ। विवाह के बीच उस पर जो सम्मोहन छा गया था। कैसे गुरू गोरखनाथ व अन्य परमतेजस्वी देव प्रकट हो गये थे? विवाह के तुरन्त बाद अदृश्य हो गये थे। जब सामड़भट यह सब क्रमवार बताता था तो सब के मन में कलिंगा के विषय में अनेक प्रकार के प्रश्न खड़े हो जाते थे। साथ ही भय भी उत्पन्न हो जाता था। सामड़भट ने जब यह प्रसंग सुनाया कि दो विशाल क्रोधित भैंसों को कलिंगा ने पल भर में छुड़ा लिया था, जिसे वह स्वयं व उसके तीस सैनिक मिलकर विलग न कर सके थे, तो कोई सच मानने को तैयार न था। लेकिन सामड़भट जो स्वयं बलशाली तथा परमवीर था। अपनी हार का बखान स्वयं क्यों करता? इस प्रकार रानी कलिंगा के जीवन एवं विवाह को लेकर कई प्रश्न लोगों के मन में थे। साथ ही भय मिश्रित आश्चर्य! यह बात रानी कलिंगा के पक्ष में जाती थी। अन्यथा लोग उसे सामान्य किरात कन्या समझने की भूल कर रहे थे।

दिन बीतते जा रहे थे।

जब से सामड़भट आखेट से लौटा था उसका मन अशांत था। उसके मन में कई विचार आ जा रहे थे। प्रथम बार उसके जीवन में विचित्र घटनायें उपस्थित हुयी थीं। उसने कई युद्ध लड़े थे। कई बार मण्डलों के विद्रोह को दबाने में धूमाकोट की सेना का नेतृत्व किया था। पर उसने आजतक अलौकिक व विस्मयकारी घटनायें कभी न देखी थी। पहले उसने राजा को अदृश्य होते पाया। लाख खोजने पर भी वह उन्हें नहीं खोज पाया। अचानक वे स्वयं एकाएक प्रकट हो गये। तपस्वी हरू का शिविर से लुप्त हो

जाना, फिर शिविर में कड़ा पहरा होने के बाद भी विचित्र, सिद्ध तपस्वियों का अचानक शिविर में प्रकट हो जाना। बिना अग्नि प्रज्वलित किये विवाह के यज्ञकुण्ड में अग्नि प्रज्वलित हो जाना! उसका आश्चर्य यहीं पर समाप्त नहीं हुआ था। धूमाकोट लौटते महानन्द ने उसे एक फूँक मार कर अचेत कर दिया था। वह आठ-दस घड़ी अचेत पड़ा रहा था। उसके मन में इस अचेत कर देने वाले विष के प्रति उत्सुकता घर कर गयी थी। रानी कलिंगा द्वारा बलशाली लड़ते भैंसों को खेल-खेल में छुड़ा दिया गया था। जिसे वह स्वयं व उसके तीस सैनिक न छुड़ा सके थे। इस प्रकार यह आखेटयात्रा विचित्र, अलौकिक अनुभवों से भरी पड़ी थी। वह वीर था,बलवान था,लेकिन उसका पराक्रम इन अलौकिक शक्तियों के समक्ष कोई काम न आया था। सामड़भट सोचने लगा कि उसके द्वारा अर्जित पराक्रम सदैव न रहेगा। यह शरीर निश्चित ही शनैः शनैः क्षीण होता जाएगा। यदि मेरे पास भी इस प्रकार की अलौकिक सिद्धियाँ हों, अचूक विष हो तो वह मुझे सदैव शक्तिशाली बनाये रखेंगीं। भले ही मेरा शरीर क्षीण हो जाये, इन सिद्धियों के बल पर एवं उनके प्रयोग से मैं अजेय बना रह सकता हूँ। सामड़भट दृढ़ निश्चयी वीर तो था ही। वीरता भी निश्चित ही दृढनिश्चय, आत्मविश्वास और श्रम से ही प्राप्त की जा सकती है। अत: यह सब गुण सामड़भट में उपस्थित थे। उसने ठान लिया कि वह भी इन शक्तियों को प्राप्त करके रहेगा।

यह सोचते-सोचते उसकी इन शक्तियों, सिद्धियाँ के प्रति उत्सुकता और तीव्र होती गयी। वह इन्हें प्राप्त करने के उपक्रम सोचने लगा।

नारी का जीवन- जहाँ वह पली,बड़ी हुई, खेली-कूदी, जहाँ उसके सबसे निकट संबंधी रहते हैं। जहाँ उसके सबसे प्रियजन हैं। जहाँ की यादों की अमिट छाप उसके मन-मतिष्क में हैं। वह एक प्रेम के लिए, एक पुरुष के लिए, उन सब को छोड़ देती है। वह विवश है-व्यवस्था से और अपने मन से। वह विवश है -वह इस व्यवस्था को बदल नहीं सकती है।

कलिंगा सोचती रही। महारानी सुगन्धा ने जब उससे कहा, ''क्या हुआ रानी कलिंगा, कहाँ खो गयी?'' कलिंगा तन्द्रा से जागी और बोली। ''महारानी कहाँ से बताऊँ, मुझे अपने बारे में अधिक कुछ भी जानकारी स्वयं नहीं है। बस इतना जानती हूँ कि, मैं एक ऐसी नारी की पुत्री हूँ, जिसने साक्षात महादेव शिव की तपस्या में विघ्न डालने का अपराध किया और श्राप पाया था। महादेव ने उसे भस्म करने का श्राप दे दिया था; परन्तु मेरी माँ ने महादेव से प्रार्थना की कि उसकी कोख में शिशु पल रहा है। यदि वह भस्म हो जाती है तो वह निरपराध शिशु भी भस्म हो जायेगा। तब मैं ही उसके गर्भ में थी। महादेव ने दयाकर मेरी माँ को सोलह वर्ष तक बाघिन का जीवन प्रदान कर दिया। मेरी माँ ने मुझे जन्म देकर, तपस्वी देवहरू को सौंप दिया। जिन्होंने मुझे पाला पोसा था। इसी बीच राजा जंगल में आये। उनसे मेरी भेंट हुई। मैं उन्हें देवहरूं के पास ले गयी थी। देवहरू ने मेरा विवाह राजन से करा दिया। मैं भी राजन के प्रति कैसे आकर्षित हो गयी, मुझे ज्ञात नहीं। बस सब देवकृपा से हो गया।'' रानी कलिंगा ने बताया।

''परन्तु तुम्हारी माँ का क्या हुआ? क्या वह अभी भी जंगल में हैं?'' महारानी ने पूछा।

''नहीं, माँ को महादेव ने श्राप दिया था कि वह सोलह वर्ष तक बाघिन बन कर मेरी रक्षा करेगी, जब तक कि मैं बड़ी न हो जाऊँ। जिस दिन में सोलह वर्ष की हो गयी, वह देवहरू की धूनी में ही महादेव के श्राप से भस्म हो गयी।''

रानी कलिंगा की आँखें भर आयी थीं।

''क्या तुमने उन्हें देखा था?'' महारानी ने जानना चाहा।

''भस्म होने से पूर्व वह बाघिन के रूप में रोज मुझसे मिलती थीं। तब मुझे यह ज्ञात न था कि वही बाघिन मेरी माँ है। एक माँ एवं नारी के रूप में, मैं उसे नहीं मिल सकी।'' रानी कलिंगा ने अश्रुपूर्ण नेत्रों के साथ बताया।

''आश्चर्य! पर तुम्हें पहले क्यों नहीं बताया गया कि वह बाघिन ही तुम्हारी माँ है?''

''शायद इसी कारण कि मैं उस बाघिन से और अधिक स्नेह करने लगती और जब में उससे बिछुड़ती तब मुझे और अधिक कष्ट होता।''

''जब तुम बाघिन से मिलती थी, तो तुम्हें डर नहीं लगता था?''

''जब मैंने पहली बार बाघिन को देखा तो डर के कारण खूब रोई थी। तब वह गुफा से अदृश्य हो गयी थी; परन्तु वह हमेशा गुफा के द्वार के आस पास ही रहती थी। आरम्भ में, मैं उससे डरती रही, पर जब मैं रोज उसे देखती, वह मुझे कुछ न करती, तो मेरी हिम्मत बढ़ी। धीरे-धीरे में उसके करीब जाने लगी। देखते-देखते वह मेरी सहेली बन चुकी थी। मैं जब भी गुफा के बाहर आती, वह हमेशा मुझे वहाँ मिलती थी। देवहरू ने भी बताया था कि वह तुम्हारी रक्षा के लिए ही आती है, तो मेरा भय जाता रहा। वह मुझे दुलारती थी, चाटती, चूमती, खेल करती थी। एक माँ की तरह।''

कलिंगा आगे न बोल सकी, उसका गला रुँध गया। वह सिसक-सिसक कर रोने लगी। तब महारानी सुगन्धा ने उसे अपने सीने से लगाते हुए शांत किया। पुन: रानी कलिंगा बोली।

''अहो, तब मुझे ज्ञात होता, कि वह मेरी माँ है। उसको पता था कि मैं उसकी बेटी हूँ। तभी तो वह मुझे प्यार करती थी। जंगल में एक पल भी वह मुझसे दूर नहीं होती थी। मुझे गुफा के अन्दर तक छोड़कर ही वह जाती थी। कभी-कभी तो वह रात्रि भर गुफा के द्वार पर ही पड़ी रहती थी। ठंड में, गर्मी में, उसने मेरे लिये कितने कष्ट उठाये! यदि मुझे ज्ञात होता वह बाघिन मेरी माँ है तो उसे इतने कष्ट तो न उठाने देती।'' वह पुन: रो पड़ी। कक्ष में स्तब्धता छा गयी। दासी हेमवंती की आँखों से भी आँसू निकल रहे थे। महारानी की आँखें भी नम थीं। वह बार-बार कलिंगा को शांत कराती। उसकी मनोदशा को जानकर महारानी ने इस विषय पर अधिक जानना उचित न समझा। रानी कलिंगा रोते-रोते अचेत सी हो गयी थी। उसका शरीर अकड़ रहा था। शरीर में मन्द कंपन होने लगा था।

उसकी यह दशा पहले भी हो चुकी थी। जब प्रथम बार देवहरू ने उसे उसकी माँ के बारे में उसे बताया था, तब राजा भी गुफा में थे। उस समय भी उसके शरीर की यही दशा हो गई थी। आज फिर वही स्थिति उसके शरीर की हो गयी थी। उसका शरीर तेजी स अकड़ता जा रहा था। शरीर में कंपन भी होने लगा था। महारानी ने हेमवंती को शीघ्र राजा के पास रानी कलिंगा के स्वास्थ्य की जानकारी देने हेतु भेजा। हेमवंती राजा को बुलाने दौड़ पड़ी। कुछ ही देर में राजा, रानी कलिंगा के कक्ष में थे। रानी कलिंगा की आँखें बन्द थीं। वह लगभग अचेत थी। शरीर में अभी भी कंपन था।

राजा हालुराई ने महारानी सुगन्धा की ओर देखा और बोले।

''महारानी, कैसे हुआ यह सब?''

''राजन्, यह अपनी माँ के बारे में कुछ बता रही थी, परन्तु बताते-बताते, यह अति भावुक हो उठी, रोने लगी तथा अचेत सी हो गयी।''

राजा को समझते देर न लगी। पहले भी गुफा में रानी कलिंगा की यह स्थिति हो गयी थी। राजा ने दासी से कहा ''हेमवंती तुरन्त पूजा कक्ष में जाओ वहाँ से एक थाली में, अक्षत, फूल, गंगाजल व दीपक लेकर आ जाओ।''

महारानी ने पूछा, ''राजन्, इसे क्या हो गया है? क्या राजवैद्य को बुलाया जाये?''

''नहीं महारानी, राजवैद्य की आवश्यकता नहीं है।''

राजा ने रानी कलिंगा को अपनी बाँहों से उठाकर बैठाने का प्रयत्न किया। इसी बीच एकांत जानकर महारानी ने राजा हालूराई से मन्द ,पर कठोर शब्दों में कहा।

''आज विवाह के पाँच दिन हो गये हैं, आप रानी कंलिंगा के कक्ष में क्यों नहीं आये? कलिंगा की पीड़ा का आपको भान नहीं है तो आप इसे ब्याह कर ही क्यों लाये हैं? यह उचित नहीं है।'' रानी ने दृढ़ता पूर्वक कहा।

''मैं राजकाज में व्यस्त हो गया था। एक मास पश्चात् धूमाकोट लौटा हूँ, कई कार्य लम्बित पड़े हैं।'' राजा ने नजर चुराते हुए कहा।

महारानी ने फिर कहा, ''जब आप नयी दुल्हन ब्याह कर लाये हो, तो तब दूसरी रानियों के कक्ष में जाने का क्या प्रयोजन? क्या यह कलिंगा के साथ अन्याय नहीं होगा?''

रानी कलिंगा अभी भी अचेत थी। उसका शरीर काँप रहा था। राजा कुछ न बोले, महारानी ने पुन: कहा।

''रानी कलिंगा अभी और किसी से हिली-मिली नहीं है। आप भी उससे मिलने नहीं गये। निश्चित ही वह दुःखी होगी। उसकी इस दशा का ये भी महत्वपूर्ण कारण है।''

राजा बोला, ''निश्चित ही महारानी आप सही कह रही हैं; मुझे कलिंगा का ध्यान रखना चाहिए था।''

इसी बीच हेमवंती थाली में अक्षत, फूल, दीप, गंगाजल रखकर ले आयी थी। राजा ने रानी कलिंगा को महारानी की गोद से टिका दिया। स्वयं उन्होंने अक्षत दायें हाथ में लिया, थोड़ा गंगा जल उन चावलों के ऊपर छिड़का, अपना दाहिना हाथ विशेष प्रकार से उसके सिर के चारों ओर घुमाया। राजा कुछ देर रानी कलिंगा को देखते रहे और गुरूगोरखनाथ, देवहरू, सैम, ऐड़ी, निरंकार को स्मरण करते रहे। अचानक उनके शरीर में भी तीव्र कंपन प्रारम्भ हो गया। इसी प्रकार का कंपन रानी कलिंगा के शरीर में भी हो रहा था। महारानी सुगन्धा को इस प्रकार का दृश्य देखकर कुछ भय व आश्चर्य हुआ। राजा हालूराई के शरीर में उसी प्रकार का कंपन था जैसा जंगल में देवहरू के साथ गुफा में हुआ था। अचानक उनके मुख से तीव्र आवाज निकली -''ह्वाट.......''

और उन्होंने अक्षत् का तुक्का रानी कलिंगा के मुख पर मारा और उसके बाद कुछ अक्षत् उनके माथे पर लगा दिये। राजा ने दीपक को हाथ में लिया और पंचनाम देवों का सुमरिन कर रानी कलिंगा

की पूजा करने लगे। कुछ ही क्षणों में रानी कलिंगा ने आँखें खोल दी और धीरे-धीरे वह पंलग पर सीधे बैठ गयी। उसके शरीर का कंपन समाप्त हो चुका था। अब वह सामान्य थी। राजा ने अक्षत् उठाकर कुछ अक्षत् महारानी के माथे पर लगाये कुछ हेमवंती के माथे पर। राजा आसन पर बैठ गये अब वे शांत थे। राजा के शरीर का कम्पन भी खत्म हो चुका था।

महारानी व हेमवंती हतप्रभ थी। महारानी ने तब राजा से पूछा, ''राजन्, रानी कलिंगा को क्या हो गया था?''

''महारानी, मैंने पंचनाम देवों को वचन दिया था कि मैं कलिंगा का ध्यान रखूँगा। शायद पंचनाम देवता रानी कलिंगा के इस भाव के माध्यम से मुझे यह याद दिलाना चाहते थे कि मैं उसका विशेष ध्यान रखूँ। मैं राजकाज में व्यस्त होने के कारण कलिंगा की ओर ध्यान नहीं रख सका था। मैंने पंचनाम देवों का स्मरण कर क्षमा प्रार्थना की है।'' राजा ने भावपूर्ण होकर कहा।

महारानी ने रानी कलिंगा से पूछा।''बहन कलिंगा, अब तुम स्वस्थ हो?''

''हाँ मैं अब ठीक हूँ, पता नहीं मुझे क्या हो गया था? एक अनोखी शक्ति से मैं जकड़-सी गयी थी। मुँह से शब्द नहीं निकल रहे थे।''

''ठीक है, अब तुम स्वस्थ हो। आराम करो।'' महारानी ने स्नेहिल हाथ कलिंगा के सिर पर रखकर कहा। पुन: राजा की ओर मुड़ कर महारानी ने कहा।

''राजन, आप रानी कलिंगा के कक्ष में ही रहें।'' महारानी राजा व कलिंगा को एकांत में छोड़ना चाहती थी। उसने हेमवंती को भी आँखों ही आँखों में संकेत किया। दोनों कक्ष के बाहर आ गयीं। महारानी ने हेमवंती को कुछ निर्देश दिये और वह अपने कक्ष की ओर चल दी।

अब राजा हालुराई को अपनी भूल का अनुभव हो चुका था। पंचनाम देवों ने राजा हालुराई को उसके वचन का स्मरण करा दिया था। राजा हालुराई, गुरूगोरखनाथ व उसके सिद्ध शिष्य हरू, सैम, ऐड़ी व निरकांर के बल से परिचित थे। उन्हें रानी कलिंगा से ही धूमाकोट का उत्तराधिकारी भी मिलना था। अत: अब राजा रानी कलिंगा के निकट रहने लगे। दोनों के स्नेह में वृद्धि होती गयी। स्वर्णिम समय बीतता जा रहा था।

अजेय-तांत्रिक शक्तियों का स्वामी

सामड़भट जब से आखेट से लौटा था तब से वह तंत्र-मंत्रों, सिद्धियों, प्रभावकारी विषों को प्राप्त करने की जुगत में लग गया था। सामड़भट ने राज्य के विभिन्न भागों से तांत्रिकों, सिद्धों व नागों को गुपचुप रूप से धूमाकोट के एक अत्यंत गुप्त स्थान पर बुलाया था। उन्हें पर्याप्त धन का लोभ भी दिया था। वह सभी से अलग-अलग मिला। सामड़भट, उन सिद्धियों, तंत्र मंत्रों एवं विषों के विषय में ज्ञान प्राप्त करना चाहता था, जिसका प्रभाव वह देख चुका था। उसने कई तांत्रिकों के साथ मिल कर अनेक तांत्रिक क्रियायें सीख ली थीं। उन तांत्रिकों में एक तांत्रिक बड़ा बलवान भी था। वह तांत्रिक के साथ-

साथ युद्ध कौशल व शारीरिक बल में भी सामड़ की तरह था। अत: सामड़ की उससे मित्रता हो गयी थीं। उसका नाम था - घाटका। चूंकि वह रामगंगा, पनार व सरयू के संगम के मध्य घाटों पर ही रहता था। अत: उसका नाम घाटका पड़ गया था। वह तंत्र-मंत्र व कपाल क्रियाओं का ज्ञाता था। इन क्रियाओं के माध्यम से वह लोगों में भय उत्पन्न कर देता था। अब वह सामड़ का मित्र बन गया। सामड़ ने कई नाग पुरुषों को प्रचुर धन का लालच व बल का भय दिखाकर कई विष एकत्र कर लिए थे। प्राकृतिक वनस्पतियों से बने विष, जो महीन धूलकणों की तरह अथवा द्रव रूप में थे। इनका प्रयोग समय व स्थिति के अनुरूप किया जाता था। सामड़ को याद था कि इन्हीं विषाक्त धूलकणों के द्वारा सामड़भट को केदारलिंग ग्राम में ब्राह्मण महानन्द ने अचेत कर दिया था। तभी से उसने ठान ली थी कि वह इस प्रकार के विष को प्राप्त करके रहेगा। उसकी यह योजना गुप्त थी। वह अजेय बनना चाहता था। वह चाहता था कि शरीर के बूढ़ा हो जाने पर भी वह इन शक्तियों का प्रयोग कर शक्तिशाली बना रहेगा। वह एक ओर ब्राह्मण महानन्द की शक्ति से प्रभावित था तो दूसरी ओर देवहरू, सैम, निरंकार, ऐड़ी जैसी सिद्ध शक्तियाँ प्राप्त करना चाहता था। परन्तु सिद्ध देव शक्तियों को तपस्या, संयम, ज्ञान, व संसार के हित के उद्देश्य हेतु ही प्राप्त किया जा सकता था। इस कारण सामड़, इस प्रकार की सिद्धियाँ प्राप्त न कर सका था। परन्तु विष व तंत्र-मंत्र का ज्ञान उसने प्राप्त कर लिया था। सामड़भट एक वीर योद्धा था। शरीर से भी बलवान था। युद्ध कौशल में पारंगत, राज्य संचालन में निपुण था। इसके अतिरिक्त उसने विषैले हथियारों को भी एकत्र कर लिया था।

विषों का प्रयोग नाग जाति अपने बचाव अथवा औषधि के रूप में प्रयोग करती थी। नाग जाति ने कभी भी विष का प्रयोग अपनी विजय शक्ति की वृद्धि हेतु या अपनी महत्वाकांक्षा के लिए प्रयोग नहीं किया। वह इस विष का प्रयोग मानव कल्याण के लिए करते थे। विशेष परिस्थितियों में ही अपने बचाव के लिए इसका प्रयोग करते थे। इसी कारण वे अन्य मनुष्य जातियों में भी पूज्य थे। उनका आदर राजा भी करते थे। वे सामान्यत: यह ज्ञान किसी को बाँटते नहीं थे। जिसका कारण भी स्पष्ट था कि इन विषों व रसायनों का दुरुपयोग भी सम्भव था।

परन्तु आज सामड़भट ने अपने सत्ता के बल, भय और धन के लालच से इन विषों को प्राप्त कर लिया था। प्राप्त ही नहीं किया वरन् उनकी पर्याप्त मात्रा भी एकत्र कर ली थी। उधर तंत्र विद्याओं की साधना कर,उनके माध्यम से कई तान्त्रिक सिद्धियाँ प्राप्त कर ली थी। वह हठी व दृढ़ निश्चयी तो था ही। उसने कई दिन तक पानी के भीतर रहने की विद्या सीख ली थी। साथ ही अल्पसमय के लिए लोगों को सम्मोहित करने आदि की कई तंत्र विद्यायें उसको प्राप्त हो चुकी थीं।

इस प्रकार सामड़भट इस समय धूमाकोट राज्य में अजेय योद्धा बन चुका था। उसका उसे भान था। इसी मध्य उसे घाटका नामक तांत्रिक, उसी की भाँति बलशाली योद्धा, मित्र के रूप में मिल चुका था। सत्ता व बल दोनों मिल जायें तो यह महान उपलब्धि होती है। सामड़भट का बल अद्वितीय बन चुका था। वह सत्ता के उच्च शिखर के सबसे करीब था। सत्ता पर उसकी पकड़ थी। उसकी बड़ी बहन राज्य की महारानी थी। उसके तीन अन्य भाई धूमाकोट के सबसे प्रभावशाली मंत्री थे। उसको मित्र के रूप में एक और योद्धा व तंत्रसिद्ध मोहरा मिल चुका था। घाटका को भी धन व सत्ता के सुख का अनुभव

धीरे-धीरे प्राप्त होने लगा। वह सामड़भट के और अधिक निकट होता जा रहा था।

सामड़ की महात्वाकांक्षा सर्प के फन की भाँति खड़ी होती जा रही थी। अभी तक धूमाकोट का कोई उत्तराधिकारी भी न था।

महात्वाकांक्षा का ज्वार बढ़ रहा है। इसकी ताप अभी बाहर फैली नहीं है। ताप की तपन बढ़ती जा रही है, वह कब तक भीतर रहेगी? ऊर्जा को क्या कोई कैद कर सका है?''

शक्ति का केन्द्र-महारानी सुगन्धा

राजा हलूराई, रानी कलिंगा का खूब ध्यान रख रहे थे। प्राय: उसके शयन कक्ष में रात्रि विश्राम करते थे। रानी कलिंगा भी प्रसन्नचित्त थी। यदा-कदा उसे हरू की याद आती; परन्तु देवहरू एक स्थान पर न टिकने वाले तपस्वी थे। जब वे स्वयं चाहेंगे, तभी वह उपस्थित होंगे। रानी कलिंगा ने राजा से एक बार महानन्द के परिवार से मिलने की इच्छा व्यक्त की। उसने कहा, ''राजन्, जब हम जंगल से धूमाकोट लौट रहे थे तो तुनेड़ा दफौटी नामक एक ग्राम प्रधान ने कहा था कि देवहरू की एक तपोस्थली नौगाँव के पर्वत शिखर पर भी है। वे यदाकदा वहाँ पहुँचते हैं।''

''हाँ, कहा था, लेकिन देवहरू कब वहाँ पहुँचेंगे, यह निश्चित नहीं है। इसकी सूचना यदि हमें मिल जाये तो हम वहाँ जाकर, उनका आशीर्वाद ले सकते हैं। मैं इसकी व्यवस्था करता हूँ।''

''यह उचित है राजन्! देवहरू से मिलकर मेरा चित्त भी शांत हो जायेगा।''

''रानी कलिंगा, आप आराम करें, मुझे राज-काज के कार्य भी देखने हैं। राजन कलिंगा के कक्ष से बाहर निकले, बिना किसी अन्य रानी के कक्ष की ओर दृष्टि किये सीधे रनिवास से राजमहल के मुख्य सभागार की ओर मुड़ गये।

अत:पुर में रानियाँ चिंतित थीं। सबसे मुखर रानी नैनाश्री थी। अब राजन उसके कक्ष में नहीं जाते हैं। अन्य रानियाँ भी जलन की इसी पीड़ा से ग्रस्त थी। नयी रानी के प्रति शनैः-शनैः उनमें ईर्ष्या भाव बढ़ रहा था; परन्तु महारानी सुगन्धा के कड़े अनुशासन व निर्देशों के कारण सब अन्दर ही अन्दर कुंठित थीं। अन्य रानियाँ भी युवा थीं। वे मात्र एक सजावटी वस्तु नहीं बने रहना चाहती थीं। उन्हें अपना महत्व घटता नजर आ रहा था। चार मंडलों की रानियाँ एक हो गयीं, जिसमें नैनाश्री के अतिरिक्त बाराकोट मण्डल की रानी का नाम ताकुली, आशाकोट की रानी चम्पावती व कमस्यार मण्डल की रानी का नाम कर्णवती था।

चारों रानियाँ नैनाश्री के कक्ष में मत्रंणा कर रही थीं।

सबसे पहले नैनाश्री ने कहा-''बहनो, जब से रानी कलिंगा इस महल में आयी है, तब से राजन एक बार भी हम रानियों के कक्ष में नहीं आये, यह क्या उचित है?''

''तुम्हें अब ज्यादा डाह क्यों हो रहा है? जब तुम ब्याह कर लायी गयी थी तो राजा तुम्हारे कक्ष के बाहर न निकलते थे। तब मुझे भी कष्ट हुआ था।'' छठी रानी कर्णवती को अपनी व्यथा याद आ उठी।

''ठीक है, परन्तु हम यहाँ इसलिए एकत्र हुए हैं कि इसका कोई हल निकाला जाये। राजन हर रानी के लिए एक निश्चित तिथि निर्धारित करें।''

''क्या महारानी व राजन इस बात पर सहमत होंगे?'' चौथी रानी चम्पावती ने कहा।

''यदि हम सब एक साथ मिलकर महारानी के सामने अपना तर्क रखें तो बात बन सकती है।'' पाँचवी रानी ताकुली ने कहा।

''अवश्य ही! यदि हम अपनी बातें एक साथ महारानी के समक्ष रखेंगे तो वह इसका हल ढूँढ़ सकती हैं। वह शक्तिशाली हैं, वह राजा को इस बात पर सहमत करा सकती हैं।'' नैनाश्री ने कहा। सभी रानियाँ इस बात पर सहमत हो गयीं कि महारानी से एक साथ मिला जाये ताकि राजन सभी रानियों के लिए दिवस निर्धारित करें।''

सौतिया डाह का विषैला विष राजमहल के रनिवास में फैलता जा रहा है। उधर सामड़भट भौतिक रूप में विष एकत्र करता जा रहा है। इसका असर कहाँ पर होगा। जहाँ भी होगा भयानक एवं गम्भीर ही होगा। यह जानना कौतूहल का विषय है।

राजा के पश्चात् सत्ता का केन्द्र महारानी सुगन्धा का कक्ष था। राजा भी उसकी बातों को गंभीरता से सुनते थे। वह अत्यंत अनुभवी महारानी थी। वह किशोरा अवस्था में ब्याह कर राजमहल में आ गयी थी। अब वह पचपन वर्ष की परिपक्व नारी थी। सम्पूर्ण राजसत्ता की जानकारी, समस्त भेद, योजनाओं का ज्ञान, भण्डार, धन सम्पदा का पूरा ब्यौरा उसके पास था। उसके चारों शक्तिशाली भाई राज्य के सबसे महत्व के विभागों के प्रमुख थे। वे राजा से पहले महारानी सुगन्धा से ही मंत्रणा करते थे। इस प्रकार महारानी अप्रत्यक्ष रूप से सत्ता की बागडोर सम्भाले हुए थी। महारानी विभिन्न विभागों के लिए कई आदेश स्वयं जारी कर देती थी और वह आदेश उसके भाई दृढ़ता से लागू करा देते थे। इनमें से अधिकतर निर्देशों की जानकारी राजा को भी न होती थी। पर यह निश्चित ही सुखद विषय था कि ये सभी निर्णय एवं आदेश राज्य के हित में होते थे। इससे राज्य सुदृढ़ व सम्पन्न हो रहा था। आदेशों का प्रतिफल अच्छा होने से इनका विरोध न था। ज्ञात होने पर राजा भी प्रभावित हो जाता था। बूढ़ा हो चला राजा इन्हीं शक्तिपुंजों के सहारे राज सत्ता चला रहा था। धूमाकोट के स्थूल रूप में राजा हालुराई ही थे, पर सूक्ष्म रूप में सत्ता महारानी सुगन्धा के हाथों में थी। कुछ अन्य मण्डलों के प्रमुख यदाकदा विरोध करते थे। अपना तर्क रखते थे; परन्तु राजा की कृपा दृष्टि का भाव जान अधिक कुछ नहीं कर पाते थे। यह भी सत्य था कि धूमाकोट का राजकाज ठीक चल रहा था। पूरे राज्य में रानी कलिंगा के आने और इस समाचार के प्रचारित हो जाने के बाद कि आठवीं रानी से धूमाकोट को उत्तराधिकारी मिलने का आशीर्वाद स्वयं उपस्थित हो कर गुरू गोरखनाथ ने दिया है। काफी हलचल थी। विशेष रूप से महारानी सुगन्धा के महत्वांकाक्षी भाई सामड़भट व सेनाप्रमुख गरूणभट, उत्तराधिकारी के प्रश्न से अनमने से हो गये थे। उत्तराधिकारी उत्पन्न न होने की स्थिति में महारानी के इन्हीं भाइयों में से किसी के उत्तराधिकारी बनने की अधिक सम्भावना थी। रानी कलिंगा किसी मंडल प्रमुख की पुत्री न थी। उसके पीछे मायके का कोई बल न था। अत: राजसत्ता की महत्वाकांक्षा रखने वालों के मन में कलुषित विचार घुमड़रे लगे थे। महारानी सुगन्धा इस तरह का अपने मन में कोई विचार नहीं रखती थी। वह तो चाहती

थी कि राज्य को एक उत्तराधिकारी मिल जाये। इसीलिए तो उसने राजा के सात विवाहों को अच्छे या बुरे मन से सहन किया था। मनुष्य पर संगत का असर पड़ता ही है। यह सर्वथा सत्य है। महारानी के भाइयों के अन्दर उत्तराधिकारी के पैदा होने से चिन्ता थी। उधर चार रानियों को रानी कलिंगा के महल में आ जाने से अधिक ईर्ष्या थी।

इस असंतोष का फल धूमाकोट को भविष्य में किस रूप में मिलेगा यह समय के गर्भ में था।

घातक विषबीज का रोपण

महारानी सुगन्धा अपने भीतरी कक्ष में ऊँचे आसन पर विराजमान थी। अन्य चारों रानियाँ रानी ताकुली, रानी कर्णवती, रानी चम्पावती एवं रानी नैनाश्री उसके सामने अपने आसन पर बैठी थीं। महारानी ने नि:शब्दता को तोड़ते हुए कहा।

''तुम सब यह कहना चाहती हो कि जो नियम अभी तक चल रहे हैं, वे उचित नहीं हैं?''

''महारानी, हम सभी सहमत हैं कि सभी रानियों को महाराज पर्याप्त समय दें।'' नैनाश्री ने सभी रानियों की तरफ देखकर कहा। सभी ने सहमति का संकेत दिया।

''अर्थात्, हम महाराज को आदेश दें कि उन्हें क्या करना चाहिए?''

''महारानी, इसमें आदेश का प्रश्न नहीं है। हम सभी ब्याहता रानियाँ हैं, युवा हैं, राजा को हमें भी पर्याप्त समय देना चाहिए। जब से रानी कलिंगा इस राजभवन में आयी है, राजा उसके कक्ष के अतिरिक्त कहीं जाते ही नहीं हैं।'' रानी कर्णवती ने कहा।

''इस रानी कलिंगा के न जात का पता, न गोत्र का पता, वन किरातों की पुत्री प्रतीत होती है। कुलहीन कन्या को महाराज बिना ब्याह कर उठा लाये हैं। यह राजभवन के योग्य नहीं हैं।'' रानी ताकुली ने रोष और दृढ़ता दिखाते हुए कहा।

''रानी ताकुली, अब रानी कलिंगा इस राजभवन की छोटी रानी है और तुम्हारे वचन राजा को अपमानित करने वाले हैं।'' महारानी ने तीक्ष्ण दृष्टि से रानी ताकुली को घूरते हुए कहा;परन्तु महारानी की बात समाप्त हो इसके तुरन्त पहले ही रानी कर्णवती ने रानी ताकुली का समर्थन करते हुए कहा, ''रानी ताकुली ठीक कह रही हैं महारानी! अब तक जितनी भी रानियाँ महल में आयी हैं, वह उच्च राजघरानों से हैं। यह एक जंगली बिल्ली की भाँति है। इसे तो वन में ही रहना उचित था। राजा इसके रूप को देख कर मोहित हो गये होंगे। कुल की मर्यादा को भूल, एक दलित वन जाति की कन्या को महल में उठा लाए हैं। तब से हमारे कक्षों की ओर देखते भी नहीं हैं।''

''लगता है तुम चारों पहले से ही आपस में मंत्रणा करके आयी हो? रानी कलिंगा राजा से विवाह के पूर्व जो भी थी, जैसी भी थी, अब उसका कोई अर्थ नहीं है। अब वह महाराज की आठवीं रानी है। इस सत्य को कोई झुठला नहीं सकता है। रानी कलिंगा का अपमान किसी भी स्थिति में उचित न होगा।'' महारानी ने अधिकार पूर्वक कहा।

''परन्तु महारानी, हमारे हितों पर विचार कौन करेगा? क्या हम ब्याहता रानियाँ अपने-अपने कक्षों में सजावट की वस्तु बनी रहें? जब राजा अभी रानी कलिंगा के आगे हमें भूल गये हैं, यदि कहीं रानी कलिंगा ने उत्तराधिकारी को जन्म दे दिया तब तो वे हमें महल से निकाल ही फेंकेंगे।'' रानी नैनाश्री ने कहा।

''रानी नैनाश्री, तुम पहले भी कुटिलता दिखा चुकी हो, मैंने तुम्हें छोटी समझ कर क्षमा कर दिया था; लगता है इस मंत्रणा की सूत्रधार तुम ही हो।''

''महारानी क्षमा करें! यदि आज्ञा हो तो एक अन्तिम बात कहना चाहती हूँ। उसके पश्चात् मैं न बोलूँगी।'' रानी नैनाश्री ने गम्भीरता से कहा। महारानी समझ चुकी थीं कि चारों रानियाँ एकमत होकर आयी हैं। अत: अधिक कठोरता उचित नहीं है। इनकी बातें सुनने में हानि ही क्या है? उसने सहमति में सिर हिला दिया।

''महारानी जी, तनिक गम्भीरता से विचार करें। आप सबसे बड़ी हैं एवं अनुभवी हैं। हम सब ने आपका सदैव आदर किया। आप हमारी दीदी, सखी, माँ सब कुछ हैं। हम अपने मन की बात आपसे कहें, इसमें कोई हानि नहीं हैं।'' रानी नैनाश्री ने महारानी की प्रशंसा के पुल बाँध दिये थे।

मनुष्य की यह अपेक्षा सदैव रहती है कि लोग उसकी प्रशंसा करें। प्रशंसा करने पर तो भगवान भी खुश हो जाते हैं, मनुष्य तो उनका अंश है।

महारानी का हृदय भी गर्व से ऊँचा हो गया था। नैनाश्री ने मौन सहमति पा कर कहा- ''महारानीजी, अहो विचार करें! हम सातों रानियों में से महाराज किसी भी रानी के कोख में संतान का बीज न बो सके। क्या हम सातों रानियाँ बाँझ हैं? क्या यह सम्भव है कि हम सातों रानियों में से किसी में भी संतान उत्पन्न करने की शक्ति नहीं है? क्या हम सब कोखहीना हैं? नहीं! इसका सीधा सा उत्तर है कि महाराजा में ही संतान उत्पन्न करने की शक्ति नहीं है।''

''तुम कहना क्या चाहती हो?'' महारानी पहली बार नैनाश्री की बातों का गूढ़ अर्थ समझने का प्रयास कर रही थीं।

''महारानी जी, क्या अभी भी इसका अर्थ आप नहीं समझ पायी हैं?'' नैनाश्री ने कहा।

''नैनाश्री स्पष्ट कहो, पहेली न बुझाओ?''

''महारानी, आप सहृदया हैं। आप निष्कपट हैं, इसी कारण आप इस दृष्टिकोण से नहीं देख पा रही हैं। महारानी क्षमा करें, अभी तक राजा हम सातों रानियों से सन्तान उत्पन्न नहीं कर सके हैं। इसका दोष हम रानियों पर नहीं है। सभी यह जानते हैं कि राजा में ही कमी है, परन्तु यदि रानी कलिंगा गर्भवती हो गयी तो निश्चित रूप से हम सातों रानियाँ बाँझ हैं- यह प्रमाणित हो जाएगा।'' नैनाश्री यह कहकर चुप हो गयी और महारानी की ओर देखने लगी। कक्ष मे सन्नाटा छा गया। महारानी सिर झुका कर कुछ सोचने लगीं। नैनाश्री ने विजयी मुद्रा में चारों रानियों की ओर देखा। सभी के होठों में मन्द कुटिल मुस्कान थी। सभी महारानी की प्रतिक्रिया जानना चाहती थीं। महारानी कुछ देर शांत रहने के बाद मध्यम स्वर में बोलीं।

''तुम चारों दिनभर ऐसी ही मंत्रणा करती रहती हो। कुछ और काम भी करती हो?''महारानी के स्वर में पहले जैसी कठोरता न थी।

''करने को कुछ है भी तो नहीं, महारानी।'' नैनाश्री ने कहा।

''अरी! बाजार-हाट जाओ, उपवन में घूमो, मन्दिरों में जाओ। बहुत कुछ कर सकती हो।'' महारानी ने स्नेहपूर्वक कहा।

''परन्तु महारानी, क्षमा करें आप विषय बदल रही हैं।'' नैनाश्री ने कहा।

''तुम्हारी कुछ बातें तर्क पूर्ण हैं;परन्तु अभी यह मंत्रणा का समय नहीं है। अभी ऐसी कोई स्थिति उत्पन्न नहीं हुई है। यदि आवश्यक समझूँगी तो मैं इस विषय में तुम सब से बात करूँगी। तुमने अपनी बात रख दी है। मैं राजा से आग्रह करूँगी कि वह सभी रानियों को पर्याप्त समय दिया करें। तुम सब भी अपने को किसी न किसी कार्य में व्यस्त रखना सीखो। यह सबके लिए उचित होगा। अब तुम सब अपने-अपने कक्ष में जाओ।''

चारों रानियाँ विजयी मुद्रा में महारानी के कक्ष से बाहर निकल रही थीं। उन्होंने सहृदया महारानी के हृदय के किसी कोने में सौतिया डाह के विष-बाण से वार कर दिया था। उपर से यह घाव दिखायी नहीं दे रहा था। चारों रानियों ने भी यह घाव नहीं देखा। महारानी को भी ज्ञात नहीं हुआ कि एक घातक विष का प्रहार उसके हृदय पर किया जा चुका है। यह विष अपना असर धीरे-धीरे दिखायेगा किन्तु महारानी सुगन्धा अनुभवी थी। राजसत्ता के काम करते-करते वह बहुत कुटनीतिज्ञ भी हो चुकी थी। वह अपने भाव को-अपने घाव को यों ही नहीं प्रकट कर देना करना चाहती थी। वह चारों रानियों के भाव जान चुकी थी। अब उसे अगली चाल चलने में बहुत आसानी हो सकती थी। उसने संकेत कर दिया था कि अभी इस विषय पर अधिक चर्चा न की जाये और यह बात इस कक्ष से बाहर न जाये।

रानी कलिंगा प्रसन्न थी। राजन उसे पर्याप्त समय दे रहे थे। राजा को जब भी राजकाज से समय मिलता तो सीधे रानी कलिंगा के कक्ष में ही प्रवेश करते थे। जिस दिन से रानी कलिंगा अचेत हुई उस दिन से राजा को गुरूगोरखनाथ की बातें स्मरण हो आई थीं कि रानी कलिंगा का ध्यान रखने में यदि असावधानी की गई तो वह होने वाले उत्तराधिकारी के साथ-साथ तुम सबके लिए भी घातक हो सकता है। इन वाक्यों के याद आने के बाद राजन ने रानी कलिंगा की सुख-सुविधा में कोई कमी न रखी थी। यह एक कारण भी अन्य रानियों की ईर्ष्या का विषय बना। जो भी हो, रानी कलिंगा स्वच्छ निर्मल हृदय की थी। उसके मन से वन की यादें धीरे-धीरे विस्मृत होती जा रही थीं। वह कभी उपवन में घूमने चली जाती थी। उसकी प्रिय सखी हेमवंती उसके साथ थी। अन्य रानियाँ उससे अधिक मेल जोल नहीं रखती थीं। मात्र औपचारिक बातें ही करती थीं। रानी कलिंगा थोड़ा सकुचाती थी क्योंकि उसे राजमहल के तौर तरीकों का अधिक ज्ञान न था।

साज शृंगार तो धीरे-धीरे हेमवंती ने उसे सिखा दिया था। सज-धज, शृंगार तो नारियों का प्राकृतिक गुण है, उसे अपनाने में अधिक परिश्रम की आवश्यकता नहीं पड़ती है। वह अब शृंगार करने में भी रुचि ले रही थी। वस्त्र आभूषणों का आकर्षण भी उसमें उत्पन्न हो गया था। समय अतिचपल अश्व की भाँति भागता जा रहा था। महारानी सुगन्धा ने अपने अनुभव से ही यह जानने की कोशिश की कि रानी कलिंगा

क्या गर्भवती है? रानी कलिंगा काफी निखर गयी थी। उसका शरीर विचित्र तरीके से सुडौल हो रहा था।

प्रकृति में कितनी समानता है। नारी और वृक्ष-लताओं में भी समानता है- वृक्ष-लताऐं पुष्प व फल देने से पहले सम्पूर्ण रूप से हरे भरे हो जाते हैं। फूलों से वृक्ष-लताऐं भर जाती हैं। पुष्प व फलों के भार से वृक्ष झुक जाते हैं। इस सब का परिणाम सुमधुर स्वादिष्ट फल-फूल के रूप में होता है। नारी भी नये जीव को संसार में लाने से पूर्व प्रकृति द्वारा निर्धारित नियमों के अनुरुप ही वृक्ष-लताओं की भाँति ही खिल जाती है-निखर जाती है।

पर रानी कलिंगा इससे अनिभिज्ञ थी। वह अब भी जंगली हिरनी की भाँति खेलती-कूदती निश्चिंत है। दूसरी ओर रानियाँ आपस में कानाफूसी करतीं, ईर्ष्या का भाव लिए, कलिंगा को घूरती रहती थी।

रानी कलिंगा दिन पर दिन निखरती जा रही थी। राजमहल की सुख सुविधाओं ने उसके शरीर को और अधिक निखार दिया, मांसल बना दिया था। वन में तो कलिंगा पहाडों पर घूमती-कूदती फिरती रहती थी। जिससे शरीर का वजन भी नहीं बढ़ता था। वन का आहार भी सादा होता था। राजमहल के वसायुक्त भोजन का असर उसके शरीर पर पड़ रहा था। रूप सुषमा की मूर्ति बनती जा रही थी कलिंगा। रानी कलिंगा जैसे-जैसे दिन पर दिन गुलाब-सी खिलती जा रही थी, वैसे-वैसे अन्य रानियों के मन में ईर्ष्या रूपी काँटे और अधिक नुकीले होते जा रहे थे। रानी कलिंगा का मादक यौवन -आकर्षण राजा को अपनी ओर निरन्तर आकर्षित कर रहा था। अब राजा पूरी तरह रानी कलिंगा के मदमाते यौवन व निश्छल जीवन में समा चुके थे। इस प्रकार कई मास व्यतीत हो गये।

गुप्त सूचना

आज वीर सामड़भट बहुत समय के बाद महारानी सुगन्धा के कक्ष में उपस्थित हुआ था। महारानी ने अपने प्रिय छोटे भाई का भारी स्वागत किया। भाँति-भाँति के पकवान, मिष्ठान चाव से सामड़भट को खिलाये। महारानी सुगन्धा ने स्नेहपूर्वक उसे अपने निकट बैठाया। उसे अपने वीर एवं बलशाली भाई सामड़भट पर गर्व था। उसने अपनी वीरता, युद्ध कौशलता की छाप धूमाकोट में छोड़ रखी थी। उसकी कीर्ति चारों ओर फैल चुकी थी। भोजन कर चुकने के बाद दोनों भाई-बहन निकट बैठ गये। सामड़ ने कहा-''दीदी, अतं:पुर का क्या हाल है? रानी कलिंगा ठीक तो हैं।''

''सब कुशल है। प्रसन्नचित है रानी कलिंगा।''

''अन्य रानियाँ भी प्रसन्न हैं कि केवल रानी कलिंगा ही?''

''मेरा छोटा भाई अब काफी परिपक्व हो चुका है। उसका विवाह भी शीघ्र सम्पन्न कराना पड़ेगा।''

''मेरे विवाह की बात छोड़िये, मैं अन्त:पुर के हालचाल जानना चाहता हूँ।''

''पर क्यों?''

''मुझे ज्ञात हुआ है कि जब से रानी कलिंगा अन्त:पुर में आयी है, तब से राजा अन्य किसी रानी की ओर देख भी नहीं रहे हैं। क्या अन्य रानियों को ईर्ष्या नहीं हो रही?''

''अरे, मैं भी मूर्खा ही हूँ, मेरा छोटा भाई अब मात्र मेरा छोटा भाई ही नहीं है अपितु वह तो पूरी एक सेना का नायक भी है। उसके पास निश्चित ही कुछ गुप्त सूचनाऐं भी जरूर होंगी।''

''दीदी, आप ठीक समझ रही हैं, मैं तो पूरे धूमाकोट राज्य की खबर रखता हूँ राज्य में कहीं भी गड़बड़ी होती है तो मैं कुछ ही दिनों में उसे जड़ से खत्म कर देता हूँ। तो अन्त:पुर के समाचार की मुझे क्यों न खबर होगी?''

''ऐसा प्रतीत होता है कि तुमने मेरे पीछे भी गुप्तचर लगाये हैं।''

''यह तो मैं नहीं बताऊँगा। तुम्हें शीघ्र ज्ञात हो जाएगा कि मुझे तुम्हारे कक्ष की भी जानकारी प्राप्त है।''

''तब तो मुझे चौकन्ना रहना पड़ेगा।''

''वह तो तुम्हें रहना ही चाहिए। रानी कलिंगा के महल में आ जाने के बाद तो और भी अधिक।''

''रानी कलिंगा के महल में आने के बाद अधिक क्यों?''

''मुझे ज्ञात हुआ है कि राजन रानी कलिंगा के अतिरिक्त किसी भी रानी को समय नहीं दे रहे हैं। इससे रानियों में रोष है।''

''सामड़, तुम तो निश्चित ही अति गुप्त जानकारियाँ रखते हो।''

''दीदी, इसका तात्पर्य यह हुआ कि यह सत्य है।''

''अरे तू तो निरा मूर्ख है। जब कोई अपनी नयी नयी बहू लेकर आता है तो स्वाभाविक है कि उसके प्रति अधिक आकर्षण रहता है। शनैः-शनैः पूर्ववत् सामान्य हो जाता है। मुझसे अधिक अनुभव इस विषय पर किसी को नहीं है।''

''दीदी, यदि रानी कलिंगा राजा को उत्तराधिकारी देने में सफल रही तो राजा का यह आकर्षण चिरस्थायी हो जायेगा।''

''जब राजा हम सात रानियों से संतान उत्पन्न नहीं कर सके तो आठवीं रानी से क्या यह सम्भव है।?''महारानी बोली।

''दीदी, मैंने आपको आखेट का पूरा वृत्तान्त सुनाया था। आप भूल गयी हैं कि गुरू गोरखनाथ, देवहरू, सैम, ऐड़ी, निरंकार जैसे महा तपस्वियों ने स्वयं प्रकट होकर, राजा व रानी कलिंगा को संतान प्राप्ति का आशीर्वाद दिया है। इन पंचनाम देवों का आशीर्वाद व्यर्थ जाएगा? सम्भव नहीं है!''

''पंचनाम देवों के आशीर्वाद में सत्यता निश्चित है।''

''ऐसे में महारानी की स्थिति दयनीय हो सकती है।''

''तुम मुझे डरा रहे हो?''

''नहीं, सचेत कर रहा हूँ।''

''पर मुझे ही क्यों?''

''दीदी, आप हमारी महारानी भी हैं, महारानी होने के कारण आप में कई अधिकार निहित हैं।

आपके कारण ही पिता जी का शासन कोशी मण्डल में निर्बाध रूप से संचालित हो रहा है। राजा वहाँ कोई भी हस्तक्षेप नहीं करते हैं। हम चारों भाई भी स्वच्छंद अपना काम करते हैं। एक प्रकार से धूमाकोट में अप्रत्यक्ष रूप से महारानी एवं उसके मायके के परिवार का ही राज चल रहा है। इस बात से तुम क्या असहमति रखती हो?''

''यह सत्य है, हम सब मिलकर राज्यहित में कार्य कर रहे हैं। हमें निर्णय लेने की स्वतंत्रता प्राप्त है। तुम सब इन निर्णयों का अनुपालन निष्ठा से कर रहे हो; परन्तु यह सब हम राज्य व राजा के हित में कर रहे हैं। जिसमें स्वत: हमारा हित समाहित है।''

''उचित है, लेकिन राजा को उत्तराधिकारी प्राप्त हो जाने के बाद परिस्थितियाँ बदल सकती हैं।''

''हम काल्पनिक धारणाओं पर विचार कर रहे हैं। यदि उत्तराधिकारी के रूप में रानी कलिंगा को पुत्र की प्राप्ति हो भी जाती है, तब भी उसे युवा होने में, समझदार होने में अट्ठारह से बीस वर्ष का समय लगेगा। राजा दिन पर दिन आयु को प्राप्त करते जा रहे हैं। निश्चित ही इस अवधि में हमारे अधिकारों पर किसी प्रकार के हनन व कटौती की सम्भावनायें नहीं हैं।''

''अर्थात् अट्ठारह-बीस वर्ष बाद स्थिति बदल सकती है।''

''यह तो समय के गर्भ में है।'' महारानी ने उत्तर दिया।

''दीदी महारानी, यह समय के गर्भ में नहीं है। समय रानी कलिंगा के गर्भ में प्रवेश कर चुका है।'' सामड़भट ने आश्चर्य जनक मुद्रा बनाकर कहा। महारानी अवाक् सी सामड़भट का मुख देखती रह गयी। कुछ क्षण अपलक, स्तम्भित, सतब्ध सा रहने के बाद संयत होकर बोली।

''यह तुम क्या कह रहे हो? यह सत्य नहीं हो सकता है। तुम्हें मुझसे पूर्व अन्त:पुर की सूचना कैसे ज्ञात हो गयी? तुम्हें यह जानकारी किसने दी?''

महारानी आवाक् थी। उसे गर्व था कि उसे अन्त:पुर की पल-पल की सूचनायें तो मिलती ही रहती हैं, वह तो पूरे धूमाकोट की सूचना भी रखती है। लेकिन आज सामड़ ने उसके गर्व को चूर कर दिया था। सामड़ ने कहा- ''दीदी शांत हों, महारानी शांत हों, इतने सारे प्रश्न एक साथ!''

''सामड़ क्या यह सत्य है? तुम्हें यह जानकारी कैसे व किसने दी? मुझे बस इन दो प्रश्नों का उत्तर चाहिए।'' महारानी अधीर होकर बोली।

''महारानी दीदी, प्रथम प्रश्न का उत्तर है कि मेरी सूचना पूर्णत: सत्य है। दूसरा प्रश्न कि किसने, कैसे यह जानकारी मुझे दी। इस प्रश्न का उत्तर मैं नहीं दें सकता हूँ। यह गुप्त ही रहे तो अच्छा है।''

''आश्चर्य! इतनी बड़ी घटना प्रकट हो गयी, मुझे सूचना नहीं!''

''दीदी, अभी यह घटना प्रकट कहाँ हुई, मैने ही खोज निकाली है। प्रकट तो आपको ही करना है।''

महारानी को इसका अधिक कष्ट नहीं था कि रानी कलिंगा सगर्भा है। उसको अधिक कष्ट था कि अन्त:पुर की अति विशिष्ट, अति गोपनीय सूचना मुझसे पहले सामड़ तक कैसे पहुँच जा रही हैं? कुछ देर बाद महारानी सुगन्धा ने सामड़भट की ओर देखते हुए स्नेह पूर्वक कहा। ''सामड़, क्या यह बात

राजन को भी ज्ञात है?''

''दीदी, मैं यह कह चुका हूँ कि यह घटना अभी प्रकट नहीं है, तब राजन को कैसे ज्ञात हो सकती है। तुम स्वयं रानी कलिंगा से इस विषय में जानकारी प्राप्त कर सकती हो। जिससे सत्य का पता चल सकता है।''

''यह उचित है। मैं स्वयं रानी कलिंगा से पूछती हूँ।''

''महारानी, यह सूचना राजा को ज्ञात होगी तो वे आनन्द से सातवें आसमान पर पहुँच जायेंगे। तब रानी कलिंगा का आकर्षण उनके मन में सर्वोपरि होगा। आपसे भी अधिक।''

''उचित कह रहे हो सामड़! साथ ही हम सात रानियों का बाँझ होना भी प्रमाणित हो जाएगा। यह भी सिद्ध हो जायेगा कि राजा में संतान उत्पन्न करने की क्षमता थी। रानियों में ही संतान पैदा करने की शक्ति नहीं थी, अर्थात् हम सातों रानियाँ बाँझ हैं-कोखहीना हैं?''

''निश्चित ही हो जायेगा कि तुम सातों रानियाँ बाँझ हो और तुममें से किसी की भी कोख संतान देने योग्य नहीं थी। बाँझ होन के महाबोझ कष्ट को तुम सातों रानियों को ढोना ही पड़ेगा।''

''यह तो अति कष्टकारी होगा।''

''दीदी, अब तो तुम सभी रानियों के कष्टों के ही दिन आने वाले हैं।'' सामड़ ने व्यंग्यपूर्वक कहा। सामड़ का व्यंग्यबाण महारानी के हृदय को बेध गया था।

''तुम कहना क्या चाहते हो?''

''मैं चाहता हूँ-तुम सबके कष्टों का निवारण!''

''हम रानियों के लिए ही कष्ट क्यों? तुम्हारे लिए यह कष्ट का विषय नहीं है क्या? मैं तो तुम्हें ही उत्तराधिकारी के रुप में देख रही थी।'' महारानी ने अपने तरकस से एक तीर छोड़ा।

''इस विषय पर हम शीघ्र ही मंत्रणा करेंगे। मैंने अपने तांत्रिक साथियों के साथ प्रयास आंरभ कर दिये हैं, महारानी।''

''सामड़ तुम ठीक कह रहे थे। अन्य रानियाँ मुझे सचेत करने आई थीं।''

''उसकी भाr मुझे सूचना है।''सामड़ ने गर्व से कहा।

सामड़भट ने महारानी से जाने की आज्ञा माँगी। महारानी कुछ न कह सकी। उसने सिर हिला दिया। वह गहरी सोच में थी। उधर चारों रानियों ने पहले ही उसके हृदय को ईर्ष्या के बाणों से घायल कर रखा था। इधर सामड़ की सूचना! साथ में महारानी की गुप्तचर सूचनाओं का विफल होना। सामड़ का भविष्य के प्रति सचेत करना। महारानी के मस्तिष्क में विचारों का ज्वार-भाटा था। महारानी को इसके पूर्व के छः विवाहों के बाद इतना क्षोभ, कष्ट, आघात कभी न लगा था। रानियों एवं सामड़ द्वारा उसके मन-मस्तिष्क और हृदय में लगाये गये घावों में अब उसे दर्द का अनुभव होने लगा था। दर्द का निराकरण क्या हो? उसे शीघ्र सामड़ से मत्रंणा करनी ही पडेगी।

मसानी तांत्रिक ताकतों का सत्ता से अशुभ गठजोड़

सामड़भट अपने वीर साथियों के साथ गुप्त स्थान में अपना दरबार लगाये था। इस दरबार में उसका प्रमुख साथी घाटकावीर, टोलावीर, लूटा, खबीश, तालराई, हेमराई, गेहुवाँ नाग, फैनिया और फुत्कारनाग आदि उपस्थित थे। यह सभी वीर तो थे ही साथ ही तमाम प्रकार के तंत्र विधाओं में निपुण थे। घटाकावीर, सामड़भट का दाहिना हाथ बन चुका था। सामड़ ने घाटका से कई तांत्रिक सिद्धियाँ प्राप्त कर ली थीं। कई यौगिक क्रियाऐं भी घाटका ने सामड़ को सिखायी थी। पानी के अन्दर कई दिनों तक छुपने की विधि सामड़ ने घाटका से सीख ली थी। टोलावीर छोटे बच्चों के शवों के साथ वीभत्स तांत्रिक साधना कर, अपना रूप छोटा-बड़ा करने की विधि जानता था। यह एक कठिन गुह्य विद्या थी। वह रात्रि में देखने की क्षमता भी प्राप्त कर चुका था। इन सब कठिन तांत्रिक क्रियाओं को यह टोलावीर, सामड़ को भी उपलब्ध कराने का प्रयास कर रहा था। खबीश अपने आकार को एक बड़े पेड़ के बराबर कर सकने की विधि जानता था। उसका रूप देखकर मनुष्य डर के कारण बेहोश हो जाते थे। जानवर जान बचा कर भागने लगते थे। खबीश अपनी इस विधा का प्रयोग सूर्यास्त के बाद ही कर सकता था। सूर्य के प्रकाश की तनिक सी आभा उसकी तांत्रिक क्रियाओं में बाधक थी। इस तांत्रिक विधा का अभ्यास सामड़ को खबीस करा रहा था। परन्तु सामड़ अभी पारंगत नहीं हुआ था।

इधर तालराई से सामड़ प्रेतसाधना की विधि सीख रहा था। ऐसी साधनाऐं अर्धरात्रि में शमशान पर ही सम्पन्न की जाती थीं। इसके लिए व्याघ्रेश्वर स्थित महाशमशान सर्वथा उपयुक्त था। तालराई उसे-पैशाचिक, बैतालिक, मसानी प्रेतसाधना के द्वारा मनुष्यों को मायावी ढंग से पे्रतिल-भूताविष्ट करने की तंत्रसाधना करा चुका था। पिशाचों को आवाहन के लिए वह कई राक्षसी प्रवित्तियाँ अपना रहा था। सामड़ इन सभी विधाओं का ज्ञान प्राप्त करने के लिए वह दृढ़प्रतिज्ञ था। इस हेतु वह अत्यन्त परिश्रम कर रहा था। सामड़ अपनी योजना को शीघ्र प्रारंभ करना चाहता था। वह चाहता था कि धूमाकोट में उत्तराधिकारी के जन्म से पूर्व वह इतना शक्तिशाली बन जाये कि धूमाकोट में उसका शासन चलने लग जाये। उधर महारानी सुगन्धा के मन में वह डाह के विषाणु पहले ही छोड़ आया था। उसके असर का वह इंतजार कर रहा था। सामड़ ने सभी गुप्त योजनाओं के लिए साथियों को आज एकत्र किया था। सब के आ पहुँचने पर सामड़ ने कहा-

''साथियो, हम सब वीर हैं। अपने-अपने क्षेत्र की विधाओं के ज्ञाता हैं। जिसमें आपने कुछ विधायें मुझे सिखा दी हैं, शेष को सीखने का मैं भरसक प्रयास कर रहा हूँ। एक ओर मुझे आपने तांत्रिक विद्यायें तो दी ही हैं तो इधर गेहुवानाग एवं फैनियानाग ने मुझे अनेक विषों का खजाना भी उपलब्ध करा दिया है। फुत्कारनाग वीर ने इन विषों के प्रयोग करने की अनोखी विधि मुझे उपलब्ध कराई है जिसके प्रयोग से मैं पूरी सेना को बिना युद्ध के अचेत कर सकता हूँ, या मार सकता हूँ। इन रसायनों के प्रयोग से हम क्षणों में ही विजय प्राप्त कर सकते हैं। इससे हमारे साथियों की जनहानि भी नहीं होगी। इस प्रकार हमारी यह टोली सभी तांत्रिक षट्कर्म विद्याओं-उच्चाटन, मारण, वशीकरण, विदुषण, शांत और स्तंभन से

सुसज्जित है। हम अस्त्र-शस्त्र के संचालन में भी निपुण हैं। वीर व बलशाली तो हम हैं ही। इस प्रकार हम अजेय हो चुके हैं। अत: मैं चाहता हूँ कि तुम सबको इसके लिए बड़ा पुरस्कार प्राप्त हो।'' सामड़ ने अपनी बात पूरी नहीं की थी कि घाटका ने कहा।

''कैसा पुरस्कार सेनापति सामड़भट?''

''यही तो बताने के लिये मैंने यह सभा बुलायी है।''

''कृपा कर बात स्पष्ट करें।'' गेहुवानाग ने जानना चाहा।

''साथियो, अब तुम सभी मेरे अभिन्न मित्र हो चुके हो। मेरी वीरता और तुम्हारी विद्याओं के गठजोड़ के कारण, मैं अब अजेय हूँ। धूमाकोट की सेना व गुप्तचर शाखा में मेरी मजबूत पकड़ है। वीरता व युद्ध कौशल में मेरे तीन भाई मेरे से बहुत पीछे हैं। मैं अब धूमाकोट की राजसत्ता में नियंत्रण करना चाहता हूँ। मेरे धूमाकोट की राजसत्ता पर नियंत्रण करते ही, मैं तुम सब अभिन्न मित्रों को विभिन्न क्षेत्रों का मण्डलप्रमुख घोषित कर दूँगा। जहाँ तुम मेरे प्रतिनिधि के रूप में मण्डलप्रमुख रहकर राजसत्ता का सुख भोगोगे। यही तुम सब का पुरस्कार होगा।''

''यह तो निश्चित है कि आप महावीर योद्धा हैं। आप अजेय हैं; परन्तु क्या आमजन इस सत्ता परिवर्तन को स्वीकार करेगा? जबकि धूमाकोट में राजा हालूराई सिंहासन पर विराजमान हैं।'' घाटकावीर ने जानना चाहा। घाटका, वीर व बुद्धिमान था। सामड़ ने गर्व के साथ कहा।

''देखो, धूमाकोट में राजा हालूराई बूढ़ा हो चुका है। उसका राजकाज का अधिकांश कार्य मेरी बड़ी बहन महारानी सुगन्धा देखती है। मेरे तीनों भाई महत्वपूर्ण मंत्री हैं। फिर राजा सबसे ज्यादा मुझे ही स्नेह करते हैं। वे मेरे प्रस्ताव को ठुकरा नहीं सकते हैं। यदि उन्होंने मेरे प्रस्ताव को स्वीकार नहीं किया तो फिर हम सब की यह वीरता, साधनाऐं, विष, रसायन, शस्त्र आदि किस काम के लिए हैं?''

सबने एक स्वर से कहा, ''उचित है, उचित है।''

सामड़ ने तांत्रिकों, नागवंश के विद्रोहियों, टोलावीर आदि को सत्ता के सुख का स्वाद चखा दिया था। उसके बदले उसने कई तांत्रिक क्रियायें, विष, रसायन एकत्र कर लिये थे। इन सभी वीरों को भी सामड़भट की वीरता, साहस, योग्यता पर पूर्ण भरोसा था। वह एक वीर,उत्साही नवयुवक भी था। इस प्रकार सभा में तय हुआ कि सही समय पर सामड़ पूरे राजतंत्र को परोक्ष रूप से अपने हाथों में ले लेगा। राजा हालुराई मात्र एक सिंहासन पर बैठा बूढ़ा राजा होगा। सामड़ ने सबसे कहा कि वे अपनी विद्याओं को और अकाट्य बनायें, प्रखर करें। सही समय पर आपको पुरस्कार प्राप्त होगा। सबकी महत्वाकांक्षाओं को सामड़ ने हवा दे दी थी।

अपार हर्ष का उत्सव

राजा के महत्वपूर्ण राजकाज निपटाने का गोपनीय कक्ष। राजा हालुराई अपने दो मंत्रियों के साथ मंत्रणा कर रहे थे। मंत्रियों ने शुभ समाचार दिया था कि वनबोक्सा प्रांत व रुद्रापुर प्रांतों में फसल अच्छी

हुई है। वहाँ से प्रर्याप्त मात्रा में कर व अनाज की वसूली हो चुकी है। ऐसी सूचना भण्डार नायक द्वारा दी गयी थी। राजा प्रसन्न थे। महारानी के आने की सूचना पाकर राजा ने मंत्रियों से विदायी ली। राजा तुरन्त महारानी से भेंट करने अन्दर विश्राम कक्ष में प्रवेश कर गये। महारानी को देखते हुए प्रसन्न मुद्रा में राजा ने कहा।

''महारानी सुगन्धा, आज आप यहाँ?''

''क्यों राजन्, मेरा यहाँ आना आपको प्रिय नहीं लगा?''

''कैसी बात कर रही हो, तुम्हारे बिना में पूर्ण हूँ क्या?''

''तभी आप मेरे कक्ष में नहीं आ जा रहे हैं।''

''महारानी, आपने देखा कि मैं राजकाज में कितना व्यस्त हूँ। फिर अन्त:पुर में रानी कलिंगा उस दिन पंचनाम देवों के भाव में आ गयी थी। आप तो वहाँ उपस्थिति थीं। उसका ध्यान रखना वर्तमान में आवश्यक था।''

''लेकिन कुछ घड़ी तो निकल ही सकते थे मेरे लिए। पुरुषों की कोई निश्चित धारणा नहीं होती है। अभी आपने कहा मैं तुम्हारे बिना पूर्ण नहीं हूँ। वचनों में ही पूर्णता है क्या?''

''महारानी रुष्ट न हों, अब यह भूल न होगी।''

''बस, भूल स्वीकार कर मुझे चुप करा दिया।'' महारानी मुस्कराते हुए राजा के निकट आ गयी। राजा-रानी और करीब आ गये, उन्होंने महारानी को अपने भुजपाश में प्रेमालिंगन करते हुए, उसके कपोलों में मधुर चुंबन दिया और मुस्कराते हुए कहा।

''अब बताओ महारानी जी, मैं आपके लिए क्या कर सकता हूँ।''

महारानी को पलँग पर बैठाते हुए राजा ने कहा।

''राजन्, यदि मैं आपको आज एक बड़े हर्ष का समाचार दूँ तो आप मुझे क्या पुरस्कार देगें?''

''यह तो खुशी का प्रकार देख कर तय होगा।''

''यदि खुशी अमूल्य हो, अपार हो तो क्या?''

''पुरस्कार भी अमूल्य व अपार होगा।''

''राजन्, आप वचन देते हैं। कत्यूरी सूर्यवंशी है, वचन खाली तो नहीं जायेगा?''

''महारानी, आप इतनी सशंकित क्यों है? समाचार अपार प्रसन्नता की हो या न हो, आपको वैसे भी हर पुरस्कार जो आप चाहें, पाने की पात्र हो। मेरा राज्य भी आपका ही है, मैंने कभी हस्तक्षेप आपके आदेशों में नहीं किया। आप महारानी हैं, आदेश करें।''

''नहीं महाराज, आदेश का प्रश्न नहीं है। मैने कोई भी राज्यादेश या कार्य धूमाकोट के हित में ही किया है। मेरे आदेश व कार्यों से आपको कोई कष्ट या हानि हुई हो तो बताऐं?''

''अवश्य ही नहीं हुई है, लेकिन यहाँ बात शुभ समाचार, अपार खुशी की हो रही थी। मैं वचनबद्ध हूँ, जो आप चाहेंगी, मैं दूँगा।''

''लेकिन यह सूचना ऐसे नहीं दी जा सकती है। इसके लिए मैं महल के अन्त:पुर में आज सायं एक छोटा सा उत्सव रखना चाहती हूँ। जिसमें हमारे अन्तरंग मंत्रीगण, सभी रानियाँ उपस्थित रहेंगी। आपको सभी प्रकार से समय निकाल कर आना ही होगा।''

''निश्चित ही आऊँगा। हर्ष की सूचना पूरे परिवार के मध्य, सबकी उपस्थिति में मिले तो उसका आनन्द कई गुना बढ़ जाता है। आप उत्सव की तैयारी करें। मैं समय पर उपस्थित हो जाऊँगा।''

''उचित है, अन्त:पुर के प्रांगण में रात्रि प्रथम प्रहर।''

राजा ने पुन: महारानी सुगन्धा का कंठालिंगन करते हुए कहा,''मैं तो बड़ा उत्सुक हो गया हूँ इस गोपनीय शुभ समाचार जानने के लिए।''

महारानी सुगन्धा मुस्करा दी, कुछ न बोली। एक तीक्ष्ण दृष्टि राजा पर डाली और कक्ष के बाहर आ गयी। राजा हालुराई सोच में पड़ गये कि महारानी ने कौन से शुभ समाचार को विलंबित करके रखा है? फिर अपने लिए वह कौन से पुरस्कार की बात करने वाली है। जो भी हो रात्रि प्रथम प्रहर में कुछ ही घड़ियाँ शेष हैं। फिर शुभ समाचार ही तो प्राप्त होना है। आज का दिन बड़ा शुभ है। चारों ओर से अच्छी सूचनाऐं प्राप्त हो रही हैं। इधर व्याघ्रेश्वर मन्दिर में ऋषि मुनि चैत्र नवरात्रि में यज्ञ करा रहे हैं। उसका आमंत्रण प्रात: प्राप्त हुआ। उधर वनवोक्सा व रुद्रपुर मण्डल से अच्छी फसल व पर्याप्त कर वसूली का समाचार मिला है। इधर महारानी अन्त:पुर में शुभ समाचार देने वाली है। देवों के देव महादेव की कृपा बनी रहे। गुरू गोरखनाथ, देवहरू, सैम, एड़ी, निरंकार व अन्य देवताओं के आशीर्वाद से धूमाकोट समृद्ध है, सुदृढ़ है। यह सोचते सोचते राजन अपने राजकाज में पुन: व्यस्त हो गये। शुभ समाचार जानने की उत्सुकता के साथ।

अन्त:पुर के विशाल प्रांगण में एक ओर विशाल चबूतरे के ऊपर-कई छोटे बड़े आसन रखे गये हैं। महाराज के लिए ऊँचा आसन बीचों बीच सजा है। उसके चारों ओर गोल घेरे में पचास आसन लगे हैं। पूरा आंगन सुगन्धित तेल से जल रहे दीप मालाओं से सुसज्जित है। प्रांगण के एक ओर भोज की व्यवस्था है। कई प्रकार के फल व अन्य भोजन पदार्थ मध्य में रखे गये हैं। इस प्रकार राज परिवार के सदस्यों के साथ एक छोटे से उत्सव की व्यवस्था है।

सूर्य देव अस्तांचल में प्रवेश कर चुके है। प्रांगण में दीपमालायें अब और स्पष्ट चमकने लगी हैं। दीपक की रोशनी का महत्व अंधकार में ही स्पष्ट होता है।

धीरे-धीरे निकट-सम्बन्धी उत्सव में पहुँचने लगे थे।

इसी मध्य सूचना आ गयी कि महाराज व महारानी उत्सव में पधार रहे हैं। सभी अपने-अपने आसनों के निकट आ खड़े हुए। रानियाँ जो अपने-अपने निकट सम्बन्धियों से बातों में व्यस्त थी, चुप हो गयी और राजा के आसन के निकट आ खड़ी हुई। रानी कलिंगा अपने को इन सब के बीच अकेला अनुभव कर रही थी। सभी रानियों के भाई-बन्धु, पिता अथवा कोई न कोई निकट सम्बन्धी इस उत्सव में उपस्थित था; पर रानी कलिंगा का कोई न था। उसे देवहरू की याद आने लगी। उसे गाँव केदारलिंग के महानन्द परिवार की याद भी आ गयी, जहाँ उसे पूरे परिवार ने पुत्री की भाँति विदा किया था। रानी

कलिंगा ने मन ही मन सोचा कि वह एकबार गाँव केदारलिंग अवश्य जाऊँगी। उसे याद आया कि महानन्द की पुत्रवधुओं ने उसे अनेकों आभूषण, वस्त्र, पहनाकर धूमाकोट के लिए विदा किया था; परन्तु वह तो रानी बन कर भी उनके लिए कुछ न कर पायी। उसे आज अपने इस मायके की कमी का अनुभव हो रहा था। वह सोचने लगी। देव ने भाग्य में यही लिख दिया है, मैं ही अभागिन हूँ। फिर उसने पंचनाम देवों को आँखें बन्द कर स्मरण किया। उसे कुछ शान्ति मिली। उसके मन में विचार आये कि यदि मेरे सिर पर पंचनाम देवों का हाथ न होता तो क्या में धूमाकोट की रानी बनी होती? फिर राजा तो उसे पूरा स्नेह-प्यार दे ही रहे हैं, उसके लिए इतना ही पर्याप्त है। यही सोच रही थी कि उसके कन्धे पर किसी ने हाथ रखा। वह चौंक कर मुड़ी तो देखा महारानी सुगन्धा खड़ी थी।

महारानी ने रानी कलिंगा का हाथ पकड़ा। वह दोनों आसन से खड़ी हो गयी, महारानी ने ऊँचे स्वर में कहा- ''अत्यंत शुभ समाचार यह है कि रानी कलिंगा धूमाकोट को उत्तराधिकारी देने वाली है। रानी कलिंगा सगर्भा है। राजन्, हम सबको संतान की प्राप्ति होने वाली है।'' महारानी एक साथ बोल गयी। राजा सहित सभी उपस्थितगण अपने-अपने स्थानों पर खड़े हो गये। हर्षनाद करते, बधाई देते हुए, करतल ध्वनि से शुभ सूचना का स्वागत करने लगे। महाराज कुछ देर महारानी को देखते रहे, फिर रानी कलिंगा की ओर देखने लगे। उन्हें अपने कानों पर विश्वास नहीं हो रहा था। राजा का एक हाथ महारानी के कंधे पर था, दूसरा रानी कलिंगा के। राजा ने कहा।

''महारानी, एक बार फिर से कहो, क्या यह सत्य है? मेरे कान इन शब्दों को सुनने के लिए व्याकुल थे।''

''राजन्, आप पिता बनने वाले हैं, रानी कलिंगा गर्भ से है।''

चारों ओर से ''बधाई हो, बधाई हो'' के स्वर गूँज उठे। राजा ने कलिंगा को सबके सामने अपने बाहुपाश में समेट लिया और कुछ देर उसे अपने विशाल वक्ष से लगाये रखा। कुछ क्षणों पश्चात् रानी कलिंगा को अपने से विलग कर राजा ने कहा।

''रानी कलिंगा धन्य हैं। पंचनाम देवों के आशीर्वाद से धूमाकोट को उत्तराधिकारी अवश्य प्राप्त होगा, मुझे पूर्ण आशा थी। महारानी, आप भी धन्य हैं, जो आपने इतने सुन्दर आयोजन के मध्य यह शुभ समाचार सुनाया। अपनों के मध्य खुशी बाँटना एक बड़ा सामाजिक सुख है। मैं अत्यंत हर्षित हूँ। आज का पूरा दिन शुभ समाचारों का दिन रहा। महादेव की कृपा बनी रहे। व्याघ्रेश्वर महादेव स्वयं निष्काम है किन्तु वे समस्त प्राणियों की कामनाओं को पूर्ण करते हैं। आज उन्होंने हमारी मनोकामना भी पूर्ण की है।'' राजा ने हाथ जोड़ कर, सिर झुका कर देवाधिदेव का आभार दर्शाते हुए कहा।

महारानी ने कुछ चिंतित मुख मुद्रा में कहा।''''यहाँ उपस्थित सभी जनों से मेरा अनुरोध है कि इस बात को अभी महल तक ही सीमित रखें। मैं जानती हूँ कि यह बात छुप न पाएगी, परन्तु हम लोग यदि इस बात को अधिक प्रचारित-प्रसारित न करें, तो उचित होगा।''

महाराज ने बीच में टोकते हुए पूछा, ''महारानी, ऐसा किसलिए? मैं तो पूरे धूमाकोट में उत्सव मनाना चाहता हूँ।''

''इसलिए कि बड़ी कठिनाइयों के बाद हमें संतान प्राप्त होने जा रही है। इसमें अनेकों विघ्न-बाधाऐं आ सकती हैं। कई लोग इस समाचार से प्रसन्न न होगें। अत: अधिक प्रचार-प्रसार हानिकारक भी हो सकता है।''

''लेकिन हमारे संतान का अनिष्ट कौन चाहेगा?'' महाराज ने उत्तेजित स्वर से कहा।

इस बार रानी ताकुली के पिता श्रीसतराली जो वयोवृद्ध थे, ने कहा।

''महारानी, ठीक कह रही हैं राजन्! प्रथम तो अभी लम्बा समय शेष है-संतान उत्पन्न होने में। दूसरा-शत्रु दिखाई नहीं देते हैं। महाराज, रानी कलिंगा का भी महल से बाहर निकलना इस अवधि में उचित न होगा। रानी कलिंगा के आस-पास सुरक्षा व्यवस्था बढ़ानी आवश्यक होगी।''

वयोवृद्ध श्रीसतराली की बातों का मान था। अत: राजन आगे कुछ न बोले।

महारानी ने कहा, ''आज सब उत्सव का आनन्द लें, नाचें, गाऐं, शेष मुझ पर छोड़ दें। परन्तु यह उचित होगा कि महल से बाहर यह सूचना राजमहल के लोगों के माध्यम से न जाए और राजमहल में आज उपस्थित लोग इस समाचार से गोपनीय ही बने रहने दें तो उचित होगा। यह रानी कलिंगा की सुरक्षा के लिए आवश्यक है।'' इस बीच महारानी बार-बार सामड़ की ओर देख रही थी। सामड़ का चेहरा भावहीन बना था। प्रतीत हो रहा था उसे इस अत्यन्त शुभ समाचार से कोई विशेष प्रसन्नता न हो।

रात्रि के तीन पहर तक उत्सव चला। खूब नाच-गान हुआ, भोजन हुआ, हँसी ठिठोली हुई। रानी कलिंगा चर्चा का विषय थी। रानी कलिंगा न अधिक प्रसन्न थी न अधिक चकित। उसने ऐसे उत्सव अपने जीवन में कभी न देखे थे। न ही संतान प्राप्ति वेâ अनुपम सुख की उसे अधिक जानकारी थी। अब धीरे-धीरे वह सांसारिक महत्व की बातों को अपने हृदय में धारण कर रही थी।

इस सूचना और उत्सव से सत्यता में किन लोगों को हर्ष हुआ, किन को ईर्ष्या, किन को दुख, किन को अनिष्ट का भय? कहा नहीं जा सकता। ऊपर से सभी प्रसन्न दिखाई दे रहे थे।

उत्सव चल रहा था, उत्सव चरम पर था।

राजसत्ता की भूख

सामड़भट ने क्रोधित होकर कहा। ''तुम्हें यह समाचार इतनी शीघ्रता में एक उत्सव कराकर,उस उत्सव के मध्य इसे प्रकट करने की क्या आवश्यकता पड़ गयी थी? जबकि इस विषय में, मैं तुम से मंत्रणा कर चुका था।''

''भाई! यह बात अधिक समय तक छुपने वाली नहीं होती है। आज-कल में राजन को ज्ञात हो ही जाती।''

''आज व कल के मध्य काफी समय होता है फिर ढोल पीट-पीट कर पूरे उत्सव के साथ सूचना देने की क्या आवश्यकता थी?''

''पर तुम क्या करते सामड़? तुमने तो एक अधूरी सूचना दी और फिर मुड़कर लौटे नहीं।''

''महारानी, मैं तुम्हारी परेशानी के निदान हेतु गर्भघात की व्यवस्था कर चुका था बस मुझे एक दो दिन के भीतर उचित अवसर की प्रतीक्षा थी।''

''क्या! तुम्हें मुझे अवगत तो कराना ही चाहिए था।''

''तुम्हें भी तो उत्सव के बारे में मुझसे एक बार मंत्रणा कर लेनी चाहिए थी।''

''लेकिन सामड़, तुमने गर्भवध की क्या योजना बनायी थी?''

''अब बताने का कोई अर्थ नहीं रह गया है। तुम्हें सामड़ की सामर्थ्य में भरोसा होना चाहिए था।''

''मैं मानती हूँ मुझसे जल्दबाजी हो गयी। मैं यह नहीं चाहती थी कि यह सूचना मुझ से पहले कोई राजा तक पहुँचाए।''

''पूरी योजना धरी की धरी रह गयी।''सामड़ ने निराश हो कर कहा।

''अब क्या मैं तुमसे क्षमा प्रार्थना करूँ? कह दिया भूल हो गयी है।''

''दीदी महारानी, अब पूरे राजमहल व राजा को यह बात प्रकट हो चुकी है। धूमाकोट राजमहल के बाहर इस सूचना को जाते देर न लगेगी। अब आपको अन्त:पुर से ही इस कष्ट को दूर करने का समाधान खोजना होगा। तुम्हें सभी रानियों को अपने पक्ष में करते हुए, युक्ति से ही काम निकालना होगा। तुम्हें रानियों को चतुराई के साथ एक करना होगा।''

''तुम्हारे कहने का तात्पर्य है कि मैं सभी रानियों को इस प्रयास में सम्मिलित करूँ।''

''अवश्य ही, लेकिन सावधानी पूर्वक, बात रानियों से बाहर किसी स्थिति में न जाये।''

''उचित है, मैं प्रयास में लग जाती हूँ।''

''मैं एक और सुझाव देना चाहता हूँ।''

''अवश्य दो''

''उचित होगा, तुम सबसे तेज तर्रार रानी नैनाश्री को आगे रखो। तुम पीछे से उसका साथ दो।''

''सामड़, तुम निश्चय ही उचित कह रहे हो। रानी नैनाश्री पहले से ही रानी कलिंगा की ईर्ष्या में जली भुनी बैठी है। आठवीं रानी से संतान होने की स्थिति में रानी कलिंगा और राजमहल में हमारी स्थिति का आकलन, उसने सबसे पहले किया था। वह तीन रानियों को लेकर मेरे पास आयी भी थी।''

''मुझे उसकी भी सूचना है। पर अब जल्दबाजी में कोई काम नहीं करना, यदि आवश्यक हो मुझे बुलावा भेजना।''

महारानी सन्न थी, सामड़ को मेरे कक्ष की प्रत्येक गतिविधि की सूचना है। पर अब कोई विकल्प शेष न था।

महारानी बोली, ''ठीक है। मैं तुम्हारे कथनानुसार कार्य पर लग जाती हूँ।''

''पर ध्यान से महारानी!'' सामड़ ने व्यंग्य मिश्रित स्वर में कहा।

महारानी के बन्द कक्ष में इस गोपनीय मंत्रणा की सूचना किसी को न थी।

राजसत्ता की भूख, महत्वाकांक्षा व तृष्णा मनुष्य से क्या-क्या खेल करवाती है। परिणामों को

मनुष्य सदैव अपने पक्ष में करने का प्रयास करता है; परन्तु सदैव परिणाम उसी के पक्ष में हों, आवश्यक नहीं।

रानी कलिंगा क़ा कक्ष-रानी कलिंगा अपने कक्ष में प्रसन्न चित्त बैठी थी। हेमवंती उसकी प्रिय सखी थी। अन्य रानियाँ तो उससे अधिक मेल-जोल रखती नहीं थी। उसे निरा जंगली समझती थी। उसके स्वच्छंद, निर्मल व्यवहार को राजमहल के योग्य नहीं समझती थी। जब से रानी कलिंगा के गर्भवती होने का समाचार प्राप्त हुआ था, तब से रानियाँ ईर्ष्या व सौतिया डाह से और अधिक पीड़ित थी। उनके इस पीड़ा भरे घाव को महारानी के द्वारा धूमधाम से उत्सव मनाकर और अधिक हरा कर दिया था। राजा तो अब पूरी तरह रानी कलिंगा के होकर रहे गये थे। इससे भी रानियों में अधिक चिढ़ थी। महारानी ने भी अपना वचन नहीं निभाया। महारानी ने उन्हें आश्वासन दिया था कि वह महाराज से वार्ता कर सभी रानियों के लिए समय निर्धारित करायेंगी, पर यहाँ तो उल्टा हो गया था।

रानी कलिंगा इन सब बातों से दूर थी। उसे गर्भवती होने पर हर्ष तो था, पर इस बात को वह एक सामान्य प्रसन्नता के रूप में ले रही थी। परम आनन्द का विषय तो राजा हालुराई का था। वृद्ध अवस्था में उन्हें संतान सुख प्राप्त होने वाला था। धूमाकोट को उत्तराधिकारी मिलने वाला है, राजा इस शुभ समाचार को छुपा नहीं पा रहे थे। उत्सव में इस मंत्रणा के बाद कि इस विषय को गोपनीय रखा जाये, राजा गाहे-बगाहे बैठकों में संकेत दे ही जाते थे कि उन्हें आशा है कि धूमाकोट को शीघ्र उत्तराधिकारी प्राप्त हो जाएगा। इस हेतु वे गुरू गोरखनाथ व पंचनाम देवों को धन्यवाद देना नहीं भूलते थे। दिन बीतते जा रहे थे, रानी कालिंगा अब माँ बनने की अनुभूति को निकटता से महसूस करने लगी थी।

महाराज ने रानी कलिंगा के लिए कई व्यस्थाऐं स्वयं करके रखी थी। राजवैद्य प्रत्येक सप्ताह में आकर रानी कलिंगा के स्वास्थ का परीक्षण करते, खान-पान का दिशा निर्देश देते थे। महारानी पूरी तन्मयता से रानी कलिंगा की सेवा में लगी थी। यह देख कर अन्य रानियों की ईर्ष्या बढ़ जाती थी, साथ ही वे आश्चर्य चकित भी थीं।

महाराज जब महल में होते हैं तो दिन में दो-दो, तीन-तीन बार कलिंगा के कक्ष में जाते थे, उससे बात करते, आज भी वे कलिंगा के कक्ष में थे। राजा ने रानी के हालचाल जानने के पश्चात्, स्नेह से रानी कलिंगा का प्रेमालिंगन कर कहा।

''रानी कलिंगा, तुम मेरे लिए सबसे सौभाग्यशाली बन कर आयी हो, जब से तुम महल में आयी हो चारों ओर से शुभ समाचार प्राप्त हो रही हैं। तुम जानती हो समाज में कुल परम्परा को आगे बढ़ाने का कितना अधिक महत्व है। लोग कह देते हैं कि इसके कुल का नाश हो गया। कुल का अन्त हो गया। इसमें आश्चर्य की बात नहीं, कि मनुष्य की संतान सुख की आकांक्षा सबसे बड़ी आकांक्षा है। वह अपने पुत्र, पुत्री में अपने अंश को देखता है। यह प्रकृति प्रदत्त है। इसी प्रकार संसार चक्र चल रहा है।''

''राजन्, मैं आपके लिए सौभाग्यशाली हूँ, यह जानकर मैं प्रसन्न हूँ। आपको उत्तराधिकारी मिल रहा है, मैं अपने को गौरवान्वित अनुभव कर रही हूँ। पर महल में महारानी को छोड़, अन्य रानियाँ इस सूचना से खुश नहीं हैं। वह कभी मेरा हाल जानने या यों ही बातें करने भी मेरे कक्ष में नहीं आती हैं। मुझसे अचानक ही मिल जाने पर, मेरे अभिवादन का प्रत्युत्तर भी नहीं देती हैं।''

''रानी कलिंगा, इसमें चिन्ता व उदिग्न होने की आवश्यकता नहीं है। यह ईर्ष्या का प्रश्न भी है और स्त्रियोचित-नारीसुलभ गुण भी है। तुम्हारे गर्भवती होने से महल में यह चर्चा भी फैल गयी है कि अन्य रानियाँ संतान उत्पन्न करने में अक्षम हैं। संसार में संतान न होने पर समाज नारी को ही दोष दे देता है और उन्हें बंध्या होने की संज्ञा दे देता है। यहाँ तो उससे भी अधिक कठिन स्थिति है। तुम्हें उससे चिंतित होने की आवश्यकता नहीं है।''

''लेकिन महारानी जी तो ऐसा नहीं समझती है! आपके प्यार व महारानी के स्नेह के कारण ही में इस महल में मन लगा पा रही हूँ।''

''अवश्य ही महारानी सुगन्धा, अनुभवी एवं गुणी हैं, उन्हें संसार एवं समाज की परम्पराओं का अधिक ज्ञान है इसी कारण मैं भी उसका सम्मान करता हूँ। वह राज काज में भी निपुण है। महारानी के कुशल व मधुर व्यवहार को देख कर ही मैं तुम्हारी ओर से निश्चिंत हूँ। तुम्हें भी महारानी के अनुकूल ही कार्य करना है।''

महामंत्रणा

रानी कलिंगा का गर्भ आठवें माह में था। चारों ओर अनोखी शान्ति थी। महारानी, रानी कलिंगा का सब प्रकार से ध्यान रख रही थी। जबकि अन्य रानियाँ असन्तुष्ट नजर आती थीं। दासियाँ तत्परता के साथ महारानी के निर्देशों पर रानी कलिंगा की सेवा-सुश्रूसा में लगी थीं।

उधर महारानी के कक्ष में महारानी सहित सातों रानियाँ एकत्र हो गयी थीं। महारानी ने स्वयं संदेश भेज कर सबको बुलाया था। सबसे पहले रानी नैनाश्री अपनी चौकड़ी के साथ पहुँच गयी थी। रानी चम्पावती, कर्णवती, रानी ताकुली और नैनाश्री इन चार रानियों की चौकड़ी थी। चारों घनिष्ठ सखियाँ थीं। इसके अतिरिक्त रानी चमोली व रानी छिपांग की जोड़ी इस चौकड़ी से पृथक रहती थीं। महारानी चौकड़ी की मंशा तो जान ही चुकी थी, अब तो वह रानी चमोली व रानी छिपांग की मंशा भी वह जान चुकी थी। इसके लिए कुछ दिन पूर्व महारानी ने दोनों को अपने कक्ष में बुलाया था। तब महारानी ने इन दोनों से बड़े कूटनीति से काम लेते हुए कहा था-

''देखो रानी चमोली व रानी छिंपाग, छोटी रानी कलिंगा गर्भवती है। वह इस धूमाकोट को उत्तराधिकारी देने वाली है। हम सब का दायित्व है कि उसकी देखभाल करें।''

रानी चमोली ने कहा, ''महारानी, रानी कलिंगा की देखभाल की सारी व्यवस्था राजन एवं आप स्वयं कर रहे हैं। हम उस निपट गँवारिन की देखभाल का दायित्व क्यों लें?''

''यह धूमाकोट के उत्तराधिकारी का प्रश्न है। हम यह सब भार दासियों पर नहीं छोड़ सकते हैं, मैं चाहती हूँ कि आप दोनों रानियाँ रानी कलिंगा की देखभाल का भार उठायें।''

''महारानी क्षमा करें, हम कोई दासियाँ नहीं हैं जो अपनी सौत की सेवा करें। यह कार्य हम से न होगा।'' रानी छिपांग ने रोषपूर्वक कहा।

''पर क्यों? इसमें कुछ अनुचित है?'' महारानी टोह लेना चाह रही थी कि इन रानियों के भीतर रानी कलिंगा के प्रति क्या भाव हैं।

रानी चमोली ने कहा। ''हमें न गर्भवती स्त्री की देखभाल का अनुभव है। न ही हमें स्वयं गर्भवती होने का अनुभव है। कुछ ऊँच-नीच हो गयी तो ठीक नहीं, दूसरा जबसे रानी कलिंगा इस महल में आयी है, राजा ने हमारी ओर नजर तक नहीं उठायी है। हमें ज्ञात हुआ था कि आपके पास भी यह बात पहुँचायी गयी थी ;परन्तु आपने भी कोई ध्यान नहीं दिया। अब हम रानियाँ अपनी इस सौत की सेवा करें उचित नहीं है।''

''रानी छिपांग, तुम्हारा क्या विचार है?'' महारानी ने पूछा!

''महारानी जी, रानी चमोली उचित कह रही है। इस वन हिरनी कलिंगा के आने से हम रानियाँ उपेक्षित हो कर रह गयी हैं। ऊपर से इसके गर्भधारण कर लेने से सबकी यह धारणा दृढ़ हो गयी है कि राजा में संतान उत्पन्न करने की शक्ति थी। इसका तात्पर्य यह हुआ कि या तो हम सब बाँझ हैं या शापित हैं। मेरा बस चलता तो मैं इस वन हिरणी को ही समाप्त ही कर देती; परन्तु आप, रानी कलिंगा की सेवा में दिन रात लगी रहती हैं जिस कारण हमें चुप रहना पड़ता है।''

''लेकिन अब जो सत्यता है उसका सामना तो करना ही पड़ेगा।'' महारानी ने कहा।

''सत्यता का सामना करने का यह अर्थ नहीं कि हम दासियों की भाँति इस जंगली की सेवा करें। कल उसकी संतान को पालें।'' रानी चमोली ने कहा। महारानी चुप थी।

रानी चमोली ने फिर कहा। ''महारानी जी, आपको इससे क्या कोई प्रभाव नहीं कि महाराज आप को उपेक्षित कर रहे हैं? उस दिन उत्सव में रानी कलिंगा को सब की उपस्थिति में उन्होंने गले से लिपटाया, मेरे हृदय में साँप लोटने लगे थे। आपने तो दो पुरस्कार का वचन ले लिया। हमें क्या मिला?''

महारानी ने देखा- लोहा गर्म है, वार का उचित समय आ चुका है।

''रानी चमोली, रानी छिपांग, तुम ही बताओ ऐसी स्थिति में मन में पत्थर रख कर न बैठा जाये तो क्या किया जा सकता है? मुझे भी दुःख पहुँचता है।''

महारानी का रुख देख रानी छिपांग ने कहा। ''महारानी, हम सात रानियाँ हैं। सभी ऊँचे घरानों से आयी हैं, सब के मायके वाले धूमाकोट में प्रभाव रखते हैं। यह रानी कलिंगा जिसके मायके का न पता है, न कुल का, न गोत्र का, कोई न आगे न पीछे। हम सात रानियाँ कुछ भी नहीं कर सकती हैं। मेरा तो डाह से हृदय फटा-सा जा रहा है।''

चतुर महारानी दोनों के मन की थाह पा चुकी थी।

''यह स्वाभाविक है रानी छिपांग, हम नारियों में इस तरह की भावना जागृत होना प्रकृति प्रदत्त है। मैं स्वयं भी राजा की ओर से उपेक्षित होती जा रही हूँ। सच है कि रानी कलिंगा के पुत्र प्राप्ति के पश्चात् तो हमें और अधिक उपेक्षित रहना पड़ सकता है;परन्तु कोई युक्ति भी तो नहीं दिखाई देती?'' महारानी ने उचित समय पर बात को हवा देने का प्रयास किया।

रानी चमोली ने कहा-''महारानी, आप कोई उपाय क्यों नहीं करती हैं-आप महारानी हैं? आप

सक्षम हैं। पूरे राज काज में आपका दबदबा है। हम सब रानियाँ आपका आदर करती हैं। आप कुछ करें, हम सब आपके साथ हैं। आप जो कहेंगी हम करने को तत्पर हैं।''

''रानी चमोली उचित कह रही हैं। हम आपका साथ तो दे सकती हैं, आदेश तो आपका ही सर्वोपरि रहेगा।'' रानी छिपांग ने कहा।

''पर आज की परिस्थितियों में क्या किया जा सकता है, हम सब असहाय हैं।''

''महारानी, आप तो अभी से असहाय हुयी जा रही हैं, जब राजा उत्तराधिकारी पा जायेंगे तो महारानी तो निश्चित रूप से रानी कलिंगा ही होगी। तब तो आप की दयनीय स्थिति होगी! आप उस जंगली बिल्ली की दासी की भाँति सेवा करती रह जायेंगी!''

महारानी दोनों की मंशा जान चुकी थी, उन्हें अपने पाले में कर चुकी थी। स्नेहपूर्वक बोली- ''बहनो! तुम दोनों ठीक कह रही हो। हम सब रानियों को इस संकट का समाधान खोजना ही होगा, यह दुःख हम सातों रानियों का है। उचित है, तुम दोनों अभी जाओ, मैं तुम्हें उचित समय में मंत्रणा के लिए बुलाऊँगी।''

रानी छिपांग ने कहा। ''महारानी, चौकड़ी तो दिन रात इसी मंत्रणा में है, उन्होंने तो इस संकट को दूर करने के लिए कई जादू-टोने, टोटके भी करा डालें हैं; परन्तु उनका कोई असर रानी कलिंगा पर होता दिखाई नहीं दिया-यह जंगली बिल्ली है बड़ी कठोर!''

''तुम्हें कैसे ज्ञात हुआ?'' महारानी ने पूछा।

''वे तो खुले आम कहती हैं कि महारानी सुगन्धा के दिन गये, अगर रानी कलिंगा का कुछ न किया गया तो यह वन सुन्दरी ही हमारी महारानी बनेगी। तब शायद हम सब को ही वन जाना पड़ेगा!''

महारानी कुछ न बोली, ये दो रानियाँ क्या सोचती हैं? उसकी थाह महारानी ले चुकी थी। अब आगे की रणनीति बनाना सरल था।

आज की यह मंत्रणा पिछले प्रयासों का अगला कदम था। रानी नैनाश्री की चौकड़ी महारानी के कक्ष में आ चुकी थी। रानी चमोली व रानी छिपांग भी कक्ष में थी। महारानी ने अपने आसन के निकट ही सभी रानियों के आसन लगा रखे थे। महारानी ने दासी को एकांत का संकेत किया। अब कक्ष में मात्र सातों रानियाँ थीं। महारानी ने नैनाश्री से कहा।

''रानी नैनाश्री, कक्ष का द्वार अन्दर से बन्द कर दो।'' नैनाश्री मंत्रणा का महत्व समझती थी, उसने द्वार के बाहर एक बार इधर उधर झाँका। बाहर कोई न था, फिर उसने द्वार का कक्ष ठीक से बन्द कर अर्गला चढ़ा दी। साथ ही उसने कक्ष का सम्पूर्ण निरीक्षण किया कि कोई खिड़की तो खुली न रह गयी है। सब प्रकार आश्वस्त हो कर वह अपने आसन पर आ बैठी।

महारानी ने नि:शब्दता को भंग करते हुए कहा।

''हम सातों रानियाँ जिस महत्वपूर्ण विषय पर मंत्रणा करने यहाँ बैठी हैं, वह आप सब जानते हो। मैं विस्तार से अपनी बात कहना चाहती हूँ और तुम सबकी इच्छा जानना चाहूँगी, परन्तु सर्व प्रथम हमें शपथ लेनी है कि यह बात हम सात रानियों से बाहर नहीं जाएगी। इसके लिए महादेव के इस शिवलिंग

पर हाथ रख कर शपथ लेनी है कि हम सब एक रहेंगी और इस कक्ष में जो भी बातें होगीं भूलकर भी किसी को नहीं बताऐंगी।''

महारानी ने सब की ओर तीक्ष्ण दृष्टि दौड़ायी। सब एकमत नजर आये। अभी महारानी ने योजना को पूरी तरह खोला न था। महारानी कोई जोखिम नहीं लेना चाहती थी। वह चाहती थी कि बात आरम्भ होने से पूर्व ही सुनिश्चित हो जाये कि कोई भिन्न राय तो नहीं रखता। महारानी ने स्वर्णथाल में महादेव का एक छोटा शिवलिंग रखा था, जिसमें पुष्प, चन्दन, अक्षत, चढ़ा था, थाल में एक दीपक जल रहा था। थाल सातों रानियों के मध्य एक काष्ठ फलक पर रख दिया गया।

महारानी ने कहा ''हम सब महादेव के सामने शपथ लेते हैं कि इस कक्ष में जो भी बातें होंगी वह हम सातों से बाहर नहीं जायेंगी तथा हम उस निर्णय के बराबर के साक्षी व भागीदारी है जो निर्णय यहाँ सर्वसम्मत से होगा।''

सब रानियों ने बारी-बारी थाल पर रखे दीपक के ऊपर हाथ रख कर शपथ ली। महारानी अब सन्तुष्ट थी। महारानी ने बात प्रारम्भ की-

''बहनो, हम एकमत हैं कि जब से रानी कलिंगा इस महल में आयी है, राजा ने हमारी भारी उपेक्षा की है। मैंने बहन नैनाश्री के प्रस्ताव को भी राजा के समक्ष रखा था कि सभी रानियो के लिए समय अथवा दिन निर्धारित कर दें लेकिन उन्होंने उस प्रस्ताव में गम्भीरता नहीं दिखायी। रानी कलिंगा से ब्याह भी वे बिना किसी पूर्व सहमति के करके ले आये। राजा अब पैंसठ की ऊपर आयु प्राप्त कर चुके हैं। धूमाकोट का पूरा राजकाज हम सब रानियों के निकट सम्बंधी चला रहे हैं। हम सातों रानियों के सभी योग्य भाई, पिता, चाचा, मामा आदि जो जिस योग्य है, वे अपना-अपना कार्य दक्षता पूर्वक कर रहे हैं। अर्थात् धूमाकोट मण्डल का संचालन का भार राजा पर नहीं, हमारे संबंधियों पर ज्यादा है। उसके बावजूद हम रानियाँ उपेक्षित हो जायें, उचित नहीं है। रानी कलिंगा के गर्भवती होने से मेरी महारानी बने रहने की संम्भावना भी क्षीण हो जाएगी। हमें कोई निर्णय लेना ही होगा-रानी कलिंगा एवं उसके गर्भ में उपस्थित हो चुके शिशु के बारे में। रानी नैनाश्री सबसे चतुर व निपुण है, उसने ही मुझे सर्वप्रथम मेरी स्थिति का भान कराया था, जिसके बाद ही मैं कुछ समझ पायी थी।''

महारानी ने नैनाश्री की ओर देख कर कहा। नैनाश्री गर्व से चौड़ी हो गयी थी। आज महारानी ने उसकी प्रशंसा की थी और उसे प्राथमिकता दी थी। वह चतुर व बुद्धिमान तो थी ही।

मनुष्य अपनी चतुराई व बुद्धिमानी का प्रयोग किस तरह करे, वह उसके विवेक पर निर्भर करता है।

नैनाश्री ने कहा।''महारानी जी को मैंने बहुत पहले आपको आगाह किया था कि रानी कलिंगा हमारे लिए संकट है। मैं अधिक कुछ नहीं कहूँगी, बस इतना कि रानी कलिंगा हमारे सुखों के राह की बाड़ है, इसे राह से हटाया जाये। क्या सब इस बात पर सहमत हैं?''

रानी छिपांग ने कहा, ''हम सब एक मत हैं कि रानी कलिंगा, हमारे दुखों का कारण है, पर राजन की उस पर कृपा दृष्टि है?''

नैनाश्री ने कहा, ''असम्भव कुछ भी नहीं है, आवश्यकता है हम एकजुट हो जायें।''

महारानी ने कहा ''नैनाश्री अब दो मत की बात समाप्त हो चुकी है, हम सब एकमत पहले ही हो चुके हैं। अब बताओ कि संकट कैसे टाला जाये?''

इस एकांत, बन्द कक्ष में समय के एक विशाल चक्र को पलटने की मंत्रणा पूर्ण हो चुकी थी। महादेवांश गुरू गोरखनाथ की कृपा से प्राप्त होने वाले उत्तराधिकारी को समाप्त करने के विषय में महादेव की ही शपथ खाकर निर्णय लिया जा चुका था। बन्द कक्ष में सातों रानियों की बातों के एक मात्र साक्षी स्वर्ण थाल पर सजे बैठे महादेव स्वयं थे। इसके अतिरिक्त कोई भी नहीं। सातों रानियाँ चुपचाप अपने-अपने कक्ष की ओर जा रही थीं।। एक बेचैन खामोशी महल में छा गयी।

विद्रोह

राजा हालूराई अपने दरबार में बैठे बड़े उत्साहित लग रहे थे। कुछ समय से कई शुभ सूचनाऐं पाकर प्रसन्न थे। उत्तराधिकारी की चिन्ता से मुक्त हो चुके थे। रानी कलिंगा के महल में आने के बाद चारों ओर शुभ ही शुभ हो रहा था। उम्र अधिक होने पर भी अब राजन स्फूर्तिवान लग रहे थे। दरबार में मंत्रीगण, सेनापति गरूण, शौलक्य-सोमेश्वरभट, भण्डार अधिकारी आदि अपने-अपने आसनों में विराजमान थे। तभी एक समाचार के प्राप्त होने से सभी चिन्ता की मुद्रा में आ गये।

सूचना मिली कि उपसेनापति सामड़भट वैराट से लौटकर व्याघ्रेश्वर मण्डल में पहुँचा ही था कि उसे ज्ञात हुआ कि बारामण्डल में कुछ विद्रोहियों ने राजा के विरुद्ध विद्रोह कर दिया है। विद्रोहियों ने इस क्षेत्र में आतंक फैला दिया है। उसके पास काफी मात्रा में सशस्त्र सैनिक हैं।

इस विद्रोह को रोकने हेतु सामड़ कुछ सैनिकों के साथ बारामण्डल क्षेत्र में गया था, परन्तु एक सप्ताह के बाद भी सामड़ के सम्बन्ध में कोई सूचना प्राप्त नहीं हुई थी। आज कोई सूचना आने की सम्भावना प्रबल लग रही थी। ऐसे अभियानों में कई व्यक्तियों की शृंखला बनाकर प्रतिदिन की सूचना भेजने का नियम था ताकि यदि सहायता की आवश्यकता हो तो तुरन्त भेजी जा सके। पर सूचना तंत्र के बिखर जाने से सामड़ की अभी तक कोई सूचना न मिलना चिन्ता का विषय था। सामड़ की क्षमता पर सभी को कोई शंका न थी; परन्तु अभियान की सूचना मिलना आवश्यक था। सभा में इन्हीं सब स्थितियों पर विमर्श चल रहा था।

इसी बीच दो सैनिकों ने दौड़ते हुए सभाकक्ष में प्रवेश किया। वे काफी चितिंत प्रतीत हो रहे थे। उन्होंने लगभग हाँफते हुए कहा।

''राजन्, सामड़भट के सम्बन्ध में सूचना है।'' दोनों सैनिक राजा के विश्वासपात्र सैनिक थे।

''शीघ्र बताओ।''

''राजन्, सूचना है कि सामड़भट को बारामण्डल क्षेत्र में कुछ विद्रोहियों ने बन्दी बना लिया है। हमारे कई सैनिक हताहत हो चुके हैं। वहाँ के विद्रोहीप्रमुख ने एक पत्र आपके लिए भेजा है।'' सैनिक

ने पत्र आगे बढाया।

''सेनापति गरूण, पत्र पढ़ो।'' राजन् ने आदेश दिया।

यह पत्र किसी क्षेत्रीय क्षत्रप गणपत सिंह का था।

सेनापति गरूण ने पत्र पढ़ना प्रारम्भ किया-''धूमाकोट के बूढ़े राजा, मैंने तुम्हारे सबसे बहादुर-वीर योद्धा को बन्दी बना लिया है। तुम्हारे काफी सैनिक मारे जा चुके हैं और कुछ रण छोड़कर भाग गये हैं। तेरे कुछ सैनिकों को इस पत्र के साथ छोड़ रहा हूँ ताकि वे यह पत्र तुम तक पहुँचा सकें।

अब यदि तुम सामड़ को जीवित चाहते हो तो स्वयं व्याघ्रेश्वर मन्दिर के निकट संधि के लिए प्रस्तुत हो जाओ, अन्यथा सामड़भट तो मारा ही जाएगा, उसके पश्चात् यह क्षेत्र स्वतंत्र राज्य माना जायेगा-गणपत सिंह।'' गरूण ने पत्र पढ़कर राजा को देना चाहा, राजा ने पत्र महामन्त्री नरोत्तम को देने का संकेत दिया।

''यह असम्भव है, सामड़ को बन्दी बनाने का तात्पर्य है कि विद्रोह की भयावहता को सामड़ ने कमतर आँका था।'' राजा बोला।

''आप उचित कह रहे हैं, राजन्; परन्तु क्या बारामंड़ल में ऐसा कोई वीर है जो इस प्रकार का दुस्साहस कर सकता हो? मेरे ज्ञान में तो ऐसा साहसी कोई नहीं है।'' महामत्री नरोत्तम ने शंका सहित कहा।

''मैं तुरन्त विशाल सेना लेकर जाता हूँ और सामड़ को मुक्त कराकर लाता हूँ।'' गरूण ने क्रोधित होकर कहा।

''नहीं गरूण! आक्रमण करने से सामड़ का जीवन संकट में पड़ सकता है। अभी उचित होगा कि संधि का रास्ता अपनाया जाए। विद्रोहियों को तो बाद में देखा जाएगा। मैं स्वयं व्याघ्रेश्वर के लिए प्रस्थान करूँगा।''राजा ने कहा।

''परन्तु क्या आप का स्वयं जाना उचित होगा? यदि विद्रोही से संधि ही करनी है तो सेनापति इस हेतु पर्याप्त हैं; आवश्यक हो तो मैं जा सकता हूँ।'' महामंत्री नरोत्तम ने सुझाव दिया।

''मैं अपने वीर, पराक्रमी, प्रिय सामड़ को नहीं खो सकता हूँ।'' राजा ने कठोर शब्दों में कहा।

सेनापति गरूण ने कहा, ''राजन् उचित कह रहे हैं, हमें अभी सन्धि का प्रस्ताव मानते हुए व्याघ्रेश्वर जाना चाहिए, उसके पश्चात् इस विद्रोही गणपतसिंह से निपट लेंगे।''

''तो उचित है गरूण, तुम सैनिकों को तैयार करो, हम आज ही व्याघ्रेश्वर को प्रस्थान करेंगे, वहाँ देवाधिदेव महादेव के दर्शन का लाभ भी प्राप्त हो जाएगा।''

''उचित है राजन्।'' गरूण ने कहा और वह तेजी से सभाकक्ष से छावनी की ओर कूच कर गया।

गरूण के जाने के बाद महामन्त्री नरोत्तम ने कहा-''महाराज, क्या आपका जाना आवश्यक है?''

''क्या इसमें कोई समस्या है महामंत्री?''

''महाराज, पहले संधि के लिए गरूण जायें, यदि आपकी आवश्यकता पड़ी तो ही आप व्याघ्रेश्वर

जायें। अपने आदेश पर पुन: विचार करें राजन्।'' गुरु देवदत्त ने भी महामन्त्री नरोत्तम का समर्थन किया।

''नहीं नरोत्तमदेव, यह विषम परिस्थिति है, हमारा सबसे महत्वपूर्ण सेनानायक बन्दी हो, राज्य में कोई विद्रोह करे और राजा बैठा रहे, उचित नहीं। इससे विद्रोह की भावना बलवती होगी। हमें उस विद्रोही को क्षमा किसी परिस्थिति में नहीं करना है; परन्तु सामड़ को छुड़ाना परम आवश्यक है। कुछ ही माह पूर्व सामड़ एक अन्य विद्रोह के कारण घाव खा कर आया था। सामड़ के जीवन की रक्षा के लिए मैं तनिक भी विलम्ब नहीं करना चाहता।''

नरोत्तम ने कहा, ''परन्तु धूमाकोट में आपकी उपस्थिति अनिवार्य है, रानी कलिंगा का प्रसव काल निकट है। धूमाकोट प्रथम बार उत्तराधिकारी की प्रतीक्षा में है, वह क्षण कभी भी आ सकता है।''

''महामंत्री, आप व गुरु देवदत्त धूमाकोट में रहें। रानी कलिंगा की देखभाल में महारानी स्वंय संलग्न हैं। मुझे ऐसी स्थिति में उसे छोड़कर जाना तो नहीं चाहिए, पर आपात स्थिति है। राज कार्य प्रथम।''

''उचित है महाराज।'' एक वरिष्ठ मंत्री ने कहा। महामंत्री नरोत्तम इस निर्णय से प्रसन्न न थे। राजा ने उत्तेजना में उसकी बातों पर ध्यान नहीं दिया था।

राजा हालुराई ने आवश्यक निर्देश दिये और सीधे महारानी सुगन्धा के कक्ष की ओर बढ़ गये।

महारानी ने जब यह सुना कि सामड़ बन्दी है, दहाडें मार कर रोने लगी। राजा ने महारानी को सांत्वना दी कि वे स्वयं सामड़ को छुड़ाने जा रहे हैं। महारानी ने रोते-रोते कहा।

''राजन्, मुझे मेरा प्रिय, वीर-बहादुर भाई किसी भी स्थिति में सुरक्षित चाहिए।''

''महारानी आप चिन्ता न करें, मैं स्वयं उसे वापस लाने जा रहा हूँ। वह मेरा सबसे प्रिय साला है। मैं उस पर अथाह विश्वास करता हूँ। उसने मुझे कितनी ही बार जीवन दिया है, मैं उसे किसी भी स्थिति में खोना नहीं चाहूँगा।''

''राजन् आप कुछ भी करें मुझे अपना भाई सुरक्षित वापस चाहिए।'' महारानी लगभग विक्षिप्त-सी हो गयी थी। राजन ने महारानी से कहा।

''महारानी आप निश्चिंत रहें। रानी कलिंगा का प्रसवकाल अत्यंत निकट है। आपने उसकी देखभाल में कोई कमी नहीं छोड़ी है, मैं जानता हूँ। इसलिए अधिक कुछ नहीं कहना है, फिर भी रानी कलिंगा व धूमाकोट के उत्तराधिकारी के जीवन का भार आप पर छोड़कर जा रहा हूँ। जितना बहुमूल्य सामड़ का जीवन है उतना ही महत्वूपर्ण रानी कलिंगा व उसके होने वाले शिशु का भी। मेरा दायित्व है, मैं सामड़ को सुरक्षित वापस लाऊँ। इधर कलिंगा के होने वाले शिशु की रक्षा का भार मैं तुम्हें सौंप कर जा रहा हूँ। अत: आप अपना कर्तव्य निभायें।''

''महाराज, रानी कलिंगा व उसके होने वाले शिशु के संबंध में आपको अभी तक मेरी ओर से देखभाल में कोई कमी प्रतीत हुयी?'' महारानी ने आँसू पोंछते हुए कहा।

''नहीं महारानी, आपके असीम स्नेह से रानी कलिंगा प्रसन्नचित्त है, फिर भी मेरा कर्तव्य बनता है कि मैं आपसे यह आग्रह करूँ कि रानी कलिंगा व धूमाकोट के होने वाले उत्तराधिकारी के देखभाल

की पूर्ण जिम्मेदारी आपकी है। मैं इस विषय में अन्य रानियों पर अधिक विश्वास नहीं रख सकता हूँ।''

''महाराज, आप निश्चिंत रहें, मैंने अपने उत्तराधिकारी को प्राप्त करने के लिए कितनी मनौतियाँ मांगी थीं, अब ईश्वर की कृपा से हमें यह सुख प्राप्त होने वाला है, तो क्या हम कोई लापरवाही कर सकते हैं? असम्भव!''

''उचित है महारानी, मैं गरूण के साथ अविलम्ब बारामण्ड़ल के विद्रोही से निपटने जाता हूँ। सामड़ को वापस लेकर ही लौटूँगा।''

राजन शीघ्रता से कक्ष से बाहर निकल गये; परन्तु उन्हें यह अनुभव हुआ कि महारानी को सामड़ की चिन्ता कुछ अधिक दिखाई दी। उसने मुझे अभियान सफल होने की शुभकामना तक नहीं दी। क्या मनुष्य के वृद्ध होने पर उसके जीवन का महत्व अन्य लोगों की तुलना में कम हो जाता है? राजा ने सोचा। सोचते हुए रानी कलिंगा के कक्ष की ओर तीव्र कदमों के साथ बढ़ गये। राजा हालुराई के कक्ष में आने की सूचना दासी पहले ही रानी कलिंगा को दे चुकी थी।

राजा, रानी कलिंगा के समक्ष खड़े थे। रानी कलिंगा अभिवादन कर राजा के सम्मुख आ खड़ी हुई। राजा कुछ देर तक रानी कलिंगा को नीचे से ऊपर और ऊपर से नीचे देखते रहे फिर स्नेहसिक्त स्वर में उसका धीरे से आलिंगन करते हुए बोले- ''रानी कलिंगा! तुम स्वस्थ तो हो? कोई कष्ट तो नहीं?''

''राजन् आपके महल में इतनी सुविधाऐं हैं, कष्ट का प्रश्न ही नहीं है; परन्तु आपके उत्तराधिकारी का भार उठाने का स्नेह भरा कष्ट अवश्य है।''

राजा के मुख पर बड़ी मुस्कान उभर आयी, उसने प्रेम से रानी कलिंगा को पुन: अपने वक्ष से लगा लिया और कहा, ''रानी कलिंगा, सामड़भट को बारामण्डल क्षेत्र के कुछ विद्रोहियों ने बन्दी बना लिया है। उन्होंने संधि का प्रस्ताव रखा है, उनकी कुछ माँगें है। मैं व्याघ्रेश्वर तीर्थ, सामड़भट को छुडाने हेतु जा रहा हूँ। वैसे मैं तुम्हें इस स्थिति में छोड़ कर जाना नहीं चाहता था, परन्तु सामड़ हमारी सेना व राज्य सत्ता के लिए महत्वपूर्ण है।''

''राजन, सामड़भट महारानी का प्रिय भाई के साथ हमारे राज्य का उपसेनापति है,वह वीर योद्धा है। उसको छुड़ाने का प्रयत्न करना आवश्यक है। आप निश्चिंत इस अभियान हेतु प्रस्थान करें।''

''पर तुम्हें प्रसव-पीड़ा कभी भी प्रारम्भ हो सकती है। उस समय मेरा तुम्हारे पास रहना आवश्यक था।''

''नहीं, राजन् आपका प्रेम मेरे साथ है। वैसे भी ऐसे समय में पुरुष तो प्राय: दूर खड़े होकर नारी के पीड़ा को अनुभव ही कर सकते हैं। शेष काम तो दासियों व दाइयों को ही सँभालना पड़ता है। आप राज्य के मान को बचाने के लिए तनिक विलम्ब न करें। महारानी सुगन्धा ने मेरी देखभाल में कोई कमी नहीं छोड़ी है। मुझे महारानी सुगन्धा का असीम स्नेह प्राप्त है।''

''ठीक है कलिंगा, मैं स्वयं महारानी के कक्ष में गया था, मैंने भी विशेष रूप से आपकी देखभाल करने का आग्रह उनसे किया है।''

''उचित है महाराज, भगवान व्याघ्रेश्वर महादेव के चरणों में मेरा भी नमन अर्पित कर दीजिएगा,

भगवान महादेव व गुरूगोरखनाथ आपको इस अभियान में सफलता प्रदान करें ऐसी मेरी कामना है।'' राजा ने रानी कलिंगा के माथे पर प्यार भरा चुम्बन अंकित किया और अपने वक्ष से विलग कर एक बार रानी के पेट पर हाथ फेरा। दोनों हाथों से रानी के सुन्दर मुखमण्डल को पकड़ कर निहारा और क्षण में ही कक्ष के बाहर को तेजी से निकल गये।

सेनापति गरूण सशस्त्र सैनिकों की विशाल टुकड़ी के साथ महाराज का महल के द्वार पर प्रतीक्षा कर रहा था, जिसमें कई घुड़सवार सैनिक सम्मलित थे। महाराजा वृद्ध हो चुके थे, परन्तु चपलता के साथ एक प्रशिक्षित अश्व पर सवार हो गये और धूल उड़ाते हुए सेना के साथ व्याघ्रेश्वर तीर्थ की ओर कूच कर गये। धूल के गुबार ने स्वच्छ सुन्दर महल को घेर लिया। राजा ने कुछ दूर जाने के पश्चात् एक बार महल की ओर मुड़ कर देखा, धूल से ढ़के राजमहल की धुधँली छवि ही उन्हें दिखायी दी। इतने बड़े धूल का गुबार उन्होनें अपनी स्मृति में कभी नहीं देखा था। धीरे-धीरे राजा महल से दूर होते चले गये।

दीर्घ-प्रतीक्षित, मृदुल-परिजात बालक का पृथ्वी पर अवतरण

राजा को धूमाकोट से गये दो दिन बीच चुके थे।

कुल परम्परा को आगे बढ़ाना हर काल में महत्वपूर्ण कार्य रहा है। सदियों से यह परम्परा रही है। धूमाकोट उत्तराधिकारी पाने के लिए लालायित है। सातों रानियाँ उत्तराधिकारी के आने की व्याकुलता से प्रतीक्षा कर रही हैं। सातों का सुख-दुख, सातों सौतों की व्याकुलता समान है। पर महारानी की व्याकुलता अधिक है। महल में चारों ओर सन्नाटा व्याप्त है।

उत्तराधिकारी के उत्पन्न होने की इस घड़ी में महल में कोई चहल पहल न थी। राजा धूमाकोट से बाहर थे। रानी कलिंगा को प्रसव पीड़ा प्रारम्भ हो चुकी थी। महारानी ने सभी रानियों को कलिंगा के कक्ष में बुला लिया। सातों रानियाँ, रानी कलिंगा की प्रसव पीड़ा में उसे ढाढ़स बधाने लगी। महारानी ने दासी हेमवंती को छोड़कर सभी दासियों को रानी कलिंगा के महल से पहले ही हटाने का आदेश जारी कर दिया था। उसने कहा हम सात रानियों के रहते अधिक दासियों का क्या काम? इस प्रकार रानी कलिंगा की देखभाल में सातों रानियाँ पूरी तरह संलग्न थी। दासी हेमवंती महारानी की सबसे सत्यनिष्ठ दासी थी। वह पहले से ही महारानी की गुप्त योजनाओं की साक्षी रही थी। आज तक वह महारानी के निर्देश के पालन में खरी उतरती रही थी।

रानी कलिंगा को प्रसव से असीम पीड़ा हो रही थी। सभी रानियाँ जानती थी कि उन्हें क्या करना है? रात्रि का प्रथम प्रहर बीत चुका था। सारे महल में सन्नाटा था। रानी कलिंगा की चीख-पुकार बाहर न जाये, कलिंगा के कक्ष के द्वार व मोरियों को ठीक से बन्द कर दिया गया था। रानी कलिंगा अभी कम उम्र की थी। उसका प्रथम प्रसव था। वह असीम पीड़ा से कराह रही थी। तभी रानी नैनाश्री ने महारानी के कान में कुछ कहा। महारानी ने रानी कलिंगा के सिर में हाथ फेरते हुए ढाढ़स बँधाया। महारानी ने रानी कलिंगा से कहा।

''कलिंगा प्रिय बहन, इस कष्ट को तुम्हें सहन करना ही पड़ेगा। प्रत्येक माँ महान कष्ट उठा कर ही

बच्चे को जन्म देती है। प्रिय बहन तुम साहस रखो।'' कलिंगा असह्य पीड़ा के कारण स्वेद से लथपथ थी। प्रसव पीड़ा भोग रही कलिंगा कराहती, चीखती, छटपटा रही थी।

मध्य रात्रि में कलिंगा की छटपटाहट और अन्य रानियों की छटपटाहट पृथक-पृथक थी। एक को सुखद आश्वासन था कि वह धूमाकोट को उत्तराधिकारी देने जा रही है, तो अन्य को उसे उलट-पुलट करने की आकुलता-व्याकुलता थी, कैसी विडम्बना?

कलिंगा की तीव्र चीख बन्द कक्ष में कैद रह गयी थी। सातों रानियाँ भी कुछ पलों के लिए विह्वल हो गई। रानी कलिंगा बीच-बीच में अचेत हो जाती थी, अंतत: तीव्र पीड़ा के पश्चात् चिल्लाहट के साथ वह अचेत हो गयी। महारानी ने पहले ही उसकी आँखों पर पट्टी यह कहते हुये बाँध दी थी कि प्रसव के बाद रक्तस्राव को देखना तुम्हारे लिए कठिन होगा है। रानी कलिंगा अनुभवहीन थी, महारानी की वाणी को वह आदेश मानती थी।

इसी मध्य एक मृदुल-परिजात, दीर्घ-प्रतीक्षित बालक का अवतरण हो चुका था। दमकता मुख मण्डल, गौर वर्ण, चमकीली आँखें, सामान्य से बड़ा शरीर। हलके और कोमल रुदन का स्वर कक्ष में गूँजा, अगले ही पल शिशु शान्त था। सातों रानियाँ उसे कुछ देर अपलक देखती रह गयीं। कुछ क्षण उन सब के मन में भी ममता की एक लहर उमड़ पड़ी, पर अगले ही क्षण उनका सौतिया डाह, ईर्ष्या, द्वेष, महत्वाकांक्षा ममता के आड़े आ गया। उनके हृदय में ईर्ष्या, द्वेष, प्रतिशोध की ज्वाला धधकने लगी। सातों रानियों ने एक दूसरे को संकेत की भाषा में कुछ कहा। महारानी ने बालक को एक सफेद वस्त्र में लपेटा, रानी नैनाश्री एवं दासी हेमवंती को लेकर कक्ष के बाहर चली गयी। शेष पाँचों रानियों को रानी कलिंगा के कक्ष में रुकने का संकेत कर दिया। इस मध्य किसी ने मुँह से कुछ न कहा, सभी काम पूर्व नियोजित ढंग से सम्पन्न हो रहे थे। सभी बातें संकेत से हो रही थीं। इस कालनिशा में सातों रानियों ने नारी का एक ऐसा रूप प्रदर्शित किया जो नारी समाज को कंलकित कर गया। महारानी व नैनाश्री वस्त्र में लिपटे गौर वर्ण के स्वस्थ बालक को लेकर तेजी से गौशाला की ओर बढ़ गयीं जो रानी कलिंगा के महल से सटा था। इस रात्रि में गोठ में पच्चीस-तीस गायें बन्द थीं। जिनकी देखभाल स्वयं महारानी की देखरेख में होती थी। उनकी देखभाल करने वाले कर्मचारियों को महारानी ने पहले ही अवकाश देकर हटा दिया था। ये गायें गोठ में खुली रहती थीं। महारानी नैनाश्री ने गोठ के ऊपर पाल में छोटा सा छेद किया। उन्होंने अन्तिम बार गौर से बालक के सुन्दर मुखमण्डल को निहारा। बालक बड़ी-बड़ी स्वच्छ आँखों से दोनों को देख रहा था। महारानी का कठोर व निर्मम हृदय एक बार तो कांप गया। महारानी का पाषाण हृदय एक अनपेक्षित धक्के से दरका, नारी के अन्दर किसी कोने में छिपी माँ ने हाहाकार किया, पर अगले ही क्षण डाह व ईर्ष्यापूरित दृष्टि ने उसके मन मैं निर्मम अट्टहास किया। नैनाश्री ने महारानी के कन्धे पर हाथ रख कर धीरे से दबाया। महारानी ने एक झटके में बालक को पाल में बने छेद से गोठ में गायों के पैरों तले कुचलने के लिए धकेल दिया। बालक ने पहली बार किलकारी मारी। जो दोनों कठोर पाषाण हृदया रानियों के कानों से टकराकर लौट गयी। कठोर, निमर्म-हृदय रानियों ने शीघ्रता से पाल में बने छिद्र को बन्द कर दिया और दासी हेमवंती ने ऊपर से लाल मिट्टी से घँस कर पूरे पाल को समान रूप का बना दिया।

परन्तु वे धूमाकोट के सुनहले भाग्य में एक बड़ा छिद्र कर चुकी थीं। बालक गोठ में गुस्सैल, लड़ाकू गायों के पैरों तले रौंदने के लिए पड़ा था। गाय का एक पैर ही इस मृदुल-नवजात के जीवन को समाप्त करने के लिए पर्याप्त था।

नारी ही नारी की दुश्मन बन जाती है, यह कहावत चरितार्थ हो चुकी थी। ममता के एक सुन्दर दृश्य की कल्पना को उन सात रानियों ने एक दुःखी व विकल दृश्य बना दिया था। ममता की इन सात मूर्तियों को ईर्ष्या, द्वेष, प्रतिशोध एवं सत्ता के मोह ने पाषण की मूर्तियों में परिवर्तित कर दिया था। इन सात रानियों ने नारी समाज को कंलकित करने का एक कर्म पूरा किया।

भाग्य एक जंगली बिल्ली की भाँति है जो अपने शिकार को मारने से पूर्व बड़े स्नेह से उससे खेलती है। उसे उलटती है पलटती है, कुछ देर भागने का अवसर देती है, पुन: अपने पंजों में दबोचती है कुछ समय तक यह निर्मम खेल चलता है। बिल्ली रूपी भाग्य के निर्मम पंजों से ये सात रानियाँ कब तक बच पायेंगी? कालांतर में कालचक्रâ-कालप्रवाह ही यह तय करेगा।

सिलबट्टा-शिलापुत्र

रात्रि अंधकार पूर्ण थी। इस कालरात्रि में चारों ओर सन्नाटा था। धूमाकोट का भाग्य भी इसी रात्रि की भाँति अंधकार-युग में प्रवेश करने जा रहा था। कथित ममतामयी, स्नेहमयी माताऐं, ममता का विसर्जन कर रानी कलिंगा के महल में लौट आयी थीं। रानी कलिंगा अभी भी अर्ध चेतना में थी। अभी भी उसकी आँखों में पट्टी बँधी पड़ी थी। सातों रानियों ने एक कुटिल मुस्कान भरी; परन्तु महारानी अभी भी चिन्ता में थी। सामड़ ने उसका काम कुछ आसान कर दिया था। राजा के वापस आने पर उन्हें कैसे संतुष्ट किया जाएगा? यह महारानी की बड़ी चिन्ता थी। अन्य रानियों पर अब अधिक भार न था। वे तो इस महान पाप की समान रूप से भागीदार बन चुकी थीं। राजा को वस्तुस्थिति से, तर्कों के साथ कैसे सन्तुष्ट किया जाए? यह बड़ी समस्या थी-महारानी की। महारानी कक्ष में इधर से उधर टहल रही थी। तभी उसको याद आया कि एक बार उसका पेट फूल गया था। सभी को यह भ्रांति हो गयी थी कि महारानी सुगन्धा गर्भवती हो गयी है। परन्तु जब राजवैद्य ने परीक्षण किया था तो ज्ञात हुआ कि वह गर्भवती नहीं थी। उसके पेट के एक भाग में बड़ी पथरी हो गयी थी। औषधियों के प्रयोग से उसे बड़ी कठिनाई से निकाला जा सका था। बाद में उसका पेट सामान्य हो गया था। महारानी को वैद्य जी व दाइयों की चिन्ता न थी। महारानी ने राजवैद्य व दाइयों को प्रलोभनों व अपने वीर भाइयों का भय दिखाकर पहले ही अपने पक्ष में कर लिया था। सभी जानते थे कि धूमाकोट का राजकाज परोक्ष रूप से शक्तिशाली महारानी व उसके बलशाली भाइयों के द्वारा संचालित होता है। राजा के किसी भी आदेश, दण्ड का अनुपालन महारानी के भाइयों के माध्यम से ही सम्पादित होते थे। अत: महारानी के आदेशों की अवहेलना राजा की आज्ञा की अवहेलना से अधिक अक्षम्य था।

महारानी सुगन्धा ने दासी हेमवंती की ओर देखा, दासी भय से आतंकित थी। वह दौड़ते हुए महारानी के निकट आ गयी। महारानी ने उसके कान में कुछ कहा और हेमवंती दौड़ते हुए कक्ष के बाहर

चली गयी। रानी नैनाश्री ने महारानी से कहा।

''महारानी, अब आगे क्या करना है? आप क्या सोच रही हैं? बतायें! राजा को कैसे संतुष्ट किया जाएगा? क्या वह हमारी बातों पर विश्वास कर लेंगे?''

महारानी ने कठोर व दृढ शब्दों में कहा, ''सभी रानियाँ ध्यान से सुनो, कोई भी गलती हम सातों के लिए उचित न होगी। मैं जो कहूँ, ध्यान से सुनो। जब इस विषय पर कुछ पूछा जाए, तुम्हें उन्हीं बातों को दोहराना है जो मैं तुम्हें बताने वाली हूँ। मुझे अब कोई चिन्ता नहीं है। धूमाकोट की पूरी सेना, सम्पूर्ण राज-व्यवस्था मेरे भाइयों के हाथों में है। राजा की अंगरक्षक सेना सामड़ के अधीन है। राजा के किसी भी आदेश का पालन मेरे भाइयों की आज्ञा के बिना सम्पादित नहीं होगा। मेरा वीर भाई सामड़ मेरी योजना में सम्मिलित है। अत: मुझे किसी प्रकार का भय व चिन्ता नहीं है। तुम सब भी तब तक भय से मुक्त हो जब तक यह भेद तुम्हारे हृदय में है, जैसे ही यह भेद किसी के हृदय से बाहर आना चाहेगा, उसके प्राण भी उसके शरीर के बाहर होंगे।''

महारानी ने अपना इतना भयानक, दृढ़, शक्तिशाली रूप पहली बार रानियों के समक्ष प्रस्तुत किया था। सभी रानियाँ यह भलीभाँति जानती थीं कि महारानी ही राजा के सबसे निकट, सबसे निष्ठ है। पर यह रूप उन्होंने पहली बार महारानी सुगन्धा का देखा था। सब ने एक दूसरे को देखा, सभी की आँखों में भय मिश्रित आश्चर्य था।

नैनाश्री ने कहा। ''महारानी अब क्या करना है? कहना क्या है? यह तो बतायें। जब हम सभी इस काम में समान रूप से भागीदार हैं तो हमें एक स्वर में बोलना ही पड़ेगा।''

सभी ने सहमति में सिर हिलाया। इसी बीच दासी हेमवंती छोटे से सिल व बट्टे को उठाकर ले आयी थी। महारानी ने इन दोनों छोटे सिल व बट्टे को रानी कलिंगा के प्रसव-रक्त से सने वस्त्र में लपेटा और रानी कलिंगा के बगल में रखते हुए कहा, ''रानी कलिंगा ने सिल बट्टे को जन्म दिया है। उसके पेट से किसी शिशु ने जन्म नहीं लिया है। उसके पेट से यही दो पत्थर उत्पन्न हुए हैं।''

कक्ष में उपस्थित सातों ने सहमति में पुन: सिर हिला दिया। रानी कलिंगा अभी भी अचेत थी। दासी हेमवंती सहित आठों कुमाताओं के सीने में यह भेद सिल व बट्टे के भार के नीचे दब कर रह गया।

भीषण आघात

रानी कलिंगा की धीरे-धीरे चेतना लौट आयी थी। उसने धीरे से आँखें खोली। चारों ओर दृष्टि दौड़ाई, सातों रानियाँ उसके पलंग के चारों ओर खड़ी थीं। ठीक पाँव के पास उसको दासी हेमवंती दिखाई दी। कलिंगा के सिरहाने में बैठकर महारानी अपने हाथों से रानी कलिंगा के माथे को स्नेह से सहलाने लगी। अब कलिंगा को पूर्व की भाँति प्रसव पीड़ा न थी। महारानी उदास होकर रानी कलिंगा के माथे को सहलाती जा रही थी। रानी कलिंगा अधिक देर तक आँखें खुली न रख पायी, उसने कुछ ही देर में आँखें पुन: मूँद ली। कुछ क्षण आखें मूँदने के पश्चात् उसको आभास हुआ कि उसका पेट खाली

हो चुका है, शरीर में प्रसव का तनाव नहीं है, उसे हर्ष की अनुभूति हुई। फिर उसने धीरे से आँखें खोली और महारानी की तरफ देखकर मुस्कान के साथ कहा।

''महारानी, मैं माँ बन गयी हूँ। धूमाकोट को उत्तराधिकारी मिल गया है? आपकी कामना पूर्ण हुयी।''

महारानी, सहित आठों अममतामयी माताऐं चुप थीं, कोई कुछ न बोली।

''दीदी महारानी, मुझे मेरा बच्चा दिखाइए न।'' कलिंगा ने मंद स्वर में कहा।

महारानी ने धीरे से श्वेत वस्त्र में लिपटे रक्त रंजित सिल व बट्टे को उठाया और उसे रानी कलिंगा के बगल में लिटा दिया। रानी कलिंगा पलंग पर सीधे लेटी थी, वह मुड़ भी नहीं पा रही थी। उसने एक हाथ से वस्त्र को टटोलते हुए कहा।

''महारानी, मुझे मेरे बच्चे का मुख तो दिखाइये।''

महारानी ने रानी कलिंगा के माथे पर स्नेहभरा हाथ फेरते हुए कहा।

''रानी कलिंगा, अपना हृदय कड़ा कर लो।'' कुछ क्षण रुक कर वह पुन: बोली।

''रानी कलिंगा, तुम्हारे गर्भ से किसी शिशु ने जन्म नहीं लिया है। तुम्हारे गर्भ से ये पत्थर निकले हैं।''

महारानी ने रानी कलिंगा के हाथ को पकड़ कर उसके बगल में रखे सिल-बट्टे पर फिराया। रानी कलिंगा काफी देर तक श्वेत वस्त्र में लिपटे दो पत्थरों को टटोलती रही, उसकी आँखें आकाश की ओर खुली थीं, पर एक हाथ से वह बार-बार उन पत्थरों को ऊपर से नीचे तक टटोलती, उनमें अपने शिशु का चेहरा खोज रही थी। पर इन निर्जीव पाषाणों पर चेहरा कहाँ था! काफी देर तक वह सिलबट्टे के ऊपर हाथ फेरती रही, ऊपर से नीचे, नीचे से ऊपर। कठोर शिलाओं में कोमल स्पर्श नहीं था। कलिंगा की कोमल भावनाओं पर भीषण आघात हुआ। उसका विकल हृदय काँप उठा। सातों रानियाँ उसके पलंग को चारों ओर से घेरे थीं, उनकी कुटिल गिद्ध दृष्टि को देख कलिंगा संत्रस्त, भीत, चकित, कातर दृष्टि से महारानी को आशा के साथ देखने लगी। वह महारानी को देखती रही-देखती रही। उसके नेत्र फटे किन्तु स्थिर थे, उसके दोनों हाथ आकाश की ओर उठ गए थे। उसकी ऐसी भंगिमा देख महारानी कुछ क्षणों के लिए भयभीत हो गयी।

कलिंगा ने मंद स्वर में पूछा। ''महारानी, राजन कहाँ है?''

''राजन तो सामड़भट को मुक्त कराने के लिए व्याघ्रेश्वर तीर्थ की ओर गये हैं, वे सप्ताहान्त तक लौटगें। ''सहसा कलिंगा के आकाश की ओर तने हाथ शिथिल होकर पलँग पर पंख कटे पक्षी की भाँति गिर पड़े।

''महारानी, मेरी कोख से धूमाकोट को उत्तराधिकारी तो मिल गया है न? अब तो आप खुश हैं न? आप तो बड़ी उत्सुक थी कि धूमाकोट का उत्तराधिकारी जन्म लेने वाला है। आप ने संतान पाने के लिए, धूमाकोट के उत्तराधिकारी के लिए देवताओं से कितनी ही मनौतियाँ माँगी थी। आपकी मनौतियाँ पूर्ण हुईं।'' कुछ क्षण रुक कर उसने क्षीण स्वर में कहा,''मैं क्या बैठ सकती हूँ? मैं अपने बच्चे को गोद

में लेना चाहती हूँ।'' रानी कलिंगा उठने का प्रयत्न करने लगी, परन्तु उसे असीम पीड़ा का अनुभव हुआ और वह पुन: अर्धचेतन अवस्था में पलँग पर जा लुढ़की। दासी हेमवंती ने उसके मुँह पर पानी के छींटे मारे, गीले वस्त्र से मुख को पोंछा। रानी कलिंगा कुछ बुदबुदा रही थी,परन्तु बोल स्पष्ट न थे। उसका मुखमण्डल कुम्हलाये कमल की समान दीप्त रहित हो गया था।

महारानी ने सभी रानियों से कहा।

''तुम सभी लोग अपने कक्ष में जाओ। रानी कलिंगा की सेवा में हेमवंती सक्षम है, आवश्यकता पड़ी तो कुछ और सेवकों को हेमवंती के साथ लगा दिया जायेगा। आप सभी ने बहुत परिश्रम कर लिया है।'' महारानी ने एक कुटिल मुस्कान के साथ कहा।

सभी रानियाँ, रानी कलिंगा के कक्ष से बाहर आ गयीं। बिना किसी वार्तालाप के, परन्तु वे अभी भी आशंकाओं से मुक्त नहीं थीं, तीव्र कदमों से वे अपने-अपने कक्ष की ओर मुड़ गयीं।

कठोर पाषाण शिलाओं से बना धूमाकोट का राजमहल अब पत्थर की तरह ही कठोर हो चला था। महारानी के हृदय में पड़े पत्थर अब धूमाकोट के भाग्य को तय करेंगे। धूमाकोट की प्रजा को उत्तराधिकारी के रूप में मिले है-कठोर, निर्मम, निर्जीव पाषाण, जो अपनी कठोरता का पारिचय शीघ्र ही प्रजा को देगें। जब तक कोई अवतारी आकर इन कठोर पत्थर-दिल उत्तराधिकारियों के भार से प्रजा को मुक्ति नहीं दिला देगा, तब तक पूरे राज्य की प्रजा को इन पाषाण, कठोर-हृदय उत्तराधिकारियों को सहन करना ही होगा।

ममतामयी गौमाता

गौशाला का द्वार दो दिनों के बाद धीरे से खुला। पहले द्वार के बाद, द्वार पर लकड़ी की दो बल्लियाँ तिरछी बाड़ के रूप में लगी थीं। गायें विशाल गौशाला में इधर से उधर दौड़-दौड़ कर उछल कूद कर रही थी। गोठ में जहाँ अनियंत्रित गायें खुले घूम रही हों, लड़ रही हों, इधर से उधर भाग रही हों, ऐसे में किसी अबोध नवजात शिशु के उन गायों के पैरों तले जीवित रहना असम्भव था। पहला द्वार खुलते ही प्रकाश अन्दर गोठ में फैल गया, अन्दर से गायों ने प्रकाश देखकर द्वार की ओर रुख किया। दो दिन से भूखी प्यासी गायें बाहर निकलने को आतुर थीं। उनमें बाहर निकलने की होड़ प्रारम्भ हो गयी। तभी महारानी ने द्वार पर तिरछे लगे डन्डों को हटा दिया। गायें उछल कूद मचाती गोठ से बाहर की ओर कूच कर गयीं। रानी ने देखा श्वेत वस्त्र दूर से दिखायी दे रहा था। अब गोठ में पूर्ण प्रकाश फैल चुका था। महारानी और नैनाश्री ने गोठ के भीतरी भाग में प्रवेश किया और धीरे-धीरे सफेद वस्त्र की ओर बढ़ने लगीं। लेकिन दोनों रानियाँ अचम्भित रह गयीं! अकल्पनीय दृश्य! उनके सम्मुख था-एक गाय बालक के ऊपर खड़ी है। उसके लम्बे थन बालक के मुँह में हैं। बालक प्रसन्न चित्त होकर गाय के थन से दुग्ध पान कर रहा है। महारानी ने आश्चर्य चकित होकर नैनाश्री की ओर देखा! नैनाश्री भी फटी आँखों से महारानी को देख रही थी। आहट सुनने के पश्चात् भी गाय बालक के ऊपर से हटी नहीं। रानी

नैनाश्री ने गाय को हटाते हुए कहा। ''हट।''

गाय मुड़ कर बालक के पेट पर पाँव रखती हुयी बाहर की ओर तेजी से भाग गयी। गाय द्वारा बालक के पेट के ऊपर पाँव पड़ने पर भी बालक न तो चीखा, न कोई अन्य आहट की। महारानी सहसा तेजी से आगे बढ़ी और बालक को वस्त्र सहित गोद में उठा लिया।

''नैना यह क्या? इस बालक को तो खरौंच तक नहीं है, मेरे सामने इतनी बड़ी गाय ने इसके ऊपर पाँव रखा; किन्तु बालक तो चीखा तक नहीं न ही इसे कोई चोट आयी!'' महारानी ने उसके शरीर के ऊपर से वस्त्र को हटा कर देखते हुए कहा।

''हाँ महारानी; फिर गाय को देखो! वह इस बालक को आराम से स्तनपान करा रही थी, आश्चर्य! इतने बड़े गाय के गोठ में गायों के पैंरो तले इसको खरौंच तक नहीं आयी! उल्टा यह पहले से अब अधिक स्वस्थ दिखायी दे रहा है। आश्चर्य! अपूर्व!''

''हाँ नैना, पर अब क्या करें?'' दोनों ने बालक के उज्जवल, साफ, स्वच्छ मुख-मण्डल पर दृष्टि डाली, उसकी स्वच्छ उद्दीप्त आँखों में वे अधिक देर दृष्टि न टिका सकीं। बालक मन्द-मन्द मुस्कान बिखेर रहा था। महारानी ने श्वेत वस्त्र से तेजी से उसका मुँह ढक दिया; परन्तु बालक की छवि उसकी आँखों में बनी रही। ''अब क्या करें?'' नैनाश्री ने कहा, ''महारानी उधर देखो, गोबर का विशाल ढेर लगा है, उसमें इस बालक को गहरे में दबा देते हैं। गोबर के भार और दुर्गन्ध में यह कुछ ही क्षणों में मर जाएगा। शीघ्रता करें।'' महारानी ने सहमति में सिर हिलाया।

दोनों ने एक-एक करके फावड़े से गोबर को गहरा खोदा और बालक को गोबर में दबा दिया। कोई भी मनुष्य गोबर के इस ढेर में दबने के पश्चात् निश्चित ही मृत्यु को प्राप्त हो जाएगा, यह तो नन्हा शिशु था।

''अब हमें तुरन्त से यहाँ से निकलना चाहिए।'' रानी नैनाश्री ने कहा।

अतींद्रिय शक्तियाँ

अगले दिन सातों रानियों के आश्चर्य का ठिकाना न था। अद्भुत, अकल्पित! बालक गोबर के ढेर के उपर श्वेत धवल वस्त्र में लिपटा पड़ा खेल रहा था। श्वेत वस्त्र में गोबर का लेश मात्र भी न लगा था। इस श्वेत वस्त्र के ऊपर लेटा बालक, किलकारी मार रहा था। आज जब रानियाँ इस गोबर के ढेर के पास इस योजना के साथ पहुँची कि बालक को ठिकाने लगा दिया जाय, क्योंकि बालक तो निश्चित रूप से कालकवलित हो चुका होगा, परन्तु यह क्या? बालक कैसे इस भारी भरकम गोबर के ढेर के बाहर आ गया? सातों रानियाँ अवाक् थीं! सातों रानियाँ बालक को घेरे खड़ी थीं। महारानी ने बालक को गोद में उठा लिया। बालक ममतामयी आँखों से महारानी को देख रहा था। महारानी कुछ देर इस मोहनी छवि के बालक को गौर से देखती रही। नन्हें अबोध ने किलकारी मारी। किलकते नवकिसलय से शिशु को महारानी ने जोर से अपने सीने से भींच लिया। पाषण हृदया महारानी के हृदय के किसी कोने में कुछ क्षणों के लिए मातृत्व की गहन सुखानुभूति हुई, ममता की एक लहर-सी दौड़ पड़ी; किन्तु तुरन्त ही रानी

चमोली ने महारानी के कंधे को झिंझोड़ते हुए कहा।

''महारानी क्या आपकी ममता जाग रही है?''

''अपने हृदय को कठोर करें-महारानी!'' रानी छिपांग ने कहा। महारानी ने तुरन्त श्वेत वस्त्र से बालक के असीम आकर्षक मुख मण्डल को ढक दिया। उसके खुले मुख मण्डल को देखने की शक्ति महारानी में न थी।

वह यह देख कर आश्चर्य में थीं कि गायों के खुरों के तले दब कर भी इसे दर्द का अनुभव नहीं हुआ, कोई खरोंच तक नहीं आयी! प्रथम बार किसी दुधमुँहे बालक को सीधे गाय के थन से दूध पीते देखा। पहली बार ऐसा देखा कि एक ममतामयी गाय बालक को एक माँ की भाँति स्नेह से अपने थन से दुग्ध पान करा रही हो। आज बालक पूरे एक दिन एक रात गोबर में दबे रहने के बाद भी बाहर निकल आया था। यह कौन सा चमत्कार है? महारानी ने बालक को जोर से चिकोटी काटी, किसी ने भी उसे चिकोटी काटते नहीं देखा। वह यह जानना चाहती थी कि यह बालक रोता भी है कि नहीं? इसको दर्द भी होता है कि नहीं? परन्तु पुन: आश्चर्य! अचंभा! अकल्पित! बालक न तो रोया न उसने कोई प्रतिक्रिया दिखायी। वह पूर्व की भाँति मन्द मुस्कान के साथ हाथ पाँव चला रहा था। उस पर चियुटी का कोई प्रभाव नहीं पड़ा। रानी के अन्दर प्रथम बार भय का संचार हुआ, अचानक बालक उसके हाथ से छूटते-छूटते बचा।

छूट भी जाता तो क्या? इस बालक में तो अद्वितीय क्षमताऐं प्रतीत हो रही थीं। मुझे इसे शीघ्र धूमाकोट से दूर करना होगा। महारानी सोच रही थी। रानी ताकुली ने कहा ''क्या हम दराती से काट कर इसकी हत्या नहीं कर सकते?'' महारानी ने आँखें तितेर कर कहा, ''क्या तुम में से कोई ऐसा साहस कर सकता है? यदि कर सकता है तो करे?'' सब एक दूसरे का मुँह देखने लगीं।

नारी का कोमल मन भले ही ईर्ष्या-द्वेष रखता हो, नारी शुलभ सौतिया डाह रखता हो, परन्तु एक छोटे से बालक का रक्त बहता नहीं देख सकता। रक्तरंजित ढंग से हत्या का साहस कठिन था। सभी सहम गये, सभी असहमत थे।

महारानी ने रानियों की ओर देखकर कहा।

''बालक बड़ा ही हठी एवं कठोर प्रतीत होता है। राजा, धूमाकोट पहुँचें, इसके पूर्व इसको धूमाकोट से बाहर भेजना पड़ेगा।''

महारानी ने नैनाश्री से कहा, ''मैं इसे अब धूमाकोट से बाहर भेजने का प्रबन्ध करती हूँ, इसे यहाँ अधिक दिन तक नहीं रख सकते हैं। महाराज दो-तीन दिन के भीतर लौटते ही होंगे।''

रानी छिपांग ने कहा, ''तब तक इस बालक का क्या करें? क्यों न इस बालक को नमक से भरे भकार में दबा दें। भकार के भीतर नमक के नीचे गल कर यह मर जायेगा। फिर भकार भी महल के काफी भीतरी प्रकोष्ठ में रखा है, यह भकार रानी ताकुली के प्रभार में है। इस कारण कोई चिन्ता का विषय भी नहीं है। उसके बाद जीवित अथवा मृत दोनों स्थितियों में बालक को पेटी में बन्द कर धूमाकोट से बाहर भेज दिया जाय, यह उचित होगा। ''

''तुम ठीक कह रही हो।'' रानी ताकुली ने कहा।

सभी रानियों ने रसोई के भण्डार गृह में प्रवेश किया और बालक को भण्डार गृह में रखे नमक के विशाल भकार में नमक के नीचे दबा दिया, ऊपर से पूरा भकार नमक से भर कर भकार का बड़ा ढक्कन बन्द कर दिया। उसमें मजबूत ताला जड़ दिया गया। कुंजी महारानी को दे दी गयी।

महारानी ने कहा, ''मैं आज ही कालू लोहार को बुलाकर एक मजबूत लोहे की पेटी तैयार करने का आदेश देती हूँ। इस बालक को उसमें बन्द करके उस पेटी को अपने विश्वासपात्र के हाथ गोरीगंगा में फिंकवा देती हूँ। यह छोटा संकट सदा के लिए समाप्त हो जाएगा, यही इस संकट का निदान है।'' महारानी पैर पटकती हुयी भण्डार गृह से बाहर आ गयी। इसी बीच सूचना प्राप्त हो गयी कि राजा दो-तीन दिन में धूमाकोट पहुँच सकते हैं। महारानी का हृदय धड़कने लगा।

अगले प्रात: जब सातों रानियाँ रसोई के भण्डार गृह में पहुँची और उन्होंने जैसे ही नमक के भकार का ताला खोला, ढक्कन उठा कर देखा तो उनकी आँखों को विश्वास नहीं हो रहा था। सबकी आँखें फटी की फटी रह गईं, मुख खुला का खुला रह गया। अविश्वनीय घटना तो इसके पूर्व भी कई बार हो चुकी थी। पर यह सबसे अधिक विस्मयकारी था! कि जिस बालक को नमक के भकार में इन रानियों ने दबाया था, उस भकार का नमक मिश्री में बदल चुका था। बालक उसके ऊपर आराम से लेटा था और मिश्री की डली हाथ में लेकर चूस रहा था। पाँच दिन का बालक अप्रत्याशित रूप से बड़ा लग रहा था। यह देखकर सातों रानियाँ घबरा गयीं।

''हो न हो इस बालक में कुछ चमत्कारी शक्ति विद्यमान है। तभी हमारे सब यत्न उल्टे पड़ रहे हैं।'' रानी चमोली ने कहा।

''तुम हमें डरा रही हो; लगता है किसी की चाल है। बार-बार कोई इस बालक को बचा रहा है।'' महारानी ने रुष्ट होकर कहा।

सब रानियाँ चुप रह गयीं; परन्तु सब के मन में आशंका घर जरूर कर गयी कि बालक में या तो कुछ अद्भुत शक्ति है या उनके गोपनीय कार्यों पर कोई दृष्टि रख रहा है। लेकिन कौन? तीन-तीन प्रयास असफल रहे। उल्टा बालक स्वस्थ व हृष्ट पुष्ट होता जा रहा है।

महारानी ने पुन: कहा। ''मैं समझ रही हूँ ऐसा ही कुछ है। हम में से ही इस बालक को कोई बचाने का प्रयास कर रहा है।'' सब अवाक् रह गयीं। महारानी कैसे यह आरोप लगा रही हैं?

नैनाश्री ने तपाक से कहा। ''महारानी, आप कैसी अनर्गल बात कर रही हैं? भण्डारगृह के ताले की कुंजी तो आपके ही पास थी।''

''कुंजी दूसरी भी हो सकती है।''

''आप हम पर शंका कर रही हैं। यही शंका हम आप पर भी कर सकते हैं। मैंने तो आपके अन्दर कई बार ममता के ज्वार उमड़ते देखे हैं।'' नैनाश्री ने क्षण में ही प्रत्युत्तर दिया।

रानी चम्पावती ने हस्तक्षेप करते हुए कहा। ''अरी, हम आपस में लड़ रही हैं! हम सबने महादेव को साक्षी मानकर अग्नि की शपथ ली है। हम सब शपथबद्ध हैं। हम में से कोई शपथत्याग नहीं करेगा। अब जो भी हो, जैसा महारानी आगे व्यवस्था रखेंगी वही काम हो।'' सब शांत हो गयीं।

दूसरे दिन-महारानी द्वारा बनवाये गये छोटे, पर भारी संदूक में बालक को लिटा दिया गया, उसके मुँह पर पट्टी बाँध दी गयी ताकि वह रो न सके। पेटी को बंद कर उसमें डाली गयीं-अर्गलायें। ऐसी अर्गलायें कि एक बार फँसा देने के बाद उन्हें तोड़ कर ही पेटी खोली जा सकती थी। लोहे की इस पेटी में बालक को बन्द कर रानियाँ इस पेटी को लेकर महारानी के कक्ष में आ गयीं।

हाय! कैसी ममताहीन कुमातायें हैं। कोमल, नवजात हीरक से शिशु को इन निर्दय, निष्ठुरों ने कैसे कठोर लौह पेटिका में बन्द कर दिया है। इन कालरूपिणी यम अनुजाओं से, हे व्याघ्रेश्वर महादेव! इस बालक को बचा लेना।

महारानी ने तुरन्त अपने भाई सोमईश्वरभट के छोटे पुत्र को बुलवाया, जो एक छोटी सैन्य टुकड़ी का नायक था। यह टुकड़ी महल की सुरक्षा में तैनात थी। महारानी के कक्ष में आकर उसने महारानी को आदर पूर्वक प्रणाम किया और कहा-

''महारानी जी आज्ञा करें।''

''अरे बेटा बरूणी! मैं तेरे लिए महारानी ही नहीं हूँ, मैं तो तेरी बुआ पहले हूँ फिर महारानी हूँ।'' चतुराई से महारानी ने कहा।

''उचित है बुआ, मेरे लिए क्या आदेश है?''

''तुम जानते हो, राजा व तेरे चाचा गरूण, व्याघ्रेश्वर तीर्थ की ओर हम सबके प्रिय सामड़भट को छुड़ाने हेतु गये हैं, अत: यह महत्वपूर्ण कार्य तुम्हें सौंपा जा रहा है। तुम्हें अपने चार विश्वस्त सैनिकों के साथ स्वयं एक काम करना है। वह भी अभी, इसी समय।''

''महारानी आज्ञा करें, आपके आदेश का अविलम्ब पालन होगा।''

महारानी ने कक्ष के किनारे रखे लोहे की पेटी की ओर संकेत करते हुए कहा।

''यह लोहे का संदूक देख रहे हो। इसमें यज्ञ, हवन, पूजा के बाद की अवशेष सामग्री है। इस सामग्री को गोरी गंगा में विसर्जन करना है। तुम अपने चार सैनिको के साथ अभी प्रस्थान करो और इस पेटी को अपने समक्ष गोरीगंगा में विसर्जन करके ही लौटना। ध्यान रहे यह पूजा की पवित्र सामग्री है, जहाँ गहरा पानी हो वहीं पर इसका विसर्जन करना।''

''महारानी आपके आदेश का बिना समय नष्ट किये पालन होगा।'' बरूणी ने कहा।

''बरूणी बेटा, पुन: कह रही हूँ, इस पेटी में रखी विसर्जन सामग्री धूमाकोट के शुभ कार्यों के लिए किये गये हवन की है। साथ ही इसमें माँ गोरीगंगा का चढ़ावा भी है, अत: इसे बिना विलम्ब के तथा एक बार उठा लेने के बाद बिना इस पेटी को भूमि पर रखे सीधे गोरीगंगा में प्रवाहित हो जाना है।''

''उचित है महारानी। आपके आदेश का अक्षरश: पालन होगा।'' बरूणी के बलिष्ठ सैनिक पेटी को लेकर गोरीगंगा की ओर चल दिये। आगे-आगे बरूणी चल रहा था। वे सभी धूमाकोट की सैनिक वेषभूषा में थे। उन्हें कोई रोकने-टोकने वाला न था।

धूमाकोट का उत्तराधिकारी अपनी माँ को अचेत अवस्था में, पत्थर हृदया, बालघातिनी पूतना-सी रानियों के मध्य छोड़कर गोरी गंगा में डुबकी लगाने चल दिया है। उसकी सवारी शान से जा रही है,

जैसे राजा पालकी में जा रहा हो। जाओ बालक, जाओ! अब यह पत्थर से बना महल तुम्हारे जाते ही अपने सौभाग्य को खो बैठेगा। धूमाकोट का सौभाग्य इस पेटी में बन्द हो चुका है। पूरा उत्तरापथ अब कठोर हृदय, षड्यंत्रकारी, राज सत्ता के भूखे हाथों का खिलौना बनने जा रहा है। जहाँ की रानियाँ पाषाण जनती हों, ऐसे राज्य की रक्षा महादेव ही कर पाऐंगे।

महारानी को सूचना प्राप्त हो चुकी है कि बरूणी सन्दूक के साथ धूमाकोट नगर की सीमा पार कर चुका है। सायंकाल तक वह धूमाकोट नगर से बीस कोस दूर जा चुका होगा।

जब पेटी धूमाकोट की नगर सीमा के बाहर पहुँचने का समाचार महारानी व रानियों को ज्ञात हुआ, सभी ने दीर्घ श्वासें छोड़ते हुए कुछ शान्ति का अनुभव किया। इन विगत पाँच दिनों में रानियों की नींद उड़ी थी। जीवन साँसत में पड़ा था। बालक का बार-बार जीवित बचना, उसे दर्द का अनुभव न होना। कई असम्भव घटनाऐं अभी भी उन्हें व्यथित किये हुये थीं।

अब सातों सौतों के मन के डाह की अग्नि कुछ शान्त हुयी थी। इस शान्ति का मूल्य.........?

सफल षड़यंत्र

''अले...ले..ले मेरा बच्चा, अले...ले ये तो दो दो बच्चा है, अले...ले..। महारानी ने तो एक ही बताया था। पर मेरे पास तो दो-दो बच्चे हैं। आने दो महारानी को, उन्होंने मुझसे झूठ बोला। तुम इतने कठोर क्यों हो? तुम कोम..ल क्यों नहीं हो? अले...ले''।

रानी कलिंगा पंलग पर बैठी श्वेत वस्त्र पर लिपटे सिल-बट्टे को अपने गर्भ से जन्मा मानकर उनसे खेल रही थी। असहाय रानी कलिंगा अपनी पींड़ा किससे कहे? वह बीच-बीच में सूनी नजरों से चारों ओर देखती। कदाचित् अपने एक मात्र आशा की किरण राजा हालूराई को खोज रही हो। सात दिन बीत चुके थे। इस कठोर आघात से उसकी मन:स्थिति असामान्य हो चुकी थी, वह अर्धविक्षिप्त-सी हो गयी। राजा धूमाकोट नहीं पहुँचे थे। दासी हेमवंती राज मन में दबाए गुमसुम-सी पूर्व की भाँति रानी की सेवा कर रही थी। पूरे महल में समाचार फैल चुका था कि रानी कलिंगा के पेट से पत्थर निकले हैं। राज वैद्य ने घोषणा कर दी कि यह सत्य है कि- रानी कलिंगा के गर्भ से पत्थर निकले हैं। दाइयाँ, सेवक सभी को यह ज्ञात है कि रानी कलिंगा ने उत्तराधिकारी को जन्म नहीं दिया है, उसके पेट से पत्थर निकले हैं। पूरे महल में नि:शब्दता; परन्तु विचित्र-सा हाहाकार है। यह चर्चा फैला दी गयी है कि जब राजा की सात रानियों से बच्चे पैदा नहीं हुए तो आठवीं रानी से वृद्ध राजा किस चमत्कार से संतान पैदा कर सकते थे? वह तो पेट की पथरी के कारण पेट बड़ा हो गया था। जैसा कि पहले महारानी सुगन्धा का भी हुआ था। राजवैद्य भी महारानी और सात अन्य जो प्रसव के समय स्वयं उपस्थित थे से मतैक्य थे। रानी कलिंगा की प्रिय दासी हेमवंती पत्थर पैदा होने की साक्षी थी। अब इस सत्य को कौन झुठला सकता था। इधर बरूणी गोरीगंगा में संदूक का विसर्जन कर लौट चुका था। बालक पैदा होने का कोई चिन्ह शेष न था। रानी कलिंगा को अचेत होने के कारण कुछ भी ज्ञात न था। अब तो वह उन पत्थरों को ही अपनी संतान

मान चुकी थी। वह पागल-सी हो चुकी थी। इससे रानियों का काम और अधिक सरल हो गया था। अब रानी कलिंगा उचित ढंग से बात करने तक की स्थिति में नहीं थी। महारानी का षड़यंत्र सफल हो चुका था। बूढ़े राजन से उसे कुछ भी भय न था। रानी कलिंगा का विक्षिप्त होना महारानी के लिए बड़ी राहत लेकर आया था। स्थितियाँ अब पूरी तरह महारानी के शिकंजे में थीं। उसका भाई सामड़ व गरुण दोनों सेनापति थे, पूरी सेना उनके इशारों पर ही काम करती थी। राजा की अंगरक्षक एवं गुप्तचर सेना सामड़भट के अधीन थी। राजा अब एक मोहरा भर था। महारानी सोच कर मन्द-मन्द मुस्करा दी। ऐसी विषैली मुस्कान महारानी के मुख पर प्रथम बार देखी गयी।

आज पूरे आठ दिनों के पश्चात् महाराज हालूराई धूमाकोट नगर में प्रवेश कर रहे थे। उनके पीछे-पीछे हजारों सैनिक, सेनापति गरूण व सह सेनापति सामड़भट के नेतृत्व में विजयी मुद्रा में लौट रहे थे।

इससे पूर्व जब राजा, व्याघ्रेश्वर महादेव के मन्दिर में पहुँचे थे तो उन्हें शुभ सूचना प्राप्त हुई कि- सामड़भट के अदम्य प्रयास एवं कुछ सैनिकों के साहस ने विद्रोही गणपत सिंह को परास्त कर दिया है। विद्रोही गणपत सिंह का बध कर दिया गया है और सामड़ मुक्त होकर जीवित बचे सैनिकों के साथ, एक दो दिन में व्याघ्रेश्वर तीर्थस्थल पहुँच जाएगा।

एक सप्ताह के पश्चात् अब राजा धूमाकोट के नगर द्वार में प्रवेश कर रहे थे।

नगर में चारों ओर सन्नाटा पसरा था। कुछ इक्का दुक्का लोग ही राजपथ पर राजा को अभिवादन करने खड़े थे। राजा ने ऐसा सन्नाटा उनके शहर में प्रवेश करने पर इसके पूर्व नहीं देखा था। उन्हें आश्चर्य हुआ! राजा ने घोड़े की चाल बढ़ाते हुए तेजी से महल के भीतर प्रवेश किया। महल के भीतर भी सूनापन फैला था। दासियाँ व कर्मचारी दिखाई नहीं दे रहे थे। रानियाँ स्वागत में खड़ी नहीं थीं। राजा ने सेनापति गरूण की ओर देखा। उसे भी आश्चर्य था! यह सब राजा को कोई अशुभ होने का संकेत दे रहा था। राजा शीघ्रता से अश्व पर से कूदा। तेज पग भरते हुए रानी कलिंगा के कक्ष की ओर चल दिया। महल के भीतर जहाँ पहले जगह-जगह दास-दासियाँ हाथ जोड़ कर खड़े रहते थे, कोई न था। राजा का मन आशंकाओं से भर गया। राजा तेजी से कलिंगा के कक्ष में प्रवेश कर गया।

रानी कलिंगा पलँग पर श्वेत वस्त्र में अपने शिशु के साथ खेल रही थी। परन्तु सातों रानियाँ यंत्रवत पलँग के चारों ओर खड़ी थीं। राजा के कक्ष में प्रवेश पर, वह अपने स्थान से हिलीं तक नहीं। महारानी, रानी कलिंगा के सबसे निकट खड़ी थी और अपने हाथ से रानी कलिंगा की पीठ सहला रही थी। कक्ष के एक कोने पर चिकित्साचार्य खड़े थे।

राजन तेजी से रानी कलिंगा के निकट गये, जैसे ही रानी कलिंगा ने राजा को देखा खुशी से झूम गयी और वस्त्र में लिपटे शिशुओं को उठाकर बोली।

''राजन, आप आ गये, आप आ गये। ये देखो आपका उत्तराधिकारी, मैंने आपको दो उत्तराधिकारी दिये हैं, देखिए-देखिए।'' रानी कलिंगा अपने पलँग से उठकर वस्त्र में लिपटे निर्जीव शिलाखण्डों को लेकर राजा की ओर दौड़ी। छोटे-छोटे दो शिलाखण्ड श्वेत वस्त्र में लिपटे थे। रानी कलिंगा ने उन्हें राजा के बाँहों में रख दिया। राजा कक्ष की खामोशी व महल् के व्यवहार से किसी अनहोनी की आशंका से ग्रस्त थे। उन्होंने वस्त्र को हटा कर देखा, जैसे ही उनकी दृष्टि रक्त रंजित छोटे-छोटे दो शिलाखण्डों

पर पड़ी राजन अवाक् रहे गये! उन्होंने वस्त्र को पूरी तरह हटाया, उसमें दो छोटे-छोटे सिलबट्टे की आकृति के शिलाखण्ड के अतिरिक्त कुछ न था। राजा उन्हें कुछ देर देखते रहे। सहसा राजा के हाथों से दोनों शिलाखण्ड वस्त्र सहित भूमि पर गिर पड़े। राजन् प्रश्न भरी दृष्टि से रानी कलिंगा को देखने लगे; परन्तु रानी कलिंगा ने तत्परता से झुक कर दोनों शिलाखण्डों को वस्त्र में लपेटा और विक्षिप्तों की भाँति चिल्लाते हुए कहा।

''राजन, आपने मेरे बालकों को गिरा दिया, आपको बच्चों को पकड़ना नहीं आता? उन्हें चोट लग गयी होगी।'' रानी कलिंगा ने वस्त्र में लिपटे बालकों को अपने वक्ष से भींच लिया और उन्हें सहलाने लगी। नाना प्रकार से दुलारने लगी। पुन: राजा से बोली।

''आप एक तो इतना विलम्ब में लौटे हो, मैं आपकी बाट जोहती रही और आते ही आपने मेरे बच्चों को भूमि पर गिरा दिया। आप अच्छे नहीं हैं। जाओ मैं आपसे बात नहीं करती।''

रानी कलिंगा पाँव पटकते हुई विक्षिप्तों की भाँति व्यवहार करते, पलँग में विपरीत दिशा की ओर मुँह कर बैठ गयी और अपने शिशुओं से बातें करने लगी।

पूरा कक्ष सन्नाटे में था, कोई शब्द नहीं। हतप्रभ, विकल! वृद्ध राजा ने बारी बारी महारानी व कक्ष में उपस्थित सभी रानियों की ओर देखा। सब सिर झुकाये खड़ी थीं। राजन ने नि:शब्दता तोड़ते हुए लगभग चीखते हुए पूछा।

''महारानी यह क्या है? तुम सब चुप क्यों हो? रानी कलिंगा के गर्भ से जन्मा शिशु कहाँ है?''

''राजन्, हमारा भाग्य ही फूटा है। रानी के पेट से संतान उत्पन्न नहीं हुई। उसके पेट से यही दो पत्थर उत्पन्न हुए हैं।''महारानी ने दो टूक उत्तर दिया।

''झूठ! असत्य! यह कैसे सम्भव है? नौ माह गर्भधारण करने के पश्चात् पत्थरों का उत्पन्न होना! यह सत्य नहीं हो सकता। मैंने शिशु की धड़कन को स्वयं अनुभव किया था।''

वृद्ध राजा ने चारों ओर घूम कर चिल्लाते हुए पुन: कहा, ''पंचनाम देवताओं की भविष्यवाणी असत्य नहीं हो सकती है! महारानी सच बतायें यह सब क्या है?'' महारानी ने कोई उत्तर नहीं दिया। रानी कलिंगा ने एक पल राजा की ओर मुड़कर देखा, पुन: अपने निर्जीव बालकों के साथ खेलने में व्यस्त हो गयी। कक्ष में क्या वार्तालाप हो रहा है इससे उसका कोई सरोकार न था। राजा धम् से पलँग पर जा बैठा।

राजा कुछ क्षण उसी प्रकार बैठे रहे, फिर उन्होंने नजर उठायी तो उनकी दृष्टि राजवैद्य पर जा रुकी जो कक्ष के एक कोने में सिर झुकाये खड़े थे। राजा ने उनसे पूछा।

''वैद्य जी, यह सब क्या हो रहा है? आप बतायें, क्या आप प्रसव के समय कक्ष में उपस्थित थे?''

राजवैद्य ने राजा के निकट आकर कहा, ''महाराज, असीम, प्रसव पीड़ा के बाद गर्भमोचन के समय मैं कक्ष के बाहर खड़ा था। महारानी सहित सभी रानियाँ एवं दासी हेमवंती कक्ष में थीं।''

''क्या यह सम्भव है कि नारी के पेट से इस तरह के शिलाखण्ड उत्पन्न हों? जब मैं धूमाकोट से बाहर निकला था तब मैं कुछ क्षणों के लिये कलिंगा के कक्ष में आया था। मैंने स्वयं उसके गर्भ में शिशु की उपस्थिति को अनुभव किया था।''

''महाराज! जो सम्मुख उपस्थित है, उसमें विश्वास करना पड़ता है। संसार में कई अनहोनी घटनायें होती है। महारानी के समक्ष ही यह सब हुआ है।'' वैद्य जी ने बड़ी चतुराई से प्रश्न का उत्तर दूसरी ओर मोड़ दिया।

राजा ने महारानी की ओर कातर दृष्टि से देखा और कहा। ''महारानी सत्य क्या है? तुम तो स्त्री हो, क्या यह सम्भव है कि रानी कलिंगा के कोख में शिलाखण्ड पल-बढ़ रहे थे? यह सत्य नहीं।''

महारानी ने दृढ़ता से कहा। ''राजन्, यह सत्य है। रानी कलिंगा ने इन दो शिलाखण्डों को ही जन्म दिया है। हम सातों रानियों की उपस्थिति में।''

''यह झूठ है, यह झूठ है। असत्य और अकल्पनीय है।''

''राजन्! क्या हम सातों रानियाँ झूठे वचन बोल रही हैं? क्या हम धूमाकोट के उत्तराधिकारी की उत्कंठा से प्रतीक्षा नहीं कर रही थीं? आप रानी कलिंगा की दासी जो प्रसूतिकर्म में संलग्न थी से पूछ सकते हैं।''

राजा ने दासी की ओर देखा, वह भूमि पर दृष्टि गड़ाये थी, राजा इसका अर्थ समझ चुके थे।

राजा असहाय, विकल, खिन्न एवं उदास होकर रह गये। ''यह महादेव का कैसा न्याय है? यह असम्भव है, अकल्पनीय है, ऐसा न सुना न देखा!''

महाराज, महारानी पर अटूट विश्वास करते थे, रानी कलिंगा की देखभाल महारानी की ही देखरेख में की जा रही थी। राजा अन्य रानियों पर शंका कर सकते थे; परन्तु महारानी, जो हर अनुकूल-प्रतिकूल घड़ी में राजा के हर निर्देश, आदेश का सम्मान करती थी, उससे किसी असत्य की सम्भावना न थी। महारानी राजा के निकट आ गयी। उसने अपना हाथ राजा के कंधे पर रख कर कहा, ''राजन्, महादेव की इच्छा के आगे किसी की चली है क्या? अब जो हो चुका वह सत्य है उसे झुठलाया नहीं जा सकता है। धूमाकोट के भाग्य में उत्तराधिकारी नहीं है।''

''नहीं महारानी! गुरूगोरखनाथ, देवहरू, सैम, निरंकार, ऐड़ी जैसे महान योगी, तपस्वी, सिद्धों का आशीर्वाद असफल नहीं हो सकता है। वे मुझे व रानी कलिंगा को ऐसा आशीर्वाद नहीं दे सकते हैं। उनका दिया वरदान झूठा नहीं निकल सकता।'' राजा बिफर पड़े।

महारानी सहसा ठिठक गयी, पर साहस कर बोली।

''राजन्, आप हम सबको झूठा ठहराने का प्रयास कर रहे हैं। आप रानी कलिंगा से स्वयं क्यों नहीं पूछ लेते कि उसकी कोख से क्या पैदा हुआ है?'' महारानी जानती थी कि रानी कलिंगा विक्षिप्त हो चुकी है। वह तो इन दो शिलाखण्डों को ही अपनी संतान मान चुकी है। महारानी ने अपना अन्तिम बाण छोड़ा। राजन पलँग से उठ खड़े हुए। रानी कलिंगा उनकी ओर पीठ करके बैठी थी। राजा पलँग पर मुँह फिराकर बैठी रानी कलिंगा के सम्मुख आ खड़े हुए। रानी कलिंगा की ठोड़ी अपने हाथ से ऊपर उठाया, प्यार व स्नेह भरी दृष्टि डाल कर राजा ने पूछा।

''रानी कलिंगा, तुम सच बताओ, तुम्हारी कोख से क्या यही दो शिलाखण्ड उत्पन्न हुए हैं? क्या तुमने किसी जीवित संतान को जन्म नहीं दिया? सत्य बताओ।''

''राजन्, देखो मैंने यही दो बालक तो जन्मे हैं, यही तो है उत्तराधिकारी धूमाकोट के। अले..ले, अलेले, ये देखो राजन कितने अच्छे हैं ये दो बालक, एक नहीं, दो बालक मेरी गोद में खेल रहे हैं।'' रानी कलिंगा के कातर पीड़ित भाव से राजा को देखते हुए कहा। वह क्या कहती? उसका मस्तिष्क अर्धशून्य हो चुका था। महाराज ने पुन: कहा।

''रानी कलिंगा, यह पत्थर हैं बालक नहीं। तुम्हें क्या हो गया है? ठीक से देखो। गुरू गोरखनाथ सहित पांचों देवों ने हमें आशीर्वाद दिया था, वरदान दिया था। धूमाकोट को तुम उत्तराधिकारी अवश्य दोगी; पर यह क्या? बताओ कलिंगा, तुम डरो नहीं बताओ।'' राजा ने रानी कलिंगा के कन्धों को झिझोड़ते हुए पूछा। सहसा कलिंगा ने कहा-''हाँ, महाराज, महारानी ने हमसे झूठ कहा था, झूठ कहा था।'' सातों रानियों के चेहरे फक रह कर पीले पड़ गये। वैद्य जी सकपका गये। राजन ने कहा। ''कहो कलिंगा! कहो, क्या झूठ कहा महारानी ने?'' राजन ने उत्सुक होकर पूछा। महारानी का हृदय धक् कर गया। रानी कलिंगा ने बच्चों की तरह पलँग में मचलते हुए कहा,

''हाँ, महारानी जी ने झूठ कहा -झूठ कहा।'' रानी कलिंगा ने महारानी की ओर मुँह चिढ़ाकर कहा। महारानी को काटो तो खून नहीं! कुछ क्षण पश्चात् रानी कलिंगा ने बच्चों की भाँति मुँह चिढ़ाने के भाव में कहा, ''महारानी झूठी हैं, उन्होंने मेरे से कहा था, तुम्हारा बालक हुआ है, पर यहाँ तो दो बालक हुए हैं, महारानी झूठी है। महारानी झूठी है''। वह पागल-सी खिलखिला कर हँस दी। महाराज ने माथा पकड़ लिया। महारानी की आँखों में बाघिन की सी चमक आ गयी, जैसे शिकारी बाघिन के पंजे से छूटा हिरन, छूटने के बाद पुन: बाघिन की पकड़ में आ गया हो।

रानी कलिंगा ने प्रतीक्षा किये बिना कंधा उचकाया, मुँह बिचकाया, पुन: राजा से मुँह मोड़ कर बैठ गयी और अपने निर्जीव पाषाण बालकों से धीरे-धीरे बुदबुदा कर बातें करने लगी।

''कलिंगा, तुम्हें क्या हो गया? तुम्हें कैसा असीम आघात लगा है? मैं देवहरू, को क्या मुँह दिखाऊँगा? गुरु गोरखनाथ ने चेतावनी दी थी कि तुम रानी कलिंगा का ध्यान रखना, पर मैं कितना अभागा निकला, मैं ठीक प्रसव की धड़ी में कलिंगा के पास न था। धूमाकोट का दुर्भाग्य। मैं गुरू गोरखनाथ का सामना कभी न कर सकूँगा। देवहरू, सैम, एड़ी, निरंकार की भविष्यवाणी झूठ नहीं हो सकती है। मैं इस बात को कभी स्वीकार नहीं कर सकता कि रानी कलिंगा ने बालक को जन्म नहीं दिया है- कभी नहीं।'' वृद्ध राजन पुन: पलँग पर धम्म से बैठ गये। वह अपनी व्यथा किससे कहें?

कुछ क्षणों पश्चात् राजा पलँग से धीरे से उठे, महारानी को एक बार गहरी तीक्ष्ण दृष्टि से देखा, जैसे वह कह रहे हों - महारानी यह सत्य नहीं, आप कुछ छिपा रही हैं। आप तो मेरी सबसे प्रिय, सबसे निकट व विश्वसनीय थी; परन्तु आज इन बातों में सत्यता नहीं झलक रही है। सोचते-सोचते राजन कक्ष से बाहर आ गये- नितांत अकेले। उनके बूढ़े कदम लड़खड़ा रहे थे। कोई सहारा देने वाला न था। न महारानी, न सेवक। कोई दिखायी नहीं दे रहा था। राजन इन वृद्ध कदमों के सहारे कितनी दूर जा सकेंगे कहना कठिन था।

मनुष्य तो कालच्रक के पंजों में जकड़ा है, कालचक्र उसे जहाँ खींचता ले जायेगा, वह खिंचता जाएगा। मन के न चाहने पर भी मस्तिष्क उससे कुछ और कराता है। कभी मस्तिष्क के साथ न देने पर

भी वह मन के मन की करने लगता है। कभी उसे अच्छा फल मिलता है, कभी कष्ट। वृद्ध राजा को अब जो मिल चुका है अब उसे लौटाया नहीं जा सकता है। उसका परिमार्जन या सुधार असम्भव नहीं, तो अति कठिन अवश्य है। उसका भी परिणाम सुफल ही हो, तय नहीं है। ये कैसी विड़बना है, राजा सोचते सोचते अपने पैरों को घसीटता-सा अपने कक्ष में जाकर बन्द हो गया।

निष्कंटक

विजयी महारानी अपने कक्ष में ऊँचे आसन पर गर्व से बैठी थी। सामने सभी रानियाँ अपने-अपने आसन पर प्रसन्नचित्त विराजमान थीं। सभी को किसी के आने की व्यग्रता से प्रतीक्षा थीं। जिसके सहयोग से वह अपने राह के रोड़े को दूर कर सकी थीं। कुछ ही क्षणों में उपसेनापति सामड़भट ने पूरी सैनिक वेषभूषा में ठसक के साथ कक्ष में प्रवेश किया। वह सभी रानियों को अभिवादन कर, अपने निश्चित आसन पर गर्व के साथ जा बैठा। महारानी ने बात प्रारम्भ की- ''सामड़, तुम्हें कार्य सफल होने की बधाई।'' महारानी ने कुटिल मुस्कान के साथ कहा।

''आप सब को भी बधाई हो, कार्य निष्कंटक सम्पन्न हुआ।''

''सामड़, निष्कंटक सम्पन्न नहीं हुआ। तुम नहीं जानते हो हमें कितनी कठिनाइयाँ उठानी पड़ीं। उसने हमें बड़े आश्चर्य जनक ढंग से परेशानी में डाला। गोठ में गायों के रौंद दिये जाने पर भी उसे चोटों का अनुभव नहीं हो रहा था। उसे हमने गोबर में दबा दिया था, जहाँ से जीवित बाहर आना असम्भव था। वह एक दिन बाद बाहर खेलता नजर आया।''

सामड़ ने आश्चर्य से पूछा ''फिर क्या हुआ?''

''फिर क्या? तत्काल हमें कुछ न सूझा तो वहीं रसोई के भण्डार में नमक के भकार में उसे दबा दिया। ढक्कन बंद कर ताला लगा दिया था। जब हमने दूसरे दिन भकार खोला तो वह सबसे ऊपर आ गया था और पूरा नमक मिश्री में बदल गया था। वह बड़ा प्रसन्नचित्त मुस्करा रहा था। मिश्री की डली चूसने में लगा था।''

''यह कोई आश्चर्य नहीं, जरूर कोई महल में आप लोगों का पीछा कर रहा होगा। रानी कलिंगा से कोई सहानुभूति रखने वाला हो सकता है!''

''अरे, कैसी बात करते हो! यदि रानी कलिंगा से सहानुभूति रखने वाला होता तो वह उसे वहीं छोड़ कर क्यों जाता?''

''हाँ, यह तो उचित है। पर उसे बिल्ली के बच्चों की तरह तुम लोग इधर से उधर क्यों हटा रहे थे। काम समाप्त करना चाहिए था।''

''यही तो हम नारियाँ नहीं कर पाती हैं; हमारा दिल पुरुषों की तरह कठोर नहीं होता है, शिशु को देखते ही ममता उमड़ ही आती है। हाथ काँप जाते हैं, मन नहीं मानता।'' महारानी बड़ी ही करुणामयी प्रतीत हो रही थी।

''अरे! जब करुणा ही दिल में थी तो यह सब करने की क्या आवश्यकता थी?''

''सामड़, तुम नारी हृदय को नहीं समझ पाओगे; यहीं पर आ कर तो नारी की शक्ति कभी कभी कमजोर पड़ जाती है।''

''ठीक है, पर आगे किया क्या?''

''हमने राय-विमर्श कर निर्णय लिया कि उसे एक पेटी में बन्द कर गोरीगंगा में बहा दिया जाये।''

''पर गोरी गंगा तक उसे पहुँचाया किसने और कैसे?''

''मैंने बरूणी को बुलाया और उसे आदेश दिया कि वह लौह-पेटिका को गोरीगंगा में विसर्जन कर दे, जिसमें यज्ञ व पूजन की विसर्जन सामग्री है, और गंगा की भेंट भी। मैंने उसे आदेश दिया कि वह स्वयं सैनिकों के साथ जाकर यह कार्य सम्पन्न करे। उसने कार्य पूर्ण कर मुझे सूचना दे दी है।''

''बरूणी, को कोई शंका तो नहीं हुयी?''

''नहीं, नहीं, मैने इस विषय को धार्मिक आस्था से जोड़ दिया था, अत: वह बड़े यत्न और सम्मान के साथ पेटी को ले गया और श्रद्धा के साथ उसने पेटी उफनाती गोरीगंगा में विसर्जित कर दी।

''हाँ, बरूणी शांत व धार्मिक प्रवृत्ति का है।'' सामड़ ने आश्वस्त होते हुए कहा।

''लेकिन भाई सामड़! वह बालक कुछ असाधारण लग रहा था। मेरे सामने उस बालक के ऊपर गायों ने पाँव रखा, किन्तु उसे कोई चोट नहीं आयी। यह जानने के लिए कि क्या उसे दर्द होता है या नहीं, मैंने उसे तेज चिकोटी काटी थी; पर वह न रोया, न ही उसे पीड़ा हुयी। उसने पीड़ा होने के कोई हाव भाव भी प्रदर्शित नहीं किए। वह मुस्करा रहा था। उसका गोबर से निकलना! नमक के भकार में नमक का मिश्री बन जाना! जरूर उसमें कुछ शक्ति थी।''

''महारानी, यह सब संयोग था या कोई उसे बचा रहा था, पर अब तो वह महल से बाहर हो गया है। अब कोई चिन्ता का प्रश्न नहीं बचा।''

''सामड़, सभी रानियों ने इस कार्य को सम्पन्न करने में बड़ा सहयोग किया है। यदि हम सब एक न होते तो यह कार्य सम्भव न था। हमें इनका आभार व्यक्त करना चाहिए।''

''अवश्य, आप देवियों ने बड़ा काम किया, पर इसमें आभार कैसा?'' सामड़ ने रानियों की ओर देख कर कहा। कुछ क्षण चुप रहने के बाद बात स्पष्ट करते हुए बोला, ''मेरे कहने का तात्पर्य है कि इस कार्य में सबका हित सम्मिलित था, अत: आभार का प्रश्न नहीं है।''

सामड़ की बातों में अर्थ था। सबने सिर हिला कर मन्द मुस्कान के साथ सहमति व्यक्त कर दी।

इसके पश्चात् सामड़ ने आगे की रणनीति तय करते हुए कहा- ''महारानी सहित सब रानियाँ, कुछ दिन प्रतीक्षा करें। राजन की क्या प्रतिक्रिया होती है यह देखना शेष है। हालाँकि उनकी प्रतिक्रिया की हमें विशेष चिन्ता नहीं है। अब वह अश्व पर भी ठीक से चढ़ नहीं पाते हैं, खड्ग उनसे उठता नहीं। चढ़ाई चढ़ने में उनकी साँसें उखड़ती हैं। अब तो यह चिन्ता उनकी चिता का काम करेगी।''

''सामड़, राजन का स्वस्थ रहना आवश्यक है। तुम उनका उपहास न करो। राजन को आगे रख

कर ही हम अपने-अपने काम सिद्ध कर सकते हैं। यदि राजन न रहे तो पूरे राज्य में उत्तराधिकारी के अभाव में छीना-झपटी प्रारम्भ हो सकती है।''

''महारानी, मेरे बल के आगे कोई टिक न पायेगा। मैंने भाई गरूण से वार्ता कर ली है कि राजन अब राज्य सम्भालने के योग्य नहीं रहे, अत: भाई गरूण व मैंने सेना पर पकड़ मजबूत कर ली है। वह इस बात के समर्थन में हैं।''

''पर भाई गरूण को अन्य कुछ ज्ञात नहीं होना चाहिए, वह इस सब से सहमत नहीं होंगे।''

''नहीं, नहीं, मात्र राज्य सत्ता की बातों तक सीमित हैं, बड़े भाई गरुण।''

''उचित है, हम कुछ दिन प्रतीक्षा करते हैं, फिर हम लोग एक साथ विस्तृत मंत्रणा करेंगे कि आगे हम सब को क्या करना है। प्रत्येक की इच्छायें अब पूर्ण हो जायेंगी।'' महारानी ने गर्व से कहा।

''निष्कंटक।'' सामड़ ने गर्व से कहा।

इसी के साथ गुप्त मंत्रणा समाप्त हुआr। धूमाकोट में एक नये युग का प्रारम्भ शीघ्र होने वाला था।

सत्ता की बागडोर किसके हाथों में रह पायेगी। सत्ता की भूख बड़ी निर्मम व निर्दय होती है। कभी-कभी अपनों के कंधों पर चढ़कर मानव ऊँचाइयों तक पहुँच जाता है, कभी-कभी यही अपने, उलटा उसके कंधे पर चढ़ जाते हैं। यह कालचक्र चलता रहा है, चलता रहेगा।

असहाय राजा

एक पूरे दिन और रात, राजन अपने कक्ष के बाहर नहीं निकले। राजा के कक्ष में उनके सेवक बराबर उपस्थित होते थे; परन्तु राजा ने उन्हें अन्दर आने से रोक दिया था। वह कक्ष के बाहर बैठ कर राजन के आदेश की प्रतीक्षा कर रहे थे। महारानी एक बार भी महाराज के कक्ष में नहीं गयी। उसने अपने अनुचर के द्वारा राजा का हाल जान लेना ही पर्याप्त समझा। राजन असीम मानसिक पीड़ा के दौर से गुजर रहे थे। यह कैसी विडम्बना है, इतने बड़े राज्य के राजा से कोई उसकी इस असीम पीड़ा को बाँटने वाला न था। धूमाकोट के उत्तराधिकारी की एक प्रबल आशा धूल धूसरित हो चुकी थी। राजा की प्रिय रानी कलिंगा विक्षिप्त हो चुकी थी। महारानी, जो राजा की सबसे विश्वसनीय सहभागिनी थी, आज उसकी सत्यनिष्ठा राजा की नजरों में संदिग्ध हो चुकी थी। राजा असहाय पलँग पर पड़ा था। पूरे राज-महल में अनोखी शान्ति व्याप्त थी। जैसे तूफान के पहले की शान्ति हो। उत्तराधिकारी प्राप्ति की अन्तिम आशा समाप्त हो जाने के बाद अब धूमाकोट में सभी रानियों और उनके प्रभावशाली संबंधीगण स्वयं अपनी-अपनी शक्तियाँ एकत्र करने में जुट चुके थे। महारानी व अन्य रानियों के कक्षों में लम्बी गुप-चुप मंत्रणायें प्रारंभ हो चुकी थीं।

बाहर नितांत खामोशी।

दूसरे दिन मध्याह्न के बाद राजन ने अपनी शक्ति बटोरी और अपने सेवक को पुकारा। सेवक ने राजा के स्नान-ध्यान की व्यवस्था कर दी। राजा अनमने-मन-से स्नानादि कर, तैयार होकर, अपने कक्ष से

बाहर निकले। चारों ओर पूर्व की भाँति सन्नाटा था। राजा धीमे धीमे रानी कलिंगा के कक्ष के बाहर खड़े हो कर अन्दर झाँकने लगे। उन्होंने देखा-रानी कलिंगा श्वेत वस्त्र में लिपटे दोनों शिलाखण्डों को स्तनपान कराने का प्रयास कर रही है। कक्ष में कोई भी नहीं था। राजा ने द्वार के भीतर कदम रखा। रानी कलिंगा के स्तन से दूध की धार निकल रही थी। वह धार निर्जीव पाषाणों पर पड़ रही थी। करुण दृश्य था। राजा का हृदय गहरी वेदना से दहल गया। रानी कलिंगा के सम्मुख कैसे जाऊँ? क्या कहूँ? रानी कलिंगा की समझ भी तो समाप्त हो चुकी है। उसके सामने जाने का अर्थ है, वह अपने शिलाखण्डों को अपने बालक होने का प्रलाप करेगी। मैं उसे कैसे समझाऊँ कि यह सत्य नहीं है? हमारे साथ अवश्य ही किसी ने छल किया है। क्या सातों रानियों ने मिलकर यह छल किया है? राजवैद्य ने भी प्रमाणित कर दिया कि यही शिलाखण्ड रानी कलिंगा ने जन्मे हैं किन्तु महारानी पर भी एकाएक स्पष्ट रूप से मैं कैसे सन्देह कर सकता हूँ? उसने कितनी निष्ठा से, कितने प्यार से रानी कलिंगा की देखभाल की थी। उसके गर्भ धारण करने की खुशी में सुन्दर उत्सव का आयोजन किया था। रानी कलिंगा के महल में आने से पूर्व छः रानियों के आगमन पर भी उसने कभी ईर्ष्या व डाह का भाव प्रदशित नहीं किया था। कलिंगा स्वयं भी महारानी का माँ की तरह आदर करती है, लेकिन यह भी सत्य मानने की बात नहीं है कि रानी कलिंगा ने किसी संतान को जन्म नहीं दिया। गुरूगोरखनाथ, देवहरू, सैम, निरंकार व ऐड़ी जैसे सिद्ध तपस्वियों का आशीर्वाद व्यर्थ नहीं जा सकता है, पर मैं क्या करूँ? महल में सभी एक सुर से यही अलाप लगाये हैं कि कलिंगा के गर्भ से पत्थर निकले हैं। पूरी प्रजा में यह बात फैल चुकी होगी। अब क्या करूँ? किससे कहूँ? -अपनी व्यथा। क्या गुरूगोरखनाथ के आश्रम में जाऊँ? पर वे तो विरक्त हैं, कहीं एक स्थान पर टिकते नहीं हैं। सोचते-सोचते राजन अपने दरबार में जा पहुँचे। उनके पीछे-पीछे दो सेवक चल रहे थे। राजा कुछ देर दरबार को चारों ओर निहारते रहे, फिर सेवकों को आदेश दिया।

''मेरे प्रियमित्र, महामंत्री नरोत्तम को बुलाकर लाओ।''

सेवक ने नम्रता व आदर पूर्वक कहा। ''राजन्, महामंत्री जी धूमाकोट शहर के बाहर गये हैं, महारानी ने यह सूचना दी है कि वे एक माह के बाद लौट सकेंगे।''

राजन ने पुन: आदेश दिया, ''राजगुरु देवदत्त को बुलाया जाय।''

सेवक ने कहा, ''राजन् आपके व्याघ्रेश्वर प्रस्थान के साथ ही राजगुरु महल छोड़ कर चले गए थे।''

''हूँ....!'' उनके अन्दर आश्चर्य एवं क्रोध था, पर इससे अधिक कुछ कह न सके। कुछ देर सोचने के बाद राजा अपने विश्राम कक्ष की ओर मुड़ गये। राजा की इच्छा हुयी कि महारानी के कक्ष में जाये, राजा को अत्यंत कष्ट पहुँचा था कि महारानी इस दुख: की घड़ी में उसे सांत्वना देने तक नहीं आयी। फिर उन्होंने हृदय को कड़ा किया और महारानी के कक्ष की ओर मुड़ गये।राजा ने सोचा-चलो, महारानी नहीं आयी तो क्या? महारानी को भी तो दुख पहुँचा होगा। मैं स्वयं जाकर महारानी से मिलता हूँ। दोनों का मन हलका हो जाएगा जब एक दूसरे से बात करेगें। राजा के कदमों में कुछ तेजी आ गयी और महारानी के कक्ष के द्वार पर कदम रख कर सहसा वह ठिठक गया। कक्ष में हो रहे वार्तालाप की आवाजें सुनने के लिए राजा द्वार के बाहर एक ओर चुपके से खड़े हो गये।

सर्वशक्तिमान महारानी का विश्वासघात

राजा ने झाँक कर देखा- महारानी का कक्ष खचाखच भरा था। महारानी के चारों भाई सेनापति गरूणभट, उपसेनापति सामड़भट व सोमईश्वरभट-राजस्व मंत्री शौलिक्य, भण्डारमंत्री पिलखुवाभट। सभी रानियाँ, उनके निकट सम्बंधी। रानी ताकुली के पिता श्रीसतराली जो काफी वृद्ध हैं, अनुभवी हैं, आसनों में जमे थे। राजन के दो भतीजे भी यथास्थान बैठे थे।

पूरा कक्ष राजकाज व राजमहल से जुड़े शीर्ष लोगों से भरा पड़ा था। महारानी सबसे ऊँचे आसन पर गर्व से तन कर बैठी थी। ऐसा प्रतीत हो रहा था, मानो धूमाकोट के राजा की सभा चल रही हो।

महारानी ने स्पष्ट एवं दृढ़ स्वरों में कहा। ''अब धूमाकोट के उत्तराधिकारी प्राप्त होने का अन्तिम प्रयास भी असफल रहा। अत: अब सबसे योग्य, वीर, शक्तिशाली व्यक्ति ही धूमाकोट का युवराज घोषित किया जायेगा। इसके लिए दो व्यक्ति ही सबसे उपयुक्त हैं। प्रथम-गरूणभट, जो वीर हैं, सेनापति हैं, बुद्धिमान हैं। दूसरा-सामड़भट, वह युवा हैं, वीर हैं, उपसेनापति हैं, बुद्धिमान हैं और पूरे धूमाकोट में उसकी वीरता के आगे कोई टिकता नहीं है। इसके साथ ही उसने कई तांत्रिक सिद्धियाँ व विषैले अस्त्र-शस्त्र भी प्राप्त कर लिए हैं। इस तरह वह धूमाकोट में ही नहीं अपितु पूरे उत्तरापथ में अजेय है। भाई गरूण वरिष्ठ अवश्य हैं, लेकिन उनकी उम्र अधिक हो चुकी है। महाराज अभी स्वस्थ हैं। ईश्वर उन्हें लम्बी आयु प्रदान करे, पर उनकी मृत्यु के पश्चात् ही कोई राजा बन सकेगा। तब तक भाई गरूण स्वयं वृद्ध हो जायेंगे। अत: उचित होगा कि भाई सामड़भट को ही धूमाकोट का युवराज घोषित किया जाय।''

कुछ तर्क व विचार विमर्श के बाद सभी सहमत हो गये। सामड़ के सामर्थ्य के सामने किसी की न चलती थी।

महारानी ने आगे कहा, ''आप सब के अधिकार पूर्ववत रहेंगे।''

महारानी ने सभी के अधिकारों में कुछ वृद्धि कर सबको सन्तुष्ट कर दिया। सभी रानियाँ खुश थीं। महारानी परम आनन्द का अनुभव कर रही थी। गरूणभट कुछ दुखी नजर आ रहे थे; परन्तु सेना में सामड़ की अधिक पकड़ को देख और उसके शारीरिक बल-सामर्थ्य आदि को देखकर वह मन मार कर चुप बैठ गये। मंत्रणा का सार यही रहा कि महारानी का परोक्ष राज चलेगा। उत्तराधिकारी सामड़भट होगा। सभी रानियों के जो भी निकट सम्बन्धी या मण्डलप्रमुख थे उन्हें और अधिक अधिकार प्रदान कर दिये गये। सामड़भट को धूमाकोट की रक्षा का भार सौंपा गया; परन्तु अभी वह बड़े भाई गरूण के अधीन ही रहेगा जब तक कि हालूराई जीवित हैं। हालुराई के बाद सामड़ ही धूमाकोट का राजा होगा यह तय किया गया।

राजा ने द्वार से अपने कदम पीछे खींच लिए। वह पर्दे के पीछे से यह सब सुनता रहा,सोचता रहा, उसे अपने कानों पर विश्वास नहीं हो रहा था। उसकी अनुपस्थिति में सभी निर्णय हो चुके थे। राजा और दरबार में मंत्रणा का औचित्य समाप्त हो चुका था। महामंत्री, परम सहयोगी,सलाहकार नरोत्तम, राजगुरू देवदत्त आदि का विचार जानने की आवश्यकता ही नहीं समझी गयी। धूमाकोट को क्या हो गया?

यह कहाँ जा रहा है? राजा का मस्तिष्क शून्य होता जा रहा था। महामंत्री नरोत्तम और राजगुरू देवदत्त के धूमाकोट छोड़ने का अभिप्राय राजा को धीरे-धीरे स्पष्ट होता जा रहा था। अर्थात् अब धूमाकोट में महारानी का राज चलेगा।

राजा बोझिल कदमों से रानी कलिंगा और उसके निर्जीव बालकों को देखने उसके कक्ष की ओर बढ़ गये। उन्हें लग रहा था इन जीवित, तृष्णा भरे लोगों से अच्छे तो निर्जीव शिलाखण्ड ही हैं, जिनमें घृणा, विश्वासघात, धूर्तता तो नहीं भरी है। वह सोच रहा था-रानी कलिंगा ही ठीक है, उसे पहले भी किसी प्रकार के प्रपंचों का ज्ञान न था न समझ थी; अब तो कुछ भी नहीं।

क्रोधित गोरीगंगा की प्रकंपित लहरें

गोरीगंगा की उत्ताल तरंगें। क्रोध-प्रकंपित लहरें। भारी लौह-पेटिका को एक काष्ठफलक की भाँति बहाकर ले जा रही थीं। आज गोरीगंगा में अतिरिक्त शक्ति का प्रादुर्भाव हो गया, ऐसा प्रतीत होता था। वह क्रोधित-सी लग रही थी-अन्यायियों के अत्याचार पर? या किसी अवतारी को अपनी गोद में पाकर वह हिलोरें ले रही थी? क्या प्रकृति माँ की यह बेटी आकुल व्याकुल होकर इस लौह पेटी को तीव्रगति से अत्याचारी शासकों, बालवध के महापापियों की पहुँच से दूर पहुँचाना चाहती थी?

लौह पेटी उत्ताल तरंगों के मध्य उलटती पलटती बही जा रही थी। किसी विभूति को जन्म से ही क्यों पीड़ा भोगनी पड़ती है? कठोर लौह पेटी के भीतर कोमल नवजात बालक इस कठोर बन बैठी सृष्टि के हाथों से बच पायेगा! कालरूपिणी हरहराती गोरीगंगा के जल तरंगों से जूझता यह अवतारी बालक एक रोमहर्षक, दुरूह यात्रा पर निकल चला था - क्रोध-प्रकंपित सृष्टि से, सत्तालोलुपों से, निर्दय यम अनुजाओं से बचते, संघर्ष करते।

गोरीगंगा जैसे जैसे पेटी को लेकर आगे बढ़ती, उसकी तरंगें और अधिक विकराल रूप धारण करती जा रही थीं। आगे कई अन्य छोटी जलधारायें गोरीगंगा में मिलकर उसके विकराल रूप को द्विगुणित कर रही थीं। घोर प्रलयंकारी वर्षा और मेघगर्जन के साथ सौदामिनी कौंध रही थी। ज्यों-ज्यों चरण चरण पर नदी गहरी होती जा रही थी संकट भी गहराता जा रहा था।

क्या गुरू गोरखानाथ सहित पंचनाम देवों का आशीर्वाद इस बालक को सुरक्षित रख पाएगा? क्या उनकी भविष्यवाणी मिथ्या हो जाएगी? क्या अब राजा की आठवीं रानी से जना पुत्र धूमाकोट का उत्तराधिकारी बन पायेगा? सम्भव है? यह नवजात अनमोल हीरक-सा बालक निष्ठुर, पाषाण हृदया,ममताहीना सात कुमाताओं के हाथों से किसी तरह बच गया है; परन्तु धूमाकोट के सत्तालोलुप, षड्यन्त्रकारियों के साथ, माँ गोरीगंगा तू भी सम्मिलित न हो जाना। तू इस पाप की भागी न बनना। इस दिव्य बालक की उत्पत्ति किसी विशेष प्रयोजन हेतु हुई है। यह शिशु उत्तरापथ के दीन, पीड़ितों, निरीहों का मुक्तिदाता बनेगा। सज्जनों, साधुजनों का उद्धार कर धर्म की रक्षा करने वाला, सहस्त्रो का न्यायदाता बनने वाला है। राक्षस,मसाणों, खबीसों को भय-प्रकंपित करेगा। किसी भी स्थिति में माँ बनकर तुम इसे

अपनी गोद में सँभाल कर ले जाना, सँभाल कर ले जाना-माँ गोरीगंगा।

हे महाकाल! हे भैरव! इस नवजात शिशु पर कृपा करना।

अनिर्वचनीय सुख

गोरीगंगा महादेव के चरणों को पखारती, कैलाश पर्वत शृंखला की गोद से निकलकर दक्षिण पूर्व की ओर अपनी गोद में शिवांश के वरदान से उत्पन्न बालक को बहाकर ले जा रही थी। गोरीगंगा अपने को गौरवान्वित अनुभव कर रही थी कि आज उसकी गोद में एक अवतारी शिशु खेल रहा है। यदि प्रकृति माँ ने इस बालक को आज बचा लिया तो इस शिशु के नाम के साथ गोरीगंगा का सम्मान और अधिक बढ़ जाएगा।

गोरीगंगा के किनारे पर रमणीय गौरीघाट, घाट के निकट प्राचीन छोटा सा शिवालय। गोरीगंगा के ठहरे जल से स्वनिर्मित जलाशय में गौरीघाट का भाना मछुवारा अपना जाल डाले मछलियाँ पकड़ रहा था। आज भाना प्रात: से जाल डाले बैठा था, पर अभी तक कोई मछली जाल में फँसी नहीं थी। सूर्य देव पश्चिम की ओर अग्रसर होने लगे। भाना को चिन्ता सताने लगी। अचानक जाल का भार बढ़ गया। भाना खुशी से उछल पड़ा। जाल अपेक्षा से अधिक भारी था। जाल को पानी से बाहर खींचने में भाना को काफी परिश्रम करना पड़ रहा था; परन्तु वह अनुभवी मछुवारा था। बड़ी चतुराई से उसने जाल को किनारे की ओर खींच लिया। जाल को कंधे पर डालकर, नदी के विपरीत बालू में जाल को खींचता चला गया, जब तक कि जाल पूरी तरह पानी से बाहर नहीं आ गया। भाना ने पीछे मुड़ कर देखा, वह अंचभित था! जाल के अन्दर मछली नहीं थी। जाल में एक आयताकार लोहे की पेटी फँसी थी। भाना ने कुछ देर तक चारों ओर से पेटी का निरीक्षण किया। जाल पेटी के उपर से हटाया। उसकी उत्सुकता बढ़ती जा रही थी। नदी से सटे खेत पर भाना की पत्नी भानुली धान गोड़ रही थी। भाना ने उसे ऊँचे स्वर में आवाज लगाकर बुलाया। भानुली दौड़ती हुई नदी तट पर भाना के पास आ गयी।

भाना ने जाल में फँसी पेटी की ओर संकेत कर कहा।

''अरी भानुली, आज मछली तो फँसी नहीं, देखो यह लोहे की पेटी जाल में फँसी है। भारी प्रतीत हो रही है, पता नहीं इसमें क्या होगा?''

''मुझे तो डर लग रहा है, पहली बार ऐसा हुआ है, मछली की जगह लोहे की पेटी!''

''अरी, डर कैसा? कोई चोरी करके पेटी लाये हैं क्या? चलो उठाते हैं।'' भाना ने कहा।

पति-पत्नी ने वजनी लौह पेटी को उठाकर बालू से बाहर साफ स्थान पर रखा। लौह पेटी बन्द थी, उसमें अर्गलाऐं फँसी थीं। भाना ने कुटेले-कुदाल से बड़ी कठिनाई से अर्गलाऐं तोड़ी। वह भय तथा आशंका से घिरा था। भाना सयाना व्यक्ति था। भानुली उसके साथ थी। उसने पेटी को धीरे से खोला। दोनों की आँखें आश्चर्य से खुली की खुली रह गयीं! दोनों अचम्भित मूर्तिवत् रह गये! भाना ने भानुली की ओर देखा, भानुली ने भाना की ओर। कुछ क्षण दोनों पेटी के भीतर देखते रहे! कोई शब्द नहीं!

भाना ने धीरे से पेटी के अन्दर हाथ डाला, सहसा हाथ पीछे हटा लिया। पेटी में था-श्वेत वस्त्र में लिपटा गौरवर्ण का सुन्दर शिशु। बड़े नेत्र, घनी लहरदार भौंहें, नवजात शिशु के अपूर्व घने केश अद्भुत थे। वह नीली स्वच्छ आँखों से उसे देख रहा था। उसके मुखमण्डल पर अनोखा तेज चमक रहा था। कोमल, गौरवर्ण शिशु को भाना अपने श्रम से कठोर व काले हाथों से छूना नहीं चाहता था, उसने हाथ पीछे खींच लिए।

उसने भानुली से कहा।

''भानुली, ये कैसी महिमा है, पानी के अन्दर पड़ी पेटी में यह शिशु जीवित है। कोमल और साफ स्वच्छ शिशु को मैं अपने कठोर हाथों से नहीं छू सकता हूँ। मेरे खुरदुरे हाथों से इसे दर्द हो सकता है। तू ही निकाल इसे पेटी से।'' भाना पेटी के बगल में बैठ गया।

कुछ क्षण आनन्द विह्वल रहने के पश्चात भानुली ने अपने साँवले किन्तु सुकोमल हाथों से धीरे से श्वेत वस्त्र में लिपटे शिशु को उठाया। शिशु की किलकारी से भानुली का सम्पूर्ण मातृत्व जाग उठा। उसने वस्त्र हटा कर देखा, वह एक बालक था। अकस्मात पुत्र प्राप्ति के सुख से उसके नेत्र अश्रुपूर्ण हो उठे। वह एक क्षण सुन्दर शिशु को निहारती रही, अगले ही क्षण उसने शिशु को अपने वक्ष में भींच लिया। पुत्र स्पर्श के अनिर्वचनीय सुख के अनुभव से प्रफुल्लित हो कर वह अत्यन्त स्नेह संचित हो उठी। अपने लम्बे संतान-सुख-विहीन संसार में उसको अनोखे सुख की तरंग दौड़ने का अनुभव हुआ। भानुली की आँखों से आँसू निकल प़डे। यह हर्ष के आँसू थे। यह बालक से मिलन का चरम आनन्द का क्षण-भाना देखता रह गया। भाना के मुँह से कोई शब्द नहीं निकला। उसकी आँखों से भी दो बूँद निकल कर उसके गालों पर लुढ़क गये।

चन्द्रमा के समान उज्ज्वल, सौम्य, सुन्दर, गौर वर्ण बालक को वह जी भर कर निहारती रह गयी।

इस नवजात बालक को अपनाते ही, भानुली द्वारा उसे गोद में लेते ही, भाना-भानुली दम्पति सदैव के लिए सौभाग्य को प्राप्त हो गये। भानुली को कहाँ ज्ञात था कि वह उत्तरापथ के वीर नायक, दैत्यों का दमन करने वाले, प्रजा को अभय देने वाले, न्यायकारी राजा को अपनी गोद में उठाये है? भाना भानुली का यह सौभाग्य किसी पूर्व जन्म के कर्मों का अवश्य ही फल होगा।

भानुली का गोरिया

नि:संतान भाना-भानुली निहाल थे। यह कैसा चमत्कार भगवान महादेव ने किया! आधा जीवन कट गया-संतान विहीन। आज तक जो नदी हमारा पेट पालती रही, उसी नदी ने आज संतान भी दे दी। बालक को ले कर असीम आनन्द के साथ दोनों घर की ओर चल पड़े। मार्ग में कुछ ही दूरी पर नीरव-एकांत महादेव का छत-विहीन देवालय। दोनों बालक को लेकर देवालय के भीतर चले गये। दोनों हाथ जोड़ कर महादेव का इस अपार प्रसन्नता तथा अनमोल उपहार के लिए कोटिश: धन्यवाद ज्ञापित करने लगे। आँसुओं से देवालय को सिंचित किया। इस बालक को महादेव का प्रसाद मानकर गौरीघाट का

धींवर दम्पति घर की ओर चल दिया।

घर पहुँचते ही भानुली ने भाना से साफ स्वच्छ वस्त्र का बिछौना तैयार करवाया। वह बालक को गोद से उतारना नहीं चाह रही थी। इधर भाना बिछौना तैयार कर ही रहा था कि बालक ने जोर-जोर से रोना शुरू कर दिया। भाना दौड़ता हुआ भानुली की ओर भागा। बोला

''अरी भानुली, बच्चा क्यों रो रहा है?''

''तुम बिछौना बिछाओ, बच्चा भूखा होगा, रोयेगा नहीं तो क्या करेगा? पता नहीं कितने दिन से भूखा होगा? इसे तो दूध की आवश्यकता होगी।''

''मैं थोड़ी दूर पर आमा के घर जाकर दूध माँग कर लाता हूँ।''

''तुम पहले बिछौना तैयार करो!'' भानुली ने आदेश दिया। भाना आज्ञाकारी शिष्य की तरह काम में लगा था। बच्चे का रोना जारी था। भानुली उसे चुप कराने के प्रयास कर रही थी कि तभी गोठ में बँधी बाखड़ी गाय-चानुली जोर-जोर से रम्भाने लगी।

भानुली ने कहा। ''इस चानुली को भी इसी समय भूख लगी, इधर बच्चा रो रहा है, उधर यह हल्ला मचा रही है।''

भानुली बच्चे को गोद में लेकर आँगन में आ गयी और बाहर से ही गोठ की तरफ देखकर बोली। ''चानुली चुपकर, देख रही हो हमारे घर में नन्हा बच्चा आ गया है; तू दूध दे रही होती तो यह पल जाता। उल्टा तू हल्ला मचा रही है। कुछ देर चुप रह, मैं बच्चे को सुलाती हूँ, तब आती हूँ।''

भानुली अन्दर चली गयी। टूटा फूटा मकान। भाना ने जमीन पर पुआल बिछाया उसके ऊपर पुराने कपड़ों से बना खातड़ (गद्दा) बिछा दिया, उसके ऊपर एक छोटा सा साफ कपड़ा बिछा दिया था। भानुली ने बालक को बिस्तर पर बड़े प्यार व स्नेह के साथ धीरे से लिटा दिया।

बिछौने पर रखते ही बालक ऐसे चुप हो गया जैसे उसे कोमल मखमली बिस्तर पर आराम से सुला दिया गया हो। भानुली का हृदय शांत हुआ। गाय चानुली लगातार रम्भाये जा रही थी।

भानुली ने भाना से कहा। ''भाना, इस चानुली को बाहर बाँध दो; गोठ में काफी देर से बँधी है। हल्ला मचा रही है, कहीं बच्चा जग गया तो फिर रोने लगेगा। तुम शीघ्रता से दूध के लिए जाओ।''

''ठीक है।'' भाना गोठ में गया और चानुली गाय को खोल कर बाहर आँगन में खूटे से बाँध दिया। किन्तु चानुली चुप न हुयी। भानुली बाहर आयी उसने चानुली के सिर पर हाथ फेरते हुए कहा।

''चानुली क्या बात है? क्यों रम्भा रही हो? मुझे महाभैरव ने कितना बड़ा वरदान आज दिया है। मैं माँ बन गयी हूँ। तू दूध दे रही होती तो बच्चा पल जाता।'' कहते-कहते सहसा भानुली की दृष्टि गाय के थनों पर पड़ी। आश्चर्य! गाय चानुली की काचुनी भरी थी, थन तने थे। भानुली को समझते देर न लगी कि गाय क्यों रम्भा रही है? वह खुशी से उछल पड़ी। उसने भाना को सहसा तेज आवाज लगायी।

भाना दौड़ते हुए आँगन में आया। ''अरी, क्यों इतनी तेज चिल्ला रही हो? अन्दर बच्चा सो रहा है।''

''अरे भाना, चमत्कार देखो!'' उसने भाना को दिखाया। गाय की काचुनी दूध से भर गयी थी।

दोनों एक दूसरे के गले लग गये। आनन्द ही आनन्द।

भाना दौड़ते हुए घर के अन्दर गया। वह एक तौली (बरतन) में थोड़ा पानी लेकर भागता हुआ आँगन में आ गया। भानुली ने चानुली को गले लगा लिया। भानुली ने पानी से गाय के थन धोये तथा स्नेह से दूध दुहने लगी। चानुली ने आज उतना दूध दे दिया था जितना वह प्राय: ब्याने के बाद देती थी। अब गाय चानुली शांत थी। दोनों पति-पत्नी के आनन्द की सीमा न थी।

बच्चे को सीने से लगाकर भानुली रात भर सोयी। बीच में उठ-उठ कर बच्चे को देखती। बालक गाय का दूध पीकर तृप्त हो गया था। वह रातभर गहरी नींद में सोता रहा। भाना ने भी सुख की नींद ली। प्रात: चिड़ियों की चहचहाहट से भानुली की निद्रा भंग हुयी। उसने आँखें खोली। चारों ओर प्रकाश फैल चुका था, पर अभी धूप नहीं निकली थी। भानुली उठ कर बैठ गयी। एक हाथ से उसने बालक के सुन्दर मुख पर हाथ फेरा। जी भर कर नेत्रों से भानुली उसे देखती रही। पुत्र प्राप्ति से विह्वल भानुली को उसे देखने से तृप्ति नहीं हो रही थी, वह अपलक नेत्रों से उसे देखती रही। निश्चित ही किस माँ का मन पुत्र को देखने जैसे आनंदकारी, मंगलकारी कर्म से तृप्त हो सका है?

बालक कुल-कुलाया, फिर सो गया।

सहसा भानुली को अनुभूति हुई कि उनके स्तन भारी हो गये हैं। उनमें दूध होने की तीव्र अनुभूति उसे होने लगी। सहज वात्सल्य व प्रगाढ़ हर्ष से पुलकित भानुली ने उस विलक्षण बालक को अपनी गोद में उठा लिया। गोद में बैठाते ही उसके स्तनों से दूध बह निकला। भानुली ने शिशु को अपने स्तनों से लगा लिया। वह चमत्कारी विलक्षण बालक माँ के स्तनों से अमृतमयी दुग्ध-पान करने लगा। भानुली का पूरा शरीर और हृदय ममता से भर गया। पुत्र स्पर्श के अनिर्वचनीय सुख का अनुभव प्राप्त कर वह पुलकित हो उठी। उसने भाना की ओर देखा। वह गहरी नींद में सो रहा था।

गरीब, दलित, भाना-भानुली के कष्टमय जीवन में अब आनन्दमय जीवन का आगमन हो चुका था।

धींवर दम्पत्ति चमत्कारी बालक की अद्भुत बाल लीलाओं का आनन्द उठाते, गाय चानुली को लाड़-दुलार देते, इस तरह जीवन चलने लगा। भाना-भानुली का घर मुख्य गाँव से कुछ दूरी पर, नदी के तट के पास था। जिसे इस अद्भुत घटना की सूचना मिलती, वह भानुली के घर की ओर दौड़ पड़ता, इस अनोखे चमत्कारी बालक के दर्शन को। भानुली के घर में पूरा गाँव एकत्र हो गया।

घनुवा पधान की पत्नी ने बालक को देखा तो उत्साह में बोली, ''अरे! भाना तो निपट काला, साँवली भानुली, दोनों की झोली भरी है-गोरे-गोरे पूत से। ऐसा गौर वर्ण तो पूरे गाँव में किसी का नहीं है री।'' सभी ग्रामवासियों की खिलखिलाहट का स्वर गरीब-दीन भाना के टूटे-फूटे घर में गूँज गया।

भानुली ने कहा, ''अरी! कहीं दीठ न लग जाय मेरे लाल को।'' भानुली ने शिशु को अपने वक्ष में भींच लिया। पुलकित भानुली के नेत्रों में अश्रु थे।

गोरीगंगा से मिले नन्हें नवजात बालक को देखने जो भी भानुली के घर की ओर आता, उनमें कोई बच्चे के लिए वस्त्र अथवा अन्न लेकर आता। कोई गाय चानुली के लिए घास की गठरी ही लेकर

चला आ रहा होता था। गाय चानुली भी कौतुक का विषय बनी थी। गोरे गोल-मटोल बालक का मन भावन चितवन तथा बालक की आँखों में अनोखा सम्मोहन था। बड़े-बड़े नेत्र,घनी लहरदार भौंहें, सिर पर घने कोमल हलके घुँघराले केश, अति गौर वर्ण! जो देखता, देखता ही रह जाता।

जो उसे देखता गोरा-गोरा कहता। देखते देखते गौरीघाट पर गोरीगंगा के गर्भ से प्राप्त इस बालक का नाम गोरिया पड़ गया। दूर-दूर से लोग गोरिया को देखने आते थे। दोनों पति-पत्नी का संसार बदल चुका था।

बालहठ

बढ़ते चन्द्रमा की तरह गोरिया धीरे-धीरे बड़ा होने लगा। वह बहुत चंचल था। एक स्थान पर रुकता ही न था। भानुली की नाक में दम करके रखता था। गोरिया की नटखट लीला व तोतली बोली भानुली को खूब हर्षाती।

रानी कलिंगा का जना बालक दिन दूनी रात चौगुनी गति से बड़ा होता जा रहा था। महलों का राजकुमार कठोर, पथरीली राहों पर नंगे पाँव, नंगे बदन उछलता-कूदता फिर रहा था। क्रीड़ा-विनोद करता। बालक की मनभावन, लुभावनी चित्ताकर्षक लीलाओं से भाना-भानुली मनोविनोद करते हुए, अलौकिक सुख का अनुभव करने लगे। भाना व भानुली बड़ी कठिनाइयों से और अधिक श्रम कर उसका लालन-पालन कर रहे थे; परन्तु यह कठिनाइयों उन्हें आनन्द की अनुभूति देती थी।

गोरिया और बड़ा हुआ। उसने अपने लिए धनुषबाण बना लिया। धनुषबाण लेकर निशाना साधने लगा। वह बड़ा मन लगाकर निशाना साधता था। धीरे-धीरे वह अचूक निशाना साधने लगा। जब उसका तीर ठीक निशाने पर लगता, वह उत्साहित होता। भानुली के आनन्द की भी सीमा नहीं रहती थी।

वह और बड़ा हुआ। बालागोरिया कम उम्र में ही उत्कृष्ट, विकसित नवतरुण-सी प्रतिभा प्रकट कर रहा था। उसका उन्मुक्त बालमन कई कलाओं में दक्ष हो चुका था। उसके शरीर का विकास, मन-बुद्धि का विकास, दोनों ही अलौकिक, अभूतपूर्व था। महाभाग दम्पति उसकी बाल क्रीड़ाओं को बड़े कौतुक से देखते रह जाते!

एक दिन बालागोरिया ने भाना से कहा। ''बाबू, मेरे पास धनुषबाण हैं, मैं बलवान भी हूँ। मुझे एक घोड़ा लाकर दो, मैं उस पर बैठूँगा।''

''अरे बेटा गोरिया, अभी तू छोटा है, घोड़े पर नहीं चढ़ पाएगा। जब हमारी तरह लम्बा हो जाएगा, मैं तेरे लिए घोड़ा ला दूँगा।''

''मुझे बड़ा घोड़ा नहीं चाहिए। मेरे लिए छोटा घोड़ा लाकर दो।''

''बेटा, घोड़ा छोटा-बड़ा कैसा? जब वह बड़ा होकर मजबूत हो जाता है तभी तो उस पर सवारी की जाती है।''

''मुझे घोड़ा चाहिए, बस!''

बालागोरिया का हठ था, उसे घोड़ा लाकर दो। निर्धन भाना घोड़ा कहाँ से लाता। गोरिया, माँ के पास जाकर हठ करने लगा। भानुली जानती थी वह हठ पकड़ता है तो मनाना कठिन होता है। उसने बहाना बनाया,''ठीक है, क्या तुमने घोड़ा देखा है?''

गोरिया बोला, ''नहीं देखा।''

''फिर तुझे कैसे पता, घोड़ा कैसा होता है? उससे तू क्या करेगा?''

''अरी माँ! तू मुझे बुद्धू समझती है। बाबू ने कई कहानियाँ मुझे सुनायी हैं, जिसमें राजा व राजकुमार घोड़े पर सवार होकर तेजी से दौड़ते हैं। घोड़े की चाल तेज होती है। मैं तो कई बार अपनी गाय चानुली पर बैठकर सवारी कर चुका हूँ। उस पर बैठता हूँ तो वह चलने, दौड़ने के स्थान पर बैठ जाती है। माँ, मैं तो भैंसा पर भी चढ़ चुका हूँ, कई बार गिरा भी था, किन्तु भैंसा को चाहे जितना चाबुक से मारो वह दौड़ता ही नहीं है। उससे तेज तो मैं स्वयं दौड़ लेता हूँ। मुझे तो मुझसे भी तेज दौड़ने वाला घोड़ा ही चाहिए।''

भानुली क्या कहती? निरुत्तर थी। ''बालागोरिया, तुझे इतनी बुद्धि कहाँ से आ गयी है रे? मैं तेरे लिए घोड़ा जरूर मँगाऊँगी, अब तू चुप हो जा।'' बालागोरिया प्रसन्न हो कर खेलने में व्यस्त हो गया।

भानुली ने भाना से कहा,''यह सामान्य बच्चों से अधिक बलशाली, स्फूर्तिवान है। इसे छोटी मोटी चोटों का असर नहीं होता है, वह पत्थर फेंक कर भी अचूक निशाना लगाता है। यह उन शिलाखण्डों को आसानी से उठाता है जिन्हें मैं व तुम मिलकर हिला नहीं पाते हैं। हम दोनों यह तो प्रथम दिवस से ही समझ गये हैं कि गोरिया कोई सामान्य बालक नहीं है, इसमें अवश्य ही कोई दैवीय शक्ति है।'' भानुली कहते-कहते रो पड़ती। हर्ष के आँसू उसकी आँखों में आ जाते। वह कहती, ''मुझ गरीब, अभागिन के जीवन में ईश्वर ने किस दैवीय शक्ति वाले बालक को भेज दिया है। हम गरीब इसके लिए क्या कर पाएंगे?''

भानुली ने एक दिन अपना हृदय कठोर कर यह ठान ली कि गोरिया को किसी अच्छे गुरू के पास भेज देगी। जहाँ वह विद्या ग्रहण कर सके;ज्ञान प्राप्त कर सके। यहाँ इस गाँव में मछली मार कर या गाय भैंस चराकर वह इस दैवीय शक्ति वाले बालक के भविष्य को नहीं बिगाड़ना चाहती थी। वह रोज भाना से चिक्-चिक् करती-''इसे पास के ब्राह्मणों के आश्रम में ले जाओ। यह मेरा जना पुत्र नहीं है। हम शूद्र हैं, पर यह बालक तो नदी से मिला है। इसे शिक्षा देने में क्या दोष?''

भाना, भानुली के दबाव में अनिच्छा से गोरिया को निकट के आश्रम में ले गया। जहाँ उच्च कुलीन ब्राह्मण तथा क्षत्रिय बालकों को शिक्षा दी जाती थी। तब तक गोरिया समझदार हो चुका था, अब वह आठ वर्ष का था। जब वह घर लौटा, निराश था। अपने सम-आयु के आश्रमवासी बालकों के व्यंग्य वाणी से उसका बाल्य मन बिलख पड़ा था। गुरुकुल के आचार्यों के समक्ष निवेदन-रुदन का प्रत्युत्तर भी उपेक्षा, अवमानना व तिरस्कार ही था। गोरिया की आँखों में आँसू थे। व्यथित, निरीह, कातर, पीड़ित मन! उसका दोष इतना ही था कि उसने गुरुकुल के ब्राह्मण, क्षत्रिय बालकों की भाँति शिक्षा-ज्ञान पाने की इच्छा संजोई थी।

झोपड़ी में प्रवेश कर वह एक कोने में बैठ गया। मन पीड़ित, क्रोधित और आवेशित था। शरीर

स्तंभित, विवशता के भाव छाये हुए थे। क्या माता पिता के कर्म के आधार पर ही संतान का वर्ग निर्धारण कर दिया जाता है? क्या गरीब, दीन, दलित के बालकों को ज्ञान-शिक्षा पाने का अधिकार नहीं है?

भानुली के झोपड़ी में घुसते ही, बालागोरिया, माँ कह कर बालक भानुली से जा लिपटा और रोते हुए बोल पड़ा। ''भाना, तू एक बदबूदार मछुवारा है, तू शूद्र है, तेरे बेटे को शिक्षा,ज्ञान,वेदपाठ, मंत्र पाठन का अधिकार नहीं है। बताओ! उन्होंने ऐसा कहा माँ! उन्होंने कहा तू शूद्र पुत्र है, न तेरे कुल का पता है न गोत्र का, तू कैसे आश्रम में घुस आया?''

भाना, भानुली को पहले ही सब कुछ बता चुका था। वह समझ गयी। गोरिया हिचकियाँ लेकर रोता रहा। माँ ने उसे अपनी ममतामयी, आँचल में लपेटे रखा। जब उसका मन कुछ शांत हुआ। तब भानुली ने बालागोरिया को छाती से विलग किया और सान्त्वना देते हुए दुलार के साथ कहा।

''बस इतनी सी बात! मैं तुम्हें दूसरे गुरू के पास भेजूँगी।''

भानुली जानती थी यह इतनी सी बात नहीं है। वह नव अंकुरित बाल मन में मन्द विष संचित नहीं करना चाहती थी। किन्तु वह सोचती- यह भी अनुचित ही है। इस नव अंकुरित मन में एक तीव्र विष व्याप्त कर देना चाहिए-इस कुंठित समाज के विरुद्ध। इसके अन्दर घृणा भर देनी चाहिए-मानव जाति में फैली इस ऊँच-नीच की विषबेल के विरुद्ध। एक समान रक्त व हाड़-मांस से बने लोगों में असमानता व अन्याय का भाव विकसित करने वालों के विरुद्ध। ऐसी घृणा करना कोई पाप नहीं है। घृणा यदि अत्याचार, अन्याय, असमानता के विरुद्ध है तो वह इन ब्राह्मण बालकों के ज्ञान, शिक्षा, मंत्रोचारण से अधिक पवित्र है।

भानुली को याद आता- जब वह मछली लेकर हाट जाती है तो लोग उसके साथ कैसा व्यवहार करते हैं? उसके द्वारा लायी गयी मछली को खाने के लिए खरीद कर ले जायेंगे; परन्तु भानुली का स्पर्श हो गया तो जल के छींटे डालकर शुद्धीकरण करते हैं, घर जाकर नहाते है, कैसा ढोंग है?

उसका मन हुआ कि इस अबोध बालक के शरीर के कण-कण में इस अन्याय के विरुद्ध घृणा भर दे ताकि वह इस अत्याचार से, अन्याय से ल़ड़े। तभी भानुली की ममता जाग उठती। वह स्वच्छ, सुकोमल मन के बालक को बालक ही देखना चाहती थी। ईश्वर की महान कृपा से, समदर्शी भोलेनाथ की कृपा से, उसे लम्बे समय बाद संतान सुख प्राप्त हुआ था। वह इस सुख को खो देना नहीं चाहती थी।

मनुष्य अपने त्वरित सुख की इच्छायें रखता है। समाज के लिए, अन्याय के लिए, लम्बे संघर्ष की भूमिका बिरले लोग ही रख पाते हैं। भानुली साधारण नारी थी। वह लम्बे समय तक सन्तान सुख से वंचित रही थी। वह अबोध बालक के मन को घृणा के भावों से कैसे सिंचित कर देती? वह सोचने लगी, समय आने पर बालक स्वयं इस संसार को समझेगा। उसने बालागोरिया को सांत्वना देते हुए टूटे छत से आती सूर्य की किरणों को देख कर कहा-

''बेटा गोरिया, आकाश की ओर देख! भगवान सूर्य को देख! तू इन्हें ही अपना गुरू मान। वह संसार में प्रत्यक्ष देवता हैं। जो अपनी प्रकाश की किरणें, अपनी ऊर्जा की शक्ति सब जीवों को समान रूप से बाँटते हैं। कहीं कोई भेदभाव नहीं करते। मैंने इतना सुना है कि इनके ध्यान से मनुष्य, प्रकाशवान,

ऊर्जावान, कीर्तिवान बन सकता है। तू इन्हीं का ध्यान कर, सब कुछ पा जाएगा।''

माँ के वचनों से बालक का मन कुछ शांत हुआ। वह टूटी झोपड़ी के छिद्रों से अन्दर आ रही सूर्य की किरणों को निहारता रहा। सूर्य की तरह उर्जावान, शक्तिवान, समदर्शी व कीर्तिवान बनने की इच्छा सँजोकर।

धूमाकोट में फैलती आसुरी प्रवृत्तियाँ

पाँच-छ: वर्ष बीत चुके थे। जैसे माला का दाना एक एक कर पीछे खिसकता जाता है उसी प्रकार राजा के हाथ से सत्ता भी धीरे-धीरे खिसकती जा रही थी। अब राजा धूमाकोट के प्रति अपने राजधर्म से पूरी तरह उदासीन हो चुके थे। पूरा राजकाज कई शक्ति केन्द्रों में विकेन्द्रित होता जा रहा था।

हालूराई दिन-प्रतिदिन अधिक वृद्ध नजर आने लगे। हिमालय की भाँति स्थिर, मौन, गंभीर होते चले गए। उनकी ओर से राज-काज में शिथिलता स्पष्ट दिखाई दे रही थी। शासन के सूत्र शनै:-शनै: महारानी सुगन्धा व सामड़भट के हाथों में जा रहे थे। राजा अधिक सतर्क रहने का प्रयास भी नहीं कर रहा था। राजकाज से कुछ असन्तुष्ट जरूर नजर आने पर भी उनमें सामर्थ्य नहीं कि वह दृढ़ निर्णय ले सकें। यदि कोई निर्णय ले भी लिया तो उसका अनुपालन तो महारानी सुगन्धा के भाइयों को ही कराना होगा। अत: कुछ तर्क-कुर्तक के पश्चात् अन्तत: राजा सामड़, गरूण व महारानी सुगन्धा के निर्णय से सहमत हो ही जाते थे। अब उन्हें यदि कोई अमर्यादित, अन्याय, अत्याचार की सूचना मिलती तो भी वह उग्र या उत्तेजित नहीं होते थे; जैसे पहले हो जाया करते थे। इन सूचनाओं पर सामड़ व गरूण आदि को आदेश देना ही इतिश्री समझते थे। अनुपालन की स्थिति का आकलन करना भी भूल जाते थे।

सामड़ का सिक्का चलने लगा। उसने अपने तांत्रिक मित्र घाटकावीर को पनार, सरयू, रामगंगा के संगम के आस पास के घाटी क्षेत्र का मण्डलप्रमुख घोषित कर दिया। उसे एक सशस्त्र सैनिक टुकड़ी भी उपलब्ध करा दी। घाटका, वीर व बलशाली तो था ही, उसकी तांत्रिक विद्या से लोग पहले से ही डरते थे। अब तो वह सत्ताधारी भी हो गया था। वीर होना ही राजसत्ता के लिए पर्याप्त नहीं था। घाटका ने पूरे क्षेत्र में विभिन्न प्रकार के कर लगाने शुरू कर दिये। बलपूर्वक करों की वसूली करता था। अपना सैन्य बल बढ़ाने के लिए गाँवों से हट्टे-कट्टे नौजवानों को पकड़ कर अपनी सेना में भर्ती करता था। उन्हें मात्र भोजन व वस्त्र ही मिलते थे। ऐसे सैनिक प्रजा पर अत्याचार कर अपनी जेबें भरते थे। धीरे-धीरे इस पूरे क्षेत्र में त्राहि-त्राहि मचने लगी। लोग घाटका की मसानी तांत्रिक सिद्धियों के कारण उसे घाटकामसाड़, घाटका दैत्य, घाटका खबीश के नाम से जानने लगे। इसे कई तांत्रिक विद्याओं की जानकारी थी। वह पानी के अन्दर कई दिनों तक छुपे रहने की विद्या भी जानता था। विभिन्न तांत्रिक, कपाल क्रियाओं के लिए वह नरबलि देने लगा था। पूरे घाट क्षेत्र में घाटका के अत्याचार, अनाचार, पाखंड एवं पापाचार का आतंक छाने लगा।

उधर सामड़ ने अपनी साधना स्थली व्याघ्रेश्वर तीर्थ के निकट बना ली। घाटका से प्राप्त तांत्रिक विद्याओं को बढ़ाने और अधिक शक्तियाँ प्राप्त करने हेतु गोमती-सरयू के संगम पर श्मशान भूमि में

अर्धरात्रि को तमाम कापालिक, बैतालिक,मसानी तांत्रिक क्रियायें करता था। उसकी आसुरी तांत्रिक क्रियाओं के कारण पवित्र व्याघ्रेश्वर तीर्थ से सात्विक ऋषि, मुनि, ज्ञानी, उपासक तथा साधु धीरे-धीरे पलायन करने लगे। सामड़ ने अपने मुख्य तांत्रिक साथियों को इस पूरी सरयू घाटी में विविध प्रकार के अत्याचार करने छोड़ दिया था। ये निर्भय होकर लोगों को डराते, धमकाते। रात में घरों में घुस जाते। स्त्रियों, बच्चों पर बलात् अत्याचार करते। अब तो उन्हें राजसत्ता का समर्थन भी प्राप्त था। इन राक्षसों में प्रमुख लूटावीर, टोलावीर, दनुवा खबीश आदि प्रमुख थे। ये रात्रि में ही प्रजा को कष्ट देते थे। लोगों को विभिन्न प्रकार से डराकर, परेशान करने में इनको आनन्द का अनुभव होता था। लोग इनकी विचित्र और डरावनी काया को देख कर डर के मारे बीमार पड़ जाते, उनका शरीर अकड़ जाता था। तब ये खबीश उन गाँव वालों को परेशान न करने के बदले कई प्रकार के उपहार, कर आदि लेते थे। लोग उनके प्रकोप-उनकी साया से बचने के लिए अपनी भेड़, बकरी, कुक्कुड़, अन्न-वस्त्र आदि भेंट करते थे। सामड़ ने ग्राम चैकोड़ी, धौलीनाग पर्वत से लेकर कोसयानी तक, कपिकोट से लेकर बिनसर पर्वत के आगे ताकुल्ला के तटीय क्षेत्र को अपने सम्पूर्ण अधिकार में ले लिया था। इस क्षेत्र में उसका एकछत्र राज्य था।

गरूणभट ने सोमप्रदेश, कोशीप्रदेश से लेकर वैराट तक अपना शिकंजा कसना आरम्भ कर दिया। उधर सोमईश्वरभट, बनबोक्सा से लेकर रुद्रनगर तक, जहाँ वह निरन्तर शुल्क-कर वसूलने, दलबल के साथ जाता रहता था। पूरे क्षेत्र में अपना पृथक अधिकार क्षेत्र बनाने के प्रयास में लग गया था; किन्तु सामड़भट जिस क्षेत्र में भी जाता वह क्षेत्र उसके प्रभाव में रहता था। कोई उसका सामना करने का साहस नहीं रखता था।

इस प्रकार एक राजा के उदासीन व असहाय हो जाने के कारण मण्डल अनियंत्रित हो कर कार्य करने लगे थे। वीर सामड़भट अनुचित मार्ग पर चल पड़ा था। वह तांत्रिकों व दुष्टों की संगत में फँसकर अपनी वीरता, शक्ति का दुरुपयोग करने लगा था। आसुरी संगत का उस पर धीरे-धीरे प्रभाव दिखाई देने लगा था। सत्ता के मद और अहंकार के दलदल में फँसकर वह प्रतिदिन मदिरा पान करके पवित्र व्याघ्रेश्वर तीर्थस्थल में यत्र-तत्र हुड़दंग करता। पवित्र व्याघ्रेश्वर तीर्थ, मदिरा, शूकर, हिरण, भेड़ों के भुने मांस की तीव्र गंध से अपवित्र होने लगा। सामड़, जो कभी धीर-वीर, न्याय प्रिय, पराक्रमी था, उसके अन्दर राजोचित्त गुण थे, आज वह दुष्टता से संचित धन के मद में अत्याचार व हिंसक प्रवृत्तियों को अपना चुका था। हिंसक पशु-बल का प्रयोग कर, तांत्रिक अंधविश्वास और पाखंड फैलाकर, अभिचारी तथा स्वेच्छाचारी कर्मों से वह राक्षसी प्रवृत्तियों की ओर अग्रसर हो चुका था। भोटान्तक से व्याघ्रेश्वर तीर्थ में आने वाले व्यापारियों पर कर लगाता था। उनका माल भी कई बार लूट चुका था। भेड़-ऊन से बने वस्त्रों को कौड़ी के भाव जबरन उनसे छीन लेता था। सामड़ के एक प्रमुख साथी जटियावीर ने चम्पावत की ओर रुख कर लिया। वहाँ के राजा नागेश्वर नागनाथ, एक सात्विक और न्यायप्रिय राजा थे। जटिया ने चम्पावत के कई क्षेत्रों में आतंक फैलाकर अपना प्रभाव स्थापित करना प्रारम्भ कर दिया था।

इस प्रकार पूरे उत्तरापथ में सामड़ के राक्षसी प्रवृत्ति के आतंकी साथियों ने पाँव पसारने प्रारम्भ कर दिये। ये सभी विभिन्न प्रकार की प्रेतसाधक क्रियाऐं करते, लोगों को प्रेतिल कर उनमें भय का संचार

करते। उनसे पाखंड़ी कर्मकाण्ड करवा कर अपना हित साधन करते थे। चारों ओर प्रेत, भूत,मसानों का भय व्याप्त होता जा रहा था।

राज्य की केंद्रीय सत्ता पर अशक्त, असहाय और वृद्ध राजा के कारण धूमाकोट अराजकता का शिकार होता जा रहा था।

सतझड़

भाना अपने घर के छज्जे पर बालागोरिया को गोद में बैठाये देख रहा था कि-

चारों ओर भयंकर मूसलाधार वर्षा हो रही है। सतझड़ पड़े हैं। छः दिन से लगातार बिना रुके वर्षा हो रही है। आज सातवाँ दिन है। नदी, गाड़, गधेरे पानी से लबालब हैं। इन्हें पार कर पाना कठिन है। अकस्मात्, कब इन नदियों में तीव्र बाढ़ आ जाए, कुछ कहा नहीं जा सकता था। कच्चे पहाड़ कब खिसक कर चल दें, निश्चित नहीं। पगडन्डियाँ, घोड़िया मार्ग, सब टूट गये हैं। खेत, भिड़-मेंड़ टूट-टूट कर बह गये हैं। घराट बन्द हो गये हैं, इनमें जाने वाली नहरें या तो बह गयी हैं या मिट्टी, बालू से अट गयी हैं। घने जंगलों व बाँज के पतेलों के नीचे से जोंक निकल कर बाहर आ गये हैं। कई रास्ते जोंकों से भरे हैं। जो शरीर से चिपक जाते हैं। रक्त चूस लेने के पश्चात् स्वत: ही शरीर को छोड़ देते हैं। इसके पूर्व कुछ भी अनुभव नहीं होता कि कब जोंक शरीर पर चिपक गया है। जब घाव से रक्त रिसने लगे तब दर्द की अनुभूति होती है। यहाँ तक कि जोंक बिस्तर व खाट पर भी चढ़ आते हैं। हर पल संकट; चारों ओर संकट का साया। बीच-बीच में भीषण गर्जना के साथ दमकती दामिनी, किसी विशालकाय वृक्ष पर गिरती, वृक्ष के गिरने की आवाज से दिल दहल उठता। सब घरों में दुबके बैठे हैं।

ऐसे में भाना के घर के अन्दर का भी बुरा हाल था। लकड़ियाँ गीली हो गयी थीं। आग जलाना कठिन था। फूँक मार-मार कर भानुली का सिरदर्द होने लगा था। आँखें लाल हो गयी थीं। सूखी लकड़ियों का अभाव होता जा रहा था। जब घर ही सूखा नहीं तो लकड़ियाँ कहाँ सूखी रहेंगी। सिलाप-सिलन का राज घर के अन्दर हो गया था। भानुली को सिलाप-सिलन से वात की बीमारी लग गयी। उसका पूरा शरीर दर्द कर रहा था। बरसात में पहाड़ी नदियों में मछली मारने का काम बन्द हो जाता था। भाना घर के अन्दर निठल्ला बैठा था। इस झड़ी बरसात में वह कर भी क्या सकता था? बालागोरिया को गोद में बैठा कर वीरों की कथायें सुनाता, भगवान राम ने कैसे राक्षसों का वध किया? उन्होंने सभी जाति, वर्गो से समान व्यवहार और सबके साथ न्याय किया। राजा राम ने मनुष्य के कर्म को ही महत्त्वपूर्ण मानते हुए व्यक्तियों का सम्मान किया न कि और किसी कारण से। उनका राज्य, राम-राज्य कहलाता था। भाना ने उसे गुरूगोरखनाथ, देवता हरज्यू, सैमज्यू की कठिन तपस्या और सिद्धियों की कथायें भी सुनाईं। धूमाकोट के राजा की कहानी; उनकी सात-आठ रानियाँ होने के बाद भी संतान न होने की कथा-व्यथा भी उसने बालागोरिया को सुनाई। बालागोरिया ने उत्सुक होकर भाना से पूछा।

‘‘बाबू, तुम कभी धूमाकोट गये हो?’’

''हाँ बेटा, मैं कई बार मछली लेकर धूमाकोट गया हूँ।''

''मैं भी तुम्हारे साथ धूमाकोट चलूँगा।''

''हाँ-हाँ चलना, थोड़ा बड़ा तो हो जा तब चलना।''

''बाबू, मुझे तुम आश्रम में पढ़ाने ले गये थे। क्या अब वह मुझे वहाँ पढ़ने नहीं देंगे?''

भाना अचकचाया। भाना बात टालना चाहता था, पर गोरिया बार-बार पूछने लगा। भाना ने कहा।

''अरे बेटा, पढ़ने देते, किन्तु बेटा, वहाँ के लिए अच्छे कपड़े चाहिए। आश्रम में खाने-पीने के लिए धन या अनाज जमा करना पड़ता है। यह सब हम गरीबों के पास कहाँ? इधर मछली मारकर बेचने का धन्धा भी बन्द है।''

भाना सोचने लगा, और क्या कहूँ? यही सबसे उचित तर्क है बच्चे को समझाने का। इस समाज में तो जन्म से ही भेदभाव है। ब्राह्मण, क्षत्रिय अपने जाति में ही कई ऊँच-नीच के वर्ग बनाये बैठे हैं। ब्राह्मण; जो अपने को कुलीन बताते हैं, अपने को स्वपाकी ब्राह्मण कहते हैं, वह अन्य ब्राह्मणों के हाथ से बनाया खाना तक नहीं खाते। उनसे शादी-ब्याह नहीं करते। क्षत्रिय या अन्य के द्वारा पकाया खाना तो कोई भी ब्राह्मण नहीं खाता। अपनी जाति में भी ऊँच-नीच वर्ग बनाये बैठे हैं। अपनों में ही इतना भेदभाव! तब हम शूद्रों के साथ तो हमारा रंग देख कर ही बिदक जाते हैं। पास बैठाना या छूना तो दूर की बात है। हमारे बच्चों को क्यों पढ़ायेगें? यह सब कुछ चतुर ब्राह्मणों का किया धरा है, जो अपने को उच्च वर्ग का मानते हैं। उनके बच्चे जन्म से ही उच्च कुल के हो गये। अपनी सर्वोच्चता बनाये रखने के लिए ये समाज को कई वर्गों में बाँटे रहते हैं। इन्हें देख-देख कर अन्य जातियों में भी वर्ग बन गये हैं। यहाँ तक कि हम शूद्रों में भी वर्ग स्थापित हो चुके हैं। क्या कभी पूरा समाज एक हो पाएगा? कोई ऐसा राजा, संत, भगवान आयेगा जो यह सब ठीक कर पायेगा? देवों के देव महादेव ही ऐसे एक देव है जो समस्त मानवों को एक जाति मानते हैं। उनके लिए समाज में कोई वर्ग नहीं है; पर कुछ ब्राह्मण तो उन्हें भी अनार्य कह कर, उनके रहन-सहन, खान-पान पर ही प्रश्न करने लगते हैं। अघोरी कह देते हैं। उनके बल, क्रोध व भय के कारण अधिक विरोध नहीं कर पाते हैं। इसी कारण उत्तरापथ शिव की विचरण स्थली, निवास स्थली होकर भी यहाँ जाति, वर्ग, छुआछूत खूब फल-फूल रहा है। महादेव स्वयं भी यहाँ उपस्थिति होकर इसे ठीक करने की कोशिश करें, तब भी यह शायद ही मिट पायेगा? भाना सोच रहा था कि ये उच्च कुल के लोग तो अपने नौला, जलधारा से पानी तक तो हमें भरने नहीं देते हैं। हमें दूर-दूर से पानी भर कर लाना पड़ता है। भाना सोच रहा था अच्छा है कि हम तो नदी के किनारे रहते हैं। पानी की समस्या तो नहीं है। पर बरसात में नदी का पानी मटमैला हो जाता है, तब नौला व जलस्रोत का पानी चाहिए होता है।

तभी भानुली ने आवाज लगायी। ''अरे भाना! गोरिया तुम्हारी गोद में सो गया है, उसे बिस्तर में लिटा दो। तुम आकर खाना खा लो।''

''ठीक है।'' भाना ने उत्तर दिया। उसने गोरिया को बगल में बिछौने पर खिसका दिया। भाना, रसोई में चला गया। खाना परोसते हुए भानुली ने कहा, ''गोरिया को पढ़ने भेजने के बारे में क्या सोचा?''

''यही तो सोच रहा था। इन आश्रमों में ये बाह्मण तो गोरिया को पढ़ाने से रहे।'' भाना ने निराश भाव से कहा।

''सुना है, चम्पावती नगर से कुछ दूर गुरू गोरखनाथ का आश्रम है। वह भी शिष्यों को ज्ञान, शिक्षा देकर योग्य बनाते हैं। उनके आश्रम में ऊँच-नीच का कोई भेदभाव नहीं है। सुना है, उनके हजारों शिष्य इस उत्तरापथ क्षेत्र में घूम-घूम कर भी शिक्षा देते हैं।''

''अरी भानुली! वे शिक्षा तो देते हैं पर वे शिष्यों को साधु और तपस्वी बना देते हैं। उनके अधिकतर शिष्य तपस्वी-साधु ही हैं।''

''पर हिरदा पधान तो कह रहे थे कि उन्होंने यह नियम रखा है कि जब तक विद्यार्थी उनके आश्रम में रहेगा तब तक वह साधु -संन्यासी की भाँति रहेगा। शिक्षा, ज्ञान, ग्रहण करने के बाद वह अपनी सामर्थ्य के अनुसार कर्म करेगा।''

''पर अगर हमारा बालागोरिया ज्ञान पाकर साधु-संन्यासी बन गया तो? हमारा तो सहारा ही छिन जाएगा।'' भाना ने चिंतातुर होकर कहा।

''हाँ, यह तो है! लेकिन क्या हम अपने सहारे के लिए इस चमत्कारी गुण रखने वाले बालक को अनपढ, अशिक्षित रहने दें? इसके दैवीय गुणों को तुमने देखा ही है। पानी के अन्दर गोता लगाता है तो घण्टों अन्दर घुसा रहता है, जहाँ तुम पानी के भीतर कुछ ही क्षण रुक पाते हो, वह यहाँ पानी के अन्दर घण्टों श्वास साधे बना रहता है। मैं और तुम जिस पत्थर को मिलकर उठाते हैं यह आठ वर्ष का बालक अकेले गेंद की तरह उठाकर दूर फेंक दे रहा है। इसके धनुषबाण का निशाना भी अचूक है। वह बड़े-बड़े पत्थरों को इतना दूर तक फेंकता है कि गाँव वाले भी दंग रह जाते हैं। तुमने देखा, हमारी बाखड़ी चानुली गाय, जब से बालागोरिया आया है तब से बिना ब्याये ही लगातार दूध दे रही है! मेरे स्तनों में किस शक्ति से दूध आ गया था? ऐसा कहीं हुआ है? यह बालक साधारण नहीं हैं। कोई अवतारी प्रतीत होता है। मैं तो कभी-कभी इसकी अनोखी बातों से और इसके अद्भुत काम को देख डर जाती हूँ।''

''कैसी बात करती हो! यदि बालक में दैवीय शक्ति है तो उसे पढ़ाने लिखाने की क्या आवश्यकता है? वह स्वयं ही सब कुछ सीख जायेगा। हमने कौन से आश्रम में जा कर शिक्षा ली है।''

''तुम तो निरा गोबरगणेश हो भाना! गोरिया को भी वैसा ही रहने देना चाहते हो। उसे भी अपना जैसा बनाना चाहते हो? बालक के अन्दर कुछ शक्तियाँ विद्यमान हैं, परन्तु उसे लिखना-पढ़ना, मंत्र पाठ करना तो नहीं आता। यदि वह यह सब जान जाएगा तभी वह इन विद्याओं, शिक्षाओं, शक्तियों से लोगों का भला कर पाएगा। यहाँ तो वह धनुषबाण से छत पर रखे कद्दुओं और फलों को निशाना बनायेगा, किसी की ककड़ियों को गुलेल से गिरायेगा। भैंस-बकरियाँ चरायेगा; तेरे साथ पानी में घुस कर मछली पकड़ लेगा, बस!''

''ठीक है, ठीक है, वर्षा ऋतु के बाद मैं गुरु गोरखनाथ के आश्रम की खोज में निकल जाऊँगा।''

''खोज में नहीं, गोरिया को भी साथ लेते जाना।''

''ठीक है मेरी भानुली! वर्षा ऋतु तो समाप्त होने दो।''

भाना-भानुली ने तय कर लिया कि बालागोरिया को गुरु गोरखनाथ के आश्रम में भेजेंगे।

एक माँ ने कड़ा हृदय कर, निर्मोही बन कर, आज जो निर्णय लिया है, यह बालक के जीवन को

नया मार्ग देगा। अपनी ममता को निर्ममता से दबाकर जब कोई माँ अपने बालक को घर से दूर भेजती है तो उसका दर्द, उसकी वेदना असीम होती है। एक माँ ही उस दर्द को समझती है। यहीं पर ममता की परीक्षा भी होती है। यदि ममता के आसक्त होकर बालक को सही राह न दिखाई गई तो उसके भविष्य के उज्ज्वल होने की सम्भावना क्षीण हो सकती है। बालक के जीवन को ऊँचाइयों पर पहुँचाने के लिए कुछ कठोर निर्णय आवश्यक हैं। इसमें माँ-बाप को कष्ट भी होता है। बच्चों के भविष्य के लिए माँ-बाप अपना समूचा वर्तमान दाँव पर लगा देते हैं।

भाना-भानुली, जो लम्बे समय से संतान सुख से वंचित थे, इन सात-आठ वर्षो में उन्हें असीम संतान प्राप्ति की सुखानुभूति हुई थी। अभी तो गोरिया बालक ही था किशोर भी न हुआ था। अभी से उसे भानुली ने कठिन मार्ग में धकेलने का निर्णय ले लिया। एक दूरदर्शी, ममतामयी नारी ने हृदय पत्थर कर लिया। वह प्रथम बार अपने असीम सुख के कारक बालागोरिया को अपने से दूर भेज रही थी। उसका कलेजा मुँह पर आ जाता था; परन्तु वह कठोर निर्णय ले चुकी थी। क्या बालागोरिया खरा सोना होकर निकलेगा? क्या वह अपनी माँ की कल्पनाओं को साकार करेगा? क्या गोरिया अपनी जन्म से प्राप्त अतींद्रिय शक्तियों को उभार कर उसे लोक के हित में प्रयोग कर पाएगा? यह सब भविष्य के गर्भ में था।

शोषण व उत्पीड़न

इधर धूमाकोट में परमशक्तिशाली महारानी का राज चल रहा था। उसके चारों भाइयों के शिकंजे में धूमाकोट जकड़ा पड़ा था। राजा हालूराई राज्य की ओर से प्रजा के सुख-दुख से पूर्णतया उदासीन थे। उनके राजगुरु एक दो बार दरबार में राजा के समक्ष उपस्थित हुए; परन्तु सभी रानियों के अधिकार प्राप्त सम्बन्धियों ने उनका अपमान किया। उनके अधिकारों पर प्रश्न चिन्ह लगाये। उनसे वाद-विवाद, तर्क-कुतर्क किया। सामड़, गरूण, श्रीसतराली, भतीजे मल्लराई व हेमराई सभी का एक सुर था। बूढ़ा बेसहारा राजा, राजगुरु का पक्ष न ले पाया। ले भी लेता तो निर्णय का क्रियान्वयन कैसे करा पाता? बात सामड़, गरूण जैसे शक्तिशाली सेना नायकों पर आकर रुक जाती थी। राजा तो अब खड्ग भी नहीं उठा पाता था। योग्यता, श्रेष्ठता और राजा-प्रजा के प्रति निष्ठा को प्रथम योग्यता न मान कर महत्वाकांक्षी निकट सम्बन्धियों को एकत्र कर उन्हें प्रमुख पद देने का परिणाम आज उसके सम्मुख उपस्थित था।

सभी मण्डलप्रमुख बदले जा चुके थे या उन्हें ही मण्डलप्रमुख बने रहने दिया गया जिन्होंने सामड़ व गरूण की शर्तों को मानना स्वीकार कर लिया। अब ये प्रजा से भारी कर वसूलते, भूमि को अपने अधीन कर लेते थे। प्रजा जिस भूमि पर हाड़-तोड़ मेहनत कर फसल उगाती थी, उसका अधिकांश भाग मण्डलप्रमुख बल पूर्वक छीन लेते। फसल उगाने वालों को असामी कहा जाता था। ये एक प्रकार के कृषकदास थे। फसल के अतिरिक्त उन्हें दूध, दही, घी, भेड़-बकरियाँ, भैंस आदि भी कर के रूप में जमा करनी पड़ती थीं। बेगारी करनी पड़ती। दलित वर्ग के लोग डोली-पालकी उठाते थे, बोझ ढोते, यह सब बिना मजदूरी के करना पड़ता था। मात्र जिन्दा रहने के लिए खाना भर दिया जाता था; वह भी निकृष्ट श्रेणी का। वस्त्रों के नाम पर पुराने कटे-फटे मैले वस्त्र दिये जाते। चारों ओर त्राहि-त्राहि मची

थी। ब्राह्मण, क्षत्रिय एवं अन्य उच्च जाति के लोग निम्नतर जातियों को दासों की भाँति रखते थे। उन्हें चंडाल, सेवक, कैनी, छयौड़े कहा जाता था। इस तरह उत्तरापथ में कई शोषक व उत्पीड़क प्रथाओं का साम्राज्य स्थापित हो गया।

सेना में बल पूर्वक भर्ती की जाती थी। सामड़भट के सेना नायकों को जिस भी गाँव में हट्टा-कट्टा नौजवान दिखाई देता उसे सैनिक पकड़कर सेना में भर्ती कर देते। सैनिकों को मात्र भोजन व सैनिक वस्त्र दिये जाते थे। राजप्रासादों व राज भवनों के निर्माण के पूर्व नरबलि की प्रथा चलने लगी।

हर मण्डल ने अपने यहाँ भण्डार एकत्र करने वाली अधिकार प्राप्त सैन्य टुकड़ियाँ बना रखी थी। इसके प्रमुख को भोगपति कहा जाता था; जो भोग सामग्री एकत्र करता था-बिना कोई मूल्य चुकाए। ये जिस गाँव में निकलते, वहाँ जो भी वस्तु इन्हें अच्छी दिखाई देती-सब्जी, गाय, भैंस, बकरी, फल; भोगपति के संकेत के साथ वह राज्य की हो जाती थी। चारों ओर अन्याय व अत्याचार। सैनिकों को वेतन न मिलने से ये भी प्रजा पर अत्याचार कर भ्रष्ट तरीकों से स्वयं के लिए धन वसूलते थे।

सामड़ व उसके साथियों ने अपने-अपने क्षेत्रों में आतंक फैला रखा था। घाटकावीर,नौमनियाँ मसाड़, टोला, खबीसों के आतंक का साया चारों ओर प्रजा पर पड़ता जा रहा था। सामड़ तांत्रिक विद्याओं की जकड़ में आ गया था। मदिरा मांस का भक्षण करता। उसने कई राक्षसी प्रवृत्तियाँ धारण कर ली थी। इधर गरूणभट अधिक से अधिक सम्पत्ति, शक्ति एवं अधिकार बढ़ाने में लगा था। वीरसामड़ को पथभ्रष्ट होने देने में गरूण की भूमिका भी रहती थी। वह जानता था कि सामड़ ही उसका प्रतिद्वंदी है, अत: उसे वह तांत्रिक विद्याओं की ओर आकृष्ट होने पर बढ़ावा देता। गरूण बहुत चतुर राजनीतिज्ञ था। वह अच्छा सेनापति भी था; परन्तु राजा के असहाय व वृद्ध होने का लाभ वह भी उठाना चाहता था। वह धीरे-धीरे सामड़ को व्याघ्रेश्वर तीर्थ के आस-पास के मण्डलों तक सीमित रखना चाहता था। वह चाहता था कि सामड़ तांत्रिक क्रियायें करता रहे,उनका वहीं प्रयोग करे और मदिरा-मांस, मैथुन एवं अनाचार करने में लिप्त रहे, ताकि उसका रुख धूमाकोट की ओर कम हो जाये। वह धीरे-धीरे अपनी योजना में सफल होता जा रहा था।

रानी कलिंगा अपने कक्ष तक सीमित होकर रह गयी। उसका संसार दो निर्जीव बालकों तक सिमट कर रह गया था। वह दो शिलाखण्डों को नहलाती, धुलाती, पोंछती; उन्हें स्तनपान कराने का प्रयास करती। उन्हें लोरी देकर सुलाती, उसकी दिनचर्या में इतना ही सम्मलित था। राजा भी रानी कलिंगा के साथ अधिकतम समय बिताता था।

अब राजा राजकाज का काम नाम मात्र का करता था। महारानी की आज्ञा ही, राजाज्ञा होती थी। अन्य रानियाँ अपने-अपने मायके के मण्डलों की महारानियाँ बन चुकी थीं। वे प्राय: अपने मायके में रहतीं। वहाँ वह एक राजा की भाँति व्यवहार करती थीं। उनके साथ सैन्य टुकड़ी भी होती। जो रानियों की आज्ञा की अवहेलना करता उसे तुरन्त सैन्य दल दण्ड देता। अर्थात् प्रत्येक रानी अपने-अपने मायके के मण्डल पर अधिकार जमा चुकी थी। उनके सगे सम्बंधी धूमाकोट में उच्च पदों पर कार्य कर रहे थे। इस प्रकार रानियाँ मण्डल व धूमाकोट दोनों जगह सत्ता में भागीदारी कर रही थीं। सब तरफ अराजकता, अफरा-तफरी का साम्राज्य था। राज्य में केन्द्रीय सत्ता के कमजोर हो जाने से इस तरह की अराजकता,

अव्यवस्था का होना स्वाभाविक था जिसके दुष्परिणामों का मूल्य प्रजा को अत्याचार, अनाचार, अन्याय के रूप में चुकाना पड़ रहा था।

धूमाकोट का भविष्य अंधकार पूर्ण दिखाई दे रहा था। प्रजा अन्याय व कष्टों से दो चार हो रही थी। हर मण्डल के पृथक् कानून, अलग-अलग प्रकार के शोषण। कहीं तो राक्षसी प्रवृत्तियाँ प्रजा को कष्ट पहुँचा रही थी तो कहीं राज सत्ता के भोगपति, सेनापति ही राक्षसों से अधिक अत्याचार व अनाचार कर रहे थे। धूमाकोट की केन्द्रीय सत्ता का दबाव कहीं नहीं दिखाई नहीं दे रहा था। धूमाकोट की प्रजा का चारों ओर से शोषण तथा उत्पीड़न-कष्ट ही कष्ट।

बालागोरिया से विछोह

चंपावत नगरी के पन्द्रह कोस दूर उत्तर-पश्चिम के घने जंगलों व दुर्गम पहाड़ियों के मध्य गुरू गोरखनाथ का आश्रम बसा था। दूर से घना जंगल होने के कारण यह जान पाना कठिन था कि यहाँ कोई आश्रम होगा। भाना व बालागोरिया कई दिन पैदल चलकर, आश्रम का पता, ग्राम वासियों से पूछ-पूछकर यहाँ आ पहुँचे थे। आश्रम के मुख्य द्वार पर आकर सुस्ताने लग गये। कुछ देर पश्चात् एक जटाजूट धारी संन्यासी आश्रम के बाहर निकला। उसके हाथ में बड़ा चिमटा था। चिमटे के पीछे छल्ले लगे थे। जो छन-छन की ध्वनि कर रहे थे। द्वार के बाहर एक शिलाखण्ड पर दो अनजान लोगों को बैठा देख ऊँचे स्वर में बोला।

''अरे बच्चा, कौन हो? यहाँ कैसे पहुँच गये?''

भाना व बालागोरिया तेजी से साधु के समीप आ गये। दोनों ने दूर से ही साधु को अभिवादन किया। साधु ने देखा-एक साँवले वर्ण के पुरुष के साथ एक गौर वर्ण का अतिसुन्दर, तेजस्वी बालक है। साधु उसे कुछ देर देखता ही रहा, फिर उसने पूछा। ''इस बालक को इतने दुर्गम स्थान में क्यों लेकर आये हो, तुम्हें किससे मिलना है?''

भाना भूमि पर बैठ गया। उसने साधु के सम्मुख हाथ जोड़कर कहा। ''साधु देव, मैं भाना नाम का मछुवारा हूँ। भालेनाथ की कृपा से मुझे यह दिव्य बालक वरदान में मिला है।''

''वरदान में मिला है! तुम्हारा क्या आशय है?''

''साधुदेव, यह बालक मुझे नदी में बहता हुआ मिला था, मैं नि:संतान था अत: इसे पाल लिया।''

''लेकिन इसे यहाँ लाने का क्या उद्देश्य है?''

''साधु देव, यह बालक दिव्य शक्ति वाला बालक है। यह साधारण बालक नहीं है। मैं इसे गुरूगोरखनाथ की शरण में लाया हूँ। मैं प्रार्थना करता हूँ, कृपा कर इसे गुरूगोरखनाथ जी के दर्शन करा दीजिए।''

साधु कुछ क्षण गौर से तीक्ष्ण नजरों से गोरिया को देखता रहा। गोरिया भी आँख से आँख मिलाकर साधु को देखता रहा। दोनों कुछ क्षणों तक एक दूसरे को देखते रहे। भाना चकित होकर कभी

साधु को देखता कभी गोरिया को। सहसा साधु के मुख से निकला, ''ह्वाट..ऽ...'' और उसने गोरिया से तेजी से नजरें हटा लीं। गोरिया पूर्ववत स्थिर था।

साधु ने कहा, ''इसमें कुछ तो शक्ति है! बालक साहसी व निर्भीक प्रतीत होता है।''

''जी देव, इसके धनुष-बाण का निशाना अचूक है। बड़े-बड़े शिलाखण्डों को हवा में गेंद की भाँति उछाल देता है। गुलेल से पत्थरों को अकल्पनीय दूरी तक फेंक सकता है। गुलेल का निशाना भी अचूक है। छोटी-मोटी चोटों से इसे दर्द नहीं होता है। चियुटी काटने से भी इसे दर्द नहीं होता है। पानी के अन्दर घण्टों तक बिना श्वास लिए छिपा रह सकता है।'' भाना एक साँस में कह गया। वह साधु पर प्रभाव स्थापित करना चाहता था ताकि कहीं साधु द्वार से ही गोरिया को न टरका दें।

''हाँ, बालक में अवश्य ही कुछ है! यों ही मेरे मुख से हठात् -ह्वाट् की आवाज न आती। आओ अन्दर आ जाओ।'' साधु बिना पीछे देखे आश्रम के द्वार के भीतर प्रवेश कर गया। दोनों झट उसके पीछे लपके। चारों ओर कुटियाँ बनी थी। बीच में बड़ा आँगन था। आँगन के मध्य जमीन से दो हाथ ऊँची गोल धूनी बनी थी। उसमें मोटे-मोटे काष्ठ कुन्द मन्द-मन्द धधक रहे थे। धूनी के ऊपर चारों ओर बड़े-बड़े चिमटे, त्रिशूल, दण्ड, फौड़ी आदि खोंसे गये थे। धूनी को लाल मिट्टी से चारों ओर लीपा गया था। साथ ही पूरा आँगन भी लीपा-घँसा गया था। पवित्र वातावरण चारों ओर फैला था। साधु दोनों को एक कुटीर के अन्दर ले गये। अन्दर कोई न था। साधु ने कहा, ''तुम यहीं आराम करो, पिछले द्वार से बाहर जाओगे तो पानी आदि की व्यवस्था है, मैं कुछ देर में लौट कर आता हूँ।''

साधु बिना किसी प्रत्युत्तर की प्रतीक्षा किये कुटीर के बाहर चला गया। भाना को इतना तो सन्तोष था कि साधु ने आश्रम में प्रवेश तो करने दिया। ब्राह्मणों के आश्रम में तो प्रवेश ही वर्जित था। उनके आश्रम के द्वार के भीतर शूद्र के प्रवेश से पूरा आश्रम ही अशुद्ध हो जाता। ब्राह्मणों में हाय तौबा मच जाती। यहाँ तो साधु देव ने उन्हें आश्रम में प्रवेश ही नहीं कराया वरन् एक कुटिया ही उन्हें रहने के लिए दे दी थी। कितनी भिन्नता है, दोनों आश्रमों में।

रात्रि के प्रथम प्रहर में खाने की व्यवस्था थी। सभी साधु-संन्यासी, सामान्य जन लगभग सौ-सवा सौ होने का भाना ने अनुमान लगाया। सबको एक साथ एक पंक्तिबद्ध रूप से बैठा कर भोजन परोसा जा रहा था। न कोई ऊँच, न कोई नीच, एक समान भोजन, साधारण भोजन। भाना ने चारों ओर नजर दौड़ाई। उसे वह साधु देव नहीं दिखाई दिए जो उन्हें आश्रम के द्वार के भीतर लाये थे। उसने गोरिया से धीरे से कहा।

''बेटा गोरिया, क्या वह साधुदेव दिखाई दे रहे हैं कहीं? जो हमें आश्रम के भीतर लाये थे।''

गोरिया ने भी नजर दौड़ाई, वह खड़ा होकर उचक-उचक कर देखने लगा। भाना ने उसका हाथ खींच कर बैठा लिया और खाना खाने को कहा।

गोरिया ने कहा। ''बाबू, वह तो कहीं नहीं दिखाई दे रहे हैं।''

भाना व गोरिया ने खाना खाया, पत्तलों को यथा स्थान फेंका और अपनी कुटी के द्वार के समीप जा बैठे। बाहर का दृश्य देखते रहे। कुछ समय पश्चात् वही साधुदेव भाना के निकट आया, उसने भाना से कहा।

''तुम दोनों रात्रि विश्राम करो। गुरू जी सम्भवत: प्रात: दर्शन दे पायेंगे।'' यह कहकर साधुदेव मुड़कर चले गये।

भाना को इस आश्रम में आकर बड़ा आनन्द प्राप्त हुआ। प्रथम तो उन्हें बिना उनकी जात-पात पूछे ही आश्रम में प्रवेश प्राप्त हो गया; दूसरा रहने को कुटिया व भरपेट खाना-वह भी एक ही पंक्ति में बैठ कर। ऐसा सम्मान आज तक उसे न मिला था। लेकिन बालागोरिया को अच्छा नहीं लग रहा था। वह स्वच्छंद,उन्मुक्त घूमने वाला बालक अपने को बन्दी जैसा अनुभव कर रहा था। उसे माँ भानुली की याद आ रही थी। प्रथम बार वह माँ से दूर हुआ था। वह बाबू से चिपट कर लेट गया और दोनों बातें करते करते निद्रा की गोद में समा गये।

प्रात: हुई, दोपहर हो चुकी; परन्तु न तो वह साधु कहीं दिखाई दिये न गुरू गोरखनाथ के आगमन का कोई संकेत था।

गोरिया ने कहा ''बाबू, चलो जंगल में घूमकर आ जाते हैं।''

''नहीं बेटा, बड़ी कठिनाई से आश्रम में प्रवेश मिला है, बिना गुरू के दर्शन आश्रम के बाहर नहीं जाएंगे।''

गोरिया मन मार कर बैठ गया।

दोपहर ढल चुकी थी। पेड़ों की छाया लम्बी होने लगी। ठण्डी हवायें तेज हो गयी थीं। भाना ने देखा-आँगन में धूनी के सामने एक ऊँचा शिलाआसन है जिसके ऊपर बाघ की खाल बिछी है।

सभी साधु-संत; आश्रम में आये लोग धूनी के चारों ओर जहाँ जगह मिली बैठ गये। जिज्ञासावश भाना व बालागोरिया भी एक जगह पर बैठ गये। ऐसा आभास लग रहा था कि गुरू गोरखनाथ पधार रहे हैं।

तभी आश्रम के द्वार पर से तेज स्वर सुनाई दिया। हर-हर महादेव, हर-हर महादेव, जै गुरू गोरखनाथ, जै गुरू गोरखनाथ। एक श्वेत वस्त्रधारी साधु लम्बे-लम्बे कदमों से धूनी के निकट आ रहा था। सभी साधु संन्यासी व अन्य लोग हाथ जोड़ खड़े थे। वह साधु सीधे ऊँचे आसन पर जा बैठा। उसने बैठकर एक बार फिर जयकारा लगाया। हर-हर महादेव, जै गुरू गोरखनाथ! सभी उपस्थित जन समूह ने भी वैसा ही जैकारा लगाया। कुछ क्षण बाद सब शांति पूर्वक यथास्थान बैठ गये। उनके, आसन पर बैठते ही कई साधुओं ने जै देवहरज्यू का घोष कर उन्हें साष्टाँग किया। अब यह स्पष्ट हो गया था कि वे गुरू गोरखनाथ नहीं थे। भाना कुछ निराश हुआ, पर उसे कोई जल्दी न थी। रहने-खाने की व्यवस्था तो थी ही।

तभी देवहरू ने ऊँचे स्वर में आवाज लगायी, ''अरे भाना! बालागोरिया को सामने लेकर आ।''

भाना की जैसे नींद टूटी। हड़बड़ाता हुआ बालागोरिया का हाथ पकड,० लगभग घसीटता हुआ देवहरू के चरणों में गिर पड़ा। गोरिया ने भी बाबू का अनुसरण किया। देवहरू ने अपने दोनों हाथों से दोनों के सिर पर हाथ रखा और धीरे से सहलाया। भाना व गोरिया बैठ गये। भाना को ऐसा स्नेह कभी मिला न था। उसकी आँखों में आँसू निकल कर झरझर गिरने लगे। हाथ जोड़ वह बालागोरिया के साथ चुपचाप बैठा रहा। वह देवहरू को ताकता जा रहा था।

देवहरू ने एक तेज आवाज में कहा। ''ह्वाट.ऽ..।'' और भभूति का एक तुक्का दोनों के ऊपर मारते हुए कहा।

''अरे मूर्ख भाना, अब तू रो रहा है। तेरा तो जीवन सफल हो गया है। अब तेरे जीवन में सुख के दिन हैं, तूने बालागोरिया का पालन अपने हाथों से किया है। तू व भानुली महाभागी हो। महाकाल-महाभैरव तुम पर प्रसन्न हैं जो तुम्हें यह बालक वरदान की भाँति प्राप्त हुआ है।''

देवहरू की नजरें गोरिया पर थी। वह भी देवहरू को अपलक देखता जा रहा था। भाना ने कहा।

''देवहरू, आप मेरा, मेरी पत्नी, मेरे पुत्र, सब का नाम जानते हैं! हम धन्य हैं देवता। यह बालक मुझे नदी से प्राप्त हुआ है। बड़ा दिव्य शक्ति वाला है। इसकी माँ भानुली के हठ व दृढ़ इच्छा शक्ति के कारण ही मैं इसे इस आश्रम में विद्या-ज्ञान प्राप्त कराने लाया हूँ। आस पास के ब्राह्मणों के आश्रम में तो हमें घुसने भी नहीं दिया जाता है। ज्ञान की बात ही क्या करें? मैं तो यहाँ आकर धन्य हो गया हूँ! न यहाँ कोई छुआछूत न ऊँच-नीच।आप धन्य है, यह आश्रम धन्य है, धन्य है।''

भाना एक बार में सब कह देना चाहता था। पता नहीं दुबारा कहने का समय मिले न मिले।

देवहरू सुनते रहे। बोले कुछ भी नहीं। भाना ने पुन: पूछा, ''देव, क्या गोरिया को यहाँ शिक्षा मिल पाएगी?''

''अरे भाना,तूने मन में ठान लिया है कि गुरू गोरखनाथ को इस बालक को सौंपूगा, तब तू निश्चिंत हो जा। अब गोरिया हमारा हुआ। इसे शिक्षा-दिक्षा देना, ज्ञानवान, बलवान बनाना इस आश्रम का काम है।'' भाना कुछ चिंतित हुआ और उसने नम्रता से पूछा, ''देव, गोरिया को यहाँ छोड़ने का अर्थ यह हुआ कि बालागोरिया पर हमारा कोई अधिकार नहीं रहेगा? भानुली तो मर जायेगी।''

''तू गोरिया को यहाँ शिक्षा, दीक्षा, ज्ञान प्राप्त कराने हेतु छोड़ने आया है? या बस आश्रम में दर्शन कराकर वापस ले जाने के लिए?''

''नहीं देव, यहाँ छोड़ने आया हूँ।''

''तब चिंता छोड़, जब तक वह यहाँ रहेगा, वह हमारा है। अच्छा भाना, एक बात बता? यदि गोरिया ज्ञान प्राप्त कर ज्ञानी बन गया या वीर योद्धा बना गया, या सिद्धि प्राप्त संन्यासी बन गया; इनमें से इसकी योग्यता के अनुसार जो वह बन पायेगा। तब क्या उसके पश्चात् भी वह तेरे गाँव में तेरे साथ मछली मारेगा या भैंस-बकरी चरायेगा?''

''नहीं देव! नहीं।''भाना ने अचकचाते हुए उत्तर दिया।

''तो फिर क्यों चिन्ता करता है? बालक दैवीय शक्ति वाला है, मुझे सब ज्ञात है। यह महाबलशाली है ना?''

भाना ने तपाक से कहा-''हाँ गुरूदेव, यह बड़े-बड़े शिला-खण्ड गेंद की भाँति उठाकर दूर फेंक देता है, जिन्हें मैं भी नहीं उठा पाता हूँ।''

देवहरू ने भाना को रोकते हुए कहा-''यह धनुष का अचूक निशाना लगाता है। गुलेल का अचूक निशाना लगता है। यह पानी के भीतर कई दिनों तक बिना बाहर निकले रह सकता है। इसके तुम्हारे घर में

कदम पड़ते ही तुम्हारी चानुली गाय ने दूध देना शुरू कर दिया। भाग्यवान भानुली की छाती से दूध की धार निकल पड़ी थी। यह बालक श्वेत काठ की घोड़ी में यह सवारी करता है ना?''

बाला गोरिया के साथ ही भाना को भी आश्चर्य था। भाना की आँखें तन गयी भौंहें सिकुड़ गई। वह भौंचक्का था! इस संन्यासी को सब कुछ पता है। सब कुछ। गाय का नाम तक। भानुली की छाती में दूध आ गया था, इसको कैसे पता! यह तो त्रिकालदर्शी है! भाना, देवहरूज्यू के चरणों में दण्डवत हो गया और बोला। ''बस देव, मेरी चिन्ता दूर हुई। भानुली ने मुझे सही स्थान पर भेजा। आप इसे योग्य बना दें। इतना ही हमारे लिए पर्याप्त होगा। बस कभी-कभी दर्शन दे-दे मेरा बालागोरिया; मुझे व अपनी माँ भानुली को। वह धन्य हो जायेगी। न वह जिद करती, न मैं सही स्थान पर इसे लाता।'' भाना की आँखों से खुशी व विछोह के अश्रु प्रवाहित होने लगे।

''भाना-भानुली तुम दोनों धन्य हो। तुमने अपने हृदय के टुकड़े को, अपने जीवन के एक मात्र सहारे को, उसके उज्जवल भविष्य के लिए घर से इतनी दूर भेजना तय किया। यह जानते हुए कि वह ज्ञानी, संन्यासी अथवा योद्धा बनने के बाद तुम्हारे साथ नहीं रह पाएगा; फिर भी तुमने अपने सुख व आनन्द का त्याग किया। लम्बी यात्रा में कठिनाइयों को पार करते हुए बालागोरिया को तुम यहाँ तक लेकर आ गये। गुरू गोरखनाथ के आने के बाद इसकी शिक्षा-दीक्षा प्रारम्भ हो जायेगी।''

भाना कुछ न बोला सका। बस हाथ जोड़ कर बैठा रहा। गोरिया उससे जा लिपटा। कुछ देर लिपटे रहने के बाद, भाना ने उसे विलग किया और उसका सिर देवहरू के चरणों में टिका दिया। देवहरू ने मुस्कराकर बालागोरिया का सिर स्नेह से सहलाया।

भाना आश्वस्त था, किन्तु उसका मन नहीं हो रहा था कि वह इस आश्रम को छोड़कर जाये। बिना गोरिया के घर कैसे जायेगा? भानुली का क्या होगा? फिर भाना ने मन कड़ा किया। सोचने लगा भानुली ने ही तो दबाव बनाकर मुझे गोरिया के साथ यहाँ भेजा था।

भाना ने देवहरू के चरण स्पर्श किये और आशा भरी दृष्टि से उन्हें ताकता रहा। देवहरू समझ गये कि भाना आश्वस्त तो है पर कुछ चिंतित है। देवहरू ने कहा।

''अब तुम निश्चिंत घर जाओ! बालागोरिया एक दिन दिव्य पुरुष बनकर तुम्हारे सामने आऐगा। तुम दोनों का नाम भी गोरिया के नाम के साथ ही अमर हो जाएगा। वह तुम्हारे सारे दुखों को हर लेगा।'' देवहरू ने अपनी झोली में हाथ डाला उसमें से एक मुट्ठी भभूति, जिसमें चावल मिले थे, भाना के हाथ में रखते हुए कहा, ''तुम्हें जब भी कोई कष्ट हो, भगवान महाभैरव का ध्यान कर इस भभूति का थोड़ा टीका अपने व भानुली के माथे पर लगा लेना। तुम्हारे सारे कष्टों को महादेव दूर करेंगे।''

भाना ने चावल मिली भभूति को माथे से लगाया और उसे अपनी धोती के किनारे गाँठ में बाँध कर उसे कन्धे पर डाला। जाने से पूर्व भाना ने बालागोरिया को एक बार पुन: अपने सीने पर जोर से भींच लिया। हाथों से उसके मुख को स्नेहातुर हो कर सहलाया, तत्पश्चात मन्द-मन्द कदमों से आश्रम के बाहर निकलने लगा। बालागोरिया देवहरू के बगल में बैठा उसे आश्रम के बाहर जाता देखता रहा-देखता रहा। गोरिया की आँखें नम थीं, कंठ रुद्ध था।

निर्मोही ममता

जब कोई व्यक्ति किसी उदात्त कार्य करने निकलता है तो, प्राय: उसके निकट सम्बन्धी दुःखी और हताश्रय हो जाते हैं। किसी भी महान कार्य के लिए, अपने परिवार के लिए निर्धारित समय में कटौती करनी ही पड़ेगी। अपने परिवार से दूर जाना ही पड़ता है। श्रीराम के वन गमन से उनका पूरा परिवार व पूरी अयोध्या शोकग्रस्त हो गयी थी। पुत्र वियोग से पिता की मृत्यु हो गयी थी। क्या श्रीराम वनगमन की अपनी ही प्रतिज्ञा को तोड़ वापस अयोध्या आ गये थे?

ताप में तप कर ही सोना निखरता है। उसमें उपस्थित अशुद्ध धातुयें जल कर भस्म हो जाती हैं। खरा सोना ही बचता है। ताप से तप कर ही कच्चा घड़ा पानी भरने योग्य बन पाता है। भट्टे के भीषण ताप में तपने के बाद ही एक मिट्टी का ढेला मजबूत भवन के निर्माण के काम आ सकता है। एक तपे हुए व्यक्ति से सही निर्णय की आशा की जा सकती है। वन-वन भटकने के बाद ही राम, भगवान-राम बन पाये थे। प्रजा के मध्य साधारण मनुष्य की भाँति जीवन जी कर ही उन्हें प्रजा के दु;खों का गहराई से अनुभव हुआ था। तभी तो वो राम-राज्य स्थापित कर पाये थे। दुष्ट राक्षसों को पहचान कर उनका वध कर पाये थे।

एक माँ ने अपनी ममता को पुत्र के कर्तव्य में बाधक नहीं होने दिया। कर्तव्य और प्रगति के मार्ग में माता-पिता को कई बार निर्मोही बनना पड़ता है। अपनी ममता को कठोरता से दबाना पड़ता है। माँ भानुली ने निर्मोही बनकर,ममतामयी हृदय पर पत्थर रखकर, अपने जीवन के एक मात्र सहारे को,अपने कलेजे के टुकड़े को, उसका भविष्य सँवारने हेतु अपने से दूर कर अखखड़, नीरस संन्यासियों के पास भेज दिया था। भाना ने अपने कर्तव्य का पालन कर गोरिया को एक सक्षम व समदर्शी गुरू तक पहुँचा दिया था। माँ भानुली ने बालागोरिया के भविष्य के निर्माण की महत्त्वपूर्ण, दीर्घगामी परिणाम देने वाला कठोर निर्णय लिया था। भाना-भानुली अपने सूने घर में उदास और निरुद्देश्य से बैठे थे। मन खाली, घर खाली; कोने में सफेद काठ का घोड़ा पड़ा था। अब किसके लिए दोनों अधिक श्रम करें? गाय चानुली भी उदास व चुपचाप बैठी थी। पहले सायं होते ही चानुली रम्भाने लगती थी। बालागोरिया जब तक उसे अपने से लिपटा नहीं लेता था तब तक वह रम्भाना बन्द नहीं करती थी। अब वह भी शान्त बैठी थी।

जीवन एक प्रवाहमान नद है। परिस्थितियाँ चाहे जैसी हों-रुकता, ठहरता नहीं है जीवन।

कठिन जीवन यात्रा

बालागोरिया कल तक स्वच्छन्द, बिना उद्देश्य गाँव भर में भागता, नदी में कूदता, निर्द्वन्द्व ग्राम-ग्राम घूमता फिरता था। आज सुदूर घने जंगलों के बीच, नीरस साधु-संन्यासियों के बीच, कठोर तपस्वी जीवन जीने जा रहा था; जिसकी उसने कभी कल्पना नहीं की थी। एक स्वच्छन्द, निर्द्वन्द्व बालक के लिए कठोर, अनुशासित जीवन जीने वाले साधुओं का यह आश्रम एक बन्दी गृह से कम न था। तभी

उसे माँ भानुली की बातें याद आती, माँ के शब्द उसे याद आते-बालागोरिया! तुझे कुछ बनना है रे। यहाँ गाँव में रहकर तू क्या भेड़-बकरी चराने वाला ठकर्या-बकर्या बनेगा? नहीं, तुझे ब्राह्मणों के आश्रम के विद्यार्थियों की भाँति ज्ञानवान बनना है! तुझे महादेव ने जो क्षमतायें दी हैं उन्हें लोक कल्याण में लगना है। माँ के बारे में सोचते-सोचते बालागोरिया मीठी नींद के आँचल में समा गया।

गोरिया को आश्रम में आये दो दिन हो गये थे। वह प्रात: उठता। स्नानादि से निवृत्त हो, सन्यासियों के साथ प्रात: की प्रार्थना में सम्मिलित होता। उन्हें जप, तप, ध्यान करता देखता; पुन: अपनी कुटिया में आकर सो जाता। वह इन दो दिनों में बुरी तरह ऊब गया था। उसे रह रह कर ईजा-बाबू और गाय चानुली की याद आती। उसको अपने काठ के घोड़े में चढ़ गाँव भर घूमने की याद सताती। चानुली के साथ गले लगना, उसकी पीठ पर बैठ जाना, उससे बातें करना। माँ, बाबू के बाद उसके तीन और मित्र थे। एक गूँगी गाय चानुली, दूसरा निर्जीव श्वेत रंग का काठ का घोड़ा और तीसरी थी हिरदा पधान की नाक बहाती कन्या हँसुली, जिसे वह अपनी हर बात बताता था। उसकी बातें सुनता था। उसके आश्रम जाने पर हँसुली खूब रोई थी। बालागोरिया के आश्रम जाते समय उसकी बालसखी उससे मिलने भी नहीं आयी थी। बालागोरिया को उसकी बार बार याद आती; परन्तु यहाँ तो चारों ओर नीरस संन्यासी, तपस्वी, कोई उसके निकट नहीं आता था। न ही वह उन तपस्वी बालकों के समीप जाने की चेष्टा करता था। यहाँ न कोई उछल-कूद, न कोई खेल। बालागोरिया दूर से ही देखता रहता। एक बड़े मण्डप में एक तेजस्वी साधु अपने सम्मुख बैठे अल्पआयु के तपस्वी बालकों को शिक्षा दे रहे होते थे। सभी तपस्वी कतार में अनुशासित ढंग से बैठे रहते। वह दूर से ही यह सब देखता। सोचता, मुझे भी इनकी तरह ही बनना पड़ेगा। बड़ा कठिन है। पर माँ-बाबू ने इतना दूर भेजा है कि भाग कर वापस भी तो नहीं जा सकता। अब गोरिया को पता है, उसे भी कठोर तप-तपस्या करनी ही पड़ेगी। वह धीरे-धीरे अपने को इस परिवेश के अनुकूल बनाता जा रहा था। संभवतया इसी कारण अभी तक उसकी शिक्षा प्रारम्भ नहीं की गयी थी। आज प्रात: भी प्रत्येक दिन की भाँति ही प्रारम्भ हुई; परन्तु आज सभी साधु, तपस्वा चैतन्य थे। सभी को निर्देश हुआ था कि सभी मुख्यमण्डप में उपस्थित हो कर स्थान ग्रहण करें।

सभी बटुक, साधु, तपस्वी तथा कुछ आम जन कतारबद्ध होकर मुख्यमण्डप में आकर बैठ गये। गोरिया भी एक पंक्ति में सबसे पीछे बैठ गया। उसका न किसी से मेल जोल था, न ही उससे कोई बात करता था। आज उसे मण्डप में आश्रमप्रमुख अक्षयदेव दिखायी दिये, जो सभी व्यवस्थाओं का संचालन कर रहे थे। कुछ ही देर में ''हर हर महादेव'' व ''जै गुरू गोरखनाथ की'' जैकार के साथ देवहरू भी मण्डप में आकर एक आसन पर बैठ गये। गोरिया कुछ आश्वस्त हुआ। देवहरू ने ही उसे स्नेह के साथ अपने बगल में बैठाकर पहले ही समझाया था कि तुम्हें कठोर तपस्या करनी है। धनुषबाण, शस्त्र विद्या सीखनी है। तुम्हें श्रेष्ठ कार्य के लिए चुना गया है। अब गोरिया प्रफुल्लित था। देवहरू के बगल में एक ऊँचा आसन खाली था, आसन के दूसरी ओर अक्षयदेव बैठ चुके थे।

देवहरू ने सभी को सूचना दी कि परमपूज्य गुरुदेव गुरूगोरखनाथ जी का आगमन किसी भी क्षण हो सकता है। अक्षयदेव ने गुरू के आसन पर गंगा जल छिड़का, पुष्प व चावल बिखेरे। कुछ दूरी पर ठीक सामने धूनी बनी थी, जिसमें मोटे मोटे काष्ठ कुन्द सजा कर रखे गये थे जो अभी प्रज्वलित नहीं

थे। धूनी में चारों ओर चिमटा, फौड़ी, त्रिशूल खोंसे गये थे। मण्डप में सभी लोग नि:शब्द बैठे थे। एकदम शान्ति, मात्र वृक्षों पर पक्षियों के मन्द कलरव के अतिरिक्त कुछ भी नहीं।

सहसा, धूनी में स्वत: ही अग्नि प्रज्वलित हो उठी और उस अग्नि की ऊँची लपटों के पीछे मुख्य आसन पर एक तेजस्वी मुखमण्डल वाला हलके साँवले रंग का वृद्ध,परन्तु बलिष्ठ साधु वेश धारी पुरुष दृश्यमान हो गया। सबकी नजरें उन पर थी। धीरे-धीरे अग्नि की लपटें मन्द पड़ती गयीं। अब मुख्य आसन पर बैठा साधु स्पष्ट दिखायी दे रहा था। इस तेजस्वी साधु के सिर व दाढ़ी के बाल श्वेत चाँदी के समान चमक रहे थे। उनके मुख पर मृदु-मन्द मुस्कान बिखरी पड़ी थी। आज तक उन्हें किसी ने क्रुद्ध होते नहीं देखा था। उनका कद लम्बा, लम्बी नाक, प्रशस्त ललाट, बड़ी-बड़ी साफ स्वच्छ आँखें, दिव्य ज्ञान एवं समदर्शीपन की स्निग्ध धारा उनके महातेजवान् मुख मण्डल पर छायी हुई थी।

यही गुरूगोरखनाथ थे जिन्हें लोग शिवांश के रूप में जानते थे। इनके जन्म के बारे में कोई अभी तक निश्चित रूप से नहीं जान सका था। कोई कहता-वे शिव की जटाओं से उत्पन्न हुए हैं, तो कोई गोमय पिंड से जन्मा मानता है। कोई कहता है कि इन्होंने चौरासी लाख योनियों का फेरा पूरा कर अपना सम्पूर्ण दाना पानी पूरा कर लिया है और अब ये जीवन-मृत्यु के चक्र से मुक्त हो चुके हैं। इन्हें लोग श्रेष्ठ सिद्धों में एक मानते थे। कोई उन्हें वीरभैरव कहते तो कोई बुद्धभैरव। पूरे उत्तरापथ में यह माना जाता था कि श्रेष्ठ सिद्ध गुरु गोरखनाथ-हनुमान तथा अश्वत्थामा के समान अमर है और समय समय पर प्रकट होते रहते है। लेकिन गुरूगोरखनाथ की प्रतिष्ठा पूरे हिमालयी क्षेत्र में फैली थी। बड़े-बड़े तपस्वी, संन्यासी और ज्ञानी उनको देखकर दो कदम पीछे हट जाते और भूमि में गिर कर उन्हें प्रणिपात करते।

वे प्राय: समाधिस्थ हो जाते। दिन में बटुकों, संन्यासियों, तपस्वियों, राजा और जनसाधारण को उपदेश व शिक्षा देते थे। किसी ने उन्हें रोगी, पीड़ित, क्लान्त नहीं देखा। उनकी आयु के बारे में किसी को कोई ज्ञान न था। जिसने उन्हें अपने बाल्यकाल में जैसा देखा, अब वह बूढ़ा हो कर भी उन्हें आज भी वैसा ही देख रहा था।

गुरूगोरखनाथ समाधिस्थ थे। कुछ क्षणों उपरान्त उन्होंने धीरे से अपने विशाल नेत्र खोले। देवहरू, अक्षयनाथ ने जोर से जैकार लगाया, ''गुरू गोरखनाथ की जै।'' सभी ने दोनों हाथ खड़े कर कहा, ''गुरू गोरखनाथ की जै।''

गुरू गोरखनाथ ने अपना दायाँ हाथ ऊपर उठाया और ऊँचे स्वर में उच्चारण किया। ''हर-हर महादेव, हर-हर महादेव, बम-बम भोले, बम-बम भोले।''

मण्डप में बैठे सर्वजन ने दोहराया, ''हर-हर महादेव, हर-हर महादेव, बम-बम भोले, बम-बम भोले।''

तब अक्षयनाथ ने खड़े हो कर गुरू को दण्डवत प्रणाम किया और मण्डप में बैठे लोगों की ओर उन्मुख हो कर कहा। ''गुरूदेव के परम सौभाग्यशाली दर्शन हमें प्राप्त हुए। सभी बटुक, तपस्वी, संन्यासी जो इस आश्रम में निवास करते हैं, अपने-अपने कक्ष में जायें, अपने-अपने कार्यों का सम्पादन करें। शेष जो सामान्य जनसमुदाय गुरूगोरखनाथ से मिलने दूर-दूर से आये हैं वे रुक जायें, और क्रमश: आकर गुरू गोरखनाथ से अपने कष्टों का निवारण हेतु प्रस्तुत होवें। जिन्हें उनके दर्शन लाभ लेना है वे दर्शन

लाभ लेकर आश्रम को छोड़ दें। क्योंकि आश्रम में अधिक भीड़ की उपस्थिति में बटुकों को शिक्षा, ज्ञान देने में अनावश्यक व्यवधान पड़ता है।'' अक्षयनाथ ने व्यवस्था दी।

सभी बटुक, संन्यासी गुरू को क्रमशः प्रणाम कर अपने-अपने कक्षों की ओर चले गये। अब मण्डप में सामान्य जन ही बैठे थे। अक्षयनाथ के संकेत से लोग गुरू के समीप आते, अपने कष्टों को बताते। गुरू गोरखनाथ उनकी कठिनाइयों का समाधान देते। लोग प्रसन्नचित होकर आश्रम छोड़ते जा रहे थे। अब मण्डप में दो ही लोग शेष थे। एक वृद्ध व्यक्ति, दूसरा बालागोरिया। गोरिया अभी तक न बटु था, न संन्यासी, न ही कष्ट निवारण हेतु आया साधारण जन। जिस कारण वह अपने लिए बैठे-बैठे अगले आदेश की प्रतीक्षा कर रहा था। तभी अक्षयनाथ ने वृद्ध के पास जाकर उन्हें कुछ कहा। वृद्ध लाठी टेकते हुए गुरू के समीप आ गये उन्होंने गुरू को प्रणाम किया। गुरू ने अक्षयनाथ से पूछा। ''अक्षयनाथ, इस वृद्ध को इतना कष्ट सहकर कठिन पैदल मार्ग से यात्रा कर इस आश्रम में आने की क्या आवश्यकता पड़ गयी? क्या तुमने इनकी समस्या का समाधान नहीं किया, जो इन्हें इतनी प्रतीक्षा करनी पड़ी।''

''गुरूदेव, इनकी समस्या कठिन है। समाधान मेरी क्षमताओं के बाहर है।'' अक्षयनाथ ने उत्तर दिया।

''ठीक है वत्स, आप कहें, क्या कठिनाई है आपकी?'' स्नेह से गुरु ने वृद्ध से पूछा।

वृद्ध, कुछ बोल न सका। उसकी आँखों से अविरल अश्रुधारा प्रवाहित हो रही थी। उसका गला रूंध गया। अक्षयनाथ व देवहरू दोनों ने उसको सम्भाला। एक चौकी पर गुरू के निकट बैठा दिया। जब वृद्ध कुछ शान्त हुए तब बोले, ''गुरूदेव, मैं धूमाकोट मण्डल से पधारा हूँ। मेरी समस्या का समाधान करें, दुष्टों से मुक्ति दिलायें। प्रभु! कष्टों से छुटकारा दिलायें।''

''आप अपनी बात स्पष्ट करें।'' अक्षयनाथ ने आग्रह पूर्वक कहा।

''गुरूदेव, मैं धूमाकोट के चिलासीमण्डल का प्रमुख था। मैं पूरे मण्डल का न्यायपूर्वक सुचारु संचालन कर रहा था। राजा हालुराई के शौलक्य को निर्धारित कर व भोगादि वस्तुयें समय से पहुँचाता था। पर कुछ माह पूर्व उस क्षेत्र का मण्डलप्रमुख का भार मुझसे बल पूर्वक छीन लिया गया। मेरी जमीन व धन बलपूर्वक हड़प कर लिया गया।'' वृद्ध पुनः रोने लगा। देवहरू ने कहा, ''आप शांत हों, क्लान्त न हों, अपनी बात पूरी करें।''

''देव, उन्होंने मेरी भूमि ले ली, धन हड़प लिया; तब भी मुझे अधिक दुःख नहीं हुआ, परन्तु उन्होंने मेरी दो नवयौवना पुत्रियों का अपहरण कर लिया और अपने साथ ले गये। मेरे एक नौजवान पुत्र को बिना कारण बन्दी बना लिया। बस, मुझे इस संसार में अकेले मरने के लिए छोड़ दिया। इससे अच्छा होता वह मेरी हत्या कर देते, मैं दर-दर की ठोकरें तो न खाता।''

गुरू गोरखनाथ की आँखें बन्द हो गयीं, माथे पर बल पड़ गये, भौंहें खिंच गयीं।

''गुरूदेव, इतना ही नहीं, उन्होंने मेरे निकट संबन्धियों को भी प्रताड़ित किया और उन्हें भी मुझे शरण न देने का आदेश दिया।''

देवहरू ने पूछा, ''क्या ये राजा हालुराई के सैनिक थे?''

''देव, राजा हालुराई तो अब नाम मात्र के राजा हैं। अब धूमाकोट में महारानी सुगन्धा व उनके दुष्ट भाई सामड़भट का राज चलता है। सामड़ ने अपने चारों ओर दुष्टों की टोली बना ली है। वह जन साधारण में भय व्याप्त कर अनेकानेक कष्ट पहुँचा रहा है। प्रजा त्राहिमाम-त्राहिमाम कर रही है। देव! प्रजा को कष्टों से बचायें।''

देवहरू ने गुरूगोरखनाथ की ओर देखा, उनकी आँखें बन्द थीं, माथा चढ़ा था।

गुरूगोरखनाथ ने आँखें खोली, चारों ओर नजर दौड़ायी। उनकी आँखें गोरिया को खोज रही थी। गोरिया वृद्ध के ठीक पीछे बैठा, सब बातें सुन रहा था। उसे पहली बार ज्ञात हुआ कि संसार में ऐसे भी कृत्य होते हैं। इस अबोध बालक ने तो अभी तक ऐसा संसार देखा ही न था।

गुरू गोरखनाथ ने ऊँचे स्वर में धात् लगायी। ''अरे! बालागोरिया, कहाँ है तू......? सामने आ.....।''

गोरिया अपने स्थान से उछल कर खड़ा हो गया, जैसे उसे किसी ने उछाल दिया हो। गुरू गोरखनाथ की आँखें तनी थीं वह बालागोरिया को कुछ क्षण तीक्ष्ण दृष्टि से निहारते रहे।

सहसा उन्होंने कठोर व ऊँचे स्वर में कहा। ''अरे गोरिया, तेरे राज में ये सब क्या हो रहा है? मैं क्या सुन रहा हूँ? तू गुलेल व काठ के घोड़े से ही खेलता रहेगा? कब तक चानुली का दूध पीता रहेगा? क्या तू धनुष बाण से खेलता ही रहेगा? क्या तुझे प्रजा की आर्त पुकार नहीं सुनाई दे रही है?'' गुरूगोरखनाथ एक बार में अनायास ही सब कह गये। गुरू की बातें किसी के समझ में आयीं तो वह सिर्फ देवहरू ही थे। न गोरिया की समझ में आयी, न अक्षयनाथ की, न ही निकट बैठे वृद्ध की। गोरिया तो हक्का बक्का था! गुरू को मेरा नाम, मेरी गाय का नाम, काठ के घोड़े के बारे में कैसे पता? फिर मेरा राज कहाँ है! मैं तो अभी बालक हूँ! भाना-भानुली -एक गरीब दलित का पुत्र।

कुछ क्षण शान्ति के थे। सहसा गुरू शांत हो गये। उन्होंने कोमल स्वर में अक्षयनाथ से कहा।

''अक्षयनाथ, निकट के लौहघाट के अन्न क्षेत्र में भोगेश्वरनाथ के आश्रम में इन वृद्ध के रहने खाने की व्यवस्था कर दो। इन्हें वहाँ कोई कष्ट न हो, ध्यान रहे।'' फिर उन्होंने वृद्ध की ओर देखकर कहा।

''आप अन्न क्षेत्र में जायें, विश्राम करें; अक्षयनाथ आपको वहाँ पहुँचाने की व्यवस्था करेंगे। मैं शीघ्र आपके कष्टों के निवारण का प्रयास करूँगा। आपको आपका मण्डल तथा आपके पुत्र-पुत्रियों को वापस दिलाने का प्रयत्न करूँगा। प्रजा के कष्टों के निवारण का मुझे सूत्र प्राप्त हो चुका है।''

वृद्ध आश्वस्त होकर चल दिया। अब वह गुरूगोरखनाथ की शरण में था।

साक्षात्कार

गुरुगोरखनाथ के आश्रम में अगले दिन।

''गुरू देव क्या यह सत्य है?'' देवहरू ने गुरू गोरखनाथ से पूछा।

''क्या तुम मेरे मुख से असत्य की आशा रखते हो?''

''कदापि नहीं गुरूदेव, पर मैं आश्चर्य चकित हूँ! मैंने इस बालक को दो दिन पूर्व देखा था। निर्भीक बालक प्रतीत हुआ। इसके पिता ने बालक के कुछ अलौकिक गुणों के बारे में मुझे बताया था। तब मैंने उसमें अवश्य ही कुछ अलग पाया, पर यह तो महान घटना है! गुरुदेव।''

''अवश्य ही महान घटना है। देवाधिदेव जो चाहते हैं, वही होता है। नहीं तो, वह गरीब मछुवारा इतनी दूर से इस बालक को मेरे आश्रम में न पहुँचाता।''

''उचित है गुरूदेव, लेकिन......।'' इससे पहले देवहरू कुछ कहते गुरू ने कहा।

''अब अधिक वार्तालाप से समय नष्ट होगा। तुम्हें अब सब ज्ञात है। तुम आज से ही उसे शिक्षा देना प्रारम्भ कर दो। उसे क्या बनना है?वह भी तुम्हें ज्ञात है। उसके जन्म का उद्देश्य-उत्तरापथ में हो रहे अन्याय, अत्याचार, कष्टों का विनाश करने के साथ ही दुष्टों का संहार करना है। उसे सात्विक कर्मयोगी बन कर लोगों को न्याय दिलाना है, उत्तरापथ की प्रजा के कष्टों का निवारण करना है। तुम उसे उसी ओर लेकर जाओ। प्रजा गहरे कष्ट में है; इसे उस अन्याय को समाप्त करना है! अब अधिक विलम्ब उचित नहीं है।''

''जो आज्ञा गुरुदेव।''

''बालागोरिया को मेरे सम्मुख लेकर आओ।'' गुरू ने आदेश दिया।

अक्षयनाथ ध्यान से इस वार्तालाप को सुन रहा था; कुछ समझ में आया कुछ नहीं, परन्तु इतना वह समझ गया कि बालक कोई दिव्य शक्ति वाला है और इस बालक को किसी महान उद्देश्य को पूरा करना है। कुछ क्षणों बाद ही वह बालागोरिया को साथ लेकर लौटे। गोरिया ने अभिवादन किया और संकेत पाने पर वह गुरूगोरखनाथ के निकट बैठ गया।

गुरू ने उसे ध्यान से देखा और अपना स्नेहिल हाथ बालागोरिया के सिर पर फेरते हुए पूछा।

''क्या तुम्हें माँ-बापू की याद आ रही है?''

''हाँ, गुरूदेव।''

''क्या वापस गाँव जाना चाहते हो?''

''नहीं गुरूदेव, माँ ने कहा है कि मुझे अपनी शक्तियों व ज्ञान से लोगों की सेवा करनी है। मुझे शिक्षा प्राप्त करनी है-ब्राह्मण कुमारों की तरह, जो मुझे अपने आश्रम में प्रवेश नहीं करने देते हैं।''गोरिया ने तनिक आवेश के साथ कहा।

''तुम्हारे पास क्या शक्तियाँ है?''

''गुरुदेव, मुझे तो अधिक कुछ भी ज्ञात नहीं; परन्तु माँ- बाबू कहते हैं कि मैं बड़ा शिलाखण्ड उठा लेता हूँ। पानी के अन्दर देर तक बिना श्वास लिए रहता हूँ, मुझे छोटी चोटों का असर नहीं होता आदि-आदि;परन्तु मुझे यह सभी कुछ सामान्य लगता है। माँ कहती है तेरे आते ही चानुली गाय दूध देने लगी, मेरी छाती में दूध आ गया, तू चमत्कारी है, तू अवतारी है, पर मेरा इसमें क्या योगदान गुरुदेव? मेरा इसमें क्या चमत्कार है? मुझे समझ में नहीं आता है।''

गुरूदेव व देवहरू दोनों एक दूसरे को देख मुस्करा रहे थे; परन्तु अक्षयनाथ चकित था!

''तुम धनुषबाण भी अच्छा चलाते हो? गुलेल से निशाना भी अचूक लगाते हो?''

गोरिया का मन खुशी से उछल गया। धनुष बाण और गुलेल की बातें सुन वह खुशी से मचलने लगा। वह झट से बोला।

''हाँ गुरुदेव, यह तो मैं कर सकता हूँ।''

''ठीक है, उस कोने में एक धनुष रखा है, तू उसे उठाकर इधर लेकर आजा।''

अपने मनपसन्द धनुष की बात सुन कर गोरिया उत्साह के साथ दौड़ता हुआ धनुष के निकट पहुँचा। उसने धनुष को उठाना चाहा,पर धनुष टस से मस नहीं हुआ। उसने सम्पूर्ण बल लगाया, पर धनुष हिला नहीं। बल कुछ काम न आया। गोरिया खिसियाता हुआ खड़ा था। गुरू ने आदेश दिया।

''कोई बात नहीं, इधर आ जाओ।''

बालागोरिया आज्ञाकारी शिष्य की भाँति गुरू के निकट आ खड़ा हुआ।

गुरू ने कहा''गोरिया, तुम निश्चित ही निर्भीक व साहसी हो, किन्तु तुम्हें यहाँ आश्रम में रह कर ज्ञान एवं शिक्षा प्राप्त करनी है। प्रथम चरण में तुम्हें बटुक बन कर पढ़ना, लिखना व शिक्षा प्राप्त करना है; परन्तु तुम मात्र बटुक नहीं बने रह सकते हो। अत: तुम्हें बटुक की शिक्षा के साथ ही प्रतिदिन अस्त्र-शस्त्र विद्या का ज्ञान, शारीरिक बल के लिए व्यायाम, साथ-साथ करने पड़ेंगे। तुम्हें देवहरू व अक्षयनाथ के सानिध्य में यह सब सीखना है।''

गोरिया ने सिर हिला कर सहमति दी। शस्त्र व शारीरिक शिक्षा के नाम पर उसमें उमंग भर आयी। उसने पूछा।

''गुरुदेव, मैं क्या उस धनुष को उठा पाऊँगा?''

''अस्त्र-शस्त्र शिक्षा का ज्ञान पाकर अवश्य ही।''

''गुरूदेव, आपने यह क्यों कहा कि गोरिया तेरे राज में यह सब क्या हो रहा है? मेरा तो कहीं राज है नहीं।''

''अरे गोरिया! नहीं है तो हो जायेगा। सब प्रश्न अभी पूछ लेगा क्या? तू योग, तप कर ज्ञान और शिक्षा ग्रहण कर, अस्त्र-शस्त्र के संचालन में पारंगत बन, बलवान बन, समय आने पर तुझे सब समझ में आ जायेगा।''

''ठीक है, गुरुदेव।'' बालागोरिया ने प्रसन्न होकर कहा।

गुरु गोरखनाथ अब प्रसन्न थे। उनका साक्षात्कार ऐसे भविष्य के युग पुरुष से हो चुका था जो इस सारे उत्तरापथ को राक्षसों, दुष्टों, खबीशों, मसाड़ों से मुक्ति दिलाएगा और सामान्य जनों के कष्टों का निवारण करेगा; अधर्म-तन्त्र को समाप्त कर, न्याय और धर्म की स्थापना करेगा। गुरू की चिन्ता के समाधान होने का प्रथम सोपान प्रारम्भ हो चुका था।

सायं हो चुकी थी। चारों ओर वन से घिरे आश्रम का वातावरण शांत, सुगन्धित व शीतल हवाओं से प्रफुल्लित हो उठा था।

धर्मच्युत राजसत्ता में दारुण दुख:

धूमाकोट का राजतंत्र छिन्न-भिन्न हो चुका था। भय का साम्राज्य स्थापित हो चुका था। पूरा धूमाकोट मण्डल अथाह पीड़ा से कराहने लगा था। कोई नहीं जानता था कि उनकी इस पीड़ा का कोई अन्त कर पायेगा।

धूमाकोट राजमहल में महारानी सुगन्धा का राज चलता था। सेनापति गरूण ने अपना पूरा ध्यान कोशी मण्डल पर पूर्ण नियंत्रण करने में लगाया था। महारानी व भाई गरूण की आज्ञा से ही सभी नियम बनते और क्रियान्वित होते थे। धूमाकोट राज्य में समान न्याय व्यवस्था, केन्द्रीयसत्ता के नीति-रीति की स्थापना, संचालन, अनुपालन जैसी परम्परा समाप्तप्राय: होती जा रही थी। फलस्वरूप पूरे उत्तरापथ में अन्याय व अराजकता का अनन्त साम्राज्य फैलता जा रहा था।

चौदह बर्षों का लम्बा कालखण्ड व्यतीत हो चुका था।

महाराजा हालुराई अतिवृद्ध हो चुके थे। राजतंत्र की पकड़ उनके हाथों से पूरी तरह छूट चुकी थी। सत्तालोलुपों ने राजा को अर्धविक्षिप्त घोषित कर दिया था। भीषण मानसिक आघात से पहले से ही विक्षिप्त रानी कलिंगा पूर्व की भाँति अपने दो निर्जीव शिला संतानों की सेवा कर रही थी। अब तो राजा भी यही मानने को विवश थे कि यही दो शिलाखण्ड रानी कलिंगा से पैदा हुए होंगे। राजा भी इन सिल-बट्टों से अपना मन बहलाने लगे थे।

रानी कलिंगा इन शिलाखण्डों को एक ममतामयी माँ की भाँति नित्य नहलाती-धुलाती, खाना खिलाती, लोरी सुनाती, अपने बगल में सुलाती। राजा रानी कलिंगा के कक्ष में ही अधिक समय व्यतीत करने लगे थे।

रानी कलिंगा ने राजा हालुराई की गोद में इन दोनों बच्चों को बड़े जतन से रखते हुए कहा, ''राजन्, मैं स्नान करने जा रही हूँ, तुम बच्चों को स्नेह से पकड़ना, देखना रोने न पायें।''

राजा ने भी स्नेहपूर्वक वस्त्रों में लिपटे इन शिलाखण्डों को पकड़ा। कलिंगा की अनुपस्थिति जान कर सिल-बट्टे को सम्बोधित करते हुए कहा-

''काश! तुममें जान आ जाती, तुम बड़े हो जाते, तुम इस धूमाकोट के उत्तराधिकारी होते, इस धूमाकोट के राज्य को सम्भालते। अपनी माँ की ममता को समझते। मेरा सहारा बनते।''

सहसा राजा को अनुभव होता कि इन शिलाखण्डों में जान है, कुछ समय के लिए राजा भूल गये कि उनकी गोद में शिलाखण्ड हैं, राजा उनसे इस प्रकार बातें करने लगे मानों वे बालक उनकी बातें सुन रहे हों- ''भगवान् व्याघ्रेश्वर, तुम्हें ऐसी शक्ति दे कि तुम इस धूमाकोट को सामड़, गरूण व महारानी के अन्याय पूर्ण आचरण से मुक्ति दिला पाओ। अपनी भोली-भाली माँ का दर्द समझ सको......''

तभी रानी कलिंगा कक्ष में आ जाती और राजा को झिड़क कर कहती-''महाराज, आपको इतने दिन के बाद भी बच्चों को ठीक से पकड़ना नहीं आया ना। देखो अभी बच्चे गोद से गिर पड़ते, उन्हें

चोट लग जाती तो? देखो वे रो रहे हैं।'' रानी कलिंगा ने वस्त्र में लिपटे सिल बट्टे को राजा की गोद से खींच लिया। इसी खींचातानी में बट्टा लुढ़क कर भूमि में जा गिरा।

रानी कलिंगा दहाडें मार कर रोने लगी, राजा को भला बुरा कहने लगी। बट्टे को गोद में चिपटा कर पलँग में बैठ गयी। उसको सहलाने लगी,उसे स्नेह सागर में डुबाने लगी। माँ की ममत्व की असीम लहरें देख कर राजा हालुराई भरभरा कर रो उठे। उनकी आँखों से आँसुओं की अविरल धार निकलने लगी थी। वह स्वयं एक बालक की भाँति फफक-फफक कर रो रहे थे; परन्तु रानी कलिंगा इस सब से अनजान सी थी।

महल के इस उपेक्षित-एकांत कक्ष के दारुण दृश्य को देखकर स्वयं व्याघ्रेश्वर महादेव भी विचलित हो उठे। शांत कैलाश पर्वत हिल उठा। व्याघ्रेश्वर महादेव का ध्यान भंग हो गया।

उड़ता-पानी पीता, काठ का घोड़ा

ठीक इसी समय। बालागोरिया अपने काठ के घोड़े पर सवार होकर लम्बी छलाँगें लगाता, तीव्र गति से अपने गाँव की सीमा को पार करता हुआ धूमाकोट की ओर बढ़ रहा था। उसका काठ का घोड़ा हवा से बातें करता, लम्बी-ऊँची छलांगें लगाता, अतितीव्र गति से दौड़ा चला जा रहा था। आज उसे इस अतितीव्र गतिवाले घोड़े की सवारी का पूर्ण आनन्द प्राप्त हो रहा था। वह धूमाकोट की नगर सीमा के कुछ पूर्व एक नौले पर पहुँच गया। चारों ओर घने पेड़ों की छाँव थी। ऊँचे-ऊँचे सीलंग, भेकुवा, मेहव, तिमुल के वृक्षों के मध्य अत्यन्त सुन्दर, राजसी, नौपाटी-नवाड़ी नौला स्थित था। साफ स्वच्छ जल से लबालब नौला। सीढियों के चारों ओर बैठने, नहाने व वस्त्रादि धोने का पृथक-पृथक स्थान बना था। सुव्यवस्थित स्वच्छ बावड़ी-नौला।

बालागोरिया लम्बी दूरी से अश्व पर सवार होकर आया था, वह थक चुका था। उसने घनी छाँव में अपने घोड़े को विश्राम करने हेतु छोड़ दिया। कुछ ही देर में उसके कानों में कुछ नारियों के मधुर स्वर गूँजने लगे। धीरे-धीरे ये स्वर उसके निकट आते जा रहे थे। गोरिया ने अपने घोड़े को घने झुरमटों के पीछे छिपा दिया और स्वयं भी छिप गया।

नारियों के स्वर अधिक स्पष्ट होते जा रहे थे। ''महारानी सुगन्धा, आपकी बुद्धि का हम सभी रानियाँ लोहा मानती हैं।'' एक रानी ने कहा।

'क्यों?' महारानी ने पूछा।

''महारानी, यहाँ तो एकांत है, यह राजसी नौला है, यहाँ किसी का भी आना प्रतिबन्धित है अत: हम यहाँ खुल कर सब बातें कर सकते हैं।''

''क्यों नहीं, क्यों नहीं,'' महारानी ने कहा।

एक रानी ने कहा, ''क्या रानी कलिंगा कभी स्वस्थ हो पाएगी?''

''रानी कलिंगा अब चाहे स्वस्थ हो या न हो, हमारा षड़यंत्र सफल हो चुका है। अब महारानी का

एकछत्र राज है और क्या चाहिए?'' दूसरी रानी ने दंभ से कहा।

''अरी, मेरा ही राज क्यों चल रहा है? तुम भी तो अपने अपने मण्डलों में महारानी की तरह ही तो रह रही हो। षड़यंत्र सफल होने का फल सभी को खूब फला है।'' महारानी ने कहा।

बालागोरिया ने जब षडयंत्र की बात सुनी तो उसकी उत्सुकता बढ़ गयी, वह छुपता-छुपाता नौले के और करीब आ गया। वह रानियों को झुरमुट के पीछे से साफ देख रहा था और उनकी आवाजें भी स्पष्ट सुन रहा था।

''राजा हालुराई भी सठिया गया है। उसने भी मान लिया है कि रानी कलिंगा ने अपनी कोख से सिल व बट्टे को ही जन्म दिया है।'' रानी नैनाश्री ने कहा।

''बड़ा ही मूर्ख है; कहीं ऐसा होता है कि नारी सिल बट्टे को जन्म दे। निरा मूर्ख न होता तो वृद्ध हो जाने पर तथा सात रानियों के होते हुए भी वन से एक जंगली बिल्ली जैसी कलिंगा को उठा लाता।''

''लेकिन यह तो सोचो, जो बालक कलिंगा ने जन्मा वह था बड़ा अलौकिक। गायों के खुरों से कुचलने पर भी उसे दर्द न होता था। मैंने तो उसे जोर से चिऊँटी काटी थी, यह जानने के लिए कि उसे दर्द भी होता है कि नहीं? परन्तु न तो वह रोया न ही उसे कुछ अनुभव हुआ!'' महारानी ने कहा।

''अरी! सड़े गोबर में दबाने पर भी वह न दबा, न मरा, पता नहीं कैसे बाहर आ गया?''

''मुझे तो पहले लगा कि हम में से ही उसे किसी ने बाहर निकाल दिया होगा। शायद किसी की ममता जाग उठी हो?'' महारानी ने कहा।

सभी रानियाँ जोर से खिलखिला कर हँस पड़ी।

''अरी! कैसी ममता? रानी कलिंगा जैसी, जो सिलबट्टे को अपने बच्चे मानकर उन्हें नहला, धुला रही है, लोरी सुना रही है, सुला रही है; ऐसी पागल ममता!'' रानी नैनाश्री ने व्यंग्य किया।

फिर सभी रानियाँ खुल कर हँसने लगींr।

''अरी, अब तो राजा भी उनसे खेलने लगे हैं।''

''लेकिन, एक बार यह सोचो- बन्द सन्दूक को जो गोरीगंगा में बहा दिया था, से बालक कहीं बाहर आ गया तो?'' रानी छिपाँग ने कहा।

''तुम तो डराने वाली बात करती हो।'' रानी ताकुली ने कहा।

''अरी रानी ताकुली! तुमने देखा नहीं कि वह कैसे नमक के भकार में चैन से सोया था? कैसे नमक खाँड-मिश्री में बदल गया। वह बालक था तो चमत्कारी।'' रानी चम्पावती ने कहा।

''हाँ! यह तो था। मैने स्वयं उसे नमक में दबाया, ढकना लगाकर ताला जड़ा था। फिर सुबह इतना खाँड़-मिश्री कहाँ से आ गयी? सम्पूर्ण महल के भण्डार में इतनी मिश्री उपलब्ध ही नहीं थी। यह निश्चित ही चमत्कार था।'' एक रानी ने कहा।

''मुझे तो डर लग रहा है। कहीं नदी में पेटी किसी के हाथ न लग गयी हो और बालक बाहर न आ गया हो।''

''मैंने पेटी जानूबझ कर भारी बनवायी थी ताकि वह नदी में डूब जाये। तब वह कैसे किसी के हाथ लग जायेगी?'' महारानी ने तन कर कहा।

यह सब वार्तालाप सुन बालागोरिया मन ही मन सोचने लगा, वह बालक मैं ही तो नहीं हूँ? मैं भी तो गोरीगंगा से मजबूत लोहे की पेटी में से निकला था-ईजा-बाबू बताते थे। बालागोरिया को तीव्र जिज्ञासा होने लगी, वह नौले के और समीप आ चुका था।

महारानी ने कहा, ''देखो, तुम लोग नाहक ही चिन्ता कर रही हो। रानी कलिंगा के गर्भ से जन्मे बच्चे को हम गोरीगंगा में बहा चुके हैं, वह भी भारी लोहे की पेटी में बन्द करके। अब उसके जीवित रहने का प्रश्न ही नहीं है। दूसरा, रानी कलिंगा व राजा हालुराई के मष्तिष्क में यह स्थापित हो चुका है कि रानी कलिंगा ने कोई बालक को जन्म नहीं दिया है। उन दोनों को विक्षिप्त घोषित किया जा चुका है। वे सिलबट्टे को ही अपनी संतान मान चुके हैं। मैं तो कहती हूँ यदि उन्हें ज्ञात भी हो जाता कि रानी कलिंगा ने बालक को ही जन्म दिया था, तब भी वह हमारा कुछ बिगाड़ नहीं सकते हैं। उनकी कोई सुनने वाला न धूमाकोट में बचा है, न उनमें कोई शक्ति ही शेष बची है। हम सातों रानियाँ अपने इस षड़यंत्र में सफल रही हैं। आज हम सब सुखी है, सम्पन्न हैं।''

''रानी कलिंगा भी तो सिल-बट्टे के साथ में सुखी व खुश है।'' नैनाश्री ने व्यंग्य किया। सातों रानियाँ पुन: खिलखिला कर हँस दीं। उनकी इस ऊँची व विषैली हँसी की गूँज से वृक्षों में विश्राम कर रहे पक्षी कलरव करते हुए उड़ गये।

अब बालागोरिया से रहा न गया। वह यह समझ रहा था कि हो न हो मैं ही वह बालक हूँ। ईजा व बाबू कहते हैं कि तू चमत्कारी है। ये रानियाँ भी कह रही हैं कि बालक चमत्कारी था। काफी समानतायें हैं। पर ये रानियाँ तो महा दुष्टा हैं। बड़ी षड़यंत्रकारी हैं। रानी कलिंगा व राजा हालुराई को इन्होंने मिलकर मूर्ख बनाया है। इससे ऐसा प्रतीत होता है कि रानी कलिंगा ही मेरी जन्मदात्री माँ है। बालागोरिया का मस्तिष्क तेजी से चलने लगा। अब उससे झुरमुट के पीछे ठहरा नहीं जा रहा था।

उसने अपने काठ के घोड़े की लगाम पकड़ी और नौले की मुंडेर पर आ खड़ा हुआ। उसने देखा राजसी वस्त्रों में सज्जित नारियाँ नौले की सीढ़ियों में बैठ कर बातें कर रही थीं। गोरिया समझ गया कि यही राजा हालुराई की सात रानियाँ हैं। बालक को नौले के पास खड़ा देख महारानी ने ऊँचे स्वर में कहा।

''अरे मूर्ख बालक! तू इस राजसी नौले पर बिना आज्ञा के कैसे आ गया? तुझे सैनिकों ने रोका नहीं?''

''मुझे कौन रोक पाएगा? मेरा घोड़ा तेज गति से दौड़ता है। उसको पकड़ना किसी के सामर्थ्य में नहीं है। वैसे भी तुम्हारे कोई सैनिक मुझे दिखाई नहीं पड़े। जो भी हो, मुझे अपने घोड़े को पानी पिलाना है, नौले से हट जाओ।''

''अरे! तू हमें राजसी नौले से हटाने वाला कौन होता है?'' एक रानी ने कहा।

''मैं हटा नहीं रहा हूँ, मैं मात्र यह चाहता हूँ कि मेरा घोड़ा पानी पी ले।'' गोरिया ने अपने काठ के घोड़े की ओर संकेत करते हुए कहा।

महारानी तथा सभी रानियाँ ध्यान पूर्वक उसके काठ से बने श्वेत रंग के घोड़े को देखती रहीं। महारानी ने कहा।

''तू तो बड़ा ही मूर्ख बालक लगता है। कहीं काठ का घोड़ा भी पानी पीता है?''

सभी रानियाँ गोरिया के घोड़े की ओर संकेत कर व्यंग्यपूर्वक हँसने लगीं। तब गोरिया ने बड़े गम्भीर स्वर में रोषपूर्वक कहा।

''मूर्ख तो तुम सात रानियाँ हो। क्या एक स्त्री के गर्भ से सिल व बट्टा जन्म ले सकता है? नहीं ले सकता है। तुम सभी ने षड़यंत्र कर रानी कलिंगा व राजा हालुराई को मूर्ख बनाया है। इस धूमाकोट के उत्तराधिकारी की हत्या करने के उद्देश्य से उसे नदी में बहाया है। रानी कलिंगा व वृद्ध राजा को विक्षिप्त घोषित कराकर धूमाकोट की प्रजा के साथ भी कपट किया है।''

गोरिया कुछ क्षण रुका, रानियों के चेहरे पीले पड़ गये थे। वे एक दूसरे के मुँह ताकने लगीं। उनकी सब बातें गोरिया सुन चुका था। बालागोरिया ने पुन: कहा।

''तुम सबके पाप का घड़ा शीघ्र भरने वाला है। तुमने रानी कलिंगा व राजा को महान कष्ट पहुँचाया है। तुम सबको इसका दण्ड अवश्य मिलेगा।''

यह कहते ही गोरिया ने अपने काठ के घोड़े को बल पूर्वक नौले में उतार दिया। रानियाँ यह देखकर चकित रह गयी थी कि काठ का घोड़ा सामान्य घोड़ों की तरह पानी पी रहा था। धीरे-धीरे पानी का स्तर कम होता गया। रानियाँ आश्चर्य चकित होकर एक दूसरे को देखने लगी। घोड़ा पानी पीता जा रहा था। कुछ समय में ही नौले का सम्पूर्ण पानी घोड़ा पी चुका था। नौले में अब पानी शेष न था। रानियाँ भय से काँप उठीं। यह कैसा चमत्कारी काठ का घोड़ा है जिसने नौले का पूरा पानी ही पी लिया। आज कई बर्षों बाद वे एक बालक के द्वारा किया जाने वाले चमत्कार को पुन: देख रही थीं। उनकी आँखें फटी की फटी रह गयीं। गोरिया ने अपना घोड़ा नौले से बाहर किया और उसमें चढ़ बैठा। उसने तीक्ष्ण व भेद भरी आँखों से रानियों पर दृष्टिपात किया और कहा।

''मैं शीघ्र ही आ रहा हूँ-धूमाकोट। तुम सबको दण्ड अवश्य मिलेगा, अवश्य दण्ड मिलेगा।''

रानियाँ उसे देखती रह गयीं। उन्होंने देखा वह काठ का घोड़ा हवा में ऊपर उठ कर तेजी से आगे बढ़ने लगा। बालक दूर होता जा रहा था; परन्तु बालक की बड़ी बड़ी आँखें अभी भी रानियों को घूर रही थीं। कुछ ही पलों में घोड़ा व बालक उनकी नजरों से ओझल हो चुके थे। पुन: चमत्कार! रानियाँ हतप्रभ, चिंतित एवं भयग्रस्त हो गयी थीं।

तरुण गोरिया अपने घास के बिछौने पर छटपटा रहा था। ''तुम्हें दण्ड अवश्य मिलेगा, मैं शीघ्र धूमाकोट आ रहा हूँ।'' गोरिया के कक्ष से आती आवाजें सुन, देवहरू उसके कक्ष के अन्दर प्रवेश कर गये। उन्होंने देखा बालागोरिया अपने घास के बिछौने पर इधर से उधर पलट रहा था, छटपटा रहा था और वह बार-बार बड़बड़ा रहा था-''तुम्हें दण्ड अवश्य मिलेगा, मैं शीघ्र धूमाकोट आ रहा हूँ।'' देवहरू कुछ क्षण गोरिया की वाणी को सुनते रहे। उसको बिछौने पर तड़पता देखते रहे। पर उन्होंने उसे जगाया नहीं। हरू ने मन ही मन में कहा, ''गोरिया तुम्हें अभी कुछ समय और तड़पना है। गोरिया, तुम अवश्य

धूमाकोट जाओगे, तुम्हें भी अवश्य ही न्याय मिलेगा। मेरी प्रिय बहन कलिंगा को ही नहीं पूरे धूमाकोट की पीड़ित प्रजा को भी तू न्याय दिलायेगा। अवश्य दिलाएगा। दुष्टों को दण्ड देगा। मैं तुझे उसी दिन के लिए तैयार कर रहा हूँ।'' उधर गोरिया बिछौने पर अभी भी छटपटा रहा था। गोरिया का उड़ता काठ का घोड़ा गुरू गोरखनाथ के आश्रम में उसके बिछौने पर लौट आया था। गोरिया एक झटके के साथ जग कर उठ बैठा।

यह कैसा स्वप्न था, जो उसे बार-बार आता था?

दीक्षा तथा गुरु दक्षिणा

गुरूगोरखनाथ के आश्रम में गोरिया एक संन्यासी की भाँति रहता था। उसे पठन, पाठन का ज्ञान दिया जा रहा था, साथ ही कई घण्टों तक वह व्यायाम करता था, अस्त्र-शस्त्रों का संचालन सीखता था। अक्षयनाथ जो युद्ध पारंगत थे, वे शिष्य गोरिया को खड्ग, तलवार, शूल के संचालन का अभ्यास करा रहे थे। तरुण गोरिया भारी से भारी खड्ग, ढाल को आसानी से उठाता था जिन्हें एक बलशाली पुरुष भी कठिनाई से उठा पाता था। धीरे-धीरे गोरिया शस्त्र संचालन में निपुण हो चुका था। धनुष बाण के संचालन का ज्ञान प्राप्त करने में उसको अधिक कठिनाई नहीं हुई क्योंकि बचपन से ही वह धनुष तीर से अचूक लक्ष्य को भेदता था। बस उसे तकनीकी ढंग से संचालन के गुर बताये गये कि लक्ष्य की दिशा, दशा, दूरी, लक्ष्य की कठोरता के अनुरूप तीर चुनने, उनका संचालन करने की शिक्षा उसने प्राप्त कर ली थी। जप-तप व संन्यासी जीवन जी कर वह तप चुका था; परन्तु उसे तो प्रशिक्षित किया जा रहा था, एक योद्धा के रूप में, ऐसा योद्धा जो मात्र शस्त्र संचालन में ही निपुण न हो बल्कि एक तपस्वी, ज्ञानी व धर्मनिष्ठ भी हो।

गोरिया को आश्रम में पूरे नौ वर्ष हो चुके थे। जब वह इस आश्रम में अपने बाबू के साथ आया था तो वह आठ वर्ष का एक अबोध बालक था, पर आज अगर भाना-भानुली उसे देख लें तो निश्चित ही नहीं पहचान सकेंगें। लम्बा-चौड़ा, बलिष्ठ शरीर सौष्ठव, सिर पर मात्र चुटिया। कमर पर मात्र एक छोटी धोती, जो घुटनों के ऊपर ही थी। ऊपरी बदन पर पीत जनेऊ कमर तक लटक रही थी। चौड़ी कमरबधनी पर चमकता भारी खड्ग, पूर्ण पुरुष, तेजवान, बलवान, बुद्धिमान, शस्त्रधारी गोरिया।

तप, जप, संयम, धैर्य, विवेक, न्याय, समानता व व्यवहारिक जीवन के विषयों का पुस्तकीय ज्ञान उसे प्राप्त होता जा रहा था। वह धीरे- धीरे एक सम्पूर्ण पुरुष, वीरयोद्धा व ज्ञानी होता चला गया। गुरू गोरखनाथ का शिष्य, गुरू के नाम के अनुरूप शिक्षा को हृदय में धारण कर रहा था। देवहरू उसके मामा हैं इसकी वास्तविकता से भी वह अभी परिचित न था। अपने जीवन की कथा-व्यथा का ज्ञान उसे अभी नहीं हुआ था। अब उसके सम्पूर्ण योद्धा बनने में अधिक विलम्ब न था। गुरूगोरखनाथ स्वयं उपस्थित होकर उसे दीक्षा देने वाले थे।

देखते-देखते गोरिया सत्रह वर्ष का हो चुका था। युवा गोरिया सम्पूर्ण ज्ञान को धारण कर चुका था। प्रतीक्षा थी-गुरूगोरखनाथ के स्वयं उपस्थित होकर उसे अपना आशीर्वाद देने की तथा कर्मक्षेत्र में

प्रवेश लिए के आदेश प्रदान करने की।

आश्रम में उत्साह का संचार था। सभी बटुक अपने कार्यों में तत्परता से जुटे थे। अक्षयनाथ दौड़-दौड़ कर व्यवस्था देख रहे थे। देवहरू, गुरू गोरखनाथ के आसन व धूनी की स्वच्छता का काम सँभाले थे। गोरिया, देवहरू के सहयोग में नियुक्त था। उसका काम था- धूनी की लिपायी-घँसाई करना, धूनी में मोटे काष्ठ कुन्दों को व्यवस्थित करना, धूनी के चारों ओर भारी-भारी लौह दण्ड, त्रिशूल, फौड़ी एवं चिमटे यथा स्थान खोंसना। ऊँचे आसन पर व्याघ्रछाल को बिछाया जा रहा था। जड़ी बूटियों एवं गाय के घी से निर्मित धूप की गंध से मण्डप सुगन्धित हो रहा था।

इस तैयारी का कारण था कि गुरुश्रेष्ठ गुरूगोरखनाथ आश्रम में प्रकट होने ही वाले थे। अभी सूर्योदय का समय था। गोरिया ने लौहदण्ड को धूनी के किनारे जोर से खोंसते हुए देवहरू से पूछा, ''देव, गुरुदेव कब पधारने वाले है?''

तपस्वी देवहरू ने स्नेहपूर्वक गोरिया से कहा। ''वत्स गोरिया, उतावले क्यों होते हो! गुरू गोरखनाथ किसी भी क्षण पधार सकते हैं।''

''देव, क्या आपको उनके आने की सूचना प्राप्त हो चुकी है?''

''अवश्य शिष्य, अवश्य। अब तुम यह जानना चाहोगे कि सूचना कौन ले कर आया है? उसका नाम क्या था आदि; तुम प्रश्न बहुत करते हो।''

''जी देव, मैं आपका आशय समझ गया।'' गोरिया सकपकाया।

''तुम्हें ध्यान, तप, योग की शक्ति की क्षमताओं का ज्ञान है, तब तुम क्यों यह प्रश्न कर रहे हो? गुरूगोरखनाथ को अपने जप-तप व ध्यान से जब चाहो तुम अपने पास आमंत्रित कर सकते हो। वह अपने प्रिय शिष्यों को निराश नहीं करते हैं।''

''निश्चित ही देव, मैं क्षमा प्रार्थी हूँ।''

दोनों काम पर जुट गये। पूरा मण्डप सुव्यस्थित हो चुका था। मण्डप में बटुकों, शिष्यों के लिए बैठने के लिए पृथक व्यवस्था की गयी थी। आश्रम वासियों, गुरुओं के लिए अलग-अलग स्थान निर्धारित था।

रात्रि का प्रथम प्रहर समाप्त होने वाला था। पूरे आश्रम के लोग मण्डप में उपस्थित हो चुके थे। देवहरू, अक्षयनाथ, गुरुओं, शिक्षकों की टोली भी अपना स्थान ग्रहण कर चुकी थी। सभी शिष्य व आश्रमवासी, साधु संन्यासी, मण्डप में बैठकर गुरुदेव गुरूगोरखनाथ के आगमन की प्रतीक्षा कर रहे थे।

तभी शंख, ढोल, दमाऊँ, नगाड़ों, तूरी, रणसिंह, झाल, रणभेरी के स्वर गूँजने लगे। यह स्वर कहाँ से आ रहे थे? कौन बजा रहा है? सब अदृश्य था! चारों ओर से इस अनहद नाद का उद्घोष हो रहा था। देवहरू व अक्षयनाथ के अपने आसन से खड़े होते ही मण्डप में बैठे सभी उपस्थित लोग भी अपने आसनों पर से खड़े हो गए। वाद्य यंत्रों की स्वर लहरी तीव्रतर होती जा रही थी। तभी एक तीव्र प्रकाशपुंज गुरु गोरखनाथ के आसन पर प्रकट हुआ। धीरे धीरे प्रकाशपुंज का प्रकाश कम होता गया और गुरु गोरखनाथ की आकृति स्पष्ट होती चली गयी। अक्षयनाथ ने ऊँचे स्वर में घोष किया।

''गुरू गोरखनाथ की जै।'' ''गुरू गोरखनाथ की जै।'' सभी ने जैकारा दोहराया।

शनैः-शनैः वाद्य यंत्रों का निनाद मन्द पड़ता गया। अब गुरूगोरखनाथ अपने आसन में विराजमान थे।

गुरुगोरखनाथ ने ऊँचे स्वर में जैघोष किया-''हर हर महादेव, जै महाकाल।'' पूरा मण्डप पुन: महाकाल के जैकारों से गुंजायमान हो उठा। गुरूगोरखनाथ के वरिष्ठ शिष्य देवहरू, अक्षयनाथ, देवनिरंकार, ऐड़ीनाथ ने गुरु को साष्टांग प्रणाम किया।

मण्डप में सभी उपस्थित ने गुरुदेव को अपने स्थान से ही प्रणाम किया और अपने अपने स्थान पर बैठ गये। देवहरू, अक्षयनाथ, देवनिरंकार, ऐड़ीनाथ सभी मण्डप में यथा स्थान बैठ गये।

गुरु ने मण्डप के चारों ओर दृष्टि, घुमायी फिर अक्षयनाथ से बोले, ''आश्रमप्रमुख अक्षयनाथ! क्या हम अपने उद्देश्य में सफल हो सके हैं?''

''गुरुदेव, मैंने और देवहरू ने हर दृष्टिकोण से कार्य पूरा करने का प्रयास किया है; परन्तु अंतिम परीक्षा तो आपको ही लेनी है।''

''उचित है।''

अक्षयनाथ ने गोरिया को संकेत किया। वह अपने स्थान से उठा और गुरूगोरखनाथ के सम्मुख आ कर गुरु के चरणों में दण्डवत हो गया। गुरु गोरखनाथ ने स्नेहिल हाथ गोरिया के सिर पर फेरा। गोरिया गुरु के सम्मुख आसन पर बैठ गया। उसके दाँये देवहरू बैठे थे, बाँयी ओर अक्षयनाथ। कुछ ही दूरी पर देवनिरंकार, व बलशाली ऐड़ी अलग अलग आसानों पर विराजमान थे।

गुरुश्रेष्ठ ने कहा। ''गोरिया, तुमने इस आश्रम में रह कर अस्त्र-शस्त्रों व शास्त्रों का ज्ञान प्राप्त कर लिया है। मुझे ज्ञात हुआ कि तुम पूर्ण रूप से युद्धविद्या, अस्त्र-शस्त्र के संचालन में निपुण हो चुके हो। तुमने एक बार पूछा था कि इस आश्रम में रखे दिव्य धनुष को क्या मैं उठा पाऊँगा? क्या आज तुम उस दिव्य धनुष को उठाने की क्षमता रखते हो?''

''गुरुदेव! मुझे गुरु अक्षयनाथ जी से जो ज्ञान प्राप्त हुआ है उसका प्रयोग कर, मैं इस दिव्य धनु को उठाने का प्रयास करूँगा।'' गोरिया ने विनम्र स्वर में उत्तर दिया।

''उचित है! तो जाओ, आज उस दिव्य धनुष को उठाकर मेरे सम्मुख लेकर आओ।''

गोरिया उठा और मण्डप के भीतरी छोर पर एक ऊँचे स्थान पर रखे धनुष के निकट पहुँचा। उसने करबद्ध होकर महादेव का स्मरण किया। एक विशेष युक्ति और निर्धारित कोण से धनुष को पकड़ा। फिर ''हर हर महादेव'' का उच्चारण करते हुए एक झटके में धनुष को उठा लिया। गोरिया ने धनुष को माथे से लगाया और धनुष को लेकर गुरु गोरखनाथ के सम्मुख आ खड़ा हुआ।

गुरु ने गोरिया को ऊपर से नीचे तक निहारा और कहा। ''गोरिया, अब यह दिव्य धनुष तुम्हारा है। इसका प्रयोग तुम्हें दुष्टों के विनाश हेतु करना है। तुम्हारे बहुत से प्रश्नों के उत्तर हमने स्थगित रख रखे हैं। अब उन प्रश्नों का उत्तर प्राप्त करने के अधिकारी तुम हो चुके हो।'' गुरु गोरखनाथ ने गर्व से गोरिया की ओर देखा। गोरिया के मन-मस्तिष्क में कई प्रश्न एक साथ उमड़ रहे थे। क्या पूछूँ? कहाँ से शुरू करूँ,

अभी वह यही सोच रहा था कि देवहरू ने कहा।

''गुरुदेव! गोरिया को प्राय: एक स्वप्न आता है, वह स्वप्न इसे तड़पाता रहता है। मैं चाहता हूँ कि उस स्वप्न का रहस्य गोरिया के सामने स्पष्ट हो जाये, ताकि इसे अपने भविष्य का मार्ग तय करने में सुविधा हो।''

''अवश्य! उचित है।'' गुरु गोरखनाथ ने गोरिंया को आसन ग्रहण करने का संकेत किया।

गुरूश्रेष्ठ ने कहा- ''गोरिया, तुम यह जानना चाहते हो कि तुम कौन हो? तुम्हारे जन्म देने वाले माता-पिता कौन हैं? तुम जो स्वप्न प्राय: देखते हो, क्या उसमें सत्यता है? तुम यह भी जानना चाहते होगे कि अन्य बटुकों की भाँति तुम्हें मात्र संन्यासी बनने की शिक्षा न देकर तुम्हें अस्त्र-शस्त्र विद्या का भी ज्ञान क्यों दिया गया?'' गुरु गोरखनाथ कुछ क्षण के लिए मौन हुए। गोरिया ने सहमति में सिर हिला दिया।

गुरु गोरखनाथ ने रानी कलिंगा व राजा हालुराई के मिलन से प्रारंभ कर गोरिया के जन्म, रानियों के षड़यंत्र सहित भाना-भानुली तक उसके पहुँचने की पूरी गाथा गोरिया को सुना दी। गोरिया की आँखें डबडबा गयी थीं। उसे अपने स्वप्न की सच्चाई का ज्ञान हो चुका था। गुरुगोरखनाथ ने पुन: कहा।

''गोरिया, यह तुम्हारे जीवन में भाना-भानुली के घर पहुँचकर इस आश्रम में आने तक की कथा है, जो अभी अधूरी है। तुम्हारे जीवन की वास्तविक यात्रा अब प्रारंभ होगी जिसके लिए तुम्हारा अवतरण हुआ है। देवहरू, आचार्य अक्षयनाथ, देव निरंकार, व महाबली ऐड़ी ने समय-समय पर तुम्हें जो अस्त्र-शस्त्र विद्या दी है। यह दिव्य धनुष जो अब तुम्हारे पास है, यह सब तुम्हें उपलब्ध कराने के उपक्रम का उद्देश्य भी तुम जानना चाहोगे? जीवन में आगे जो कर्म तुम करने जा रहे हो, यही तुम्हारे जीवन का सबसे महत्त्वपूर्ण भाग होगा। वह सब भविष्य में तुम्हारे सम्मुख उपस्थित होता रहेगा। अत: ध्यान से सुनो।''

गुरू कुछ क्षण के लिए मौन हो गये। उन्होंने अपनी आँखें बन्द कर ली थी। पूरे मण्डप में निस्तब्धता छा गई। देवहरू ने गोरिया की ओर दृष्टि उठाकर देखा। गोरिया उत्सुक व रोष से भरा प्रतीत हो रहा था। आज उसके जीवन में कुछ अति महत्वपूर्ण घटित होने जा रहा था।

सहसा गुरू ने ऊँचे स्वर में आदेश सुनाया। ''आदेश.. आदेश.. गोरिया! आदेश! अब यह स्पष्ट हो चुका है कि तुम ही धूमाकोट के वास्तविक राजकुमार हो-उत्तराधिकारी हो। आज गुरुगोरखनाथ तुम्हें धूमाकोट का राजकुमार घोषित करता है। आज से तुम्हें राजकुमार वीरगोरिया के नाम से पुकारा जाएगा। तुम्हें कल प्रात: धूमाकोट के लिए प्रस्थान करना है। अब जैसा तुम्हें ज्ञात है कि देवहरू तुम्हारे मामा भी हैं; वे और देवनिरंकार, वीर ऐड़ी तुम्हारे साथ होंगे। राजमहल तुम्हारी प्रतीक्षा कर रहा है। तुम्हें राजमहल पहुँच कर कुछ कठोर कदम भी उठाने होंगे। जीवन में कई बार धर्म और न्याय की रक्षा के लिए कठोर निर्णय भी लेने पड़ते हैं। उससे कई जनों का मन दुखी भी हो सकता है, लेकिन यह समय की माँग होती है। धूमाकोट का राज्य छिन्न-भिन्न हो चुका है। महारानी सुगन्धा व अन्य रानियों ने जनपदों पर अधिकार जमा लिया है। कोई केन्द्रीय सत्ता धूमाकोट में नहीं रह गयी है, जिसके कारण जनपद मनमाने तरीकों से प्रजा का शोषण कर रहे हैं। अन्याय, अव्यवस्था, शोषण, अनाचार, अत्याचार का बोलबाला है। न्यायतंत्र, धर्मतंत्र, राजतंत्र सब ध्वस्त हैं। महल के भीतर राजा तथा रानी कलिंगा ही अन्याय से त्रस्त नहीं हैं वरन पूरा उत्तरापथ ही अन्यायी,अत्याचारी, अमर्यादित, अनियंत्रित, अमानवी, अनाचारी,

निरंकुश सत्ताधारियों से पीड़ित है। तुम्हें यह सब दूर करने तथा सत्य-धर्म-न्यायकारी राज्य की स्थापना हेतु अधिशासित किया जा रहा है।''

गोरिया ने पूछा। ''गुरुदेव! मेरी जन्मदात्री माँ कलिंगा व राजा हालुराई और पूरी धूमाकोट की प्रजा त्राहि-त्राहि कर रही है। इसको रोकने का प्रयास आप सबने पहले क्यों नहीं किया? मुझे पहले इस हेतु क्यों नहीं नियुक्त किया गया? ऐसा विलम्ब क्यों गुरुदेव?''

''वीरगोरिया! हम अनासक्त योगी हैं। हमने वैराग्य धारण कर हिंसा का मार्ग त्याग करने का व्रत लिया है। इसका आशय यह नहीं है कि हम समाज, देश और धर्म के प्रति उदासीन हैं। हम प्रजा के हित व राक्षसों व दुष्टों के विनाश करने के प्रयास हेतु अन्य माध्यमों को खोजते हैं; परन्तु कभी-कभी राक्षसी प्रवृत्तियाँ अधिक प्रभावशाली हो जाती हैं; जैसे त्रेता युग में रावण ने कई दैवीय शक्तियाँ प्राप्त कर ली थीं। ऐसी राक्षसी प्रवृत्तियों का विनाश उससे अधिक शक्तिशाली व्यक्ति ही कर सकता है। इस हेतु किसी योग्य, वीर, साहसी व्यक्ति की आवश्यकता होती है। हम तपस्वी-योगी उसे अस्त्र-शस्त्र विद्या, तप, ज्ञान, तंत्र-मंत्र विद्या देकर उसमें ऐसी क्षमता विकसित कर सकते हैं कि वह इन दुष्ट आत्माओं से संघर्ष कर उनके विनाश का कारण बन सके; परन्तु यहीं पर यह भी सावधानी आवश्यक है कि ऐसा व्यक्ति योग्य भी हो, जिसमें वीरता के साथ-साथ त्याग, धैर्य, क्षमा की भावना भी निहित हो। ऐसे व्यक्ति के अन्दर दैवीय शक्तियाँ प्राप्त कर उनका सदुपयोग करने की भावना होनी चाहिए। ऐसा मनुष्य जिसे दैवीय शक्तियाँ उपलब्ध करायी जा रही है उसका व्यक्तित्व सुदृढ़ हो, चरित्रवान हो, धर्मनिष्ठ हो, न्याय-अन्याय का उसे बोध हो, क्षमताओं और शक्तियों का सही उपयोग कर सकने में सामर्थ्यवान हो-का चुनाव करना होता है। प्रामाणिकता की परख हो जाने के बाद ही कोई महत्त्व के दायित्व या अधिकार सौंपे जाते हैं।''

गुरुश्रेष्ठ ने कुछ क्षण रुक कर पुन: कहा, ''जहाँ तक तुम्हें अब तक रोके रखे जाने का प्रश्न है, तुम्हें यह जानना आवश्यक है कि धूमाकोट में कई अन्धविश्वासी तान्त्रिकों ने अपनी तन्त्रविद्या के माध्यम से अनेकों शक्तियाँ प्राप्त कर ली हैं, इन शक्तियों का दुरुपयोग कर इन्होंने धूमाकोट की राजसत्ता हथिया ली है और वे दुष्ट सत्ताधारी इन शक्तियों के दुरुपयोग से प्रजा को विविध प्रकार के कष्ट पहुँचा रहे हैं। वीरगोरिया! इन राक्षसी शक्तियों से लड़ने के लिए, उनका सामना करने के लिए तुम्हें इस आश्रम में तैयार किया गया है। तुम मेरी परीक्षा व अपेक्षाओं पर खरे उतरे हो। दैवीय शक्तियाँ विनाशकारी भी होती हैं, इनका प्रयोग तभी करना चाहिए जब अपरिहार्य हो। सैन्य अभियान सत्य, न्याय के पक्ष के लिए होना चाहिए। सुख, सम्पन्नता, विलासिता के लिए विजय अभियान चलाकर अनावश्यक राज्य विस्तार करने के लिए नहीं।'' गुरुगोरखनाथ की अमृतवाणी पूरे शांत मण्डप में गूँज रही थी।

शिष्यों, आचार्यों से खचाखच भरा पूरा मण्डप इस अमृतवाणी का रसपान कर रहा था, जो इस ज्ञानगंगा को अपने हृदय में स्थान देगा, उसका जीवन निश्चित ही सफल होगा।

गुरू ने आगे कहा-''तुम ईश्वर प्रदत्त कुछ जन्मजात अतींन्द्रिय क्षमताओं से भी सम्पन्न हो। यह क्षमतायें ऐसे कार्य कर सकती हैं जो सामान्य इन्द्रियों के माध्यम से सम्भव नहीं है। इन क्षमताओं में तुम्हें अपने प्रयास और पुरुषार्थ से वृद्धि करनी है। ध्यान, जप-तप एवं सकारात्मक चिंतन से इन अतींन्द्रिय क्षमताओं में अभिवृद्धि होगी। इन शक्तियों को पाकर तुम्हें याद रखना है कि तुम जो सैन्य अभियान

करो, उनका उद्देश्य सर्वशक्तिमान बनकर अधिनायकवादी शासन चलाना नहीं होगा। सैन्य अभियान, शान्ति, सम्पन्नता, प्रजा के हित, राज्य की सीमाओं की रक्षा के लिए किया जाना चाहिए। तब यह संघर्ष धर्म संगत होगा। क्षत्रिय शस्त्रों का धारण दुष्टों के विनाश हेतु करता है।'' गुरू कुछ क्षणों के लिए रुके।

इसी मध्य गोरिया ने प्रश्न किया।

''गुरुदेव, क्या कोई व्यक्ति जन्म से ब्राह्मण, क्षत्रिय या शूद्र होता है? समाज ऐसा क्यों है? दीन-दलित मछुवारे के घर में जन्म लेने वाला बालक, ब्राह्मणों के आश्रम में शिक्षा प्राप्त नहीं कर सकता है?'' सामाजिक सोच पर वीरगोरिया का प्रश्न था, साथ ही इस प्रश्न में उसकी बचपन की स्वानुभूति पीड़ा थी।

गुरू गोरखनाथ ने कहा- ''वत्स, देवों के देव महादेव के लिए प्रत्येक मानव समान है। समदर्शी महादेव मानव को एक जाति मानते हैं। महामानव मनु ने कहा है-''जन्मना जायते शूद्रः संस्कारेण द्विज उच्यते'' अर्थात जन्म लेने वाला प्रत्येक मनुष्य शूद्र अर्थात अशिक्षित एवं अज्ञानी-ज्ञानरहित होता है। विद्या, ज्ञान, शिक्षा पा कर ही उसका दूसरा जन्म होता है। विद्या, ज्ञान, शिक्षा पा कर वह कर्मानुसार ब्राह्मण-द्विज, क्षत्रिय, और वैश्य कहलाता है, जो अज्ञानी एवं अशिक्षित ही रह जाते हैं वे शूद्र कहलाते हैं। मनुष्य मात्र कर्म करता है, कर्म को लोग अपनी सुविधानुसार वर्ग या वर्ण बना लेते हैं, उसमें समाज का स्वार्थ निहित होता है। वह अपने स्वार्थों के हित में अपने कार्य क्षेत्र के वर्ग में दूसरों को प्रवेश नहीं करने देते हैं। उससे उन्हें दो लाभ हैं; प्रथम-प्रतियोगिता का सामना कम करना पड़ता है। दूसरा-उन्हें विभिन्न प्रकार के कार्यों को सम्पन्न करने हेतु पर्याप्त लोग बिना श्रम के ही उपलब्ध होते रहते हैं। अर्थात् समाज अपने स्वार्थ के कारण मनुष्यों को जाति, धर्म के वर्गों में बाँट देता है। समाज, मनुष्यों का एक समूह मात्र नहीं अपितु यह एक ऐसी संरचना है जो परम्पराओं, रीति-रिवाजों, संस्कारों, मूल्यों, मानवीय भावों, वर्ग, जाति, परिवार, विवाह संस्थाओं, व्यवस्थाओं, कार्यों, प्रकार्यों, अकार्यों, सांस्कृतिक व भावनात्मक एकता, बिखराव, संघर्षों आदि से विकसित होता हुआ रूपाकार लेता है और निरन्तर परिवर्तनशील है। इस समाज को किसी कठोर नियम व दण्ड से एकाएक बदलना सम्भव नहीं है। इसको बदलने के लिए समाज में न्याय व समानता की भावना जागृत करनी पड़ेगी। समाज को बनने और बदलने में हजारों वर्ष लग जाते हैं।''

''शरीर और आत्मा दोनों की उन्नति किस प्रकार सम्भव है?'' यह एक तपस्वी गोरिया का गम्भीर प्रश्न था।

''जप, तप, योग; आत्मा को परिष्कृत करने के लिए हैं। आत्मा और शरीर एक दूसरे के पूरक हैं। आत्मा की उन्नति के लिए देह को कठिन तप से भीषण कष्ट देना या देह के सुख के लिए आत्मा को अचेतन में रखना दोनों अनुचित हैं। दोनों का समन्वय बनाकर ही श्रेष्ठ पद प्राप्त किया जा सकता है। सावधानी बरतने की बात है कि आपका कोई कर्म अनावश्यक ही दूसरे के दुःख का कारण न बन जाय।'' गुरू ने तपस्वी गोरिया की जिज्ञासा को शान्त करते हुए कहा।

''गुरुदेव! क्या हिंसा करना धर्म है? क्या यही क्षत्रिय का कर्म है?'' गोरिया ने अपने अस्त्र-शस्त्रों की ओर दृष्टि करते हुए पूछा। यह एक वीरयोद्धा का प्रश्न था।

गुरुदेव ने प्रसन्न होकर कहा-''वत्स वीरगोरिया! तुम्हारा प्रश्न महत्त्वपूर्ण है, विशेष रूप से वीर व

संघर्षशील मनुष्य के लिए यह जानना आवश्यक है। हिंसा कोई धर्म नहीं है किन्तु आत्मरक्षार्थ की गयी हिंसा धर्म है। दुर्जनों, राक्षसों, अत्याचारियों के विनाश करने के लिए तथा सत्य, न्याय व धर्म की रक्षा के लिए की गयी हिंसा धर्म बन जाता है। महादेव ने भी निरीह, दीन, दलित, पीड़ितों की सदैव रक्षा की है। पवित्र उद्देश्यों के लिए उन्होंने शस्त्र उठाया है। हम उन्हीं देवों के देव, महादेव के अनुयायी हैं। अत: मानवता के हित में की गयी हिंसा और युद्ध न्यायोचित है, इसे धर्म संगत युद्ध कहा जाता है। ध्यान रहे गोरिया, तुम्हें दो मार्गों में एक साथ काम करना है। जहाँ एक ओर न्याय-अन्याय का विचार करते हुए प्रजा के कष्टों व पीड़ा को दूर करना है, वहीं इन शस्त्रों-अस्त्रों तथा युक्तियों से दुष्टों का नाश भी करना है। जब तुम दोनों क्षेत्रों में निरन्तर कार्य करोगे तो प्रजा तुम्हें एक अवतार पुरुष के रूप में मानेगी।''

''गुरुदेव! क्या युद्ध में तंत्र, मंत्र व दैवीय शक्तियों का उपयोग उचित है?''

''वत्स, जैसा मैं पहले कह चुका हूँ, युद्ध का उद्देश्य क्या होना चाहिए? यदि आपका उद्देश्य उत्तम है; न्याय तथा प्रजा के हित में है, तो उस हेतु किया गया कोई भी प्रयास निश्चित ही उत्तम ही होगा। पवित्र उद्देश्य की प्राप्ति के प्रयासों में तंत्र-मंत्र, दैवी शक्तियों का उपयोग सर्वथा उपयुक्त है।'' कुछ क्षण रुक कर गुरु ने कहा।

''वत्स, तुम इसे इस तरह से समझ सकते हो जैसे हमारे जीवन में एक छोटे से चाकू की महत्त्वपूर्ण भूमिका है। हर घर में चाकू उपलब्ध रहता है। हमारे हर छोटे बड़े कार्य में सहायक है। वहीं पर कोई मूर्ख व्यक्ति इसी चाकू से किसी की हत्या कर उसका जीवन हर लेता है तो इसमें दोष किसका? बेचारे चाकू का क्या कोई दोष है? नहीं। दोष उस मानसिकता का है, उस व्यक्ति का है, जो उसका दुरुपयोग कर रहा है।''कुछ क्षण के बाद गुरुदेव ने पुन: कहा-

''वत्स गोरिया, इसी प्रकार मंत्रों, तंत्रों, सिद्धियों, दैवीय शक्तियों का इसमें दोष नहीं है। दैवीय शक्तियाँ भगवान श्रीराम, भगवान श्रीकृष्ण के पास भी थीं तो दूसरी ओर रावण तथा दैत्य भस्मासुर के पास भी थीं। अत: जो इनका दुरुपयोग करेगा उसका विनाश निश्चित है।''

मण्डप में बैठे शिष्यों ने कभी इस प्रकार के प्रश्न गुरूगोरखनाथ से नहीं पूछे थे। पर वीरगोरिया अपने मन की हर आशंका का समाधान चाहता था। उसने गुरु से अनुनय कर पुन: कहा।

''गुरुदेव, अधिक प्रश्न करना धृष्टता तो नहीं?''

गुरु ने प्रसन्न हो कर कहा, ''वत्स! गीता में भगवान कृष्ण ने इस विषय पर उपदेश देते हुए कहा है कि-

''तद्विद्धि प्रणिपातेन परिप्रश्नेन सेवया। उपदेक्षयन्ति ते ज्ञानं ज्ञानिनस्तत्त्वदर्शिन:।''

अर्थात् शिष्य को गुरू के पास आदर सहित जाकर प्रश्न करने चाहिए। गुरू द्वारा उपदेश, ज्ञान और तत्व दर्शन के द्वारा शिष्य को दी गई शिक्षा से वह अपने व्यक्तित्व का निर्माण करता है, उसी से उसकी आत्मा का भी सतत् विकास होता है।''

''गुरुदेव! यह राक्षसी प्रवृत्ति क्या है? और इन पर विजय प्राप्त कर इन्हें समूल नाश करना अनिवार्य है या इन्हें क्षमादान दिया जाना चाहिए?''

गुरू गोरखनाथ प्रथम बार जोर से हँसे, जिससे गम्भीर, शान्त मण्डप के वातावरण में प्रसन्नता का संचार व्याप्त हुआ। गुरू ने कहा।

''वत्स गोरिया, मनुष्य परमात्मा की सर्वश्रेष्ठ कृति है। प्रत्येक मनुष्य में सूक्ष्म रूप में ईश्वर का अंश विद्यमान है। भगवान श्रीकृष्ण ने अर्जुन को उपदेश देते हुए कहा था कि प्रत्येक मनुष्य के अन्दर तीन गुणों का समावेश होता है, सतोगुण, रजोगुण, तमोगुण। इन तीनों के अपने-अपने प्रभाव हैं। जहाँ सतोगुण मनुष्य को सतकर्मों की ओर प्रेरित करता है, वहीं रजोगुण, भोग विलास, धन वैभव, प्रसिद्धि प्राप्त करने के अन्तहीन मार्ग में चल पड़ता है और वह मनुष्य इसी मृगतृष्णा में जीवन व्यतीत कर देता है। तमोगुणी मनुष्य उसे प्राप्त धन, वैभव, सत्ता का दुरुपयोग कर, मद में पड़कर जीवों पर अत्याचार, दुराचार, अन्याय करता हुआ तमोगुणी प्रवृत्ति को अपना लेता है, अन्ततः तमोगुणी मनुष्य अपने को कुमार्ग में धकेल देता है। अन्तत: वह कोई सद्कर्म करता ही नहीं है। मदमस्त होकर हिंसा व विभिन्न पापकर्मो में रत होकर राक्षसी अथवा दैत्य प्रवृत्ति को प्राप्त हो जाता है। राक्षसी प्रवृत्ति में मनुष्य दुष्टता से संचित धन, हिंसा व अत्याचार से प्राप्त राजसत्ता, विभिन्न प्रकार से प्राप्त शक्तियों का दुरुपयोग कर मनुष्यों पर अत्याचार व अन्याय करता है। वह अंधविश्वास, अभिचारी कर्मों से ज्ञान, मनुष्यता, मानवता, सत्यता का गला घोंट कर दुष्कर्मों के साथ भोग विलास करने लगता है। यही तो राक्षसी प्रवृत्तियाँ हैं। दूसरी ओर ऐसे अधम मनुष्य को समूल नाश करने में कहीं दोष नजर नहीं आता है; परन्तु यदि कोई अपनी भूल स्वीकार कर सद्कर्मों की ओर प्रवृत्त होना चाहता है तो उसे क्षमादान दिया जाना चाहिए। यहाँ सावधानी बरतने की आवश्यकता है कि वह मनुष्य वास्तव में हृदय से ऐसा करना चाहता हो। उस पर भविष्य में भी दृष्टि रखना आवश्यक है कि वह अपनी प्रतिज्ञा को पूरा करे।''

''राजा का मुख्य कर्म क्या है?'' गोरिया ने निवेदन पूर्वक प्रश्न किया।

''राजा का परम कर्तव्य सत्य, न्याय और धर्म की रक्षा करना है। इन की परिधि में रह कर प्रजा की रक्षा करना है। राज्यों पर विजय प्राप्त कर सर्वशक्तिमान बनना नहीं है। न्याय और धर्म का मार्ग कठिन अवश्य है, पर आत्मिक सुख, आन्तरिक सन्तुष्टि तथा भावनात्मक तृप्ति का आधार यही है। मात्र विजय प्राप्त कर राज्य की सीमा बढ़ाने से ही मनुष्य महान नहीं बनता है। न्याय व धर्म की स्थापना व रक्षा मनुष्य को ईश्वर के अधिक निकट पहुँचाता है।''

''न्याय और धर्म तो अभिन्न हैं, इनमें अन्तर क्या है, गुरुदेव?''

''निश्चित ही अभिन्न हैं, न्याय करना एक धर्म है; परन्तु धर्म क्षेत्र का विस्तार अधिक है। इस आश्रम से तुम्हें धर्म का ज्ञान प्राप्त हुआ है, यह तुम्हें न्याय का बोध करायेगा। प्रजा के लिए सामान्यत: न्याय राजा करता है क्योंकि न्याय, दण्ड विधान से जुड़ा है, इसीलिए राजा को धर्म का ज्ञान होना आवश्यक है।''

इस तरह गुरूगोरखनाथ ने गोरिया को कई विषयों पर ज्ञान प्रदान किया। अब वह धर्म और न्याय के मर्म को समझ चुका था। गोरिया में अतींन्द्रिय क्षमतायें पहले से ही विद्यमान थीं जिनमे-कई मील दूर से सच्चे मन से पुकारने वाले की आवाज को सुन लेना। ऊर्जा प्रवाह द्वारा कुछ रोगों का निदान करना। दूरदृष्टि- दूर से किसी सूचना को ग्रहण कर लेना। पूर्वज्ञान-कुछ निश्चित घटनाओं के घटित होने का पूर्व

ज्ञान हो जाना। इन क्षमताओं के द्वारा उसे किसी भी घटना के विश्लेषण में सहायता मिल जाती थी।

गुरूगोरखनाथ द्वारा गोरिया को जप, तप तथा योग विद्याओं में तपा कर खरा सोना बना दिया था। अब गोरिया एक साधारण मनुष्य नहीं था। वीरगोरिया को सावधान कर दिया गया था कि उसमें अंतर्निहित शक्तियाँ सात्विक जीवन जीने से ही समृद्ध हो सकेंगी। स्वयं के स्वार्थ, दम्भ, अत्याचार, अन्यायपूर्ण विजय प्राप्त करने से ये विद्यायें नष्ट हो सकती हैं।

गुरूदेव के पवित्र उद्गार वीर गोरिया के साथ ही मण्डप में उपस्थित जनों के हृदय की गहराइयों को छू रहे थे। सभी उपस्थित जन गुरू की पवित्र वाणी सुन धन्य हो गये थे।

अब गुरूगोरखनाथ, देवहरू, देवनिरंकार, महाबली ऐड़ी ने एक साथ गोरिया को अपना आशीर्वाद प्रदान किया। वीरगोरिया ने गुरू को गुरुदक्षिणा में एक प्रतिज्ञा अर्पित की-

''गुरुदेव, मैं प्रण करता हूँ कि मैं न्याय के मार्ग पर चल कर पीड़ित, निर्धन, दीन-दलित के साथ ही समस्त पीड़ित मानव मात्र की रक्षा के लिए सदैव तत्पर रहूँगा। सत्य, न्याय एवं धर्म की रक्षा करूँगा। इसमें, मैं अपने प्राणों की आहुति देने से पीछे न हटूँगा। मैं न्याय की रक्षा व दुष्टों के विनाश के लिए हिंसा का प्रयोग करूँगा; परन्तु अनावश्यक रक्त नहीं बहाऊँगा। आपके आदेशों के अधीन सदैव रहूँगा।''

''तुम धन्य हो। विजयी भवः,यशस्वी भवः।'' गुरूगोरखनाथ ने आशीर्वाद में हाथ उठाया और कहा,

''आदेश-आदेश, अब तुम शीघ्र धूमाकोट को प्रस्थान करो।''

''जो आज्ञा गुरुदेव,'' गोरिया गुरू के चरणों में झुक गया और उसने गुरू के चरणों के निकट रखी भभूति माथे पर लगायी, लम्बे पग भरता हुआ मण्डप के बाहर आ गया।

मण्डप के बाहर चारों ओर स्वच्छ प्रकाश फैला था। वीरगोरिया ने आकाश की ओर देखा; सूर्यदेव चमक रहे थे, उसे माँ भानुली की याद आयी जिसने बताया था कि सूर्यदेव ही प्रत्यक्ष देव हैं, जो अपने समदर्शी भाव से सर्वत्र प्रकाश फैलाते हैं। आज इस प्रकाशवान वीरगोरिया का उसका कर्मक्षेत्र स्वागत करने को तैयार बैठा था। प्रजा अपने कष्टों के उद्धारक की उत्कंठा से प्रतीक्षा कर रही थी। वीरगोरिया ने सूर्यदेव को प्रणाम किया और अपने अस्त्र-शस्त्रों को सुव्यवस्थित कर जीवन के कर्म-संग्राम के पथ पर चल पड़ा।

जाओ वीर! उत्तरापथ की पीड़ित, शोषित प्रजा की आर्तपुकार तुम्हें बुला रही है; उसकी रक्षा करो, उन्हें न्याय दिलाओ।

संघर्षकर्म के-धरातल की ओर प्रस्थान

हिमालय के ऊँचे हिमाच्छादित पर्वत श्रृगों पर लालिमा छाने लगी थी; परन्तु पूरे उत्तरापथ में प्रकाश अभी न फैला था। राजकुमार वीरगोरिया धूमाकोट के लिए प्रस्थान कर चुका था। सबसे आगे तपस्वी देवहरू थे, उनके पीछे तपस्वी निरंकार। इन दो तपस्वियों के पीछे वीरगोरिया चल रहा था। सबसे

पीछे सबसे लम्बे चौड़े बलशाली विचित्र वेश-भूषाधारी, धनुष-बाण, भारी लौह-दण्ड लिए देवऐड़ी थे। तपस्वी देवहरू के हाथों में लम्बा भारी चिमटा तथा तीमुर का दण्ड था। कंधे पर दो झोलियाँ लटक रही थीं। एक झोली भिक्षाटन से प्राप्त सामग्री हेतु थी, दूसरी खैरवा की झोली थी, जिसमें अभिमंत्रित भभूती थी। इस भभूती में कुछ चावल भी मिले थे। यह अभिमंत्रित भभूती चमत्कारी थी। तपस्वी निरंकार भी देवहरू की भाँति समान वेशभूषा में थे।

बीच में चल रहे लम्बे, गौर वर्ण, तेजस्वी, बलिष्ठ, अस्त्र-शस्त्र धारी वीर जिसके कन्धे पर दिव्य धनुष, पीठ पर तुणीर, कमरबंद में खड्ग लटका था। ऐसे वीर को जो देखता उसे देखते ही रह जाता था। तीनों के बीच यह योद्धा पृथक दिखायी देता था। कई वन, गाँवों, हाटों को पार करते बिना रुके, बिना दाँये-बाँये रुख किये ये चारों तेजी से धूमाकोट की ओर बढ़ रहे थे। मार्ग में कोई जन प्रश्न करता या कुछ निवेदन करता तो उसका कोई उत्तर दिये बिना ये तीव्रगति से आगे बढ़ते जा रहे थे। परन्तु गोरिया चारों ओर दृष्टि दौड़ाता जा रहा था। तपस्वी हरू जो सबसे आगे पथप्रदर्शक थे, बिना इधर-उधर देखे सरपट तेज कदमों से चल रहे थे। अत: किसी के धीमा चलने या रुकने का प्रश्न कहाँ था। आज वे पूरे दिन पैदल चले थे। अभी धूमाकोट का आधा मार्ग ही तय हुआ था। लेकिन अब वे घाटी से होकर गुजर रहे थे। सायं की कालिमा धीरे-धीरे छाने लगी थी। वे सरयू, रामगंगा, पनार नदी के समतल मैदान के करीब थे। तपस्वी हरू चाहते थे कि वे रामगंगा व सरयू के संगम स्थल रामेश्वर तीर्थ में रात्रि विश्राम करें जहाँ कई तपस्वी साधु संत निवास करते थे। वहाँ से कल प्रात: वे धूमाकोट को प्रस्थान कर सकते थे।

देखते-देखते वे रामेश्वर तीर्थस्थल के निकट पहुँच चुके थे। दूर से ही ऊँचे शिवालय का चोटिकलश दिखायी दे रहा था। कहीं-कहीं आग व दीपों का क्षीण प्रकाश नजर आ रहा था किन्तु कहीं से भी घंटे-घड़ियाल की ध्वनि नहीं सुनाई दे रही थी। प्राय: संगम तट पर स्थित मन्दिर सायं होते ही घण्टे-घड़ियालों, शंखों-घंटियों की ध्वनि से गूँजने लगते थे; परन्तु यहाँ ऐसा कुछ न था।

चारों यात्री संगम के निकट विशाल शिवालय के द्वारा पर खड़े थे। लेकिन आश्चर्य! न तो इस देवालय में कोई पूजा अर्चना के लक्षण दिख रहे थे, न ही कोई भक्तगण।

चारों ने देवालय में प्रवेश किया। अन्दर का दृश्य देखकर वे चकित थे। यह प्राचीन देवाधिदेव महादेव का मन्दिर उजाड़ पड़ा था। चारों ने पूरे मन्दिर परिसर का निरीक्षण किया, पर कहीं कोई न था। चारों ने गर्भगृह में विराजमान शिवलिंग को नमन किया और बाहर आ गये। चारों इधर-उधर फैल कर स्थिति का आकलन करने लगे। तभी वीर ऐड़ी दो क्षीणकाय साधु वेशधारी तपस्वियों को पकड़ कर ले आये, जो इन चारों को देखकर पास ही मठ की एक अँधेरी कोठरी में छिप गये थे। चारों ने एक पुराने मठ के बाहर चबूतरे के ऊपर अपना आसन जमाया। तब देवहरू ने ऐड़ी द्वारा पकड़कर लाये गये दो दुर्बल, भयभीत साधुओं से पूछा, ''प्रिय वत्स! भयभीत न हो। हम तपस्वी हैं, हमें यह बताओ कि मठ-मन्दिर उजाड़ क्यों पड़े हैं? साधु संन्यासी एवं इस मठ के महंत तेजोनिधि कहाँ हैं? देवालय सूने क्यों पड़े हैं?''

इन दोनों क्षीणकाय साधुओं ने कोई उत्तर नहीं दिया, उल्टा भय से और अधिक काँपने लगे। वे बार-बार गोरिया के हाथ में चमकते नग्न खड्ग की ओर देख रहे थे। देवहरू समझ गये थे, उन्होंने कोमल स्वर में कहा- ''आप भय न करें, हम सब गुरूगोरखनाथ के शिष्य हैं और यह दोनों वीर भी हमारी तरह

गुरू गोरखनाथ के शिष्य हैं, जो हमारी रक्षा हेतु हमारे साथ हैं। तुम भी तपस्वी-साधु प्रतीत हो रहे हो, भय त्यागो, हमें सत्यता से अवगत कराओ। हम तुम्हारी रक्षा का वचन देते हैं।''

वीरगोरिया ने अपना खड्ग कमर के साफे में खोंस लिया।

दोनों साधु, देवहरू के चरणों में नतमस्तक हो गये। उनकी आँखों में आँसू थे। गोरिया अपने स्थान से उठा, उन दोनों के कंधे पर स्नेह से हाथ रख मुस्कराया। अब वे दोनों आश्वस्त थे।

''देव! इस तीर्थ स्थल पर संकट के बादल छा गये हैं। इस पूरी घाटी में घाटकामसाण नामक दैत्य ने आतंक फैला रखा है। यह घाटकामसाण धूमाकोट के सेनापति सामड़भट का दाहिना हाथ है। वह अत्यंत बलशाली है, उसके पास कई तांत्रिक शक्तियाँ विद्यमान हैं। उसके पास सैकड़ों की संख्या में सशस्त्र सैनिक हैं। धाटकामसाण ने इस तीर्थ स्थल को दूषित कर दिया है। साधु, तपस्वियों को मार-मार कर भगा दिया है। पंचमकार तांत्रिक विद्या के द्वारा विविध प्रकार की कपालिक क्रियायें करता है। हिंसक बलि देता है; प्राय: नरबलि भी देता है। पूरे घाट क्षेत्र के बीस कोस तक इसका राज चलता है। यह मनचाहा कर वसूलता है। जिस सुन्दर युवती पर उसकी नजर पड़ जाये, वह उसकी होती है। गाँव के हृष्ट-पुष्ट नौजवानों को पकड़ कर अपनी सेना में बलपूर्वक रखता है। उन्हें मदिरा व अनाचार, अभिचार के दलदल में डुबोता है।''

''बस करो साधु महाराज! बस करो! आगे का वर्णन न करो। मैं न सुन सकूँगा। हमें बताओ यह दुष्ट घाटका कहाँ मिलेगा?'' वीरगोरिया ने क्रोध पूर्वक पूछा।

''देव, इस मसाण का कोई निश्चित ठिकाना नहीं है। कभी-कभी अर्धरात्रि में वह इस संगम के पास के श्मशान पर आता है तथा तंत्र-मंत्र करता है। किसी भी साधु, तपस्वी, ज्ञानी को इस क्षेत्र में टिकने नहीं देता है।''

''क्या, वह आज यहाँ आ सकता है?'' वीरगोरिया ने पूछा।

''देव, निश्चित रूप से नहीं कहा जा सकता है।'' दोनों ने हाथ जोड़कर कहा।

''ठीक है, आप दोनों निर्भय रहें, हमारे साथ ही विश्राम करें।'' गोरिया देवहरू की ओर उन्मुख हो कर बोला। ''देवहरू! क्या यह वही घाटका दैत्य है जिसने महारानी सुगन्धा के छोटे भाई सामड़भट को तांत्रिक विद्याओं का ज्ञान कराया है?''

''वीरगोरिया, यह घाटकामसाण ही है जिसने वीर साहसी सामड़भट को सामड़मसाण बना डाला है। सामड़भट एक वीर, साहसी, संघर्षशील एवं महत्वाकांक्षी युवक था। वह तांत्रिक शक्तियाँ प्राप्त करने की लालसा में इस दुष्ट घाटका की संगत में पड़ गया। असात्विक तांत्रिक क्रियाओं में प्रयुक्त पंचमकार-मदिरा, मांस, मुद्रा, मत्स्य और मैथुन के दलदल में फँसता चला गया। इधर इस घाट क्षेत्र में घाटका मसाण ने अत्याचार फैला रखा है तो उधर सामड़मसाण ने व्याघ्रेश्वर तीर्थ को पददलित कर दिया है। इन दोनों ने धूमाकोट के चारों ओर अन्याय, अत्याचार, अधर्म, पाखंड व अंधविश्वास फैला रखा है। मेरे यहाँ आकर रात्रि विश्राम का प्रयोजन तुम अब समझ सकते हो।''

वीरगोरिया का कमर में बँधा खड्ग पुन:बाहर निकल चुका था। वह आक्रोशित हो उठा, उसकी

आँखें बड़ी हो गयी, भौंहें तन गई, वह लम्बी साँसें भरने लगा था। साथ ही वीरऐड़ी का भारी लौह दण्ड भी हवा में लहराने लगा।

तब देवहरू ने कहा। ''वीरो! धैर्य रखो, घाटकामसाण का ठिकाना तो ज्ञात होने दो।''

वीर ऐड़ी बोले, ''देवहरू, अब हमसे रुका नहीं जा रहा है। इस मसाण का दमन किये बिना हम इस घाट जनपद को छोड़कर नहीं जायेंगे।''

''देवऐड़ी, ठीक कह रहे हैं; वह जहाँ भी हो उसे खोज कर उसका विनाश किये बिना हम आगे नहीं बढ़ेंगे, गुरू गोरखनाथ को मेरी यह प्रथम गुरु दक्षिणा होगी।''

''तुम्हारा कथन उचित है।''

''पर देव, इस दुष्ट का ठिकाना कैसे ज्ञात होगा?''

''वह कभी भी यहाँ आ सकता है, तुम युद्ध के लिए तत्पर रहो।''

रात्रि का दूसरा पहर समाप्त होने वाला था। चारों ओर घोर अंधकार फैला था। श्मशान में चिताओं में अग्नि अभी भी धधक रही थी। दूर कहीं जंगली जानवरों की आवाजें वातावरण को बीच-बीच में डरावना बनाने में सहयोग कर रही थीं। सर्वत्र सन्नाटा। देवहरू ने अपनी अतींन्द्रिय शक्ति के प्रयोग से यह जान लिया था कि घाटकामसाण आज इस क्षेत्र में अवश्य ही आयेगा। देवहरू व देवनिरंकार साधनारत थे। यात्रा के दौरान भिक्षा में जो अल्प अन्न उन सबको मिला था उसका भोजन बनाकर पहले ही वे उदरस्थ कर चुके थे। अब उन्हें घाटका के आने की प्रतीक्षा थी। जैसे-जैसे रात्रि बढ़ रही थी वैसे-वैसे दानों दुर्बल साधु अधिक भयभीत होते जा रहे थे। इन दोनों को वीरगोरिया व ऐड़ी के बल का भान न था, न ही देवहरू एवं देवनिरंकार की अभिमंत्रित भभूति की शक्ति का ज्ञान। वीरगोरिया व महाबली ऐड़ी किसी भी स्थिति के लिए तैयार थे।

अर्धरात्रि होते ही दक्षिण पूर्व की ओर से कोलाहल सुनाई दिया। सभी ने उस दिशा में दृष्टि दौडाई। दूर से मशालों की रोशनी दिखायी दे रही थी। बड़ी संख्या में मशालें प्रकट कर रही थीं कि ये लोग भारी संख्या में हैं। देवहरू ने सावधानी रखने का संकेत दे दिया था। शनैः शनैः जनरव निकट आता गया। ऊँचे चबूतरे से गोरिया व ऐड़ी पैनी दृष्टि इस टोली पर गड़ाये हुए थे। धीरे-धीरे इस टोली में सम्मलित लोगों की आकृतियाँ मशालों के प्रकाश में स्पष्ट होती जा रही थीं। अब यह टोली चबूतरे से कुछ ही दूरी पर थी। वीरगोरिया ने देखा- यह एक सैन्य टोली है, सभी लम्बे, चौड़े, हृष्ट, पुष्ट सैनिक हैं। हर एक के हाथ में कोई न कोई शस्त्र-खड्ग, तलवार, भाले, त्रिशूल, गदायें आदि हैं। इन सबका नेतृत्व एक विशालकाय मनुष्य कर रहा है। उसका आकार एक बड़े घास का बड़ा ढेर-लुट के आकार का सा है। वह लम्बा-चौड़ा, मोटा है, परन्तु बलिष्ठ व गठीला नहीं है। उसके हाथ में विशाल चमचमाता खड्ग है। वीरगोरिया का हाथ खड्ग पर कसता चला गया।

अब उसकी आकृति अधिक स्पष्ट हो गयी थी। उसकी भयानक वेषभूषा थी, जिसे देख कर ही सामान्य मनुष्य अचेत हो जाऐं। उसके विशाल शरीर के आगे सब बौने नजर आते थे। वह अवश्य ही मदिरा पिये था। उसके कदम नियंत्रित न थे। मद्यसिंचित आँखें चढ़ी हुयी थीं। दोनों भयभीत साधुओं ने

इसके घाटकामसाण होने की पुष्टि कर दी। उसके पीछे उसके सैनिक भी मदिरा की झोंक में मदमस्त थे। उनके बीच में एक व्यक्ति रस्सियों से बँधा चल रहा था। सैनिक उसे लगभग घसीटते हुए ला रहे थे। कुछ दूरी पर ही एक प्रौढ़ महिला भी इसी स्थिति में लायी जा रही थी। गोरिया ने अपना धनुष उठा लिया; परन्तु देवहरू ने उनके कंधे में हाथ रख धीरे से रोका। आँखों में ही कुछ संकेत हुआ और वीरगोरिया ने अपना हाथ धनुष पर से ढीला कर लिया।

घाटकामसाण की सैन्य टोली इस ऊँचे चबूतरे के नीचे पहुँचने से कुछ पूर्व ही श्मशान की ओर मुड़ गयी। गोरिया ने देवहरू की ओर देखा। देवहरू ने कहा।

''वीरो! सैनिकों की संख्या अधिक है। यहाँ युद्ध करने पर रक्तपात अधिक होगा। सभी को हताहत करने का हमारा उद्देश्य भी नहीं है। हम इस सैन्य टोली का पीछा करते हैं और उचित समय पर प्रहार करेंगे।''

चारों इस सैन्य टोली से थोड़ी दूरी बनाते हुए अँधेरे में धीरे-धीरे उनके पीछे जा रहे थे। श्मशान के निकट जा कर सभी एक विशाल वृक्ष की ओट में खड़े हो गए और उनके क्रियाकलापों पर नजर रखने लगे। घाटकामसाण ने एक धधकती चिता के पास बन्दी नग्न पुरुष को खड़ा कर दिया और वह जोर जोर से कुछ मंत्रों का उच्चारण करने लगा। घाटका ने ऊँचे स्वर में कहा।

''इस बलि-भेंट को प्रस्तुत करो।'' दो सैनिकों ने आज्ञा का पालन किया। वे इस पूर्ण नग्न नर बलि-भेंट को घाटका के समीप लेकर आ गये। घाटका ने इस नग्न पुरुष के मुँह में मदिरा पात्र लगाया और बोला, ''ले! अमृत पान कर, अब तुझे अंतिम समाधि लेनी है।''

घाटका पात्र में भरी मदिरा बल पूर्वक नग्न पुरुष के गले में उतारने का प्रयास करने लगा। घाटका इस नग्न पुरुष पर सिन्दूर व चिताभस्म फेंक रहा था और ऊँचे स्वर से मंत्रों का उच्चारण कर रहा था। भीमकाय घाटका का मुख बड़ा भयावह दिखाई दे रहा था। उसकी मद्यसिंचित आँखें, भारी पलकें, मोटे-काले होंठ निरन्तर हिल रहे थे। घाटका कभी जोर से उच्चारण करता कभी अस्पष्ट मंत्रों का उच्चारण करता। बीच-बीच में घाटका उन्मत्त होकर हँसने लगता था। तभी सैनिकों ने अपने शस्त्र भूमि पर रख दिये। नर बलि-भेंट के निकट खड़े दो शस्त्रधारी राक्षसों के अतिरिक्त सभी शमशान में पड़े नरमुण्ड, अधजले मानव अंग,मांस, हड्डियाँ, जिसके जो हाथ लगा, लेकर चिता के चारों ओर मदमस्त नृत्य करने लगे, तरह-तरह के मंत्रों का उच्चारण करने लगे।

दो वारक सैनिक चमकता खड्ग लेकर बन्दी व्यक्ति के और निकट आ गये। स्पष्ट था कि घाटका इस व्यक्ति की नर बलि देने का उपक्रम कर रहा था। एक सैनिक ने नर बलि देने के लिए अपना खड्ग ऊपर उठाया, तभी अचानक एक तीक्ष्ण बाण उसकी गर्दन को भेदते हुए पार कर गया। वह कटे वृक्ष की भाँति भूमि पर जा गिरा। घाटका का मंत्रोचारण जारी रहा। तभी दूसरे सैनिक ने खड्ग का वार बन्दी पुरुष पर करना चाहा, वह भी बाण के निशाने से न बच सका। चारों ओर भगदड़ मच गयी। घाटका पैर पटक कर चारों ओर दृष्टिपात करने लगा, अंधकार के कारण उसे कुछ दिखाई नहीं दिया कि तीर किस ओर से आया। मदिरा की झोंक के कारण वह स्थिर न था। आँखें मींज-मींज कर दूर तक देखने का प्रयास करने लगा, पर वह भयभीत न था। उसने अपना भारी खड्ग उठा लिया। उसके सैनिक अपने अस्त्र-शस्त्र खोजने

लगे। सभी सैनिक मद्य के प्रभाव में मस्त थे। तभी वीरगोरिया तथा महाबली ऐड़ी, घाटकामसाण के सामने प्रकट हो गए। महाबली ऐड़ी ने अपने कई मन भारी लौह दण्ड को घाटका के सैनिकों पर घुमाना प्रारंभ कर दिया। आधे से अधिक सैनिक इस दण्ड की चपेट में आ कर पचास गज दूर जा गिरे। उनमें से कोई अपने स्थान से पुन: खड़ा होने की स्थिति में न थे। वीरगोरिया दाँयें हाथ में चमकता खड्ग लिए था, उसने चपलता से आगे बढ़ कर घाटका की लम्बी जटाओं को पकड़ कर उसे भूमि पर पटक दिया और नुकीला खड्ग घाटका के कंठ पर गड़ा दिया। मद्यमस्त घाटका कुछ समझता तब तक वह भूमि पर पड़ा वीरगोरिया के पूर्ण नियंत्रण में था। उधर महाबली ऐड़ी को अपना लौह दण्ड दो तीन बार ही चलाना पड़ा अब सभी सैनिक भूमि पर पड़े कराह रहे थे या काल कवलित हो चुके थे। कुछ अंधकार में लुप्त हो गये। मुक्त हो चुका थर-थर काँपता नग्न पुरुष दौड़ता हुआ निकट खड़े तपस्वी हरू व निरंकार के पैरों से जा लिपटा। सैनिकों से मुक्त नारी भी तपस्वियों के सम्मुख आ गयी और करुण विलाप करने लगी।

वीरगोरिया घाटका को घसीटता हुआ देवहरू, देवनिरंकार के सम्मुख ले आया। घाटका के मुँह से विचित्र सी आवाजें अभी भी निकल रही थीं।

देवहरू ने कहा, ''वीरगोरिया, यह नशे में चूर है, ऐसे में इसका वध करना उचित नहीं है।''

तभी नग्न पुरुष चिल्लाया, ''नहीं देव! इसको तुरन्त मार डालिए। एक क्षण भी विलम्ब न करें। इसमें कई तांत्रिक शक्तियाँ हैं। यह अभी भी मंत्र का उच्चारण कर रहा है, यह कभी भी अदृश्य हो सकता है या खड़ा हो सकता है। यदि एक बार इसकी जटायें हाथ से छूटीं और यह अपने पैरों पर खड़ा हो गया या अदृश्य हो गया तो इसको परास्त किया जाना सम्भव न होगा।''

चारों ने एक दूसरे की ओर देखा। तभी देवहरू ने अपने खैरवा की झोली से अभिमंत्रित भभूती निकाली। गुरूगोरखनाथ का ध्यान कर भभूति का जोर का तुक्का घाटका के ऊपर मारा, यह प्रक्रिया उन्होंने तीन बार दोहराई। घाटका अभी भी वीरगोरिया के नियंत्रण था।

तब देवहरू ने कहा, ''अब यह दुष्टात्मा अदृश्य न हो सकेगा; परन्तु यह सत्य है कि एक बार यदि यह अपने पैरों पर सीधा खड़ा हो गया तो इसे मारना कठिन होगा।'' अभी हरू की बात समाप्त ही हुई थी कि महाबली ऐड़ी ने बिना विलम्ब किये अपने नौ मन के लौह दण्ड का प्रचण्ड प्रहार घाटका के घुटनों पर कर दिया। घाटका के दोनों पाँव कट कर कुछ दूर जा गिरे। वीरऐड़ी ने कहा, ''दुष्ट, हिंसक-अत्याचारी, पापी, अनाचारी के प्रति नृशंस होना क्रूरता नहीं है। अरे पापी! अब तू एक कीड़े की भाँति इस शमसान् भूमि पर रेंग।''

घाटकामसाण भीषण चीत्कार कर भूमि पर लोट-पोट करने लगा। वीरगोरिया अभी भी उसकी जटायें थामे था।

देवनिरंकार ने कहा। ''वीरगोरिया, अब इसकी जटायें छोड़ दो, अब यह निश्चित ही यह एक कीड़े के समान है। इसकी तांत्रिक शक्तियाँ अभिमंत्रित भभूति के प्रभाव से नष्ट हो चुकी हैं और अब शारीरिक बल भी पाँव कटने से जाता रहा।''

गोरिया ने उसकी जटायें छोड़ दीं। वह अभी भी बड़बड़ा रहा था। उसके कटे पाँवों से रक्त प्रवाहित

हो रहा था।

इसी मध्य देवहरू ने अपनी धोती का एक भाग फाड़ कर निर्वस्त्र पुरुष को दे दिया, जिसने शीघ्रता पूर्वक उस वस्त्र से अपने अधोभाग को ढाँप लिया। अब दोनों नर-नारी भयमुक्त थे; किन्तु दोनों की आँखों से अविरल अश्रु प्रवाहित हो रहे थे। ये आँसू आभार के थे, आदर ओर सम्मान के लिए थे।

घाटका को श्मशान भूमि में यों ही छोड़ सभी ऊँचे चबूतरे पर जा बैठे। निर्बल दो साधु बारम्बार तपस्वी देवहरू के चरणों की वन्दना करने लगे। बन्दी मुक्त पुरुष व उसकी पत्नी अति प्रसन्न हो कर चबूतरे की सींढ़ियों पर बैठे थे। देवहरू ने कहा।

''घाटकामसाड़ का दमन हो चुका है लेकिन अभी वो मरा नहीं है। उसे हमने जानबूझ कर अभी नहीं मारा है। हम चाहते हैं कि आस पास के ग्रामवासी व उसके अन्य सैनिक उसका अन्त देखें जिससे उनके मन-मस्तिष्क से मसाण का साया व भय सदैव के लिए जाता रहे।''

तभी बन्दी पुरुष जिसका नाम मणीभद्र था, बोला, ''देव, मुझे भय सता रहा है कि इस घाटका की भारी सेना इसे खोजते हुए इधर ही आती होगी। उस सेना में भी कई वीर हैं, आप सावधान रहें।''

''घाटका की सेना में कितने सैनिक होंगें।'' वीरऐड़ी ने जानना चाहा।

मणीभद्र ने कहा, ''देव, ठीक-ठीक तो नहीं ज्ञात, परन्तु सैकड़ों की संख्या है। मेरे पुत्र को भी घाटका के सैनिक बल पूर्वक उठा ले गये थे। मुझे ज्ञात हुआ कि वह भी घाटका की सेना में ही है।''

''तुम्हें ये क्यों पकड़ कर लाये? क्या तुम्हारे ग्रामवासी इसका प्रतिरोध नहीं करते हैं?'' देव निरंकार ने पूछा।

मणीभद्र ने निराश भाव के साथ कहा, ''देव, पूरे घाट प्रान्त में यह प्रसिद्ध है कि घाटका भूत-प्रेत, मसाण, पिसाच, बेतालों का स्वामी है। इन सबको साधने की सिद्धि इस घाटका में है। यह बात सर्वत्र फैली है कि वह तांत्रिक षट्कर्म -मारण, वशीकरण, उच्चाटन, विदूषण, विजड़न और शांत सभी विद्यायें जानता है। यह भूत प्रेतों से, पिसाचों से काम कराता है। जिस भी मनुष्य पर इसकी कुदृष्टि पड़ती है वह प्रेरतग्रस्त हो जाता है। सब यही कहते हैं कि घाटकामसाण काली ताकतों का स्वामी हैं। जिस पर इसका कोप छा जाता है उनको विविध प्रकार से सताता है, पहले उसके घर के जानवर मरने लगते हैं, तदुपरांत धीरे-धीरे यह घर के मनुष्यों पर अपना संकट डालता है। कभी-कभी इसके छाया का सताया व्यक्ति उन्मत्त होकर पगला जाता है, तो कभी कभी खून की उल्टी कर मर जाता है। भय, आशंका, कुकल्पना, भीरुता जैसी मनोविकृतियों का दुष्प्रभाव इस क्षेत्र में इतना भयावह है कि यहाँ के मनुष्य जीवित रहते हुए भी मृततुल्य हैं। इस प्रकार इसके भय से कोई ग्रामवासी इनका विरोध करने का साहस नहीं करते हैं। उल्टा जिस घर पर इनका कोप प्रकट होता है उस घर के लोग इन भूत-प्रेत रूपी घाटका के सैनिकों को नाना विधि से भोग देते हैं। उन्हें प्रसन्न करने के लिए अपना धन, पशुधन, बकरी, भैंसें आदि देकर सन्तुष्ट करते हैं। जो इनका विरोध करता है घाटका उन्हें पकड़ कर नरबलि का भागी बनाता है। धूमाकोट का सेनाप्रमुख सामड़भट भी इसकी शक्तियों से भय खाता है। इसी ने अच्छे भले वीर सामड़भट को अपने ही तरह का बना ड़ाला है। अब तो इसके पास सत्ता का बल भी है जिससे यह अधिक निरंकुश हो गया

था। इस क्षेत्र में सभी वर्ण के लोग, अमीर-गरीब सब इस पाखण्डी की बात पर भयवश विश्वास करने पर विवश हैं, लाचार हैं।'' मणिभद्र कुछ क्षण रुक कर पुन: बोला।

''मेरे नौजवान पुत्र को घाटका बल पूर्वक उठा ले गया। उसकी नव विवाहिता पत्नी के साथ तांत्रिक क्रियायें कर उसे सर्वभोगी बना दिया। वह अभी भी कहीं इन्हीं घाटों में विक्षिप्त हो पड़ी होगी। मैंने गाँव-गाँव में जाकर इसके अंधविश्वास, पाखंड के विरुद्ध अलख जगाना प्रारम्भ किया, लोगों को इस भ्रष्ट व्यवस्था के विरुद्ध जागरूक करना प्रारंभ किया तो मुझे व मेरी पत्नी को पकड़ ले आये। आगे देव आपको ज्ञात है।''

यह सुन आक्रोशित वीरगोरिया क्रोधवश अपना खड्ग हाथ में लेकर घाटका का तुरन्त वध करने के लिए खड़ा हो गया, ''ऐसे नराधम का पल भर भी जीवित रहना उचित नहीं है। ऐसे अत्याचारी को पृथ्वी पर अधिक श्वास लेने का अधिकार नहीं है।'' गोरिया ने कठोर शब्दों में घोष किया।

''शांत! वीरगोरिया शांत! इस दुष्ट की मृत्यु निश्चित है। परन्तु हमें अपना उद्देश्य भी पूरा करना है।''देवहरू ने कहा।

''उचित है।'' वीरगोरिया अनमने मन से बैठ गया। वह हाथ में पकड़े खड्ग को अभी भी ऊँचा किये था, मुखमण्डल अशांत था। वह बार-बार घुटनों में मुँह छुपाये बैठी प्रौढ़ा नारी को देख रहा था, उसके दुखी मन की व्यथा को समझ कर वीरगोरिया स्वयं व्यथित हो उठा था।

रात्रि का तृतीय प्रहर समाप्त होने को था। घाटका की चीखने की आवाजें यदाकदा आ रही थी, कहीं-कहीं चिड़ियों की चहचहाहट नवप्रभात के आगमन का संकेत देने लगी थी। इसी क्षण कुछ कोलाहल सुनाई दिया। देवहरू ने कहा, ''सावधान! हो सकता है घाटका के शेष सैनिक हों।''

''वीरगोरिया ने अपना खड्ग कमर के साटे में खोंस लिया। हाथ में लिये दिव्य धनुष पर बाण का संधान करने लगा। महाबली ऐड़ी भी सावधान हो गये। दुर्बल दोनों साधु देवहरू व निरंकार के पीछे आ दुबके।

अब कुछ कुछ प्रकाश फैल चुका था। दूर से सैकड़ों सैनिक हाथों में भाला, तलवार, त्रिशूल चमकाते हुए तेजी से श्मशान की ओर बढ़ रहे थे। सैनिकों का नेतृत्व दो बलशाली दिखने वाले सैनिक कर रहे थे। उनके हाथों में भारी त्रिशूल व चमकते खड्ग, तलवारें थी। वह सभी इसी चबतरे की ओर बढ़ रहे थे। ऊँचे चबूतरे पर खड़े दो तपस्वियों के साथ दो वीर योद्धाओं को देख, सैनिकों का नेतृत्व कर रहे सेना नायकों ने दोनों हाथ खड़े कर अपने सैनिकों को रुकने का संकेत किया। दोनों बलशाली सेना नायक कुछ आगे बढ़े और उन्होंने दो साधुओं को देख ऊँचे गर्वीले स्वर में पूछा।

''तुम कौन हो? हमने इस तीर्थ को तपस्वी, साधु-संतों से खाली करा दिया था, पर इन दो सैनिकों के बल पर तुम फिर यहाँ आ धमके हो।''

''पहले तुम बताओ, तुम कौन हो? और किस अधिकार से तुमने इस तीर्थ को नष्ट-भ्रष्ट किया।'' वीरगोरिया ने कठोर शब्दों में कहा।

''हम अजेय वीर, महाबलशाली, सिद्धिप्राप्त घाटका के सेनानायक हैं। इस क्षेत्र में उनका राज

चलता है। धूमाकोट के राजकुमार सामड़भट ने स्वयं वीरघाटका को इस क्षेत्र का अधिकार दिया है। राजकुमार सामड़भट, घाटका के परम मित्र हैं। उन्हीं के आदेश से यह स्थान सात्विक साधु-संतों के लिए वर्जित है।''

गोरिया ने पुन: कठोर स्वर में कहा, ''तुम्हारा अजेय, वीर, सिद्धि प्राप्त राजा, घाटकामसाण उधर श्मशान में मृत्यु शैय्या पर पड़ा है। उसे उठाकर पहले यहाँ से लेकर आओ फिर अन्य बातें होंगी। पर सावधान किसी ने भी शस्त्र उठाया तो वह स्वयं अपनी मृत्यु के लिए दोषी होगा।'' तभी घाटका की तीव्र चीख सैनिकों के कानों में पड़ी। घाटका के सेनानायक सात-आठ सैनिकों को लेकर श्मशान की ओर तेजी से चल दिये। कुछ क्षण पश्चात ही सेना नायकों के ठीक पिछली पंक्ति में खड़े कुछ सैनिकों ने कई लम्बे त्रिशूल चबूतरे की ओर फेंके। चबूतरे पर सभी सावधान थे। फिर भी उन्हें अकस्मात् हमले की आंशका न थी। सभी एक साथ चबूतरे पर लेट गये; वीरगोरिया ने अपना शरीर एक ओर झुकाकर वार बचाया। अगले ही पल विद्युत सी चपलता के साथ वीरगोरिया के धनुष से एक साथ कई बाण निकल गये और प्रथम पंक्ति पर खड़े बीस सैनिक धराशायी हो गये। घाटका के सैनिकों ने ऐसा चमत्कार न देखा था। वे सब जड़वत् खड़े हो गये।

गोरिया ने ऊँचे स्वर में ललकारा। ''मैं अनावश्यक रक्तपात नहीं चाहता हूँ, घाटकामसाड़ मृत्यु शैय्या पर पड़ा है। तुम सब जीवित रहना चाहते हो तो अपने शस्त्र भूमि पर रख दो। किसी ने भी वार करने का प्रयास किया तो उसका प्रतिफल तुम्हारे सामने पड़े मृत सैनिकों के समान होगा।''

यह कहते हुए वीरगोरिया ने चपलता से अपने धनुष से एक साथ कई बाणों का पुन: संधान किया और उन्हें सैनिकों की ओर छोड़ दिया। सभी तीर सैनिकों के कानों के पास से निकल गये। ऐसा हस्त लाघव देख कर सभी सैनिक हतप्रभ रह गये। सभी ने भय से अपने-अपने शस्त्र भूमि पर रख दिये और मूर्तिवत खड़े हो गये।

तभी घाटका के सैनिक, घाटका के भारी भरकम शरीर को उठाकर ले आये। उनके पीछे दो सैनिक घाटका के दो पैरों को अलग-अलग उठा कर ला रहे थे। घाटका के सैनिकों ने अपने राजा के विशाल पाँव विहीन शरीर को चबूतरे के नीचे रख दिया। घाटका लगभग अचेत था। कभी-कभी वह सिर हिलाता और बड़बड़ाता,पुन: शांत हो जाता। घाटका के वरिष्ठतम सेनानायक ने स्थिति का आलंकन कर लिया था। अब उसने बड़े आदर के साथ चबूतरे पर खड़े वीरगोरिया से पूछा-

''अरे वीर योद्धाओं! तुम कौन हो? हमारे अजेय, महाबलशाली, सिद्धि प्राप्त घाटका, जिससे उत्तरापथ में कोई जीत नहीं सकता था; राजकुमार सामड़भट भी जिसे गुरु मान,उसके बल से भय खाता था,ऐसे महाबलशाली का यह हश्र कोई साधारण मनुष्य नहीं कर सकता है! कृपाकर अपना परिचय दें।''

तब देवहरू ने ऊँचे स्वर में कहा। ''इस चबूतरे पर खड़ा यह वीर धनुषधारी धूमाकोट का वास्तविक राजकुमार वीरगोरिया है। राजा हालुराई की आठवीं रानी से उत्पन्न संतान; जिसमें असीम शक्तियाँ विद्यमान हैं। यह गुरूगोरखनाथ का सबसे प्रिय शिष्य है। इसकी वीरता का नमूना तुम देख चुके हो। यदि यह चाहे तो एक बार में ही तुम्हारी पूरी सेना को अपने बाणों से बींध सकता है। अब यही तुम्हारा राजकुमार है। जो विरोध करेगा वह मृत्यु को प्राप्त होगा। तुम सबको एक अवसर दिया जाता

है,इस योद्धा, राजकुमार वीरगोरिया का सैनिक बनकर अपना जीवन सम्मान से जीने का। अब तुम सब को निर्णय करना है कि तुम्हें मृतप्राय घाटका और सामने पड़े बीस मृत सैनिकों के साथ जाना है या धूमाकोट के राजकुमार की राजसी सेना का अंग बनना है?'' तभी सैनिकों के बीच से एक आवाज आयी।

''राजकुमार वीरगोरिया की जै।'' ''राजकुमार वीरगोरिया की जै।''

धीरे-धीरे सैकड़ों सैनिकों के स्वर ''राजकुमार वीरगोरिया की जै जै कार'' के स्वर में सम्मिलित होते चले गये। घाटका के दोनों सेनानायक भी सिर झुका कर खड़े रहे।

वीरगोरिया ने अपना एक हाथ उठाकर सब को शांत रहने का संकेत किया और कहा, ''सैनिको! मुझे ज्ञात है कि तुमने इस दुष्ट घाटका के निर्देशों पर कई पाप कर्म किये हैं, कई अत्याचार किये हैं। पर मैं यह भी जानता हूँ कि तुम में से अधिकांश को बल पूर्वक सैनिक बनाया गया है। यदि तुम अपने पाप व अत्याचार के कर्मों से मुक्ति पाना चाहते हो तो तुम्हें देवाधिदेव महादेव के सामने प्रण करना होगा कि भविष्य में कोई भी अत्याचार, अन्याय का साथ नहीं दोगे न अत्याचार अन्याय सहन करोगे।''

सभी सैनिकों ने हाथ उठाकर एक स्वर में कहा। ''हम प्रण करते हैं, हम प्रण करते हैं। राजकुमार वीरगोरिया की जै, राजकुमार वीरगोरिया की जै।'' सम्पूर्ण घाटी जयकारों से गूँज उठी।

इस बीच सभी का ध्यान घाटका से हट गया था। आश्चर्य! घाटकामसाण ने सहसा एक बड़ा त्रिशूल अपने बगल में खडे सेनानायक के हाथों से छीना और लेटे-लेटे त्रिशूल को बड़े ही हस्तलाघव के साथ वीरगोरिया पर तीव्र गति से छोड़ दिया। लेकिन वीरगोरिया पहले की भाँति ही त्रिशूल के लक्ष्य के विपरीत ऐसे झुका जैसे एक पतले तने को झुका कर छोड़ दिया गया हो। इसी के साथ ही उसने त्रिशूल को पकड़ लिया। दूसरे ही पल विद्युत-सी चपलता से उसने वही त्रिशूल तेजी से घाटका की ओर फेंका। त्रिशूल सीधा जा कर घाटका के कंठ में जा धँसा। उसने तीव्र व विकराल चीत्कार किया और उसकी गरदन एक ओर लुढ़क गयी। यह सब इतनी तीव्रता से हुआ कि कोई कुछ न समझ सका। सब स्तब्ध थे!

तभी मणिभद्र ने हर्ष से उछलकर चबूतरे पर से ऊँचे स्वर में कहा- ''राजकुमार वीरगोरिया की जै, देवहरू की जै, देवनिरंकार की जै, देव महावली ऐड़ी की जै।'' मणिभद्र बच्चों की भाँति कूद-कूद कर,उछल- उछल कर जैकार करने लगा। कुछ क्षणों में चारों ओर सन्नाटा था।

घाटका के दो बलशाली सेनानायकों व अन्य सैनिकों ने यह दृश्य अपनी आँखों से देखा। वे सब भौंचक्के रह गए! दोनों सेनानायकों पर वीरगोरिया की वीरता का गहरा प्रभाव पड़ा। इन दोनों ने भी मणिभद्र के साथ ही जैकार लगाई, ''राजकुमार वीरगोरिया की जै।'' घाटका के ये दोनों सेनानायक वीरगोरिया के चरणों में साष्टांग लोट गए और कातर स्वर में क्षमा याचना करने लगे।

पूरी घाटी वीरगोरिया के जैकारों से गूँज उठी। गूँज की ध्वनि सुनकर आस-पास से सैकड़ों ग्रामवासी इस तीर्थ के देवालयों की ओर दौड़ पड़े। देखते ही देखते हजारों की संख्या में नर-नारी एकत्र हो गये। जैसे ही लोगों को ज्ञात हुआ कि धाटकामसाण मर चुका है। उसे मारने वाला कोई तेजस्वी, वीर धनुर्धर देवालय के चबूतरे पर खड़ा है। लोगों की भीड़ उस वीर पुरुष को देखने ऊँचे चबूतरे के निकट

एकत्र हो गयी। उधर जो भी साहस कर घाटका के मृत शरीर के पास जाता उसके वीभत्स शरीर को देखता प्रतिशोध, रोष और घृणा से उसके मृत शरीर पर थूक देता था। चारों ओर ग्रामीणों की भीड़ एकत्र हो चुकी थी। उनका भय धीरे-धीरे समाप्त हो रहा था।

तभी देवहरू ने ऊँचे स्वर में कहा। ''इस क्षेत्र के सभी एकत्र नागरिको! कृपा कर शांत हो कर सुनें।''

भीड़ शान्त हो गयी। देवहरू ने कहा। ''यह घाटप्रांत इस क्रूर, अत्याचारी दुष्ट मसाण के आतंक से मुक्त हुआ। इस तीर्थ स्थल की पवित्रता पूर्व की भाँति पुर्नप्रतिष्ठापित की जायेगी।'' फिर उन्होंने वीरगोरिया की ओर देखकर कहा। ''यह वीर, तेजस्वी, बलशाली, धनुधारी आपके धूमाकोट राज्य का राजकुमार वीरगोरिया है, जिसने तुम को इस घाटकामसाड़ के आंतक से सदा के लिए मुक्ति दिलाई है।''

भीड़ देर तक वीरगोरिया की जै-कार करती रही। उन्हें न देवहरू ने रोका, न वीरगोरिया ने। वे जानते थे कि आज उन्हें इस घाटी में खुलकर जोर से घोष करने का स्वतंत्र वातारण मिला है। भीड़ के हर्ष की सीमा न थी। कई लोग सैनिकों में अपना पुत्र, पिता, भाई-बन्धु खोज रहे थे। जो मिल पा रहे थे वो गले मिल कर हर्षित हो रहे थे। हजारों की भीड़ स्वतंत्र व भयमुक्त हो इधर से उधर विचरण कर रही थी। अब उन्हें किसी भूत-प्रेत, मसाड़ या घाटका के खबीस रूपी सैनिकों का भय न था।

धीरे-धीरे कुछ भीड़ कम हुई, ग्रामवासियों में जो वरिष्ठ व वृद्ध थे अथवा ग्रामों के प्रमुख थे वे सभी चबूतरे के निकट एकत्र हो गये। अब दोपहर ढल चुकी थी।

घाटका के लगभग आधे सैनिक अपने-अपने मित्र-सम्बन्धियों को पाकर अपने-अपने गाँवों की ओर चले गये थे,शेष लगभग दो सौ सैनिक जिनके सम्बन्धी नहीं थे, वे सब शस्त्र एकत्र कर चबूतरे के नीचे वीरगोरिया के आदेश के लिए खड़े थे। घाटका के दोनों सेनानायक भी सिर झुकाये अभी तक खड़े थे। घाटका का मृत शरीर एक ओर लुढ़का पड़ा था। तभी देवनिरंकार ने सैनिकों को संबोधित कर कहा।

''सैनिको! इस घाटका के शरीर के साथ ही उधर मृत पड़े सैनिकों का अन्तिम संस्कार करके आप सब स्नानादि कर चबूतरे के सामनेआ जाओ। आपको तभी आगे के निर्देश दिये जायेंगे।''

सैनिक सभी मृत शरीरों के अन्तिम संस्कार की तैयारी करने लगे। इधर वरिष्ठ ग्रामवासी व ग्राम प्रमुखों को देवहरू ने चबूतरे के पास में आमंत्रित कर सुव्यस्थित ढंग से बैठा दिया था। स्वतंत्र, निर्भय, ग्रामीण खुशी से नाचते अपने घरों की ओर लौट रहे थे। वीरगोरिया की जै-जैकार के स्वर घाटियों में अभी भी दूर दूर तक गूँज रहे थे।

राजकुमार की प्रथम पंचायत

घाट प्रान्त के कई वरिष्ठ ग्रामवासी और ग्राम प्रमुख यहाँ प्रांगण में बैठे थे। मणिभद्र स्नान आदि के पश्चात् साफ धोती पहन कर चबूतरे के सामने सबसे आगे बैठा था। मणिभद्र साहसी व बुद्धिमान ब्राह्मण था। उसी ने लम्बे समय से घाटका के अनाचार, अत्याचार के विरूद्ध विगुल बजाया था। उसने

मात्र विचारों के धरातल तक ही उसके दुष्कर्मों का विरोध नहीं किया वरन् संघर्ष-कर्म कर उसके दुष्ट व्यवस्था का प्रतिरोध किया था। संघर्ष का पथ कठिनाइयों,कष्टों से भरा होता है जिसपर विरले ही चल पाते हैं ऐसे विरले ही जननायक बनते है। आज भाग्य से, दैव योग से, सही समय पर इन वीरों ने आकर उसे सपत्नीक बचा लिया था। आज वह अत्यंत प्रसन्न था। दोनों दुर्बल साधुओं की खुशी का तो ठिकाना ही न था। ये दोनों साधु, आगन्तुकों की स्फूर्तिपूर्वक व्यवस्था में व्यस्त थे। इस प्रतिष्ठित प्राचीन तीर्थ में यही दो साधु बचे थे, जो रातभर कन्दराओं व मन्दिरों की गुप्त कोठरियों में छुप कर यदाकदा महादेव के आलय को साफ करते, देवाधिदेव महादेव के स्थापित प्राचीन लिंग पर जल चढ़ाते थे। पर शंख और घड़ियाल न बजा पाते थे क्योंकि उनकी आवाज सुन कर घाटका के सैनिकों के आ धमकने का भय था। आज वातावरण भयमुक्त था। ग्रामों के वरिष्ठ जन व घाटका के आतंक से बचे खुचे ग्राम प्रमुख अपने को तनाव मुक्त अनुभव कर चबूतरे के सम्मुख निर्भयता से बैठकर आपस में गुरुगोरखनाथ के आश्रम से आये दो तपस्वियों और दो वीरों की भूरि-भूरि प्रशंसा कर रहे थे।

थोड़ी ही देर में सभी स्नान कर नदी के तीर से लौट आये और ऊँचे चबूतरे के आस पास बैठ गये। पीछे-पीछे घाटका के दोनों सेनानायक व लगभग दो सौ सैनिक, घाटका व मृत सैनिकों का अन्तिम संस्कार कर लौट रहे थे।

सभी सैनिकों को यथा स्थान बैठाया गया। दोनों दुर्बल साधु सबको सुव्यवस्थित बैठने की व्यवस्था दे रहे थे। आज इन साधुओं में अनोखी स्फूर्ति थी। जब सब लोग यथा स्थान बैठ गये तब ये दोनों क्षीणकायी साधु भी चबूतरे के एक ओर आकर खड़े हो गये।

वीरगोरिया ने इन दोनों साधुओं की महादेव के प्रति निष्ठा को प्रणाम किया। इन दोनों ने बिना स्वार्थ के, बिना लोभ और प्रलोभन के अपने जीवन को संकट में डाल कर भी प्रभु महादेव की सच्ची श्रद्धा-निष्ठा से सेवा की थी। वीरगोरिया ने उन्हें ससम्मान अपने निकट बैठाया, दोनों की आँखों से आँसू निकल पड़े।

देवहरू ने अपने स्थान पर खड़े हो कर इस सभा को सम्बोधित कर कहा, ''देवाधिदेव महादेव की कृपा से धूमाकोट के राजकुमार वीरगोरिया ने दैत्य, मसाण, अनाचारी, अत्याचारी घाटका का वध कर इस घाट जनपद को आतंक से मुक्त कर दिया है। गुरू गोरखनाथ के आदेश से मेरे साथ केदारखंड के महातपस्वी देवनिरंकार और महाबली सिद्धि प्राप्त वीरऐड़ी यहाँ राजकुमार वीरगोरिया के साथ उपस्थित हैं। वीरगोरिया ही वास्तव में धूमाकोट का राजकुमार है, यह घोषणा सिद्धदेव,गुरुश्रेष्ठ गुरु गोरखनाथ ने स्वयं की। अब हम गढ़ धूमाकोट को प्रस्थान करेंगे, परन्तु हमें सर्वप्रथम इस घाट जनपद को व्यवस्थित करने की चिन्ता है। यह क्षेत्र धूमाकोट मण्डल का यह एक महत्वपूर्ण जनपद है। इस जनपद की खुशहाली हेतु यहाँ न्यायपूर्ण व्यवस्था की स्थापना होना आवश्यक है। इन प्रश्नों पर हमने विचार किया है। राजकुमार वीरगोरिया आपको आवश्यक आदेश देने जा रहा है, आप ध्यान से सुनें।''

वीरगोरिया चबूतरे से उतरा। उसने चबूतरे पर बैठे सभी को सिर झुकाकर प्रणाम किया। आँगन में बैठे ग्रामीणों व सैनिकों को सम्बोधित करने को प्रस्तुत हुआ,तभी मणिभद्र ने खड़े होकर उद्घोष किया।

''राजकुमार वीरगोरिया की जै।''

आँगन में बैठे सभी ने अपने हाथ उठाकर कहा, ''राजकुमार वीरगोरिया की जै।''

गोरिया ने हाथ उठाकर अभिवादन स्वीकार किया। राजकुमार वीरगोरिया ने अपनी प्रथम सभा को सम्बोधित करते हुए कहा, ''घाट जनपद के उपस्थित गणों को मैं नमन करता हूँ। यह जनपद अब दुष्ट घाटका के आतंक से मुक्ति पा चुका है। अब आप सबको मिल कर इस जनपद को सुव्यस्थित करना है। मैं इस जनपद को खुशहाल देखना चाहता हूँ। अन्याय व अत्याचार को किसी भी परिस्थिति में स्वीकार नहीं किया जायेगा। मैं उपस्थित ग्राम प्रमुखों व उपस्थितगणों से कहना चाहता हूं कि वह किसी एक व्यक्ति के नाम का प्रस्ताव करें जो इस घाट जनपद का प्रमुख बनने योग्य हो। वह इस जनपद में धूमाकोट का प्रतिनिधि होगा, जिसमें अत्याचार के विरुद्ध लड़ने की शक्ति व सामर्थ्य हो। उस पर भार होगा कि वह जनपद को व्यवस्थित करे और आवश्यकता पड़ने पर धूमाकोट को सूचित करे। धूमाकोट भी जनपद पर निरंतर दृष्टि रखेगा।''

यह सुन कर सभी वरिष्ठ ग्रामवासी व ग्राम प्रमुख आपस में कुछ चर्चा करने लगे, पर कोई भी नाम न सुझा सके। अभी तक ग्रामीणों के भीतर घाटका मसाण के आतंक का समाया भय समाप्त न हुआ था। इतने शीघ्र वे अपने आत्मबल को एकत्र न कर पाये थे। तब गोरिया ने कहा।

''मैं समझ सकता हूँ कि आप सभी कष्टों व अत्याचार से उबर नहीं पाये हैं। आपने अपने स्वजन खोये हैं। आप पर बर्बर अत्याचार हुए हैं; परन्तु अब आपको निर्भय होने की आवश्यकता है। अपने अन्दर अन्याय व अत्याचार के विरुद्ध लड़ने की क्षमता जगानी है; परन्तु मुझे तुरन्त ही यहाँ व्यवस्था स्थापित कर कल ही धूमाकोट को प्रस्थान करना है अत: मेरी नजर में आज एक व्यक्ति ऐसा है जो जनपद प्रमुख के सर्वथा योग्य है। मैं यह मानता हूँ कि वह अन्याय व अत्याचार के विरुद्ध पहले से ही लड़ रहा है-वह है मणीभद्र मैं मणीभद्र को घाट जनपद का प्रमुख घोषित करता हूँ।'' देवहरू ने मणीभद्र को संकेत किया वह वीरगोरिया के बगल में आकर खड़ा हो गया। उसने सभी को हाथ जोड़कर नमन किया। वीरगोरिया ने पुन: कहा।

''मणिभद्र ने ब्राह्मण होकर भी क्षत्रिय की भाँति घाटका के अन्याय के विरुद्ध आवाज उठायी। उसने अत्याचार सह कर भी सत्य और न्याय का साथ नहीं छोड़ा। यह वीर, साहसी है। वह न्याय के प्रति निष्ठ है। आज से पण्डित मणीभद्र घाट जनपद का प्रमुख है। मणीभद्र को पर्याप्त सैन्य बल भी उपलब्ध कराया जायेगा। वे इस जनपद की सभी व्यवस्थाओं के लिए अधिकारी होंगे और उत्तरदायी भी। वह यहाँ चहुँ ओर खुशहाली की व्यवस्था करेंगे। साथ ही राज्य के नियमों, मर्यादाओं का भी दृढ़ता से पालन सुनिश्चित करायेंगे, जो शीघ्र ही प्रतिपादित कर प्रचारित किये जायेंगे।''

इस प्रकार मणीभद्र घाट जनपद का प्रमुख नियुक्त हो चुका था। देवहरू, देवनिरंकार ने दोनों दुर्बल साधुओं की देवाधिदेव महादेव पर उनकी असीम आस्था को देख कर उन्हें रामेश्वर तीर्थ स्थल का महंत घोषित कर दिया। साथ ही उन्हें इस तीर्थ की प्रतिष्ठा स्थापित करने का भी भार दिया गया। सैनिकों में से पचास बलशाली सैनिकों को मणीभद्र के अधीन किया गया। इन सैनिकों में मणीभद्र को अपना पुत्र भी मिल गया। माँ व पुत्र गले लग कर खुशी के आँसू बहा रहे थे और राजकुमार का शत-शत नमन कर रहे थे।

वीरगोरिया ने कहा। ''कल प्रात: इस तीर्थ स्थल व देवालय में पुन: पूर्व की भाँति पूजा अर्चना प्रारम्भ करने के पश्चात् हम धूमाकोट को प्रस्थान करेंगे। सैनिकों को स्पष्ट आदेश देता हूँ, जो स्वेच्छा से अपने घर वापस जाना चाहता है अथवा किसी भी अन्य कारण से सेना छोड़ना चाहता है, वह सेना छोड़ सकता है। शेष सैनिक मेरी सेना का अंग बन कर मेरे साथ धूमाकोट को कूच करेंगे।''

गोरिया ने सभा समाप्ति का संकेत दिया। मणीभद्र सहित सभी ग्रामवासी कल प्रात: की पूजा अर्चना की व्यवस्था में जुट गए।

चारों ओर स्वच्छन्द हवायें बहने लगीं। राजकुमार वीरगोरिया व उसके साथियों की चर्चा पूरे जनपद में आग की भाँति फैलने लगी। जिस गाँव में घाटकामसाण के वध का समाचार पहुँचता, वहाँ से बड़ी संख्या में नर-नारी रामेश्वर तीर्थ स्थल की ओर उमड़ पड़ते।

प्रात: होते-होते हजारों नर-नारी संगम में स्नान कर मन्दिरों की ओर बढ़ रहे थे। मन्दिरों में शंख, घड़ियाल गूँजने लगे। चारों ओर दिव्य वातावरण तैयार हो चुका था। नर-नारी हाथों में पुष्प, चन्दन, दीप, बेलपत्र, नैवेद्य आदि लेकर मन्दिर समूहों में घूम-घूम कर उसकी सफाई करने के बाद उसमें पूजा अर्चना में जुट गए थे। देवालयों में महादेव की पूजा व शृंगार की व्यवस्था स्वयं देवहरू और निरंकार तथा विकराल महाभैरव के मन्दिर की व्यवस्था स्वयं वीरगोरिया व महाबली ऐड़ी देख रहे थे।

शंख घड़ियालों की आवाजों से तीर्थ गूँज उठा। सुगन्धित तेल व धूप से वातावरण महक उठा। जहाँ इसके पूर्व भुने मांस व मदिरा की गंध से तीर्थ अपवित्र था, यत्र-तत्र जानवरों व मनुष्यों के शरीर के अंग बिखरे पड़े रहते थे, वहाँ आज यह सात्त्विक व पवित्र स्थान, महातपस्वी देवहरू, देवनिरंकार, ऐड़ी व राजकुमार वीरगोरिया की उपस्थिति में पुन: पूर्व रूप में पुनःप्रतिष्ठापित हो चुका था।

देवाधिदेव व महाभैरव की पूजा अर्चना कर धूमाकोट को प्रस्थान की तैयारी होने लगी। घाटका के दोनों सेनानायक जिनका नाम क्रमश: उग्रभट व विकटदेव था, ने महादेव के मन्दिर में नाक रगड़-रगड़ कर महादेव से क्षमा याचना की। अपनी भूलों पर कोटि-कोटि पश्चाताप किया। इन दोनों सेनानायकों को देवहरू ने भभूति का टीका लगा कर क्षमादान दिया। सभी सैनिकों ने भी क्रम से महादेव से क्षमा याचना की, सभी को देवहरू ने अभिमंत्रित भभूति लगायी। इस अभिमंत्रित भभूति से इन सैनिकों पर से घाटकामसाड़ का साया उतर गया था। अब वे नये जीवन में प्रवेश कर रहे थे।

पूरा घाट जनपद महादेव की जय कारों के साथ ही राजकुमार वीरगोरिया की जयकार से गूँज रहा था। चारों ओर वीरगोरिया का यशोगान फैलने लगा।

वीरगोरिया, देवहरू, देवनिरंकार, देवऐड़ी, डेढ़ सौ सैनिकों के साथ धूमाकोट को प्रस्थान कर गये। विकटदेव एवं उग्रभट को सेना का उपसेनानायक घोषित किया गया। घाट तीर्थस्थल से आगे बढ़ते हुए जब तक वीरगोरिया का सैन्य दल पहाड़ों की ओट में छिप नहीं गया तब तक वीरगोरिया के जैकार गूँजते रह, गूँजते रहे.....।

पत्थर का गढ़ धूमाकोट

पूरे दो दिन की पैदल यात्रा के बाद डेढ़ सौ सशस्त्र सैनिकों सहित वीरगोरिया, देवहरू की अगुवाई में धूमाकोट नगर से चार-पाँच मील पहले एक छोटे से निर्जन मन्दिर प्रांगण में आ रुका। देवहरू, देव निरंकार ने वीरगोरिया व महाबली ऐड़ी के साथ विचार-विमर्श किया कि किस प्रकार गढ़ धूमाकोट में प्रवेश किया जाय। वहाँ कितने सौनिक होंगे? वर्तमान में सेनापति गरूण, सामड़भट एवं महारानी आदि कहाँ हैं? क्या युद्ध की स्थिति आ सकती है? युद्ध की स्थिति में क्या रणनीति अपनानी होगी? आदि-आदि विषयों पर इस मन्दिर प्रांगण में विस्तार से वार्तालाप हुआ। कई गूढ़ परामर्श किए गए। अन्त में निर्णय हुआ कि पहले देवहरू अकेले धूमाकोट राजगढ़ में प्रवेश करेंगे। वह राजभवन में जाकर राजा हालुराई की खोज लेंगे। उन्हें मानसिक रूप से परिस्थितियों के लिए तैयार करेंगे साथ ही धूमाकोट की सैनिक व्यवस्था की गुप्त सूचना भी एकत्र करेंगे।

देवहरू एक सिद्ध तपस्वी थे-गुरू गोरखनाथ के शिष्य। पाठकों को याद होगा कि देवहरू ने ही रानी कलिंगा का लालन-पालन किया था। उसे उन्होंने अपनी बहन माना था। पाँच देवों ने मिलकर रानी कलिंगा का विवाह राजा हालुराई से सम्पन्न कराया था। राजा हालुराई देवहरू के बचपन के मित्र भी थे। अत: उनका धूमाकोट जाने का निर्णय सर्वथा उचित था।

देवहरू अलख जगाते, हाथ में भारी चिमटा, भभूति से भरी खैरवा की झोली लटकाये धूमाकोट नगर में प्रवेश कर गये। इस तेजस्वी, सिद्ध तपस्वी को जो देखता उनके चरणों में प्रणिपात हो जाता। इन नगर वासियों में से कई वरिष्ठ जनों को देवहरू का दर्शन पूर्व में प्राप्त हुआ था। उन्हें जैसे ही ज्ञात हुआ कि महातपस्वी देवहरू धूमाकोट में विचरण कर रहे हैं, वे दौड़ते हुए देवहरू के चरणों में गिर पड़ते। उनमें से कई ने देवहरू को धूमाकोट की दुर्दशा का वृत्तांत सुनाया। पर हरू रुके नहीं, उसी गति से सीधे धूमाकोट राजभवन की तरफ बढ़ते रहे। उनके पीछे सैकड़ों नर-नारी चल रहे थे। तभी एक पागल पुरुष ने उनका रास्ता रोका। हरू ने उस पुरुष को ध्यान से देखा। उस अर्धविक्षिप्त व्यक्ति ने हरू से कहा।

''धूमाकोट गढ़ के भीतर मत जाना, वहाँ सब पत्थर दिल हैं। वहाँ रानियाँ भी पत्थर को ही जन्म देती हैं। मत जाना, तुम भी पत्थर हो जाओगे, जो इस महल में रहता है वह पत्थर का हो जाता है। उसको किसी की पीड़ा का अनुभव नहीं होता है, बस पत्थर तो चोट कर खून निकाल देता है, खून। उन्हें कोई दुख:-दर्द का अनुभव नहीं होता है। मत जाना, मत जाना, अन्दर मत जाना।''

वह विक्षिप्त बोले जा रहा था। उसने अपनी बाँह की चोट देवहरू को दिखायी, जिसमें से रक्त निकल कर सूख चुका था। हरू ने उसे प्यार से गले लगाया। अपनी खैरवा की झोली से भभूति का टीका उसके माथे पर जोर से दबा कर लगाया। वह व्यक्ति आँखें बन्द कर देवहरू की बाँहों में झूल गया। देवहरू ने अपने कमण्डल से पानी के छींटे उसके मुँह पर डाले। अब वह संयत, सहज और शान्त था। कुछ क्षणों में वह देवहरू के चरणों में था। देवहरू ने उसे उठाया और उसे लेकर धूमाकोट महल में प्रवेश कर गये। महल के मुख्य द्वार पर प्रहरी सैनिकों ने हरू को साधु-तपस्वी जान कर प्रवेश से रोका नहीं।

देवहरू और पागल व्यक्ति राजमहल में प्रवेश कर गये। शेष लोगों को पहरेदारों द्वारा महल के बाहर ही रोक दिया गया। तपस्वी हरू बिना कोई रोक-टोक मुख्य सभागार तक आ गये। सभागार सूना था। उन्होंने एक प्रहरी को निकट बुलाया और पूछा।

''राजा हालुराई से कहो एक साधु आया है जो उनसे मिलना चाहता है।'' प्रहरी महल के अन्दर प्रवेश कर गया। पागल व्यक्ति भभूति लगाने के बाद शांत था। वह महल एवं सभागार को बार-बार चारों ओर घूम-घूम कर, घूर-घूर कर देख रहा था। ऐसा प्रतीत हो रहा था जैसे वह इस सभागार की हर वस्तु से परिचित हो। प्रहरी ने वापस आकर कहा।

''राजा हालुराई ने कहा है कि तपस्वी महाराज को उनके कक्ष तक पहुँचा दिया जाये।''

देवहरू ने पागल व्यक्ति का हाथ पकड़ा और अब दोनों राजा के कक्ष की ओर जा रहे थे।

विशाल कक्ष के द्वार पर हरू एक क्षण रुके। उन्होंने द्वार पर तीक्ष्ण दृष्टि दौड़ाई। फिर बेझिझक कक्ष में प्रवेश कर गये। देवहरू ने देखा- कक्ष के एक ओर बड़ा पलँग है, जिसपर रानी कलिंगा बैठकर अपने शिला बालकों के साथ व्यस्त है। कक्ष के दाँयी ओर एक बड़े आसन पर राजा हालुराई बैठा है। राजा हालुराई की सफेद लम्बी दाढ़ी लटकी है। मुख मण्डल निस्तेज, भौंहों पर लम्बे बाल, सामान्य वस्त्र। कोई राजसी वेशभूषा नहीं। उनके शरीर में भी सामर्थ्य न थी कि वह शीघ्रता से उठ कर तपस्वी का स्वागत कर सकें, दृष्टि कमजोर हो चुकी थी। वह धीरे-धीरे देवहरू के निकट आया और गहरी दृष्टि से देवहरू को देखता रहा। देवहरू भी बिना कुछ कहे हालुराई की आँखों में आँखें डाल कर देखते रहे। दोनों मित्र कुछ क्षण यों ही बिना कुछ कहे जड़वत् खड़े रहे। एक दूसरे को देखते रहे। सहसा हालुराई देवहरू के चरणों में गिर पड़ा, उसके मुँह से ऊँचे स्वर में एक ही शब्द निकला-''हरूज्यूऽ..ऽ..ऽ...।''

यह शब्द पूरे कक्ष में गूँज गया। रानी कलिंगा ने चौंक कर तपस्वी हरू की ओर एक बार गौर से देखा और अगले ही पल अपने शिला बालकों को जोर से सीने से भींचा और मुँह फेर कर बैठ गयी।

देवहरू ने राजा हालुराई को स्नेहपूर्वक अपनी बाँहों से उठाया और गले लगा लिया। राजा की आँखों से आँसुओं की धार निकल रही थी। वह बस देवहरू को कसकर अपनी वृद्ध बाँहों में जकड़े रहा, जब तक कि उनकी साँसें नियंत्रित न हो गयीं। देवहरू ने भी उन्हें अपनी बाँहों में बाँधे रखा। उन्हें विलग करने का प्रयास नहीं किया। दोनों मित्र ऐसे ही थोड़ी देर खड़े रहे। तभी पागल व्यक्ति बोला, ''महाराज शांत हो जायें, आप धूमाकोट के महाराजा हैं, आप इस तरह अशांत न हों, धीरज रखें। आपको यह शोभा नहीं देता है।'' उस पागल की आवाज सुनकर राजा ने एक झटके से देवहरू को अपनी छाती से विलग किया और ध्यान से उस पागल को देखने लगे। उसकी आवाज राजा को जानी पहचानी लगी थी-किसी अपने अंतरंग की तरह। राजा उसे कुछ क्षण देखते रहे-पहचान न पाये। देवहरू की बाँहें अभी राजा की बाँहों में ही थीं। फिर देवहरू की तरफ देखकर राजा ने पुन: हरू को गले से लगाया, बोले-

''देवहरू, आपने मेरी सुध क्यों नहीं ली? रानी कलिंगा से विवाह कराकर आपने एक बार भी मुड़कर धूमाकोट का रुख नहीं किया, अपनी बहन की भी सुध नहीं ली? आज मेरी क्या दशा हो गयी है। आपकी बहन की रक्षा का मैंने प्रण लिया था, परन्तु मैं कुछ न कर सका! कुछ न कर सका! अपनी बहन को देखो! उसकी क्या दशा हो गयी है? आपको देखकर भी वह आपको पहचान नहीं पा रही है।

लेकिन आप इतने कठोर और निष्ठुर क्यों हो गये थे?'' राजा दहाड़े मार-मार कर पुन: रोने लगा। देवहरू उसका कंधा थामे सुनते रहे, उसे रोने से भी नहीं रोका। बगल में खड़ा पागल भी दोनों हाथों से अपने आँसुओं को पोंछता जा रहा था। उसकी मैली दाढ़ी भीग चुकी थी।

काफी समय तक राजा बोलते रहे। मन की पूरी भड़ास, पूरा गुबार उन्होंने देवहरू पर उतारा- अधिकार के साथ, उलाहना के साथ, अपनत्व के साथ। हरुज्यू सुनते रहे, सुनते रहे। रानी कलिंगा तो ऐसे अपने शिला-बालकों में व्यस्त थी जैसे कि कक्ष में कुछ हो ही न रहा हो।

अब राजा हालुराई शांत हो चुके थे। उन्होंने तपस्वी देवहरू को एक आसन पर बैठाया। स्वयं भी आसन में बैठ गया। पागल व्यक्ति भी बिना कुछ कहे भूमि पर पालथी मार कर बैठ गया।

तब देवहरू ने कहा। ''राजन, धूमाकोट में यह क्या हो रहा है? तुम राजा होकर इस विपन्न स्थिति में निरीह कातर होकर इस कक्ष में बन्द होकर बैठे हो, क्या यह एक राजा, एक क्षत्रिय को शोभा देता है?''

''देवहरू, कौन राजा? कब का राजा? मैं तो एक नजरबंद कैदी की भाँति हूँ। राजा तो वह होता है जो आज्ञा देता है। उसकी आज्ञा का पालन करने वाले मंत्री, सेनापति व सभासद होते हैं। इस महल में न तो मेरी आज्ञा चलती है, न कोई मेरे निर्देशों का अनुपालन या क्रियान्वयन करता है।''

कुछ क्षण रुक कर राजा हालुराई ने पुन: कहा। ''देवहरू, मैं वृद्ध व असक्त हो चुका हूँ। महारानी पूरा राजकाज देखती हैं। उसके सर्वसमर्थ भाई गरूणभट, सामड़भट ने सभी अधिकार अपने हाथों में ले रखे हैं। सभी मण्डलों को नित नये निर्देश देते हैं। इस महल में एक भी व्यक्ति ऐसा नहीं हो जो मेरी इच्छा जानना चाहता हो या मुझसे निर्देश लेना चाहता हो। सामड़भट को महारानी ने उत्तराधिकारी बनाकर राजकुमार घोषित कर दिया है।''

देवहरू ने कहा। ''पर तुम महल के बाहर जा सकते थे?''

तभी पागल व्यक्ति ने राजा हालुराई के स्थान पर उत्तर देते हुए कहा। ''देवहरू, महाराज ने प्रयास किया था, कई बार प्रयास किया था, परन्तु उन्हें सामड़ व गरूण के वफादार सैनिकों ने महल के बाहर नहीं जाने दिया। प्रचारित करा दिया-महारानी की आज्ञा है कि राजा अर्धविक्षिप्त हैं। उन्हें महल के बाहर न जाने दिया जाये ताकि कोई अनहोनी न हो जाये।''

देवहरू व राजा हालुराई ने उस पागल की ओर देखा फिर हालुराई ने कहा।

''भाई तुम कौन हो? तुम्हारी आवाज मुझे जानी पहचानी लग रही है।''

''मैं इस व्यक्ति को पहचानता हूँ, तुम भी प्रयास करो, राजन्।'' देवहरू ने कहा।

पागल से दिखने वाले ने कहा। ''देवहरू, आप मुझे पहचान गये, आप धन्य हैं, तभी आप मुझे पकड़ कर महल में ले आये। नहीं तो राजा हालुराई तक मेरा पहुँचना कठिन था।''

राजा हालुराई की उत्सुकता बढ़ गयी। वह एकटक इस पागल से दिखने वाले व्यक्ति पर नजर गड़ाये अपने मस्तिष्क पर जोर डाल रहे थे। पर इस व्यक्ति को ऐसी स्थिति में पहचानना कठिन था।

देवहरू ने कुछ क्षणों पश्चात् कहा। ''महाराज इन्हें पहचानिये, ये आपके मित्र, सलाहकार, महामन्त्री नरोत्तम हैं।'' राजा ने नरोत्तम पर गहरी दृष्टि डाली। अगले ही क्षण राजा नरोत्तम पर झपट पड़ा।

राजा ने अधिकार पूर्वक उसके दोनों गालों पर थप्पड़ मारने शुरू कर दिये। दोनों की आँखों में आँसूओं की धार थी। कंठ रुद्ध था, बस स्नेह भरे चाँटे सब कुछ कह रहे थे। कुछ क्षण में ही राजा ने बैठे-बैठे पागल को सीने से जकड़ लिया। आज राजा का पूरा क्लेश आँसुओं के साथ बह रहा था।

''तुम भी नरोत्तम मुझे छोड़ कर चले गये थे? विषम परिस्थितियों में छोड़ कर! यही तुमने अपना मित्र धर्म निभाया?''

''राजन्, मुझे क्षमा करें, लेकिन मैं क्या कर सकता था? आपके व्याघ्रेश्वर प्रस्थान के साथ ही मुझे धक्के मार कर धूमाकोट राजमहल से बाहर कर दिया गया। मैं आपके धूमाकोट लौटने की प्रतीक्षा करता रहा। जब आप धूमाकोट में लौटे, मैंने आपके निकट आने का प्रयास किया; परन्तु सामणभट के सैनिकों ने मुझे पकड़ कर बहुत मारा और नगर के बाहर एक कोठरी में बन्द कर दिया। कई दिनों तक भूखा, प्यासा, अँधेरी कोठरी में बन्द रहा। मेरी खाँसने की आवाज सुन, किसी भले मनुष्य ने मुझे कोठरी से बाहर निकाला। लेकिन तब तक मैं अपनी सुध बुध खो चुका था। मैं धूमाकोट में पागलों की भाँति घूमता था। कहता था-कोई औरत सिलबट्टे को जन्म नहीं दे सकती है। यह झूठ है। तभी मुझ पर सैनिकों के कोड़े पड़ते थे। सब यही जानते थे कि मैं पागल हूँ। पर आज देवहरू ने मुझे पहचान लिया, अब मैं आपके समक्ष हूँ।''

नरोत्तम को राजा ने पुन:जोर से गले से लगाया। नरोत्तम एक बुद्धिमान राजनीतिज्ञ, तीव्र बुद्धि, धूमाकोट के प्रति निष्ठ, राजा हालुराई का विश्वास पात्र व सलाहकार था। उसकी स्थिति व धूमाकोट के प्रति उसकी निष्ठा देख, देवहरू व महाराज दोनों ने उसे प्रणाम किया और उसे आसन में बैठाया।

देवहरू ने राजा से कहा। ''राजन्, तुमने इतने बड़े झूठ को सत्य कैसे मान लिया? क्यों नहीं इसका प्रतिकार किया? क्या तुम्हें पंचदेवों के आशीर्वाद पर विश्वास न था? तुम्हें कितने ही ज्योतिषियों व सिद्धों ने भी संकेत दिया था कि तुम्हें आठवीं रानी से संतान की प्राप्ति होगी। तब तुमने कैसे इतने बड़े असत्य को सहजता से स्वीकार कर लिया?''

''नहीं देव! नहीं, मैंने इस असत्य को स्वीकार नहीं किया है, परन्तु मेरी सुनने वाला कौन था? सातों रानियाँ जो गर्भमोचन के समय उपस्थित थीं। राजवैद्य, दाइयाँ, कलिंगा की प्रिय दासी, सब प्रत्यक्षदर्शी एक स्वर से यही कह रहे थे कि रानी कलिंगा ने पत्थरों को जन्म दिया है। मैं स्वयं धूमाकोट के बाहर था। मैं किससे पूछता, सत्य क्या है? स्वयं रानी कलिंगा मेरे लौटने तक यह मान चुकी थी कि उसने दो बालकों को शिलाखण्डों के रूप में पैदा किया है। जब जन्मदात्री माँ ही विक्षिप्त होकर कुछ बताने की स्थिति में नहीं थी तो मैं क्या करता?''

''यह महाषड़यंत्र है। यह झूठ है। यह सब रानियों तथा सामड़भट का किया धरा है। सामड़ ने षड़यंत्र रच कर आपको धूमाकोट के बाहर बुला भेजा ताकि आप प्रसव के समय धूमाकोट में न रहें। उसने अपने बन्दी होने का झूठा नाटक रचा था। मैंने आपको सचेत भी किया था। मैंने आपको धूमाकोट में रोकने का प्रयास भी किया था,राजन! पर आप सामड़ के बन्दी होने के समाचार से उत्तेजित हो, कुछ सुनना ही नहीं चाह रहे थे।'' नरोत्तम के कहा।

''नरोत्तम उचित कह रहा है, राजन्! यह सब षड़यंत्र था। तुम व धूमाकोट का उत्तराधिकारी एक

गहरे कूट-चाल व षडयंत्र में फँस गये हो।'' देवहरू ने नरोत्तम का समर्थन किया।

''देवहरू! क्या नरोत्तम सत्य कह रहा है?'' हालुराई बोले।

''राजन्! तुमने अपने योग्य, निष्ठावान साथियों, सलाहकारों व मन्त्रियों पर भरोसा न कर, अपने स्वार्थी,सत्तालोलुप संबंधियों पर अधिक विश्वास किया, जिसका परिणाम सम्मुख है। राजसत्ता में सगे संबंधियों को उनकी निष्ठा व योग्यता के आधार पर ही भूमिका दी जानी चाहिए, न कि इसलिए कि वह भाई, भतीजे, साले आदि हैं।''

''भूल क्षमा करें, पर सत्य क्या है? क्या रानी कलिंगा ने धूमाकोट के उत्तराधिकारी को जना था? यदि यह सत्य है, तो क्या वह जीवित है? कहाँ है?'' राजा ने उत्सुकता व उतावलेपन से कई प्रश्न कर डाले।

''राजन्, तुम्हें शीघ्र सब ज्ञात हो जाएगा; परन्तु पहले यह बताओ सेनापति गरूण तथा सामड़भट कहाँ हैं? रानियाँ कहाँ हैं?''

''देव, सामड़भट तो धूमाकोट में कम ही टिकता है, उसने व्याघ्रेश्वर तीर्थ स्थल में अपना अड्डा जमा रखा है। धूमाकोट से ले कर तीर्थ से सटे तीन चार मण्डलों का वह स्वयंभू राजा है। वह एक धूर्त तांत्रिक, पाखंडी, राक्षस बन चुका है। अनेक प्रकार से वह प्रजा में भय व्याप्त किये हुए है। व्याघ्रेश्वर तीर्थस्थल को भी उसने दूषित कर दिया है। मैंने सुना है उसने कई तांत्रिक और विषैली सिद्धियाँ प्राप्त कर ली हैं। वह इन शक्तियों के नित नये प्रयोग वहाँ की प्रजा पर करता है। सामड़ की बढ़ती ताकत से घबराकर गरूणभट ने कोसीमण्डल में अपना अलग अधिकार स्थापित कर लिया है। धूमाकोट में लगभग एक हजार सैनिक ही महारानी सुगन्धा तथा एक सेनानायक के अधीन हैं। इन पर महारानी का आदेश चलता है। अन्य रानियाँ कभी धूमाकोट में रहती हैं तो कभी अपने मायके के मण्डलों में रहकर उन मण्डलों में पृथक-पृथक मनमाना राज कर रही हैं।''

''राजन्, इसका तात्पर्य यह है कि धूमाकोट का एकछत्र राज्य उत्तरापथ में न रहा।''

''पर देव, सब सामंत और मण्डलप्रमुख मेरे नाम को आगे रख कर ही सब मनमानी करते हैं। ये लोग स्वयं प्रजा पर अत्याचार, अन्याय करते हैं और उसे हालुराई का आदेश बताते हैं। जिससे पूरा दोष धूमाकोट पर पड़ता है।''

''यही तो दुष्ट राजनीति है, जिसका तुम्हें प्रजा में जाकर प्रतिकार करना था। तुम्हें महल के भीतर से भी कुछ करने का उपाय सोचना चाहिए था।'' नरोत्तम ने कहा।

''नरोत्तम, पर कैसे? जब में धूमाकोट के बाहर जा पाता? मैं अपने को असहाय अनुभव करने लगा था।'' देवहरू ने कहा। ''अब पिछली बातों को छोड़ कर हमें विचार करना है कि अब आगे क्या करना है?'' देवहरू ने पूरे षड़यत्र का वृत्तांत राजा को कह सुनाया। जब उसे ज्ञात हुआ कि उसका पुत्र-धूमाकोट का उत्तराधिकारी जीवित है, जीवित ही नहीं अपितु वह सुयोग्य और वीर योद्धा है तो उसकी बाँछें खिल उठी। राजा में नई उमंग का संचार हो गया। उसकी प्रसन्नता की सीमा न रही। आनंदातिरेक में वह उठकर रानी कलिंगा के पलंग के पास जाकर उसे बताने लगा। किन्तु रानी कलिंगा तो जैसे कुछ

सुन ही नहीं रही थी। उसने देवहरू को भी एक दृष्टिभर देखा था और तुरन्त उनसे मुँह फेर लिया था। उस देवस्वरूप भाई से मुँह फेर लिया था जिसने उसे सोलह वर्षों तक अपने बच्चे की भाँति पाला था, पोषा था। तपस्वी देवहरू को कोई आश्चर्य नहीं हुआ। वे शांत रहे। पूरे दिन तीनों में महामंत्रणा होती रही। राजा हालुराई में शक्ति लौट आयी थी। अब सिद्ध देवहरू व उसका विश्वासपात्र महामंत्री मित्र- नरोत्तम उसके साथ थे। देवहरू की चमत्कारी दैवीय शक्ति हालुराई वन में देख चुका था। वहीं हालुराई ने मित्र हरू को प्रथम बार मित्र से देवता मान लिया था। तब से राजा, उनको मित्र के स्थान देवहरू या हरुज्यू के नाम से ही पुकारता था।

निश्चित हुआ कि कल प्रात: राजा हालुराई राजसी वस्त्र धारण कर, दरबार में पधारेंगे। तभी संकेत पा कर, देवहरू सैकड़ों सैनिकों व वीरगोरिया के साथ दरबार में आ धमकेंगे और पूरे राजमहल को अपने अधिकार में ले लेंगे। महारानी व अन्य जो भी महारानी के विश्वस्त है, सभी को बन्दी बना लिया जाएगा। सब प्रकार योजना स्थिर कर देवहरू व नरोत्तम, अलख जगाते, बम-बम भोले, जै गुरू गोरखनाथ का घोष करते, महल के बाहर आ गए और धूमाकोट नगर के बाहर पुराने मन्दिर की ओर प्रस्थान कर गये। जो भी सैनिक उन्हें मार्ग में मिलता, इस तेजस्वी साधु को नमन करता।

राजा रात भर सो न सका, वह वीरगोरिया के विभिन्न रूपों के चित्र अपने मस्तिष्क में बना रहा था। वह बार-बार देवाधिदेव महादेव के आभार में सिर झुकाये जा रहा था। रानी कलिंगा से वह प्रसन्नता बाँट नहीं सकता था। महल में और कोई न था जिसे वह अपनी व्यथा-कथा सुना पाता। कल की प्रतीक्षा में उसकी आँखें नींद में मुँद गयी।

सपने में उसने देखा, एक ऊँचे श्वेत अश्व पर एक तेजस्वी-वीर-युवक, विशाल धनुष धारण किये, श्वेत वस्त्र पहने, धूमाकोट में धँसा चला आ रहा है, उसे रोकने के सभी प्रयास विफल हो रहे हैं। वह भारी नग्न खड्ग चमकाता ठीक राजा हालूराई के सामने आ खड़ा हुआ। भयवश अचानक राजन की आँखें खुलीं। नव प्रभात की उज्ज्वल किरणें उसके कक्ष में प्रवेश कर चुकी थीं। वह शीघ्रता से उठ खड़ा हुआ।

धूमाकोट पर वीरगोरिया का नियंत्रण

आज राजा हालुराई पूरी सज-धज और राजा की वेश-भूषा के साथ अपने कक्ष के बाहर निकला। उसके हाथ में नग्न तलवार थी।गर्व से ऊँचे सिर पर मुकुट था तथा छाती तनी थी।

राजा की एक बार इच्छा हुयी कि तलवार निकाले और सातों रानियों का सिर कलम कर दे; परन्तु अभी उसे अपने वीर पुत्र के दर्शन की तीव्र अभिलाषा थी। राजा इस हर्ष के वातावरण को दूषित नहीं चाहता था। उसने एक तीक्ष्ण व भेद भरी दृष्टि रानियों पर डाली और आगे बढ़ गया। रानियों ने यह अनुभव किया कि आज राजा की आँखों में नयी चमक है। उनके कदम सधे हैं, भाव-भंगिमा में तेजी है। सब चकित थीं।

राज महल के कई सैनिक, दास-दासियाँ व सेवक यह जानने के लिए उत्सुक थे कि राजसी वेश-

भूषा में राजा कहाँ जा रहे हैं? राजा सीधे जाकर दरबार में अपने सिंहासन पर जा बैठे। किसी ने उन्हें न रोका, न टोका। आम सभागार में कोई भी न था। मात्र कुछ पहरेदार जगह-जगह खड़े थे। वृद्ध असहाय राजा को अकेले पहली बार सिंहासन पर बैठा देख, प्रहरी सैनिक उपहास करने लगे। उसमें से एक सैनिक ने व्यंग्य करते हुए कहा, ''देखो राजा का दरबार लगा है।''

दूसरे सैनिक ने भी उपहास करते हुए कहा। ''महाराज! मैं आपका सेनापति हूँ। महाराज! आज्ञा करें।''

एक अन्य बोला, ''मैं महाराज का महामंत्री हूँ। महाराज क्या में सभा प्रारम्भ करूँ?'' सभी उपस्थित प्रहरी सैनिक ठहाका मार कर हँसने लगे।

सैनिकों के दुस्साहस व उपहास पर भी राजा चुपचाप सिंहासन पर बैठे रहे-बिना प्रतिक्रिया के। तभी मुख्यद्वार पर तीव्र कोलाहल होने लगा। सैनिक जो राजा से परिहास कर रहे थे, वे सब मुख्यद्वार की ओर भागे। मुख्यद्वार की ओर एक बड़ी सैनिक टुकड़ी बढ़ी चली आ रही थी। उन सबके आगे तपस्वी देवहरू, उनके पार्श्व में कल तक का पागल, आज दाढ़ी विहीन साफ स्वच्छ वस्त्रों में, व पगड़ी पहने चल रहा था- महामंत्री नरोत्तम। उसके पीछे एक ऊँचे श्वेत-अश्व पर एक तेजस्वी युवक विराजमान था। उसके कंधे पर विशाल धनुष, पीठ पर दानों ओर तूणीर। हाथ में विशाल नग्न चमकती तलवार थी। गौर वर्ण, विशाल भुजायें, बलिष्ठ व गठा शरीर सौष्ठव, उज्ज्वल आँखें, उससे किसी की नजर हटती न थी। उसके अगल-बगल दो सशस्त्र सैनिक, उग्रभट व विकटदेव घोड़े पर सवार हो तेजस्वी वीर के साथ-साथ चल रहे थे। उनके पीछे सैकड़ों सशस्त्र सैनिक चले आ रहे थे। कुछ घुड़सवार, शेष पैदल सैनिक थे। उन सब के पीछे भारी संख्या में धूमाकोट के गणमान्य नागरिक, सेठ, वणिक, साहूकार, कामगार चले आ रहे थे। इतना बड़ा जन समूह एक साथ विगत सोलह-अठारह वर्षों में किसी ने धूमाकोट में एकत्र हुआ न देखा था। चारों ओर आश्चर्य! कौतूहल!

देवहरू आगे बढ़ते जा रहे थे। मुख्य द्वार पर लगभग बीस सैनिक जो पहरे पर थे, ने इस विशाल जन-समूह को रोकना चाहा। तभी महल के भीतर से कठोर स्वर में आवाज आयी, ''इन्हें अन्दर आने दिया जाये।'' प्रहरी सैनिकों ने मुड़ कर पीछे देखा। राजा हालुराई तन कर खड़े थे, उनके हाथ में नग्न तलवार थी। उन्होंने जिस दृढ़ता से आदेश दिया, सैनिक एकाएक हक्के बक्के थे। तब तक देवहरू और पूरा सैनिक दल धड़धड़ाता हुआ महल में प्रवेश कर गया। बीस सैनिकों की कोई बिसात न थी कि वो इस विशाल जन समूह और सशस्त्र सैनिकों को रोक पाते। वह जड़वत् खड़े देखते रहे। क्षण भर में ही पहरेदार बंदी बनाए जा चुके थे। राजा हालुराई ने देवहरू को नमन किया, देवहरू ने उन्हें गले लगा लिया। राजा ने बड़ी उत्सुकता से युवक को देखा। वह युवक विद्युत गति से अश्व से उछल कर नीचे उतरा, उसके अश्व को एक सैनिक ने तुरन्त थाम लिया। तभी उपसेनानायक उग्रभट ने उद्घोष किया।

''धूमाकोट के राजकुमार वीरगोरिया की जै!''

भीड़ ने गगनभेदी स्वर में कहा, ''राजकुमार वीरगोरिया की जै।'' देवहरू ने संकेत किया। संकेत का अर्थ समझ, उग्रभट ने पुन: जय-घोष किया।

''राजा हालुराई की जै।''

भीड़ ने जय-घोष को पुनःउच्चारित किया। ''राजा हालुराई की जै।''

आज अठारह वर्षों बाद इस राजमहल में राजा हालुराई की जैकार हुई थी। पूरा महल जैकारों से गूँज उठा। वीरगोरिया तेजी से आगे बढ़ा। देवहरू ने कहा।

''राजा हालुराई! यह रहा धूमाकोट का उत्तराधिकारी, महावीर, महागुणी, धर्नुधारी; इसका नाम है वीरगोरिया-तुम्हारा पुत्र।'' वीरगोरिया ने पिता के चरण स्पर्श किये। राजा ने व्याकुलता से उसे अपने गले से भींच लिया और कुछ क्षणों तक गले से लगाये रखा। फिर थोड़ा सा बंधन ढीला कर उसे भरपूर नजरों से निहारता रहा। उसके सिर पर, बलिष्ठ कन्धों पर, मांसल भुजाओं पर हाथ फेरता रहा।

भीड़ अभी भी जैकार कर रही थी। ''राजा हालुराई की जै,'' ''राजकुमार वीरगोरिया की जै।''

राजा हालुराई की आँखों से निरन्तर आँसू बह रहे थे। महल के भीतर सभी उपस्थित जन मुख्य दरबार की ओर दौड़ पड़ा, सब यह जानने को उत्सुक थे कि राज दरबार में क्या हो रहा है? महारानी, रानियाँ, शासकीय कर्मी, सेवक, दास-दासियाँ, सब दरबार में एकत्र थे। महल शून्य हो चुका था। रानी कलिंगा ने जब गगन भेदी जयकार सुना वह भी अपने शिलापुत्रों को लेकर आम दरबार के एक द्वार पर आ खड़ी हुयी। उधर वीरगोरिया के वीर सैनिकों ने पूर्व योजना के अनुरूप पूरे महल में महारानी सुगंधा के समस्त सैनिकों से शस्त्र डलवा लिये थे। उन्होंने पूरे महल को अपने अधिकार में ले लिया था। उग्रभट व विकटदेव स्वयं अलग-अलग दिशाओं में घूम-घूम कर अपने सैनिकों को आदेश दे रहे थे। कुछ ही पलों में पूरा धूमाकोट राजभवन, वीरगोरिया के उपसेनानायक उग्रभट व विकटदेव के नियंत्रण में था।

महारानी व अन्य रानियों को जब यह ज्ञात हुआ कि कोई धूमाकोट का उत्तराधिकारी बन कर महल में घुस आया है, और उसके सैनिकों ने पूरे राजमहल को अपने अधिकार में ले लिया है। महारानी के सैनिकों को बन्दी बना लिया गया है। महाराज, आम दरबार में सभा प्रारम्भ करने वाले हैं। रानियों के चेहरे में हवाइयाँ उड़ने लगीं। वे थर-थर काँपने लगींr, महल के ऊँचे झरोखों से झाँक, दरबार में हो रही कार्यवाही को देखने लगीं।

राजा हालुराई, पुत्र वीरगोरिया के कंधे में हाथ रख, उसे अपने साथ राज सिंहासन के निकट लेकर गया। उनके एक ओर देवहरू थे दूसरी और नरोत्तम। राजा ने ऊँचे स्वर में कहा।

''गुरूश्रेष्ठ गुरू गोरखनाथ और देवहरूज्यू की महान कृपा से धूमाकोट को उसका उत्तराधिकारी और मुझे प्रतापी, वीर पुत्र प्राप्त हो गया है। आज का दिन धूमाकोट का सबसे सौभाग्य का दिन है। आज धूमाकोट उत्सव मनाएगा।''

देवहरू ने कहा, ''धूमाकोट के वासियो, आपने विगत अठारह वर्षों में कई कष्ट सहे हैं। आपके साथ कई अत्याचार, अन्याय हुए हैं। पूरे धूमाकोट और उत्तरापथ की प्रजा अत्याचार, अनाचार, अन्याय से त्रस्त है। इन्हीं अत्याचारियों के कारण धूमाकोट के उत्तराधिकारी को आज से अठारह वर्ष पूर्व रानी कलिंगा के कोख से जन्म लेने के बाद, उसकी हत्या का षड्यंत्र कर उसे गोरीगंगा में बहा दिया गया था। पर वह कोई साधारण बालक न था। वह देवाधिदेव महादेव की कृपा का फल था। उसे उत्तरापथ के पंचदेवों का आशीर्वाद प्राप्त था। सात दिन नदी में डूबे रहने और बहते रहने पर भी उसका बालबाँका

न हुआ। महादेव की नियति के अनुसार वह एक गरीब; परन्तु भाग्यशाली मछुवारे के जाल में फँसा। उस नि:संतान मछुआरे ने उसका लालन-पालन किया। उन दोनों ममतामयी माँ-बाप ने उसको सम्पूर्ण स्नेह दिया।'' देवहरू कुछ क्षण रुके, उन्होंने देखा गोरिया की आँखें नम हो गयी थीं। देवहरू ने चारों ओर दृष्टि फेरी।

देवहरू जिसे देखना चाहते थे, वह द्वार पर खड़ी मूर्तिवत् सुन रही थी। उसके हाथों में वस्त्र में लिपटे शिलापुत्र थे। उसकी आँखों में भी करुणा का ज्वार उमड़ रहा था। उसने अपने दोनों शिलापुत्रों को जोर से सीने से भींच रखा था। देवहरू ने तिरछी नजरों से उसे देखा, और कहना शुरू किया। ''उस नवजात चमत्कारी बालक के भाना धींवर के घर में कदम पड़ते ही उनके गोठ की बाखड़ी गाय ने दोनों समय दूध देना शुरू कर दिया, नि:संतान भानुली के छाती में दूध बह निकला। उन दोनों ने सुन्दर बालक का लालन पालन करना शुरू कर दिया। पर हाय! वे निर्दयी व कठोर लोग, जिन्होंने ऐसे सुन्दर बालक को नदी में बहाया। क्या उन्हें तनिक भी दया न आयी?''

भीड़ में कई लोग इस व्यथा को सुन सिसकियाँ लेकर रो रहे थे। कुछ दोनों हाथों से आँसू पोंछ रहे थे। देव हरू ने देखा-रानी कलिंगा द्वार पर खड़ी धीरे-धीरे सिसकियाँ ले रही है। उसकी ममता यह सब सुन-क्यों न रो पड़ती? जो अपने हृदय में विशाल व्यथा-सिंधु को समटे बैठी थी। वह दो शिलाखण्डों पर अठारह वर्षों से अपनी सारी ममता लुटा रही थी। क्या उसकी व्यथा एक बालक के साथ हुए क्रूर अत्याचार व कष्टों को सुनकर पिघल नहीं सकती थी? देवहरू यही तो चाहते थे कि रानी कलिंगा रो पड़े उसके अन्दर घर कर गयी विवशता, पीड़ा,व्यथा पिघलकर बाहर आ जाये। देवहरू बोलते रहे।

''उन दो ममतामयी माँ-बाप, भाना एवं भानुली ने उस सुन्दर सुकुमार बालक को बड़ी जतन से पाला। दूसरी ओर उस माँ की दशा सोचिए जिसने इस सुन्दर बालक को जन्म तो दिया पर उस ममतामयी माँ को एक सुकोमल सुन्दर बालक के स्थान पर दो कठोर शिलाखण्ड-सिलबट्टे के रूप में पकडा दिये गये और वह निश्छल माँ उन्हें बड़े प्रेम व जतन से अपने बच्चे समझ पाल रही है। जबकि उसका जना बालक राजमहल के स्थान पर टूटी-फूटी झोपड़ी में पल रहा था। यह कैसा निर्दय संसार है?''

तभी धड़ाम् की आवाज आयी। सभी का ध्यान उस ओर गया। देवहरू सबसे पहले लपके, रानी कलिंगा द्वार के पास भूमि पर अचेत हो लुढ़क गयी थी। उसके नेत्र फटे व स्थिर थे। उसकी मुट्ठियाँ भिंच गयी थी, इसकी इस भंगिमा को देख सब विचलित हो गये। कुछ क्षणों के पश्चात् उस कोमलमना कलिंगा के मुँह से चीत्कार निकली। उसकी मुट्ठियाँ ढीली पड़ गयी थीं। उसके दोनों शिलापुत्र भूमि पर बिखर गये थे। देवहरू ने संकेत किया। वीरगोरिया ने चपलता से माँ कलिंगा को अपनी बलिष्ठ बाँहों में उठा लिया, उसे मन ही मन प्रणाम किया और आसन पर लिटा दिया। देवहरू ने अपनी झोली से अभिमंत्रित भभूती निकाल कर उसके माथे पर लगायी और अपने कमण्डल से पानी के छींटे उसके मुख पर डाले। रानी कलिंगा की आँखों से अविरल आँसू निकल रहे थे। अचानक वह उठ बैठी और देवहरू के चरणों में झुक गयी। देवहरू का सानिध्य पा कर एवं अभिमन्त्रित भभूति के प्रभाव से वह अब कुछ चैतन्य थी। देवहरू ने उसे उठाया और गले से लगा लिया। रानी के मुँह से निकला,'बाबा'

''बाबा, आपने मुझे क्यों त्याग दिया था? आपने मुझे भुला दिया? देवहरू, आप मुझे क्यों भूल

गये।'' कलिंगा दहाड़ें मार कर रोती रही, उलाहनें देती रही, उसकी आँखों से आँसू वैसे ही निकल रहे थे जैसे वर्षा ऋतु में पर्वतों पर जल स्रोत फूट निकले हों।

''नहीं बहन, नहीं; तुम सदैव मेरे हृदय में हो। यह दैव इच्छा थी, जो कष्ट तुम्हारे भाग्य में थे, वह तुम्हें उठाने ही थे।''

''बाबा, आप किस बालक की कथा-व्यथा सुना रहे थे? मैं ममता व करुणा से रो उठी। ''

''यह तुम्हारी व्यथा है कलिंगा! तुम्हारी; तुमने किसी बालक को जन्म दिया था? याद करो।''

''मुझे कुछ भी ज्ञात नहीं, जब मुझे असीम प्रसव पीड़ा हुई तो मैं अचेत हो गयी थी, जब मुझे होश आया तो महारानी ने मुझसे कहा कि यह तुम्हारी संतान है।'' अचानक वह अपने उन दोनों शिलापुत्रों को खोजने लगी। वह वस्त्र में लिपटे, पास में खड़े नरोत्तम के हाथ में थे। उसने झपट कर उन्हें पुन: अपने गोद में ले लिया।

''यही मेरी वह संतान है जो महारानी ने मुझे दिये थे, तब से मैं इन्हीं को अपनी संतान मानती आयी हूँ।''

''पर बहन कलिंगा, ये तो सिल-बट्टा हैं-शिलाखण्ड हैं।''

''हाँ देवहरू, मैं अब आज समझ सकती हूँ, कि यह सिल-बट्टा है, परन्तु मैंने तो किसी बालक को देखा ही नहीं। मैं तो इन्हें ही अपनी संतान मानती रही हूँ।''

पूरी सभा स्तब्ध थी। रानी कलिंगा अब स्वस्थ थी। देवहरू की उपस्थिति, अभिमंत्रित भभूति के प्रभाव और आँसुओं के प्रवाह से अब उसके अन्दर का संताप, पीड़ा, विवशता पिघल चुकी थी। उसने एक बार श्वेत वस्त्र में लिपटे अपने शिलापुत्रों को स्नेह-सिक्त दृष्टि से देखा। विगत अठारह वर्षों से वह इन पाषाणों पर अपनी ममता लुटा रही थी। उन्हें नहलाती, पोंछती, थपथपाती, लोरी सुनाकर उन्हें सुलाते-सुलाते स्वयं सो जाती थी। उन्हें स्तनपान कराने का प्रयास करती आयी थी। उन्हें दुलारती, डाँटती आयी थी। सहसा वह अन्य किसी को आसानी से अपना पुत्र मान ले, यह कैसे सम्भव था? देवहरू ने रानी कलिंगा से कहा।

''प्रिय बहन, तुम अपने कक्ष में जाकर विश्राम करो, हम सभा समाप्त कर तुमसे मिलते हैं।''

''देवहरू, आप पुन: मुझे छोड़कर तो नहीं चले जोयेंगे?''

''नहीं बहन, मैं प्रण करता हूँ, तुमसे मिले बिना न जाऊँगा।'' रानी ने सिर हिला कर सहमति दे दी। देवहरू स्वयं उसे उसके कक्ष के द्वार तक छोड़ कर आये। वीरगोरिया ने अपने सैनिकों को रानी कलिंगा की सुरक्षा का संकेत किया।

रानी कलिंगा अब धीरे-धीरे घटना क्रम पर सोच-विचार करने लगी थी। उसकी स्मृति और बुद्धि बलवती होती जा रही थी।

देवहरू की पूर्व निर्धारित योजना सफल रही थी। उन्होंने रानी कलिंगा को देखते ही ममता व करुणा की बात छेड़ते हुए, उसे विवश कर दिया था कि वह रोकर अपनी व्यथा, विवशता को प्रकट कर दे। अब रानी कलिंगा का मन हलका था। अब वह सहज संचेतना में लौट रही थी।

देवहरू ने हर तरह से सभा को सत्यता से अवगत कराया। पूरा धूमाकोट इस भयानक षड्यंत्र को जान हतप्रभ था, तो दूसरी ओर अपार प्रसन्नता थी कि उन्हें अपना राजकुमार मिल गया था। ऐसा राजकुमार जो गुरूगोरखनाथ द्वारा शिक्षित, प्रशिक्षित था। वीरगोरिया द्वारा घाटकामसाण को मार गिराने के समाचार ने धूमाकोट के हर्ष, उत्साह, उमंग को कई गुना बढ़ा दिया था। राजकुमार वीरगोरिया के धूमाकोट में पहुचने के पूर्व ही उसकी यश पताका धूमाकोट पहुँच चुकी थी। आज की सभा समाप्त हो चुकी थी। कल पुन: एक विशाल उत्सव राजप्रांगण में किये जाने की घोषणा की जा चुकी थी। पूरे धूमाकोट में उत्सव मनाया जाने लगा। घरों में दीप मालायें लग रही थीं। तोरण, पताकाओं से शहर को सजाया जा रहा था। चारों ओर स्वतंत्रता, स्वच्छंदता, निर्भयता के वातावरण के साथ-साथ उत्साह व खुशियाँ चरम पर थीं। कल की सभा में धूमाकोट के राजकुमार की एक झलक पाने के लिए धूमाकोट वासी उत्सुक थे।

भेद-साक्षी ने किया दारुण रहस्योद्घाटन

राजमहल में दिन के तृतीय पहर में विशिष्ट जनों की एक विशिष्ट सभा आयोजित की गयी थी। इस सभा में कई महत्त्वपूर्ण निर्णय किये जाने थे। एक विशाल कक्ष में महाराज हालुराई अपने आसन में विराजमान थे, उनके बायीं ओर देवहरू, महामंत्री नरोत्तम बैठे थे। दायीं ओर वीरगोरिया।

सामने सभासदों, सेनापतियों के स्थान खाली थे। देवहरू ने महामंत्री नरोत्तम को संकेत किया, नरोत्तम अपने स्थान से उठकर बाहर चले गए। अब जब नरोत्तम राजमहल में आये तो उनके साथ पाँच लोग थे। एक धूमाकोट के वृद्ध पूर्व सेनापति वीर सिंह रौतान, दूसरे परम ज्ञानी ब्राह्मण देवदत्त, तीसरा धूमाकोट के धनी वणिक विक्रमपति शाह, साथ ही दोनों उप सेनानायक उग्रभट व विकटदेव। सभी ने कक्ष में पहुँच कर राजा हालुराई को नमन किया। महामंत्री ने अपने स्थान पर पहुँचकर कहा, ''महाराज हालुराई! कृपया,अपना आदेश सुनायें।''

हालुराई ने कहा। ''वीर सिंह रौतान, आप हमारे पूर्व सेनापति रह चुके हैं। धूमाकोट के विश्वासपात्र हैं। आपके मार्ग दर्शन में मैंने स्वयं भी युद्ध कला सीखी थी। किन्तु इस मध्य बड़े उथल-पुथल हुए हैं। जिस कारण आपको उचित सम्मान न मिल सका। आप कारणों से भी अवगत हैं। आज आपने महामंत्री के साथ मिल कर एक रात्रि में ही वीरगोरिया एवं देवहरू के पक्ष में जो वातावरण धूमाकोट में तैयार किया वह सराहनीय है, अत: मैं राजा हालुराई आज आपको सम्मान के साथ धूमाकोट का सुरक्षा सलाहकार नियुक्त करता हूँ। कृपया, आसन ग्रहण करें।''

वृद्ध वीर सिंह रौतान ने आदर के साथ कहा। ''महाराज में वृद्ध हूँ, पर अपनी बुद्धि व अनुभव का जो लाभ मैं धूमाकोट को दे सकूँगा, मैं उसे अपना अहोभाग्य समझूँगा।'' कह कर उन्होंने दायें ओर आसन ग्रहण किया। फिर क्रमश: ब्राह्मण श्रेष्ठ, ज्ञानी, धर्मशास्त्र ज्ञाता, देवदत्त को राजगुरू घोषित किया। शहर का सेठ, धनी, विक्रमपति शाह को व्यापार व शुल्क सलाहकार घोषित किया गया। अन्त में उग्रभट व विकटदेव को क्रमश: उप सेनापति बाह्य सुरक्षा व धूमाकोट व राजमहल की सुरक्षा का भार

सौंपा गया। ये दोनों वीरगोरिया के अधीन रह कर उसके निर्देश में काम करेंगे। सभी ने अपना-अपना स्थान ग्रहण कर लिया।

अब आज दीर्घ अंतराल के बाद राजा हालुराई का राज दरबार सजा था। धूमाकोट की सुरक्षा तथा सैन्य व्यवस्था पर विचारोपरांत सर्वप्रथम इस बिन्दु पर विचार हुआ कि रानी कलिंगा जो अब काफी स्वस्थ है, उसे वास्तविकता से अवगत कराया जाए। उसे शिलाखण्डों के मोह से बाहर किया जाए। वीरगोरिया उसका पुत्र है, उसे इस बात पर विश्वास दिलाया जाए। राजा हालुराई ने पूर्व योजना के आधार पर सेनानायक विकटदेव को आज्ञा देते हुए कहा-

''विकटदेव, महल के अन्दर महारानी सुगन्धा सहित सातों रानियों को इस विशिष्ट सभा में लेकर आओ। रानी कलिंगा को स्वयं देवहरू सभा में लेकर आयेंगे। साथ ही राजवैद्य, रानी कलिंगा की दासी हेमवंती को भी बलपूर्वक इस सभा में प्रस्तुत किया जाए।''

''जो आज्ञा राजन्।'' सेनानायक विकटदेव कक्ष से बाहर चला गया। पूर्व निर्धारित योजना के अनुसार उन्हें पहले ही बन्दी बनाया जा चुका था, ताकि वे धूमाकोट से पलायन न कर जायें। थोड़ी ही देर में महारानी सुगन्धा, रानी कर्णवती, रानी ताकुली, रानी नैनाश्री, रानी छिपांग, रानी चमोली एवं रानी चंपावती को कक्ष में लाया गया। सातों रानियाँ भयभीत थीं; परन्तु अभी भी उन्हें आशा थी कि उनके षड्यंत्र पर पर्दा पड़ा ही रहेगा।

सभी वांछित लोग सभा कक्ष में उपस्थित हो चुके थे। उग्रभट व विकटदेव सशस्त्र सैनिकों के साथ चौकन्ने थे। महारानी एवं सातों रानियाँ एक ओर खड़ी थीं। एक ओर राजवैद्य, दासी हेमवंती व अन्य दासियाँ सिर झुकाकर खड़ी थीं।

संकेत पाकर नरोत्तम ने कहा। ''सभा में उपस्थिति सभी लोग अवगत हो चुके हैं, कि धूमाकोट राज्य का राजकुमार एवं उत्तराधिकारी वीरगोरिया अब राजमहल में आ चुका है।'' नरोत्तम ने वीरगोरिया की ओर संकेत कर कहा।

वीरगोरिया ने खड़े होकर सबको नमन किया। वह आसन से आगे बढ़ा। उसने सर्वप्रथम रानी कलिंगा के चरण स्पर्श किये। रानी कलिंगा इस तेजस्वी, गौरवर्ण, बलिष्ठ युवक को देखती रही, परन्तु कुछ न बोली। तत्पश्चात् वीरगोरिया ने महारानी सुगन्धा व अन्य रानियों को सम्मुख जाकर सबको प्रणाम किया। सबने एक क्षण गोरिया के मुखमण्डल को देखा पर वह गोरिया से नजरें न मिला सकीं। राजकुमार गोरिया यथास्थान आकर बैठ गया।

महामंत्री नरोत्तम बोला-''रानी कलिंगा, आप ध्यान से सुनें। आपके सम्मुख खड़ा यह वीरयोद्धा,आपका जना पुत्र है। महारानी सुगन्धा, जिसका आप माँ की तरह सम्मान करती हैं, उसने ही सभी रानियों के साथ मिल कर, षड्यंत्र कर, इस चमत्कारी व अवतारी बालक को कई यातनायें दे कर मारना चाहा और जब सफल न हुई तब इन निष्ठुर, निर्दय सातों रानियों ने मिलकर बालक को लोहे की भारी पेटी में बन्द कर गोरीगंगा नदी में डुबो दिया था। यह एक चमत्कारी, अवतारी बालक था। महादेव का आशीर्वाद प्राप्त माँ रानी कलिंगा का पुत्र, जिसे ईश्वर ने कई अतींन्द्रिय शक्तियों से सम्पन्न किया है। वह कैसे समय से पूर्व मृत्यु को प्राप्त हो सकता था। अब आज वही बालक गुरूगोरखनाथ व

देवहरू,देवनिरंकार तथा देववीरऐड़ी द्वारा शिक्षित, युद्ध कला में निपुण, विशाल दिव्य धनुषधारी योद्धा है। साथ ही त्यागी व तपस्वी गुणों से सम्पन्न यह आज आपके सामने है।''

रानी कलिंगा, वीरगोरिया को कातर एवं विवश लोचनों से निहारती रही। बीच में वह महारानी सुगन्धा को प्रश्नसूचक दृष्टि से देख रही थी। उसे विश्वास नहीं हो रहा था कि महारानी ने कोई षड्यंत्र किया होगा? वह अन्य रानियों पर तो विश्वास कम रखती था, परन्तु महारानी तो उसे इस महल में सबसे अधिक प्यार-दुलार व सम्मान देती थी। उसे याद है कि उसके गर्भधारण की प्रथम सूचना पर महारानी ने कितने उत्साह के साथ उत्सव का आयोजन किया था। प्रसव होने तक उन्होंने मेरा इतना ध्यान रखा, जितना एक माँ ही रख सकती थी। पर आश्चर्य! क्या यह सत्य है? नहीं! यह सत्य नहीं हो सकता!

नरोत्तम ने पुन: कहा। ''कृपया, राजन् आदेश दें।''

राजा हालुराई, जो कभी महारानी का सबसे अधिक सम्मान करते थे। वह राजा की गुप्त से गुप्त योजनाओं की साझीदार होती थी। उससे कभी विश्वासघात, षड़यंत्र की आशा नहीं की जा सकती थी; परन्तु जब से रानी कलिंगा का प्रसव हुआ उसके बाद महारानी पूरी तरह बदल चुकी थी। राजा ने रानी कलिंगा के पेट से शिलाखण्डों के उत्पन्न होने की बात को कभी सत्य नहीं माना था, पर वह असहाय था। राजा हालुराई ने गम्भीर व दृढ़ स्वर में पूछा-

''महारानी सुगन्धा, क्या आप स्वीकार करती हैं कि आपने रानी कलिंगा के गर्भ से उत्पन्न बालक को षड्यंत्र कर नदी में डुबोया था? क्या आप निर्मम बालवध का अपराध स्वीकार करती हैं?''

''नहीं, मैंने कोई षड्यंत्र नहीं किया। यह असत्य है।'' महारानी सुगन्धा ने दम्भ के साथ कहा।

राजा ने क्रोधित होकर कहा, ''महारानी, आपको अन्तिम अवसर दिया जा रहा है, यदि आप अपने दोष को स्वीकार कर-सत्य को उद्घाटित करती हैं, तो आप पर हम सहानुभूति रख सकते हैं अन्यथा कठोर दण्ड निश्चित है।''

''मैंने कोई षड्यंत्र नहीं किया। रानी कलिंगा के पेट से यही दो शिलायें निकली थीं। रानी कलिंगा जो जन्म देने वाली माँ है, आप उससे स्वयं पूछ सकते हैं।'' महारानी यह समझती थी कि रानी कलिंगा तो विक्षिप्त है, वह तो सिलबट्टे को ही अपनी संतान मान चुकी है। अभी भी वह श्वेत वस्त्रों में लिपटे अपने शिलापुत्रों को अपनी गोद में लिए थी। अत: महारानी को उससे कोई डर न था।

''आप झूठी हैं महारानी! आप महाअसत्य हैं; आप स्वयं एक नारी होकर ऐसा क्रूर कर्म कैसे कर सकती हैं? क्या आपकी ममता को काठ मार गया था? मैं प्रसव के समय अचेत थी। जब मेरी चेतना लौटी, मुझे यह सुनकर भीषण आघात लगा था कि धूमाकोट के राजा, जिन्हें उत्तराधिकारी पाने की तीव्र उत्कंठा थी, सम्भवत: उत्तराधिकारी और संतान पाने का अन्तिम अवसर था। उन्हें मैं क्या दे पायी? संतान के स्थान पर-दो शिलाखण्ड! ये जान कर मैं अपनी सुध-बुध खो बैठी थी! पर अब मैं स्वस्थ हूँ। मेरा बुद्धि, विवेक अब काम कर रहा है। मैं अब यह तो समझ ही सकती हूँ कि मैंने नौ माह तक गर्भ में एक जीवित शिशु को पाला था। गर्भस्थ शिशु की आहट का अनुभव मुझे अभी भी स्मरण है। अभी तक संसार में ऐसा नहीं सुना गया कि किसी माँ ने शिलाखण्डों को जन्म दिया हो।'' रानी कलिंगा शेरनी की भाँति बिफर पड़ी। अब वह सचेत थी। वह अपने शिशु की हत्या के प्रयास को सहन न कर सकी। उसकी

मुट्ठियाँ भिंच गयी। उसने पुन: कहा-''महाराज, आप मेरी दासी, जिसे मैं अपनी दासी नहीं, सखी मानती थी। उससे इस विषय में पूछा जाए।'' दासी हेमवंती को प्रस्तुत किया गया।

''हेमवंती! निर्भय होकर सत्य बताओ अन्यथा मृत्युदण्ड निश्चित है।''राजा ने कठोरता से पूछा।

हेमवंती थर-थर काँप रही थी। उसके मुँह से बोल न फूट रहे थे। तभी महामन्त्री नरोत्तम ने कहा, ''हेमवंती, मैं तुम्हें इस महल में लेकर आया था। हम सब सत्य को जानते हैं, हम यह भी जानते हैं कि तुम्हें दबाव में असत्य का साथ देना पड़ा। यदि तुम सत्य कहती हो तो मेरा तुम्हें महल में लाने का मान बना रहेगा। साथ ही मैं राजा से तुम्हें क्षमादान की प्रार्थना भी कर सकूँगा।''

हेमवंती को कुछ सांत्वना मिली। वह रानी कलिंगा का हृदय से सम्मान करती थी क्योंकि रानी कलिंगा ने सदैव उसे एक दासी नहीं अपनी सखी माना था। वह एक माँ की व्यथा को भी प्रतिदिन अनुभव करती आई थी, अन्तत: वह भी एक माँ थी। उसने काँपते हुए हाथ जोड़कर कहा। ''महाराज, मुझे मेरे तीन बच्चों सहित मेरे परिवार को मृत्यु का भय दिया गया था। साथ ही रानी कलिंगा के विक्षिप्त हो जाने और राजन्! आप के असहाय हो जाने के कारण भी मैं भयवश आपके समक्ष सत्य को प्रकट न कर सकी।''

राजा ने कहा, ''हम तुम्हें क्षमा करते हैं। तुम बालक के जन्म की प्रत्यक्षदर्शी थी अत: सत्य को सामने लाओ।''

''महाराज, सातों रानियों और महारानी के भाई सामड़भट ने मिल कर यह षड़यंत्र रचा था। सामड़भट ने अपने को बन्दी बनाये जाने की झूठी सूचना आपको भेजी ताकि आप धूमाकोट से बाहर चले जायें। रानी कलिंगा के गर्भ से उत्पन्न बालक को महारानी तथा नैनाश्री ने गायों के गोठ में पाल काट कर, ऊपर से फेंक दिया ताकि गायें बालक को कुचल कर मार दें।''

अकल्पनीय! घृणित, अमानवी दारुण-दर्द की एक लम्बी व्यथा-दासी हेमवंती ने कह सुनाई। जिसका समर्थन दाइयों व राजवैद्य ने भी कर दिया। इस महाषड़्यंत्र की करुण व्यथा सुनकर रानी कलिंगा की आँखों से अविरल आँसू तो बहे ही जा रहे थे, पूरा सभागार ही क्रोधित-आक्रोशित था।

एक नवजात, कोमल, अबोध छोटे से बालक को इन यमअनुजाओं ने कितने कष्ट दिये। पानी में भी सात दिन तक भूखा प्यासा रहा। अवश्य ही चमत्कारी बालक होगा। वह बारम्बार वीरगोरिया के मुखमण्डल को निहारती जा रही थी। धीरे-धीरे उसमें रानी कलिंगा को अपने छोटे शिशु का रूप नजर आने लगा।

महारानी व अन्य छः रानियों के पास अपने दोष को छुपाने का अब कोई विकल्प नहीं रह गया था। वह डर से काँप रही थीं। रानी कलिंगा जो अबतक महारानी को आदर व सम्मान की दृष्टि से देखती थी वह आज उसे घृणापूरित दृष्टि से घूर रही थी।

राजा हालुराई ने कठोर स्वर में आदेश दिया-''इन सातों रानियों को मृत्युदण्ड दिया जाता है; अभी तुरन्त इन्हें काल कोठरी में डाला जाये।''

चारों ओर से सैनिकों ने उन्हें घेर लिया और उन्हें कारागार की ओर ले कर चले गये।

भाग्य रूपी जंगली बिल्ली अपने शिकार को मारने से पूर्व बड़े स्नेह से उससे खेलती है। उसे उलटती है पलटती है, कुछ देर भागने का अवसर देती है, पुन: अपने पंजों में दबोचती है; कुछ समय तक यह निर्मम खेल चलता है। बिल्ली रूपी भाग्य के निर्मम पंजों से ये सात रानियाँ कब तक बच पातीं?

माँ के दूध से नहाकर बना-दूधाधारी गोरिया

रानी कलिंगा अभी भी रो रही थी। उसकी गोद में अभी भी वस्त्र में लिपटे शिलाखण्ड पड़े थे। देवहरू का संकेत पाकर वीरगोरिया रानी कलिंगा के सम्मुख आ खड़ा हुआ। रानी कलिंगा के बाबा-देवहरू ने स्नेह से बहन कलिंगा के सिर पर हाथ फेरा और कहा-

''प्यारी बहन, अब इन शिलाखण्डों का मोह त्यागो। तुम्हारी कोख से जन्मा चमत्कारी, अवतारी वीर पुत्र तुम्हारे सामने है। इसे गले लगाओ, इसे प्यार दुलार दो।'' देवहरू ने धीरे से वस्त्र में लिपटे खिलाखण्ड उसके हाथों से खींच लिए। रानी कलिंगा ने आनंद मिश्रित व्याकुलता से वीरगोरिया को जोर से वक्ष पर भींच लिया। उसका हाथ वीरगोरिया के सिर, माथे, बलिष्ठ कंधों पर फिर रहा था।सहसा उसे लगा उसके गोद में नन्हा-सा शिशु आ गया है। एक छोटे बालक की भाँति कलिंगा उसे दुलार रही थी। उसका मुखड़ा हाथों में समेट कर चूम रही थी। वीर गोरिया की आँखों में अश्रु धार थे। रानी कलिंगा तो बस गोरिया को अपने अंक से विलग करना ही नहीं चाह रही थी। अठारह वर्षों से दबा वात्सल्य आज उमड़ पड़ा। कोमल शिशु के स्पर्श के लिए तरसती हुई ममता पुन: बावली-सी हो उठी थी। उपस्थित सभी लोगों की आँखों से इस दृश्य को देखकर हर्षातिरेक में आँसू निकल पड़े। वर्षों से असहाय, हिमालय से गंभीर बन चुके राजा हालुराई आज भरभरा कर रो रहे थे।

रानी कलिंगा ने धीरे से वीरगोरिया को अपने वक्ष से थोड़ा विलग किया। उसका चेहरा हाथों में लिया और उन्नत ललाट का स्नेहिल चुम्बन लिया। कलिंगा के आहत मर्मस्थल में करुणा की धार बह निकली।

''मेरे पुत्र ने जीवन में कितनी यातनाऐं, कितने कष्ट सहे हैं। इन निर्दय, कठोर ह्रदया रानियों को यदि बैर था तो मुझे मार देते। मेरे अबोध बालक को विभिन्न यंत्रणायें देकर उन सात कुमाताओं ने गोरीगंगा की विकराल तरंगों में बहा दिया। महा कुकृत्य!'' रानी कलिंगा ने एक बार गोरिया के मुख पर दृष्टि डाली और वीरगोरिया को पुन: वक्ष से भींच लिया। रानी कलिंगा की अठारह वर्षों से संचित अतृप्त मातृत्व की प्यास ने वीरगोरिया को बालक की भाँति अपने अंक में समेट लिया। विविध प्रकार से नेह बरसाया, अतृप्त मातृत्व बाँध तोड़ कर सहस्रधारा में बह निकला। रानी कलिंगा ने उसके कपोल, चियूंनी-चिबुकी को चूम लिया, वक्ष से कस लिया, मन में बसा लिया। ममता भावुकता से विह्वल हो कर कलिंगा के वक्ष से ममता-दूध की धार बन बह निकली। रानी कलिंगा ने तृप्ति की दीर्घ श्वास ली।पूर्ण मातृत्व सुख पा रही थी-कलिंगा।

अठारह बर्षों से वक्ष में आलोड़ित क्षीरसागर आज बह निकला जिससे गोरिया नहा गया था।

देवहरू ने रानी कलिंगा को बहुविधि समझाया। देवहरू ने देखा बहन कलिंगा के ऊपरी वस्त्र

दूध से भीग गये थे। रानी कलिंगा को ममता की अपार अनुभूति हो रही थी। देवहरू ने स्नेह पूर्वक रानी कलिंगा से कहा। ''देवी कलिंगा! ममतावश तुम्हारे वक्ष से दूध निकल आया है, वीरगोरिया भी अपनी माँ के इस दूध से नहा-सा गया है। इसका मुँह, अंगवस्त्र तुम्हारे वक्ष से निकले दूध से गीले हो चुके हैं। जिस तरह तुमने अपने इन दोनों शिलापुत्रों को अपने दूध से नहलाया था, उसी तरह आज गोरिया भी तुम्हारे वक्ष से निकले अमृतमयी दूध से नहा-सा गया है। तुम्हारी ममता धन्य है। वीरगोरिया भी अपनी जन्मदात्री माँ को पाकर धन्य हुआ।''

देवहरू ने पुन: कहा, ''आज से वीरगोरिया को- दूधाधारी गोरिया के नाम से भी पुकारा जाएगा।

रानी कलिंगा अभी वीरगोरिया का हाथ अपने हाथों में पकड़े थी। वह अश्रुविह्वल हो, देवी देवताओं से मनौतियाँ माँग रही थी। कितनी कुचेष्टाओं के बाद भी ये सात निपूता रानियाँ, रानी कलिंगा को पुत्रहीना न कर पायीं-देव इच्छा प्रबल....! पूरा सभा कक्ष मूर्तिवत नि:शब्द; किन्तु प्रत्येक अपने अश्रु पोंछ रहा था। अनायास महामंत्री नरोत्तम पुकार उठा-''दूधाधारी वीरगोरिया की जै'' सभा में उपस्थित सभी ने एक स्वर में कहा-''दूधाधारी वीरगोरिया की जै।''

देव हरज्यू का प्रयोजन पूर्ण हुआ। गुरुगोरखनाथ के आदेशों का अनुपालन सम्पन्न हुआ।

पूरे राजमहल को सजाया जा चुका था। समूचे धूमाकोट में उल्लास, उमंग का सागर हिलोरें ले रहा था।शंख-घन्ट, ढोल, दमुवा, नगाड़े बज रहे थे, लोग उत्साह से नाच गा रहे थे।

जनगण के मन का निर्विवाद सम्राट

चारों ओर उत्साह और उमंग था। वीर प्रतापी राजकुमार की एक झलक पाने की होड़ लगी थी।

''धूमाकोट के सम्मानित नागारिकों! आप सबका राजमहल के प्रांगण में, यशस्वी महाराज हालुराई का सुरक्षा सलाहकार मैं वीरसिंह रौतान, राजा हालुराई की ओर से स्वागत करता हूँ।''

प्रजा ने ऊँचे स्वर में जयकार की, ''राजा हालुराई की जै।''वीर सिंह ने हाथ ऊँचा किया। सभा शान्त हो गयी। पुन: उन्होंने कहा-

''धूमाकोट को लम्बे समय से अपने युवराज की प्रतीक्षा थी। आज हमें ऐसा युवराज प्राप्त हो गया है जिसने धूमाकोट में कदम रखने से पूर्व ही अत्याचारी दुष्ट घाटकामसाण का वध कर दिया है। पूरे घाट जनपद में धर्म व सत्य की पुनर्स्थापना का कार्य कर पहले ही कीर्ति अर्जित कर चुका है। उसके बल व कौशल की परीक्षा हो चुकी है। उसके धूमाकोट राज्य में कदम रखते ही प्रजा में स्वतंत्रता, निर्भयता व उत्साह का संचार हो चुका है। राजा व प्रजा दोनों अभिभूत हैं। हमारे राजकुमार में विलक्षण बुद्धि है। वह वीर योद्धा है। महान धनुर्धारी है। साथ ही वह त्यागी व तपस्वी भी है। वह महान तपस्वी गुरू गोरखनाथ का शिष्य है। इसे गुरू गोरखनाथ व देवहरू ने ज्ञान, विज्ञान, अस्त्र-शस्त्र की शिक्षा दी है। भीषण यंत्रणाओं के बाद भी वह जीवित बचा रहा। उसमें कई अतींन्द्रिय शक्तियाँ भी हैं। अब वह आपके सम्मुख आ रहा है।''

वीर सिंह रौतान ने पीछे मुड़कर देखा, वीरगोरिया, माँ कलिंगा के साथ मंच की ओर आ रहा था।

वीरगोरिया का सामान्य से ऊँचा कद, अति गौर वर्ण, बलिष्ठ व कठोर वक्षस्थल, लम्बी मांसल भुजाऐं, घुँघराले-काले केश। कंधे पर विशाल दिव्य धनुष,पीठ पर तरकस, कमर में बँधा भारी चमचमाता खड्ग। शरीर पर सफेद धोती, ऊपरी शरीर पर वस्त्र न था। मात्र पीत जनेऊ लटक रही थी। गले में पुष्प माला। उपस्थित प्रजा स्तब्ध होकर गोरिया की तपस्या से तपी, साधना से सधी, देहयष्टि को अलौकिक कलाकृति की भाँति देख रही थीं। गौर वर्ण पर लाली युक्त मुखमण्डल, स्वच्छ सरोवर सी आँखें, ऐसा अलौकिक व्यक्तित्व पहले किसी ने न देखा था। प्रजा ऐसे वीर पुरुष को एक टक निहार रही थी। मंच पर लग रहा था जैसे स्वयं भगवान राम उपस्थित हों, बस अन्तर था वर्ण का-वीरगोरिया का गौरवर्ण।

गोरिया मंच पर आगे बढ़ा, उसने मंच पर सभी उपस्थित जनों का अभिवादन किया। सभा स्थल पर भारी जनोल्लास व्याप्त हो गया। नर एवं नारियाँ गगन भेदी जयकार करने लगे। काफी देर तक जयकार होती रही, तभी मंच से हरा ध्वज लहराया गया। सभी धीरे-धीरे शांत हो गये।

तब हालुराई ने अपने स्थान से आगे बढ़कर वीरगोरिया के कंधे पर अपने हिलते हुए वृद्ध हाथ रखे और कहा-

''प्रजाजनों, मुझे आप क्षमा करें; में अतिवृद्ध राजा, षड़यंत्रों में घिर कर असहाय हो गया था। मेरी शक्तियाँ क्षींण पड़ गयी थीं। मैं आपके दुखों, कष्टों को दूर नहीं कर सका। पर अब इस देवभूमि को एक योग्य, वीर, साहसी, न्याय प्रिय, ज्ञानी राजकुमार प्राप्त हो चुका है। यही वीर हमें उत्तरापथ में फैले मसाणों, खबीसों, राक्षसों से मुक्ति दिलायेगा। यही राजकुमार वीरगोरिया अब उत्तरापथ का भावी नायक है। मैं धूमाकोट का राजा हालुराई, युवराज वीरगोरिया को अपना सिंहासन सौंपना चाहता हूँ।''

जय घोष चारों ओर गूँजने लगा। वृद्धों की बूढ़ी आँखों में चमक आ गयी थी। तरुणों के अंग उत्साह से फड़कने लगे। उन्होंने शस्त्र चमकाते हुए हर्षोल्लास कर वीरगोरिया का जयघोष किया। उन्हें एक युवा, संघर्षशील, उमंग से भरा वीरनायक प्राप्त हो चुका था। मंच से हरा ध्वज पुन: लहराया गया जिसका अर्थ था कि सभास्थल में उपस्थित लोग शांत हो जायें। सभा शांत हो गयी। राजा हालुराई ने कहा।

''धूमाकोट के भावी राजा वीरगोरिया सभी उपस्थित जनों को संबोधित करें।''

राजकुमार वीरगोरिया मंच के अग्रभाग में आ खड़ा हुआ। यह उसका अपनी प्रजा के साथ प्रथम संभाषण था। वीरगोरिया ने कहा-

''धूमाकोट के उपस्थित नागरिकों को मैं राजकुमार गोरिया अभिवादन व नमन करता हूँ। यहाँ मंच पर उपस्थित मेरे आदरणीयों ने मुझे जो गुरुतर भार सौंपा है, मैं उसे दृढ़ता के साथ स्वीकार करना चाहता हूँ; परन्तु मुझे राजा बनने की किंचित भी लालसा नहीं है। मैं मुक्त होकर धूमाकोट व पूरे उत्तरापथ की सेवा करना चाहता हूँ। मुझे उत्तरापथ की प्राचीन, गौरवमयी राज व्यवस्था को पुनर्जाrवित एवं पुनर्स्थापित करना है। जहाँ कभी हत्यायें तो छोड़ ही दें, कभी मार-पीट तक न होती थी। लोग घरों में ताला न लगाते थे। सभी लोग निर्भीकता से रहते थे। सर्वत्र स्वतंत्रता थी। लोग भयहीन होकर अपनी बात राजा तक पहुँचाते थे। राज्य के हित में सुझाव व आलोचना प्रस्तुत करते थे। ऐसा गणराज्य मुझे पुनर्जीवित करना है। घाटका, सामड़भट, जटिया जैसे राक्षसों व दुष्टों ने पूरे उत्तरापथ में अनाचार,

अभिचार, अत्याचार, अन्याय का आतंक फैला रखा है। ऐसे निरंकुश, सिद्धान्तहीन, स्वयंभू शासकों से उत्तरापथ को मुक्त कराना है। तभी यह प्रदेश समृद्ध होगा।'' गोरिया ने कुछ क्षण रुक कर कहा।

''मैं गुरूगोरखनाथ का शिष्य हूँ, जिन्होंने मुझे अस्त्र-शस्त्र का ज्ञान दिया है-दुष्टों व अत्याचारियों के दमन के लिए। तपस्वी बनाकर भी कर्मयोग का पाठ पढ़ाया है-त्याग व सेवा करने के लिए। राज्य व राजसत्ता का सुख भोगने के लिए नहीं। राज्य जन-कल्याण के लिए होना चाहिए। राज्य दमन अत्याचार व बलपूर्वक धन अर्जन के लिए नहीं। राज सिंहासन का मोह आसक्ति को जन्म देगा, आसक्ति न्याय-अन्याय में अन्तर को कम कर देती है। अत: मैं घोषणा करता हूँ कि मैं मात्र राजकुमार का उत्तरदायित्व ही लूँगा। मैं यह भी प्रण करता हूँ- जब तक उत्तरापथ को राक्षसों, खबीसों, मसाणों, दुष्टों से मुक्त नहीं करूँगा तब तक राजसिंहासन पर नहीं बैठूँगा। राजमहल की कोमल सेज पर नहीं सोऊँगा। मैं राजमहल के निकट वाटिका में कुटी बनाकर निवास करूँगा। वहीं से सभी कार्यों का संचालन करूँगा। मैं अपने पिता तुल्य ज्ञानी अनुभवी महामंत्री नरोत्तमदेव और वीरसिंह रौतान की मंत्रणा से कार्य करूँगा।'' गोरिया कुछ क्षण शांत हुआ, उसने पुन: कहा-

''मैं प्रजा के लिए हर क्षण उपलब्ध रहूँगा। अन्याय, अत्याचार, निरंकुशता को सहन नहीं करूँगा। उत्साही तरुणों को भी मर्यादित रहना होगा। अन्तिम उद्देश्य होगा उत्तरापथ में अन्याय की समाप्ति, समृद्धि व न्याय का राज।''

गोरिया ने अपना संबोधन पूर्णकर महामंत्री नरोत्तम देव को देखा। महामंत्री ने आगे बढ़ कर कहा-

''राजकुमार वीरगोरिया महान है। राजा न बन कर भी वह उत्तरापथ के जनगण के मन का निर्विवाद सम्राट बन चुका है। जाओ वीरगोरिया, धूमाकोट व सम्पूर्ण उत्तरापथ को अत्याचारी शासकों से मुक्त करो। निरंकुश तन्त्र को समाप्त करो। धर्म की पुनर्स्थापना करो। गुरुश्रेष्ठ गोरखनाथ द्वारा प्रदत्त देवाधिदेव महादेव की अलौकिक शक्तियाँ तुम्हारे पास हैं। इनसे प्रजा के दु:खों को हरो। न्याय का राज्य स्थापित करो। तुम्हारे बल व त्याग को जग सदैव याद रखेगा।''

असंख्य मंत्रमुग्ध कंठों से ''राजकुमार वीरगोरिया की जै'' के गगन भेदी स्वर निकलने लगे। सभा स्थल पर उत्साहित जनसमुदाय द्वारा की जा रही जैकारों की गूँज-तरंगें लहरों की तरह उठ रही थी।

राजकुमार वीरगोरिया की जैकार के स्वर पूरे उत्तराखण्ड में फैलते जा रहे थे।

भयाक्रांत निरंकुश सामड़मसाण

स्वयंभू राजकुमार सामड़ को व्याघ्रेश्वर मंडल में जब यह सूचना प्राप्त हुई कि धूमाकोट में महारानी व अन्य रानियों को बन्दी बना लिया गया है। महारानी एवं उसके संयुक्त प्रयास से नदी में प्रवाहित धूमाकोट का उत्तराधिकारी अभी जीवित है। उसने हजारों सैनिक एकत्र कर धूमाकोट को अपने अधिकार में कर लिया है। राजा हालुराई ने उसे राजकुमार घोषित कर दिया है। सामड़ की आँखें क्रोध से लाल हो गयीं। उसके मुँह से सर्प की भाँति फुफकार निकलने लगी।

''किसने किया यह दुस्साहस? धूमाकोट में हजारों सैनिक थे, क्या उन्होंने इसका प्रतिरोध नहीं किया?''

प्रतिवेदक ने कहा, ''महाराज सामड़, एक प्रातः यह सब अचानक हुआ। सैकड़ों सशस्त्र योद्धाओं ने जिनका नेतृत्व वीरगोरिया नाम का एक धनुर्धारी कर रहा था, राजमहल में धावा बोल दिया। उसने हमारे सभी सैनिकों को निःशस्त्र करा लिया और उन्हें बन्दी बना लिया। जिसने प्रतिरोध किया वह मारा गया। आपके जीजाश्री के पूर्व सेनापति वीरसिंह रौतान ने आपके नियंत्रणाधीन आधे से अधिक सैनिकों को राजा के पक्ष में कर लिया था।''

''हूँ,उस बूढे में इतना साहस?'' सामड़ इतना कहकर रह गया।

''सामड़ महाराज, आप को क्या यह ज्ञात हुआ कि इस गोरिया ने आपके मित्र घाटका का भी वध कर दिया है?''

''क्या? यह सत्य नहीं हो सकता!'' सामड़ अपने सिंहासन से उठ खड़ा हुआ।

''पर क्षमा करें महाराज, यह सत्य है। धूमाकोट आने से पूर्व ही इस गोरिया ने रामेश्वर तीर्थ में उसका वध कर दिया। उसके कई सैनिक भी मारे गये।''

''विशाल देहधारी, सिद्धि प्राप्त घाटका का वध कोई साधारण मनुष्य या योद्धा नहीं कर सकता है। अवश्य ही उसे छल से मारा गया होगा।''

''परन्तु यह सत्य है कि घाटका मारा जा चुका है। घाट प्रांत का मण्डलप्रमुख किसी क्षत्रिय को नहीं वरन् किसी ब्राह्मण को बनाया गया है। आपको आश्चर्य यह सुनकर होगा कि घाटका के दो प्रमुख सेनानायक उग्रभट व विकटदेव ने गोरिया से क्षमा याचना कर उसका साथ दिया है। उन्होंने ने ही धूमाकोट पर चढ़ाई का सहनेतृत्व भी किया।'' सामण का क्रोध सातवें आसमान पर था। क्रोधवश वह अपना विशाल खड्ग हवा में लहराने लगा। उसने तुरन्त अपने सेनानायकों व दरबारियों की सभा बुलाने का आदेश दिया।

सरयू नदी के तट पर ''सैजा सेरा'' के मैदान में, युद्धकौशल-योद्धा हजारों की संख्या में एकत्र होने लगे। उनके शस्त्र खड़क उठे, तलवारें चमकने लगीं। सामण यह आकलन करना चाहता था कि यदि धूमाकोट में आक्रमण कर धूमाकोट को अपने नियंत्रण में लेना है तो क्या रणनीति अपनायी जाये?

उसे बड़ी निराशा का सामना करना पड़ा। उसके सैनिक दल में लगभग चार हजार से अधिक सैनिक न थे। कारण था-उसके अधिकांश सैनिक अवैतनिक थे, जिन्हें बलपूर्वक सेना में भर्ती किया गया था। व्याघ्रेश्वर तीर्थ में यह संवाद पहुँचते ही कि धूमाकोट को वीरगोरिया नाम के युवक ने जीत लिया है, यह चर्चा आम हो गयी थी कि वीरगोरिया को गुरूगोरखनाथ का आशीर्वाद प्राप्त है। उसने प्रण लिया है कि वह सामण का वध करने के पश्चात् ही राजसिंहासन पर बैठेगा। वह एक महा बलशाली योद्धा है। वह राजकुमार घोषित हो चुका है। अब वह राज्य का संचालन कर रहा है और उसने सामड़ के बलशाली, सिद्धिप्राप्त मित्र घाटकामसाड़ का वध कर दिया है। आग की तरह यह बात सेना में फैलते ही अवैतनिक और बलपूर्वक बनाये गये सैनिक सेना से पलायन कर भागने लगे थे। सामड़भट ने सैनिक

संगठन को सुदृढ़ करने में ध्यान नहीं दिया था, वह तो अपनी व्यक्तिगत तांत्रिक शक्तियों को एकत्र करने में व्यस्त था। उसका ध्यान नाग जाति से बलपूर्वक प्राप्त विषों को एकत्र करने, उन्हें लोगों पर प्रयोग कर, उनमें आतंक फैलाने में था। सामड़ स्वयं में अजेय था, वीर-बलशाली भी था। परन्तु उसके सैनिकों का संगठन न तो अनुशासित था न ही युद्ध कौशल में निपुण। आज उसे यह भान हुआ कि उसकी सैन्य क्षमता बहुत क्षींण है। जो सैनिक हैं भी तो उनमें अधिकांश बलहीन, श्रमहीन हैं। उन्होंने सात-आठ वर्षों से प्रजा में भय, आतंक का राज फैला कर ही भोग-साधन जुटाये थे। उन्होंने कभी किसी प्रत्यक्ष युद्ध का सामना नहीं किया था।

हर अन्यायी व अत्याचारी बाहर से चाहे जितना भी साहसी व वीर दिखने का दंभ भरता हो भीतर से वह सदैव भय से ग्रस्त रहता है।

सामड़ ने भी अपने चारों ओर सुरक्षा की व्यूह रचना कर डाली थी। जिस व्यक्ति पर वह थोड़ा भी शंका करता उसे तुरन्त उच्च पदों से हटा देता था। बलशाली व तांत्रिक सिद्धियाँ प्राप्त होने पर भी उसका मन भयमुक्त नहीं हुआ था।

उसने अपनी सुरक्षा के लिए सरयू, गोमती संगम नदी के आगे एक विशाल जलाशय का निर्माण करा लिया था, जिसके गहरे जल में वह कई दिन तक जल भीतर छुपे रहने की प्राप्त सिद्धि में और अधिक अभिवृद्धि करता जा रहा था। इस हेतु वह निरन्तर प्रयास एवं अभ्यास करता था। इस प्रकार घाटका के वध व धूमाकोट के हाथ से निकल जाने से उसके अन्दर एक भय समा चुका था। उसने निर्णय लिया कि वह धूमाकोट पर आक्रमण नहीं करेगा। यदि शत्रु व्याघ्रेश्वर प्रान्त पर चढ़ाई करेगा तो वह उसे इसी घाटी में छल, बल, विष और तांत्रिक विद्याओं से नष्ट भ्रष्ट कर देगा।

सामड़ ने व्याघ्रेश्वर प्रान्त के चारों ओर से आने वाले मार्गों पर सैनिक चौकियों को शक्तिशाली बनाना प्रारम्भ कर दिया। साथ ही अपने गुप्तचरों को धूमाकोट की ओर रवाना कर दिया।

पत्थर बने जीवित संतान-तपस्या का फल

रानी कलिंगा अब पूर्ण स्वस्थ थी। राजा हालुराई निश्चिंत व प्रसन्न थे। देवहरू ने राजमहल से प्रस्थान की अनुमति चाही। राजा और रानी ने देवनिरंकार व देवऐड़ी के दर्शन की अभिलाषा व्यक्त की।

देवहरू ने कहा, ''यह उचित है; रानी कलिंगा को अभी शिलापुत्रों के मोह से बाहर निकालना है। यह कार्य देवनिरंकार व देवऐड़ी की उपस्थित में ही सम्भव है,अत: उचित होगा कि रानी कलिंगा कल प्रात: इन शिलाखण्डों के साथ मन्दिर में आए।'' सहमति के बाद देवहरू धूमाकोट नगर के बाहर पुराने मन्दिर की ओर चल पड़े जहाँ देवनिरंकार व देवऐड़ी अपनी धूनी रमाये बैठे थे।

दूसरे दिन, सूर्य की पहली किरण के साथ ही राजा हालुराई, वीरगोरिया, महामंत्री नरोत्तम, रानी कलिंगा और मुख्य सभासद गण, धूमाकोट के बाहर पुराने मन्दिर की ओर चले जा रहे थे-त्रिदेव के दर्शन हेतु। रानी कलिंगा का अभी भी दो शिला खण्डों से पूरा मोह न छूटा था। वह वीरगोरिया को अपना

पुत्र तो मान चुकी थी। पर इन दो शिलाखण्डों- सिल व बट्टे को श्वेत वस्त्र में लपेटे अभी भी साथ लेकर चल रही थी। हालुराई ने उससे कहा-

''रानी कलिंगा, अब इस सिल बट्टे का मोह छोड़ दो, ये दो निर्जीव पत्थर हैं; अब तेरा पुत्र तेरे साथ है, तुम इधर माया लगाओ।''

''राजन, मैं अत्यंत प्रसन्न हूँ कि मुझे अपना पुत्र मिल गया है। धूमाकोट को एक वीर व कुशल उत्तराधिकारी मिल गया है। किन्तु मैंने इन दो शिलाखण्डों को अठारह वर्षों से अपने सीने से लगाया है, अपनी ममता इन पर लुटाई है, मैं इन्हें छोड़ नहीं पा रही हूँ। अब मन्दिर में जाकर देवता ही न्याय करेंगे कि इन शिलाखण्डों को जिन्हें मैं अपना पुत्र मानती रही हूँ, इन्हें क्यों और कैसे छोड़ दूँ?''

''रानी कलिंगा,उचित है; तुम इन्हें भी साथ ले चलो। मन्दिर में तीनों देव धूनी रमाये बैठे हैं, वह जो आज्ञा करेंगे वह सभी को मान्य होगा।''

धूमाकोट नगर के बाहर कुछ कोस दूरी पर पुराना, जीर्णशीर्ण मन्दिर। तीनों देवों ने यहाँ अपना अड्डा जमा रखा था। इनके आने से यह स्थान साफ सुथरा व स्वच्छ तो बन ही गया था, इन तीनों देवों के एक साथ, एक स्थान पर उपस्थिति से यह स्थान पवित्र हो चुका था। वीर सिंह रौतान ने सुन्दर व्यवस्था कर दी थी। मन्दिर के आगे धूनी जल रही थी। धूनी में काष्ठ-कुन्द धधक रहे थे। धूनी एवं मन्दिर का आँगन लाल मिट्टी व गाय के गोबर से लीपा गया था। पुष्प, पत्रों से सुसज्जित किया गया था। धूनी के पास चिमटे, त्रिशूल, फौड़ी, दण्ड खोंसे गये थे। सुगंधित धूप महक रहा था। वातावरण अत्यंत दिव्य था।

एक ओर ढोल, दमाऊँ, नगाड़े प्रात: की नौबत बजा रहे थे। मन्दिर के दायें ओर देव हरज्यू, देव निरंकार, देव वीर ऐड़ी आसन लगाये हुए थे।

संकेत पाकर सभी ने त्रिदेवों को दूर से ही प्रणाम किया और क्रम से कुश-आसनों पर बैठ गये। वीरगोरिया ने अपने शस्त्र पहले ही पेड़ के नीचे रख दिये थे। उसने बारी-बारी तीनों देवों को साष्टांग प्रणाम किया। सभी का आशीर्वाद पाकर वह त्रिदेव के ठीक सम्मुख माता रानी कलिंगा के साथ बैठ गया।

देवहरू ने एक दृष्टि सब पर डाली और प्रसन्न मुद्रा में कहा। ''राजन् हालुराई, रानी कलिंगा! तुमने विगत वर्षों में कई कष्ट उठाये हैं; अब तुम दोनों की तपस्या पूर्ण हो गयी है। जिसका प्रतिफल तुम्हें व तुम्हारे राज्य को-प्रतापी पुत्र राजकुमार वीरगोरिया के रूप में प्राप्त हो चुका है। अब धूमाकोट को ही नहीं वरन् पूरे उत्तरापथ को दुख: व अन्याय से मुक्ति मिल जायेगी। वीरगोरिया को राजा हालुराई ने राजकुमार घोषित कर दिया है; परन्तु वह मन से तपस्वी है, योगी है। वह गुरूगोरखनाथ का प्रिय शिष्य है। राजकुमार वीरगोरिया शीघ्र ही पूरे उत्तरापथ में दल बल के साथ निकलेगा, उसे पूरे उत्तरापथ में न्याय प्रिय शासन की स्थापना करनी है। अन्यायियों व पापियों का दमन करना है। कुछ समय मैं उसके साथ रहूँगा। वीर ऐड़ी व देवनिरंकार अपने अपने देव स्थानों को प्रस्थान करेंगे।''

देवहरू, देवनिरंकार, ने बारी-बारी सबको अभिमंत्रित भभूति लगायी। तब देवनिरंकार ने पूछा-

''किसी को कुछ शंका, आशंका है, कुछ पूछना-गछना है तो पूछ लो।''

उन्होंने विशेष रूप से रानी कलिंगा की ओर तीक्ष्ण दृष्टिपात कर कहा।

रानी कलिंगा दो शिलाखण्डों को श्वेत वस्त्र में लपेटे बैठी थी, उसके मन में कई प्रश्न आ रहे थे, तभी देव वीर ऐड़ी के मुँह से एक तीव्र आवाज निकली- ''ह्वाट्...''

उनके शरीर में तीव्र कंपन होने लगा। वह तड़ितगति से खड़े हो गये और धूनी के चारों ओर चक्कर लगाने लगे। उनकी विशाल विचित्र वेषभूषा, लम्बे जटाजूट देखकर भय का वातावरण बन गया था। वह धूनी के चक्कर लगाते रहे, कुछ समय पश्चात् देवहरू ने उठकर अभिमंत्रित भभूति का एक-एक तुक्का चारों दिशाओं की ओर मारा और ऐड़ी के साथ-साथ एक बार धूनी की परिक्रमा पूर्ण की। दोनों पुन: आसन पर बैठ गये। ऐड़ी का शरीर अभी भी कंपन कर रहा था। उन्होंने प्रकंपित स्वर में कहा-

''रानी कलिंगा का मोह सिल बट्टे से गया नहीं है। जाना भी नहीं चाहिए। उसने अठारह वर्ष तक इन निर्जीव पत्थरों को पुत्रों की भाँति पाला है। लोग भगवान की पत्थर की मूर्ति की पूजा करते हैं, क्या वे उन्हें त्याग सकते हैं? नहीं। बस! गुरू गोरखनाथ की आज्ञा हमने पा ली है। हम तीनों को कुछ करना ही पड़ेगा।''

देव निरंकार ने कहा। ''गुरू की आज्ञा प्राप्त हो चुकी है, देवहरू कार्य सम्पन्न करें।''

''उचित है देव''

रानी कलिंगा को देवहरू ने स्नेह पूर्वक अपने निकट बुलाया और उसके कान में कुछ कहा। रानी कलिंगा ने दोनों शिलाखण्डों को मन्दिर की देहली पर रख दिया। देवहरू एवं देवनिरंकार उन शिलाखण्डों को लेकर मन्दिर के अन्दर प्रवेश कर गये। अन्दर वे दोनों क्या कर रहे थे किसी को ज्ञात नहीं? मात्र अपुष्ट मन्त्रोच्चारण के स्वर सभी को सुनाई दे रहे थे। मन्दिर के अन्दर मन्त्रोच्चारण तीव्र होते जा रहे थे।

मन्दिर के बाहर शंख, घंटा, ढोल, दमाऊँ, नगाड़े बज रहे थे। देवऐड़ी ने कहा। ''देवी कलिंगा, तुमने दो शिलाखण्डों को पुत्र के रूप में पाला है। अब उनके साकार रूप लेने का समय आ गया है। तुम्हारी निश्छल ममता व तपस्या के फल के रूप में तुम्हें एक अवतारी गुणी व वीर पुत्र पहले ही प्राप्त हो चुका है। तुमने दो पत्थरों की भी ममतामयी पूजा की है, उस तपस्या और ममता करने का फल भी तुम्हें दो जीवित पुत्रों के रूप में प्राप्त होगा।''

देवऐड़ी के मुँह से अकस्मात् निकला, ''जै गुरूगोरखनाथ। जै कालभैरव।'' शंख, घंटा, ढोल, दमाऊँ, नंगाड़े बजने बन्द हो गए। नि:शब्दता छा गई।

तभी पुराने मन्दिर के भीतर से सबसे पहले देवहरू बाहर निकले, उनके पीछे दो सुकुमार तरुण श्वेत वस्त्र धारण किये बाहर निकले, उनके पीछे देव निरंकार थे। दो तरुणों को देख सब हतप्रभ थे। सुन्दर, कोमल, मध्यम आकार, स्वच्छ साफ आँखें। सब एकटकी लगाये इनको देख रहे थे। तभी देव निरंकार ने कहा।

''बहन कलिंगा, यह रहा तुम्हारा पहले शिलाखण्ड से उत्पन्न पुत्र, इसका नाम होगा- कलुवावीर और यह दूसरा जो सिल से उत्पन्न हुआ है उसका नाम होगा- कालसिण। ये दोनों वीर व ज्ञानी हैं। यह दोनों वीरगोरिया के छोटे भाई हैं। वीरगोरिया की संगत में रह कर इन दोनों को और अधिक युद्धनिपुण

व ज्ञानी बनना है। जब गोरिया धूमाकोट के बाहर होगा तो ये राजा हालुराई की रक्षा करेंगे। इनमें कई वे शक्तियाँ विद्यमान हैं जो वीरगोरिया में भी हैं। ये वीरगोरिया के आदेश पर ही कार्य करेंगे। अब राजकुमार वीरगोरिया को दो विश्वसनीय सेनानायक और मिल गये हैं, तो दूसरी ओर रानी कलिंगा, तीन वीर पुत्रों की ममतामयी माँ बन गयी है।''

रानी कलिंगा ने दोनों किशोरों पर स्नेहपूरित दृष्टि डाली और उसने दोनों को अपने वक्ष से शिलापुत्रों की भाँति ही भींच लिया। इनमें से कालसिण का वर्ण पूरी तरह काला था तो कलुवावीर का रंग साँवला। राजकुमार वीरगोरिया ने खड़े होकर गर्व के साथ दोनों भाइयों, कलुवावीर व कालसिण को गले लगाया। अब गोरिया की शक्ति त्रिगुणित हो चुकी थी। अब इस प्रचन्ड शक्ति के समक्ष कौन मसाण, खबीस या दानव टिक सकेगा? रानी कलिंगा ने दोनों पुत्रों को बड़े पुत्र वीरगोरिया के अगल बगल बैठा दिया और उन तीनों को एकटक निहारने लगी। आज यह ममतामयी माता तीन वीर पुत्रों को देख निहाल थी। उसके आन्नद का ठिकाना न था। वह अब तीन पुत्रों की गौरवमयी माँ बन गई थी। रानी कलिंगा की आँखों से आँसुओं की बूँदें निकल पड़ी।

ईश्वर न्याय अवश्य करता है। कठोर अठारह वर्षों के दुखों का अन्त कितना सुखद था! ईश्वर अपने भक्तों की इतनी कठिन परीक्षा क्यों लेते हैं? शायद इसलिए कि वे कष्टों व दुखों से अनुभव लें। जब उन्हें सुख प्राप्त हों तो उसका मूल्य समझें,ताकि उसका वह सदुपयोग कर सकें। अन्यथा महारानी सुगन्धा व अन्य रानियों ने तो विगत अठारह वर्षों तक सुख ही सुख भोगा, इस मध्य अन्याय व अत्याचार किया अब उन्हें उसका फल क्या मिला? इसके विपरीत इधर रानी कलिंगा अठारह वर्षों तक संतान सुख से वंचित रही, निर्जीव शिला खण्डों को पालने की दारुण तपस्या की और मानसिक यंत्रणायें सही। आज उसका सुखद अंत था। शायद इसीलिए कहा गया है-अंत भला तो सब भला।

आज धूमाकोट व उत्तरापथ को शक्तिमान राजकुमार वीरगोरिया के साथ ही दो अतिरिक्त वीर कलुवावीर व कालसिण प्राप्त हो चुके थे। कुछ ही क्षणों में त्रिदेवों ने विदा ली और वे अदृश्य हो गये।

उत्पीड़क निंद्य प्रथाओं,नीतियों का अंत

वीरगोरिया योद्धा के साथ ही एक तपस्वी व त्यागी भी था। उसने राजसत्ता की बागडोर ऐश्वर्य व भोग के लिए नहीं, सेवा, न्याय व धर्म की रक्षा के लिए अपने हाथों में ली थी। उसने राजमहल से सटे उपवन में अपनी कुटिया बना ली। वह आश्रम की भाँति ही अब भी घास के साधारण बिछौने पर ही सोता था। नित्य जप-तप, ध्यान के पश्चात् व्यायाम तथा शस्त्राभ्यास करता। उसी कुटिया में उसने अपने महत्त्वपूर्ण दिव्य अस्त्र-शस्त्र रखे थे। अब वीरगोरिया को दो वीर भाई मिल गये थे जिससे उसका बल त्रिगुणित हो चुका था।

आज राज दरबार में आगे के अभियान पर चर्चा तय थी। वीरगोरिया निर्णय ले चुका था कि पिता हालुराई ही धूमाकोट के राजा रहेंगे। वह राज सिंहासन पर तब तक नहीं बैठेगा जब तक वह उत्तरापथ को राक्षसों, दानवों, मसाणों के आतंक से मुक्त नहीं कर लेता।

राजा हालुराई सिंहासन पर विराजमान थे। दायीं ओर वीरगोरिया, कालसिण व कलुवावीर बैठे थे। बाँयी ओर महामंत्री नरोत्तमदेव, सेना सलाहकार वीर सिंह रौतान, वणिक श्रेष्ठ विक्रमपति साह, राजगुरू देवदत्त, आसनों पर विराजमान थे। दायीं ओर कुछ दूरी पर उप सेनानायक उग्रभट व विकटदेव कुछ अन्य वीर उप सेनानायकों के साथ बैठे थे।

वीरगोरिया ने खड़े होकर महाराज व वरिष्ठ सभासदों को नमन किया और कहा-

''देवाधिदेव महादेव की कृपा, गुरूगोरखनाथ व त्रिदेवों के आशीर्वाद से धूमाकोट के राज्य तथा राजा की गरिमा पुनर्स्थापित हुई है। ज्ञानी व वरिष्ठ जनों को सभा में सम्मान मिला है। धूमाकोट के राज्य संचालन के लिए अब एक उपयुक्त सलाहकार मण्डल बन चुका हैं। इस धूमाकोट नगर की सुरक्षा का भार मेरे दो वीर भाई कलुवावीर व कालसिण का है, जो सैनिक सलाहकार वयोवृद्ध वीर सिंह रौतान की सलाह से यह कार्य सभालेंगे। अनुभवी, ज्ञानी, राजनीतिज्ञ, पंडित नरोत्तमदेव महामन्त्री के पद पर से और देवदत्त राजगुरू के पद पर से धूमाकोट को धर्मोचित मार्ग दर्शन प्रदान करेंगे। अब धूमाकोट की सुरक्षा के पश्चात् मैं उत्तरापथ में सैन्य अभियान प्रारम्भ करूँगा। यह सैन्य अभियान मण्डलों पर बर्बरता पूर्वक विजय के लिये नहीं वरन् न्याय व धर्म की स्थापना करने के लिए होगा। जो न्यायपूर्ण एवं मर्यादित राज प्रणाली के मध्य रुकावट बनेगा उसका दमन किया जायेगा। मेरे साथ वीर सेनानायक उग्रभट व विकटदेव रहेंगे। उनके अधीन मध्यम आकार की सेना होगी। मुझे विशाल सेना की आवश्यकता नहीं है। अभी धूमाकोट एक बड़ी सेना के भार को उठाने में भी सक्षम नहीं है। मैं सैनिकों की संख्या बल से अधिक उनके युद्ध कौशल, वीरता व युद्ध अनुभवों को अधिक महत्व देता हूँ। वीर उग्रभट व विकटदेव बड़े अनुभवी व युद्ध संचालन में निपुण हैं। त्रिदेवों के प्रभाव से उन्होंने नया जीवन प्राप्त किया है, अब उन्होंने अपना जीवन राज्य व धर्म की रक्षा को समर्पित कर दिया है। मैं सुरक्षा सलाहकार वीरसिंह रौतान से सलाह चाहता हूँ कि हमें सैन्य अभियान का आरम्भ कहाँ से करना उचित होगा?''

अनुभवी वीरसिंह रौतान ने विचार रखते हुए कहा- ''वीरगोरिया, विगत अठारह वर्षों में उत्तरापथ के कई मण्डलों को अन्यायियों व दुराचारियों ने हथिया लिया है। वहाँ पर राजा हालुराई के नाम से सारे दुष्कृत्य किये जा रहे हैं, प्रजा का दमन किया जा रहा है। भारी करों के बोझ तले प्रजा त्राहि-त्राहि कर रही है; परन्तु अभियान का प्रथम चरण छिपुलाकोट से ही करना उचित होगा। देवहरू ने वीरगोरिया को पूर्व में ही अवगत कराया था कि आपके मामा देवसैम भी न्याय की अलख जगाने छिपुलाकोट की ओर निकले थे, लेकिन उनके न्याय के अलख का असर कहीं दिखाई नहीं दे रहा है। ज्ञात हुआ है कि उन्हें छिपुलाकोट के अन्यायी, अहंकारी राजा ने बन्दी बना लिया है। उचित होगा उस ओर प्रस्थान किया जाये। इस अभियान की सफलता से तुम्हारा सैन्यबल भी बढ़ेगा, तत्पश्चात् व्याघ्रेश्वर तीर्थ की ओर प्रस्थान कर उस पवित्र तीर्थ स्थल को दुष्ट सामड़मसाण से मुक्ति दिलानी होगी।''

''आपकी सलाह उचित है। छिपुलाकोट कैलाशपर्वत तथा पवित्र झील को जाने के मार्ग में है, छिपुलाकोट का धर्म विचलित राजा जो साधुओं, तपस्वियों का सताने वाला है, अहंकारी, अत्याचारी है का दमन आवश्यक है। इस अभियान में हमें देवहरू की भी सहायता प्राप्त होगी।'' राजकुमार ने राजा हालुराई से अनुमति माँगी।

''राजकुमार यही उचित होगा। प्रथम अभियान छिपुलाकोट से प्रारंभ हो।''राजा हालुराई ने आज्ञा देते हुए कहा। निश्चित हुआ कि सैन्य अभियान दल एक सप्ताह के भीतर धूमाकोट से प्रस्थान करेगा।

राजा हालुराई ने महामंत्री, सभासदों और राजकुमार वीरगोरिया के साथ मिल बैठकर प्रजा के ऊपर अब तक थोपे गये दोषपूर्ण निर्णयों की समीक्षा की। जिसमें प्रथम अनावश्यक करों के बोझ को कम करना था। फसलों की उपज की मात्रा के अनुरूप कर लगाने का प्रस्ताव हुआ। इस हेतु मण्डलवार समीक्षा की गई, अकाल पड़ने, अल्पवर्षा या अतिवर्षा आदि होने पर स्थिति को देखते हुए आनुपातिक रूप से कर घटाया जायेगा। कर वसूलने वाले कठोरता न बरतें, इसका ध्यान रखा जाये। कर न चुकाने की स्थिति में ग्राम सभा प्रमुख के अधीन एक ग्राम समिति गठित की जायेगी ताकि कर उनके माध्यम से वसूला जा सके। इससे राज्य द्वारा कर तथा भोगादि वसूल करने हेतु अधिकृत सयाणों-कमीणों को प्रजा के शोषण करने का अवसर समाप्त हो जाएगा। व्यापारियों के व्यापार व क्रय-विक्रय का आकलन करने के बाद कर निर्धारण किया जायेगा। राज्य को जन सुविधायें उपलब्ध कराने के लिए धन की आवश्यता स्वाभाविक है; परन्तु उसके लिये प्रजा का शोषण, अत्याचार व दमन सहन नहीं किया जाएगा।

इसी प्रकार सैनिकों के पर्याप्त वेतन व भोजन का निर्धारण किया गया; परन्तु अभी भारी भरकम सेना को रखने पर बल नहीं दिया गया। कई अनुचित करों, दास, दासियों को खरीदने की प्रथा पर रोक लगा दी गयी। कई निन्दनीय कर जैसे-हड़कर, मुंड़कर, देवचेलियाँ रखने जैसी कई प्रथाओं को समाप्त कर दिया गया। कर्मकारों, शिल्पकारों को उनके स्वामियों के अत्याचार, अन्याय से बचाने के कठोर नियम बनाये गए। कैनी-छयौंड़े जैसे कर्मकारों, कृषकदासों से वेतन अथवा खाद्यान्न देकर ही काम लिया जा सकेगा। इस प्रकार जहाँ कई समाजोपयोगी निर्णय लिये गए तो दूसरी ओर उत्पीड़क, निंद्य प्रथाओं, नीतियों का अंत करने का निर्णय लिया गया। इनके क्रियान्वयन का दायित्व महामन्त्री, भाई कलुवावीर तथा कालसिण को दिया गया।

यह निर्णय लिया जा चुका था कि सर्वप्रथम कैलाश यात्रा मार्ग में स्थित छिपलाकोट नरेश के आतंक को समाप्त किया जाएगा। इसका प्रमुख कारण था कि पवित्र झील और कैलाश पर्वत के दर्शन हेतु जाने वाले साधु-संतों, श्रद्धालुओं को छिपलाकोट नरेश लूट लेता था, बन्दी बना लेता था और उनसे दासों की भाँति कार्य करवाता था। जो दासता स्वीकार नहीं करता उसे काल कोठरी में डाल दिया जाता था। कई तपस्वी, संन्यासी व आम दर्शनार्थी छिपलाकोट में बन्दी थे। उनकी दारुण व्यथाऐं धूमाकोट तक आ रही थीं। देवहरू व गुरूगोरखनाथ ने वीरगोरिया को इस पवित्रझील के यात्रा मार्ग को सुरक्षित व निर्बाध यात्रा योग्य बनाने का आदेश पहले ही दे दिये थे। देवहरू के भाई सिद्ध तपस्वी देवसैम भी कैलाश यात्रा पर गये थे; परन्तु वे वापस नहीं लौटे थे। सूचना मिल चुकी थी कि वे छिपलाकोट में ही बन्दी हैं।

वीरगोरिया ने दो सौ पचास सैनिकों का एक छोटा सा सैन्य दल बनाया। पचास-पचास सैनिकों की पाँच टुकड़ियों अलग-अलग बनाई गयीं। जिनमें कुछ घोड़े व खच्चरों की टुकड़ियाँ थीं, शेष पैदल सैनिक थे। इन्हें पंच पैरूड़ी सेना का नाम दिया गया। हर पचास सैनिकों में एक नायक था। पंच पैरूड़ी सेना अस्त्र-शस्त्रों से सुसज्जित हो वीरगोरिया के नेतृत्व में धूमाकोट से छिपुलाकोट के लिए कूच कर गयी।

नागपंथियों ने नायक स्वीकारा

धरमघर नामक स्थान पर देवहरू, नागपंथी देवगणों के प्रभावक्षेत्र में वीरगोरिया की प्रतीक्षा कर रहे थे। पंच पैरूड़ी सेना के साथ वीरगोरिया कुछ दिनों की पैदल यात्रा करने के बाद धरमघर के पास धौलीनाग स्थान पर देवहरू से जा मिला।

देवहरू ने धूमाकोट व राजा हालुराई, बहन कलिंगा का हाल जाना, फिर वहाँ के नागपंथी समुदाय के लोगों ने देवहरू व वीरगोरिया का भव्य स्वागत किया। वीरगोरिया की सुन्दर मनमोहनी काया, उसका बलिष्ठ शरीर, उच्च मस्तक, कंधे पर दिव्य धनुष व उसके सफेद घोड़े को लोग एकटक देखते रह जाते थे। वीरगोरिया में जहाँ तप का बल था, वहीं ज्ञान, सेवा, त्याग, सौम्यता व वीरता का संगम था। घाटकामसाण से मुक्ति का समाचार चारों ओर पहले ही फैल चुका था। नागवंशी समुदाय के वयोवृद्ध महानायक महानन्द, वीरगोरिया से धूमाकोट में पूर्व में मिल चुके थे। वे अपने पूरे समुदाय के सैकड़ों वीर सैनिकों के साथ वीरगोरिया के सहयोग के लिए उपस्थित थे। उन्होंने वीरगोरिया से कहा।

''वीर युवराज गोरिया, पूरा उत्तरापथ स्वच्छंद व अनियंत्रित हो चुके छोटे-छोटे राजाओं के उत्पीड़न से त्रस्त है। चारों ओर से उत्पीड़ित मानवता की कातर पुकार आ रही है। यह आर्तपुकार पर्वतों, वनों, घाटियों, नदियों के किनारे बसे हजारों लोगों की है। अब विलम्ब न करो उठो! इस उत्तरापथ को वर्तमान अंधकार से मुक्ति दो, इसके भविष्य को निरापद करो, भयहीन व उन्मुक्त करो।''

वीरगोरिया ने महानन्द के चरण स्पर्श कर आशीर्वाद लिया।

महानन्द ने पुन: कहा।''देवहरू के आज्ञानुसार कैलाश यात्रा मार्ग को निरापद कर तुम्हें शीघ्र व्याघ्रेश्वर तीर्थ स्थल के दुस्साहसी, अति बलशाली, क्रूर, अंधविश्वासी सामड़मसाण का दमन करना है। तुम्हें बहुत काम करने हैं पुत्र!''

नागों के महानायक महानन्द ने अंटी से एक पोटली निकाली और वीरगोरिया को देते हुए कहा, ''वत्स वीरगोरिया! इस थैली में प्रकृति प्रदत्त कई विषैली तथा कई औषधि युक्त पदार्थ हैं। जब अनावश्यक रक्त बहाये जीत प्राप्त करनी हो या विषम परिस्थिति हो, तो इस पोटली से थोड़े विषकणों को हवा में फैला देना, यह तुम्हारे काम को आसान कर देगा। यह एक शस्त्र के रूप में तुम्हारे पास होगा, इसके अतिरिक्त इस पोटली में विष के प्रभाव से मुक्त रहने एवं कई औषधीय गुणों वाली जड़ीबूटियाँ हैं।ये सभी प्राकृतिक प्रदय हैं, जिनके प्रयोग की विधि मैं तुम्हें बताता हूँ।''

नागों के नायक महानन्द ने राजकुमार वीरगोरिया को विविध प्रकार से इन औषधियों, विषकणों, विषद्रव्यों को भविष्य में प्रकृति से प्राप्त करने और उनके उपयोग की विधि की शिक्षा दी। इनमें मुख्य रूप से विषैली वनस्पति थी-कंटकारी, डोलू, भूतकेश, टंटारा, कुटुकी, आदि। इससे वीरगोरिया की शक्ति में कई गुना वृद्धि हो गयी थी। नाग जातियों की कृपा सामान्य मनुष्य को प्राप्त हो जाए-कठिन है। महादेव के उपासकों का आशीर्वाद भी अब वीरगोरिया को प्राप्त हो चुका था। नागपंथियों के प्रभाव के इस क्षेत्र ने भी गोरिया को अपना नायक मान लिया था। महादेव के भैरव अवतारी रूप को पहचानने की क्षमता महादेव के उपासक नागनायक महानन्द के अतिरिक्त और किसमें हो सकती थी?

बालीश्वर महादेवालय थलतीर्थ

वीरगोरिया अपनी पंच पैरूड़ी सेना के साथ आगे बढ़ा। देवहरू उसका मार्ग प्रशस्त कर रहे थे। नागप्रान्त के उत्तर में बेरीनाग से होते हुए वीरगोरिया की सेना बालीश्वर तीर्थ की ओर रवाना हो गयी। यह स्थान गहरी घाटी के मध्य स्थित था। थल नामक स्थान में पहुँच कर सेना ने रामगंगा नदी के बगड़ में पड़ाव डाला। पवित्र रामगंगा नदी की कल-कल धारा में स्नानादि के पश्चात् बालीश्वर महादेव के दर्शन का उन्हें परमपुण्य लाभ प्राप्त हुआ। देवहरू ने इस तीर्थ के महात्म्य को बताते हुए कहा, ''यह एक प्राचीन तप-स्थली रही है। कहा जाता है कि इस लिंग की स्थापना त्रेतायुग में महाबली वानरों के राजा बाली ने की थी। स्कन्धपुराण में इसके महात्म्य का वर्णन इस प्रकार है-

''सवामे रामंगाया पावनाख्यो गिरि स्मृतः।
तस्या पार्श्वे महादेवो बालीशेति प्रगीयते।
बालीश्वरस्य देवस्य पार्श्वे तीर्थोत्तमं शुभम्।
निमज्य मानवस्तत्र माघस्नानफलं लभेत्।''

प्राचीन थलकेदार बालीश्वर महादेव मन्दिर में वीरगोरिया ने पूजा अर्चना सम्पन्न की और उसकी सेना आगे बढ़ गयी। सीरा मण्डल के पर्वत विछिलका बिरखम, सिंगारकोट को पार कर पूरे दिन यात्रा के पश्चात् उन्होंने एक समतल मैदान में पड़ाव डाला। यहाँ से आगे का मार्ग अत्यंत सँकरा और तीव्र चढ़ाई का था। इन मार्गों पर घोड़ों, खच्चरों का आगे बढ़ पाना सम्भव न था। देवहरू व वीरगोरिया ने निर्णय लिया कि वे दोनों छिपुलाकोट अकेले ही जाऐंगे। यहाँ से वीरगोरिया ने भी संन्यासी का वेश धारण कर लिया ताकि छिपुलाकोट का राजा दोनों संन्यासियों को पकड़ने का प्रयास करे और इस प्रकार ये दोनों संन्यासी भी निरीह,निर्दोष बन्दियों के मध्य, छिपुला नरेश के बन्दी गृह तक पहुँच जायें, जहाँ से वे अपनी शक्ति एवं सिद्धि के समन्वित प्रयास से लोगों को मुक्त करायेंगे साथ ही राजा छिपुलाकोट को उचित दण्ड भी देंगे। वीरगोरिया ने अपनी पंच पैरूड़ी सेना को आदेश दिया कि वह इसी स्थल पर विश्राम करे। देवहरू के साथ वह स्वयं छिपुलाकोट जायेगा। तब तक सेना यहाँ अगले अभियान के लिए अपनी शक्ति संजोयेगी। इस स्थल का नाम गोरीछाल रख दिया गया।

दोनों मामा व भांजा ने संन्यासी का रूप धरा। दोनों गुरूगोरखनाथ के शिष्य अपने गले में खैरवा की झोली में अभिमंत्रित भभूति व चावल लिए, हाथ में दण्ड-कमण्डल लिये, तीव्र चढ़ाई की ओर प्रस्थान कर गये।

जैसे-जैसे ये दोनों छिपुलाकोट के करीब पहुँचे तैसे-तैसे बन्दियों के मुक्ति के दिन निकट आते गये।

वनस्पतिशास्त्री हरिधौल

तीव्र चढ़ाई, दुर्गम पर्वतों, देवदारू, भोजवृक्ष आदि से आच्छादित वनों को कठिनाई से पार करते हुए, देवहरू एवं वीरगोरिया सीतलपानी मण्डल में पहुँचे थे। वह हरा भरा विशाल ग्राम-समूह था। वहाँ का ग्रामप्रमुख हरिधौल नाम का व्यक्ति था। दो अलख-निरंजन करते साधुओं के ग्राम में प्रवेश करने पर हरिधौल ने उनका श्रद्धा पूर्वक सम्मान व स्वागत किया। हरिधौल स्थानीय वनौषधियों का परम ज्ञाता था। उसकी ख्याति दूर दूर तक फैली थी। भोजनोपरान्त रात्रि विश्राम के समय हरिधौल से वार्ता प्रारम्भ हुई।साधुओं का पवित्र झील के दर्शन का मंतव्य जान कर हरिधौल ने दोनों को चेताते हुए कहा- ''देव, संन्यासियों व कैलाश यात्रियों की सेवा शुश्रूषा करना मैं अपना कर्तव्य समझता हूँ। आप यदि कैलाश यात्रा और पवित्र झील के दर्शन हेतु जा रहे हैं तो मैं आपको सावधान करना चाहता हूँ कि अगले पड़ाव के बाद छिपुलाकोट का गढ़ पड़ता है। वहाँ का मण्डलप्रमुख बड़ा क्रूर व निर्दय है। वह धर्म के मार्ग से भटक गया है। वह कैलाश यात्रियों से कर वसूलता है; जो कर नहीं दे पाते हैं उन्हें बंदी बना लेता है और उनसे कर के बदले काम करवाता है। जब कर की मात्रा से अधिक श्रम नहीं कर लेते हैं तब तक उन्हें छोड़ता नहीं है। जो दासता स्वीकार नहीं करते हैं उन्हें वह कारागार में डाल देता है। अत: आप अगर इस ओर से जायेंगे तो आपको भी उसके अत्याचारों का सामना करना पड़ेगा।'' हरिधौल ने विस्तार से वृत्तांत सुनाया।

देवहरू ने कहा, ''वत्स हरिधौल, हम संन्यासी आपकी सेवा से अति प्रसन्न हैं। आप एक सात्विक व धार्मिक ग्रामप्रमुख हैं। आपकी प्रजा भी सुखी प्रतीत होती है, अत: हम भी अब अपना मंतव्य तथा वास्तविक पहचान तुम्हारे समक्ष प्रकट करने में संकोच नहीं कर सकते हैं।''

देवहरू ने प्रसन्न होकर कहा। ''वत्स हरिधौल! यह दुनिया निराली है; एक ओर तुम्हारे जैसे धर्म परायण और लोक कल्याण में रत लोग उत्तरापथ में निवास करते हैं, तो दूसरी ओर राजा छिपुला जैसे अधर्मी व क्रूर लोग भी इसी देव भूमि में निवास करते हैं।''

देवहरू ने कुछ क्षण रुक कर पुन: कहा। ''वत्स हरिधौल! हम जो जानकारी तुमसे जानना चाहते थे वह स्वयं तुमने हमें ज्ञात करा दी है। अत: अब तुम हम दोनों की वास्तविकता सुनो-वत्स, मैं गुरूगोरखनाथ का शिष्य, संन्यासी हरूनाथ हूँ और मेरे साथ यह लम्बा-चौड़ा, बलिष्ठ संन्यासी युवक वास्तव में धूमाकोट राज्य का युवराज वीरयोद्धा, घाटकामसाण का दमन करने वाला, उत्तरापथ को दुष्टों के अन्याय से मुक्ति दिलाने वाला वीरगोरिया है।'' हरू कुछ क्षण रुके। हरिधौल वीरगोरिया के मुखमंड़ल को देखता रह गया। उसे विश्वास नहीं हो रहा था कि धूमाकोट का युवराज वीरगोरिया संन्यासी के रूप में उसके घर पर बैठा है। वह अचम्भित, हतप्रभ था। उसके दोनों हाथ स्वत: अभिवादन की मुद्रा में जुड़ गये। वह कभी हरू को तो कभी राजकुमार को देखता।

तब देवहरू ने आगे कहा। ''वत्स हरिधौल! आश्चर्य चकित होने की आवश्यकता नहीं है।

वीरगोरिया व मेरा उद्देश्य है कि हम छिपुलाकोट जायें, राजा छिपुला के कैद से निरीह, निर्दोष संन्यासियों व अन्य कैलाश यात्रियों को मुक्त करायें। साथ ही राजा छिपुला को उसके घृणित कर्मों के लिए दण्ड दें।''

''लेकिन देव, संन्यासी का रूप धारण करने की क्या आवश्यकता थी? फिर यह पूरा क्षेत्र धूमाकोट राज्य का भाग है। इस अन्यायी छिपुला को सेनापति सामड़ व गरूणभट ने ही स्वतंत्र व स्वच्छंद छोड़ दिया है। वह अनियंत्रित व निरंकुश होकर, धूमाकोट का भय दिखा कर ही चारों ओर आतंक फैला रहा है।''

''तुम उचित कह रहे हो हरिधौल! पूरे उत्तरापथ का ही यही हाल है। छोटे-छोटे माण्डलिक राजा धूमाकोट के क्रूर व अन्यायी सेनापति सामणभट एवं गरूणभट के कारण स्वेच्छाचारी हो गये हैं; परन्तु अब धूमाकोट में राजा हालुराई पुन: स्थापित हो चुके हैं और राजकुमार वीरगोरिया अन्यायियों व अत्याचारियों को दण्ड देने हेतु, अभियान में निकल पड़ा है।''

हरिधौल ने आश्चर्य प्रकट करते हुए कहा, ''लेकिन देव, बिना शस्त्र, बिना सेना के और संन्यासी वेश में तो छिपुलानरेश डरने से रहा! उसने मण्डल में सैकड़ों वीर योद्धाओं को छोड़ रखा है। उसकी सेना में स्यूरा व प्यूरा नामक दो योद्धा हैं जिनका बल कई हाथियों के समान है। साथ ही सैकड़ों योद्धा छिपुलाकोट की सुरक्षा में तैनात है। राजकुमार वीर अवश्य हैं, पर बिना अस्त्र-शस्त्र, इस संन्यासी वेषभूषा में क्या आप छिपुला को वश में कर पाऐंगे?''

देव हरू ने उसे विश्वास दिलाया कि वह चिन्ता न करे, परिणाम शीघ्र उसके सामने होगा। बस वह छिपुला तक सही मार्ग दिखाने हेतु कुछ लोगों को उनके साथ भेज दे। ये मार्गदर्शक छिपुलाकोट के करीब पहुँचा कर वापस लौट सकते हैं।

अन्तत: हरिधौल ने चार सैनिकों को आवश्यक सामग्री के साथ छिपुलाकोट की ओर इन संन्यासियों को साथ रवाना कर दिया। कठिन दुर्गम मार्गों को पार करते ये सब छिपुलाकोट के मुख्य पहुँच मार्ग ''चौबटी चौराड'' नामक जगह में जा पहुँचे। देव हरू व वीरगोरिया ने चारों पथप्रदर्शकों को वापस भेज दिया। आगे का मार्ग अधिक दुर्गम, पथरीला, खड़ी चढ़ाई वाला था। समय-समय पर वर्षा से मार्ग फिसलन भरा था। तीव्र वर्षा के साथ असहनीय ठंड पड़ रही थी। पहाड़ों से पत्थर लुढ़क रहे थे। काले बादलों व कड़कती बिजली से वातावरण भयावह हो रहा था। वीरगोरिया ने ऐसा दृश्य पहले न देखा था। असहनीय ठंड से वह कई बार विचलित हो उठता; परन्तु देवहरू उसका उत्साह बढ़ाते व लक्ष्य को स्मरण कराते तो वीरगोरिया का क्रोध से रक्त संचार तीव्र हो जाता। वह और अधिक उत्साहित होकर पैदल मार्ग तीव्रता से तय करने लगा। वीरगोरिया सोचता- बाबा भोलेनाथ ने अपनी निवास स्थली कितने दुर्गम व स्थान पर बनायी है। कैलाश पर्वत व पवित्र झील के दर्शन इसी कारण दुर्लभ हैं। जो मनुष्य ऐसे दुर्गम स्थान का दर्शन कर सकुशल वापस लौट आते हैं, उन्हें तो प्रभु महादेव का ही वरदान प्राप्त होगा। इसमें संशय नहीं।

वीरगोरिया तो स्वयं महाभैरव का ही वरदान था। वीरगोरिया ने न्यौला पर्वत शृंखला का दर्शन किया और सिर झुका कर महादेव को नमन किया। अब मामा भानजा कैलाश यात्रा के प्रमुख पड़ाव छिपलाकोट की सीमा में पहुँच चुके थे। छिपलाकोट का गढ़ दिखायी दे रहा था। अब इस गढ़ में प्रवेश

करना शेष था। हरिधौल के कथनानुसार छिपलाकोट में प्रवेश से पूर्व स्यूरा, प्यूरा व अन्य योद्धाओं से पार पाना होगा तभी गढ़ छिपुलाकोट में प्रवेश सम्भव था।

अक्षय पात्र तथा शरणागत बली स्यूरा-प्यूरा

दुर्गम चढ़ाई को पार करने के पश्चात् दोनों साधुवेशी मामा-भानजा रंग-बिरंगे, फूलों से लदे बुग्याल के पास पहुँच गए। चारों ओर हिमशिखरों के दर्शन हो रहे थे। कई ताल-सरोवर-प्रकृति माँ का अद्भुत दृश्य। वीरगोरिया चकित हो चारों ओर घूम-घूम कर देखता रह गया। तभी उन्हें भेड़-बकरियों का विशाल झुण्ड मिल गया। इन बकरियों की पीठ में फाँचा-सामान की पोटलियाँ लदी थी। उनके साथ थे-कई बकर्या व ठकर्या। जो इन भेड़ बकरियों को हाँकते, नियंत्रित करते आगे बढ़ रहे थे। बकर्या, ठकर्या ने दोनों साधुओं को आदर सहित नमन किया। देवहरू पहले भी कैलाश यात्रा कर चुके थे। देवहरू ने वीरगोरिया से कहा, ''वीर, ये बकर्या, ठकर्या इस क्षेत्र के लिए बहुत ही महत्वपूर्ण हैं, साथ ही कैलाश यात्रियों के परम सहायक भी हैं। इनकी सहायता से ही कैलास यात्रियों की यात्रा सुगम हो पाती है। रंग-बिरंगे फूलों से लदे यह हरे-भरे बुग्याल,जड़ी बूटीयों की भरमार,हिम शिखरों,नदी घाटियों,ताल-सरोवरों से सुशोभित इस क्षेत्र को धर्मद्वार भी कहा गया है।''

जैसे ही वे ऊँची चट्टानों वाली पहाड़ी के निकट पहुँचे, हरू का मन प्रफुल्लित हो उठा। कुछ दूरी पर नागलिंग पर्वत था। देवहरू को आज से बीस वर्ष पूर्व का पूरा दृश्य स्मरण हो आया। यह वही स्थान था जहाँ कभी महादेव शीतकाल में तपस्या करते थे। कलिंगा को उन्होंने इसी पहाड़ी के निकट उड्यार-गुफा में उन्होंने पाला-पोसा था। निकट ही स्वच्छ पानी से लबालब सरोवर था, उसके निकट ही उपर से नीचे की ओर क्रमश: दस छोटे-छोटे जल कुण्ड थे। इन्हें पवित्र जलकुण्ड माना जाता था। क्योंकि महादेव-पार्वती इसी गुफा में तपस्या करते थे और इन पवित्र जल कुण्डों में स्नान करते थे। देवहरू जब कैलाश की यात्रा से लौटे थे तो इसी स्थान पर कलिंगा की शिवश्रापित माँ उन्हें मिली थी। यह वही पवित्र गुफा थी जिसमें रानी कलिंगा को देवहरू ने सोलह वर्षों तक पाला था। इस स्थान को छोटा केदार भी कहा जाता है। देवहरू ने रानी कलिंगा की जीवन कथा व राजा हालुराई के विवाह की पूरी कथा वीरगोरिया को पुन: सुनायी। वीरगोरिया की आँखें नम हो गयीं।

वीरगोरिया ने देवहरू से कहा। ''देव, यह पवित्र छोटा केदार, जहाँ स्वयं महादेव शीतकाल में तपस्यारत रहते हों, जहाँ मेरी माँ कलिंगा व बाघिन रूप में मेरी नानी और आपने तपस्या की हो, ऐसा यह स्थान मेरे लिए परमपूज्य है। मैं इस स्थल को पूज्य स्थल के रूप में स्थापित करूँगा। यहाँ वर्ष में एक बार आवश्यक रूप से पूजा अर्चना हेतु स्वयं उपस्थित होऊँगा। यह स्थान भविष्य में छिपुलाकेदार के नाम से जाना जायेगा।''

देवहरू ने कहा, ''यह स्थान निश्चित ही परमपूज्य स्थल है, पंचचूली की न्यौला पर्वत शृंखला के उच्च पर्वत शिखरों के यहाँ से दर्शन होते हैं। शिव की इस तप स्थली तथा तुम्हारी माँ का जन्म स्थान तुम्हारे आगमन से और अधिक प्रतिष्ठित हो गया है।''

''लेकिन देव, इस पवित्र स्थल के निकट यह दुष्ट छिपुला नरेश कैसे उत्पन्न हो गया, जो विरक्त साधु-संन्यासियों, तीर्थ यात्रियों को दास बना लेता है। क्या उसे महादेव का भय नहीं है?'' वीरगोरिया ने पूछा।

''गोरिया, इसमें स्थान का क्या दोष? मनुष्य, मनुष्य की प्रवृत्ति में अन्तर होता है। इसी क्षेत्र में हरिधौल भी रहता है। तुम्हें याद है, मथुरा में ही दुष्ट कंस निवास करता था, जिसे मारकर वह कृष्ण की स्थली बनी, उसी हस्तिनापुर में दुष्ट दुर्योधन, रहता था जहाँ धर्मराज युधिष्ठिर अपने भाइयों के साथ रहते थे।''

''आप उचित कह रहे हैं देव! दुष्ट हिरण्यकश्यप का पुत्र ही तो भला भक्त प्रह्लाद था। इस पृथ्वी पर तो पिता पुत्र के स्वभाव भिन्न हो जाते हैं।'' वीरगोरिया ने कहा।

''देवहरू, अब हमें इस पवित्र स्थान पर विश्राम कर, कुछ अन्न ग्रहण कर, शीघ्र ही छिपलाकोट में प्रवेश करना है, ताकि इस अन्यायी, धर्मभ्रष्ट नरेश को उचित दण्ड दें।''

देवहरू ने सहमति व्यक्ति कर दी। देवहरू इस गुफा के चारों ओर के चप्पे-चप्पे से परिचित थे। दोनों मामा भानजा ने गुफा में प्रवेश किया। बीस वर्ष पुरानी धूनी यथावत थी। उन्हें गुफा के अन्दर ही लकड़ियाँ मिल गयी थीं जिन्हें उन्होंने धूनी में सजाया। वीरगोरिया ने खैरवा की झोली से अभिमंत्रित भभूती निकाली। उसने दूसरी पोटली से दो छोटे से काष्ठ कुन्द निकाले और इस अभिमंत्रित भभूती को छोटे-छोटे काष्ठ कुन्द में लगा कर, ''जै गुरू गोरखनाथ'' का उच्चारण कर धूनी में पटका। सहसा तीव्र लपटों के साथ धूनी जल उठी। देव हरू एक शिला पर बैठ पूरी विधि देख रहे थे। उन्होंने वीरगोरिया से कहा।

''वीर, यह काष्ठ कुन्द अनमोल हैं; एक बार अग्नि प्रज्ज्वलन के बाद कुन्दों को सुरक्षित रखो, इसकी हमें बार बार आवश्यकता होगी।''

''ध्यान रखूँगा देव!'' कह कर गोरिया ने आग उत्पन्न करने वाले इस यंत्र को अपनी झोली में रख लिया। गुफा में उपलब्ध लकड़ी के छोटे- बड़े काष्ठ कुन्द धूनी में डाल दिये गये। जिससे तीव्र धुआँ व आग की लपटें प्रकट होने लगी थीं। दोनों तपस्वियों ने सरोवर के सबसे निचले कुण्ड में स्नान किया। ऊँचे स्थान से पानी नीचे के कुण्डों की ओर बहता है, अत: ऊँचे स्थान के कुण्ड में स्नान से निचले स्थानों के कुण्ड अस्वच्छ हो सकते थे। स्नान-ध्यान व महादेव की पूजा के पश्चात् वीरगोरिया ने अपनी झोली से एक छोटी सी तौली-पतीली निकाली। उस बरतन में खिचड़ी बनाने की जुगत में लग गया। इतनी छोटी तौली जिसमें एक सेर पानी, अथवा अन्न पक सकता था, वीरगोरिया ने झोली से खिचड़ी की चार मुट्ठी सामग्री तौली में डाली और तौली को धूनी के ताप के निकट रख दिया।

तभी गुफा के बाहर कोलाहल हुआ। वीरगोरिया व देवहरू गुफा के बाहर निकले। उन्होंने देखा बीस-पच्चीस वीर योद्धा हाथों में विशाल त्रिशूल, खड्ग, खुकरी, तलवार लिये गुफा की ओर बढ़ रहे थे। उनका नेतृत्व अति लम्बे चौड़े भारी भरकम शरीर वाले दो योद्धा कर रहे थे। वीरगोरिया को समझते देर न लगी कि निश्चित ही ये छिपुला के दो वीर योद्धा स्यूरा और प्यूरा हैं, जिनका वर्णन हरिधौल ने किया था। निश्चित ही शरीर बल में यह वीरगोरिया से कई गुना बलशाली थे। इनके साथ अन्य योद्धा भी

बलिष्ठ थे। वीरगोरिया ने देवहरू की ओर देखा। देवहरू और वीरगोरिया तो इनके आने की ही प्रतीक्षा कर रहे थे।

दोनों वीर स्यूरा-प्यूरा ने संन्यासी वेश में वीरगोरिया व देवहरू पर ऊपर से नीचे तक तीक्ष्ण दृष्टि डाली और दंभ सहित गर्वीले ऊँचे स्वर में पूछा।

''अरे संन्यासियों, तुमने इस पवित्र गुफा में प्रवेश करने का दुःसाहस क्यों किया? इन पवित्र नौलों में नहा, इन्हें अस्वच्छ कर तुमने निश्चित ही अपनी मृत्यु को आमंत्रित किया है। हम तुम्हें कैद करते हैं, और राजा के सम्मुख पेश करेंगे।''

देवहरू ने कहा। ''वीर स्यूरा-प्यूरा हम दोनों संन्यासी हैं, कैलाश पर्वत दर्शन हेतु निकले हैं। पानी देखकर हम रुक गये हैं। हमने सबसे निचले कुण्ड में स्नान किया है, जिससे कोई नौला अस्वच्छ नहीं हुआ है। तुम सब वीर हो। हम तो विरक्त साधु तपस्वी हैं, हमें कैद कर तुम्हें क्या लाभ?'' स्यूरा, प्यूरा आश्चर्य में थे कि इस साधु को उनका नाम कैसे पता?

प्यूरा ने कहा, ''लाभ-हानि हम नहीं जानते हैं, हम राजा छिपुला के सेवक हैं। हमें आज्ञा है, जो भी साधु, तपस्वी या तीर्थयात्री इस मार्ग में मिले उसे कैद कर लें और राजा के सम्मुख प्रस्तुत करें।''

''ठीक है, हम बंदी होने के लिए प्रस्तुत हैं; परन्तु गुफा में हमारी खिचड़ी पक रही है, तुम सब वीर भी अन्दर आ जाओ। खिचड़ी खाकर, हम बंधक होकर तुम्हारे साथ चलेंगे।''

गुफा में सुगन्धित खिचड़ी की गंध फैली थी। इतनी अच्छी सुगंध से सभी वीरों की भूख जग उठी; परन्तु जब उन्होंने धूनी पर रखी खिचड़ी के पात्र को देखा तो स्यूरा तथा प्यूरा ने जोर का अट्टहास किया और कहा।

''अरे मूर्ख साधुओ! तुम इतने छोटे पात्र में खिचड़ी पका रहे हो, यह तो तुम दोनों के लिए भी पर्याप्त नहीं है, हम दो वीर एवं हमारे साथी बीस योद्धाओं को तुम क्या खिलाओगे?''

वीर गोरिया ने कहा। ''अरे! वीर योद्धाओ, यह तुम्हारी चिन्ता का कारण नहीं होना चाहिए। हम तुम सभी को भरपेट भोजन करायेंगे, यदि ऐसा सम्भव न हुआ तो तुम हमें उचित दण्ड दे सकते हो और यदि हम तुम्हें तृप्त कर दें तो तुम्हें हमारी शर्त माननी होगी।''

स्यूरा-प्यूरा योद्धाओं ने आपस में मंत्रणा कर तय किया और कहा। ''अरे संन्यासियो! यदि तुमने हमें एवं हमारे इस सैन्य दल को इस छोटे से पात्र में बन रहे भोजन से तृप्त कर दिया तो निश्चित ही हम तुम्हारी हर शर्त मान लेंगे, पर यदि ऐसा न हुआ तो हम तुम्हें अन्य संन्यासियों की भाँति कैद कर छिपुला नरेश के समक्ष तो प्रस्तुत करेंगे ही साथ ही अभी तुम्हें विविध प्रकार से प्रताड़ित कर दण्डित भी करेंगे।''

वीरगोरिया और देवहरू ने सहमति दे दी और भोजन परोसने हेतु तिमुल के चौड़े पत्तों को भूमि पर बिछाकर सभी योद्धाओं को एक साथ आमंत्रित किया। सभी इन साधुओं की मूर्खता पर हँस रहे थे। वे इस अनोखे खेल का आनन्द लेने के लिए, पंगत में बैठ गये। वे विविध प्रकार से साधुओं पर व्यंग्य कर रहे थे। देवहरू व गोरिया ने पात्र को स्यूरा-प्यूरा के निकट रखा। देवहरू ने खैरूवा की झोली से एक चुटकी भभूती निकाल कर पात्र के चारों ओर घुमाई और भभूती पात्र में डाल दी। वीरगोरिया ने एक छोटे

से लकड़ी के करछुल से खिचड़ी बारी बारी सबके आगे रखे पत्तों पर परोसी। सब यह देख कर हैरान थे कि पतीली खाली हो ही नहीं रही थी। खिचड़ी अत्यंत स्वादिष्ट थी। ऐसी खिचड़ी तो उन्होंने जीवन में पहले कभी नहीं खायी थी। सभी योद्धा व स्यूरा-प्यूरा जानबूझकर अधिक से अधिक खिचड़ी खा रहे थे ताकि पात्र में रखी खिचड़ी समाप्त हो जाये। पर अद्भुत! अविश्वसनीय! चमत्कार! योद्धाओं ने बढ़-चढ़ कर खिचड़ी खायी; परन्तु खिचड़ी समाप्त होने को न आयी। कई योद्धाओं को खा-खा कर पसीना आने लगा। कई बड़ी-बड़ी डकारें ले रहे थे। स्यूरा-प्यूरा उन्हें और अधिक खाने के लिए प्रेरित कर रहे थे। कई योद्धा खा-खा कर वहीं लोट गये। कुछ खा कर अपने स्थान से उठ नहीं पा रहे थे। विचित्र स्थिति थी। स्यूरा-प्यूरा का बल असीम था। वे दोनों अधिकतम खाने का प्रयास करते रहे, अंतत: दोनों वीर योद्धा भी तृप्त हो चुके थे। साधुओं के इस चमत्कार को देखकर दोनों योद्धा देवहरू व वीरगोरिया के चरणों में प्रणिपात हो गये। उन्हें विश्वास हो गया कि निश्चित ही ये कोई सिद्ध साधु हैं।

''साधु देव! हमें क्षमा करें, हम आपकी सिद्धि को नहीं समझ सके; निश्चित ही आप महान तपस्वी हैं। मेरी सेना के आधे से अधिक सैनिक खा-खा कर सो गये हैं, बस! अब हम हार मानते हैं। आप बतायें हमारे लिए क्या आदेश है? हम आपकी शर्तों के अनुरूप काम करेंगे।''

साधु गोरिया ने कहा- ''स्यूरा-प्यूरा तुम दोनों निश्चित ही वीर हो; परन्तु हमें दुख है कि तुमने अपनी वीरता को एक ऐसे दुष्ट राजा के हाथ बन्धक बना के रखा है जो निरीह, विरक्त, साधु, तपस्वियों तथा कैलाश यात्रियों को बन्दी बना लेता है। वह क्या महादेव के प्रकोप को नहीं जानता? यह छिपुला प्रांत महादेव की तप: स्थली है, यह स्थान छोटा केदार के नाम से जाना जाता है। एक समय था जब इसी गुफा में महादेव शीतकाल में तप करने आते थे। तुम्हारे सम्मुख बैठे ये देवहरू हैं जिन्होंने यहाँ सोलह वर्षों तक कठिन तपस्या की है। मेरी माँ कलिंगा भी इसी प्रांत की पुत्री है। इस पवित्र प्रदेश को छिपुला नरेश ने महादेव के भक्तों को कष्ट पहुँचाने का स्थान बना दिया है।''

स्यूरा ने कहा। ''साधु देव, आप उचित कह रहे हैं; किन्तु हम योद्धा इस पापी पेट के कारण छिपुला नरेश के द्वार पर पड़े हैं। हमें अत्यधिक भोजन चाहिए, जो कोई और हमें उपलब्ध नहीं करा पाता है। जिस कारण हमें अनिच्छा से छिपुला नरेश के पाप में भागीदार बनना पड़ता है।''

वीरगोरिया ने खड़े होकर स्यूरा-प्यूरा के कंधे में हाथ रखा और कहा, ''वीर योद्धाओ! अब तुम्हें अन्न-भोजन की चिन्ता करने की आवश्यकता नहीं है। उसके लिए हमारा यह पात्र ही काफी है। तुमने अज्ञानता या अनिच्छा में जो दुष्ट कर्म किये हैं, उनका पश्चाताप् करो, अपने को सुकर्मों में लगाओ तो महादेव तुम्हें अवश्य ही क्षमा करेंगे। तुम देवहरू का चमत्कार देख चुके हो। हमें छिपुला नरेश को सद्मार्ग पर लाना है, इस हेतु तुम्हें हमारा सहयोग करना होगा।''

प्यूरा बोला। ''देव, हमें आदेश करें हम आपके हर आदेश को मानने को तत्पर हैं। अब हम सदैव के लिए आपके अधीन हैं।''

''देखो वीरो, सत्य यह है कि मैं तपस्वी के वेश में, धूमाकोट राज्य के राजा हालुराई का पुत्र राजकुमार गोरिया हूँ। मेरे साथ जो आसन पर बैठे हैं, गुरू श्रेष्ठ गोरखनाथ के परम-प्रिय शिष्य, महादेव के भक्त देव हरूनाथ हैं। मैं धूमाकोट राज्य में न्याय की स्थापना, अत्याचार व अन्याय को समाप्त करने

के अभियान में निकला हूँ। हमें छिपुला नरेश को मारने में तनिक भी समय नहीं लगेगा; परन्तु हमारा लक्ष्य उसे मारना नहीं है। हम चाहते हैं कि वह सभी साधु-संन्यासियों, कैलाश तीर्थ यात्रियों को तुरन्त अपनी दासता से मुक्त करे। जो बन्दी हैं उन्हें भी मुक्त कर दे तथा भविष्य में महादेव के भक्तों को कैलाश यात्रा करने में सहयोग करे।''

स्यूरा बोला, '''‘‘देव, हम दोनों भाइयों का अभिनन्दन स्वीकार करें। आप धूमाकोट के वीर राजकुमार गोरिया हैं। आपके द्वारा घाटकामसाण को मार गिराने की सूचना चारों दिशाओं में फैल चुकी है। हम धन्य हुए-आपके दर्शन पाकर। अब हमें कोई चिन्ता न रही, न भोजन की, न ही राजा छिपुला की।''

स्यूरा-प्यूरा को यह जानकार आश्चर्य मिश्रित हर्ष हुआ कि वह धूमाकोट राज्य के युवा राजकुमार के सम्मुख खड़े हैं। चमत्कार तो वे पहले ही देख चुके थे।

देवहरू ने कहा। ‘‘वीरो, सबसे पहले तुम हमें बंदी बनाकर ले चलो ताकि छिपुला नरेश को कोई शंका न हो। तुम हमें उन बंदी साधु-संन्यासियों व यात्रियों तक पहुँचाओ जहाँ वे बंद हैं। छिपुला नरेश को कुछ पता चले उसके पूर्व हमें बन्दियों को मुक्त करना है। कहीं उससे हम युद्ध में उलझे रहे तो वह निर्दोष, निरीह बंदियों के जीवन को संकट में डाल सकता है। अत: हम पहले बंदियों व दास बनाये गये यात्रियों को मुक्त कर, किले के बाहर निकाल दें, तब उससे युद्ध करेंगे।''

स्यूरा ने कहा। ‘‘देव, आप उचित कह रहे हैं। छिपुला नरेश बड़ा क्रूर है, निर्दयी है। वह यदि यह जान जाएगा कि आप बंदियों व दासों को छुड़ाने आये हैं तो वह उनका वध कर सकता है। हम आपको बंदियों तक सरलता से पहुँचा देंगे लेकिन वहाँ से बाहर निकलना भी कठिन काम होगा?''

‘‘तुम उसकी चिन्ता न करो।'' वीरगोरिया ने झोली में हाथ डाला और नाग नायक महानन्द द्वारा दी गयी पोटली को मुँह के निकट ले जाकर निकट बैठे सैनिकों की ओर फूँका। क्षण में ही सभी सैनिक अचेत होकर लुढ़क गये। यह देख स्यूरा-प्यूरा हतप्रभ रह गये।

वीरगोरिया ने कहा। ‘‘हमारे पास कई अदृश्य अस्त्र-शस्त्र हैं, तुम इसकी चिन्ता न करो कि हम बंदियों को कैसे बाहर निकालेंगे। बस तुम हमें बन्दीगृह तक पहुँचाओ।''

दोनों वीरों के आश्चर्य का ठिकाना न था। उनके आधे वीर सैनिक खा-खा कर सो गये थे, शेष को वीरगोरिया ने अचेत कर दिया था। अब मात्र स्यूरा-प्यूरा ही सचेत थे। वे दोनों यह देखकर हतप्रभ तथा अभिभूत थे।

चारों छिपुलाकोट की ओर चल दिये।

स्यूरा-प्यूरा इन दो सिद्ध पुरुषों के बल-बुद्धि से सम्मोहित होकर रह गये। शीघ्र ही उन्होंने दोनों साधुओं को छिपुला नरेश के बन्दीगृह में एक बन्दी के रूप में पहुँचा दिया। स्यूरा-प्यूरा को वीरगोरिया रात्रि के गुप्त अभियान रहस्य समझा चुका था कि रात्रि के द्वितीय प्रहर में यह किस प्रकार प्रारंभ होगा।

बंदीगृह में बंदियों की नारकीय गति थी। न सूर्य की रोशनी, न पर्याप्त हवा; सीलन भरी कोठरियाँ थीं। सैकड़ों वृद्ध, युवा पुरुष, साधु-संन्यासी नंगे बदन ठंड से त्राहि-त्राहि कर रहे थे। कई तो ठंड से मर चुके

थे, कई मरणासन्न थे। देवहरू व वीरगोरिया ने ध्यानपूर्वक अपने अभियान को कार्य रूप दिया, स्यूरा-प्यूरा ने उन्हें बाहर निकलने के कई गुप्त मार्ग बता दिये। बस आवश्यकता थी प्रहरी सैनिकों को नियंत्रण में लेने की। इसके लिए नागनायक महानन्द द्वारा उपलब्ध कराये गये कई अदृश्य शस्त्र वीरगोरिया की झोली में उपस्थित थे। दोनों रात्रि की प्रतीक्षा करने लगे

बंदियों की नारकीय जीवन से मुक्ति

छिपुलाकोट-महल के पूर्व भाग के बाहर सूर्य की पहली किरण का प्रकाश फूटा। देखते ही देखते गुप्त मार्ग से सैकडों बन्दी, कुछ नग्न कुछ अर्धनग्न, उछलते कूदते बाहर निकलने लगे। बाहर सूर्य की हल्की गर्मी का अनुभव वह वर्षों के बाद कर रहे थे। वे चारों ओर ऐसे देख रहे थे कि जैसे वे नये संसार में प्रवेश कर रहे हों। उन्हें यह ज्ञात नहीं कि उनका मुक्तिदाता कौन था? बस रात्रि के तृतीय प्रहर में उनके कानों में आवाजें गूँजी थीं कि उठो! तुम्हें मुक्त किया जा रहा है। मेरे पीछे आओ, पूरे बंदीगृह में यही स्वर गूँज रहा था। देवहरू आगे थे और सैकड़ों बंदी उनके पीछे। बंदियों को वीरगोरिया जगा-जगा कर, जो असक्त थे उन्हें अपनी बलिष्ठ बाँहों में उठा-उठा कर, गुप्त द्वार के बाहर पहुँचा रहा था। दोनों वीर बली स्यूरा-प्यूरा भी वीरगोरिया का अनुसरण कर अस्वस्थ तथा जो अपने पैरों पर उठ पाने में असमर्थ थे उन बंदियों को उठा-उठा कर महल के गुप्त द्वार से बाहर पहुँचा रहे थे। धूप खिलने तक सभी कैदी गुप्त द्वार के बाहर आ चुके थे। वीरगोरिया व देवहरू ने स्यूरा-प्यूरा से कहा।

''वीर स्यूरा-प्यूरा! तुम इन बंदियों की सुरक्षा करो; इन बंदियों तक कोई न पहुँचने पाये, यह ध्यान रहे। मैं इसी गुप्त द्वार से पुन: अन्दर प्रवेश करूँगा और छिपुला नरेश का दमन कर पुन: इसी स्थान पर लौटूँगा। स्यूरा-प्यूरा पर तो देवहरू व वीरगोरिया का जैसे वशीकरण मंत्र चला हो, वे दोनों योद्धा यंत्रवत आज्ञा पालन कर रहे थे। इसी बीच छिपुलाकोट की प्राचीरों से पत्थरों की वर्षा होने लगी जो बंदियों के ऊपर पड़ रही थी। देवहरू ने अपनी झोली से भभूती निकाली और उसे अभिमंत्रित कर चारों ओर तुक्का मारा, भभूति के प्रभाव से पत्थर बंदियों के निकट नहीं पहुँच पाये। तभी वीरगोरिया ने भी शिलाखण्डों को कोट की प्राचीरों की ओर फेंकना प्रारम्भ किया। गोरिया की क्षमताओं में पत्थर फेंक कर अचूक लक्ष्य भेदना भी था। गोरिया ने किले के प्राचीर से फेंके जा रहे शिलाओं से ही छिपुलाकोट की प्राचीरों में खड़े सैनिकों को अपना अचूक लक्ष्य बना ड़ाला। कोट की प्राचीरों में खड़े सैनिक या तो भाग खड़े हुए या घायल होकर भूमि पर पड़े रहे। देव हरू ने कहा, ''वीरगोरिया, अब कोट से पत्थर वार नहीं किये जा रहे हैं। अत: हमें शीघ्र कोट में प्रवेश कर तपस्वी सैम को खोजना चाहिए क्योंकि इन मुक्त साधु, संन्यासियों व तीर्थ यात्रियों में सैम नहीं दिखायी दे रहे हैं। आशंका है कि कहीं उन्हें गुप्त स्थान पर बंद किया गया होगा।''

वीरगोरिया ने कहा। ''देव, आप यहीं ठहरें, मैं बंदीगृह में पुन: प्रवेश करता हूँ और देवसैम को खोज कर ही लौटूँगा।''

साधु वेशधारी वीरगोरिया ने प्यूरा के हाथ से लम्बी व भारी नग्न तलवार ले ली और तीव्रता से

महल के गुप्त द्वार के अन्दर लुप्त हो गया।

वीरगोरिया कोट के बंदीगृह के अन्दर बढ़ता चला गया। चारों ओर छिपुलाकोट के सैनिक अचेत पड़े थे। वीरगोरिया को कहीं कोई प्रतिरोध नहीं मिला। प्रतिरोध मिलने पर उसकी नग्न तलवार प्रस्तुत थी; परन्तु उसकी आवश्यकता न पड़ी। वह बंदीगृह की प्रत्येक कोठरी का सावधानी से निरीक्षण कर आगे बढ़ता चला गया। एक घड़ी से अधिक समय बीत चुका था, पर बन्दी गृह में कहीं किसी बंदी के होने का प्रमाण नहीं था। सहसा बंदीगृह के भीतरी दीवार पर गोरिया की दृष्टि पड़ी जो एक खिड़की प्रतीत होती थी; परन्तु भीतर की ओर खिड़की के होने का औचित्य न था। देखकर वीरगोरिया को भीतर कक्ष होने की आशंका हुई। गोरिया ने धीरे से खिड़की को धकेला, वह सरलता पूर्वक अन्दर को खुल गयी; परन्तु अन्दर घुप अँधेरा था। गोरिया ने देखने का प्रयास किया, पर व्यर्थ! गोरिया ने अपनी लम्बी तलवार कक्ष में डाल चारों ओर घुमायी जैसे ही उसने तलवार नीचे की ओर घुमाई उसकी तलवार भूमि पर जा टकरायी, इससे वीरगोरिया को अनुमान हो गया कि नीचे भूमि है। वीरगोरिया धीरे से फर्श पर उतर गया। अपनी तलवार से भूमि को टटोलता हुआ अंधे व्यक्ति की भाँति आगे बढ़ने लगा। कभी वह तलवार को धीरे-धीरे चारों ओर घुमाता, कभी भूमि पर टेकता, इस तरह उसने अँधेरे कक्ष को टटोलना जारी रखा। उसकी तलवार सहसा किसी नर्म वस्तु से टकरायी। उसने अपनी तलवार से उस वस्तु को कई बार धीरे-धीरे टटोला। वीरगोरिया को स्पष्ट अनुमान हो गया कि यहाँ कोई बंदी है। वीरगोरिया ने तलवार अपनी कमर में खोंस ली और अपने हाथों से इस बंदी को टटोलने लगा। निश्चित ही वह एक मानव बंदी था। जिसका शरीर जंजीरों से जकड़ा था। वीरगोरिया ने तुरन्त ही उस बंदी को अपनी बलिष्ठ बाँहों में उठा लिया, और छोटी सी खिड़की से बड़ी कठिनाई से बाहर निकाला। वीरगोरिया ने देखा वह एक निर्बल, अचेत साधु था। निर्बल साधु के हाथ पाँव को जंजीरों से जकड़ा गया था। वह तेज कदमों से गुप्त द्वार से बाहर निकलने के लिए लपका तभी छिपुला के दो सैनिकों ने उसे ललकारा।

वीरगोरिया ने कहा। ''सैनिको, मेरा तुमसे कोई विग्रह नहीं है, मैं इस बीमार व निरीह साधु को ले जाना चाहता हूँ। यदि तुमने इसमें बाधा पहुँचायी तो अन्य सैनिकों को तो मैंने, मात्र अचेत किया है, जो भूमि पर यत्र-तत्र पड़े हैं, पर तुम्हें जीवन से हाथ धोना पड़ सकता है, अत: लौट जाओ।''

सैनिक क्रोधित व वार करने की मुद्रा में वीरगोरिया की ओर तेजी से बढ़ रहे थे। वीरगोरिया ने आनन-फानन में बन्दी को भूमि पर रखा और आगे आकर तलवार निकाल ली, अब वह युद्ध के लिए तत्पर था। दोनों सैनिकों ने साधुवेशी को देख अट्टहास कर कहा।

''अरे साधु! अभी तक क्या कभी चूहा भी मारा है? तलवार हाथ में ले तो ली, क्या इसे चला भी पायेगा? तलवार भूमि पर रख दे तो तुझे हम केवल बंदी ही बनाऐंगे, अन्यथा तुझे असह्य पीड़ायुक्त मृत्यु देंगे।''

''सैन्य वेशभूषा धारण करने से कोई वीर नहीं हो जाता है। तुम तो पापी, अत्याचारी, अन्यायी छिपुला नरेश के सैनिक हो, जो इन निरीह, निर्बल, निर्दोष साधुओं को बंदी बनाने को ही वीरता समझते हो। तुमने कभी वीरों से युद्ध ही कहाँ किया है? यदि तुम जीवित रह पाये, तो तुम्हें याद रहेगा कि वीर योद्धा से युद्ध किस प्रकार किया जाता है।'' दोनों सैनिकों ने दोनों ओर से वीरगोरिया पर एक साथ

प्रहार किया। वीरगोरिया उछलकर दो कदम पीछे हट गया।दोनों सैनिकों की तलवार आपस में ही टकरा गयी। वीरगोरिया ने इन टकराती तलवारों पर तड़ित् गति से अपनी भारी तलवार का भरपूर वार किया। दोनों सैनिकों के हाथ से तलवार छूट कर दूर जा गिरीं। दोनों निहत्थे होकर वीरगोरिया को कातर दृष्टि से देखने लगे। वीरगोरिया ने कहा, ''मैं नि:शस्त्र सैनिकों पर वार नहीं करूँगा, यदि तुम्हारी युद्ध की इच्छा शेष हो तो मैं खड्ग भूमि पर रखता हूँ, आकर मुझसे मल्ल युद्ध कर सकते हो।'' वीरगोरिया ने यह कहते हुए अपनी तलवार भूमि पर रख दी। दोनों सैनिकों ने एक दूसरे को देखा फिर तेजी से वीरगोरिया पर झपट पड़े। पर वीरगोरिया का नाम ऐसे ही वीरगोरिया न था। उसने बिना अपने स्थान से हटे, अपनी दोनों सुदीर्घ, बलिष्ठ बाँहों से दोनों सैनिकों को जकड़ लिया। दोनों सैनिक अपने हाथों से गोरिया पर मुष्टिका से भीषण प्रहार-पर-प्रहार कर रहे थे, परन्तु गोरिया तो लौह का बना था उसको तो महादेव से ही शक्ति प्राप्त थी। छोटी-मोटी चोटों का तो उसमें प्रभाव ही नहीं पड़ता था। वीरगोरिया की बाँहों की जकड़न धीरे-धीरे बढ़ती गयी। दोनों सैनिक शिथिल पड़ते जा रहे थे, उनके मुँह से गों-गों की आवाज आने लगी। वीरगोरिया एक योगी वीर था, वह अनावश्यक रक्त-पात नहीं चाहता था। वीरगोरिया ने दोनों सैनिकों को एक झटके में भूमि पर पटक दिया, दोनों त्राहि-त्राहि करने लगे। आज पहली बार इन सैनिकों ने किसी वीर से युद्ध किया था। वे एक साधु वेशी वीर के आगे भूमि पर लोट रहे थे। अब वीरगोरिया के हाथों में खड्ग था। वे दोनों प्राणों की भीख माँगने लगे।

वीरगोरिया ने कहा ''मैं गुरू गोरखनाथ की शिक्षा धारण किया, कर्मयोगी हूँ। मैं चाहूँ तो तुम दोनों का सिर धड़ से अलग कर सकता हूँ; किन्तु हमें अनावश्यक हिंसा न करने का पाठ पढ़ाया गया है। तुम मात्र सैनिक हो, अपना कर्तव्य पूर्ण कर रहे थे,जो तुम कर चुके हो। यदि अब जीवन चाहते हो तो उठो और इस निर्बल साधु को उठाकर मेरे आगे-आगे गुप्त द्वार के बाहर चलो।''

दोनों सैनिक आज्ञाकारी बालकों की भाँति गोरिया के आदेशों का पालन करने लगे। वीरगोरिया खड्ग लेकर उनके पीछे पीछे चलने लगा, कुछ ही देर में सभी गुप्त द्वार के बाहर थे।

गुप्त द्वार के बाहर देवहरू प्रतीक्षा कर रहे थे। वीरगोरिया को बाहर आता देख, दौड़ते हुए उसके निकट आ गये। उन्होंने जंजीरों में जकड़े निर्बल साधु को देखा, वह पहचान गये कि यही तपस्वी सैम है। देवहरू ने कहा,''वीरगोरिया, यही तपस्वी सैम है।'' वीरगोरिया ने दोनों सैनिकों को आदेश दिया कि पूरब दिशा में जहाँ धूप हो, निर्बल साधु को धूप में लिटा दो।

देवहरू ने सैम के माथे पर हाथ रखा उनका शरीर ठण्डा पड़ चुका था, पर श्वास चल रही थी। वीरगोरिया ने कहा, ''देव, इन्हें अँधेरी, ठण्डी कोठरी में रखा गया था। ठंड से इनका शरीर अकड़ चुका है, उचित होगा कि इन्हें कुछ देर धूप से ताप प्राप्त हो। तब इनके शरीर में स्पंदन आ पाएगा।'' देवहरू व अन्य लोग सूर्य देव के मार्ग से हट गये। अब सूर्य की किरणें सैम पर पड़ रही थीं। धीरे-धीरे उनका शरीर गर्म हो रहा था। इसी मध्य वीरगोरिया ने अपने कमर से एक रेशमी पोटली निकाली, उसमें से कुछ निकाल कर, तपस्वी सैम के मुँह के भीतर बलपूर्वक प्रवेश करा दिया। कुछ ही क्षणों में सैम छटपटाने लगे जैसे कोई उन्हें कोड़े मार रहा हो। सभी वीरगोरिया की ओर प्रश्न-दृष्टि से देखने लगे। वीरगोरिया ने कहा।

''आप लोग चिन्तित न हों, मैंने जो औषधि-बीज देवसैम के मुँह में डाले हैं, वह बीज अत्यंत

असरकारी हैं, वह अपना प्रभाव दिखा रहे हैं। इससे इनके शरीर में शीघ्रता से चैतन्यता आ जायेगी।''

देवहरू ने कहा, ''वीरगोरिया, यह औषधि तुम्हें कहाँ से प्राप्त हो गयी?''

वीरगोरिया ने बताया, ''देवहरू, आपको ज्ञात है, नाग जाति के महानायक महानन्द हमें धरमघर में मिले थे। महानन्द दयालु, न्यायी व मनुष्य जाति के शुभचिंतक हैं। नाग अनावश्यक रूप से विषों का प्रयोग मनुष्यों पर नहीं करते हैं, वे तभी इन विषों का प्रयोग करते हैं जब उनका जीवन संकट में हो। यदि ऐसा न होता तो वे अपने विष के प्रयोग से पूरे उत्तरापथ में साम्राज्य स्थापित कर सकते थे; किन्तु उन्होंने ऐसा नहीं किया। मेरी माता कलिंगा तो नाग नायक महानन्द को ही अपना पिता स्वरूप मानती हैं और उन्होंने अपना मायका भी महानन्द के गाँव केदारलिंग को ही मान लिया है, जहाँ से उन्हें पहली बार विवाह के पश्चात् दुल्हन की भाँति सजा-धजा कर, महानन्द के परिवार वालों ने धूमाकोट को विदा किया था। इसी नागनायक महानन्द की असीम कृपा मुझे प्राप्त है।'' गोरिया कुछ देर रुका।

तभी देवहरू ने कहा, ''यह तो उचित है कि उत्तरापथ में नाग जाति के लोग बड़ी ही शान्ति पूर्ण ढंग से निवास करते हैं। देवाधिदेव महादेव के गले में विराजमान नाग भी प्रति वर्ष उत्तरापथ में एक बार अवश्य भ्रमण करते हैं, तभी तो महादेव के भक्त नागों के अधिकांश मन्दिर, जैसे कालीनाग, शेषनाग, पिंगलनाग, तक्षकनाग, वासुकी, पुस्करनाग, धौलीनाग, खरहरीनाग, वेणीनाग, वासुकीनाग, फुंकारनाग, नागपुर-नाकुरी जैसे अनेकों मन्दिर इस भूमि में स्थित हैं; परन्तु मेरा प्रश्न था कि तुम्हारे पास यह पदार्थ कहाँ से आ गये?''

''देवहरू, यही तो मैं आपको बता रहा था। नागनायक महानन्द ने छिपुलाकोट को प्रस्थान के समय मुझे कई प्रकार के औषधीय व विषैले पदार्थ उपलब्ध कराये थे। यह हल्के विषैले 'कंटकारा' नामक महीन धूलकणों की पोटली है। इसको बाहर निकाल कर मैंने कल रात बंदीगृह के जिस प्रहरी की ओर फूँका वह अचेत हो गया, अब उसमें पन्द्रह बीस घड़ी बाद ही चेतना लौटेगी। यह दूसरा पदार्थ जो मैंने तपस्वी सैम के मुँह में डाला है, वह तीमुर का औषधीय गुण वाला बीज है। इसकी अल्प मात्रा जीभ में लगते ही मनुष्य में एक अनोखी छटपटाहट होने लगती है। उसका जकड़ा शरीर तेजी से स्पंदन करने लगता है, रक्त संचार तेज हो जाता है और वह चैतन्य हो जाता है। यह ओषधि अनेक रोगों से भी मनुष्य को छुटकारा दिला देती है।''

देवहरू वीरगोरिया को आश्चर्य से देख रहे थे।

वीरगोरिया ने कहा ''देवहरू, आप मुझे ऐसे क्यों देख रहे हैं?''

देवहरू ने प्रसन्नतापूर्वक कहा, ''वीरगोरिया, अभी तक तुमने अपने शरीर एवं शस्त्र-बल से पूरे उत्तरापथ को चकित किया है। तुम्हारी यह नयी खोज तो अकल्पनीय है। नाग जाति ने तुम पर महान कृपा कर यह ज्ञान तुम्हें दिया है। तुम्हें उन्होंने एक योग्य, न्याय प्रिय, संयमी, क्षमाशील राजकुमार जानकर ही यह विद्या, औषधियाँ एवं जहरीले पदार्थ उपलब्ध कराये हैं; अन्यथा वो अपने प्राण देकर भी इन प्राणघातक विषों व औषधियों को किसी अन्य को नहीं देते हैं, क्योंकि इनके दुरुपयोग की सम्भावना बनी रहती है। इस प्रकार नाग जाति ने भी तुम्हें अपना नायक मान लिया है। तुम धन्य हो वीर, तुम धन्य हो। तुमने उत्तरापथ के सभी वर्ग के लोगों के विश्वास को जीत लिया है। जिसने संकोची

नागवंशियों-महादेव उपासकों का भी विश्वास जीत लिया हो वह निश्चित ही देव तुल्य है। वह निश्चित ही विषपायी नीलकंठ महादेव के आशीर्वाद एवं कृपा का पात्र है।''

देवहरू ने कहा, ''राजकुमार वीर गोरिया की जै।'' सभी मुक्त बन्दीगण एवं स्यूरा-प्यूरा ने ऊँचे स्वर में जय घोष किया ''राजकुमार वीरगोरिया की जै।'' पूरा छिपुलाकोट, वीरगोरिया की जयघोष से निनादित हो उठा।

इधर सैम चैतन्य हो चुके थे; थोड़ी ही देर में जंजीर से उनका शरीर मुक्त हो चुका था।

देव हरू ने वीरगोरिया से कहा,''वीर! अब विलम्ब न करो। महल में घुस कर, छिपुला नरेश को पकड़ कर उसका दमन करो। छिपुला क्षेत्र को उसके भय से मुक्त करो। हमें उत्तरापथ के अन्य मण्डलों को भी अन्याय, अत्याचार से मुक्त करना है।''

''वीरगोरिया की जै।'' ''देवहरू की जै।'' ''देवसैम की जै'' के जयघोष की गूँज से छिपुलानरेश का महल कम्पायमान होने लगा। वीरगोरिया के पीछे सभी छिपुलाकोट-गढ़ में प्रवेश कर गये।

छिपुला नरेश का पश्चाताप

दोनों मामा भानजा छिपुला नरेश के दरबार की ओर बढ़ने लगे। दोनों तपस्वी वेष में छिपुला नरेश के समक्ष खड़े थे। छिपुला नरेश जिसका नाम बौणीबुंगा था; परन्तु कठिन नाम के कारण लोग उसे छिपुलानरेश के नाम से ही पुकारते थे, ने पहली बार दो तेजवान साधुओं को अपने सम्मुख तन कर खड़े देखा था। इसके पूर्व कदाचित ही एक-दो साधुओं ने ऐसा साहस दिखाया था। उन्हें अपने दरबार में देखते ही छिपुला नरेश-बौणीबुंगा चिल्लाया।

''अरे निकम्मे, स्यूरा-प्यूरा योद्धाओं, इन तपस्वी साधुओं को बंदी क्यों नहीं बनाया गया?'' परन्तु स्यूरा-प्यूरा और उसकी सेना की टुकड़ियाँ लुप्त थीं। उसने दरबार में उपस्थित सैनिको को आदेश दिया कि इन साधुओं को बंदी बना लो। लेकिन जो भी सैनिक आगे बढ़ता वह वीरगोरिया की फूँक से ही अचेत हो गिर जाता था। छिपुला नरेश हतप्रभ था। कुछ ही क्षणों में महल में उपस्थित एक भी सैनिक चेतना में न रहा। छिपुला के कुछ सलाहकार व पार्षद दरबार में शेष रह गये थे। छिपुला का एक वीर भाई तेज खुकुरी के साथ अशिष्ट शब्दों का उच्चारण करते हुए वीरगोरिया पर झपटा। वीरगोरिया ने एक विशिष्ट शैली में घूमकर उसके गर्दन पर भीषण मुष्टिका प्रहार किया, वह युवक सदैव के लिए भूमि पर चित था।

छिपुला नरेश को आश्चर्य हुआ कि यह विचित्र चमत्कारी तथा वीर साधु कौन है, जिसने इतने वीर सैनिकों को अचेत कर धराशायी कर दिया है।

छिपुला नरेश बौणीबुंगा अपने आसन से उठने का साहस न कर सका, बैठे-बैठे उसने पूछा।

''तुम दोनों अशिष्ट साधु कौन हो? तुम साधारण साधु प्रतीत नहीं होते हो, अपना परिचय दो! राजदरबार में आकर अभद्रता का दण्ड तुम्हें दिया जायेगा।''

वीरगोरिया के तेजस्वी गौर वर्ण, गठा बलिष्ठ शरीर, मांसल भुजायें, ऊँचा कद देखकर छिपुला नरेश की शंका उचित थी। देवहरू का संकेत पाकर वीरगोरिया ने कहा।

''अरे दुष्ट, छिपुलानरेश, तुम स्वयं अशिष्ट व अभद्र हो, साधुओं को अशिष्ट व अभद्र कहते हो। तुम छिपुला के साधारण मण्डलप्रमुख हो, तुमने देवाधिदेव महादेव की तपःस्थली को साधु, संन्यासियों एवं महादेव के भक्तों की वेदना स्थली बना दिया है। अरे दुष्ट! तुझे महादेव के प्रकोप की चिन्ता नहीं है?''

''अरे मुर्ख साधु! तू मुझे शिक्षा देना वाला कौन होता है? मैं छिपुला का राजा हूँ, मेरे क्षेत्र के नियमों का पालन इस क्षेत्र में प्रवेश करने वाले प्रत्येक मनुष्य को करना पड़ता है।''

''दुष्ट बौणीबुंगा, महादेव के भक्तों को दास बनाना, जो दासता स्वीकार न करें उसे बन्दी गृह में डाल देना, क्या यही नियम तुम्हारी संस्कृति और वीरता है? आज अपने बन्दी गृह में जाकर देख! एक भी बन्दी वहाँ नहीं है। सभी मुक्त हो चुके हैं। तेरे सभी सैनिक या तो मारे गये हैं, या अचेत पड़े हैं। तेरे सबसे वीर योद्धा स्यूरा-प्यूरा पहले ही महादेव से क्षमा प्रार्थना कर मेरी शरण में हैं। अब तेरा अन्त निश्चित है।''

छिपुला नरेश दुष्ट तो था ही, अत्यंत चालाक भी था। वह जान चुका था कि मेरी रक्षा में अब कोई नहीं है। उसने तुरन्त पैतरा बदला और बोला।

''तुम दोनों साधु कौन हो? क्या चाहते हो? यदि तुम सच बताओ तो मैं तुम्हें क्षमा कर सकता हूँ।''

वीरगोरिया का क्रोध बढ़ता जा रहा था, वह तो चाह रहा था कि छिपुला नरेश की गर्दन पकड़ कर तोड़ दे; परन्तु देवहरू की आज्ञा न थी। वह तेज कदमों से आगे बढ़ा और छिपुला नरेश को घसीटता हुआ आसन के नीचे ले आया और देवहरू के चरणों में पटक दिया और कहा।

''अरे दुष्ट! अत्याचारी छिपुला नरेश तू हमें क्या क्षमा करेगा? तुम्हें तो अब महादेव के अतिरिक्त कोई क्षमा न कर पायेगा।''

दरबार में शेष बचे पार्षद व सलाहकारों ने जहाँ स्थान पाया भाग खड़े हुये, छिपुला नरेश देवहरू के चरणों पर पड़ा था। अब वह थर-थर काँप रहा था। वह तो अपने दुष्कर्मों से संचित धन, दूसरे योद्धाओं के बल पर राज्य कर रहा था। उसने युद्ध का सामना कभी नहीं किया था। उसके थुलथुल शरीर में कोई बल न था। भोग विलास से उसका शरीर खोखला हो चुका था। वीर, तपस्वी, बलिष्ठ गोरिया ने जब उसे अपने परिश्रमी बाँहों से उठाकर देव हरू में चरणों में पटका तो वह समझ गया कि यह कोई साधारण साधु नहीं है। वह गिड़गिड़ाता हुआ देवहरू के चरणों में पड़ा था। देवहरू ने कहा।

''छिपुला नरेश! इस बलिष्ठ तपस्वी के बल को तुम जान गये हो, यह कोई साधारण तपस्वी नहीं है। यह है- घाटकामसाण का वध करने वाला, प्रतापी राजा हालुराई का पुत्र, धूमाकोट का परम प्रतापी, महायोद्धा और तपस्वी है राजकुमार- वीरगोरिया। तुम्हारे मण्डल में हो रहे अत्याचारों से प्रजा को मुक्ति दिलाने इसे तुम्हारे मण्डल में स्वयं आना पड़ा। अब तुम देवाधिदेव को याद कर अपनी मुक्ति का मार्ग तय कर लो, यह तुम्हारे लिए अन्तिम अवसर है।''

छिपुला नरेश को घाटका के वध की सूवना थी। वह यह जानकर हतप्रभ था कि उसको भूमि पर पटकने वाला स्वयं धूमाकोट का राजकुमार है। उसने देवहरू के पाँव पकड़ लिए, और बोला।

''साधुदेव, मुझे क्षमा करें, मैं भटक गया था, मुझे कोई उचित मार्ग दिखाने वाला नहीं था। मैं अपने को सर्व शक्तिमान मान बैठा था। देवाधिदेव महादेव को मैं भूल गया था। मुझे निश्चित ही किसी का उचित मार्ग दर्शन नहीं मिला। सामड़भट ने पर्याप्त धन लेकर मुझे स्वच्छंद कर दिया था। मैं क्षमा चाहता हूँ। मैं देवाधिदेव की पूजा अर्चना पुन: पूर्व की भाँति छिपुला केदार में प्रारम्भ कराऊँगा। सभी साधु संन्यासियों को पवित्र झील तथा कैलाश पर्वत यात्रा का मार्ग प्रशस्त कराऊँगा। उनकी सेवा करूँगा। आपके अधीन रहूँगा।''

बार-बार क्षमा याचना कर,देवहरू के चरणों को अपने आँसुओं से धोने लगा। देवहरू करुणामय महादेव के भक्त थे। पर वीरगोरिया का क्रोध शांत न हुआ था। देवहरू ने गोरिया से कहा।

''युवराज वीरगोरिया! छिपुला नरेश को अपने कर्मों पर पश्चाताप है, वह बारम्बार क्षमा याचना कर रहा है। हमें उसे क्षमा कर, एक अवसर अपनी भूल सुधार का देना चाहिए। हम देवाधिदेव, कृपालु महादेव के भक्त हैं, वो बड़े दयालु हैं, बाबा क्षमाशील हैं, हमें उनका अनुसरण करना चाहिए, तुम्हारा क्या विचार है?''

''देव, आपके वचन ही मेरे लिए आदेश हैं; परन्तु इसके कार्यों पर हमें सदैव दृष्टि रखनी पड़ेगी। यदि इसे पुन: स्वच्छंद छोड़ दिया गया और इसने तनिक भी दुष्टता दिखायी तो, मैं उसके नाश के अतिरिक्त कुछ भी कम न चाहूँगा।''

''उचित है वीरगोरिया! हम इसके कार्यों पर दृष्टि रखने की व्यवस्था यहाँ करेंगे।''

देवहरू ने कहा, ''उठो छिपुला नरेश, उठो और राजकुमार वीरगोरिया से क्षमा याचना कर उन्हें आश्वस्त करो कि तुम धर्म व न्याय के मार्ग से विचलित नहीं होगे।''

छिपला नरेश उठा और वीरगोरिया के चरणों में गिरकर बार-बार क्षमा प्रार्थना करने लगा। वीर गोरिया ने कहा।

''छिपुला नरेश, तुम्हें समझना होगा कि हम सब एक साधारण मनुष्य हैं; परन्तु तुम्हें ईश्वर ने एक मण्डलप्रमुख के घर जन्म दिया, इसमें तुम्हारा क्या योगदान है? तुम्हें स्वत: प्राप्त इस सौभाग्य का लाभ उठाना चाहिए था। उच्च पद पाकर तुम्हें महादेव व महादेव के पवित्र क्षेत्र की निर्धन व निरीह प्रजा की सेवा करनी चाहिए थी। पवित्र झील के दर्शन हेतु जाने वाले तीर्थ यात्रियों की सेवा करके उनकी यात्रा के पुण्य का भागी बनना चाहिए था। उच्च कुल में उत्पन्न कर ईश्वर ने मनुष्य मात्र की सेवा करने का जो सुअवसर तुम्हें प्रदान किया था उसका तुमने तिरस्कार किया है। तुम्हें मैं अन्तिम अवसर देता हूँ-अपने कुकृत्यों, पाप कर्मों को धोने का, मुक्ति का, अपने पापों के प्रायश्चित का, अन्यथा तुम्हारी मृत्यु मेरे हाथों निश्चित है।''

छिपुला नरेश की आँखों से अश्रुधार बह रही थी। वह पहली बार इतना निरीह व कातर दिखायी दिया था। उसको पहली बार अनुभव हुआ कि उससे भी कोई शक्तिशाली है, उससे भी कोई वीर है, उससे भी कोई ज्ञानी है। आज ऊँट पहाड़ के नीचे था।

छिपुला केदार की यात्रा

छिपुलाकोट के मुख्य सभा कक्ष में चारों ओर कारागार से मुक्त हुए साधु, संन्यासी, तीर्थयात्री पंक्तिबद्ध हो बैठे थे। छिपुला नरेश ने प्रत्येक साधु को स्वच्छ साफ नये वस्त्र भेंट किये। जिन्हें कल तक छिपुला नरेश विविध प्रकार सताता था, दण्ड देता था, दासता कराता था, आज उन्हें अपने हाथों से भोजन परोस रहा था। नये वस्त्र भेंट कर रहा था, उनका सेवा सत्कार कर रहा था-स्वयं अपने हाथों से। इस कार्य में उसका पूरा परिवार व रानियाँ भी साथ दे रही थीं। छिपुला नरेश की कई रानियाँ थीं। जिसमें अधिकांश राजा छिपुला के अत्याचारों से दुखी थीं। दासियों की भाँति रहती थीं। छिपुला के स्वभाव परिवर्तन से वे सभी अत्यंत प्रसन्न थीं। देवहरू व वीरगोरिया के प्रताप से यह सम्भव हो सका था। सभी कैद से मुक्त हुए साधु-संन्यासियों, तीर्थ यात्रियों के भोजन के पश्चात् उन्हें दक्षिणा देकर उन सबसे छिपुला नरेश ने क्षमा याचना की। चारों ओर प्रसन्नता थी। इस प्रकार सभी बंदियों की सेवा करने के उपरान्त वह आसन में बैठे देवहरू व वीरगोरिया के समक्ष हाथ जोड़कर आ खड़ा हुआ।

वीरगोरिया ने कहा, ''छिपुला नरेश! अब तुम हमें सत्य बताओ कि तुम्हें इन निर्दोष साधु-तपस्वी, निरीह तीर्थ यात्रियों की सेवा से सुख मिल रहा है या इन्हें सताकर, दण्डित कर अधिक सुख मिल रहा था?''

''राजकुमार वीरगोरिया, मैं अति दुर्भाग्यशाली था! मेरे पिताश्री की मृत्यु के समय मैं किशोर था। सामड़भट ने छिपुला कोट में आकर मुझे इस मण्डल का प्रमुख घोषित किया, उसकी संगत से में मांस, मदिरा, अभिचार, अन्याय के दलदल में धँसता चला गया। उसके वापस धूमाकोट चले जाने पर मैं अपने को सर्वशक्तिमान मानते हुए इसके दिखाये मार्ग पर चलने लगा। इसके पूर्व मुझसे टकराने वाला कोई न था, न सद्मार्ग दिखाने वाला। बस अपनी बुरी आदतों की रौ में बहता चला गया। आज तुम्हारे आने से मुझे अपनी तुच्छ शक्ति का अनुभव हुआ। आज मुझे कोई ललकार कर भय दिखाने वाला मिला। मुझे आज सत्य-असत्य, न्याय व अन्याय में अन्तर दिखाने वाला मिला। देव! में कोटि-कोटि क्षमा चाहता हूँ। मैं अब आपके आदेशों का ही अनुसरण करूँगा।''

''उचित है, अब तुम्हें छिपुला-केदार चल कर, देवाधिदेव महादेव की पूजा अर्चना कर, उस पुण्य क्षेत्र की पवित्रता व श्रेष्ठता को स्थापित करना है। प्रतिवर्ष इस छिपुला केदार में आज के दिन विशाल जात्रा एवं पूजा का आयोजन किया जाएगा। जिसमें, मैं स्वयं उपस्थित होकर पूरे छिपुला मण्डल वासियों के साथ देवाधिदेव महादेव की पूजा अर्चना करूँगा।''

सभी तपस्वी, तीर्थयात्रीगण एवं छिपुलानरेश अपने परिवार के सदस्यों सहित पूजा की व्यवस्था कर शिव गुफा की ओर प्रस्थान कर गये। सबसे आगे स्यूरा-प्यूरा योद्धा लम्बी-लम्बी लाल ध्वजायें फहराते हुए चल रहे थे। पीछे सैकड़ों लोग छिपुला महादेव के गीतों का गान करते चल रहे थे। सबसे पीछे देवहरू, वीरगोरिया, देवसैम चल रहे थे। उसके बाद छिपुला नरेश अपने परिवार के साथ थे। उनके पीछे ढोल, नगाड़ों, भौंकरों, तूरी, शंख-घंटा बजाते सैकड़ों नर-नारी व साधु तीर्थयात्री चल रहे थे। नियत

स्थान पर पहुँच कर देवहरू ने सभी को रोकते हुए कहा।

''आप समस्त भक्तगणों की देवाधिदेव महादेव के प्रति अपार श्रद्धा है। लेकिन आगे की यात्रा कठिन है, दुर्गम है। अत: छिपुला नरेश, वीरगोरिया, देवसैम तथा कुछ स्वस्थ व सक्षम तपस्वी साधु ही आगे दुर्गम स्थल की ओर पूजा हेतु यात्रा करेंगे। शेष नर-नारी, तीर्थयात्री आदि इसी सरोवर के पास पड़ाव डालें। हम पूजा अर्चना सम्पन्न कर वापस इसी स्थान पर लौटेंगे। स्यूरा-प्यूरा वीर तुम इन यात्रियों की रक्षा में यहाँ रुकोगे।''

स्यूरा प्यूरा ने कहा, ''आप निश्चिंत हो पूजा हेतु प्रस्थान करें, हम दोनों भाई इस पड़ाव की रक्षा में सतत तत्पर रहेंगे।''

यह छोटा यात्री दल विषम, विषाक्त वनस्पति युक्त वनों को पार करता, दुर्गम पर्वतों को लाँघता कठोर यात्रा के लिए निकल पड़ा-देवाधिदेव महादेव के पूजा और दर्शनार्थ।

सुखद विदायी

छिपुलाकेदार की यात्रा सम्पन्न कर सभी छिपुला कोट वापस आ चुके थे। छिपुला नरेश बौणीबुंगा के पास एकत्र धन की कमी न थी। उसने राजकुमार वीरगोरिया को आश्वासन दिया कि वह धूमाकोट को सदैव समुचित सहयोग करेगा तथा धन, धान्य व वीर सैनिकों के सहयोग के रूप में वह सदैव तत्पर रहेगा।

वीर गोरिया ने कहा। ''छिपुला नरेश, राज्य को शुल्क के रूप में कुछ धन की अवश्य ही आवश्यकता होती है; परन्तु मुझे अधिक सैन्य बल की आवश्यकता नहीं है, मैं तुम्हारे दो वीर स्यूरा-प्यूरा को ही साथ ले जाऊँगा, जिससे तुम्हारे अन्न भण्डार में भी भारी बचत होगी। मुझे ऐसे शुल्क का अंश कदापि नहीं चाहिए जो अन्याय व बलपूर्वक-छलपूर्वक प्राप्त किया गया हो। तुम्हें भी अपनी सैन्य क्षमता को सीमित रखना होगा, ताकि प्रजा से एकत्र किए गए कर एवं शुल्क को प्रजा के हित में व्यय कर सको। तुम्हें हर प्रकार की सुरक्षा धूमाकोट की ओर से उपलब्ध रहेगी। धूमाकोट तुम्हें पूरी सुरक्षा का आश्वासन देता है। तुम्हारा उद्देश्य न्यायकारी हो, प्रजा सुखी हो, मेरी यही कामना है।''

छिपुलानरेश ने जयघोष करते हुए कहा। ''राजकुमार वीरगोरिया की जै हो।'' ''देवहरू की जै, देवसैम की जै।'' पूरा छिपुलाकोट जयकारों से गूँज उठा।

छिपुलाकोट में चारों ओर हर्ष व्याप्त था। छिपुलाकोट के नरेश का हृदय परिवर्तन हो चुका था, जिसे लोग वीरगोरिया की उपस्थिति व देवहरू का आशीर्वाद मान रहे थे। नरेश का पूरा परिवार वीरगोरिया का हृदय से आभार व्यक्त कर रहा था जिसके कारण छिपुला नरेश सद्मार्ग की ओर अग्रसर हुआ था। देवहरू, देवसैम एवं वीरगोरिया की नरेश सहित पूरे परिवार एवं छिपुला की प्रजा ने आरती उतार कर आदर पूर्वक विदायी दी। उनके हृदयों में वीरगोरिया अमिट छाप छोड़ चुका था, वह सर्वजन की श्रद्धा का पात्र बन चुका था। देवहरू, देवसैंम के साथ उच्च हिमालयी क्षेत्र से मध्य हिमालय की ओर

उतर पड़े। स्यूरा-प्यूरा योद्धा उनके साथ थे। तीर्थ यात्रियों एवं साधु संन्यासियों का विशाल समूह महादेव का गान करते, घाटियों की ओर चल दिया। छिपुलाकोट राजकुमार वीरगोरिया की जैकार से गूँजता रहा।

चिंताकुल वीरगोरिया के गोरीछाल सैनिक पड़ाव में यह सूचना मिलते ही कि राजकुमार वीर गोरिया छिपुला पर विजय प्राप्त कर शीघ्रता से लौट रहे हैं,सैनिकों में अपार हर्ष एवं उत्साह छा गया। वीरगोरिया के स्वागत की तैयारी में वाद्य यंत्र सजने लगे। ढ़ोल, नगाड़ा, बीन, तूरी, भौंकर, छाल, दमुवा, सब सज कर आनन फानन में तैयार हो गये। सैनिक अपनी वेशभूषा में हाथों में अस्त्र-शस्त्र लिए क्रमबद्ध -अनुशासित हो गए थे।

कुछ ही घड़ी में ''वीरगोरिया की जैकार की ध्वनि'' गोरीछाल तक सुनाई देने लगी। उत्साहित वादकों ने अपने वाद्य बजाने शुरू कर दिये। सम्पूर्ण वातावरण विजय और वीरता के उत्साह के रंग में रँग चुका था।

जैसे ही वीरगोरिया ने गोरीछाल की सीमा में प्रवेश किया, दोनों ओर से गगन भेदी जयकारे लगने लगे, वाद्य यंत्र और तीव्र गति से बजने लगे। स्यूरा-प्यूरा वीर ऊँचे लाल व सफेज ध्वज लहराते हुए आगे पीछे चल रहे थे। वीरगोरिया, देवहरू, दैवसैम के पीछे सैकड़ों साधु संन्यासी, तीर्थ यात्री तालबद्ध हो महादेव के कीर्तनभजन करते चले आ रहे थे।

जन समूह के हर्षोल्लास का पार न था। सभी सैनिक व छिपुलाकोट से मुक्त हो कर लौटे लोग आनन्द से नाच रहे थे। रोमांच व आश्चर्य से थिरक रहे थे। यह दृश्य देख सब को लग रहा था कि उनके साथ-साथ, वन, वृक्ष, लतायें, पशु, पक्षी भी झूम उठ है।

जन समूह विभोर होकर पुकार रहा था। ''राजकुमार वीर गोरिया की जै........''

''देवहज्यू की जै.........'', ''देवसैम की जै.........।''

गगन भेदी कंठस्वरों से गोरीछाल की पहाड़ियाँ, घाटियाँ गुंजायमान हो उठी। वीरगोरिया ने अपना साधु वेश छोड़, सैन्य-वस्त्र एवं अस्त्र-शस्त्र धारण कर लिये। कुछ घड़ी पश्चात ही गोरीछाल सैनिक शिविर से सभी वापस बालेश्वरतीर्थ-थल की ओर उतर चले। ग्राम-ग्राम में जहाँ से राजकुमार वीरगोरिया निकलते लोग उनकी आरती उतारते, उन्हें तिलक लगाते थे। देवहरू अस्वस्थ तथा रोगियों को भभूती लगाकर आशीर्वाद देते। निर्भय प्रजा-उत्साहित थी, आनन्दित थी। राजकुमार वीरगोरिया की जैकार का घोष हिमालय की उपत्यकाओं में, ग्राम-ग्राम में, सुदूर जनपदों में, नगर वीथिकाओं में फैलता जा रहा था। वीरगोरिया प्रजा के कष्ट हरता, न्याय दिलाता आगे बढ़ता जा रहा था-उत्तरापथ के लोगों में उत्साह, आनन्द, उमंग, स्वतंत्रता एवं निर्भयता का संचार करते हुए।

भाना-भानुली का हर्ष

माँ भानुली बावली हो इधर से उधर भाग रही थी। आँगन-पटाँगण, घर में लोगों की भीड़ से तिल रखने का स्थान न था। रोज रोज वीरगोरिया की वीरता की नयी कहानियाँ गोरीघाट पहुँच रही थीं।

घाटकामसाण का वध, धूमाकोट का राजकुमार घोषित होना, उसके बाद सैनिक अभियान द्वारा छिपुला नरेश को परास्त करने का समाचार गोरीघाट पहुँच चुका था। बालागोरिया अब वीरगोरिया बन चुका था। राजकुमार वीरगोरिया की कीर्ति उत्तरापथ में फैलती जा रही थी। लोग भाना-भानुली के घर आकर वीरगोरिया की विजय की कहानियाँ सुनाते थे-

''पत्थरों की वर्षा करके छिपुलागढ़ पर विजय प्राप्त करने का समाचार है। लोग उसके अचूक निशाना लगाने की प्रशंसा करते नहीं थक रहे हैं। बालागोरिया न जाने कितने षडयंत्रों और झंझावातों से बच निकला था, अब तो वह बीस वर्ष का युवा है। वह छः हाथ लम्बा-ऊँचा, बलिष्ठ, सुदृढ़ भुजाओं वाला योद्धा बन चुका है। उसका उन्नत विशाल वक्ष है, उसकी कलाइयाँ धनुष व खड्ग चला कर चौड़ी हो चुकी हैं। उसका गौर वर्ण, भव्य नेत्र, गंभीर व तेज मुखमंडल है। उसके कंधे पर गुरू गोरखनाथ द्वारा दिया गया दिव्य धनुष है। वीरगोरिया का कठोर शरीर सौष्ठव है। अधरों पर मंदस्मित, कभी लुप्त न होने वाली चिर मुस्कान है। अति शक्तिशाली घाटका को उसके ही त्रिशूल से वध करने वाला, छिपुला नरेश को उसके गढ़ में अकेले घुस कर परास्त करने वाला, अवश्य ही साधारण मनुष्य नहीं है। वह अवश्य कोई अवतारी है। इसमें कोई संन्देह नहीं!'' ग्राम पधान हिरदा गोरिया की वीरता का वर्णन करता जा रहा था।

पूरी एकत्र भीड़ नि:शब्द होकर हिरदा पधान के मुख से वीरगोरिया की वीरगाथा सुन रही थी। भाना-भानुली का मन अपने बालागोरिया से मिलने को व्याकुल था। उनकी गोरिया के दर्शन की आकुलता प्रतिपल तीव्र होती जा रही थी।

''हम दोनों का मन अपने गोरिया से मिलने को आतुर है; परन्तु जो भी व्यक्ति किसी महान कार्य में लगा हो उसका अपने निकटस्थ लोगों से विछोह स्वाभाविक हो जाता है। देश, समाज, धर्म की रक्षा में संलग्न लोगों के लिए पूरा समाज, पूरा राज्य ही उनका परिवार होता है।'' भाना ने बड़ी दार्शनिक मुद्रा में कहा; परन्तु माँ भानुली का हृदय व्याकुल था। उसने आठ वर्ष तक उसे अपनी छाती से लगाकर पाला था। वह अपने युवा वीर पुत्र का एक बार दर्शन करना चाहती थी। आज जिसकी कीर्ति सुन उसका मस्तक गर्व से ऊँचा हो रहा था। भानुली के हठ के कारण ही भाना उसे गुरु गोरखनाथ के आश्रम में छोड़ आया था। तब भानुली कभी-कभी सोचती मैंने क्या यह उचित किया? मेरा बालागोरिया मुझसे बिछुड गया। क्या वह अब मुझे ईजा कह कर बुलाएगा। अब तो वह राजकुमार बन चुका है, उसे अपनी जन्मदात्री माँ मिल चुकी है। वह गोरीघाट की इस मछली के बदबू वाली भानुली के घर एक बार भी क्या लौट कर आयेगा? क्या वह राजकुमार अब इस दीन-दलित भानुली को पहले की तरह गले लगा कर चिपटाएगा? गोरिया को माँ भानुली व बापू भाना की नराई लगती होगी? भानुली की आँखों से आँसुओं की धार बहने लगी। आँसू खुशी के थे या बिछोह के? पर आँसू एक ममतामयी माँ के थे।

ठोलसागर विद्या और धरमदास

वीरगोरिया की बावन वीरों, छत्तीस रौतानों की पंच पैरूणी सेना, देवहरू एवं देवसैम के साथ वापस धरमघर नामक स्थान में एकत्र हो गयी, जहाँ पर नागनायक महानन्द उनका स्वागत कर रहे थे। वीरगोरिया का भव्य स्वागत किया गया। छिपुलानरेश की क्षमा याचना करने और राजकुमार वीरगोरिया के आदेशों के अधीन कार्य करने का समाचार चारों ओर फैल चुका था।

इधर सामड़ ने पूरे व्याघ्रेश्वर जनपद में निरंकुश व स्वेच्छाचारी राज्य स्थापित किया हुआ था। जनपद के सभी जन संत्रस्त थे। सामड़ को शरीर बल का तो अहंकार था ही, विष-विद्या के द्वारा वह वीर व शक्तिशाली योद्धा को बिना लड़े ही अचेत करने की शक्ति रखता था। नाना प्रकार की सिद्धियों से प्राप्त क्षमता पर उसे असीम विश्वास था, साथ में राज सत्ता का बल था। इस प्रकार वह अथाह अहंकारी व दम्भी हो गया था। सामड़ जो कभी महत्वाकांक्षी, महावीर सेनानायक था;आज वह अधर्मी, लोलुप, कामी हो चुका था। वह प्रजा से उसकी आय का बड़ा भाग लेकर उनको संरक्षण प्रदान करने के स्थान पर उन्हें आतंकित कर रहा था। प्रजा की सम्पत्ति, परिवार, कन्यायें, जीवन सब कुछ असुरक्षित था। साधु संतों, तपस्वी, विद्वानों, सज्जनों को अपमान, कष्ट व यातना भुगतनी पड़ रही थी। जन-जन के भीतर आक्रोश था।

आवश्यकता थी-एक चिनगारी की। अनुपयोगी सूखी घास को भस्म करने के लिए अग्निकण को ही सूखी घास तक पहुँचना पड़ता है। अन्याय,अत्याचार,शोषण रूपी अनुपयोगी घास को भस्म करने के लिये अग्नि को भी जलना पड़ता है। बिना कष्ट उठाये, बिना कड़े श्रम-संघर्ष के इन्हें समाप्त करना सम्भव नहीं है। जन जन को प्रतीक्षा है-एक वीर नायक की, जो बस आगे बढ़ कर इस अत्याचारी को ललकार ले।

सभा में देवहरू ऊँचे आसन पर बैठे थे, उनकी बाँयीं ओर देव सैम, दाँयीं ओर राजकुमार वीरगोरिया अस्त्र-शस्त्र से सुसज्जित हो बैठा था। सामने नागनायक महानन्द, कमस्यार, दफौट, बारामण्डल, सिंगारकोट, मदकोट,अस्कोट लड़ियाधूरा, घाट, शेरा, सोर, सीरा, दानपुर, सालम, गंगोल, चैगर्खा आदि कई मण्डलों के प्रमुख क्रमबद्ध हो बैठे थे। वे सभी अपनी अपनी सैन्य शक्ति के साथ सामड़मसाण से युद्व को प्रस्तुत थे। उन्हें यहाँ पर एकत्र करने का भार धरमदास को सौंपा गया था। धरमदास देवहरू का शिष्य था। वह अपने मुख्य वाद्ययंत्र, विशेष रूप स ढोल-दमुवा से ऐसी वीर धुन निकालता था जिससे वीरों की रगों में रक्त संचार तेज हो जाता था। रोमकूप खड़े हो जाते। धरमदास ने देवहरू व वीरगोरिया के परामर्श से सभी मण्डलों में घूम-घूम कर अपने ढोल के वीर स्वर के साथ वीरगोरिया के संदेश का प्रचार किया। सभी को क्रूर मसाण से युद्ध के लिए प्रेरित कर धौलीनाग में एकत्र होने का संदेश दिया था।

सामड़मसाण ने अपार सैन्य क्षमता भी जोड़ ली थी। अत्याचार से संचित धन एवं आतंक के द्वारा ग्राम-ग्राम से बलिष्ठ हृष्ट पुष्ट युवकों को बल पूर्वक सेना में भर्ती करता था। इस प्रकार सामड़ अजेय

हो चुका था। उसकी सेना को हराना भी सरल न था। बात केवल सामड़ को परास्त करने की नहीं थी अपितु उसकी सैन्य क्षमता को दृष्टिगत रखना परम आवश्यक था। देवहरू, देवसैम, नागनायक महानन्द ने मंत्रणा की तथा यह विचार स्थिर हुआ कि सामड़ को परास्त करने के लिए एक बड़ी सेना एकत्र की जाये ताकि सामड़ की विशाल सेना को परास्त किया जा सके। जिसके लिए धूमाकोट के सभी छोटे-छोटे राजाओं, मण्डल प्रमुखों को सूचित कर, सामड़मसाण के दमन के लिए आमंत्रित किया जाये। विगत अट्ठारह वर्षों में ये मण्डल प्रमुख, महाराजा हालुराई के निष्क्रिय हो जाने के कारण युद्ध व संघर्षों के प्रति भी उदासीन हो गये थे। इसीलिए आवश्यकता थी कि इनमें संघर्ष के प्रति ललक उत्पन्न की जाय। सामड़ के अत्याचारों के विरूद्ध संघर्ष की इच्छा उत्पन्न की जाय। मंत्रणानुसार देवहरू के शिष्य धर्मदास को आमंत्रित किया गया। धरमदास उत्तरापथ के वाद्य यंत्रों, विशेष रूप से ढोल, दमुवा, नगाड़ा से एक विशेष प्रकार की वीर रस की ध्वनि निकालता था, जिससे मनुष्य आवेशित हो जाता। वीर रस की ध्वनि से वह अत्याचार, अनाचार के विरुद्ध युद्ध करने के लिए प्रेरित हो उठता। यह एक अलौकिक ठोलसागर विद्या थी। धरमदास की यह विद्या पूरे उत्तरापथ में फैली थी। हर एक राजा के यहाँ युद्ध हेतु प्रेरित करने के लिए ढोल, दमुवा, नगाड़ों की टोली आवश्यक रूप से होती थी। धरमदास का वाद्य-दल मात्र वीर रस का संगीत ही नहीं वरन् सुबह-शाम मन्दिरों में नौबत संगीत भी बजाता था। इन वाद्य-दलों के बिना कोई विवाह अपूर्ण-सा लगता था। सैनिकों को संकेत देने के लिए भी इन ढोल, दमुवा, नगाड़ों से उत्पन्न ध्वनि का सहयोग लिया जाता था-जैसे प्रात: जगने का संकेत, कूच-प्रस्थान हेतु संकेत, विश्राम का संकेत, युद्ध प्रारम्भ करने तथा रोकने का संकेत। इन वाद्य यंत्रों का संचालन करना आसान न था। इस विद्या का महारथी था-धरमदास। उसके परिवार की लम्बी परम्परा थी जिसमें सैकड़ों पुरुष पूरे उत्तरापथ में फैले थे। धरमदास के ढोल, दमुवा, नगाड़ों से उत्पन्न ध्वनि से सैनिकों के रोंगटे खड़े हो जाते। उनके रक्त में उबाल उठता, वे युद्ध के लिए प्रेरित हो उठते थे।

धरमदास के बारे में लोगों का विश्वास था कि देवहरू ने एक बार अपने गुरू गोरखनाथ की आज्ञा से अपने पसीने की कुछ बूँदें शिलाओं पर पटकी तो उसमें संगीत की तीव्र ध्वनि-तरंगें उत्पन्न हो गयीं। इन ध्वनि तरंगों के प्रभाव से धरती फट गयी और उस धरती से ढोल, दमुवा, नगाड़ा लिए धरमदास उत्पन्न हुआ, उसके साथ अन्य वाद्ययंत्रों के साथ पूरा संगीत घराना उत्पन्न हुआ था। जो भी सत्य हो, परन्तु यह सत्य था कि धरमदास जब अपना ढोल गले में डालता और घिंघारू के मजबूत डन्डे से ढोल को बजाता तो उसकी ध्वनि चारों दिशाओं में फैल जाती, जिसकी ध्वनि सुनकर लोग उसकी ओर खिंचे चले आते। जिस रस की स्वर लहरी वाद्ययंत्रों से फूटती, लोग उसी रस-रंग में डूब जाते थे। नृत्य, भाव, भक्ति, वीर, उमंग, उत्साह के स्वर लहरियों का प्रभाव मनुष्य के मस्तिष्क में लम्बे समय तक असर करता था।

निश्चित ही उत्तरापथ के जन जीवन में इस संगीत घराने का महत्व अत्यधिक था। कोई भी मांगलिक कार्य हो अथवा युद्ध; इन वाद्ययंत्रों के संगीत रस का होना अनिवार्य-सा बन गया था। सभी लोग धरमदास का हृदय से सम्मान करते थे। यह स्वाभाविक भी था। इन वाद्यों के संचालन के पूर्व इनका एक निश्चित विधि से पूजन भी किया जाता था। धरमदास तथा उसके दल को नये वस्त्र एवं नयी पगड़ी पहनायी जाती थी।

ऐसे समय में जब सामड़, विशाल सेना के साथ सिद्धि प्राप्त कर महाबलशाली हो चुका था और इस बलशाली सामड़मसाण के दमन की चुनौती थी, ऐसे में धरमदास का होना अति आवश्यक था।

धरमदास अपने पूरे वाद्ययंत्रों का दल साथ लेकर देवहरू व राजकुमार वीरगोरिया के सम्मुख उपस्थित हुआ और दोनों को अभिवादन कर आदेश माँगा। वीरगोरिया ने धरमदास से कहा।

''धरमदास! तुम्हें ज्ञात है कि व्याघ्रेश्वर मण्डल व आस पास के कई मण्डलों में सामड़मसाण ने आतंक फैला रखा है। उसने तांत्रिक षट्कर्म के द्वारा कई तांत्रिक सिद्धियाँ प्राप्त कर ली हैं। वह असीम बलशाली तो था ही, अब नाग जाति से बल-छल पूर्वक कई घातक विषों को प्राप्त कर उनका भण्डार जमा कर लिया है। वह तांत्रिक शक्तियों का प्रयोग कर अपना शरीर बड़ा-छोटा बना लेता है। वह चीड़ के वृक्ष के समान लम्बा हो जाता है, उसी अनुपात में वह मोटा व बलशाली भी हो जाता है। देव महानन्द ने मुझे अवगत कराया है कि-उसे देख स्त्री, बच्चे तो तुरन्त अचेत हो जाते हैं या उन्मत्त हो जाते हैं। सामान्य हृदय वाले पुरुष तो क्या कड़े हृदय वाले पुरुषों में भी वह अपना भीषण प्रभाव जमा देता है। जिस पर भी उसकी कुदृष्टि पड़ती है वह विविध प्रकार से पीड़ित हो जाता है। इस अपविद्या के कुप्रभाव से पूरे व्याघ्रेश्वर क्षेत्र में अनाचार, अत्याचार, अभिचार,अन्याय फैला हुआ है। जिस कारण लोग सामड़भट को सामड़मसाण के नाम से संबोधित करने लगे हैं। उसने बड़ी सेना भी एकत्र कर ली है। अत: तुम्हें एक महत्वपूर्ण कार्य सम्पन्न करना है कि...'' वीरगोरिया के कुछ पल रुकते ही धरमदास ने कहा।

''राजकुमार! निश्चित ही सामड़मसाण का आतंक भयावह है। मेरा परिवार वर्षों से व्याघ्रेश्वर तीर्थ की ओर नहीं जा पा रहा है। वहाँ ढोल, दमुवा व नगाड़ों की ध्वनि से सामड़ कुपित हो जाता है, जिस कारण उसने इन वाद्ययंत्रों को बजाने पर भी प्रतिबन्ध लगा रखा है।''

वीरगोरिया ने पुन: कहा,''धरमदास! सामड़ जानता है कि तुम्हारे वाद्ययंत्रों से निकलने वाली वीर रस की स्वर लहरियों से लोगों में वीरता का भाव जग जायेगा और लोग सामड़ के अन्याय के विरुद्ध उठ खड़े हो सकते हैं। इसी कारण उसने तुम्हारे वाद्ययंत्रों को अपने अधिकार क्षेत्र में बजाने पर रोक लगा दी है; परन्तु आज तुम्हें इन्हीं वाद्य यंत्रों से चरम संगीत लहरी उत्पन्न करनी है। वीर रस की संगीत तरंगों से जन मानस में वीरता उत्पन्न कर सामड़ के विरुद्ध युद्ध का उत्साह भरना है। तुम्हें मेरा यह सन्देश आस-पास के माण्डलिक राजाओं, मण्डल प्रमुखों तक पहुँचाना है कि सभी अपनी सैन्य शक्ति के साथ धौलीनाग स्थान पर एकत्र हो जायें। जहाँ से हम एक विशाल सेना के साथ सामड़मसाण के दमन हेतु व्याघ्रेश्वर तीर्थ की ओर प्रस्थान करेंगे।''

धरमदास तो इसी क्षण की प्रतीक्षा में था। आज लम्बे समय के बाद उसे अपने ढोल-कौशल दिखाने का अवसर प्राप्त हुआ था। साथ ही सामड़ जिसने उसके ढोल बजाने पर अपने क्षेत्र में प्रतिबन्ध लगा दिया था, उससे प्रतिशोध लेने का भी। धरमदास ने राजकुमार वीरगोरिया का आदेश व देवहरूज्यू का आशीर्वाद प्राप्त किया और अपने अभियान पर निकल पड़ा। वह मदकोट, झिगारकोट, लड़ियाधार, बेरीनाग, पाँडुनौला, बारामण्डल, झाँकरक्षेत्र, दन्याँ, बैराठ की ओर चल पड़ा। उसने अपने ढोल दमुवा नगाड़ों से ऐसी वीर स्वर-लहरी बिखेरी कि सुप्त पड़े तरुण जिसे जो शस्त्र मिला, उठा कर धरमदास के पीछे हो लेता। हजारों की संख्या में सशस्त्र तरुण, युवा पुरुष, कई मण्डलप्रमुख कुछ ही दिनों में धौलीनाग

क्षेत्र में एकत्र हो चुके थे। लोगों ने इतनी बड़ी सेना एक साथ पहले कभी नहीं देखी थी। सेना में अनोखा उत्साह था। लोग उन्हें बावन वीरों, छत्तीस रौतानों की बत्तीस पैरूड़ी सेना कहते थे। धरमदास ने अपने अनोखे वाद्य-कौशल का परिचय देकर यह कार्य सम्पन्न किया था। उसी का प्रतिफल था कि अधिकांश मण्डलों के सैन्य घरमदास के साथ धौलीनाग में एकत्र हो चुके थे। वे सब राजकुमार वीरगोरिया के नेतृत्व में सामड़मसाण से युद्ध हेतु आतुर थे।

युद्ध की ओर

वीरगोरिया के पास कुछ अलौकिक-अतींद्रिय शक्तियाँ जन्म से ही थीं। वह शारीरिक बल, बुद्धि, युद्ध कौशल, दिव्य शस्त्रों से परिपूर्ण था। श्रेष्ठ गुरु गोरखनाथ का उसे आशीर्वाद प्राप्त था। सिद्ध पुरुष परम तपस्वी मामा देवहरू, का मार्गदर्शन उसे मिल रहा था। नागनायक महानन्द ने उसे कई प्रकृति प्रदत्त विषों और औषधियों का पर्याप्त भण्डार उपलब्ध करा दिया था। वीरगोरिया में इतनी सामर्थ्य थी कि वह अकेले भी सामड़ का विनाश कर सकता था; परन्तु वह यह चाहता था कि- अन्याय व अत्याचार के विरुद्ध जन-जन में जागृति फैल जाये। सामान्य जन मानस अत्याचार व अन्याय के विरुद्ध खड़ा होकर उसका विरोध करना सीखें। सुप्त व उदासीन मण्डलप्रमुख और स्वयंभू राजाओं को अन्याय, अत्याचार से विरत रह कर मात्र बौद्धिक विरोध तक सीमित न रह कर इस के विरुद्ध संघर्ष करने के दायित्व का भान हो जाए। प्रजा की पीड़ा को उदासीनता से देखना बंद करना होगा। अत्याचारी, अन्यायी पड़ोसी राज्यों को उचित मार्ग में लाना भी न्याय प्रिय शासन का भाग है। हम अपने अगल बगल में हो रहे अन्याय, अत्याचार को यह कह कर कि वह पृथक राज्य, मण्डल, प्रदेश, घर है, अपने कर्तव्यों से विलग नहीं हो सकते हैं। वीरगोरिया ने धरमदास के माध्यम से लोगों में एक अनोखे उत्साह का संचार कर दिया था। आज मण्डल-मण्डल, ग्राम-ग्राम, घर-घर में युद्ध का उत्साह था। मातायें, बहनें स्वयं अपने घर के पुरुषों को युद्ध में जाने के लिए प्रेरित कर रही थीं। वह भीषण मसाण से मुक्ति चाहती थीं। मसाण के बारे में तरह-तरह की मनकल्पित बातों से वह सदैव चिंतित रहती थीं। अपनी कन्याओं और अपने नवजात बालकों की सुरक्षा की चिंता से वे त्रस्त रहती थीं।

आज वीरगोरिया की वीर-ललकार व धरमदास के कौशल से यह सम्भव हो सका था। इस विशाल सेना का नेतृत्त्व राजकुमार वीरगोरिया करेगा। वीरगोरिया की वीरता की चर्चा चारों ओर फैल चुकी थी। सामड़मसाण के विरुद्ध युद्ध का नेतृत्व करने का सामर्थ्य और किसी में न था। चार दिन तक सैनिकों को हर प्रकार सुसज्जित कर उन्हें अनुशासित किया गया और उन्हें आवश्यक निर्देश दे कर युद्ध के लिए तैयार कर लिया गया। धरमदास के ढोल की विभिन्न ध्वनि-संकेतों से उन्हें भिज्ञ कराया गया। संकेतों के अर्थ को समझने और उन पर दृढ़ता व कड़ाई से पालन करने का निर्देश जारी किया गया। सभी मण्डल प्रमुखों को, उप सेनानायक घोषित किया गया। वह सीधे राजकुमार वीरगोरिया से आदेश प्राप्त कर अपनी-अपनी सैन्य टुकड़ियों को नियंत्रित रखेंगे। इस प्रकार सुदृढ़ तंत्र विकसित कर इस विशाल

सेना ने व्याघ्रेश्वर तीर्थ की ओर प्रस्थान किया। सबसे आगे वीर स्यूरा ऊँचा लाल ध्वज ले कर चल रहा था। पीछे धरमदास अपने वाद्ययंत्रों के साथ था। ऊँचे श्वेत अश्व पर, श्वेत वस्त्रों में, राजकुमार वीरगोरिया दिव्य धनुष कंधे पर डाले, सेना का नेतृत्व कर रहा था। देवहरू, देवसैम, उसके आगे चल रहे थे। पीछे बावन वीरों, छत्तीस रौतानों की सैकड़ों पैरूड़ी सेना व्याघ्रेश्वर तीर्थ की ओर विजय अभियान हेतु कूच करने लगी। जहाँ से यह सेना एक साथ विजय के लिए प्रस्थान हुई उस स्थान का नाम विजयपुर पड़ गया।

वीरगोरिया ने काण्डा नामक स्थान पर माँ महाकाली की पूजा अर्चना कर विजयश्री का आशीर्वाद प्राप्त किया, और काण्डा की पहाड़ियों को पार करता मनकोट पर्वत शिखर पर पड़ाव डाला। इसके आगे सामड़ के सैनिकों के शिविर होने की सूचना प्राप्त हो चुकी थी। मनकोट की ऊँचाई से वीरगोरिया ने व्याघ्रेश्वर घाटी के विहंगम दृश्य पर नजर दौड़ाई- यह घाटी अति सुंदर थी। नदी के दोनों ओर चौड़े विशाल मैदान, जिसमें खूब फसल होती थी। उसके मध्य कलकल बहती पवित्र सरयू नदी, व्याघ्रेश्वर नाथ मंदिर के निकट गोमती नदी से मिल रही थी। इतने सुरम्य व पवित्र तीर्थ स्थान को सामण ने दुखित, दूषित स्थल बना दिया था। यह सोच-सोच कर वीरगोरिया का मन युद्ध हेत उसी तरह उतावला हो उठा जैसे चाबुक फटकारते अश्वारोही का अश्व भागने लगता है। वह सामड़ का दमन करने को उतावला हो उठा।

उसके शिविर कक्ष के प्रहरी स्यूरा-प्यूरा योद्धाओं ने वीरगोरिया की व्यग्रता को समझ लिया। दोनों ने शिविर में प्रवेश किया और अनुमति पाकर कहा।

''राजकुमार कुछ व्यथित हैं, क्या कारण है?''

''स्यूरा-प्यूरा, सामड़मसाण की अत्याचार की गाथायें सुन-सुन कर मैं स्वयं को रोक नहीं पा रहा हूँ। मैं चाहता हूँ, तुरन्त सामड़ पर चढ़ाई कर दूँ और उसको सदैव के लिए समाप्त कर दूँ।''

''राजकुमार! अब धैर्य रखें; देवहरू ने सुझाव दिया है कि कल प्रात: व्याघ्रेश्वर की ओर कूच करेंगे।''

''पर अभी क्यों नहीं? देर किस बात की? मेरे हाथ रह रह का धनुष व खड्ग तक पहुँच जा रहे हैं।'' वीरगोरिया ने कहा।

''वीर राजकुमार! देवहरू व देवसैम का मत है कि रात्रि में मसाण की ताकत कई गुना बढ़ जाती है। उसकी तांत्रिक विद्यायें रात्रि में ही अधिक घातक व मारक होती हैं। सूर्योदय होते ही इन मसाणों की शक्ति क्षीण हो जाती है।''

वीरगोरिया ने उत्तेजित होकर कहा, ''स्यूरा-प्यूरा, हम योद्धा हैं। यदि हमें रात्रि में लड़ना पड़े तो क्या हम डर कर छुप जाऐंगे? आवश्यक नहीं, सामड़मसाण दिन के उजाले में हमारे सामने आये। वह भी निश्चित ही रात्रि में ही वार करने की प्रतीक्षा करेगा।''

''आप उचित कह रहे हैं राजकुमार, व्याघ्रेश्वर पहुँचते ही सामड़ हमसे टकराने तुरन्त उपस्थित हो ही जाये आवश्यक नहीं, वह अपनी रणनीति से ही चलेगा।''

वीरगोरिया कुछ शांत हुआ, उसने कहा, ''चलो आज रात्रि के लिए धैर्य रखते हैं।''

''जो आज्ञा राजकुमार।'' यह कह कर स्यूरा-प्यूरा शिविर कक्ष की सुरक्षा में पुन: चैतन्यता से जुट गये।

रात्रि का द्वितीय पहर समाप्त होने वाला ही था। सैन्य शिविर में सैकडों सैनिक वीर गहरी नींद में रात्रि विश्राम कर रहे थे के पश्चिम में कुछ भुनभुनाहट के स्वर आ रहे थे। स्यूरा और प्यूरा जो नींद की झपकियाँ ले रहे थे ने सहसा जग कर देखा सैकड़ों राक्षस शिविर की ओर आ रहे थे। स्यूरा-प्यूरा भागते हुए वीरगोरिया को सूचित करने अन्दर शिविर में भागे, देखा वहाँ वीरगोरिया न था। दोनों आश्चर्य चकित व भयभीत हो उठे। कक्ष में वीरगोरिया के अस्त्र-शस्त्र भी न थे, न ही सैनिक वस्त्र। अर्थात् वीरगोरिया मोर्चा सँभाल चुका था। स्यूरा-प्यूरा को स्वयं पर ग्लानि हुई कि वे कैसे सोये रह गये? दोनों ने अपनी गदा, खड्ग उठाये और जिस ओर से आवाजें आ रही थीं-दौड़ पडे। उन्होंने देखा, सैकड़ों राक्षस काले वस्त्र धारण किये सैनिक शिविर की ओर बढ़ रहे है; परन्तु शिविर की ओर आने वाले एक मात्र मार्ग में वीरगोरिया अकेले धनुष का संधान किये खड़ा था। जैसे ही शत्रु सैनिक उसके बाण की परिधि में पहुँचे, एक विशेष प्रकार के बाण की बरसात होने लगी। एक साथ कई तीव्र गति बाण निकलते, वे शत्रुओं के सीने को छेदते हुए पार निकल कर दूसरे सैनिक को भेद डालते। अर्थात एक ही तीर से कई शिकार। स्यूरा और प्यूरा बस गोरिया को आश्चर्य भरी दृष्टि से निहार रह गए थे। सहसा बाँयीं ओर चट्टानों की ओट से कुछ मसाण-सैनिक निकले। अब स्यूरा-प्यूरा वीरों की बारी थी। उनके गदा व खड्ग के वार से कोई न बचा। अब तीन वीर युद्धरत थे। देखते-ही-देखते सैकड़ों खबीश, मसाण, राक्षस सैनिक मृत्यु को प्राप्त हो चुके थे। शेष जान बचाकर अँधेरे में लुप्त होते जा रहे थे। जब तक शिविर के सैनिक जगते, अस्त्र-शस्त्र लेकर कोलाहल की ओर दौड़ते तब तक युद्ध समाप्त हो चुका था। सैकड़ों सामड़मसाण के सैनिक भूमि पर मरे पड़े थे। कुछ ही क्षणों में देवहरू, देवसैम तथा सभी नायक, उपनायक युद्ध स्थल पर पहुँच चुके थे।

देवहरू ने देखा, वीरगोरिया का गौरवर्ण मुखमण्डल रक्तिम हो गया था। उसके बाण अभी भी धनुष पर चढ़े थे। नजरें अभी भी अंधकार में गड़ी थीं। दोनों स्यूरा-प्यूरा योद्धा वीरगोरिया के दाँयीं और बाँयीं ओर गदा, खड्ग लिये किसी भी सम्भावित वार को रोकने के लिए तत्पर थे। देवहरू ने चारों ओर दृष्टि दौड़ाई तथा वीरगोरिया के कंधे पर धीरे से हाथ रखकर कहा।

''वीर! शांत हो जाओ, शत्रु भाग खड़ा हुआ है।''

''नहीं देव! ये राक्षस रात को ही निहत्थों पर वार करते हैं, इन कायरों को मैंने मार गिराया है, शेष भाग खड़े हुए हैं; परन्तु यदि चौकन्ना न रहा जाये तो ये पुन: हमला कर सकते हैं। अतएव सावधान रहने की आवश्यकता है।''

''वीरगोरिया, तुम्हें सभी सेनानायकों और सैनिकों को जगाना चाहिए था।'' महानन्द ने कहा।

''नहीं देव, सभी सैनिक लम्बी यात्रा से थक कर विश्राम कर रहे थे, उन्हें कल के निर्णायक युद्ध के लिए विश्राम की आवश्यकता थी। इन कायरों के लिए तो मैं अकेला ही पर्याप्त था। इधर स्यूरा-प्यूरा ने भी खूब हाथ दिखाये।''

''लेकिन वीरगोरिया, तुम्हें इसका आभास कैसे हो गया कि ये राक्षस, रात्रि में हमला करने आ रहे हैं।''

''देव, आप अवगत हैं, मैं सोने से पूर्व देवाधिदेव व गुरूगोरखनाथ का ध्यान करता हूँ। एक घड़ी हुआ होगा, मैं ध्यान में तल्लीन था, तभी मुझे आभास हुआ कि गुरुवर मेरे कान में कुछ कह रहे हैं-वत्स! यह समय ध्यान का नहीं, युद्ध का है। तुम तपी अवश्य हो किन्तु तुम्हारा जन्म प्रजा की रक्षा हेतु है। उठो, अपने शिविर की रक्षा करो। मेरी आँख सहसा खुल गयी। मैं शस्त्र लेकर शिविर के बाहर निकला, तो मुझे कुछ भुनभुनाहट की आवाजें दूर से आती सुनायी दीं, मुझे समझते देर न लगी कि गरुदेव ने क्या आदेश मुझे दिये हैं। बाहर पड़ाव में चारों ओर सैनिक सो चुके थे, यहाँ तक कि मेरे पहरे में लगे स्यूरा-प्यूरा भी लम्बी पैदल यात्रा से थक कर सो रहे थे। मैंने अपना धनुष बाण धारण किया और शिविर से पर्याप्त दूरी पर आकर इन कायरों की प्रतीक्षा करने लगा कि कब ये मेरे बाण की परिधि में आ जायें। राक्षसों के भारी तेज खड्ग दूर से ही चमक रहे थे, जो मेरे लक्ष्यभेदन में सहायक थे। शेष आप देख ही रहे हैं।''

''राजकुमार वीरगोरिया! तुम धन्य हो, तुम महान वीर हो। तुमने अपने सैनिकों के विश्राम की चिन्ता कर, अकेले जोखिम लेकर, इन कायर राक्षसों का बध कर डाला। वीर्यहीन एवं पराक्रमविहीन मनुष्य ही दुष्टों को देखकर दैव-दैव पुकारते हैं। पराक्रमी और वीर पुरुष दुष्टों के विनाश में विलम्ब नहीं करते हैं। यह देख स्वयं देव भी प्रसन्न होते हैं। चुनौतियाँ कितनी ही शक्तिशाली,कितनी ही भीषण क्यों न हों उनको झुकना और बिखरना ही होगा। उस प्रराक्रमी का मार्ग कोई अवरूद्ध नहीं कर सकेगा जो सच्चे विश्वास से सत्य एवं न्याय के साथ हो। तब असंभव भी संभव होगा। यही तो चमत्कार है जो तुमने कर दिखाया है। देवाधिदेव इस पराक्रम को देख अवश्य ही प्रसन्न हुए होंगे। उनकी तुम पर असीम कृपा है।'' देवसैम बोल उठे।

तभी स्यूरा-प्यूरा ने जयघोष किया, जिसे सभी सैनिकों ने दोहराया, ''राजकुमार वीरगोरिया की जै।'' जयघोष से पर्वत, घाटियाँ प्रकंपित हो उठी। इस भीषण जयघोष को सुनकर यदि कोई राक्षस दल रात्रि में पुन: वार करने की सोच भी रहा होगा तो वह निश्चय ही अपना निर्णय बदल लेगा। वीरगोरिया के साहस ने सभी सैनिकों, सेनानायकों, में असीम उत्साह व साहस भर कर रख दिया, साथ ही उनके हृदयों में अपने सेनापति वीरगोरिया के प्रति अगाध आदर भी समा चुका था। वीरगोरिया ने शिविर के सैनिकों की एक भी रक्त की बूँद बहाये बिना सैकड़ों राक्षस योद्धाओं का वध कर डाला था। शेष भाग चुके थे। अब उन्हें असीम विश्वास हो गया था कि वीरगोरिया के नेतृत्व में विजय अवश्यंभावी है। ऐसे उत्कृष्ट कृत्य से वीरगोरिया का आभामंडल प्रबल-प्रभावोत्पादक हो उठा।

ऐसे वीर नायक के लिए उसके सैनिक सहज ही अपना जीवन उत्सर्ग करने के लिए सदैव तत्पर रहते है।

भानुली की व्यथा

इधर गौरीघाट में भाना, भानुली का घर धन-धान्य से भरा पड़ा था। आस पास के कई मण्डलों से लोग राजकुमार वीरगोरिया की वीर गाथायें सुन-सुन कर उसके पालक माँ-बाप भाना, भानुली व गाय चानुली को देखने आते जा रहे थे। भाना-भानुली की अनिच्छा पर भी मण्डलाधीशों ने भाना-भानुली के घर का सुधार कार्य करा दिया था। जो उनके घर आता भेंट सामग्री ले कर आता। भाना-भानुली घर में दो

ही प्राणी थे। वे भेंट सामग्री का क्या करते? सप्रेम उन्हें वापस लौटा देते थे। विवश करने पर वह सामग्री को अपने गाँव में बाँट देते। पूरा गाँव सम्पन्न हो चुका था। सत्ता तंत्र का ध्यान इस ग्राम पर विशेष रूप से केन्द्रित रहता था-बिना किसी आदेश के। पर भाना-भानुली की व्याकुलता बड़ी कठिन थी। इतना सब हो चुका था। जबसे भाना ने बालागोरिया को गुरू गोरखनाथ के आश्रम में छोड़ा था, तब से उन्हें न तो कभी विपन्नता का सामना करना पड़ा, न ही उन्हें किसी रोग या कष्ट ने सताया। भाना-भानुली की भाँति ही बूढ़ी हो चली चानुली अब दूध नहीं देती थी; परन्तु चानुली की सेवा पूरा गाँव करता था। अब भाना के घर अन्य गायें आ चुकी थी; परन्तु चानुली पर जो प्यार दुलार भाना-भानुली का था वह किसी और पर नहीं। सब प्रकार सम्मान, सम्पन्नता के बाद भी भाना-भानुली को यदि कमी प्रतीत होती थी तो वह थी बालागोरिया की। भानुली के मस्तिष्क में बालागोरिया का बड़ा रूप समाता ही न था, वह तो अपने मस्तिष्क में अभी भी वही नटखट, शरारती, गोलू को ही पाले थी। भानुली ने सायं भोजन बनाया और भाना को भोजन परोसा। खाना खाकर भानुली ने भाना का बिस्तर लगाया, दोनों बैठ गये, भानुली ने उदास होकर कहा।

''भाना, दूर-दूर से लोग आते हैं, बधाई देते हैं, राजकुमार वीरगोरिया की वीरता की कहानियाँ सुनाते हैं। धनुष का निशाना तो पहले ही अच्छा लगाता था। अब तो सुना है, कई राक्षसों व कई मसाणों को उसने मार गिराया है। छोटे मोटे खबीश, टोले तो सुना है उसके नाम सुनकर भाग खड़े होते है। क्या यह सत्य है? क्या मेरा बालागोरिया इतना वीर हो गया होगा? वह कितना लम्बा-चौड़ा होगा? क्या हम उसे पहचान पायेंगे? क्या वह हमें याद करता होगा? क्या वह हमसे मिलने आयेगा? क्या वह पहले की तरह मुझ मछली की बदबू वाली मछुवारिन को गले लगाएगा?'' भानुली की आँखों में आँसू आ गये।

भाना ने उसे सीने से लगाया, ढाँढस बधाते हुए कहा- ''अरी पगली, तुम एक साथ कितने प्रश्न करोगी। वह आएगा भी, हमें पहचानेगा भी, उसके प्रताप से आज हमें कोई दुख नहीं है। हमने उसे क्या दिया? बस इस गरीब घर में पाला पोसा, फटे पुराने वस्त्र पहनाये, वह जिद करता रहा घोड़ा लाने के लिए; पर हमने उसे दिया काठ का घोड़ा। आज उसके अधीन हजारों घोड़े हैं। अगर चानुली ने चमत्कारिक रूप से दूध न दिया होता तो उसे हम कैसे पालते? वह भी गोरिया का ही चमत्कार था। उसने हमारी संतान की इच्छा पूर्ति की, हमें आठ वर्षों तक उसने संतान सुख से आह्लादित किया। आज वह धूमाकोट में ही नहीं, पूरे उत्तरापथ में अत्याचार, अन्याय को समाप्त कर रहा है। हमारे लिए इससे बड़ा क्या गौरव होगा कि इस राज्य का राजा तेरे हाथों, तेरी गोद में खेला है? तेरे वक्ष से दूध पीकर बड़ा हुआ है। मेरी डाँट फटकार सुन बड़ा हुआ।'' भाना का भी गला भर आया। वास्तव में भाना की इच्छा हो रही थी कि वह गोरिया से जा कर मिले, पर वह भानुली से अपना भाव छुपा गया।

''यदि वह हमें याद करता तो, कोई पत्र, सन्देश तो भेज सकता था। हमारी खोज-खबर तो लेता, हमें कैसे पता कि वह हमें भूला नहीं होगा? बड़ा आदमी बन कर लोग माँ-बाप को सुना है भूल जाते हैं। फिर हम तो उसके जन्मदाता माता-पिता भी नहीं हैं।''

''अरी मूर्ख! तू तो बावली हो रही है, जन्मदाता माँ-बाप से बड़े तो पालन करने वाले माँ-बाप का स्थान होता है। भगवान कृष्ण जी के बारे में सुना नहीं है क्या? उन्होंने कभी नन्द यशोदा को भुलाया?

क्या नन्द यशोदा का सम्मान कम हुआ? नहीं ना। कृष्ण भी बड़ा होने पर दुष्टों, अन्यायियों का विनाश करने निकल पड़ते थे। वर्षो बाद घर लौटते थे। बृजवासी व्याकुल होकर तड़पते थे। कृष्ण की भाँति हमारा लल्ला भी उत्तरापथ में दुष्टों, अत्याचारियों, अन्यायियों का दमन कर रहा है। वह हमारा महान पुत्र है। वह हमसे मिलने अवश्य आयेगा। दो माह पूर्व घाट मण्डल के प्रमुख मणीभद्र जब हमारे घर पधारे थे तो उन्होंने क्या कहा था? तुम्हें याद है? उन्होंने कहा था, ''भाना-भानुली तुम्हें भगवान शंकर का आशीर्वाद मिला होगा। शिव शंकर तुम पर प्रसन्न हुए होंगे, जो वीरगोरिया तुम्हारे घर में पला बड़ा, तुम्हारे वक्ष का दूध पीकर वह आज महावीर योद्धा बना है। उसके नाम के साथ ही तुम्हारा नाम भी अमर हो गया है। भानुली ने टोका, ''पर वह हमें संदेश तो भेजवा ही सकता था।'' भाना के पास उत्तर न था। उसने भानुली को अपने वक्ष से लिपटा लिया। भानुली की सिसकियों के स्वर मन्द होते गये। भाना के आँखों से भी दो अनमोल मोती निकल कर उसकी वृद्ध सफेद दाढ़ी में विलीन हो गये।''

विजय अभियान की नींव

व्याघ्रेश्वर में आग की तरह समाचार फैल गया कि धूमाकोट का राजकुमार वीरगोरिया विशाल सेना लेकर मनकोट पर डेरा डाले हुए है। विगत रात्रि सामड़भट के सैकड़ों सैनिकों ने उसके डेरे पर धावा बोला था; परन्तु धावा करने गये सामड़ के अधिकतर सैनिक मारे गये। शेष भाग कर व्याघ्रेश्वर लौट आये थे। कुछ सैनिकों ने सामड़ को सूचना दी, कुछ ने सामड़ के सम्मुख जाने का साहस नहीं किया। वे पूरे क्षेत्र में बातें फैला रहे थे कि उनके साथियों को किस प्रकार किसी अदृश्य शक्ति ने मार गिराया वे बिना युद्ध किये ही अदृश्य दिशा से आ रहे बाणों के शिकार हो गये। सामड़ के सैनिक तो राजकुमार वीरगोरिया के शिविर तक पहुँच भी नहीं पाये। प्रजा ने यह समाचार सुना। उनके अंदर उमंग का संचार होने लगा। उन्हें लगने लगा कोई वीर आ रहा है जो सामड़ से लोहा ले सकता है। वीरगोरिया के वीरता की कीर्ति व्याघ्रेश्वर मंड़ल में पहले ही फैल चुकी थी कि-उसने सामड़ के दाहिने हाथ घाटकामसाड़ का वध कर दिया है। सुदूर उत्तर में घमंडी छिपुला का भी दमन कर दिया है। व्याघ्रेश्वर के युवकों ने जब यह सुना, उनका ठण्डा पड़ा रक्त गर्म होने लगा। सामड़मसाण के आतंक से त्रस्त युवकों ने मंत्रणा प्रारंभ कर दी। ग्राम-ग्राम में युवकों ने टोलियाँ बनाकर वीरगोरिया का साथ देने की गुप्त योजनाऐं तैयार कर ली। इस कार्य का श्रेय जाता था उग्रदेव को, जो एक प्रौढ़ ब्राह्मण था। उसके पूरे परिवार का अपहरण, हत्या सामड़ के संकेत पर कर दी गयी थी। उसकी युवा कन्या को तांत्रिक कर्म के लिए उठा लिया गया था।

सामड़ जटिल तांत्रिक क्रियाओं के माध्यम से सिद्धि प्राप्त करने में विश्वास रखता था। तंत्र-मंत्र के प्रयोग से सामड़ अपनी दुष्ट शक्तियों की वृद्धि करता था। गुणानुसार तीन प्रकार के मंत्र क्रमशः- परमार्थमूलक, कामना मूलक एवं अभिचार मूलक मंत्रों में से वह अभिचार मूलक मंत्र-तंत्र की जटिल तांत्रिक पद्धति अपनाता था, जिसमें षट्कर्म-उच्चाटन, मारण, वशीकरण,विदुषण,शांत तथा स्तंभन थे। इनमें उच्चाटन एक रिपुनाशक यंत्र था। विदुषण-विविध प्रकार से सताने,दोषरोपण कराने में प्रयोग होता था। इन अपविद्याओं की क्रिया के लिए ये साधक पंचमकार-मद्य, मत्स्य, मांस, मुद्रा तथा मैथुन

का उपयोग करते थे। जबकि सात्विक,उदार एवं उच्च कोटि की मंत्र-तंत्र क्रियाओं के यह आवश्यक अंग नहीं थे। रजगुण के प्रभाव से वह अभिचारी हो गया और इन तंत्र क्रियाओं को उसने मद, आनन्द, उल्लास, भोग प्राप्त करने तथा आम जन को सताने का साधन बना लिया। फलस्वरूप पवित्र तीर्थ व्याघ्रेश्वर में उसकी चारों ओर निन्दा होने लगी थी किन्तु सामड़ की सत्ता शक्ति व आतंक से सब का मुँह बन्द रह जाता था। मुखर हो कर विरोध का दण्ड मृत्यु थी। सामड़ के इन कृत्यों से सात्विकी साधु, संत, ज्ञानी, योगी व्याघ्रेश्वर छोड़ भागने को विवश थे। सामड़ की इन क्रियाओं की आड़ में अनर्थ, अश्लीलता, घृणित स्वेच्छाचारिता तथा अनैतिकता फैलती जा रही थी।

उग्रदेव जो एक विद्वान, साहसी ब्राह्मण था, ने सामड़भट के कृत्यों का सदैव विरोध किया। उग्रदेव जब एक बार तीर्थयात्रा पर निकला तो उसके पूरे परिवार पर सामड़मसाण का अत्याचारों का साया पड़ गया। उसके साये ने उग्रदेव के सम्पूर्ण परिवार को ही उससे छीन लिया। उग्रदेव को तीर्थ से लौटते, मार्ग में ही यह सूचना प्राप्त हो गयी। वह फिर घर नहीं लौटा, उसने व्याघ्रेश्वर के ग्रामों में जा कर, रूप बदल कर, छिप-छिप कर, सामड़ के कुकृत्यों के विरुद्ध लोगों को जागृत करने का प्रयास करने लगा। उसकी बातों को लोग एकमत से स्वीकार तो करते थे; पर आगे आकर सामड़ का सामना कौन करे? बिल्ली के गले में घण्टी कौन बाँधे? लोग उग्रदेव का सम्मान करते थे, धीरे-धीरे युवाओं में उग्रदेव ने आक्रोश भर दिया था। बस उन्हें एक नायक की आवश्यकता थी जो आगे बढ़ कर अत्याचारी सामड़ को ललकारे- एक चिनगारी की आवश्यकता थी।

जैसे ही वीरगोरिया का सामड़ पर चढ़ाई का समाचार चारों ओर फैला, उग्रदेव सक्रिय हो गया। उसने रातों-रात ग्राम-ग्राम में अपने सूचना तंत्र से युवाओं को एकत्र कर मनकोट की ओर दो-दो, चार-चार, कर प्रस्थान का आवाहन किया। देखते ही देखते दूसरे दिन रात्रि के प्रथम प्रहर तक अलग-अलग दिशाओं से निहत्थे युवाओं की टोली मनकोट पहाड़ी की ओर बढ़ रही थी। निहत्थे होने के कारण व अलग अलग दिशाओं में होने के कारण, सामड़ के सैनिकों ने उन पर विशेष ध्यान नहीं दिया। सामड़ के प्रमुख सेनानायक दिनभर सामड़ से मंत्रणा हेतु सेंजासेरा में सामड़ के महल में एकत्र थे अत: युवकों को बड़ी संख्या में मनकोट की ओर निर्बाध जाने में यह भी सहायक हुआ।

उग्रदेव छाता नामक ग्राम के पास, जंगल में सैकड़ों युवाओं के साथ एकत्र हो चुका था। उसने एकत्र युवाओं को संबोधित किया- ''व्याघ्रेश्वर के वीर साथियो! हम लोग पन्द्रह सोलह वर्षों से सामड़ के अत्याचारों का सामना कर रहे हैं। यहाँ आये युवकों में शायद ही कोई ऐसा होगा जिसने सामड़मसाण के अत्याचारों का सामना न किया हो या उसके किसी न किसी सम्बन्धी को कष्ट भोगना ही न पड़ा होगा। हमें एक वीर नायक की खोज थी, जिसके पास अस्त्र शस्त्र हों, जो सामड़मसाण को ललकार सके। वह दिन आ गया है। धूमाकोट का वास्तविक राजकुमार वीरगोरिया, जो महावीर व पराक्रमी है। वह सामड़ से युद्ध की मंशा से मनकोट पर्वत पर शिविर डाले है। यह हमारे लिए उचित अवसर है कि हम अपने अत्याचारों का प्रतिशोध लेने के लिए राजकुमार वीरगोरिया की सेना में सम्मिलित हो जायें। उन्हें सामड़ की व्यूह रचना, उसकी कमजोरियाँ बताएं। युवाओं ने नि:शब्द होकर उग्रदेव की बातें सुनी। एक बलिष्ठ युवक बीच से खड़े हो कर बोला, ''साथियो! उत्तरापथ विशेष रूप से व्याघ्रेश्वर मण्डल

का सौभाग्य है कि यहाँ आप जैसे वीर नवयुवक हैं, जो अपना जीवन संकट में डाल कर भी इस पवित्र तीर्थ को सामड़मसाण से मुक्त देखना चाहते हैं। हम ब्राह्मण श्रेष्ठ उग्रदेव की बातों का पूर्ण समर्थन करते हैं और मर मिटने के लिए तैयार हैं।'' युवाओं ने सहमति में हुंकारें भरी। उनमें उमंग झलकने लगा। उग्रदेव के नेतृत्व में सभी लोग मनकोट पर्वत की चढ़ाई चढ़ने लगे। एक घड़ी से अधिक की तीव्र चढ़ाई के बाद वे ऊँचे समतल स्थान पर खड़े थे। सभी अनुशासित होकर क्रमबद्ध तरीके से बढ़ रहे थे। सबसे आगे उग्रदेव था, उसके बराबर में खस वीर संग्राम सिंह-लम्बी चमकती तलवार लिए था। वह अपनी तलवार वस्त्रों में छिपा कर ले आया था। अब वह हवा में लहरा रही थी। उसके साथ ही कई अन्य वीर नवयुवक जिसमें पुण्डीर, गुसाईंदेव, दिवानी, फकीरा, शिलादित्य और सुभट्टक प्रमुख थे।

रात्रि का प्रथम प्रहर समाप्त होने को था। राजकुमार वीरगोरिया के सैनिक शिविर के मशालों का प्रकाश दूर से ही दिखायी दे रहा था। सभी तीव्र कदमों से आगे बढ़ रहे थे। तभी कई बाण एक साथ उग्रदेव के कुछ कदमों पहले आ गड़े। अर्थ स्पष्ट था, रुक जाओ। उग्रदेव व संग्राम सिंह ठिठक गए और उन्होंने अपने पाँव पीछे खींच लिए। कुछ देर वे एक दूसरे को देखते रहे। उनको समझ नहीं आ रहा था कि वे क्या करें? कहीं कोई दिखाई भी नहीं दे रहा था। सभी में भय व्याप्त हो गया एवं उनके मस्तिष्क में यह बात ताजा हो उठी कि सामड़ के सैनिक कैसे मारे गये थे? किन्तु उग्रदेव अनुभवी तथा ज्ञानी था। निश्चित ही ये बाण उन्हें मारने के लिए नहीं चलाये गये थे। उग्रदेव संयत हुआ, उसने पीछे मुड़ कर कहा-

''साथियों! विचलित होने की आवश्यकता नहीं है। निश्चित ही ये बाण हमें मारने के लिए नहीं चलाये गये हैं। मात्र हमें रुकने भर कर संकेत दे रहे हैं। यदि ये बाण हमें मारने के लिए चलाये गये होते तो अवश्य ही हम अग्रिम पंक्ति वाले सभी मारे गये होते। हम रुक कर प्रतीक्षा करते हैं-बिना कोई हलचल किये। तभी उग्रदेव ने अपनी सफेद धोती का आधा से कम भाग फाड़ा और उसे हवा में लहराया। आधी घड़ी तक सभी लोग यों ही खड़े रहे। तभी उन्हें अहसास हुआ कि उन्हें चारों ओर से घेरा जा चुका है, लेकिन उग्रदेव अभी भी सफेद कपड़ा लहरा रहे थे, सहसा एक अत्यंत लम्बा चौड़ा व्यक्ति प्रकट हुआ। उसके हाथ में भारी खड्ग था, उसकी आकृति देखकर सब युवाओं की हवाइयाँ उड़ने लगीं-यह तो सामड़मसाण की तरह लम्बा चौड़ा है, कहीं सामड़ ही तो नहीं? धीरे-धीरे उसकी आकृति स्पष्ट हुयी। सब सैनिकों के मष्तिष्क में संचेतना लौटी क्योंकि वह सामण की तरह लम्बा चौड़ा बलशाली अवश्य था; पर उसकी वेशभूषा सात्विक व उज्ज्वल थी। निश्चित ही यह सामड़मसाण नहीं था। उस योद्धा ने कड़कदार शब्दों में पूछा-

''तुम लोग कौन हो? सैकड़ों की संख्या में बिना सूचना के सैन्य शिविर की ओर क्यों बढ़े आ रहे हो? देखने में तो तुम सैनिक नहीं प्रतीत होते हो।''

उग्रदेव ने हाथ जोड़कर कहा। ''हे वीर! आप उचित कह रहे हैं, हम कोई सैनिक नहीं है, न ही हमारे पास हथियार हैं, मात्र एक यह तलवार है। हम व्याघ्रेश्वर मण्डल के सामड़मसाण के सताये-त्रस्त लोग हैं। हम राजकुमार वीरगोरिया के सैनिक दल में सम्मिलित होकर सामड़मसाण के द्वारा किये गये अत्याचारों से प्रतिशोध लेना चाहते हैं। हम बड़ी कठिनाइयों से किसी तरह सामड़ के सैनिकों से छुपते-छुपाते यहाँ पहुँचे हैं।''

''पर यह कैसे तय होगा, कि तुम सामान्य लोग हो! कहीं सामड़ ने तुम्हें किसी षड़यंत्र के अधीन तो यहाँ नहीं भेजा है?'' तभी संग्राम सिंह ने अपनी तलवार वीर के कदमों में रख कर कहा।

''महावीर! कृपा कर हम पर विश्वास करें। हम महादेव व्याघ्रेश्वर की शपथ के साथ कहते हैं कि हममें से हर युवक सामड़ के अत्याचारों से त्रस्त है। हम सब राजकुमार की शरण में आये हैं।

खसवीर संग्राम सिंह की बात समाप्त नहीं हुयी थी कि विशालकाय वीर के पीछे से देवहरू, देवसैम व वीरगोरिया प्रकट हुए। देवहरू ने आगे बढ़कर विशाल वीर को संकेत किया, वह सर झुका कर, चार कदम पीछे हट गया।

तपस्वी देवहरू ने हाथ उठाकर आशीर्वाद की मुद्रा में कहा- ''आप सब घबरायें नहीं, हम जानते हैं कि आप सब व्याघ्रेश्वर के प्रजाजन हैं। आप साहसी व वीर हैं। मेरे ज्ञान के अनुसार आप ब्राह्मण उग्रदेव हैं। यह वीर युवा संग्राम सिंह है, उसके पीछे पुण्डीर है, पीछे दुर्बल वीर सुखाराम है, सबसे अन्त में फकीरा है, इस पंक्ति में गोपराम, दिवानी, शिलादित्य हैं। आगे की पंक्ति में सबसे आगे सुभट्टक प्रतीत होता है, उसके पीछे रैकावीर भूपतिमल दिखाई दे रहा है।'' सब हक्का-बक्का थे, कि कैसे इतने सारे लोगों का नाम यह तपस्वी जानता है? उग्रदेव देवहरू के चरणों में प्रणिपात हो गया। देवहरू ने जब तक उसे उठाया नहीं वह चरणों में पड़ा रहा। उसने निवेदन किया-

''देव, आप निश्चित ही त्रिकालदर्शी हैं। आप हमारे इतने साथियों के नाम जान गये! जिनमें कुछ नाम स्वयं मुझे भी ज्ञात नहीं। हम धन्य हैं। आपने हमारी मंशा को भी सही जाना है। हमें अपनी शरण में लें देव!'' उग्रदेव, देवहरू के चरणों से उठा नहीं। देवहरू ने उग्रदेव को अपनी बाँहों से उठाकर गले से लगाया। उग्रदेव की आँखों में आँसू थे। सभी लोग शिविर के बाहर खुले मैदान पर आ बैठे। सामने ऊँचे आसन पर देवहरू, देवसैम, वीरगोरिय; उसके पीछे कई वीर सेनानायक शस्त्रों सहित खड़े थे। देवहरू ने कहा।

''उग्रदेव, आप धन्य हैं, जो आपने व्याघ्रेश्वर से इतने वीर युवाओं को सामड़ के विरूद्ध, उसके अन्याय के विरुद्ध, उसके अत्याचारों के विरुद्ध खड़ा करने का अदम्य साहस किया है। साथ ही ये युवा भी धन्य हैं जिन्होंने अत्याचार से घृणा की है। घृणा यदि अन्याय, अत्याचार एवं शोषण के विरुद्ध है तो यह पवित्र है। यदि मनुष्य इन कुकृत्यों से घृणा करते हुए उनका मुखर प्रतिकार करे तो वह श्रेष्ठ मनुष्यों की श्रेणी में गिना जाता है; जो आज तुम सब हो।''

देवहरू ने पुन: कहा, ''तुम सब समझ ही गये होगे। मेरे दायीं ओर यह तेजस्वी, गौरवर्ण, दिव्य-धनुषधारी, धूमाकोट का राजकुमार वीरगोरिया है।'' तभी भीड़ से स्वर गूँजा, ''राजकुमार वीरगोरिया की जै।'' सभी ने दुहराया, ''राजकुमार वीरगोरिया की जै।''

वीरगोरिया ने सभी का अभिवादन स्वीकार किया युवाओं ने पुन: ''राजकुमार वीरगोरिया की जै'' का घोष बुलन्द कर वीरगोरिया के अभिवादन का उत्तर दिया। उन्होंने देवसैम तथा सभी वीरनायकों का परिचय, युवा भीड़ से कराया, देवहरू ने दायीं व बायीं ओर खड़े विशालकाय वीरों का परिचय कराते हुए कहा ''यह दो बलशाली वीर, स्यूरा व प्यूरा हैं जो छिपुला कोट से आए है, यह दोनों वीर समाड़मसाण से कम बलशाली नहीं हैं।''

कुछ क्षण के पश्चात् उग्रदेव ने कहा। ''देव आज्ञा दें, तो मैं कुछ निवेदन करना चाहता हूँ।

उग्रदेव ने कहा, ''देव, मेरे कथन को अन्यथा न लें, मैं न सामड़ की बड़ाई करने जा रहा हूँ न इन बातों का समर्थन करता हूँ, परन्तु सामड़ के बारे में उपलब्ध सूचना, जनश्रुतियों को मैं आपको बताना चाहता हूँ। ताकि आप उसके विरुद्ध रणनीति तैयार कर सकें। आज्ञा हो तो कहूँ।'' देवहरू ने गोरिया की ओर देखा।

राजकुमार वीरगोरिया ने कहा, ''अवश्य कहो वीर उग्रदेव! हम आपके कथन का प्रयोजन समझ सकते हैं।''

उग्रदेव ने कहा ''राजकुमार, सामण एक अत्यंत क्रूर, निर्मम मसाण है। उसका आकार घटता-बढ़ता रहता है। उसने जटिल तंत्र साधना करके कई तांत्रिक शक्तियाँ अर्जित कर ली हैं। उसके पास कई प्रकार के विषों के भण्डार भी हैं, जिन्हें वह हवा और पानी में मिलाकर सैकड़ों लोगों का संहार कर देता है। यह विष भण्डार उसने कुछ लालची नाग नायकों से धन का लालच देकर या बलपूर्वक प्राप्त कर लिये हैं। वह कई दिनों तक पानी में छिपकर रह सकता है। उसने सरयू नदी में सामणताल नामक बाँध बना रखा है। लोग उसके भय से थर-थर काँपते हैं। वह नाराज होने पर प्राण हर लेने में तनिक भी विलम्ब नहीं करता है। उसका पहला वाक्य रहता है-मुझ से भय खाओ-मैं मसाण हूँ, जिस मनुष्य पर मेरी वक्रदृष्टि पड़ जायेगी वह जीवित न बचेगा, मनुष्यों,मुझसे भय खाओ। उसका विशाल शरीर व विचित्र, डरावनी वेशभूषा से ही साधारण मनुष्य भय से अचेत हो जाते हैं। उसके इस भय का लाभ उठाकर उसके सैनिक प्रजा से अनाप शनाप कर वसूलते हैं।''

उग्रदेव, कुछ क्षण रुका यह जानने के लिए, लोगों में क्या प्रतिक्रिया है; परन्तु सब अविचलित यह सुन रहे थे।

वीरगोरिया ने कहा ''बताओ, उग्रदेव बताओ, हम सामड़मसाण के बारे में जानना चाहते हैं, प्रजा में उसकी घृणा का कारण जानना चाहते हैं। मैं उससे युद्ध के लिए उग्र होना चाहता हूँ, ताकि मैं भी प्रतिशोध ले सकूँ- प्रजा पर किये अत्याचार का, मेरी माता व पिताश्री से किये गये क्रूर विश्वासघात का।'' कुछ रुक कर वीरगोरिया ने पूछा, ''उग्रदेव क्या तीर्थ के मुनिजन, तपस्वी जन व अन्य लोग सामड़ का विरोध नहीं करते हैं?''

''देव, ये लोग अत्यन्त शांतिप्रिय एवं सात्विक लोग हैं। ये एक प्रकार की विचित्र मानसिकता की स्थिति तक पहुँच गये हैं, ये जरा भी अशांति नहीं चाहते हैं। ऐसे लोग किसी भी मूल्य पर शांति रखना चाहते हैं। अत: ये लोग प्रत्येक संघर्ष के विरुद्ध हो जाते हैं चाहे वह संघर्ष न्याय के लिए ही क्यों न हो। इसी से वे प्रत्येक अत्याचार को सह कर भी असंतोष को टालते हैं। क्योंकि वह यह जानते है कि असंतोष और संघर्ष करने पर फल होता था-स्वंय अपने जीवन और अपने निकटस्थ लोगों के जीवन का अन्त। इस प्रकार ये न ही संघर्ष की इच्छा रखते हैं, न ही न्याय के लिए संघर्ष हेतु प्रेरित करते हैं।''

वीरगोरिया अब उग्र हो रहा था। उग्रदेव ने पुन: कहा-

''राजकुमार, सामड़मसाण के विषय में लोग भाँति-भाँति की कल्पित व विकृत कहानियाँ कहते

हैं। लोग उन्हें सुनकर अधिक भयभीत हो जाते हैं। कोई कहता कि वह एक फूँक मार कर सैकड़ों लोगों को एक बार में अचेत कर सकता है, या मार सकता है। कोई कहता है कि वह जिस ओर देखता है, वह क्षेत्र मसाण के साये से त्रस्त हो जाता हैं। कोई कहता है कि वह उड़ सकता है। कोई कहता है, कि वह पानी के भीतर कई दिन तक छुपा रह सकता है। जितने मुँह उतनी बातें। उसमें सच्चाई कम व कहानियाँ ज्यादा होती हैं। ऐसी बातें सुन, सामान्य जन, नारी, बच्चे भयभीत हो जाते हैं। चारों ओर उद्वेग फैल जाता है। सायं होते ही लोगों के चेहरों पर हवाइयाँ उड़ने लगती हैं। व्याघ्रेश्वर मण्डल के लोग घरों में छिप जाते हैं। सामड़मसाण के कथित चमत्कारों से लोग भयभीत हैं। अत्याचारों व अतिरंजित किस्से सुन-सुन कर चारों ओर आतंक का वातावरण तैयार हो गया है।'' उग्रदेव ने दुखी होकर सब कुछ कह डाला जो उसे ज्ञात था।

''उग्रदेव, आपने जो देखा-सुना वह कहा; परन्तु सामड़ की कमजोरी क्या है? हम उसे कैसे परास्त करेगें? क्या इस बारे में आपको कुछ ज्ञात है?'' वीरगोरिया ने जानना चाहा।

उग्रदेव ने कहा, ''राजकुमार, सामड़मसाण की व्यक्तिगत शक्ति व सिद्धि के बारे में कोई संशय नहीं है। उसमें अपार बल है, युद्ध कौशल है। तांत्रिकसिद्धियाँ भी उसमें काफी हैं। विषों का पर्याप्त भण्डार भी उसके पास है। वह अपने आप में अत्यंत शक्तिशाली है। जिसका उसे अहंकार है, दम्भ है। उसे एकल युद्ध में कोई महान योद्धा ही परास्त कर सकता है। दूसरी ओर, उसकी सेना भी विशाल है। सामण की सेना का संख्या बल ही उसका मुख्य हथियार है, मुख्य ताकत है। यह सेना ही उसकी सबसे बड़ी कमजोरी भी है।

वीरगोरिया ने कहा,''यह कैसी बात हुयी उग्रदेव! सेना का संख्या बल ही ताकत है, संख्या बल ही कमजोरी? स्पष्ट करें?''

उग्रदेव ने कहा, ''राजकुमार, सामड़ ने बड़ी संख्या में सैनिक तो एकत्र कर लिए हैं; परन्तु इस सेना में अधिकांश ऐसे युवक हैं, जिन्हें हृष्ट-पुष्ट देखकर बलपूर्वक सेना में भर्ती करा दिया गया है। उन्हें न वेतन मिलता है, न कोई अधिकार। मात्र भोजन, वस्त्र व शस्त्र उन्हें दे दिये जाते हैं। मेरे साथ आये कई युवक उसकी सेना में रह चुके हैं, उनके सेना नायकों के अत्याचारों से किसी तरह भाग कर मेरे साथ यहाँ पहुँचे हैं। इस तरह आधे से अधिक सैनिक युद्ध के लिए अनिच्छा रखते हैं, किसी मजबूत प्रतिद्वन्द्वी को देखते ही वे पाला बदल लेंगे-मुझे विश्वास है। दूसरा-सामड़ के सैनिकों की कमजोरी यह है कि उन्होंने कभी भी सुनियोजित युद्ध नहीं लड़ा है। वे तो निरीह, नि:शस्त्र प्रजा पर भेड़ियों की तरह टूट कर उन्हें प्रताड़ित करते हैं। नाना प्रकार के अत्याचार, अनाचार करते हैं। पंद्रह-सोलह वर्षों से इन्होंने धूमाकोट राज्य के बाहर किसी राज्य की सेना से युद्ध नहीं किया है। अत: किसी अनुशासित, सुनियोजित युद्ध में यह सेना अधिक देर टिक नहीं सकती है।''

देवहरू ने वीरगोरिया की ओर दृष्टि दौड़ाई। राजकुमार वीरगोरिया बड़े ध्यान से उग्रदेव की बातों को सुन रहा था। कुछ देर सभा में शांति रही, तभी राजकुमार वीरगोरिया अपने स्थान से खड़ा हो गया। उसने अपना दिव्य धनुष हाथ में तान कर उठाया और विशिष्ट, उग्र मुद्रा में बोला-

''हम इस देवभूमि पर अनाचार, अनैतिकता व स्वेच्छाचारिता को सहन नहीं करेंगे। इस देवभूमि

में सामड़मसाण जैसे कई दुष्टों ने तांत्रिक अन्धविश्वासों, पाख़ंड तथा अभिचार कृत्यों के द्वारा ज्ञान,सत्य और न्याय का गला घोंटने का प्रयास किया है। जो भी इस महान भूमि को अपनी कुदृष्टि से कलुषित करने का कुप्रयास करेगा, हम उसका सर्वनाश करेंगे। दुष्ट, पापी, क्रूर सामड़ को साध कर इस तीर्थ को उसके साये से मुक्ति प्रदान करेंगे।'' गोरिया ने धनुष उठाकर कहा।

सैकड़ों उत्साहित कंठों से जयनाद गूँज उठा, ''राजकुमार वीरगोरिया की जै।''

राजकुमार ने कहा, ''निरीहों, निर्दोषों की रक्षा की जायेगी, प्रजा के कष्टों का अन्त निकट है।''

देवहरू ने खड़े होकर कहा। ''धन्य है वीरगोरिया, धन्य है, यही वीर नायक हमें खबीशों, मसाणों जैसे राक्षसों से मुक्ति दिलाएगा। यही कर्मयोगी, हम सबको तारेगा।'' उत्साहित कंठों से समवेत स्वर में पुन: भीषण जयनाद गूँजा, जिससे पूरा पर्वत कंपायमान हो उठा।

युद्ध

अगले प्रात: राजकुमार वीरगोरिया की अनुशासित, सुसंगठित बावन वीरों, छत्तीस रौतानों, सैकड़ों पैरूड़ियों की सेना, जिसमें उग्रदेव के साथ आये युवा भी सम्मिलित हो गये थे। मनकोट के पर्वत शिखर से सरयू घाटी की ओर उतरने लगे। सबसे आगे स्यूरा व प्यूरा वीर लम्बा लाल ध्वज लिये थे, उनके पीछे धरमदास के ढोल, नगाडों की टुकड़ियां सैनिकों के चलते रहने का 'हिटाऊँबाजा' की ध्वनि-संकेत कर रही थी। धरमदास के वाद्य-दल के पीछे राजकुमार वीरगोरिया श्वेत घोड़े पर श्वेत वस्त्र धारण किये, उपर से लाल अंगवस्त्र डाले चल रहा था। उनके हाथ में गुरुश्रेष्ठ गुरूगोरखनाथ द्वारा प्रदत्त दिव्य धनुष था, पीठ पर तूणीर बँधा था। कमर में कमरबंध पर दोनों ओर खड्ग और तलवार लटके थे। कमरबंध के भीतर कई अदृश्य शस्त्र, जिन्हें विशेष प्रयोजन व विशेष समय पर ही प्रयोग किया जाना था, बँधे थे। यह हथियार सामड़ की सिद्धियों व विष हथियारों के काट के लिए समय-समय पर प्रयुक्त किये जाने वाले शस्त्र थे। राजकुमार के पीछे घोड़ों में सवार तपस्वी देवहरू, देवसैम व अनुशासित सेना चल रही थी। यह सेना बड़ी सतर्कता के साथ आगे बढ़ रही थी। गुप्त सूचनाओं के आधार पर यह निश्चित हो चुका था कि सामड़मसाण के सैनिक मण्डलसेरा में बड़ी संख्या में एकत्र हो चुके हैं, जो राजकुमार वीरगोरिया से युद्ध की तैयारी कर रहे हैं। सामड़ चाहता था कि ऊँचे-नीचे पर्वतों पर युद्ध न करना पड़े।उसकी मंशा थी कि-उसकी विशाल सेना मण्डलसेरा के मैदान में आमने सामने का युद्ध करे ताकि वह अपनी संख्या बल से राजकुमार गोरिया की छोटी सेना को कुचल डाले। यह सूचना राजकुमार के लिए महत्त्वपूर्ण थी। राजकुमार गोरिया का सैन्य बल सामड़ के सैन्य संख्या बल के आधे से अधिक न था; परन्तु राजकुमार गोरिया की सेना एक प्रशिक्षित, अनुशासित व उत्साह, उमंग से भरी सेना थी। इस सेना में प्रतिशोध की आग थी। राष्ट्र व प्रजा के हितों के लिए लड़ने की तरंग थी। वीरगोरिया के प्रति अपार आदर, समर्पण व बलिदान देने की चाह थी। संख्या बल कम होने पर भी वीरगोरिया की सेना एक सुदृढ़ किले के समान थी। धरमदास के ढोल, दमुवाँ, नगाणों, भेरियों के भीषण रव से सरयूघाटी हिल उठी।

उधर सामड़ ने अपनी विशाल सेना को अस्त्र शस्त्रों से सज्जित कर मण्डलसेरा के मैदान में एकत्र कर लिया था। उसको अपनी विशाल सेना पर गर्व था। उसकी सेना में बड़े-बड़े खबीश वीर थे, जो शारीरिक बल के साथ कूद्म युद्ध करने में भी दक्ष थे। उन्होंने कई तांत्रिक सिद्धियाँ प्राप्त कर रखी थी। सामड़मसाण को अपनी सेना का संख्या बल एवं अपनी तांत्रिक सिद्धियों से प्राप्त विद्याओं, शक्तियों पर बड़ा घमंड था। उसे ज्ञात था कि वीरगोरिया की सेना का संख्या बल काफी कम है; परन्तु सामड़मसाण की सेना में धनुर्धारी सैनिकों की कमी थी। उसकी सेना उदण्ड भाव से तलवार, खड्ग का संचालन करते हुए अनियंत्रित भीड़ की भाँति सामने वाली सेना को कुचल देगी,ऐसा उसका अनुमान था। इस सब का आकलन कर सामड़मसाण ने यह तय कर लिया था कि वह आमने सामने का युद्ध लड़ेगा। उसने अपने सेनानायकों को एकत्र कर दंभोक्ति की- ''वीर नायको! युद्ध की तैयारियाँ पूर्ण हो चुकी हैं। हमारा सैन्य बल अपार है। हमारे पास पर्याप्त अस्त्र-शस्त्र है। एक से बढ़ कर एक वीर् हैं। एक तपस्वी जो धूमाकोट का नकली राजकुमार बना घूम रहा है, जिसके पास मुट्ठी भर सैनिक हैं। जिसने छल से घाटकावीर का वध कर दिया था, अब वह सामड़भट से युद्ध करना चाहता है जिसने पूरे उत्तरापथ में अपना साम्राज्य स्थापित कर रखा है। भले ही राजा हालूराई हैं; परन्तु उत्तरापथ में सामड़ का ही डंका बजता है। मेरी शक्तियों से यह नकली राजकुमार भली-भाँति परिचित नहीं है। सामड़ की सेना से टकराने का दुस्साहस करने का दण्ड उसे दिया जायेगा। निश्चित हो चुका है कि हमारी सेना सरयू नदी के तट पर मण्डलसेरा मैदान से आगे तभी बढ़ेगी जब इस गोरिया की सेना पहाड़ से नीचे मैदान पर उतर आये। युद्ध मैदान में होगा-आमने-सामने का। किसी को कोई प्रश्न करना है?'' कोई कुछ न बोला। सभी सेना नायकों ने जैकारा लगाया ''वीर सामड़भट की जै।''

पूरी सरयू घाटी जैकारों की आवाज से प्रकंपित हो उठी।

इधर राजकुमार वीरगोरिया ने सेना को मण्डलसेरा के समतल मैदान के पूर्व ही ऊँची पहाड़ी पर रोक लिया। जहाँ से एक कोस दूरी पर सामण की विशाल सेना ऊँचाई से स्पष्ट दिखाई दे रही थी। सामड़ की सेना की ध्वज पताका लहरा रही थी। सामड़मसाण की असंख्य सेना को देख कर गोरिया की सेना थोड़ी हताश लग रही थी। देवहरू, देवसैम से विचार करने लगे। वीरगोरिया ने धरमदास को रुकने का आदेश दिया। बैठ बाजा बजने लगा। ध्वनि संकेत सुनकर सेना विश्राम करने बैठ गयी। राजकुमार ने तुरन्त सेनानायकों की सभा बुलाई, जिसमें देवहरू व देवसैम के साथ ही राजा छुरमल, मदकोट के राजा कालसिन, लड़ियाधार के भूमिया, हरिधौल का सेनापति पांगाती, मांगीसोखर मण्डल का वीर मोष्ठा, भुटली बयालों की सेना की टुकड़ी जिसका नेतृत्व कर रहा था-गोरंड, नागनायक महानन्द, छिपुला के वीर स्यूरा, प्यूरा आदि सेना नायक उपस्थित थे। वीरगोरिया ने कहा- ''वीर साथियो! अब हम शुत्र के समक्ष खड़े हैं। राजा हालुराई का विश्वासघाती, मेरे मृत्यु का लिए षड़यंत्र करने वाला, दुष्ट, अत्याचारी, अन्यायी, सामड़ के दमन का समय आ चुका है। सामड़मसाण की विशाल सेना है। इसका सामना करने के क्या उपाय हैं? बताऐं।'' वीरगोरिया सब के विचार जानना चाहता था। वह कुछ क्षण मौन रहा तभी सर्वप्रथम भुटली बयालों के नायक गोरंड ने कहा, ''राजकुमार वीरगोरिया आप आज्ञा दें तो मैं अतितीव्र गति से चलने वाले बयालों की टुकड़ियों को सामड़ की सेना में वायुगति से ऐसे प्रवेश कराऊँगा कि

सामण की सेना तितर-बितर हो जाएगी तभी आप सब उन पर आक्रमण कर देना।''

राजकुमार ने कहा, ''यह भी उचित है, इससे सामण की व्यूह रचना तितर-बितर हो जायेगी; परन्तु युद्ध से पूर्व उनका मनोबल गिराना भी आवश्यक है।''

तभी स्यूरा ने कहा, ''राजकुमार, आपने छिपुला नरेश के गढ़ पर विशाल पत्थरों की वर्षा कर, उसके सैनिकों को हताहत कर दिया था। क्यों न आप, वह प्रयास यहाँ दोहरायें?''

वीरगोरिया ने अपनी तीक्ष्ण दृष्टि स्यूरा पर डाली और उसके मुख मण्डल पर अनोखी आभा उभर कर आ गयी।

''स्यूरा, तुम्हारा सुझाव अच्छा है। इन पहाड़ियों पर प्रचुर मात्रा में बड़े-बड़े शिलाखण्ड भी हैं, यदि उन्हें सामण की सेना पर इस ऊँची पहाड़ी से गुलेल यंत्र के माध्यम से उछाल कर फेंका जाये तो यह एक बड़े अस्त्र का कार्य करेगा। इससे उसकी सेना में भगदड़ मच जाऐगी।उसकी व्यूह रचना चरमरा जायेगी।''

देवहरू ने कहा, ''पर ऐसा यंत्र बनायेगा कौन?

राजकुमार ने कहा ''सेना में कई बारूड़ी-बढई, मिस्त्री हैं, जो कुछ घण्टों की मेहनत पर, मेरे द्वारा बताये गये यंत्र का निर्माण कर सकते हैं। हम इस गुलेल यंत्र यहाँ बैठे-बैठे हजारों पत्थरों की वर्षा, मण्डलसेरा में एकत्र सामड़ की सेना पर करेंगे। वे हताहत होंगे तो उनमें बौखलाहट बढ़ेगी। तब उनके पास आगे बढ़ कर युद्ध करने के अतिरिक्त कोई उपाय न होगा। जैसे ही वे ऊँचाई की ओर बढ़ेंगे तो हमारे गुरिल्ला वीर सैनिक पत्थर, तीर आदि से उनसे निपट लेंगे। इस तरह समतल मैदान में उनका आमने-सामने युद्ध करने का व्यूह समाप्त हो जायेगा। हमें ऊँचाई में रह कर वार करने का लाभ होगा और उनकी सेना एक साथ भीड़ की भाँति चढ़ाई पर चढ़ भी न सकेगी।''

सभी सभासदों ने इस रणनीति की प्रशंसा की। फिर क्या था, राजकुमार ने स्वयं वृक्षों के मध्य लचीले तनों को बाँध कर अनोखे कई गुलेल यंत्र तैयार कराने का उत्तरदायित्व स्वयं सँभाल लिया। सैकड़ों मिस्त्री, युवक इन कार्यों में जुट गये। उधर सामड़ की सेना दिन भर राजकुमार गोरिया की सेना का पहाड़ी से उतर कर मण्डलसेरा के मैदान में आने की प्रतीक्षा करती रही। शिलाप्रक्षेपण यंत्रों का निर्माण तीव्र गति से हो रहा था।

रात्रि होते ही देवहरू, देवसैम ने एक कुटिया में अपनी धूनी रमा ली थी। कुटिया के भीतर आने की किसी को आज्ञा न थी। दोनों ने गुरूगोरखनाथ का आवाहन किया था। कुछ ही क्षणों में तपस्वी देवहरू व देवसैम पर गुरूगोरखनाथ का आदेश प्रतिपादित होने लगा। दोनों के शरीर कंपित हो रहे थे। धूनी पर रखे गर्म चिमटे बरस रहे थे। दोनों कुछ अस्पष्ट शब्दों का उच्चारण कर रहे थे। तभी राजकुमार गोरिया कुटिया के द्वार पर पहुँचे; परन्तु द्वार पर खड़े सैनिकों ने देवों का आदेश राजकुमार से विनम्रता पूर्वक कह सुनाया। वीरगोरिया दो कदम पीछे हटकर खड़े हो गया। लेकिन कुटिया के भीतर से आ रही अपुष्ट तीव्र आवाजों से वह समझ चुका था कि देवहरू एवं देवसैम, गुरू गोरखनाथ से आदेश प्राप्त करने हेतु देव-भाव में हैं। गुरू गोरखनाथ ने दुष्टों व अन्यायियों का विनाश करने का आदेश दिया था। निश्चित ही दुष्टों का साथ देने वालों को भी दण्ड का भुगतान करना ही पड़ता है। पर दोनों ओर से असंख्य

सैनिकों का हताहत होना उत्तरापथ के हित में न था। यह प्रश्न विरक्त-तपस्वी देवहरू व देवसैम के उद्वेग को बढ़ा रहा था।

भारी रक्तपात में कौन मारा जाएगा-उत्तरापथ के लोग? आपस में ही भीषण रक्तपात, क्या उचित होगा? क्या कोई अन्य उपाय नहीं? इन्हीं प्रश्नों का उत्तर दोनों देव, अपने गुरू से चाहते थे। सहसा कुटिया के भीतर से आवाज आयी 'ह्वाट' 'ह्वाट' 'ह्वाट' कुटी के द्वार खुल गये। दोनों देव अपनी खैरवा की झोली में भरी अभिमन्त्रित राख के तुक्के मारने लगे, तुक्के मारते मारते वो पूरे शिविर के चारों ओर एक चक्कर मार चुके थे। वीरगोरिया ने हाथ जोड़ कर आज्ञा माँगी।

''देव, मेरे लिए क्या आज्ञा है? आप आदेश करें।''

''आदेश! अरे गोरिया तेरे लिए तो आदेश स्पष्ट है, तुझे गुरू गोरखनाथ ने दिव्य धनुष दिया है, तुझे युद्ध करना ही है। आदेश-आदेश, तू कोई विरक्त, संन्यासी, साधु नहीं है। तेरा अवतार ही दुष्टों के नाश के लिए हुआ है। आदेश तो हमें चाहिए। आदेश,हरू के लिए है,आदेश सैम को चाहिए, आदेश, आदेश। तेरी सेना व शिविर को हमने अभिमंत्रित भभूति से बाँध कर संरक्षित कर दिया है ताकि रात्रि में कोई खबीश, पिशाच, मशाण, टोले, जिनकी शक्ति रात्रि में कई गुना बढ़ जाती है, शिविर में न घुस पायें। तू निश्चिंत रह। लेकिन सावधान! रात्रि में कोई शिविर के बाहर न जाए।'' देवहरू ने एक श्वास में कंपित स्वरों में कहा। कुछ पलों में ही तपस्वी देवसैम बोले।

''आदेश, गुरू आदेश.... हमारे लिए आदेश। वीरगोरिया, तू अपना काम कर, अपना कर्म पूरा कर। गुरू का आदेश है, हम दोनों व्याघ्रेश्वर की ओर अभी प्रस्थान करें। इस रक्तपात को रोक न सकें तो न्यूनतम करें। जो दुष्ट का साथ न छोड़ना चाहे वही तेरे आगे आएगा। हम दोनों प्रस्थान करेंगे, गुरू का यही आदेश है।'' देवसैम ने कहा।

राजकुमार वीरगोरिया अचंभित रह गया, वीरगोरिया ने कहा- ''देवहरू, देवसैम जब मुझे आप दोनों की सबसे अधिक मार्गदर्शन की आवश्यकता है, तब आप मुझे छोड़ कर जा रहे हैं। वह भी पापी, दुष्ट के शिविर की ओर, क्या यह उचित है? मेरे लिए और आप दोनों के लिए भी क्या यह सुरक्षित होगा?'' अब दोनों तपस्वियों के शरीर शनैः शनैः शान्त हो रहे थे। देवहरू ने रुक रुक कर कहा।

''राजकुमार, युद्ध करना वीरों का कर्म है, हम तपस्वियों का नहीं। हमने तुम्हें शिक्षा, दीक्षा, शस्त्र, अस्त्र विद्या दे दिए हैं, गुरू गोरखनाथ ने तुम्हें महादेव का दिव्य धनुष दिया है। तू युद्ध कर। हम विरक्त हैं, हमारा काम है युद्ध की संभावना को समाप्त कराना या न्यूनतम हानि के साथ ही समाप्त कराना। हमें गुरू का आदेश हुआ है, हम अपना काम करेंगे, तू अपना काम।''

''लेकिन गुरू देव, आपके आशीर्वाद के बिना मेरी विजय क्या सुनिश्चित होगी?''

''अरे वीरगोरिया! हमारा आशीर्वाद तो नित्य-प्रति तुम्हारे साथ है। तुझे तो देवाधिदेव महादेव के अंश आदिगुरु गोरखनाथ का आशीर्वाद प्राप्त है। तेरे हाथ में महाकाल, महाभैरव का दिव्य धनुष है, तू तपी-कर्मयोगी वीर-पुरुष है। तुझे न्याय के लिए युद्ध करने के लिए नियुक्त किया गया है, बस तू अपना कर्म करता जा। विजय सत्य और न्याय की ही होगी।''

''महादेव, का स्मरण कर कल प्रात: युद्ध प्रारम्भ कर दें। हार-जीत की चिंता किये बिना।'' देवसैम ने कहा।

राजकुमार वीरगोरिया हाथ जोड़, कुछ क्षण जड़वत् खड़ा रहा फिर दोनों तपस्वियों के चरणों में झुक गया। दोनों ने बलिष्ठ गोरिया को अपने हाथों से उठाया और एक साथ गले लगा लिया।'' अगले ही पल दोनों तपस्वी तीव्र कदमों से सैनिक शिविर के बाहर अंधकार में विलीन हो गये।

मसाण की सेना में बगावत

सामड़मसाण का सैन्य शिविर। रात्रि का प्रथम प्रहर समाप्त होने वाला था, सभी सैनिक भोजन कर सोने का उपक्रम करने जा रहे थे। शिविर के बीचों बीच में सामड़ के सेनापति का शिविर था। सामड़ शिविर में नहीं था, वह सैंजासेरा के मैदान में अपने महल में विश्राम कर रहा था। उसके सेनापति का नाम मुरभट खबीश था। वह एक असाधारण शरीर वाला अत्यंत बलशाली योद्धा तथा सामड़ का अति विश्वसनीय था। सामड़ इस सेनापति के बल पर ही सम्मुख युद्ध होने पर भी अपने महल में निश्चिंत हो विश्राम कर रहा था। पूरे शिविर में सुअर व भेडों के भुने मांस, मदिरा की तीव्र गन्ध आ रही थी। जगह जगह मद्यभांड़ बिखरे पड़े थे।

तभी दो साधु अलख जगाते, सामड़ के सैन्य शिविर में घुसते चले गये, उन्हें किसी ने रोकने का प्रयास नहीं किया, हाथ में दण्ड व चिमटा लिए साधुओं से किसी को क्या डर था? दोनों तीव्रता से आगे बढ़ते हुए एक ऊँचे स्थान पर चढ़ गये। ऊँचे स्थान पर जाकर जोर-जोर से ''अलख निरंजन'' एवं ''गुरू गोरखनाथ की जै'' की जयकार करने लगे। उनकी आवाज सुन धीरे-धीरे सैनिक उनके निकट एकत्र होने लगे। कुछ ही देर में बड़ी संख्या में सैनिक एकत्र हो चुके थे। तब एक साधु ने ऊँचे स्वर में कहा।

''अरे वीर सैनिको, कल महासमर होगा। सब अपने परिवार, बाल-बच्चों, माता-पिता को याद कर लो, पता नहीं कौन जीवित बचेगा कौन नहीं? तुम यह युद्ध किसलिए कर रहे हो?'' साधु ने प्रश्न किया,कुछ क्षण रुके, सैनिकों में से एक ने कहा।

''हम अपने राजा सामड़ के आदेशों का पालन कर रहे हैं।''

दूसरे साधु ने कहा, ''तुम सब मात्र सामड़ के आदेश का पालन करने के लिए युद्ध कर रहे हो। तुम्हारा या प्रजा के हित का भी क्या कोई प्रयोजन है, इस युद्ध में?''

सैनिक स्तब्ध! एक दूसरे का मुँह ताकने लगे। किसी के पास उत्तर न था।

साधु ने कहा, ''वीर सैनिको! इसमें तुम्हारा कोई हित व प्रयोजन नहीं है। यह युद्ध, तुम सामड़ के आदेश पालन करने मात्र के लिए कर रहे हो। जिससे युद्ध करने जा रहे हो वह भी तुम्हारे भाई बंधु ही हैं। इसी उत्तरापथ के निवासी हैं। उनमें से कई तुम्हारे नाते रिश्तेदार होंगे। यह सामड़ क्या धूमाकोट का राजा है? या राजकुमार है? यह न धूमाकोट का राजा है न राजकुमार, जिसके आदेश से तुम युद्ध करने जा रहे हो। धूमाकोट का राजकुमार वीरगोरिया है। सामड़, राजा हालुराई का मात्र प्रमुख सेनानायक था। इस

दुष्ट सामड़ ने हालुराई की संतान-धूमाकोट के उत्तराधिकारी की हत्या का षडयंत्र किया और हालुराई से विश्वासघात कर उसके राज्य को हड़प लिया। आज धूमाकोट का असली राजकुमार वीरगोरिया, जो घाटकामसाण का वध कर चुका है। छिपुलाकोट को वह जीत चुका है। वह इस अन्यायी, दुष्ट सामड़ का वध करने आया है। राजकुमार वीरगोरिया को तुम आम सैनिकों के संहार करने में दुख होगा। सामड़ ने तुममें से आधे से अधिक को बलपूर्वक सैनिक बनाया है। मैं गुरू गोरखनाथ का शिष्य हरूनाथ तुम्हें सुझाव देता हूँ, शीघ्र से शीघ्र तुम लोग सैनिक शिविर छोड़ कर अपने-अपने गाँव की ओर निकल पड़ो अन्यथा यदि वीरगोरिया के दिव्य धनुष से निकले तीक्ष्ण बाणों के ग्रास बनना चाहते हो तो युद्ध कर सकते हो।''

तभी सैनिकों के मध्य एक उत्साही युवक बोला, ''अरे, कैसे भाग जायें? सामड़ का सेनापति मुरभट क्या हमें छोड़ देगा? अब तो इधर कुआँ उधर खाई है।''

देवसैम ने कहा, ''सैनिको आप निश्चिंत रहें मूरभट खबीश, तुम्हारा सेनापति अपने शिविर में अपने सभी सेना नायकों के साथ अचेत पड़ा है। उसे कल प्रात: तक चेतना नहीं लौट सकेगी। उसके पहले जो अपने जीवन को बचा कर अपने परिवार को शोक संतप्त नहीं देखना चाहता है, वह शिविर छोड़ दें। सामड़ के पक्ष में युद्ध करने का तात्पर्य है, अन्यायी का साथ देना, दुष्ट व अत्याचार का साथ देना। जो इस दुष्ट का साथ देगा उसकी मृत्यु निश्चित है।''

पूरी सेना में यह बात आग की तरह फैल चुकी थी। सैनिकों में बैचेनी बढ़ती गयी। सैनिकों ने जब जाना कि सेनापति वास्तव में अचेत हैं और उसके सभी उपनायक भी उसके शिविर में अचेत पडे हैं, सेना में खलबली मच गयी। सामड़मसाण अपने महल में सो रहा था। किसी का साहस नहीं कि उसे कोई सूचना दे। अनिच्छा से युद्ध में संलग्न सैनिकों को अच्छा अवसर जान पड़ा। वह अपने अस्त्र-शस्त्रों सहित सेना से पलायन करने लगे। देखते ही देखते आधा शिविर खाली हो गया था, जो सैनिक मदिरा पी रहे थे या मदिरा के नशे में धुत्त थे, वे पड़े रहे। सामड़ के कुछ विश्वसनीय सैनिकों को जब यह ज्ञात हुआ, वे सेनानायक मुरभट के शिविर की ओर दौड़े। मुरभट पूरे सेना परिषद के सदस्यों के साथ खाना खाते-खाते अचेत था। सैनिकों को आदेश देने वाला कोई न था। सामण के विश्वसनीय कुछ सैनिकों को जब यह ज्ञात हुआ कि दो साधुओं ने सेना में बगावत, विद्रोह फैलाया है, तो वे नग्न खड्ग लिए बेहताशा इधर से उधर उन्हें खोजने लगे, पर तब तक दोनों साधु अदृश्य हो चुके थे। इन सैनिकों में से कुछ ने साहस कर सामड़ के महल की ओर रुख किया। कोई सेनापति मुरभट को हिला डुला, कर पानी डालकर चेतना में लाने का प्रयास कर रहा था, पर सब विफल रहा। अभी भी सामड़ के सैन्य शिविर में भाग दौड़ मची थी। कुछ सामड़ भक्त सैनिक, शिविर के मुख्य द्वारों पर खड़े होकर शिविर से भाग रहे सैनिकों को रोकने का प्रयास कर रहे थे। कुछ ने उसमें सफलता भी प्राप्त कर ली थी; परन्तु पलायन कर रहे सैनिकों को जब यह ज्ञात होता कि अन्य द्वार पर पहरा नहीं है, तो पलायन करने वाले सैनिकों की बाढ़ उस द्वार की ओर उमड़ पड़ती। पूरा सैन्य शिविर भगदड़ की भेंट चढ़ चुका था।

अनिच्छा व बिना उचित प्रयोजन के बलपूर्वक थोपे गये युद्ध कभी सफल नहीं हो सकते हैं। जब तक सैनिकों को अपने नायकों पर अपार विश्वास व उनके सिद्धान्तों पर आस्था नहीं होगी, वे सैनिक

बलिदान देने के लिए नहीं अपितु बलि हेतु प्रस्तुत होते हैं; ऐसे सैनिकों से युद्ध नहीं जीते जा सकते हैं।

देवहरू व देवसैम का उद्देश्य था, अकारण हिंसा न हो। युद्ध मानव मात्र के लिए अभिशाप है। अकारण, बिना उचित उद्देश्य के हजारों मनुष्यों का रक्त बहे, वह उचित नहीं था। विशेष रूप से अनिच्छा से, बलपूर्वक सामड़ द्वारा भर्ती किये सैनिकों का जीवन बचाना आवश्यक था, जो सामड़ की दुष्टता, अत्याचार, अनाचार के प्रत्यक्ष साथी थे, उन्हें समाप्त करने में कोई हानि न थी। वे निर्दोष सैनिक जिन्हें बलपूर्वक, अनिच्छा से इन कृत्यों में लिप्त होना पड़ा था उन्हें अपने कर्मों के पश्चाताप करने का अवसर दिया जाना आवश्यक था, जो उन्हें मिल चुका था। राजकुमार वीरगोरिया का व्याघ्रेश्वर की प्रजा व आम सैनिकों से कोई विरोध न था। सामड़ धूमाकोट का अपराधी था, सामड़ प्रजा का अपराधी था, उसको दण्ड देना मुख्य उद्देश्य था। उसको दण्ड देने की राह में आने वाला भी दण्ड का भागी बन जायेगा, यह निश्चित था। अंतत: क्षति प्रजा और राज्य की ही होती। अत: क्षति को न्यूनतम करने का प्रयास देवहरू व देवसैम कर चुके थे। दोनों तपस्वी अपने उद्देश्य में सफल होकर नील पर्वत की गुफाओं में अंतर्धान हो चुके थे।

पिशाचों द्वारा भीषण रक्तपात तथा पाषाण वर्षा

रात्रि का दूसरा प्रहर समाप्ति की ओर था। महल के बाहर हो रहे भीषण कोलाहल से सामड़भट की आँख खुली। उसने ऊँचे महल की खिड़की से झाँक कर देखा, सैकड़ों सैनिक द्वार के भीतर आने का प्रयास कर रहे थे, जिन्हें प्रहरी रोक रहे थे। सामड़ ने शीघ्रता से अपने शस्त्र उठाये व तीव्रता से भूतल के मुख्य द्वार की ओर झपटा। मुख्यद्वार पर पहुँच कर उसने अपने प्रहरियों से पूछा।

''बाहर कोलाहल का क्या कारण है?''

''देव, ये सैनिक आपसे मिलना चाहते हैं; यह कहते हैं कि सैन्य शिविर में विद्रोह हो गया है, सैनिक शिविर छोड़ कर भाग रहे हैं; परन्तु कोई सेना नायक इनके साथ नहीं है अत: हमने इन्हें भीतर प्रवेश नहीं करने दिया।''

सामड़मसाण ने क्रोध से खड्ग हिलाते हुए पूछा। ''क्या यह सत्य है कि ये सैनिक हमारे ही शिविर से हैं।''

''जी महाराज, ये अपने ही सैनिक हैं।''

''ये कितने समय से यहाँ खड़े हैं?''

''लगभग दो घड़ी से कोलाहल मचा रहे हैं।''

सामड़ का विशाल खड्ग उपर उठा और दोनों प्रहरियों का सिर धड़ से अलग था। रक्त की भीषण धार कई सैनिकों के वस्त्रों पर पड़ गयी। सामड़ ने क्रोध में अन्य प्रहरियों की ओर देखकर कहा।

''मूर्खों! जब यह निश्चित हो चुका है, यह अपने ही सैनिक हैं, तो इनकी बातों को ध्यान से सुनकर, मुझ तक पहुँचाना तुम्हारा कर्तव्य न था?'' यह कहते हुए वह अन्य प्रहरियों की ओर लपका, सब जान

बचाकर यत्र-तत्र भाग खड़े हुए। सामड़ ने समय नष्ट न करते हुए शिविर से आये सैनिकों से पूछा।

''सत्य बताओ क्या बात है?''

''महाराज, रात्रि के प्रथम प्रहर के बीच दो साधु सैन्य शिविर में प्रकट हुए, साधु जानकर उन्हें प्रहरियों ने नहीं रोका। दोनों साधु पहले सेनापति मुरभट के शिविर में गये। वहाँ भी प्रहरियों ने उन्हें शिविर के कक्ष में यह जानकर जाने दिया कि वे सेनापति को आशीर्वाद देना चाहते थे। इन दोनों साधुओं ने सेनापति एवं सभी युद्ध परिषद के नायकों को किसी अदृश्य शक्ति से अचेत कर दिया। फिर दोनों साधुओं ने शिविर में घूम-घूम कर सैनिकों को भड़काया कि वो पलायन कर जायें अन्यथा उनकी मृत्यु निश्चित है। हजारों भीरु सैनिक रात्रि के अंधकार का लाभ उठाकर सैन्य शिविर से भाग गये हैं।''

सामड़ की आँखें क्रोध से लाल हो गयीं, उसकी इच्छा हुई कि सामने खड़े सैनिकों का एक ही बार में वध कर दे, जो शिविर में सुरक्षा का भार छोड़ कर यहाँ महल में दौड़े चले आये। सामड़ दहाड़ा।

''अरे मूर्ख सैनिको, यहाँ इतनी बड़ी संख्या में आने का क्या प्रयोजन था? मूर्खों! तुम्हारी वहाँ सैन्य शिविर में आवश्यकता थी। मुझे सूचित करने के लिए दो-चार सैनिक ही पर्याप्त थे।''

पर अब समय नष्ट करना मूर्खता थी, अत: सामड़ अपने घोड़े में सवार होकर मण्डलसेरा की ओर सरपट दौड़ा, पीछे-पीछे सैकड़ों सैनिक दौड़ पड़े। सामड़ को राह में पलायन करते हुए जो सैनिक दिखे। देखते ही देखते वह उनका वध करते चला गया। यह दृश्य देख कर सैनिकों में आतंक फैलता जा रहा था। सामड़ की क्रूरता देख उनके हृदय में सामड़ का भय समाता जा रहा था।

मण्डलसेरा मैदान में कदम रखते ही सामड़ तुरन्त समझ गया कि सैन्य शिविर नेतृत्व हीन हो चुका है। हालाँकि उसके सैनिकों ने सैन्य शिविर से बाहर जाने वाले द्वारों को अपने अधिकार में ले लिया था; परन्तु युद्ध की अनिच्छा रखने वाले एवं बल पूर्वक भर्ती किये गये अधिकांश सैनिक पहले ही शिविर से पलायन कर चुके थे। सामड़ अपने ऊँचे व बलिष्ठ घोड़े को दौड़ाता हुआ शिविर के भीतर घुस गया। अन्दर का दृश्य सामड़ के लिए अकल्पित था, आधा शिविर खाली हो चुका था, जो सैनिक पलायन कर गये थे वो अपनी सुरक्षा हेतु अपने साथ सबसे महत्वपूर्ण अस्त्र-शस्त्र भी उठा ले गये थे। सैनिकों के चले जाने से भी अधिक कष्टपूर्ण था-महत्वपूर्ण अस्त्र-शस्त्रों का चला जाना। सामड़ सिर पकड़ कर रह गया। उसने शिविर का शीघ्रता से एक चक्कर लगाया, जिससे सामड़ के सत्यनिष्ठ सैनिकों में उत्साह बढ़ा। उन्होंने शिविर द्वारों पर पहरा मजबूत कर दिया था। सामड़ पूरे शिविर में सैनिकों को फटकारता, भय दिखाता, सेनापति मुरभट के शिविर में घोड़े सहित जा घुसा। अन्दर का दृश्य देख सामड़ बुरी तरह आहत हो गया। उसके सभी वीर सेनानायक जिनके कंधों में पूरे युद्ध का भार था, अचेत पड़े थे। रात को परोसा गया भोजन उनके सामने अभी भी पड़ा था। सामड़ को समझते देर न लगी कि यह उन्हीं दो साधुओं का किया धरा है। जिस अचेत करने वाले विष का भण्डार स्वयं उसके पास था, उसी विष का प्रयोग इन्हें अचेत करने में किया गया था। स्पष्ट था कि वीरगोरिया की सेना के पास भी वह विष भण्डार उपलब्ध था, जो सामड़ ने नाग नायकों से लालच व मृत्यु भय दिखाकर एकत्र कर रखा था। सामड़ घोड़े पर बैठे-बैठे कुछ देर सोचता रहा- अब कल युद्ध का क्या होगा? कल प्रात: यह बहुरूपिया छद्म राजकुमार मुझे युद्ध के लिए ललकारेगा, मेरी सेना तो कुछ घड़ी में ही तबाह हो जायेगी। सैनिकों को

एकत्र व संगठित कर उनमें शक्ति भरने के लिए तो सभी सेनानायक व सेनापति अचेत हैं। सामड़ सोचता रहा, फिर वह सेनापति के शिविर कक्ष से बाहर आया। बाहर खड़े कुछ बलिष्ठ दिखने वाले सैनिकों को उसने एकत्र किया और उनमें से चार को उप सेनानायक घोषित कर दिया। सामड़ ने चारों उपनायकों को सैन्य शिविर के चार दिशाओं का भार सौंपा और कहा।

''अब जब तक सेनापति व अन्य सेनानायक चेतना में नहीं लौटते हैं, तब तक तुम चारों मिल कर सैन्य शिविर का प्रबन्ध सँभालोगे। सेनापति के चेतना में आते ही मुझे सूचित करोगे। देखना, सैन्य शिविर में अब कोई प्रवेश न करने पाये, न ही बाहर जाने पाये।''

कुछ क्षण रुक कर सामड़ ने कहा।

''अब कोई सैनिक पलायन न करने पाये, जो भी ऐसा प्रयास करे उसकी तुरन्त हत्या कर दी जाये। साथ ही शस्त्रागार की विशेष सुरक्षा रखी जाये।''

''जो आज्ञा महाराज,'' उपनायकों ने एक साथ कहा। सामड़ असीम पीड़ा, क्रोध, कातर भाव से सैन्य शिविर से अपने महल की ओर मुड़ गया। वह असमंजस में था कि क्या युद्ध की घोषणा वापस ले ले? सामड़ के मन में विचारों का अंतर्द्वन्द्व प्रारम्भ हो गया।

मन शक्तियों का पुंज है, वह महामानव को गढ़ने और नर पिशाचों को पैदा करने की सामर्थ्य रखता है। सामर्थ्यवान मनुष्य अपने उत्थान या पतन की गाथा स्वयं गढ़ता है। जब मनुष्य अधोगामी होता है तो वह नर, पशु, पिशाच बन सकता है। मन के बिखराव, चंचलता और उग्रता को नियंत्रण में न रखने वाला अपनी शक्ति को संहारक बना देता है और उसकी स्वयं की शक्ति ही उसकी संहारक बन जाती है। अन्ततः वह पतन की गहरी खाई में गिरता है।

ऐसी ही स्थिति आज सामड़भट की थी। इसी उधेड़बुन में सरयू नदी के किनारे-किनारे वह अपने कुछ विश्वसनीय सैनिकों के साथ अपने महल की ओर बढ़ रहा था। सहसा सरयू-गोमती नदी के संगम पर श्मशान पर जल रही चिता को देखकर वह ठिठक गया। सामड़ के मस्तिष्क में घंटियाँ बजने लगी- उसे क्या हो गया था? वह अपनी शक्ति को क्यों भुला बैठा था? तांत्रिक शक्तियों से सम्पन्न सामड़मसाण को क्या कोई पराजित करने वाला है? वह घोड़े से कूद पड़ा। तड़ित गति से सीधे श्मशान पर बनी अपनी साधना-कुटी में जा घुसा। उसने अपने सभी सैनिकों को वापस शिविर में लौट जाने का आदेश दिया। रात्रि का दूसरा प्रहर समाप्ति की ओर था। अर्धरात्रि में सामड़ ने अपनी श्मशान स्थित साधना-कुटी के अन्दर अकल्पित तांत्रिक क्रियाऐं प्रारम्भ कर दी। उसकी इस कुटिया में तंत्र की सभी सामग्री हर समय उपलब्ध रहती थी। सामड़ की आँखें लाल हो उठी थी, वह नग्न होकर नरमुण्ड हाथ में लेकर धधकती चिता के निकट आ खड़ा हुआ। उसके मुँह से अपुष्ट मंत्र निकल रहे थे। उसने अपने पूरे शरीर में चिता की भस्म पोत ली थी। उसने अपनी जटाऐं खोल दी थी। उनमें भी चिता-भस्म पोत ली थी। वह बीच-बीच में मद्य पान कर रहा था। वह तेज कदमों से चिता के चारों ओर चक्कर लगाने लगा। अब उसके हाथ में विशाल त्रिशूल था। वह चिता-भस्म के तुक्के चारों दिशाओं में मारने लगा। उसके काले मोटे होंठ मंत्र बुदबुदा रहे थे। सहसा उसके चारों ओर बड़ी संख्या में मसानिया पिशाच प्रकट होने लगे। वे सामड़ की तरह ही नग्न होकर नाच रहे थे। उनकी संख्या बढ़ती जा रही थी। सामड़ ने ऊँचे स्वर में उच्चारण कर

कुछ कहा, सामण का शरीर बड़ा होता गया-चीड़ के पेड की भाँति।

''युद्ध अभी होगा, प्रात: की प्रतीक्षा नहीं की जायेगी। मेरी पिशाचों की सेना अभी युद्ध को प्रस्थान करे।'' सैकड़ों नग्न पिशाचों, खबीशों, टोलों ने एक स्वर में कहा, ''हमें मानव रक्त चाहिए, हम प्यासे हैं, हम प्यासे हैं।'' सामड़ ने कहा, ''मेरे पीछे चलो, मैं तुम्हें मानव रक्त दूँगा, चलो।'' आगे-आगे सामड़मसाण जिसका आकार लम्बे चीड़ के वृक्ष के बराबर हो चुका था। उसका सिर एक लूटे-घास के ढ़ेर के समान दिखायी दे रहा था। विशाल शरीर पर सूप की तरह कान, थाल की तरह बड़ी अंगारे सी आँखें- एक विशालकाय दैत्य- सामड़मसाण। इसी रूप के कारण ही सामड़भट-सामड़मसाण कहलाता था। उसके हाथ में नौ मन का खड्ग था, जिसके एक वार से ही वह कई सैनिकों को कालकवलित कर सकता था। सामड़मसाण के पीछे-पीछे सैकड़ों नर पिशाच, रक्त पिपासा लिए उछल कूद रहे थे। उन सबके हाथों में त्रिशूल, खड्ग, तलवार व फरसे थे। उन्हें मानव रक्त की प्यास थी। कुछ ही समय में सामड़, मसाणों, खबीशों, मसानी पिशाचों की विशाल टोली ले कर राजकुमार वीरगोरिया के सैन्य शिविर के दो सौ गज दूरी पर खड़ा था। इस कालरात्रि के घुप अंधकार में ये ऐसे चल रहे थे जैसे उजले-धूप में चल रहे हों। अगर यह टोली राजकुमार वीरगोरिया की सोयी हुई सेना में घुस गयी तो शायद ही कोई जीवित बच पाएगा? इसमें से कई खबीश अदृश्य हो कर वार करते थे। कोई उड़ सकने की शक्ति रखता था। इन मानवरक्त-पिपासु पिशाचों से रात्रि के द्वितीय व तृतीय प्रहर में कोई सामान्य मनुष्य न जीत पाता था; परन्तु सूर्योदय की आभा फैलते ही इनकी शक्तियाँ समाप्त हो जाती थीं। अत: सामड़ चाहता था कि तुरन्त गोरिया के शिविर पर चढ़ाई कर दी जाए। सामड़मसाण ने अपनी वक्रदृष्टि राजकुमार वीरगोरिया के सैन्य शिविर पर डाली। उसने अपनी आँखों को पुन: मल-मल कर देखा। सामड़ अंधकार में अपनी शक्ति के बल पर साफ देख सकता था। उसका कद इतना ऊँचा था कि वह वीरगोरिया के सैन्य शिविर का पूरा परिदृश्य देख सकता था। परन्तु सामड़मसाण सहसा भौंचक्का रह गया क्योंकि राजकुमार वीरगोरिया के सैन्य शिविर के बाहर उसे चारों ओर ऊँची उठती अग्नि लपटें ही दिखायी दे रही थीं। पिशाचों का इस अग्नि को पार कर शिविर में घुसना सम्भव न था। पिशाच अग्नि से डरते थे; अग्नि के सम्पर्क में उनकी शक्ति भस्म हो जाती थी। उसे समझते देर न लगी कि वह गुरूगोरखनाथ की शक्ति का चमत्कार है। पीछे सैकड़ों खबीश, मसाण, टोले, पिशाच लम्बी-लम्बी, रक्त पिपासु जीभ निकाल कर रक्त पीने के लिए अधीर हो रहे थे। अब सामड़ क्या करे? उसने तुरंत सोच लिया कि सैन्य शिविर के बाहर से ही आक्रमण किया जाये, जैसे ही गोरिया के सैनिक शिविर से बाहर निकलेंगे, उन्हें यह रक्तपिपासु खबीश, पिशाच चट कर जायेंगे। सामड़ ने सभी को विशाल पत्थरों, पेड़ों, शाखाओं से सैन्य शिविर पर उछाल कर फेंकने का आदेश दिया। सभी ने उसके आदेश का पालन किया। राजकुमार वीरगोरिया के सैन्य शिविर पर दूर से ही पत्थर, पेड़, शाखाऐं आदि की वर्षा होने लगी।

गोरिया के सैनिक शिविर में खलबली मच गयी। कई सैनिक हताहत हो गये। वीरगोरिया शीघ्रता से सैन्य शिविर के मुख्यद्वार की ओर दौड़ा। मुख्य द्वार पर पहुँच कर वह ऊँचे स्वर में चिल्लाया।

''सैनिको! कोई भी शिविर के बाहर नहीं निकलेगा। यह शिविर अभिमंत्रित भभूति से रक्षित है। कोई भी इस शिविर के भीतर प्रवेश नहीं कर पाएगा। सभी शिविर के अन्दर ही सुरक्षित जगह खोज कर,

पत्थरों, पेड़ों के वार से बचें। टीलों के पीछे छिप जायें। पत्थरों के वार उधर नहीं पहुँच पाऐंगे।''

वीरगोरिया अपने गुलेल यंत्रों के निकट पहुँचा, उसके पीछे खड़े सैनिकों ने गुलेल-यत्रों के संचालन का उपक्रम शुरू कर दिया।

अंधकार के कारण यह ज्ञात न था कि यह पत्थर, पेड़ किस दिशा से आ रहे हैं। सभी ने यह अनुमान लगाया कि यह पत्थर निश्चित ही सामड़ के सैन्य शिविर की ओर से फेंके जा रहे होंगे। गोरिया ने सैनिकों को आदेश दिया कि वे सामड़मसाण के सैनिक शिविर से हो रहे वार के उत्तर में उन पर शिला प्रक्षेपण करें। देखते ही देखते गुलेलनुमा यंत्रों से भारी-भारी पत्थर सामड़ के सैन्य शिविर पर गिरने लगे। इधर मसानी पिशाच गोरिया के शिविर पर पत्थर वर्षा कर रही थी तो उधर वीरगोरिया की सेना इस बात से अनभिज्ञ कि कहीं अंधेरे से पिशाच उन पर वार कर रहे हैं, सामड़ के सैन्य शिविर पर भारी पत्थर वर्षा कर रहे थे। सामड़ के सैन्य शिविर में हाहाकार मच गया। उनके प्रमुख सेनानायक अचेत पड़े थे। सामड़ द्वारा नवनियुक्त उपसेना नायकों ने निर्णय लिया कि सैनिक, सैन्य शिविर को खाली कर बाहर निकल जायें, क्योंकि पत्थरों का लक्ष्य सैन्य शिविर था। सामड़ के सैनिक कोलाहल करते शस्त्र लहराते सैन्य शिविर से बाहर आ कर गोरिया के सैन्यशिविर की ओर धावा करने लपके। वीरगोरिया की गुलेलें पत्थरों की भीषण वर्षा, सामड़ के सैन्य शिविर पर लगातार करती जा रही थीं। एक गुलेल-यंत्र को स्वयं वीरगोरिया ने सँभाल रखा थे; उसका अचूक लक्ष्य देख, सैनिकों का उत्साह बढ़ता जा रहा था। उन्हें अपने सैन्य शिविर में किसी के प्रवेश का भय न था। बस उन्हें पत्थर व पेड़ों की मार से बचना था।

उधर सामड़ के सैन्य शिविर से बाहर निकले सैनिकों का कोलाहल सुन तथा गर्म मानव रक्त की गंध सूँघ कर सामड़ द्वारा उत्पन्न नर पिशाचों का रुख उनकी ओर हो गया। सामड़ यह देखकर भयभीत हो गया कि यह क्या हुआ? उसने पिशाचों को रोकना चाहा-पर सब व्यर्थ। गोरिया के सैन्य शिविर में न भगदड़ मची, न कोई शिविर से बाहर निकला। उल्टे सामड़ के शिविर से हजारों सैनिक बाहर की ओर भाग रहे थे। रक्तपिपासु पिशाचों को मानव रक्त की प्यास थी। उन्हें सामड़ के मानव सैनिकों या वीरगोरिया के मानव सैनिकों का भेद न था। सैकड़ों पिशाच सामड़ की सेना में पिल पड़े और उनकी अंधाधुंध हत्या कर उनका रक्त पान करने लगे। रात्रि के अंधकार में इन रक्त पिपासु पिशाचों की शक्ति अपार थी। सामड़ की सेना, सामड़मसाण की तांत्रिकसिद्धि शक्ति से उत्पन्न किये गए नर पिशाचों का ही शिकार हो रही थी। सामड़ को यह समझते देर न लगी कि पासा उलटा पड़ गया है। वह क्षणभर में ही श्मशान के मध्य अपनी कुटिया में जा पहुँचा, और अपनी जटिल तंत्रक्रिया के द्वारा उत्पन्न पिशाचों को शांत करने की उलट तंत्रक्रिया करने लगा। तंत्र-मंत्रों से उत्तेजित पिशाचों को शांत करना सरल न था। सामड़ ने अपनी सम्पूर्ण शक्ति झोंक कर पिशाचों को अपने ही सैनिकों के संहार से रोकने का भरपूर प्रयास प्रारम्भ कर दिया। इस जटिल एवं कठिन प्रयास में उसकी कई शक्तियाँ नष्ट हो कर रह गयीं। कुछ समय में ही पिशाच शांत हो कर लुप्त होने लगे; परन्तु तब तक वह भयानक रक्तपात कर हजारों सामड़ के सैनिकों का रक्त पान कर मसानी पिशाच तृप्त हो चुके थे। पूर्व दिशा की ओर से भोर की मंद आभा प्रकट होने लगी थी। अब चारों ओर मरघट का-सा सन्नाटा था। सामड़ अपनी ही दुष्टता के जाल में फँस कर रह गया था। क्रोध में बिना पूर्व नियोजित व्यूह के, अहंकार के मद में चूर होकर किया गया पिशाचों

के आवाहन का फल सामने था। विपक्षी सोये हुए निहत्थे सैनिकों पर कायरों की भाँति वार करने का परिणाम सामड़ को भुगतना ही था।

राजकुमार वीरगोरिया के सैन्य शिविर में भी काफी सैनिक हताहत हुए थे, कुछ पेड़ों, पत्थरों के नीचे दब कर कुचल कर मर चुके थे। इनकी संख्या अधिक न थी। फिर भी काफी निहत्थे सैनिक बिना युद्ध के मारे गये थे। जिसका सभी को अपार दुःख था; परन्तु वीरगोरिया के सैन्य शिविर को यह सूचना न थी कि सामड़ के सैन्य शिविर पर रात में क्या कहर बरपा? भयावह रक्त पिपासु पिशाचों ने सामड़ की सेना का जो विनाश कर दिया था, वह संभवत: वीरगोरिया की सेना विजयी युद्ध करने पर भी न कर पाती।

मण्डलसेरा स्थित सामड़ का सैन्य शिविर मरघट में बदल चुका था। विगत रात्रि की घटनाओं से सामड़ का सैन्य शिविर तहस नहस हो चुका था। रात्रि में विद्रोह के कारण आधे से अधिक सैनिक पहले ही शस्त्रों सहित शिविर से भाग गये थे। शेष सामड़ पर निष्ठा रखने वाले कुछ सैनिक रात्रि के अकस्मात् पत्थर वर्षा से अन्य अज्ञात नर पिशाचों के हाथों मारे जा चुके थे। किसी प्रकार से बचे सैनिकों में असीम भय व्याप्त था। इनमें तरह-तरह की चर्चायें-अफवाहें थी। विस्मयकारी पिशाचों के नर संहार का भय उनके भीतर तक समा चुका था। उन्हें यह ज्ञात नहीं था कि इस भीषण आपदा को उनके नायक सामड़ ने स्वयं आमंत्रित किया था। इस भीषण आमंत्रित विपदा का वर्णन सामड़ भी स्वयं नहीं कर सकता था। इससे उसके सैनिकों पर विपरीत प्रभाव पड़ता। अत: वह इस राज को छुपा गया। इससे भी वीरगोरिया को ही लाभ हुआ। चारों ओर यह चर्चा आम थी कि व्याघ्रेश्वर महादेव ने कुपित होकर अपने भूत-प्रेत गणों को सामड़मसाण की सेना के संहार के लिए रात्रि में भेजा था, क्योंकि युद्ध स्थल में विपक्षी सेना का एक भी सैनिक नहीं मरा पड़ा था। वीरगोरिया के सैनिकों ने युद्ध किया होता तो कुछ सैनिक तो उनके भी हताहत होते, पर युद्ध स्थल पर एक भी विपक्षी सेना का सैनिक शव न था। साथ ही सैनिकों के शवों को जिस वीभत्स तरीके से वध किया गया था उसे देखकर जीवित सैनिकों के रोंगटे खड़े हो गये थे। अधिकांश सैनिकों के कंठ फाड़ कर उनका रक्त चूस लिया गया था। किसी-किसी की छाती फाड़ कर उसमें से कोमल अंग निकाल लिये गये थे। सैकड़ों सैनिकों का सिर ही गायब था। इस तरह का नरसंहार कोई सामान्य सेना नहीं करती है। सामड़ भी नर पिशाचों के उल्टे प्रहार के कारण आत्मग्लानि से त्रस्त था। उसका आत्म विश्वास डगमगाने लगा था। उसकी सेना की भारी क्षति उसके ही हाथों हो चुकी थी। देवहरू व देवसैम की आज्ञा मानकर सामड़ की सेना से जो सैनिक रात्रि में सेना से विद्रोह कर पलायन कर गये थे, वह इन दोनों तपस्वी देवों की कृपा से सुरक्षित अपने गाँवों में पहुँच चुके थे। इस प्रकार बलपूर्वक व अनिच्छा से भर्ती, निर्दोष सैनिक देवों की कृपा पाकर सुरक्षित थे। पापाचारी व अन्यायी सामड़ का साथ देने वाले सैनिकों को दण्ड मिलना स्वाभाविक था, जो मिल चुका था।

नृशंस, वीभत्स, बर्बर मारकाट की अबूझ गुत्थी

राजकुमार वीरगोरिया पूरी रात्रि सोया नहीं था। वह पूरे शिविर में घूम-घूम कर घायल सैनिकों के उपचार की व्यवस्था कर रहा था। मृत सैनिकों के शवों को अन्तिम संस्कार के लिए यथास्थान रखा जा रहा था। देव महानन्द अपने चिकित्सा दल के साथ घायलों की चिकित्सा में रात भर लगे थे। प्रात: होते होते शिविर को व्यवस्थित कर दिया गया था। पत्थरों पेड़ों, शाखाओं को शिविर के एक ओर एकत्र कर दिया गया था। शिविर कक्षों को जहाँ तक सम्भव था व्यवस्थित किया जा रहा था। खाद्यान्न व रसोई में पड़े पत्थरों को हटाकर उसे भी व्यवस्थित किया गया। सूर्य की प्रथम किरणों के शिविर में पड़ने से पूर्व ही व्यवस्थायें सुचारु कर ली गयी थी। अब काम शेष था-सैनिक शवों का अंतिम संस्कार करना तथा युद्ध के आगे की रणनीति तय करना।

कुछ घड़ी पश्चात् सैकड़ों ग्रामीणों का झुंड वीरगोरिया के सैन्य शिविर की ओर आ रहा था। इनका प्रयोजन स्पष्ट नहीं था। द्वार पर प्रहरियों ने उन्हें रोका तो वहाँ कोलाहल बढ़ गया। राजकुमार स्वयं द्वार पर उपस्थित हुआ।

''राजकुमार वीरगोरिया की जै।'' का जयघोष भीड़ ने करना प्रारम्भ कर दिया। वीरगोरिया ने अभिवादन स्वीकार कर उन्हें शांत कराया। उसने पूछा, ''सज्जनो, सुबह-सुबह इतनी बड़ी संख्या में यहाँ एकत्र होने का प्रयोजन?''

''भीड़ में से एक बलिष्ठ; परन्तु वृद्ध ने कहा, ''राजकुमार वीरगोरिया! हम सब सामड़ राक्षस के पीड़ित हैं। हम चाहते हैं कि तुम हमें अपनी सेना ने भर्ती कर लो। हमें तुम पर पूर्ण आस्था है।''

वीरगोरिया ने कहा, ''मैं तुम सब की प्रशंसा करता हूँ, पर तुम सब युद्ध में सम्मिलित होकर अपने प्राणों को संकट में क्यों डालना चाहते हो?''

एक उत्साही एक युवक बोला, ''राजकुमार, यह युद्ध मात्र आपका नहीं है, यह हम सब का है, प्रजा का है, हम नौजवानों को एक वीरनायक की आवश्यकता थी, जिसके नेतृत्व में हम अपने प्राणों की आहुति देने के लिए तत्पर हैं।'' राजकुमार ने कहा,'' युद्ध के लिए हमारे पास पर्याप्त सैनिक हैं, साथ ही तुम्हारी इस भीड़ में कोई भी युद्ध के लिए प्रशिक्षित नहीं है। मैं तुम्हारे जीवन को संकट में नहीं डालना चाहता हूँ।'' तभी एक वृद्ध ने भीड़ से आगे बढ़ कर कहा,''राजकुमार, हमारा जीवन तो वैसे भी सामड़ के अत्याचारों के कारण संकट में है। हम संकट को सदैव के लिये समाप्त करना चाहते हैं। मेरे साथ जो बलिष्ठ युवा पुरुष हैं वे युद्ध में आपका सहयोग करेंगे, शेष हम सब पीछे शिविर के अन्य कार्यों में हाथ बटाऐंगे। हमें संतोष होगा कि हमने राजकुमार का युद्ध में साथ दिया और अत्याचारी सामड़मसाण का अंत करने में सहयोग किया। हमें अपने जीवन का तनिक भी मोह नहीं है।''

राजकुमार वीरगोरिया ने प्रशंसा भरी दृष्टि भीड़ पर डालते हुए कहा, ''मुझसे तुम्हारी भावनाओं को समझने में भूल हुई है, यदि आप स्वेच्छा से मेरी सेना में सम्मिलित होना चाहते हों तो मुझे कोई आपत्ति नहीं है।''

भीड़ ने वीरगोरिया की जय का घोष किया, ''राजकुमार वीर गोरिया की जै।'' सभी ग्रामीण राज कुमार वीरगोरिया के पीछे-पीछे सैन्य शिविर में प्रवेश कर गये।

इसी मध्य स्यूरा, प्यूरा पाँच सामड़ सैनिकों को पकड़ लाये जो वीरगोरिया के शिविर के बाहर खड़े थे। इन्हें वीरगोरिया के सम्मुख प्रस्तुत किया गया। पाँचों भयभीत व कातर थे।

वीर गोरिया ने पूछा, ''स्यूरा, तुम इन्हें कहाँ से पकड़ लाये हो।''

स्यूरा ने कहा, ''राजकुमार! हम शिविर के बाहर शिविर सुरक्षा में संलग्न थे, ये पाँच सामड़ सैनिक भयभीत हो कर शिविर को ओर आ रहे थे। ये पाँचों सामड़ की सेना की वेशभूषा में थे, अत: हमने इन्हें पकड़ लिया था।''

राजकुमार ने पाँचों भयभीत सामड़ सैनिकों से पूछा, ''सैनिको, तुम भयभीत हो, क्यों काँप रहे हो, तुम्हारा यहाँ आने का क्या कारण है।''

एक सैनिक ने कुछ साहस कर कहा, ''राजकुमार, मध्यरात्रि में आपकी सेना ने भारी पत्थर वर्षा सामड़ के सैन्य शिविर पर कर दी थी। हमारे सभी सैनिक शिविर से बाहर की ओर भागे, तभी आपके सेना ने भीषण घावा बोलकर, सामड़ के हजारों सैनिकों को मार गिराया। कई सैनिकों के कंठ फोड़ कर रक्त चूसा गया। कई सैनिकों के कलेजे निकाल कर खा लिया गया। पूरे सामड़ सैन्य शिविर में हाहाकार मच गया था। हम किसी तरह जान बचाकर विपरीत दिशा में भागने लगे। किसी प्रकार जान बची तो, हम आपके शिविर में शरण हेतु आ गये। अब आप जो दण्ड देना चाहें, दे सकते हैं।''

वह सैनिक हाथ जोड़े काँप रहा था, खड़ा न रह सका। जमीन पर धड़ाम् से गिर पड़ा। वीरगोरिया स्तब्ध था! क्योंकि उसकी सेना ने सामड़ के शिविर पर पत्थर वर्षा तो अवश्य की थी किन्तु कोई प्रत्यक्ष वार नहीं किया था। वीरगोरिया ने कहा, ''तुम्हें कोई दण्ड नहीं दिया जायेगा क्योंकि तुमने कोई अपराध नहीं किया है। तुम सब को भयभीत होने की आवश्यकता नहीं है; परन्तु मैं आश्चर्य चकित हूँ कि हमारी सेना तो रात्रि में अपने शिविर से बाहर निकली ही नहीं! तो सामड़ की सेना पर हमला करने का प्रश्न ही कहाँ? मेरा तो एक भी सैनिक मेरे सैन्य शिविर से बाहर नहीं निकला। उल्टा हमारे सैन्य शिविर पर सामड़ की सेना ने पत्थरों, पेड़ों आदि से भीषण वार किया था।''

सामड़ के एक सैनिक ने कहा, ''राजकुमार, सामड़ की सेना ने भी आपकी सेना पर कोई वार नहीं किया था। सामड़ की सेना में रात्रि में विद्रोह हो गया था। हजारों सैनिक, सामड़ के सैन्य शिविर से पलायन कर ग्ाये थे। किसी अज्ञात कारण से सामड़ का सेनापति मुरभट व उसके सभी सेनानायक सेनापति के कक्ष में एक साथ भोजन करते, अचेत पाये गये थे। सामड़ सेना ने आपके सैन्य शिविर पर रात्रि में कोई धावा नहीं बोला था।''

राजकुमार गोरिया सहित उसकी पूरी सेना आश्चर्य चकित थी कि यदि सामड़ की सेना ने रात्रि में गोरिया की सेना पर पत्थर, पेड़ों से हमला नहीं किया तो किसने किया? उधर जब वीरगोरिया की सेना अपने सैन्य शिविर से बाहर ही नहीं निकली तो सामड़ की सेना में वीभत्स ढंग से किसने त्राहि त्राहि मचायी? यह विषय लम्बी वार्ता के बाद भी एक पहेली बना रहा। राजकुमार वीरगोरिया ने व्याघ्रेश्वर के

वीर उग्रदेव को बुलाया। उग्रदेव रात्रि के शिला युद्ध में घायल हो गया था। इस मध्य राजकुमार ने अपने कुछ सैनिकों को स्थानीय ग्रामीणों के साथ गुप्तचर के रूप में सामण के शिविर की ओर रवाना कर दिया ताकि वे सामड़ की सैन्य शिविर की हलचल व युद्ध की उसकी तैयारी की जानकारी प्राप्त कर सकें। राजकुमार को भी कल रात्रि के पत्थर वर्षा से हुई हानि से सँभलना था। प्राप्त सूचना से स्पष्ट हो रहा था कि सामड़ की सेना उसके शिविर पर युद्ध करने की तत्परता नहीं दिखायेगी। गोरिया को भी अपने मृत सैनिकों का अंतिम संस्कार करना था।

उग्रदेव, दो सैनिकों की सहायता से वीरगोरिया के निकट आकर बैठ गया। राजकुमार ने स्नेहपूर्वक उग्रदेव से पूछा- ''अब तुम्हारा स्वास्थ्य कैसा है उग्रदेव?''

''अब मैं काफी स्वस्थ हूँ-देव महानन्द की औषधियों का असर है।''

''उचित है; हम सब देव महानन्द के आभारी हैं, उनके चिकित्सा दल के कारण हमारे सैकड़ों सैनिक मृत्यु के ग्रास होते होते बचे हैं, अन्यथा घायल सैनिकों को बचाना कठिन होता।'' राजकुमार ने प्रंशसा पूर्वक कहा।

''उग्रदेव, कल रात्रि हमारे सैन्य शिविर में पत्थर व पेड़ों की वर्षा कर हम पर धावा किया गया था। रात्रि के अंधकार में हमारा अनुमान था कि वह हमला सामड़ के सैनिकों ने किया है। जिसके प्रत्युत्तर में हमने अपनी विशाल गुलेलों से उसके सैन्य शिविर पर शिला प्रेक्षण किया था; परन्तु अभी हमारे कुछ सैनिक, सामड़ के सैनिकों को पकड़ कर लाये हैं। उन्होंने सूचना दी है कि सामड़ की सेना ने हमारे शिविर पर कोई हमला नहीं किया था, उल्टा सामड़ की सेना में किसी ने बड़ा भयानक हमला कर भयंकर मारकाट मचायी, उनका हमला सामान्य सेना का नहीं था। उनकी सूचना के अनुसार सामड़ की सेना के सैनिकों के कंठ फोड़ कर रक्त चूसा गया है। उनके शरीर व छाती के कोमल अंगों को निकाल कर खा लिया गया है। सैकड़ों सैनिकों के सिर गायब पाये गये। व्याघ्रेश्वर में कौन सी ऐसी तीसरी शक्ति है जो इधर हमारे सैन्य शिविर में धावा कर रही थी और उधर सामड़ की सेना में भी मारकाट मचा रही थी। इस विषय में कुछ बता सकते हो?''

कुछ देर सोचने के बाद व्याघ्रेश्वर क्षेत्र के विषय में जानकारी रखने वाले वीर उग्रदेव ने कहा।

''राजकुमार, सामड़ की क्रूर व विशाल सेना पर कोई प्रत्यक्ष रूप से हमला कर मार-काट मचाये, ऐसा साहस एवं शक्ति इस क्षेत्र में किसी में नहीं है।''

प्यूरा ने कहा, ''राजकुमार कहीं ये पाँचों सामड़ सैनिक झूठ तो नहीं बोल रहे हैं? इसमें कोई षड़यंत्र तो नहीं है?''

''नहीं, उनकी स्थिति देखकर तो ऐसा प्रतीत नहीं होता है कि वे झूठ बोल रहे हों। यदि ये झूठ भी बोल रहे है, तो भी इससे हमारे लक्ष्य पर कोई प्रभाव नहीं पड़ने वाला है।''

विकट देव ने कहा, ''राजकुमार यह सम्भव है कि सामड़ के जो सैनिक उनकी सेना से विद्रोह कर पलायन कर गये थे, उन्होंने आक्रमण किया हो।''

राजकुमार ने कहा, ''यह सम्भव नहीं है। जब स्वयं वे विद्रोह कर सेना छोड़ पलायन कर गये थे तो वे बिना उद्देश्य के इस युद्ध में अपने प्राणों को संकट में क्यों झोंक देते? फिर उन्होंने हमारे सैनिक

शिविर पर आक्रमण क्यों किया? उन्होंने एक साथ दोनों शिविरों पर आक्रमण किया, यह समझ से परे है।''

विचार विमर्श का कुछ परिणाम न निकला। कोई इस गुत्थी को न सुलझा सका कि अन्तत: वीरगोरिया व सामड़ के सैनिक शिविरों में रात्रि में किसने एक साथ आक्रमण किया। दोनों शिविरों में सैनिक हताहत हुए थे, लेकिन सामड़ की सेना में बड़ी क्षति, मारकाट का कारण ज्ञात न हो सका। इसके लिए वीरगोरिया को गुप्तचरों के लौटने की प्रतीक्षा थी।

मृत सैनिकों का ससम्मान अन्तिम संस्कार कर सैन्य शिविर को सुव्यवस्थित कर लिया गया था।

रात्रि के प्रथम प्रहर में गुप्तचर राजकुमार गोरिया के सम्मुख खड़े थे। उन्होंने जो दृश्य सामड़ के सैन्य शिविर का बताया-वह भयावह तथा अकल्पनीय था। गुप्तचरों की सूचना में सबसे बड़ी बात यह थी कि आक्रमण करने वालों का एक भी शव सामड़ के सैनिकों के शवों के साथ नहीं पाया गया। इतनी बड़ी मारकाट में यह सम्भव नहीं कि आक्रमण करने वालों का एक भी सैनिक हताहत न हुआ हो। दूसरी ओर इस तरह के भयानक, नृशंस, बर्बर मारकाट का दोष तथा श्रेय दोनों राजकुमार वीरगोरिया की सेना को दिया जा रहा था। गुप्तचरों ने बताया कि-सामड़ की सेना में चंद हजार सैनिक ही शेष हैं। अधिकांश सैनिक सेना से विद्रोह कर विगत रात्रि के प्रथम-द्वितीया प्रहर में पलायन कर चुके थे। शेष सामड़ के विश्वसनीय व निष्ठ सैनिकों की बड़ी संख्या, रात्रि के अन्धकार में अज्ञात क्रूर आतताइयों के हाथों मारी जा चुकी थी। सैकड़ों सैनिक, वीरगोरिया की सेना की ओर से हुई पत्थर वर्षा के कारण भी मारे गये थे। अर्थात् सामड़ की सेना का लगभग सफाया हो चुका था। सामड़ के सेनापति व प्रमुख सेनानायक अभी भी अर्धचेतना में शिविर के भीतर थे। सामड़ कुछ सौ सैनिकों के साथ अपने राजमहल में बैठा आगे की रणनीति तैयार कर रहा था। सामड़ के जीवित बचे सैनिक, मृत सैनिकों के शवों को एकत्र कर उनका दाह संस्कार करने का उपक्रम कर रहे थे। स्पष्ट था कि सामण की ओर से युद्ध का कोई संकेत न था। ऐसी स्थिति में वीरगोरिया ने निर्णय लिया कि उसकी सेना कुछ दिनों तक यथास्थिति बनाये रहेगी। यदि सामड़ की ओर से युद्ध की कोई पहल न हुई तब व्याघ्रेश्वर की ओर कूच किया जायेगा। यह सुनिश्चित हो गया कि सामड़ की सेना में भीषण मारकाट भले ही किसी ने की हो; परन्तु राजकुमार वीरगोरिया का भय सामड़ के प्रत्येक सैनिक के हृदय में समा चुका था। उनके लड़ने की शक्ति समाप्त हो चुकी थी। यहाँ तक कि सामड़मसाण का आत्मविश्वास भी डोल गया था। उसकी विशाल सेना बिना लड़े ही या तो भाग चुकी थी, या मारी जा चुकी थी। अब तो उसके पास लड़ने भर के न तो सैनिक बचे थे, नहीं शस्त्र। अब सामड़ को विश्वास था तो-स्वयं की तांत्रिक व विषैली शक्तियों का, जिन के वार से वह राजकुमार वीरगोरिया की सेना को तहस नहस कर सकता था। इस कार्य के लिए भी उसे एक निश्चित सैन्य बल की आवश्यकता थी, भले ही वे संख्या में कम हों। उसने अपने शिविर को आदेश भेज दिया कि बचे खुचे सैनिक सेनापति के नेतृत्व में मण्डलसेरा में अगले आदेश तक दृढ़ता से जमे रहें। गोरिया की सेना से युद्ध की पहल न करें।

पाप का घड़ा भरने के बाद ही फूटता है। अपने पैरों पर आप कुल्हाड़ी मार बैठे हतोत्साहित सामड़ के कलेजे पर साँप लोट रहे थे। अब गोरिया को परास्त करना टेढ़ी खीर था। वह अगली चाल पर विचार करने लगा।

गौरभैरव का सामड़मसाण के दुर्ग पर चढ़ाई

राजकुमार गोरिया की सेना तीन दिन से यह प्रतीक्षा करती रही कि सामड़ उनके शिविर पर आक्रमण की पहल करेगा। सामड़ की सेना की गतिविधियों की जो सूचनायें राजकुमार को प्राप्त हो रही थीं, उससे स्पष्ट था कि उनकी ओर से युद्ध का कोई प्रयास नहीं है। इधर गोरिया की सेना में खाद्य सामग्री का अभाव बढ़ता जा रहा था। राजकुमार ने युद्ध परिषद को बुलाया। युद्ध परिषद में नायक महानन्द, सिंगारकोट के वीर छुरमल, हरमल, वीर भुटालीबयाल, लड़ियाधार का भूमियावीर, मेलियावीर, देवहरू का अनुयायी लाटूवीर, बारूवीर, वीर रूदिया, वीर औदलिया, उज्यालिया वीर, जोशीकोट से वीर भद्रराज और वीर सिलगुड़ी थे। पुगराँऊ से वीर विणभट थे।

मंत्रणा के बाद राजकुमार वीरगोरिया ने निर्णय सुनाया।

''हम सामड़ के आक्रमण की प्रतीक्षा अधिक दिनों तक नहीं कर सकते हैं। मैंने इस अत्याचारी के वध का निर्णय लिया है। वह मुझसे युद्ध करने सामने न आये, इसका तात्पर्य यह तो नहीं कि मैं भी उसको युद्ध के लिए न ललकारूँ। हम उससे युद्ध करने के लिए आये हैं। अत: आक्रमण की पहल हम ही करेंगे।''

''परन्तु देवहरू ने सुझाव दिया था कि मैदान में उससे आमने सामने के युद्ध से बचा जाय।'' मदकोट के सेनानायक ने कहा।

''अब परिस्थितियाँ भिन्न हैं। देवहरू व देवसैम ने सामड़ की सेना में विद्रोह की आग फैला कर हमें निर्दोष व युद्ध हेतु अनिच्छुक प्रजा के अनावश्यक रक्तपात से बचा लिया है। वर्तमान में सामड़ की सेना में उसके कुछ विश्वासपात्र सैनिक ही शेष हैं जिनकी युद्ध में हत्या करने में कोई दोष नहीं है। हमें आज ही युद्ध के लिए कूच करना है।'' राजकुमार ने ऊँचे स्वर में कहा।

''राजकुमार वीरगोरिया की जै'' का शंखनाद सैन्य शिविर में गूँज उठा। धर्मदास अपनी बाद्ययंत्रों की टुकड़ी के साथ द्वार पर आदेश की प्रतीक्षा कर रहा था। जैसे ही राजकुमार का आदेश उस तक पहुँचा उसने प्रस्थान के संकेत का हिटाऊँ बाजा बजाना शुरू कर दिया। इस विशेष प्रकार केढोल, दमुवा की आवाज से स्पष्ट संकेत था-सैनिकों तुरन्त प्रस्थान हेतु तैयार होओ! देखते ही देखते हजारों सैनिक अपने-अपने सेनानायकों के पीछे अस्त्र शस्त्रों से सज्जित होकर शिविर के मुख्य द्वार पर खड़े थे। कुछ क्षणों के पश्चात् सबसे आगे नाग प्रमुख महानन्द घोड़े पर सवार बाहर निकले, उनके पीछे सिंगारकोट, लड़ियाधार के वीर छुरमल व भूमिया आ रहे थे, उनके पीछे आ रहे थे, पुगराँऊ के वीर विणभाट, पाल बिलौना पट्टी से देवऐड़ी ने अपने कई धर्नुधर सैनिक वीरों को गोरिया की सहायता के लिए भेजा था। देवहरू का शिष्य वीर ओवलिया गोरिया की सेना में उपसेनानायक था। जोशीकोट के भद्रराज व सिलगुड़ी जैसे वीर योद्धा राजकुमार गोरिया की सेना की शोभा बढ़ा रहे थे। उनके पीछे उपसेनानायकों में स्यूरा-प्यूरा, लाटूवीर, बारूवीर, रूदियावीर, मेलियावीर, औंदलियावीर, उजियालियावीर, तीखे भालों के साथ खड़े थे। धूमाकोट से कल ही आयी नये तरुण वीरों की टोली थी, जिसकी अगुवाई कर रहा

था-वीरगोरिया का अनुज कालसिण महावीर। कालसिण को लोग कई नामों से जानते थे जैसे- कालचन, कालराई, कालचनभूसी,कालसांई आदि। यह युवाओं का उत्साही दल भयानक खड्ग, तलवारों से सज्जित था। इसके साथ ही वीरगोरिया का दूसरा छोटा भाई जो अपरिमित बलशाली था, जिसमें प्रचंड दैवीशक्तियाँ विद्यमान थी, वह था-कलुवावीर। ऐसा कलुवावीर अपने युद्धपारंगत, प्रचण्ड शक्ति वाले सहयोगी -रगतुवावीर, सोबुवीर, लड़ियावीर और चैथियावीर के साथ पंक्तिबद्ध आसन् युद्ध के लिए तत्पर खड़ा था। वीर अनजु कलुवा अपने साथ लाया था सैकड़ों वीर बयालों की टोली। ये बयाल अतितीव्रगति से पहाड़ की सीधी चढ़ाई में तथा गढ़ों के परकोटों पर बन्दरों की भाँति पल झपकते ही चढ़ जाते थे। इनके पीछे खड़ा था श्वेत अश्व सवार, श्वेतवस्त्र धारी, बलिष्ठ, ऊँचा, कंधे पर दिव्य धनुषधारी। उसके पीठ पर तूणीर, तूणीर में दिव्य शक्ति वाले बाण, साथ ही नाग नायकों द्वारा प्रदत्त विष बुझे तीक्ष्ण तीर, कमरबंध पर खड्ग, सर पर बँधी थी ऊँची गुलाबी पगड़ी। ऐसे वीरगोरिया को देखकर भगवान राम की मूर्ति साकार हो उठती थी। राजकुमार वीरगोरिया ने घोड़े को ऐड़ लगायी, घोड़ा द्रुत गति से तमाम वीरों के मध्य होते आगे बढ़ने लगा, जैसे जैसे वह आगे बढ़ता, ''राजकुमार वीरगोरिया की जै।'' के गगन भेदी घोष गूँजने लगता। उधर धर्मदास अपने ढोल, नगाड़े, दमुवा से ऐसा उत्तेजित बाजा बजा रहा था कि इस प्रचण्ड रणभेरी के नाद से कायर का भी रक्त उबल जाये। सभी युद्ध के लिए उग्र थे। राजकुमार के ठीक पीछे व्याघ्रेश्वर के साहसी ब्राह्मण वीरउग्रदेव। सबसे पीछे था घाटप्रांत के वीर और गोरिया का उपसेना नायक विकटदेव। राजकुमार वीरगोरिया के रणबाँकुरों की सुदृढ़, अनुशासित सेना युद्ध में कूच को उतावली थी।

राजकुमार वीरगोरिया से संकेत प्राप्त होते ही, धरमदास ने हिटाऊँ बाजा बजाना प्रारम्भ किया-अर्थात् प्रस्थान का संकेत। धरमदास अपने वाद्ययंत्रों की आवाज से विभिन्न प्रकार की ध्वनियाँ निकाल कर सेना को अलग-अलग संकेत देता था। संचार तंत्र का उत्कृष्ट साधन, जिससे चलने, रुकने, युद्ध प्रारम्भ, युद्ध रोकने, पीछे हटने, विश्राम करने, दौड़ने के संकेत प्राप्त होते रहते थे। ध्वनि संकेतों के अनुसार सेनानायक सेना को आदेश देते थे। इस प्रकार सेनापति का आदेश सहजता से सभी सैनिकों को प्राप्त होता रहता था। सीमित क्षेत्र में युद्ध के लिए इस ढोल सागर ज्ञान की महत्वपूर्ण भूमिका थी।

राजकुमार वीरगोरिया की सेना, सामड़ की सेना के शिविर के सामने खड़ी थी, पर आश्चर्य! कि वहाँ कोई हलचल न थी। तभी एक गुप्तचर ने सूचना दी कि सामड़ की सेना शिविर छोड़कर सरयू के पार सैजासेरा में सामड़ के महल पर एकत्रित है। राजकुमार वीरगोरिया अब रुकने वाला न था। उसने धरमदास को संकेत किया और उसका श्वेत अश्व सैजासेरा की ओर घूम गया। कुछ ही समय में वीरगोरिया पवित्र सरयू-गोमती के संगम के किनारे खड़ा था-एक विशाल मैदान में। कलकल बहती सरयू-गोमती का संगम। नदी के उस पार प्राचीन व्याघ्रेश्वरनाथ का पवित्र मंदिर निर्जन और खामोश खड़ा था। वहाँ न कोई घन्टे की आवाज, न शंख की ध्वनि। वीरान, उजाड़-देवों के देव महादेव भोलेनाथ का महालय। वीरगोरिया चपलता पूर्वक अश्व से नीचे उतरा, उसने घुटने के बल बैठकर भूमि पर सिर टिका कर देवाधिदेव के मंदिर शिखर को प्रणाम किया और मन ही मन प्रण किया कि धूमाकोट के इष्टदेव-महादेव के इस पौराणिक मन्दिर में, मैं काली ताकतों के सम्राट सामड़मसाण के दमन करने के

बाद ही पूजा अर्चना करूँगा।

अब वीरगोरिया की सेना इस विशाल मैदान में खड़ी थी। सामण ने इस विशाल खेत को किसानों से छीन कर अपना खेलने का, घुड़सवारी करने का मैदान बना लिया था। इस मैदान में आम मानस का प्रवेश वर्जित था। घुड़सवारी व खेल के कई करतबों का प्रदर्शन इस मैदान में होता था।यहाँ से सैंजासेरा में खड़ा सामड़ का महल स्पष्ट दिखाई दे रहा था। सामड़ को पल-पल की सूचना थी। सैन्य शक्ति से बलहीन हो चुका उत्तरापथ का निरंकुश, क्रूरकर्मा आतंकवादी भयातुर होकर अपने सुदृढ़ किले में जा दुबका था।

वीरगोरिया की सेना को नदी पार करना था। नदी पार कर ही वह सैंजासेरा व बिलौनासेरा को प्रस्थान कर सकती थी, जो सामड़ के सुदृढ़ किले थे। सैजासेरा व बिलौना सेरा के मध्य ही सामड़ताल था। सरयू नदी में छोटा सा बाँध बनाकर सामड़भट ने ताल का निर्माण कराया था। जिसका नाम सामड़ताल पड़ गया था। सामड़ इसी ताल में जलक्रीड़ा करता था। इसी ताल में वह कई दिनों तक पानी के भीतर छिपा रहता था।

राजकुमार वीरगोरिया ने निर्णय लिया कि शीघ्र नदी पार कर सामड़ के दुर्ग पर धावा करना चाहिए। देवहरू ने कहा था कि रात्रि में सामड़, तांत्रिक क्रियाओं के बल पर असीम शक्तियाँ पा जाता है। अर्थात् निर्णायक आक्रमण रात्रि के प्रथम प्रहर के पूर्व ही समाप्त हो जाना चाहिए। सेना को बिना विलम्ब के सरयू नदी को पार कर, सामड़ के किले पर धावा करने का आदेश दे दिया गया। सेना आगे बढ़ी। तभी नागनायक महानन्द ने सूचना दी-''सरयू नदी को उथले पानी के स्थान से पार तो किया जा सकता है; पर ...।'' वह कहते कहते रुक गये। राजकुमार ने पूछा ''देव महानन्द, तब विलम्ब कैसा?''

''राजकुमार! एक गम्भीर संकट आ खड़ा हुआ है।''

''देव, साफ-साफ कहें! हमारे पास समय कम है।''

''राजकुमार सरयू नदी में एक विषैला पदार्थ मिलाया जा रहा है; जो मनुष्य इस पानी के सम्पर्क में आयेगा, उसका अंग तुरन्त सुन्न पड़ जाएगा और वह आगे नहीं बढ़ सकेगा।''

''अर्थात्, हम नदी पार नहीं कर सकते हैं?''

''हाँ राजकुमार, परन्तु पानी बहता हुआ है, अवश्य ही ऊपरी ओर से कोई नदी के पानी में विषैला पदार्थ घोल रहा है। जब तक नदी में यह विषैला पानी आता रहेगा तब तक नदी को पार करना कठिन है।''

''क्या नदी के ऊपर कोई पुल नहीं है?''

''राजकुमार, एक पुल था, जिससे सामान्य रूप से पार जा सकते थे; परन्तु उसे सामड़ द्वारा तुड़वा दिया गया है।''

''देव महानन्द! आपके पास इस विष की कोई काट नहीं है क्या?''

''राजकुमार, नदी के बहते पानी में बड़ी मात्रा में विष घोला जा रहा है, उसकी काट के लिए इतनी अधिक मात्रा में काट वाला विष भण्डार यहाँ कहाँ है? साथ ही बहते पानी में यह सम्भव भी नहीं है।

''लेकिन हम हाथ पर हाथ धरे नहीं बैठ सकते हैं।'' वीरगोरिया चिल्लाया।

राजकुमार वीरगोरिया कुछ सोचता रहा। फिर उसे तुरन्त स्यूरा-प्यूरा की याद आयी। उसे याद आया कि बालीश्वर- थल में रामगंगा नदी पार करने के लिए स्यूरा-प्यूरा ने पेड़ उखाड़ कर नदी पर रास्ता बनाया था। देखते ही देखते महाबली स्यूरा व प्यूरा को इस उपक्रम में लगाया गया। वीरगोरिया ने स्वयं बड़े बड़े शिलाखण्डों को उठा-उठा कर सरयू नदी के किनारे फेंका। कुछ घड़ी में ही नदी के ऊपर लम्बे लम्बे पेड़ों, टहनियों द्वारा पुल बाँधा जा चुका था। पानी सरलता से नीचे से बह रहा था। सबसे पहले स्यूरा-प्यूरा वीर ने ही नदी पार करने का उपक्रम किया। नदी के उस पार सामड़ के सैकड़ों सैनिक खड्ग-तलवार, भाले, बरछी, बड़ाँठ के साथ खड़े थे। सामड़ की सेना की ओर से नुकीले बाण, त्रिशूल, भाले पुल पर फेंके जाने लगे। कई सैनिक हताहत होकर नदी में गिर बह गये। यह दृश्य देखकर राजकुमार गोरिया की सेना एक पल के लिए ठिठक गयी। राजकुमार वीरगोरिया ने कहा, ''सैनिको, तुम नदी पार करते रहो, मैं इन दुष्टों को रोकता हूँ।'' आदेश होते ही सेना पुन: आगे बढ़ने लगी। वीरगोरिया ने अपना धनुष निकाला और गुरू गोरखनाथ का स्मरण कर, देवाधिदेव को शीश नवाया, प्रत्यंचा कान तक खींच के बाण छोड़ा, यह बाण सामड़ की सेना के सबसे आगे खड़े सेनानायक के शरीर को पार कर गया। जब तक सामड़ सैनिक कुछ समझ पाते, तब तक वीरगोरिया के धर्नुर्धारी सैन्य टुकड़ी द्वारा छोड़े गए सैकड़ों बाण सामड़ की सेना में वज्र की भाँति घुसने लगे। बाण वर्षा के साथ ही राजकुमार ने शिलाप्रेक्षण यंत्र को भी काम पर लगा दिया। इस तरह नदी के पार खड़े सामड़ के सैनिक बाणों व शिला प्रहारों से हताहत हो कर पीछे हटने लगे। इधर राजकुमार की सेना सधे कदमों से नदी पार कर रही थी। राजकुमार की सेना और स्यूरा एवं प्यूरा वीर अपने विशाल खड्ग, मुद्गर, शूल, गदा, गाजा,त्रिशूल आदि लेकर सामण की सेना में पिल गये। तुमुल संग्राम छिड़ गया। उसके पीछे गोरिया की हजारों की सेना चींटियों की भाँति पेड़ों टहनियों से बने पुल से नदी को पार करती जा रही थी। गोरिया ने शिला फेंकने का क्रम रुकवा दिया ताकि अपने सैनिकों पर यह शिलायें न गिर जायें। गोरिया के वीरों के प्रहारों से सामड़ की सेना के पाँव उखडने लगे। तभी राजकुमार गोरिया ने अपने श्वेत अश्व को ऐड़ लगायी, वह हवा में उड़ रहा था। विस्मयकारी दृश्य उत्पन्न हो गया। वीरगोरिया का श्वेत अश्व ऊँची लम्बी छलांग लगाकर सामड़ की सेना के पीछे जा खड़ा हुआ था। उसने सामड़ की सेना को ललकारा। सामड़ की सेना ने पीछे मुड़ कर देखा, राजकुमार वीरगोरिया! वह यहाँ कैसे? तभी तीव्र बाण वर्षा गोरिया के धनुष से होने लगी। देखते ही देखते सामड़ के सैकड़ों सैनिक खेत रहे, जो बचे वह सामड़ के महल की ओर जान बचा कर भागे। वीरगोरिया की सेना ने सामड़ के महल को घेर लिया। सूर्य पश्चिम की ओर बढ़ रहा था। परछायाँ लम्बी होती जा रही थीं। वीरगोरिया चाहता था कि युद्ध रात्रि के पूर्व समाप्त हो जाये। पर महल बड़ा दुर्लंघ्य था।

वीरगोरिया के मस्तिष्क में छिपुलागढ़ के युद्ध का दृश्य ताजा हो उठा।

नदी के किनारे बगड़ में शिलाखण्डों की कमी न थी। उसकी विशाल गुलेलें पहले से ही तैयार थीं। फिर क्या था? नदी के किनारे शिलाप्रक्षेण यंत्र खड़े कर दिये गये। देवप्रदत्त अपनी अतींद्रिय क्षमता का स्मरण आते ही वीरगोरिया ने एक विशाल शिला अपनी बलिष्ठ बाँहों में उठा ली। तभी गुलेल संचालक विकटदेव ने राजकुमार द्वारा उठाए गए असाधारण विशाल शिला को देखकर कहा-

''राजकुमार, आपने अत्यधिक बड़ा शिलाखण्ड उठा लिया है। इस भारी शिलाखण्ड का भार

यह यंत्र नहीं उठा सकेगा।''

वीरगोरिया ने शिलाखण्ड को उठाये-उठाये ही कहा।

''नायक विकटदेव! यह देखो।'' कहते-कहते राजकुमार ने उस शिलाखण्ड को सामड़मसाण के महल की ओर उछाल दिया। विशाल शिला महल की ऊँची दीवार से जा टकराई। ऊँची दिवाल भरभराकर आधी से अधिक ऊँचाई तक गिर गयी। पूरी सेना ने उत्साह के साथ घोष किया,''राजकुमार वीरगोरिया की जै।'' जयकार की गगन भेदी गूँज और दिवाल के गिरने गड़गड़ाहट की संयुक्त ध्वनि ने सामड़ के महल को थर्रा दिया। अगले ही पल शिलाप्रेक्षण यंत्रों से भारी मात्रा में पत्थरों का भीषण वार सामड़ के महल पर होने लगा। महल के अन्दर हाहाकार मच गया। राजकुमार गोरिया घोड़े से दौड़-दौड़ कर सैनिकों को टूटी हुयी दिवार पर चढ़ने का आदेश देने लगा। शिला फेंकने की दिशा में परिवर्तन किया गया।

ऊँची दीवार के गिरने से उसके दोनों ओर पत्थरों का ढेर बन गया था, जिसपर चढ़ कर आसानी से महल के अन्दर पहुँचा जा सकता था। राजकुमार वीरगोरिया ने भुटली बयालों के सेनानायक गोरंड को आदेश दिया कि वह हवा के समान तेज दौड़ने वाले वीरों को परकोटों पर चढ़ा दे, उसके पीछे-पीछे अन्य वीरों को बढ़ने का आदेश हुआ। देखते ही देखते भुटलीबयालों की सैकड़ों की टोली हवाओं की तीव्र गति से टूटी दीवार पर चढ़ने लगी। कुछ ही पलों में महल के परकोटे पर भीषण मार काट मच गयी। इसी प्रकार पूर्वी ओर से वीरगोरिया ने एक और दिवार विशाल शिलाखण्ड के प्रहार से गिरा दी थी, जिसपर वह स्वयं जा चढ़ा। महल के ऊँचे प्राचीर पर पहुँचकर उसने अपने तीक्ष्ण बाणों से सामड़ की सेना का संहार प्रारम्भ कर दिया। राजकुमार वीरगोरिया के ऊपर कई ओर से भाले, त्रिशूल बरसाये जाने लगे। वीरगोरिया उनसे कुशलता से बचता, बाण वर्षा करता रहा। उसके शरीर में कई घाव लग चुके थे जिनसे रक्त बह रहा था, पर वह उनकी चिंता न कर वह अपना लक्ष्य खोज रहा था, तभी महल के सबसे ऊँचे परकोट पर एक विशाल मानव आकृति दृष्टिगोचर हुई। उसका कद वीरगोरिया से कई गुना बड़ा था। उसके एक हाथ में विशाल खड्ग था, दूसरे हाथ में लम्बा त्रिशूल, परन्तु सामड़ के पास धनुष न था।

ऊँचे स्वर में सामड़मसाण ने हुँकार भरते हुए कहा,''अरे छद्म राजकुमार! तेरे न कुल का पता है न गोत्र का, तू पुत्र है शूद्र का। थोड़ा सा बल और कुछ अस्त्र-शस्त्र पाकर धूमाकोट का स्वयंभू राजकुमार बन बैठा है, तुझे क्षत्रिय राजकुमार कहलाने का अधिकार नहीं है।''

वीरगोरिया की भँवें कमान-सी तन गयीं, बाँहें फड़क उठीं, उसका रक्त खौलने लगा, मुख आरक्त हो उठा। उसके भीतर का पराक्रमी महाकाल जाग उठा। किन्तु इस गौरभैरव के भीतर वीरोचित गुण था। वह बातों से नहीं शस्त्र से युद्ध करने आया था।

वीरगोरिया के बगल में खड़े व्याघ्रेश्वर के ब्राह्मण वीरउग्रदेव ने दहाड़ते हुए कहा, ''अरे अत्याचारी, पापाचारी, दुष्ट मसाण, राजकुमार गोरिया एक वीर योद्धा है, योद्धाओं का कुल, गोत्र जानने की आवश्यकता नहीं पड़ती। उसका बल-पराक्रम और युद्ध कौशल ही उसका परिचय है। यदि तू अपने को क्षत्रिय योद्धा समझता है तो वीरगोरिया से युद्ध कर, स्वत: स्पष्ट हो जायेगा कि कौन श्रेष्ठ है।''

सामड़ ने दम्भोक्ति की-''धूमाकोट मेरा है। मैंने अपने बल से उसका विस्तार किया है। मैंने उसे

शक्तिशाली साम्राज्य बनाया है, जिसके लिए मैंने सैकड़ों बार अपना रक्त बहाया है। यह छद्म कल धूमाकोट आया और राजकुमार बन बैठा है-किस अधिकार से?''

वीरगोरिया ने कहा, ''अरे क्रूर, दुष्ट, पाख़ंडी सामड़मसाण! तेरा रक्त अवश्य ही सकारथ होता यदि तूने अपने रक्त के बदले सैकड़ों निरीह, निर्दोष प्रजाजनों का रक्त न बहाया होता। उनकी अपने बल-पराक्रम के द्वारा रक्षा की होती। अपने बुद्धि, विवेक, बल को सत्संकल्प में लगाया होता। निर्दोष मनुष्यों की नरबलि अपने स्वार्थ, भोग एवं तमोगुणी तांत्रिक क्रिया को पूरा करने हेतु न दी होती। निरीह नर-नारी-बच्चों का विदलनकर, विदूषण कर उन्हें त्राहि-त्राहि करने न छोड़ दिया होता। तू बूढ़े राजा का सम्बल बनता। रक्षक ही भक्षक बन बैठा तो असहाय प्रजा अपने दुख: ले कर किसके पास जाय? अरे दुष्ट! ऐसा है तेरा साम्राज्य?''

सामड़ ने अहंकार के साथ हुँकार भरी और उसने लम्बा त्रिशूल उठाया, वीरगोरिया की ओर लक्ष्य साधकर छोड़ दिया। त्रिशूल वीरगोरिया के काफी निकट आ चुका था, जिस कारण गोरिया ने उससे बचाव ही उचित समझा। वह कटे वृक्ष की भाँति एक ओर गिर गया, त्रिशूल का किनारा उसके बलिष्ठ कंधे पर घाव कर चला गया परन्तु दूसरे ही पल वीरगोरिया ऐसे सीधा हो गया जैसे बल से झुकाये गये वृक्ष को छोड़ने पर पुन: सीधा हो जाता है। यह देख, सामणमसाण ने आखें ततेर कर, शूल का वार गोरिया पर किया; पर इस बार वीरगोरिया ने अपने बाण के प्रहार से शूल के टुकड़े टुकड़े कर डाले। दोनों ओर से बारम्बार वार पर वार हो रहे थे। इसमें संशय न था कि दोनों कुशल वीर योद्धा थे। अँधेरा छाने लगा था। वीरगोरिया को देवहरू की बात स्मृति में आ गयी-देर रात्रि तक मसाण के साथ युद्ध खींचना उचित नहीं। चपलता से उसने अपने तूणीर से दिव्य बाण निकाला, गुरू का स्मरण किया और प्रत्यंचा को कान तक खींच कर सामड़मसाण पर बाण छोड़ दिया। बाण सीधे सामड़मसाण के सीने पर जा लगा। वह ऊपर हवा में उठता चला गया। सभी सैनिक, सामड़मसाण को हवा में उड़ता देख रहे थे। सामड़ के सैनिक यह सोच कर उत्साहित हो उठे कि सामड़ अपनी शक्तियों के बल से उड़ रहा है; परन्तु कुछ ही देर में सामड़ की हृदयविदारक चीत्कार से उन्हें समझते देर न लगी कि स्थिति इसके विपरीत है। वे यत्र-तत्र भागने लगे। राजकुमार वीरगोरिया की सेना ने गगन भेदी जयकार लगाया। ''राजकुमार वीरगोरिया की जै''। जयकारों की ध्वनि और धरमदास के वाद्ययंत्रों व रणभेरियों की भीषण ध्वनि से सरयूघाटी हिल उठी। तीर का भीषण प्रहार सामड़ को पीछे की ओर धकेलता हुआ ले गया। सामड़ स्वयं द्वारा निर्मित ताल में ही जा गिरा। जिसने उसे देखा वह आश्चर्य चकित था। किन्तु सामड़ मरा नहीं था। वह तैरता हुआ ताल की गहराइयों में जा घुसा। महल में भगदड़ मच चुकी थी। महल टूट-फूट कर खण्डहर हो चुका था। सामड़ के सैनिक या तो मारे जा चुके थे या महल छोड़कर भाग चुके थे। चारों ओर राजकुमार वीरगोरिया की जैकार गूँज रही थी। वीरगोरिया को ज्ञात था कि सामड़ मरा नहीं है। यदि वह बाण उसके वक्ष में घुसा होता, तो वह सीधे नीचे कटे वृक्ष की भाँति गिरता, न कि पीछे को धकेलता चला जाता। गोरिया को अपनी भूल का आभास हुआ। वह समझ गया कि सामड़ ने अवश्य ही शूल प्रतिशोधक कवच पहना था। जिसका गोरिया को भान न था; परन्तु दिव्य बाण ने उसे अपनी गति से दूर फेंक दिया था। तांत्रिक शक्ति से प्राप्त कवच ने आज उसे बचा लिया था। वीरगोरिया सोचने लगा कि उसे तुरन्त ही वैकल्पिक

बाण छोड़ना चाहिए था। राजकुमार के सैनिकों का उत्साह, उमंग सातवें आसमान पर था। वीरगोरिया ने उन्हें नहीं रोका। राजकुमार महल के परकोटे से नीचे उतरा और मुख्य द्वार की ओर बढ़ा। आश्चर्य था! महल टूट-फूट कर खण्डहर हो चुका था; परन्तु महल का मुख्य द्वार जस का तस खड़ा था। वीरगोरिया ने द्वार पर दृष्टि डाली, द्वार के शीर्ष पर महाभैरव का चित्र उकेरा गया था। महाभैरव का ही चमत्कार था कि पूरा महल ध्वस्त हो जाने पर भी उनकी मूर्ति यथावत विराजमान थी। राजकुमार वीरगोरिया ने महाभैरव की मूर्ति को प्रणाम किया। महाभैरव के इस कृपापात्र, इस गोरेभैरव-गौरभैरव ने सामड़ का किला जीत लिया था। सामड़मसाण का मानमर्दन हो चुका था; परन्तु वह अभी जीवित था।

विजयोत्साह

राजकुमार की सेना अभी भी वीरगोरिया की रह रह कर जैकार लगा रही थी। पूरे व्याघ्रेश्वर तीर्थ की घाटियों में हर्षनाद की गगन भेदी ध्वनि गूँज रही थी। सेना ने अपना पड़ाव सरयू-गोमती नदी के संगम के बगड़ में डाल लिया। महानन्द ने सूचना दी कि सरयू नदी का पानी अब स्वच्छ हो चुका है। विषैला पदार्थ बह चुका है। चारों ओर हर्ष ही हर्ष था। राजकुमार की सेना के भी सैकड़ों सैनिक मारे गये थे, कई घायल थे। राजकुमार ने आनन फानन में घायलों की चिकित्सा की व्यवस्था प्रारम्भ करा दी। महानन्द ने सैकड़ों सैनिकों को इस कार्य में लगा लिया था। मृत सैनिकों के शवों को भी एकत्र किया जाने लगा। जिसमें सामड़ के सैनिकों के शव भी थे।

वीरगोरिया को प्रसन्नता तो थी; परन्तु उसे सन्तोष न था क्योंकि सामड़ अभी भी जीवित था। रात भर वीरगोरिया सोया नहीं, वह अपना धनुष लेकर शिविर के चारों ओर घूमता रहा, कहीं रात्रि में सामड़मसाण उसकी सेना पर धावा न कर दे। कई सेना नायकों ने सामड़ के उड़ने का कारण जानना चाहा, पर राजकुमार ने भेद नहीं खोला। वह नहीं चाहता था कि सैनिकों का विजय का हर्ष कम हो। वीरगोरिया ने मन में विचार कर लिया था कि कल व्याघ्रेश्वर महादेव के मंदिर व उसके आस पास के साधु-संतों के मठों की पुनःप्रतिष्ठा की जायेगी। देवहरू व देवसैम का वह आवाहन कर चुका था कि वे प्रात: तीर्थ स्थल पर आ पहुँचें। पूरी रात वीरगोरिया ने सैनिक शिविर में घूम-घूम कर बिता दी, इससे लाभ यह हुआ कि घायलों का उपचार ठीक ढंग से हो सका। साथ ही मृत सैनिकों का रात्रि में ही दाह संस्कार पूर्ण हो गया। जिससे तीर्थ स्थल पर अब कोई शव न था।

अरुणोदय का संकेत हो चला था। सूर्य की आभा से आकाश लाल होने लगा था। वीरगोरिया अब निश्चिंत हो, अपने कक्ष में आ बैठा।

व्याघ्ररेश्वर महादेव मन्दिर के शिखरकलश पर सूर्य की पहली किरण पड़ी। आज पूरे तीर्थ में स्वच्छन्द, स्वच्छ, निर्मल हवा बह रही थी। राजकुमार के वीर नायकों-छुरमल, भूमिया, विणभाट, उग्रभट, उग्रदेव, विकटदेव ने व्याघ्रेश्वर के चारों ओर बीस कोस तक अपने सैनिक फैला दिये था। चारों ओर से सूचना प्राप्त हो रही है कि-सामड़ के सैनिक या तो मारे जा चुके हैं, या वे शस्त्र डालकर शरणागत हो गये हैं। इधर महानन्द का चिकित्सक दल औषधियों के साथ घायलों के उपचार में अभी भी व्यस्त

था। वे बदल बदल का पालियों में अपना काम निरन्तर जारी रखे हुए थे। राजकुमार वीरगोरिया अभी तक अपने शिविरकक्ष में सोया था। स्यूरा-प्यूरा वीर उसके शिविर के आगे पहरा दे रहे थे। सेनानायकों को स्यूरा-प्यूरा ने बताया कि किस प्रकार पूरी रात वीरगोरिया सोया नहीं, वह पूरे सैन्य शिविर पर स्वयं पहरा देता रहा है। रात भर घायलों के उपचार में भी स्वयं हाथ बँटाता रहा, जबकि सभी सेनानायक रात भर चैन से सोए थे, जब उन्होंने यह जाना कि उनका सेनापति रात भर स्वयं सैन्य शिविर पर पहरा देता रहा है तो सभी सेनानायकों के सिर अपने महान, वीर, संवेदनशील, सहृदय सेनापति-वीरनायक के सम्मान में श्रद्धा और आदर के साथ झुक गये।

स्थानीय ब्राह्मण उग्रदेव व उसके सैनिकों का दल व्याघ्रेश्वर महादेव के मन्दिर एवं आश्रम समूहों की सफाई, व्यवस्था में लग गया था। सैनिकों एवं स्थानीय उत्साहित युवकों ने दिन के प्रथम प्रहर होते-होते पूरे मन्दिर परिसर को साफ सुथरा कर दिया था। मंदिरों में घंटे टाँग दिये गये थे। शंख-घंटों की गूँज वर्षों बाद तीर्थ स्थल को गुंजायमान करने लगी। देवहरू व देवसैम, नौगाँव के पर्वत शिखर से तीर्थ की ओर प्रस्थान कर चुके थे। सामड़ के साथ हुए निर्णायक युद्ध का समाचार उन्हें प्राप्त हो चुका था।

कुछ घड़ी पश्चात् ही तपस्वी देवहरू व देवसैम व्याघ्ररेश्वर तीर्थ पहुँच गये। व्याघ्रेश्वर के वीर, बुद्धिमान उग्रभट ने उनके चरणों में प्रणिपात होकर उनका स्वागत किया। व्याघ्रेश्वर महादेव के आलय में महाजलाभिषेक की तैयारियाँ चल रही थीं। राजकुमार वीरगोरिया की प्रतीक्षा थी।

राजकुमार वीरगोरिया की आँखें खुलीं तो धूप उसके कक्ष के चारों ओर फैली पड़ी थी। उसने शीघ्रता से आसन त्यागा और सरयू नदी पर स्नान करने दौड़ पड़ा। स्नानादि कर लौटा ही था, कि स्यूरा ने सूचना देते हुआ कहा, ''देवहरू व देवसैम तीर्थ में पधार चुके हैं। मन्दिरों की सफाई व स्वच्छता का कार्य पूर्ण हो चुका है। जलाभिषेक व पूजा अर्चना हेतु राजकुमार, सभी को आपकी प्रतीक्षा है।''

''उचित है, रातभर जगते रहने के कारण मुझे प्रात: गहरी नींद ने आ घेरा। ''

''निश्चित ही आप पूरी रात एक पल भी नहीं सोये, राजकुमार। आप सैन्य शिविर की सुरक्षा के प्रति अधिक सतर्क थे, जबकि सामड़मसाण तो मारा जा चुका है, हमारी सेना चारों दिशाओं में विजय पताका फहराती जा रही है।''

''नहीं, स्यूरा नहीं, अभी हमें सामड़ का शव प्राप्त नहीं हुआ है। मैं यह निश्चित रूप से नहीं कह सकता कि सामड़ मारा जा चुका है। वह तांत्रिक है, रात्रि में ही वह सैन्य शिविरि पर धावा बोलता है।''

स्यूरा ने कहा,''राजकुमार, आप शीघ्रता से मठ में पहुँचें, देवहरू व देवसैम आपकी प्रतीक्षा में हैं।''

राजकुमार ने शीघ्रता से अपने श्वेत वस्त्र धारण किये, अपनी पगड़ी बाँधी, शस्त्र धारण किये और लम्बे-लम्बे कदमों से मठ की बढ़ गया।

व्याघ्रेश्वर के इस प्राचीन मठ के प्रांगण में विशाल पीपल वृक्ष के नीचे चबूतरे पर देवहरू, देवसैम आसन जमाये बैठे थे। सामने बड़ी संख्या में साधु, तपस्वी, व प्रजाजन बैठे थे। सभी को यशस्वी, राजकुमार की प्रतीक्षा थी।

राजकुमार के मठ में प्रवेश करते ही सभी उपस्थित लोग अपने स्थान पर खड़े हो गये, तभी प्रजा में

बैठे एक वृद्ध जन ने अपने काँपते उत्साहित कंठ से जयघोष किया, ''राजकुमार वीरगोरिया की जय हो'' ''राजकुमार गोरिया की जय हो'' सभी ने उमंग, उत्साह, हर्ष के साथ गगनभेदी हर्षनाद किया। राजकुमार सीधे देवहरू के चरणों में झुका। देवहरू ने राजकुमार के बलिष्ठ कंधों पर हाथ लगाते हुए उठाया और गले से लगा लिया, देवसैम का चरणस्पर्श कर आशीर्वाद प्राप्त किया। सभी उपस्थित साधु तपस्वी, प्रजाजनों को सिर झुकाकर अभिवादन किया। पुन: भीड़ ने, ''राजकुमार वीरगोरिया की जै'' का घोष किया। देवहरू ने राजकुमार को चबूतरे पर अपने व देवसैम के मध्य बैठाया। समस्त साधु समाज, बड़ी संख्या में उत्साही युवा, वृद्ध, नर-नारी एकत्र हो चुके थे। देवहरू ने कहा ''भक्तजनो! यह पवित्र तीर्थ, देवाधिदेव महादेव व माँ पार्वती की विचरण स्थली है। महातपस्वी मार्कण्डेय मुनि का ध्यान-तप का स्थान है। इस पवित्र सरयू नदी को स्वयं वशिष्ट मुनि ने देवाधिदेव महादेव से प्रार्थना कर पृथ्वी पर अवतरित कराया, मार्कण्डेय मुनि ने सर्वप्रथम जहाँ पर शिवलिंग की स्थापना व्याघ्रेश्वर महादेव के रूप में कर, पूजा प्रारम्भ की थी। इस पवित्र तीर्थ का महत्त्व पुराणों ने भी गाया है। यह पुण्य क्षेत्र, मोक्ष क्षेत्र है। सरयू-गोमती व लुप्त सरस्वती का संगम है। इस तीर्थ को उत्तरापथ का प्रयाग अथवा काशी कहा गया है। ऐसे पवित्र तीर्थस्थल को सामड़मसाण ने अपने घृणित स्वार्थ, मद, उन्माद के लिए। कपाली क्रियाओं, मदिरा, मांस, मुद्रा, मत्स्य तथा मैथुन से दूषित कर दिया था-अपवित्र कर दिया था। इसके अत्याचार, अनाचार, पापाचार, अन्याय के कारण सभी साधु-तपस्वी, ज्ञानी व सात्विक जनों ने इस क्षेत्र से पलायन कर दिया था। ऐसे दुष्ट पापी, सामड़ के राज का अंत राजकुमार वीरगोरिया ने कर दिया है। अब पूरे उत्तरापथ से सामड़मसाण का साया समाप्त हो चुका है। राजकुमार वीरगोरिया के दिव्य बाणों ने सामड़ को कोसों दूर उसी के द्वारा निर्मित सामड़ताल में फेंक दिया है। यह निश्चित नहीं कि वह जीवित है या मृत; परन्तु अभी उसका मृत शरीर प्राप्त नहीं हुआ है। वीरगोरिया ने प्रण किया है कि उसके मृत शरीर के देखने के बाद ही वह इस व्याघ्रेश्वर तीर्थ स्थल से धूमाकोट लौटेगा।'' देवहरू ने कहा।

''पंडित उग्रभट पूरे तीर्थ के मंदिरों को साफ-स्वच्छ करवा चुके हैं। घंटे, घड़ियाल, दीप, आरती, बेलपत्र आदि सामग्री तैयार हैं। हमें यहाँ से प्रस्थान कर देवाधिदेव व्याघ्रेश्वर महादेव के मन्दिर में जाकर जलाभिषेक करना है। पूरे क्षेत्र में सूर्यकुण्ड से लेकर अग्निकुण्ड तक के मध्य सभी मन्दिरों की पुन:प्रतिष्ठा करनी है। आओ हम सब इस पुण्य के भागी बनें।''देवसैम ने कहा।

भारी जन समुदाय हर हर महादेव, बम बम भोले के नारों के साथ मंदिरों की ओर बढ़ने लगा। पूरा तीर्थ स्थल भोलेनाथ की जै, बम बम भोले, हर हर महादेव के गगन भेदी स्वरों से निनादित हो उठा। लोगों का शरीर रोमांचित होने लगा। पूरा तीर्थ पुन: अपनी पुरानी रौ में था और सुगन्धित धूप की गंध से सुवासित हो रहा था। घन्टे, घड़ियाल, शंख के स्वरों ने अनोखा पवित्र वातावरण तैयार कर दिया था।

चारों ओर स्वच्छंद, निर्भय, भक्तिपूर्ण वातावरण बन गया था। राजकुमार वीरगोरिया ने जन जन के हृदय में आदर का स्थान प्राप्त कर लिया था। उत्तरापथ को एक महानायक प्राप्त हो चुका था। ऐसा नायक जो तपी था, त्यागी था, धीर था,न्यायप्रिय था, साथ ही वीर एवं दुष्टों का संहारक भी था। न्याय व धर्म का संस्थापक था।

वीरगोरिया को अभी बहुत काम करना था, उसे विश्राम कहाँ?

गौरभैरव का तांडवनृत्य

सैन्य शिविर में राजकुमार वीरगोरिया के शिविर के सम्मुख मैदान, मैदान के मध्य धूनी, धूनी में मोटे काष्ठ कुन्द दहक रहे थे। देवहरू, देवसैम, महानन्द, उग्रदेव, उग्रभट, विकटदेव सहित कई सेनानायक, उपसेनानायक उपस्थित थे। यह युद्ध परिषद की सभा थी। राजकुमार वीरगोरिया ने अपने स्थान से खड़े होकर सभा को सम्बोधित करते हुए कहा-''देवाधिदेव महादेव की असीम कृपा, गुरू गोरखनाथ के आशीर्वाद, देवहरू व देवसैम के मार्गदर्शन और आप सबके वीर पुरुषार्थ के कारण हमने इस व्याघ्रेश्वर मण्डल को सामड़ के क्रूर पंजों से मुक्त करा लिया गया है। तीर्थ की प्रतिष्ठा व गरिमा की स्थापना कर प्रजा जनों को स्वच्छंद, निर्भय व आनन्द पूर्ण भविष्य प्रदान कर दिया है; परन्तु मैं निश्चिंत नहीं हूँ। अभी सामड़मसाण मरा नहीं है, ऐसा मेरा विश्वास है। उसके अंत के पूर्व मैं व्याघ्रेश्वर तीर्थ को नहीं छोड़ूँगा। इस मण्डल को सामड़मसाण के भय से पूर्ण निरापद करने के पश्चात ही मैं धूमाकोट को प्रस्थान करूँगा। मैं यह मत रखता हूँ कि सभी मण्डलप्रमुख एवं सेना उपनायक जिन्हें मैंने विभिन्न क्षेत्रों का भार सौंपा है वे सभी अपने-अपने मण्डलों को प्रस्थान करें। अपने-अपने मण्डल में जाकर आपको ध्यान रखना है कि किसी के साथ अन्याय न हो। दीन, निर्धन, को अन्न प्राप्त हो, प्रजा के सुख-दुःख का विशेष ध्यान रखा जाना चाहिए। अनाचार, अत्याचार न हो, दुष्ट को उचित दण्ड मिले। प्रजा से राजा हालुराई द्वारा निर्धारित कर से अधिक कर न वसूला जाये। धर्म की स्थापना हो। प्रत्येक त्रैमास के अन्त में सभी मण्डलप्रमुखों के कार्यों की समीक्षा की जायेगी। इस प्रकार जहाँ एक ओर आप अपने कार्यों के निष्पादन के लिए स्वतंत्र हैं, तो दूसरी ओर आप सभी प्रजा व राजा के प्रति उत्तरदायी भी हैं, अब पूरे उत्तरापथ में न्याय के राज्य की स्थापना होगी।''

राजकुमार वीरगोरिया ने प्रश्नपूरक दृष्टि देवहरू डाली। कुछ संकेत हुआ, देवहरू ने कहा।

''राजकुमार वीरगोरिया ने प्रण लिया है कि सामड़मसाण को मार कर ही वह धूमाकोट को प्रस्थान करेगा; परन्तु वीरगोरिया! यहाँ पर दूर दूर से आये ये वीर बिना सामड़ का अन्त देखे इस स्थान से नहीं जाना चाहते हैं। अत: शीघ्र ही राक्षस का वध करना अनिवार्य है, हम उसे और शक्ति एकत्र करने का अवसर नहीं देना चाहते हैं।''

वीरगोरिया ने कहा। ''आप उचित ही कह रहे हैं. तो फिर विलम्ब कैसा? हम सभी वीर, सामणताल की ओर कूच करते हैं। आज ही सामण का अंत कर प्रजा को इस ऊहापोह से मुक्ति दे दी जाये।''

उग्रदेव ने कहा। ''राजकुमार, हमने अपने सैनिकों का एक दल निरंतर सामड़ताल के चारों ओर तैनात किया है। वे ताल में हो रही हलचल पर दृष्टि बनाये हैं। सामड़ को पानी के अन्दर छिपे होने की सिद्धि प्राप्त है; वह महीनों पानी के अन्दर रह सकता है। हम कब तक उसकी प्रतीक्षा करेंगे। निश्चित नहीं वह पानी के कब बाहर निकले?''

देवसैम, छुरमल, मेलिया, बारू, सब ने इस बात का समर्थन किया कि इस बड़ी सेना के साथ

व्याघ्रेश्वर तीर्थ में पड़ाव डाले रहना और सामड़मसाण के पानी से बाहर निकलने की प्रतीक्षा करना उचित नहीं है। इसके लिए कुछ उपक्रम करना चाहिए। स्यूरा-प्यूरा भाइयों ने कहा, ''हम ताल को तोड़ देते हैं, तो सामण को स्वयं ही बाहर निकलना पड़ेगा।''

राजकुमार ने कहा,''नहीं, यह उचित नहीं है। प्रथम तो ताल को तोड़ने से बाढ़ की स्थिति आ जाएगी, जिससे दूर दूर तक जनहानि, धनहानि हो सकती है। दूसरा, यह कि ताल सुन्दर है; इसके चारों ओर हरियाली है। हजारों पशु पक्षी इस ताल का आनन्द लेते हैं। मनुष्यों के लिए भी यह उपयोगी है। भले ही इस ताल का निर्माण सामड़मसाण ने किया हो, किन्तु इसमें कृति का क्या दोष?'' सब इस बात से सहमत हो गये कि ताल को न तोड़ा जाये।

वीरगोरिया पर देवहरू ने एक तीव्र दृष्टि डाली जिसका अर्थ राजकुमार न समझ सके।

राजकुमार ने कहा, ''देव, आप मुझे इस प्रकार क्यों घूर कर देख रहे हैं। क्या आप मेरे मत से असहमत हैं?'' देवहरू, वीरगोरिया की अतींद्रिय शक्तियों से परिचित थे; पर शायद राजकुमार वीरगोरिया को इसका स्मरण कराना पड़ेगा। सभा स्तब्ध थी, सब देवहरू की ओर देख रहे थे। देवहरू वीरगोरिया को घूरे जा रहे थे। उनकी तीक्ष्ण दृष्टि प्रवाह से राजकुमार गोरिया विचलित होने लगा। राजकुमार के दोनों हाथ देवहरू की ओर जुड़े गये, तभी देवहरू के मुँह से एक तीक्ष्ण आवाज निकली- ''ह्वाट, ह्वाट''

सब लोग चौंक प़ड़े, कमजोरों का दिल धड़क उठा। देवहरू अपने आसन में बैठे थे, उनके शरीर में तीव्र कंपन हो रहा था। वह कभी दायें व कभी बायें ओर झूम रहे थे। उन्होंने प्रकंपित स्वरों में कहा, ''अरे राजकुमार! तू अपनी शक्तियों को क्यों भूलता जा रहा है? तू क्या धनुषबाण, खड्ग की परिभाषा ही जानता है?'' राजकुमार वीरगोरिया कुछ समझने का प्रयास करने लगा। अन्तत: देवहरू क्या कहना चाहते हैं? उसने हाथ जोड़ कर निवेदन किया, ''प्रभु आप देवभाव में हैं, आप हमारे पथदर्शक भी हैं, आप मेरे मामाश्री भी हैं। कृपा कर मुझे और इस उत्तरापथ को मार्ग दिखायें, हमें आदेशित करें, देव।''

''अरे वीरगोरिया, मैं तुझे आदेशित करने वाला कौन? तू तो शिवांश गुरूश्रेष्ठ गोरखनाथ से आदेश पा चुका है। तू आदेश का पालन कर भी रहा है। पर हे बाणबली, हे महाबली तू मात्र धनुष, खड्ग व गुलेल से ही लड़ेगा? तू अपनी शारीरिक शक्ति को क्यों भूल गया है? वह राक्षस सामड़मसाण ताल में छुपा बैठा है। क्या वह खड्ग से लड़ रहा है? नहीं। यदि वह भूमि पर नहीं तो तू तो भूमि पर क्यों?'' राजकुमार वीरगोरिया ने सर झुका लिया। वह आदेश समझ चुका था।

राजकुमार ने कहा, ''मेरी भूल क्षमा करें। मैं अपनी शक्ति को विस्मृत-सा कर चुका था। आपके आदेश का पालन होगा।

देवहरू ने कहा। ''यह भी सुन! तू प्रजा, सेना, धूमाकोट के फेर व इन राक्षसों के वध करने की रौ में, गोरीघाट को भूल गया है। गोरीघाट की गोरीनदी को भूल गया है। गोरीघाट के गरीब मछुवारे भाना-भानुली को भूल गया है, इसीलिए नदी-ताल को भी भूल गया है। याद कर! याद कर! नदी ताल को याद कर, पानी को याद कर।''

राजकुमार गोरिया के शरीर में भी धीरे धीरे कंपन प्रकट होने लगा। वह खड़े होकर धूनी के चारों ओर धूम धूम कर नाचने लगा। उसने अपने राजसी अंग वस्त्र, पगड़ी, धरमदास की ओर फेंक दी, अब उसके शरीर पर मात्र लँगोट बचा था। उसका बलिष्ठ, लम्बा चौड़ा शरीर चमक रहा था। पूरा सैनिक शिविर भौंचक खड़ा हो गया। देवहरू के अतिरिक्त सभी क्षमा की मुद्रा में इस विस्मयकारी नृत्य को खड़े हो कर देख रहे थे। अगले पल क्या होने वाला है, कोई नहीं जानता। धरमदास ने वस्त्र अपने निकट रखे; वह संकेत समझ चुका था। उसने अपना ढोल उठाया और वह वीरगीतात्मक-अतरने वाला देव-नृत्य-वादन करने लगा। वीररस युक्त तीव्र ध्वनि लहरियों के साथ राजकुमार वीरगोरिया का अलौकिक, अकल्पित नृत्य तीव्र होता जा रहा था। नृत्य देखकर सेना नायकों, सैनिकों के रोंगटे खड़े होने लगे। यह सामान्य नृत्य नहीं, यह महाभैरव का ताण्डव नृत्य था। राजकुमार के हाथ में चिमटा था। वह अपने शरीर में प्रहार कर रहा था। कभी बायें हाथ से, कभी दायें हाथ से। उसके रौद्र रूप को देख कर किसी की क्षमता नहीं कि उसे रोक सके। धरमदास के बाजे के स्वर की तीव्रता के साथ रौद्र नृत्य भी तेज होता जा रहा था। शरीर पर चिमटे की मार पड़ने के कोई चिन्ह न थे। चिमटा मुड़ चुका था, तभी वीरगोरिया ने दहकती धूनी से गर्म लाल फावड़ी निकाल ली, अगले ही पल उसने उसे अपनी जीभ से चाट लिया। एक तीव्र धुँए का गुबार उसके मुँह से निकल हवा में विलीन हो गया। इस रोमहर्षक दृश्य को देख कुछ सैनिकों के मुख से चीख निकल पड़ी। सब अचंभित, मूकदर्शक, नि:शब्द, खड़े देख रहे थे। किसी ने भी सुन्दर, गौरवर्ण वीरगोरिया का यह रौद्ररूप न देखा था-वह साक्षात् गौरभैरव था। चारों ओर आश्चर्य मिश्रित भय व्याप्त था। वृद्ध महानन्द के भी कुछ समझ में नहीं आ रहा था। अब राजकुमार क्या करेगा? वह ऐसा क्यों कर रहा है? इसका कारण क्या है? क्या वह अपनी भूल पर अपने को दण्ड दे रहा है? क्या वह अपनी विस्मृत अतींद्रिय शक्तियों का आवाहन कर रहा है? किसी को सत्य पता न था; परन्तु उसके रौद्ररूप को अधिक समय तक कोई देखना नहीं चाहता था। किसी को इस समय उसे रोकने की शक्ति न थी। वह साक्षात् भैरव का रूप बना था। उसने पूरे शरीर पर धूनी की राख पोत ली थी, नग्न शरीर पर मात्र लँगोट टँगा था। धरमदास भी तीव्रता से ढोल बजाता, वीरगोरिया के साथ-साथ नृत्य करते हुए धूनी के चारों ओर चक्कर लगाने लगा। ढोल के स्वरों की तीव्रता से वीरगोरिया और अधिक उछल उछल कर नृत्य करने लगा। सहसा उसने रौद्र भैरवघोष किया और हवा में एक ऊँची छलाँग लगायी। क्षण में ही वह निकट के विशाल चीड़ के वृक्ष के ऊपर था, जिसके नीचे उसका श्वेत अश्व खड़ा था। अगले ही पल वह अपने श्वेत अश्व की पीठ पर सवार हो, हवा से बातें करता सामड़ताल की ओर उड़ गया। पूरा सैनिक शिविर हक्का-बक्का था। सेना नायकों ने अपनी सैनिक टुकड़ियों को आदेश दिया कि राजकुमार के अश्व के पीछे अपने अश्व दौड़ायें। जो जैसे था उसी स्थिति में सामड़ताल की ओर भागा।

वीरगोरिया के चमत्कार से चमत्कृत प्रजा

वीरगोरिया का अश्व सामड़ताल के निकट खड़ा था। पर राजकुमार कहीं दिखाई नहीं दे रहा था। तभी उग्रदेव के सैनिक, जो सामड़ताल की चौकसी कर रहे थे, ने बताया कि एक नग्न लम्बा, चौड़ा,

राख से पुता हुआ व्यक्ति अश्व पर तीव्र गति से उड़ता हुआ आया और वह अश्व से उतरे बिना दौड़ते-दौड़ते अश्व के पीठ से सीधे सामड़ताल में कूद गया। तब से वह अभी तक बाहर नहीं निकला है। उग्रदेव सहित सभी सेना नायकों ने सामणताल को चारों ओर से घेर लिया। धीरे-धीरे व्याघ्रेश्वर तीर्थ से हजारों नर, नारी, वृद्ध, सामड़ताल के निकट बिलौना सेरा के आस-पास एकत्र होते चले गये। पर देवहरू व दैवसैम अभी तक महादेव के आलय के निकट मठ में ही धूनी रमाये बैठे थे। उन्हें देख, ऐसा प्रतीत हो रहा था, कि जैसे कुछ समय पूर्व यहाँ पर कुछ घटित ही न हुआ हो। वे निर्लिप्त भाव से ध्यानमग्न थे।

आज तीन दिन बीत चुके थे। सामड़ताल में कोई हलचल नहीं दिखायी दे रही थी। सभी सेना नायक चिंताकुल दिखाई देने लगे थे। तरह तरह की आशंका लोगों में घर करने लगी। सैनिकों व प्रजा में व्याघ्रेश्वर तीर्थ क्षेत्र को सामड़ से मुक्त कराने का उत्साह ठण्डा पड़ने लगा। सभी को राजकुमार की चिंता सताने लगी थी। सेनानायक, उग्रभट, विकटदेव, उग्रदेव, छुरमल, भूमियावीर, विणभट, वीर भद्रराज, वीर सिलगुड़ी आदि भी तीन दिन से सामणताल में टकटकी लगाये बैठे थे।

तभी चिंतातुर वीरगोरिया के छोटे भाई कलुवावीर ने कहा, ''वीरो, मैं व्याघ्रेश्वर मन्दिर के पास स्थिति मठ में बैठे देवहरू व देवसैम के पास जाता हूँ। उनसे आग्रह करता हूँ कि वे स्वयं यहाँ उपस्थिति हों, और कुछ मार्गदर्शन करें।''

असहमति का प्रश्न न था। कलुवावीर अपने काले अश्व पर सवार हो मठ की ओर भाग चला। मठ में देवहरू व सैम अपने अपने आसन पर बैठे ध्यान मग्न थे। कलुवावीर आदर सहित उनके सम्मुख बैठ गया और निवेदन करने लगा।

''देव! आप दोनों इधर तप, ध्यान व योग में लगे हैं, उधर मेरा बड़ा भाई राजकुमार वीरगोरिया तीन दिन से सामड़ताल ने बाहर नहीं निकला है। हे देव! आप कुछ करें।''

देवहरू ने आँखें खोली, कुछ देर कलुवावीर को देखते रहे, उन्होंने कहा- ''कलुवावीर! क्या तुम्हें विश्वास है कि राजकुमार, सामड़मसाण का वध कर के ही वापस लौटेगा?''

''देव, मैं इतना ज्ञानी नहीं हूँ, परन्तु मैं महादेव से प्रार्थना करता हूँ कि राजकुमार सकुशल ताल से बाहर आ जायें।''

''मात्र यह कि राजकुमार सकुशल बाहर आ जायें?''

''देव, सामड़मसाण ताल में है भी या नहीं?निश्चित नहीं। फिर ताल इतना बड़ा नहीं है कि उसे तीन दिन तक खोजा न जा सके, राजकुमार इतने लम्बे समय तक पानी के अन्दर क्या कर रहा है?''

''अरे कलुवावीर! तुम्हें अपने भाई की शक्ति पर विश्वास नहीं है?''

''देव ऐसा नहीं है, पर मेरे साथ ही पूरी सेना व वीर सेनानायक व्याकुल होते जा रहे हैं। तीन दिन से सभी भूखे सामड़ताल पर एकटकी लगाए बैठे हैं।वे सब चितांतुर हैं। जिस कारण आपका मार्ग दर्शन आवश्यक हो गया है। विषय का निदान भी।''

''उचित है, सभी का व्याकुल होना स्वाभाविक है। हम दोनों सामड़ताल पर चलते हैं।''

दोनों तपस्वी एवं वीर कलुवा पैदल-पैदल सामड़ताल पर पहुँच गये।

देवहरू,देवसैम को सेनानायकों ने घेर लिया। सब देवहरू के मुँह से कुछ सुनना चाहते थे, कि वीरगोरिया कब बाहर आएगा? देवहरू ने सेना नायकों की व्याकुलता की स्थिति को देखकर कहा।

''वीर सेनानायको! आप सब राजकुमार के लिए चिंतित हैं?'' सबने एक स्वर से सहमति में,'हाँ' कहा।

देवहरू ने रूखे स्वर से कहा, ''तब क्या आप लोगों ने कोई उपक्रम-पराक्रम, या प्रयास करने पर विचार किया?'' सब एक दूसरे की ओर देखने लगे। साहस कर वीर भूमिया ने कहा-''देव, हम क्या प्रयास करें? पानी गहरा है; मुझे तो तैरना भी नहीं आता है।''

''क्या, तुम सब में कोई ऐसा वीर नहीं है जो दो चार घड़ी पानी के अन्दर डुबकी लगाकर, गोताखोरी कर, राजकुमार गोरिया की खोज कर सके?''

सभी के सिर झुक गये। तभी उग्रभट ने कहा, ''देवहरू, मैं घाटकामसाण के साथ रहा हूँ, मैंने कई बार सामड़मसाण व घाटकामसाण को एक साथ इस ताल में अभ्यास करते देखा है। देव यह ताल अत्यंत गहरा है, इसमें जगह जगह पर जल भँवरें हैं, जो मनुष्य को अपने साथ तेजी से अन्दर की ओर खींच लेती हैं। यह एक भयानक, खूनी ताल है। जो इसमें गिरा वह या तो भँवरों में फँस कर डूब जाता है या मसाण का शिकार बन जाता है।''

''यदि ऐसा है, तो राजकुमार का क्या हुआ होगा?'' देवहरू ने कहा। सभी सन्न रह गए। सेनानायकों के हाथ से हथियार स्वत: भूमि पर गिरने लगे। सबके व्यथित मुँह लटक गये थे। तभी देवसैम ने कहा। ''यदि यह भयानक ताल है, तो इसे तोड़ देने में क्या हानि है?''

स्यूरा ने कहा, ''पर देवसैम, राजकुमार इस ताल को तोड़ने के पक्ष में नहीं थे। इस ताल को तोड़ने का प्रस्ताव स्वयं मैने ही रखा था।'' देवहरू ने देखा सभी असहाय दिखायी दे रहे हैं, तब उन्होंने ऊँचे स्वर में कहा।

''राजकुमार वीरगोरिया के वीर बहादुर सैनिको, क्या तुम सब वीरगोरिया की वीरता पर विश्वास रखते हो?'' सबने मंद स्वर में सहमति जताई, तभी वीर भूमिया ने कहा।

''देवहरू, हमें राजकुमार की वीरता, युद्ध कौशल, शारीरिक बल व बुद्धि पर तनिक भी अविश्वास नहीं है; पर इस गहरे पानी में तीन दिन से बाहर न आना हमें सशंकित करता है।''

''तुम्हारे सशंकित होने का पर्याप्त कारण हैं; परन्तु तुम सब को ज्ञात है, जब गोरिया को जन्म लेने के बाद भारी लोहे की पिटारी में बंद कर नदी में बहा दिया गया था, तब वह कितने दिन तक पानी में डूबा पड़ा रहा, बहता रहा, पर वह जीवित था?''

सब एक दूसरे का मुँह देखने लगे।

देवहरू ने मंद मुस्कान के साथ कहा। ''तुम सब इसका अर्थ समझते हो? जब वह नवजात शिशु था, तब भी वह सात दिन पानी में डूबा रहा, पिटारी में बन्द, फिर भी वह जीवित हँसता हुआ निकला। आज वही वीरगोरिया, गुरू गोरखनाथ का परम तपी, कर्मयोगी शिष्य इस सामड़ताल में डूबा है, अभी तो तीन दिन ही हुए हैं! तुम सब अभी से व्याकुल हो गये हो। यही विश्वास है तुम्हें अपने राजकुमार की

शक्ति पर?''

सब सहम गये, सबकी चिन्तायें कुछ कम होती प्रतीत हुईं; परन्तु सामड़मसाण का भय दिल में कहीं न कहीं समाया था। प्रजा में आशंका अभी भी व्याप्त थी, इसे देखते हुए देवहरू ने धरमदास को ललकारा। ''अरे धरमदास! तेरा ढोल चुप है, तू क्यों शोक मना रहा है?''

धरमदास भागता हुआ देवहरू के पास आकर चरणों में लोट गया। उसने कहा, ''देव, ऐसी कठोरवाणी न कहें, मुझे आज्ञा दें।''

''अरे मूर्ख! सामणताल में क्या हो रहा है, तुझे दिखायी दे रहा है?''

''नहीं देव, दिखायी तो कुछ नहीं दे रहा है; पर अवश्य ही वीरगोरिया, सामड़मसाण का वध करके ही लौटेगा, ऐसा मेरा विश्वास है।''

देवहरू ने कहा, ''अर्थात् ताल के भीतर दोनों में युद्ध चल रहा है?''

धरमदास ने विश्वासपूर्वक कहा, ''अवश्य युद्ध हो रहा होगा।''

''अरे मूर्ख! तब तू क्या कर रहा है? तेरे ढोल, दमुवा खामोश क्यों? क्यों नहीं तू वीरगोरिया को वीरबाजा बजाकर उत्साहित करता? ''

धरमदास को भूल का अनुभव हुआ। वह देवहरू के चरणों में पुन: लोट गया। अगले ही पल उसके गले में भारी ढोल था, उसके साथी दमुवा, नगाड़े, तूरी, भौंकरों को लेकर ताल के निकट खड़े थे। धरमदास ने गुरू गोरखनाथ का स्मरण किया और घिंघारू के मजबूत दण्ड से ढोल पर वीरबाजा-लड़ाकू ध्वनि का संकेत करने लगा। वाद्ययंत्रों से तीव्र वीररस की स्वरलहरी बिखरने लगी। उसकी ढोल, दमुवा, तूरी, भौंकरों, झाल की ध्वनि से पहाड़ियाँ, उपत्यकाऐं कंपायमान होने लगी। ताल के किनारे खड़े वीरों के हृदय फड़कने लगे, हाथ के शस्त्र ऊपर उठने लगे। इन तीव्र वीर स्वर लहरियों ने सेना में उत्साह भर दिया, तभी स्यूरा, प्यूरा ने ऊँचे स्वर में कहा, ''राजकुमार वीरगोरिया की जै'' पूरी सेना व प्रजा जनों ने गगनभेदी घोष दोहराया। वीरगोरिया की जैकार के स्वर चारों ओर गुंजायमान होने लगे। सहसा ताल के पानी में भीषण हलचल होने लगी। सभी की आँखें ताल पर जा गड़ीं। फिर पानी शांत हो गया। जैसे ही धरमदास ने पुन: एक बार अपने ढोल पर भीषण अतरने वाला स्वर निकाला, सबके मुँह खुले के खुले रह गये। ताल के मध्य से राजकुमार वीरगोरिया कई हाथ ऊपर उछला; परन्तु सामड़मसाण भी उसके साथ ही ऊपर उछला। दोनों में भीषण मल्ल युद्ध चल रहा था। सैनिकों को अब यह विश्वास हो गया कि ताल में वीरगोरिया व सामड़मसाण के मध्य युद्ध चल रहा है। सभी और अधिक ऊँचे स्वरों में वीरगोरिया की जैकार लगा कर उसका उत्साह बढ़ाने लगे। अब धरमदास न रुका, वह लगातार ताल के किनारों पर घूम-घूम कर, तीव्रतम स्वर में बाजा बजाते हुए युद्धगान कर रहा था। जैकारों का स्वर कभी तेज होता, कभी मंद पड़ता। तभी देवहरू ने अपनी खैरवा की झोली से भभूति के तुक्के पानी के ताल में मारने शुरू कर दिये। वह कुछ अपुष्ट मंत्रों को बुदबुदाते जा रहे थे, साथ ही कुछ-कुछ देर में भभूती के तुक्के ताल पर मारते जा रहे थे। ऊधर धरमदास का बाजा थमने का नाम नहीं ले रहा था। ताल के चारों ओर खड़ी प्रजा व सेना को विश्वास हो चुका था कि वीरगोरिया जीवित है और वह मसाण से लड़ रहा है। अर्थात्

युद्ध भीषण है। सहसा पानी में तेज उथल पुथल होने लगी। धरमदास ने अपना बाद्य और अधिक तीव्र स्वर में बजाना प्रारम्भ कर दिया। जैसे-जैसे बाजों का स्वर तीव्र होता, पानी में उथल पुथल बढ़ रही थी। यह साफ लग रहा था कि पानी में जैसे कोई लड़ रहा है। कुछ ही पलों में राजकुमार वीरगोरिया, सामड़मसाण की जटाओं को खींचता हुआ, ताल के तट की बढ़ रहा था। सेना व प्रजा का उत्साह सातवें आसमान पर था। व्याघ्रेश्वर तीर्थ, राजकुमार वीर गोरिया की जैकारों से गूँज रहा था। जैसे ही वह ताल के किनारे रेत पर पहुँचा, एकाएक सामड़मसाण ने गोरिया के ऊपर छलाँग लगा दी। सब सन्न रख गये। सभी सोच रहे थे कि सामण जीवित नहीं है। पर देखते ही देखते रेत पर पुन: भीषण मल्लयुद्ध प्रारम्भ हो गया। सेना पीछे हट गयी। धरमदास का बाजा निरन्तर तेजी से बजता जा रहा था। दोनों वीरों के रण चातुर्य देख, लोगों की आँखें फटी की फटी रह गयीं। कभी सामड़ भारी पड़ता दिखाई देता तो कभी वीरगोरिया। दोनों का शरीरबल अपार था। दोनों क्रोधोन्मत हो मुक्कों, लातों, से एक दूसरे पर वार करने लगे, रेत पर गुत्थमगत्था हो कर लुढ़कने लगे; परन्तु कोई हार मानने को न था। दोनों मल्लयुद्ध के अपने-अपने दाँव चल रहे थे।

एकाएक वीरगोरिया ने अपने शक्तिशाली बाँहों से सामण की गर्दन को पकड़ कर तड़ित वेग से झटका दिया। सामड़ गुलाटियाँ खाता, रेत पर चित जा गिरा। गोरिया विद्युत गति से उछलकर उसके सीने पर चढ़ बैठा और मुष्ठिका का तीव्र प्रहार सामड़ की छाती पर दे मारा। सामड़, नख-शिख तक सिहर उठा। उसके माथे पर स्वेदकण झलक आए। मुँह रक्त रंजित हो उठा था। धूमाकोट का निरंकुश, उच्छृँखल, निर्द्वंद्व, अत्याचारी व आतंकी सामड़मसाण पहली बार भयातुर हुआ। हजारों सैनिक, सैकड़ों नर नारी इस मल्ल युद्ध को देख कर राजकुमार वीरगोरिया की जय-जय कार के गगन भेदी घोष कर रहे थे। गोरिया का उत्साह बढ़ता जा रहा था।

चित पड़े सामड़ ने पुन: एक बार अपनी सम्पूर्ण शक्ति एकत्र कर वीरगोरिया को दूर उछाल दिया और अपनी अंटी में रखे छोटे से एक पात्र से विष हवा में गोरिया की तरफ उछाल दिया। गोरिया की आँखों में इस विष के कण पड़ गये, उसकी दृष्टि लोप हो गयी और वह इधर उधर हाथ मारने लगा। ये विष-कण हवा में जिस ओर बहे, उस ओर खड़े सैनिकों की दृष्टि लोप हो गयी। सामड़ ने पास में पड़े गदा को उठा कर, एक भरपूर वार गोरिया पर किया। गोरिया पर गदा के वार का कोई असर न दिखायी दिया, उसने पास खड़े एक सैनिक से उसने तलवार झपट ली। तभी कई सैनिक व स्यूरा, प्यूरा वीर उसकी ओर लपके। पर देवहरू ने उन्हें रोक दिया। सामड़ तलवार लहराता तेजी से गोरिया की ओर बढ़ा। सभी लोग नि:शब्द होकर, जड़वत् इस महायुद्ध को देखने लगे। जिसमें दोनों वीर योद्धाओं का पराक्रम झलक रहा था। सामण की शारीरिक शक्ति कम न थी; परन्तु अत्याचार, अनाचार व भोग विलास के जीवन ने उसकी क्षमता घटा दी थी। फिर भी तीन दिन से चल रहे युद्ध से उसने मैदान नहीं छोड़ा था। उसने अपनी तलवार ऊपर उठायी और उसका वार वीरगोरिया पर किया, पर यह क्या? वीरगोरिया तेजी से उछल कर भूमि में लोट लगाने लगा, मन ही मन उसे नागनायक महानन्द द्वारा विष से बचाव के गुर याद आ गये थे। सामड़ वार पर वार करता, गोरिया लोटता हुआ पानी के निकट पहुँचा। पानी से हाथ स्पर्श होते ही वह उछल कर पानी में जा घुसा। वीरगोरिया के दृष्टिलोप होने के पश्चात् धरमदास अपने ढोल की

विचित्र ध्वनि-संकेतों से वीरगोरिया को संकेत देता जा रहा था, उसकी ढोल की आवाज के अनुरूप ही वीरगोरिया अपनी चाल चलता था। अब वह पानी के अन्दर तक चला गया, पानी के स्पर्श से विष धीरे-धीरे धुलने लगा। कुछ ही क्षणों में वीरगोरिया की दृष्टि लौट आयी। सामड़मसाण तलवार लिए पानी में तेजी से उसके पीछे तैरने लगा। वीरगोरिया निहत्था था, अत: वह तेजी से पुन: किनारे की ओर बढ़ा। चपलता से वह ताल के बाहर आ खड़ा हुआ। सामड़ अपनी वीरता से प्रसन्न था। पहली बार वह वीरगोरिया को पछाड़ रहा था। सामड़ भी फुर्ती से तट पर आ खड़ा हुआ और अपनी तलवार लेकर गोरिया की ओर झपटा। वीरगोरिया कुछ कदम पीछे हटा, उसने पास खड़े स्यूरा के हाथ से एक मन वजनी त्रिशूल झपट कर सामड़मसाण के हाथ पर प्रहार कर दिया। सामड़ के हाथ से तलवार छटककर दूर जा गिरी। उसका दायाँ हाथ त्रिशूल के वार से रक्त रंजित हो उठा। वह असीम पीड़ा से चीत्कार उठा। सामण अपनी रक्त रंजित बाँह को दूसरे हाथ से थामे खड़ा था। गोरिया ने विद्युत की सी चपलता के साथ सामड़ पर छलाँग लगायी। वीरगोरिया के बायें हाथ में अब सामड़ के केश थे, दायें हाथ में भारी त्रिशूल। वह पराजित सामड़मसाण को घसीटता हुआ लाया और देवहरू के चरणों में पटक दिया। सैनिकों व प्रजा ने पुन: वीरगोरिया की जय का घोष किया। वीरगोरिया के बायें हाथ में अभी भी सामड़ के लम्बे केश थे, दूसरे हाथ में त्रिशूल। भीड़ में अपार उत्साह भर गया। ऐसा भीषण युद्ध उन्होंने जीवन में कभी न देखा था।

वीर, साहसी, महत्वाकांक्षी सामड़, जिसने अपने जीवन को अनुचित मार्ग में मोड़ लिया था। अपनी शक्तियों, सिद्धियों का प्रयोग मानव जाति के उत्थान में न लगाकर भोग, विलास, अत्याचार, आतंक फैलाने में लगा दिया और स्वयं राक्षसी प्रवृत्तियाँ अपना ली थी। आज वह धूल धूसरित होकर, देवहरू के कदमों पर पड़ा था। वह भूमि पर एक घायल साँप की तरह रेंग रहा था। अनीति पूर्वक हथियायी गयी सत्ता, बल पूर्वक एकत्र धन, अकर्म उद्देश्यों हेतु संचित सिद्धियाँ, आज उसके कोई काम न आयी।

दूसरी ओर श्रम, त्याग, तप से मानवता के हित में उपयोग की गई शक्ति की जै जै कार पूरे उत्तरापथ में हो रही थी।

सामड़ की दुष्टता की सजा मृत्यु थी। वीरगोरिया जानता था कि क्षमाशील देवहरू, दयालु देवसैम उन्हें अवश्य ही क्षमा कर सकते हैं। ऐसे दुष्टों का जीवित रहना उचित न था। वीरगोरिया ने सामड़ के केश छोड़ दिये। वीरगोरिया जानता था, सामड़ अपनी दुष्टता से बाज नहीं आएगा। वीरगोरिया ने सामड़ के केशों को जैसे ही छोड़ा, वह तीव्रता से पुन: जलाशय की ओर भागा। वीरगोरिया ने पलक झपकते ही अपने भारी त्रिशूल को सामड़ की ओर फेंका। त्रिशूल सामड़ की गर्दन में जा गड़ा। सामण चीत्कार करता हुआ कटे वृक्ष की भाँति भूमि पर जा गिरा। क्षणभर में ही उसके प्राण पखेरू उड़ चुके थे।

चारों ओर भीड़ व सैनिकों ने राजकुमार वीरगोरिया की जैकार का घोष किया, जिसने व्याघ्रेश्वर तीर्थ को गुंजायमान कर दिया। तट पर खड़े सैनिकों के हृदय में अपने राजकुमार के प्रति उसकी वीरता, साहस, बुद्धि कौशल को देख, अपार आदर एवं सम्मान समा गया था।

कोई भी सेना या प्रजा अपने नायक का ही अनुसरण करती है। नायक को ही सर्वप्रथम आदर्श

प्रस्तुत करना पड़ता है। अपनी सेना की कम से कम हानि कर उसे विजय दिलाने का रण कौशल उसमें होना चाहिए। वीरता का मापदण्ड उसे स्वयं स्थापित करना पड़ता है। अपने जीवन को संकट में डालने का साहस पहले उसे स्वयं दिखाना पड़ता है। यह सब सामड़मसाण के साथ हुए युद्ध से आज चरितार्थ था। सभी वीरगोरिया के चमत्कार से चमत्कृत थे। उधर सामड़ ने अपने असीम बल, साहस, कठिन परिश्रम, शौर्य का यदि अनुचित प्रयोग न किया होता, अपनी शक्तियों को जनकल्याण में लगाया होता तो वह भी यही चमत्कार कर सकता था; परन्तु मानव शरीर के अन्दर एक आत्मा है। मनुष्य चाहे तो उसे घृणित से घृणित बना सकता है और चाहे तो दिव्य बना सकता है। मनुष्य अपनी आत्मा का विकास कर अपने को ईश्वर के समान दिव्य, अलौकिक बना सकता है। वह शरीर की नहीं-आत्मा, बुद्धि, विवेक की अतिविकसित स्थिति है, इसमें प्रकृति के नियमों के विरूद्ध कुछ भी नहीं है। इसी को लोग चमत्कार समझने लगते हैं।

पूरे जन समूह में हर्ष का पार न था। सभी सैनिक व प्रजा संगम की ओर बढ़ने लगे। वीरगोरिया श्वेत अश्व पर सवार था। अब उसके शरीर पर पूर्व की भाँति वस्त्र थे। धरमदास प्रस्थान के संकेत का हिटाऊँ बाजा बजाते हुए आगे-आगे चल रहा था।

व्याघ्रेश्वर तीर्थ स्थल में भारी जनोल्लास व्याप्त हो गया। पुरुष, नर-नारी आनंदमग्न हो पथों पर नाचने, गाने लगे। पुत्र बधुएँ कुल मर्यादा छोड़ हर्षोन्माद में घर के बाहर निकल कर नाचने लगीं। वृद्धों की बूढ़ी आँखों में चमक आ गयी थी। तरुणों के अंग उत्साह से फड़कने लगे, उनके अस्त्र चमकने लगे। उत्साही युवकों ने वीरगोरिया को अश्व से उतार कर कधों पर उठा लिया था। जय घोष से आकाश-पाताल एक हो गया। विह्वल होकर लोग उसके चारों ओर नाचने लगे। तीर्थ में हर ओर कीर्तन भजन की अनुगूँज बिखरने लगी। राजकुमार वीरगोरिया के तुमुल जयघोष व्याघ्रेश्वर तीर्थ की वीथिकाओं में, सरयू-गोमती की उपत्यकाओं में, दूर-दूर तक फैल गयी थी। नील पर्वत की गुफाओं व दूर वनों में छिपे तपस्वी, साधु तीर्थ की ओर उमड़ पड़े। जिसे यह सूचना मिलती कि सामड़ राक्षस का वध हो चुका है, वह व्याघ्रेश्वर तीर्थ की ओर दौड़ पड़ता था। सैकड़ों लोग व्याघ्रेश्वर तीर्थ के पथों में देवहरू, देवसैम व राजकुमार गोरिया की आरती उतार रहे थे। व्याघ्रेश्वर के ज्ञानी ब्राह्मण गोविन्दगिरी पलक पाँवड़े बिछाये राजकुमार वीरगोरिया की आरती हेतु मठ में प्रतीक्षारत थे। सरयू-गोमती के संगम के बगड़ में अबीर गुलाल उड़ रहा था। स्त्रियाँ मंगलगीत गा रही थीं। लोग आनन्द मग्न हो, झूम-झूम कर नाच रहे थे। स्थान स्थान पर वाद्य बज रहे थे। अनोखा उत्साह छाया हुआ था।

सामड़ के पाखण्ड, अत्याचार, अभिचार, अन्याय पर स्वच्छ, निर्मल हृदयपटल, निष्कलुष, तपी, संयमी व पराक्रमी योद्धा वीरगोरिया की अलौकिक विजय थी। लोग राजकुमार के दर्शन पाने हेतु पागल हुए जा रहे थे। गुरूगोरखनाथ की शिक्षा-दीक्षा, देवहरू व देवसैम का मार्ग दर्शन कैसे निष्फल हो सकता था। वीरगोरिया अपनी परीक्षाओं में खरा उतर रहा था। वीरगोरिया पूरे उत्तरापथ के लोगों के हृदय में राज करता जा रहा था।

राज्य प्रजा का, शासक का नहीं

व्याघ्रेश्वर महादेव की अर्चना-वन्दना के साथ ही, व्याघ्रेश्वर तीर्थ की गरिमा-महिमा पुनर्स्थापित हो चुकी थी। उग्रदेव को मण्डल का प्रमुख नियुक्त किया गया। खसवीर संग्राम सिंह को व्याघ्रेश्वर मण्डल की सुरक्षा का भार सौंपते हुए उसे मण्डल का सेनानायक घोषित किया गया। मंदिरों, मठों की पवित्रता स्थापित रखने हेतु गोविन्दगिरी को मठप्रमुख के रूप में प्रतिष्ठित किया गया। शमशान घाट की व्यवस्था भी निर्धारित की गयी। हड़कर को समाप्त किया गया। आगामी माघ मकर संक्रांति को होने वाले उत्तरैणी स्नान कार्यक्रम के साथ-साथ विशाल मेला आयोजित करने का निर्णय लिया गया। सामड़ द्वारा व्यापारियों पर लगाये गये कई करों को समाप्त करने की घोषणा की गयी। सुदूर भोटान्तक व हूण प्रदेश के व्यापारियों को सूचना भेजने का भार उग्रदेव व उनकी सुरक्षा का भार वीर संग्राम सिंह को सौंपा जा चुका था।

तय हुआ कि मकर संक्रान्ति उत्सव पर स्वयं राजकुमार वीरगोरिया यहाँ पधारेंगे। देवहरू ने अंत में कहा- ''व्याघ्रेश्वर के वीर व उत्साही प्रजाजनो! आप सबने राजकुमार वीरगोरिया के साथ मिलकर उत्तरापथ के अति प्राचीन, श्रेष्ठ तीर्थस्थल की पवित्रता पुन: स्थापित कर ली है। यह तीर्थ उत्तरापथ का काशी व प्रयाग कहलाता है। आज चारों ओर मंदिरों में शंख-घंट की पवित्र ध्वनि गूँज रही है। देवाधिदेव महादेव के व्याघ्रेश्वर शिवलिंग का विधिपूर्वक अभिषेक पूर्ण हुआ। हम सबने मिलकर गुरू गोरखनाथ की आज्ञा को पूर्ण कर लिया है। मैं एवं देवसैम साधु व विरक्त हैं; परन्तु गुरू गोरखनाथ की आज्ञा थी कि देवाधिदेव महादेव की विचरण भूमि व्याघ्रेश्वर को पापी सामड़मसाण के अन्याय से मुक्त किया जाय, सो पूर्ण हुआ। कार्य संपन्न हुआ। अब मैं अपनी साधना स्थली- नौगाँव पर्वत शिखर को प्रस्थान करूँगा। साथ ही देवसैम झाँकर पर्वतशिखर के अपने तपस्थली को जायेंगे। राजकुमार वीरगोरिया धूमाकोट को प्रस्थान करेगा। उसे अभी बहुत कार्य करने हैं। पूरे उत्तरापथ में न्याय की स्थापना करनी है। प्रजाहित में कई सुधारात्मक कार्य करने हैं। गरीबों, दीन-दरिद्रों के लिए महत्वपूर्ण निर्णय लेने हैं। धर्मानुसार राजकाज चलाना है। वीरगोरिया की चुनौतियाँ अभी समाप्त नहीं हुई हैं। राजकुमार धूमाकोट का भावी राजा है। आप प्रजाजनों का कर्तव्य है कि राजकुमार वीरगोरिया को हर प्रकार का सहयोग दें। राज्य प्रजा का होता है, शासक का नहीं। इसी कारण प्रजा का भी दायित्व है कि वह राज्य को किसी जन विरोधी शासक के हाथों में जाने से बचाये।''

विविध भाँति प्रार्थना करने पर भी, तपस्वी देवहरू व दैवसैम ने वीरगोरिया के धूमाकोट चलने के आग्रह को स्वीकार नहीं किया। देवहरू अपनी तप स्थली नौगाँव के पर्वत शिखर की ओर और देवसैम झाँकर-दारूकावन प्रांत की ओर प्रस्थान कर गये। राजकुमार वीरगोरिया ने सभी सेनानायकों, उप सेना नायकों को आवश्यक दायित्व सौंपे, निर्देश दिए तथा अपने-अपने मण्डलों को प्रस्थान का आदेश दिया। उसने सभी को चेतावनी देते हुए कहा-

''राज्य का कार्य जनकल्याण होना चाहिए। निर्धनों, कर्मकारों तथा शिल्पकारों को काम के बदले पर्याप्त पारिश्रमिक दिया जाना सुनिश्चित किया जाना आवश्यक होगा। सेना में सभी वर्गों के वीर पुरुषों

का चयन किया जाय। राज्य प्रजा के दमन, अत्याचार व शासन करने के लिए नहीं, अपितु उसकी रक्षा करने, उसे अत्याचारियों, दुष्टों से मुक्त कराने, उन्हें न्याय प्रदान करने के लिए है। मैं इस बात की व्यवस्था कर रहा हूँ कि प्रत्येक मण्डल से सूचनायें नित्य-प्रति मुझे प्राप्त हों, ताकि कहीं भी अन्याय हो, उसकी सूचना मुझे दुरतगति से मिल जाये। मण्डलप्रमुखों की शीघ्र एक सभा मैं धूमाकोट पहुँचकर आहूत करूँगा। पूरा उत्तरापथ हम सबका है। देवभूमि-उत्तरापथ में कहीं भी उच्छृँखलता-उद्दण्डता, अराजकता को सहन नहीं किया जाएगा, भले ही वह मेरे राज्याधीन हो या न हो। मैं उत्तरापथ की प्रजा की आर्तपुकार को अनसुना न कर सकूँगा। राजा हालुराई के आदेश से कई रीति-नीत निर्धारित किये जायेंगे, जिनका पालन करना मण्डलप्रमुखों का उत्तरदायित्व होगा।''

राजकुमार वीरगोरिया की वीरता, बुद्धि की कीर्ति चारों ओर फैल चुकी थी। उत्तरापथ के विभिन्न मण्डलों को लौट रहे सैनिक व प्रजाजन, राजकुमार वीरगोरिया की वीरता की गाथाऐं सुना रहे थे। चारों ओर बचे-खुचे दुष्टों, अत्याचारियों, अन्यायियों में भय व्याप्त हो गया था। प्रजा निर्भय व स्वतंत्रता का अनुभव कर रही थी।

राजकुमार वीरगोरिया धूमाकोट को प्रस्थान कर चुका था। उसकी सेना के आगे स्यूरा-प्यूरा वीर योद्धा लम्बी विजय ध्वज-पताकाऐं लहराते चल रहे थे। उनके पीछे धरमदास अपने ढोल, दमुवाँ, नगाड़ों, तूरी आदि वाद्य यंत्रों की सुमधुर ध्वनि बिखेरता, उत्साह के साथ चल रहा था। पीछे-पीछे राजकुमार गोरिया श्वेत अश्व पर श्वेत वस्त्र धारण किये, गले में लाल राजसी अंग वस्त्र, सिर पर गुलाबी पगड़ी बाँधे धीरे-धीरे आगे बढ़ रहा था। उसके कंधे पर धनुष व कमर में खड्ग कसा हुआ था। जिस-जिस ग्राम-बस्ती से वह गुजरता लोग उसकी आरती उतारते थे; परन्तु राजकुमारवीर गोरिया का मन अब कहीं और था। वह कुछ अशांत-सा लग रहा था। उसके साथ अश्व सवार लड़ियाधार के वीर नायक भूमिया ने चलते चलते वीरगोरिया से पूछा, ''राजकुमार आप बड़े शांत व चिंतित से लग रहे हैं, कोई कारण?''

राजकुमार ने कहा, ''वीर भूमिया, मैंने गुरू श्रेष्ठ गोरखनाथ के आदेशों के अनुरूप उत्तरापथ में मुख्य राक्षसों-दानवों को तो मार गिराया है। शेष बचे कुछ दुष्टों के विनाश के लिए तुम सब वीर पर्याप्त हो।'' गुरूदेव के आदेश का एक भाग लगभग पूरा हो चुका है। दूसरा भाग धूमाकोट पहुँचकर सम्पन्न करना है। वह एक लम्बी प्रक्रिया के अधीन है, जिसे मैं पूरा करने का प्रण गुरू को दे चुका हूँ।''

राजकुमार कुछ देर रुके, तभी वीर भूमिया ने पूछा, ''तब राजकुमार चिंता व उदासी का कारण?

अश्व सवार नागनायक महानन्द का भी यही प्रश्न था। राजकुमार ने कहा, ''देव महानन्द, आपने मुझे जो मार्ग दर्शन दिया, जो गुप्त अस्त्र प्रदान किये, उसका तो मैं आभारी हूँ ही; परन्तु मैं अब आपका ऋणी भी हो चुका हूँ।''

महानन्द ने कहा, ''राजकुमार, किस बात का ऋणी? मैं कुछ समझा नहीं, हम तो आपके चित्त की उदासी की चर्चा कर रहे थे।''

राजकुमार ने विनम्र भाव से कहा, ''देव महानन्द, आपने जिस प्रकार इस वृद्ध अवस्था में भी रात दिन एक-एक घायल सैनिक का उपचार किया, उनकी पीड़ा का हरण किया, मैं उसका ऋण कभी न उतार पाऊँगा। मेरे हृदय में आपका नाम, स्थान हमेशा उपस्थित रहेगा।''

महानन्द ने कहा, ''राजकुमार, इसमें ऋण व ऋणी का प्रश्न कहाँ है? तुमने अपना राजधर्म निभाया; कई घाव खा कर भी तुमने अपना कर्म पूरा किया। मैं नागपंथी हूँ। प्राय: लोग हमें सिर्फ इसीलिए नागपंथी कहते हैं कि हम प्रकृति में उपलब्ध कई घातक विषों का ज्ञान रखते हैं। लेकिन वो यह नहीं जानते कि प्रकृति ने हमें सैकड़ों औषधियाँ भी प्रदान की हैं। जब हम विषों का संग्रहण करते हैं तो उसके साथ ही औषधियों का भी अनुसंधान करते हैं। इसका तुम्हें पूर्ण अनुभव है। छिपुलाकोट में तुमने देवसैम पर औषधि का प्रयोग किया था। छिपुलाकोट के सैनिकों पर विशेष प्रकार के विष का प्रयोग कर बिना रक्तपात किये अपना कार्य सम्पन्न किया था। इसी प्रकार सामड़ ने भी तुम पर विष का वार किया था, तुमने मेरे बताये मार्ग का अनुसरण कर पानी में घुस कर उसका प्रतिकार कर लिया था। हम नागपंथी कहे जाने वाले लोग इन औषधियों का ज्ञान सबको नहीं बाँटते सकते हैं। उसका कारण भी तुम अब समझ गये होगे। जैसे तुमने अपना धर्म निभाया, मैंने भी अपना धर्म निभाया, अत: इसमें ऋणी होने का प्रश्न नहीं है।''

अश्व सवार राजकुमार ने आदर के साथ महानन्द की ओर सिर झुकाकर अभिनन्दन किया।

वीर भूमिया ने मूल प्रश्न पर आते हुए कहा; ''राजकुमार, आपने तो विषय का रुख ही बदल दिया। वार्ता आपके उदास होने पर अटकी थी।''

''निश्चित ही मैं उदास नहीं हूँ; देव महानन्द ने शरीर के घावों की पीड़ा तो हर ली है, परन्तु मन में कुछ पीड़ा व घाव अभी शेष हैं।''

तभी गोरिया के छोटे भाई कलुवावीर ने कहा, ''राजकुमार, कहीं आपने अपने हृदय में कोई सुकोमल घाव तो नहीं लगा लिया है? अगर ऐसा है तो अगली बार हम व्याघ्रेश्वर बारात ही लेकर आयेंगे।''

सभी जोर से हँस पड़े।

राजकुमार ने कहा, ''भाई कलुवा, मैं गुरू गोरखनाथ का शिष्य हूँ, मैंने उनके आदेश पर राजकुमार बनना स्वीकार तो कर लिया था, अस्त्र-शस्त्र धारण कर दुष्टों के नाश का प्रण भी लिया था; परन्तु मैं हृदय से संन्यासी हूँ। मेरा हृदय किसी कोमल आघात से आहत होने वाला नहीं है। पर हम तुम्हारे लिए बारात लेकर तो आ ही सकते हैं।''

सभी नायकों ने जोर से ठहाका लगाया, अनुज कलुवा ने पहली बार राजकुमार को ठिठौली करते देखा-सुना था। कलुवावीर अपने बड़े भाई को देर तक आदर व प्रेम भरे नयनों से देखता रहा।

वृद्ध महानन्द ने टोका, ''तुम लोग बार-बार मुख्य विषय को भटका देते हो। चर्चा वीरगोरिया के चिंतित होने की थी, उसे तुम विवाह व बारात तक ले गये।''

पर आज सभी नायक हँसी-खुशी की मुद्रा में थे, लम्बे समय के युद्ध तनाव से मुक्त थे। अब हर्ष एवं प्रसन्नता का वातावरण उत्पन्न हुआ था। वीर छुरमल ने विनम्रता से हास्य किया- ''देव महानन्द, क्षमा करें, आप तो वृद्ध हो चुके हैं, पर आपको हम युवाओं की पीड़ा की भी थी कुछ औषधि खोजनी चाहिए।''

पुन: वातावरण में हँसी का फौव्वारा फूटा। महानन्द भी अपने को न रोक सके। उनकी सफेद दाढ़ी

के मध्य उनके होंठ फैल गये थे, पर यह किसी को दिखाई नहीं दिया। महानन्द ने कहा-

''भद्र छुरमल! तुम युवाओं ने युद्ध जीत लिया है। तुमने सिद्ध कर दिया कि अब तुम पूर्ण पुरुष हो, अत: मैं तुम सब को विवाह रूपी मीठी-तीखी औषधि धूमाकोट पहुँचकर राजा हालुराई के समक्ष ही दूँगा, चिन्ता न करो।''

छुरमल ने सकुचाते- मुस्कराते हुए कहा, ''देव! उचित है, किन्तु बस दवा मीठी व सुन्दर होनी चाहिए; तीखी औषधि की मात्रा कुछ कम हो तो उचित होगा।'' इस तरह हँसते-बतियाते यात्रा का रास्ता कटता गया, परन्तु मुख्य विषय लुप्त हो गया था। वीरगोरिया ने अपने हृदय की पीड़ा किसी प्रकार छुपा ही ली थी।

लौट आया गौरीघाट का नटखट ग्वेल, गोलू

गोरीघाट के प्राचीन शिव मन्दिर में प्रात: ग्रामवासियों को दो श्वेत वस्त्रधारी साधुओं का दर्शन हुआ। इन दोनों तपस्वियों पर मंदिर में आने वाले हर भक्त का ध्यान केन्द्रित हो जाता था। उसमें एक वृद्ध तपस्वी था जिसकी श्वेत धवल दाढ़ी थी, मुखमण्डल पर तेज था। दूसरा साधु युवा था; बलिष्ठ, लम्बा-चौड़ा व आकर्षक चिताकर्षण वाला था। इस कम उम्र में तपस्वी के वेश में, वह सबका ध्यान अपनी ओर खींच ले रहा था। दोनों ने एक छोटी सी धूनी रमा रखी थी। आने जाने वाले श्रद्धालु उनसे आशीर्वाद लेते, दोनों तपस्वी उन्हें भभूति लगाकर आशीर्वाद देते जा रहे थे। यह चर्चा पूरे गौरीघाट ग्राम में फैल चुकी थी। दोपहर में मंदिर में श्रद्धालुओं का आगमन कम हो चुका था। दोनों साधुओं को जब यह ज्ञात हुआ कि इस राज्य के राजकुमार वीरगोरिया के पालक माता-पिता का निवास इसी गाँव में है, दोनों तपस्वियों ने राजकुमार के माता-पिता के घर जाने का निर्णय लिया। दोनों उधर की ओर निकल पड़े।

कुछ दूरी पर भाना, भानुली का घर था। युवा साधु ने देखा, भाना-भानुली का घर भव्य बन गया था। नक्काशीदार द्वार, छज्जे लगे थे। घर के आगे दाड़िम के बोठ में अभी भी दाड़िम झूल रहे थे। संतरे का पेड़ फलों से लदा था। सोनजाई का झाड़ सूखा नहीं था। आँगन-पट-आँगन व्यस्थित था। एक ओर उक्खल था जिसके निकट ही लकड़ी का मोटा मुसव-मुसल खड़ा था। घर के मकान पर स्लेटी पत्थरों की छत थी। छत पर गमले में नागफनी के लम्बे फन निकले थे। लाल कद्दुओं को कतार से छत के बीचों-बीच में रखा गया था, जो दूर से सुंदर चित्र बना रहे थे।स्लेटी ढलवा छत पर उड़द-ककड़ियों से बनी बड़ियाँ सुखायी जा रही थीं।

भाना-भानुली के घर का चित्र पहले की तरह न था। द्वार व छज्जे सुंदर काष्ठ से बने थे। इन काष्ठ फलकों में उकेरी गयी थी-सुंदर आकृतियाँ, देवी-देवताओं की, पशु-पक्षियों की, बेलबूटों की। उन काष्ठ फलकों के बीच से ऊपर चढ़ती सीढ़ियाँ, जिन्हें लाल माटी से लीपा गया था। लाल माटी से लीपी गई सीढ़ियों पर चावल को पीस कर उसके सफेद रंग से ऐंपड़ डाले गये हैं और रंगोली बनायी गयी थी। उसके उपर चावल एवं सतरंगी फूलों की पंखुड़ियाँ बिखेरी गयी थीं। छोटा पर सुन्दर-सा घर। गरीब

भाना-भानुली का पुराना घर अब शेष न था। राजकुमार वीरगोरिया के प्रताप से आज भाना-भानुली का घर संपन्न घर हो चुका था। भानुली अब प्रौढ़ावस्था पार कर चुकी थी। उसके सिर के आधे से ज्यादा बाल सफेद हो चुके थे। घर के आँगन में बँधी गायों को वह पानी-चारा दे रही थी। तभी दो तपस्वियों को भानुली ने अपने घर की ओर बढ़ते देखा। जब से उसका बालागोरिया राजकुमार बना है, तब से प्रतिदिन ही कोई न कोई उसके घर पर आ ही जाता है; पर साधु संन्यासी कम ही आते थे।

भानुली ने जल्दी-जल्दी गायों को चारा डाला और शीघ्रता से आँगन के द्वार पर आ गयी। उसके सामने एक श्वेत वस्त्रधारी वृद्ध साधु खड़ा था। उसकी लम्बी श्वेत धवल दाढ़ी ने उसके वक्ष को ढँक रखा था। उसके हाथ में कमण्डल व दण्ड था। उनके पीछे एक कम आयु का साधु खड़ा था; परन्तु उसका शरीर सामान्य से अधिक लम्बा व चौड़ा था। उसका शरीर बलिष्ठ व गठीला था। उसके बाल घुँघराले व कंधे तक लटके थे। आकर्षक चित्त, मुखमुद्रा व गौर वर्ण। भानुली उसे कुछ देर तक देखती रही। तभी वृद्ध साधु ने कहा।

''अरी माता! क्या साधुओं को अन्दर आने की अनुमति नहीं है?'' भानुली ने सकपकाते हुए कहा।''ऐसा नहीं साधु महाराज, आइए इधर बैठिये।'' उसने आँगन का द्वार खोलते हुए कहा। भानुली ने एक आसन आँगन के भिंड़ में बिछा दिया। दोनों साधु आँगन के भिड़ में बैठ गये। नौजवान साधु घर को चारों ओर सिर घुमा-घुमा कर देख रहा था। भानुली की दृष्टि भी बार बार इस नौजवान साधु के चेहरे पर आ कर टिक जाती थी। उसे इस मुखमण्डल को देख, बालागोरिया के गौरवर्ण का आभास होता। वह सोचने लगी मेरा गोरिया तो अब राजकुमार है, उसके साथ तो सुना, बड़ी सेना रहती है, वह श्वेत अश्व से इधर उधर जाता है। तभी वृद्ध साधु ने भानुली से कहा, ''हम दोनों साधु, गुरू गोरखनाथ के शिष्य हैं। उन्हीं के आश्रम से आ रहे हैं। देवालय में ज्ञात हुआ कि इस ग्राम में धूमाकोट के राजकुमार वीरगोरिया के पालक माता पिता रहते हैं, तो इच्छा जागृत हुई कि उन भाग्यवान माता पिता के दर्शन कर लिये जायें। आप ही राजकुमार वीरगोरिया की माँ हैं?''

भानुली को जैसे ही ज्ञात हुआ कि ये तपस्वी गुरू गोरखनाथ के आश्रम से आ रहे हैं। वह यह जानने के लिए उतावली हो उठी कि उसका पुत्र कैसा है। भानुली ने व्यग्रतापूर्वक कहा।

''हाँ, हाँ, मैं ही गोरिया की माँ भानुली हूँ, साधु महाराज! आपने अच्छा किया जो यहाँ पधारे। मेरा गोरिया भी गुरू गोरखनाथ के आश्रम में था। क्या आप उसके बारे में जानते हैं। तभी नौजवान तपस्वी ने तपाक से कहा।

''ईजा, मैंने और गोरिया ने एक साथ ही गुरू गोरखनाथ से शिक्षा ग्रहण की थी। गोरिया मेरा मित्र था, इस नाते आप मेरी ईजा के समान हैं।'' नौजवान तपस्वी खड़ा हो गया और वह भानुली के चरण स्पर्श करने झुका, लेकिन भानुली ने उसे चरणों में झुकने से पूर्व ही उसके कंधों पर हाथ लगाकर उठाते हुए कहा, ''साधु महाराज, आपने मुझे ईजा कहा, मुझे बड़ी प्रसन्नता हुयी। वर्षों हुए, बालागोरिया के जाने के बाद यह ईजा शब्द सुनने को मैं आतुर थी; परन्तु आप तपस्वी साधु हैं, मैं आपको चरण स्पर्श न करने दूँगी।'' भानुली गौर से साधु के मुख मण्डल को देख रही थी, इस तपस्वी को देख कर उसे अपने बालागोरिया की रह-रह कर याद आने लगी थी, वह साचने लगी, मेरा बालागोरिया भी इतना ही

लम्बा चौड़ा हो गया होगा? भानुली अपेक्षाकृत कुछ लम्बी स्त्री थी, फिर भी उसके हाथ कठिनाई से इस नौजवान साधु के कंधे तक पहुँच पा रहे थे।

युवा तपस्वी ने कहा, ''पर ईजा, आप मुझे बेटा कह कर पुकार सकती हैं।''

भानुली ने कहा, ''ठीक है, पर यह बताओ बेटा, मेरा गोरिया कितना बड़ा हो गया है? क्या वह कभी अपनी ईजा को याद करता था?''

तपस्वी ने कहा, ''ईजा, तेरा बेटा मेरे बराबर ही लम्बा चौड़ा है। मेरी भाँति ही बलिष्ठ भी है।'' तपस्वी ने अपने शरीर का थोड़ा सा प्रदर्शन करते हुए कहा। ''परन्तु ईजा, उसने कभी आपके विषय में कुछ बताया नहीं!'' भानुली उदास-सी हो गयी। उसका उत्साह ठंडा पड़ गया था।

उसने उदास मन से कहा- ''बेटा! गोरिया का बापू भाना कहता था, तू उसे घर पर ही रहने दे। हमारे बुढ़ापे का सहारा होगा। हमें बुढ़ापे में पानी पिलाने वाला कौन रहेगा? पर मैं एक न मानी थी; मैं उस बालक में प्रारंभ से ही अनोखी चमत्कार करने वाली शक्ति पाती थी। उसके घर में आते ही बाखड़ी चानुली गाय दूध देने लगी थी। मैं संतानहीना, मेरी छाती में दूध आ गया था। हमें उसे पालने में कोई कठिनाई नहीं हुयी। वह बड़ा हुआ, वह अपने नन्हे हाथों से तालियाँ बजाता, बाल हठ करता, उसके बालहठ के सामने मेरी एक न चलती थी। वह किलकारियां मारते हुए, इस आँगन में यहाँ से वहाँ तक दौड़ता। उसकी साफ चमकती आँखें मेरे लिए चाँद सूरज थे। उसका स्पर्श मेरे लिए जीवन का परम आनन्द था। उसका स्नेहिल चुंबन मेरे लिए कुबेर के भण्डार से बड़ा था। वह जब मेरी गोद में सोता तो मैं समझती पूरा संसार मेरी मुट्‌ठी में है। आधी रात में भी वह मुझे उठाता, तंग करता तो भी मुझे प्रात: की सी ताजगी अनुभव होती। हम दोनों तो उसी के लिए जी रहे थे। हम लम्बे समय से संतान विहीन के पास जीने के लिए आधार प्राप्त हो चुका था। हमने और अधिक श्रम करना प्रारम्भ कर दिया था। वह बड़ा होता गया, हमें अपार सुख देता गया। वह और बड़ा हुआ। वह सामान्य बालकों से अधिक स्फूर्तिवान, बलवान था। उसको धनुष बाण चलाने में आनन्द आता था। वह अचूक निशाना लगाता था। उसके पास एक गुलेल थी, वह उससे भी एक बार में ही लक्ष्य को भेदता था, घण्टों पानी के अन्दर छुपा रहता। मैं रोने लगती, वह पानी से बाहर न निकलता। जब वह बाहर आता, मैं उसे गले से चिपटा लेती और दुबारा ऐसा न करने के लिए मनाती थी। वह बड़े बड़े शिलाखण्डों को उठा लेता था। जिन पत्थरों को मैं और भाना न उठा पाते, उन्हें वह आसानी से गेंद की तरह उठा फेंकता। गाँव में कोई बालक उससे किसी बात पर न जीत पाता था। एक बार ग्राम प्रधान जी के घर में बड़ा विषैला साँप घुस गया, पूरे गाँव में किसी में साहस नहीं कि बिषैले नाग को बाहर निकाले, पर बालागोरिया धीरे से बिना मुझे बताये वहाँ पहुँच गया। विषैले नाग को पूँछ से पकड़ कर बाहर ले आया, देर तक उससे खेलता रहा। अन्त में गाँव के बाहर जंगल में दूर उछाल आया। पूरा गाँव स्तब्ध था। मुझे ज्ञात हुआ, मैं रोते-भागते उसके पास गयी। उसे कई थप्पड़-चाँटे मारे। घसीटते हुए घर लायी, कहीं उसे कुछ हो जाता तो?''

भानुली रोने लगी थी, उसका कंठ अवरुद्ध हो गया था। शब्द नहीं निकल पा रहे थे। नौजवान तपस्वी तेजी से आगे बढ़ा और उसने भानुली के आँसू पोंछे। भानुली कुछ शांत हुई, पर बिना तपस्वी की ओर देखे उदास मन से खोयी खोयी-सी बोलती रही, दोनों हाथों से आँखों से बह रहे आँसुओं को

पोंछती रही।

''तभी मैंने अपना हृदय कठोर कर लिया था। ठान लिया था कि मैं उसे किसी गुरू के पास भेज दूँगी। यहाँ इस गाँव में रह कर यह बालक मछली मारकर, गाय भैंस चरा कर क्या बनेगा। उस चमत्कारी बालक के भविष्य को मैं बिगाड़ना नहीं चाहती थी। मैंने भाना से किचकिच कर उसे गुरु गोरखनाथ के आश्रम में भेज दिया।'' भानुली का कंठ फिर रुँध गया। किसी तरह वह पुन: बोली।

''अब वह राजकुमार बन गया है। ग्यारह वर्षों से मैंने उसे नहीं देखा है। कैसा होगा? मुझे याद करता होगा कि नहीं? उसे अब अपने माँ-बाप मिल गये हैं, राजमहल में रहता होगा; गरीब, शूद्र, मछली की बदबू वाली इस मछुवारिन को ईजा, कह अब गले लगायेगा कि नहीं? पहले की भाँति मुझे तंग करेगा कि नहीं? मुझ संतानविहीना को महादेव ने प्रसन्न होकर पुत्र रत्न दिया था, किन्तु मैंने ही निष्ठुर होकर उस बालक को अपने से दूर कर दिया; परन्तु मेरा बालागोरिया निष्ठुर नहीं हो सकता है।'' इधर तपस्वी नौजवान की आँखों से भी अश्रु धार बह निकली। सहसा भानुली का ध्यान उसकी ओर गया। वह स्तब्ध थी। नौजवान तपस्वी एक छोटे बालक की भाँति सिसकी लेकर रो रहा था। भानुली उसके निकट गयी। तपस्वी ने सहसा भानुली को जोर से अपने विशाल सीने पर चिपटा लिया।

''ईजा बस करो! बस करो ईजा! मैं ही तेरा बालागोरिया हूँ, मुझे क्षमा कर दे ईजा, मुझे क्षमा कर दे।''

भानुली ने उसे सीने से थोड़ा हटाया, उसके चेहरे को ध्यान से देखने लगी, तभी वृद्ध साधु बोला, ''माता भानुली! यही तुम्हारा पुत्र राजकुमार वीरगोरिया है, तुमसे मिलने ही वह अपनी सेना को छोड़कर साधु वेश में आया है।''

भानुली हड़बड़ा कर उस नौजवान के ऊपरी अंगवस्त्र को उठाकर देखने लगी। वीरगोरिया ने स्वयं अपना अंग वस्त्र हटाते हुए कहा।

''ईजा, तूने मुझे गर्म चिमटे से एक बार मारा था ना, उसी का घाव देखना चाह रही है?'' वीरगोरिया ने अपने बाँह के अन्दर की तरफ बने घाव के चिन्ह को भानुली को दिखाया, भानुली उस चिन्ह को सहलाने लगी। उसकी आँखें गोरिया के मुख मण्डल को विस्मय-विमुग्ध हो निहारे जा रही थीं। अचानक वह अचेत होने लगी, राजकुमार वीरगोरिया ने तुरन्त उसे अपनी बलिष्ठ बाँहों में उठा लिया और निकट पड़े बिछौने पर लिटा दिया। वृद्ध साधु ने अपने कमण्डल से पानी के छींटे भानुली के मुख पर डाले। धीरे धीरे भानुली ने आँखें खोली। वीरगोरिया ने उसे अपनी बाँहों का सहारा देकर बैठाया। भानुली ने हर्षाविभोर हो कर अपने बालागोरिया को बैठे-बैठे कसकर अपने वक्ष में समेट लिया; परन्तु अब वह बालागोरिया नहीं था। उसका विशाल शरीर भानुली की बाँहों में नहीं समा पा रहा था। अब बारी वीरगोरिया की थी, उसने माँ भानुली को अपने विशाल वक्ष में छुपा लिया। दोनों माँ-बेटे काफी देर तक इसी तरह एक दूसरे से चिपटे रहे, उनकी आँखों से निकल रहे आँसुओं की धार में उनके गिले शिकवे सभी धुल गये थे। वृद्ध तपस्वी महानन्द की श्वेत दाढ़ी भी गीली हो चुकी थी। महावीर, पराक्रमी, धनुषधर, राजकुमार वीरगोरिया का रोता बिलखता यह बाल रूप देख कर महानन्द का हृदय राजकुमार वीरगोरिया के प्रति आदर से भर गया। हृदय के जिस घाव की चर्चा उसने अधूरी छोड़ दी थी, उन घावों

पर आँसुओं का लेप लग रहा था। दोनों माँ-बेटा उसी मुद्रा में काफी देर तक बैठे रहे।

''अरी भानुली क्या हुआ? कौन हैं ये साधु-तपस्वी?'' भाना ने मछली की टोकरी किनारे रखते हुए, कड़क स्वर में पूछा। भानुली ने गोरिया को धीरे से अपने वक्ष से विलग किया, उसके हाथ अभी भी दुलार से कभी गोरिया के चेहरे पर कभी उसके विशाल कंधे पर फिर रहे थे। उसने कई स्नेहिल चुंबन गोरिया के माथे पर किये, अब दोनों एक साथ खड़े थे। वीरगोरिया अपनी ईजा भानुली को अपनी एक भुजा का सहारा दिये था। भानुली ने एक हाथ से अपने आँसुओं को पोंछा, अब उसके हृदय का उफान कुछ शांत हो गया था, वह बोली।

''अरे भाना! इसे देख यह कौन है? पहचान भाना, इसे पहचान।'' भाना बलिष्ठ नौजवान साधु को कुछ क्षण तक घूरता रहा, सहसा वह चिल्ला पड़ा, ''अरे! यह तो मेरा बालागोरिया है।'' भाना से उसे पहचान लिया था। क्योंकि भाना तो दो-तीन बार आश्रम हो आया था। भाना ने गोरिया को इस रूप में पहले भी देखा था। तब वह इतना लम्बा चौड़ा नहीं था। वीरगोरिया भानुली को बाँह का सहारा देते हुए भाना के निकट आया और भाना के चरणों में झुक गया। भाना ने विह्वल होकर गोरिया को सीने से लगा लिया। भाना की वृद्ध आँखों से मोती छलक पड़े। वह कुछ पल गोरिया को यों ही सीने से लगाये रहा; फिर कुछ पीछे हट कर उसने अपने दोनों हाथ वीरगोरिया के बलिष्ठ कंधों पर रख, उसे भरपूर निहारा। उसके शीश पर हाथ रखा। किसान अपनी लहलहाती फसल व पिता अपने वीर,योग्य व जवान पुत्र को देखकर जैसे गौरवान्वित होता है, उसी प्रकार भाना भी अपना वृद्ध सीना ताने वीरगोरिया को देख रहा था। गरीब मछुवारे भाना की आँखों में नयी चमक आ गयी थी।

तभी हिरदा पधान की तरुण पुत्री ने सिर पर हरी घास का गट्ठर लेकर आँगन में प्रवेश किया। घास की गठरी एक ओर जोर से पटकते हुए उसने कहा।

''अपना तो चानुली का दूध पीकर हट्टा-कट्टा होकर पता नहीं कहाँ धूमाकोट का राजकुमार बना फिर रहा है, मैं इस बूढ़ी चानुली की सेवा करते करते मर रही हूँ।''

भानुली की ओर देखते ही वह ठिठक गयी। एक लम्बा, चौड़ा श्वेत वस्त्र धारी तपस्वी भानुली को सहारा दिये खड़ा था। उस तपस्वी के दूसरी ओर भाना खड़ा था। भानुली ने मुस्करा कर कहा।

''अरी हंसा! वहाँ भिसूंड़ जैसी क्यों खड़ी है? देख, यह रहा वह हट्टा-कट्टा तेरा राजकुमार, तेरा गोलू, तेरे सामने है।''

हंसा कुछ, समझती इससे पहले ही वीरगोरिया ने कहा,''अरे! ईजा यह वही हंसुली है! जिसकी नाक बहती रहती थी और अपनी झगुली से उसे पोंछती रहती थी। मैंने इसे एक बार नदी में धीरे से डुबा दिया था, तो इसे तीन दिन तक बुखार चढ़ा रहा था, जब डँगरिया ने इसे भभूति लगायी तब कहीं इसका बुखार उतरा था। तब मुझे बाबू ने मुझे दो डंडे लगाये थे।''

भानुली ने कहा, ''देखो तो, गोरिया को सब याद है। हंसा, इधर आ, देख तो यह रहा गोरिया, तेरा गोलू, तू इसे गोलू कह कर ही तो पुकारती थी, तेरे देखा देखी ही पूरा गाँव इसे गोलू कहने लगा था।''

हंसा सकपका कर रह गयी। उसे विश्वास ही नहीं हो रहा था कि उसका गोलू इतना लम्बा चौड़ा, गबरू जवान बन चुका होगा। वह धीरे-धीरे चलती हुई, गोलू के निकट आयी उसे घूरती रही। हंसा इस

साधु-तपस्वी में अपने बचपन के सखा गोलू को खोजने का प्रयास करने लगी; परन्तु इस लम्बे-चौड़े, धीर-गंभीर युवा के अन्दर उसे अपना सखा नजर नहीं आया। गोलू अब वीरगोरिया बन चुका था। हंसा ने हँसते हुए कहा।

''यह गोलू है! नहीं, नहीं, यह गोलू नहीं हो सकता है। वह चंचल, शैतान, गुलेल बाज गोलू, कहाँ यह महान-सा दिखने वाला तपस्वी-साधु; पर सुना था कि वह तो राजकुमार बन गया है, पहले काठ का घोड़ा लिए घूमता फिरता था, अब तो सचमुच के घोड़े में सवारी करता है? यह तो कोई साधु है! यह कैसे गोलू हो सकता है?'' चपल हंसा एक श्वास में बोल गयी।

वीरगोरिया आगे बढ़ा और हंसा की चोटी धीरे से पकड़कर बोला, ''अच्छा, तो मैं तेरा गोलू नहीं हूँ! तो यह देख, मैं जैसे तेरे लिए बचपन में एक ही पत्थर मार कर पेड़ से तेरे मन पसंद का संतरा गिरा देता था ना? आज भी उसी तरह गिरा सकता हूँ। सामने संतरे का पेड़ है, बोल किस संतरे को गिराना है?'' गोलू अभी भी हंसा की चोटी को कस कर थामे था।

हंसा ने गर्दन टेढ़ी कर बिना बोले ही सबसे ऊँची डाल में लगे अकेले लटके संतरे को अंगुली से इंगित किया-यंत्रवत हो कर। गोरिया ने तुरन्त भूमि पर पड़े एक पत्थर के टुकड़े को उठाया और लक्ष्य की ओर फेंका, अगले ही क्षण हंसा द्वारा इंगित संतरा भूमि पर पड़ा था। हंसा का मुँह खुला का खुला रह गया! गोलू की तरह ही अचूक निशाना! वह कुछ देर साधु को जड़वत् देखती रही। वीरगोरिया ने हंसा का मुख अपनी ओर किया और उसने स्नेह से हंसा को अपने हृदय से लगा लिया और उसको माँ के निकट लाकर बोला। ''ईजा, अब तो सिद्ध कर दिया कि मैं ही गोरिया हूँ। मैं ही गोलू हूँ, मेरा निशाना आज भी वैसा ही है।''

भानुली, गोरिया और हँसुली के बीच में खड़ी हो गयी और दोनों को पकड़ कर बोली, ''हाँ बेटा, हाँ, तुम ही हंसा के गोलू हो। मेरे बालागोरिया हो। इस गाँव के गुलेलबाज ग्वेल हो। अब हम सब ऐसे ही आँगन में ही खड़े रहेंगे क्या? चलो, अन्दर चलें।''

हंसा के मुख पर स्मित-हास्य उभर आया। स्निग्धता से झुककर उसने कहा, ''चाची, पर गोरिया तो राजकुमार है! यह साधु-तपस्वी?''

''अरी पगली, अब भी नहीं समझी? यह भेस बदल कर तपस्वी का रूप धारण कर आया है।''

हंसा पहली बार गोलू को देख लजायी। तुरन्त ही वह यह कहते हुए दौड़ती हुई गाँव की ओर भागी- ''चाची, मैं पूरे गाँव को बता कर आती हूँ कि गौरी घाट का नटखट गोलू, गुलेलबाज ग्वेल लौट आया है।'' वह एक हवा के झोंके की तरह फुर्र हो गयी।

बालागोरिया बना गोलू महाराज

भाना-भानुली, वृद्ध साधु व वीरगोरिया घर के अन्दर प्रवेश करने लगे, तभी आँगन के एक ओर बँधी चानुली ने रम्भाना शुरू कर दिया। गोरिया को समझते देर न लगी। वह तुरन्त चानुली की ओर दौड़ा

और उससे जा लिपटा। गाय चानुली उसको चाटने लगी, गोरिया ने कहा, ''अरी! चानुली तू तो बुढ़िया हो गयी है, पहले तो मैं तेरे ऊपर चढ़ कर बैठ भी जाता था। अब तू मेरा बोझ नहीं उठा पायेगी।'' चानुली के माथे, पीठ, पूरे शरीर पर वीरगोरिया ने स्नेहपूर्वक हाथ फेरा। अब चानुली शांत थी। वीरगोरिया घर के भीतर आ गया। भानुली के पाँव धरती पर न थे। वह दूध, दही, घी, खाने पीने की व्यवस्था में जुट गयी। उधर भाना, वृद्ध साधु महानन्द व गोरिया चाख में बैठकर बातें करने लगे। भानुली थोड़ी देर में लौटी, उसके हाथ में बड़ी सी थाल थी, जिसमें अलग-अलग कटोरियों में दही, मक्खन, घी, गुड़ और रोटी थी। वह गोरिया के बगल में बैठ गयी। बारी-बारी वह गोरिया को दही, मक्खन, घी, गुड़ खिलाने लगी। प्यार दुलार के साथ वह गोरिया की मन पसंद चीजें रोटी के कौर के साथ खिला रही थी। वीर, महाबली,राक्षसों का दमन करने वाला वीरगोरिया बालक की भाँति भानुली के हाथ से दही-माखन खा रहा था। कभी-कभी वह भानुली की अँगुलियों में लगे मक्खन को चूस लेता। भानुली भाव विभोर थी। ''इतना बड़ा हो गया मेरा बालागोरिया, परन्तु आदत वैसी की वैसी। बिना गुड़ के इसे कुछ भी अच्छा नहीं लगता।'' भानुली बोली। दोनों माँ-बेटे स्नेह के परमानन्द में डूब गये।

''बेटा गोरिया, कभी गुड़-मक्खन, दही नहीं मिला क्या? तू तो राजकुमार है, युवराज है, तुझे क्या कमी है-इन सब वस्तुओं की।'' भाना ने कहा।

''ईजा, मैं इन सब चीजों को खाना भूल सा गया हूँ। पहले मैं खाने में तुझे कितना तंग करता था। मुझे हर खाने की चीज चोखी ही चाहिए होती थी। बाबू ने तो मेरा नाम चोखन ही रख दिया था। किन्तु ईजा, जब से आश्रम गया मुझे जो भी मिलता मैं वही खाता। मुझे कभी कोई खाने की वस्तुओं पर आसक्ति नहीं हुयी। बस आज तेरे हाथ से खाने से मेरा बचपन लौट आया माँ, बचपन लौट आया।''

धूमाकोट का राजकुमार, महाबली, वीर-बलिष्ठ, योद्धा वीरगोरिया आज बालक की भाँति भानुली से लाड़ दुलार पा रहा था। इस बाल रूप को देखने का सौभाग्य भाना-भानुली के अतिरिक्त वृद्ध महानन्द को ही प्राप्त था।

गोरिया ने पूछा, ''ईजा तुझे कोई कष्ट तो नहीं है? तेरे वात का दर्द अब कैसा है? ये वृद्ध महानन्द ज्ञानी वैद्य हैं। ये तेरे दर्द की अचूक दवा दे देंगे।''

भानुली ने लाड़ से गोरिया को देखा और कहा। ''बेटा, वात का दर्द कहाँ दूर होगा? उम्र बढ़ने के साथ यह मर्ज भी बढ़ता है। अब तो यह मेरे साथ ही जायेगा।''

''नहीं-नहीं, वैद्य जी तुम्हें दवा देकर ही जायेंगे। पर ईजा ये बता बाबू बूढ़े होते जा रहे हैं, क्या मछली मारने अभी भी जाते हैं? तुम दोनों अब मेरे साथ धूमाकोट चलो, वहाँ महल में आराम से रहोगे।'' गोरिया जानता था, इसका उत्तर क्या होगा? फिर भी उसने अपनी बात भाना भानुली के समक्ष रख दी। भाना ने कहा।

''हाँ बेटा, अब मछली मारने का काम तो मैंने लगभग बंद ही कर दिया है। अपने लिए या गाँव वालों के लिए यदाकदा मार लेता हूँ। अब शरीर साथ नहीं देता है।''

''पर घर कैसे चलता है बापू? आप दिन पर दिन वृद्ध होते जायेंगे, ईजा के बाल तो सफेद हो चुके हैं।'' वीरगोरिया ने भानुली के रूखे-सूखे बालों पर हाथ फेरते हुए कहा।

भानुली ने कहा। ''गोलू बेटा, जब से भाना तुझे आश्रम में छोड़कर आया है, तब से हमें कोई बड़ा कष्ट नहीं हुआ। कभी कभार कुछ दुख-दर्द हुआ भी तो गुरुगोरखनाथ के आश्रम से लायी गयी भभूती भाना मेरे सिर पर लगा देता था, अगले दिन मैं ठीक हो जाती थी। यह बात गाँव में फैल गयी। बस फिर क्या था, भाना, भभूति लगाने वाला बन गया। गुरूगोरखनाथ के आश्रम की भभूति का भी चमत्कारी असर होता था। दूर-दूर से लोग भभूति लगाने आने लगे। जो आता साथ में अनाज, फल, सब्जी, धन मना करने पर भी दे जाता। घर में कोई कमी नहीं रही। ये सब गुरू गोरखनाथ के आश्रम की भभूति का चमत्कार था। तेरा ही प्रताप है। जब समाचार आया कि तू धूमाकोट के क्षत्रिय राजा का पुत्र है, मैं तो भयभीत हो गयी। बस भाना से कहती तेरा गोरिया अब बड़ा आदमी बन गया है। इस दीन,शूद्र के घर अब क्या लौट कर आएगा? आ भी गया, तो इस मछली की बदबूदार भाना-भानुली को क्या गले लगायेगा? मैं रोती, पर भाना सदैव कहता हमारा बालागोरिया ऐसा नहीं है। वह अवश्य आएगा। आज तू आ गया। तूने मेरे दूध की लाज रख ली। बस! मुझे सब कुछ मिल गया। हम इस गाँव-घर को नहीं छोड़ सकते हैं, बेटा! तू बड़े-बड़े काम कर रहा है। तूने मसाणों को साध दिया है। तू वीर ही नहीं, ज्ञानी भी है। मुझे मणीभद्र देव ने पहले ही सब बताया है। हम भाना-भानुली यही चाहते हैं कि तू इसी तरह देश व लोगों की सेवा कर, राजा हालुराई व रानी का नाम आगे बढ़ा। बस! हमें कभी कभी याद कर लेना, न आ सके तो कोई सन्देश भेजते रहना, मैं तुझसे इतना ही चाहती हूँ। मैंने जिस उद्देश्य से तुझे अपनी ममता पर पत्थर रख, आश्रम भेजा था, उसमें तू सफल रहा, हमारा जीवन धन्य हो गया है।''

वीरगोरिया की आँखों में आँसू थे। अपनी ममतामयी माँ की गम्भीर बातें सुन, उसे अपनी अनपढ़ माँ पर गर्व हो रहा था। जिस माँ को वह आश्रम जाते समय भला बुरा कहता था-तू निर्दयी है, तू मुझे अपने से दूर करना चाहती है, इसीलिए कि मैं शरारत करता हूँ। माँ के त्याग का प्रतिफल आज-वीर, तपस्वी, योगी, महाबली वीरगोरिया के रूप में था। वीरगोरिया ने अपना सिर भानुली की गोद में रख दिया। दोनों को सम्पूर्ण संसार के सुख प्राप्त हो रहे थे। भाना खुश था, भानुली उसकी बातों पर विश्वास नहीं करती थी। ताना मारती थी। आज भाना का विश्वास खरा था। वीरगोरिया, गाँव का गोलू, भानुली की गोद में एक छोटे बालक की भाँति सो रहा था। भानुली माथा सहला रही थी।

भाना व महानन्द इस दृश्य को देखते रहे। महानन्द तो आज किसी दूसरे लोक में था। वीरगोरिया को उसने जब भी देखा-वीरता की मुद्रा में, युद्ध की मुद्रा में, अस्त्र शस्त्र से सुसज्जित शत्रु पर टूट पड़ने की मुद्रा में, धीर-गम्भीर, वीर-पुरुष। वीरगोरिया आज भानुली का पुन: बालागोरिया बन गया था। गोरीघाट का प्यारा गोलू। पनिहारिनों का नटखट गुलेलबाज ग्वेल।

महानन्द ने मन ही मन प्रणाम कर कहा, ''गोलू महाराज की जै।''

प्रेम-पाग में डूबे पंख

हंसा गोरीघाट गाँव के मध्य दौड़ते हुए जा रही थी, उसे पंख लग गये थे। ''गोलू आ गया, राजकुमार वीरगोरिया लौट आया है! गोलू आ गया!'' चिल्लाते-चिल्लाते वह घर की ओर भाग रही

थी। सब इस बावली को देख, सुन रहे थे। कुछ समझे, कुछ नहीं। जिसकी समझ में आया वह हिरदा पधान के घर की ओर भागा। हंसा अपने घर के आँगन में पहुँची, हिरदा पधान खडा था। हंसा ने उसको चारों ओर गोल गोल घुमा दिया, हिरदा पधान हक्का-बक्का था। क्या हो गया है-इस हंसुली को!

''अरे बाबू! गोलू गोरीघाट आया है, राजकुमार वीरगोरिया, भानुली चाची के घर आया है।'' चारों ओर हड़बड़ाहट होने लगी कि राजकुमार गोरिया आया है-गाँव में।

''अरी! कैसी बात करती हो, वह युवराज है, वह आता तो पूरे पट्टी, परगना, ग्राम को सूचना हो जाती।''

''नहीं बापू, वह चाची के घर पर है। मैं स्वयं उससे मिलकर आयी हूँ, पहचान कर आयी हूँ।'' हंसुली बच्ची की तरह उछल उछल कर बता रही थी।

उसकी ईजा पार्वती ने कहा, ''अरी हंसा, सच कह रही हो?''

''माँ, क्या मैं पागल हूँ?'' कहते-कहते हंसा अपने कक्ष में भागती हुयी चली गयी। छोटे से दर्पण में सबसे पहले उसने अपने सुन्दर मुखड़े पर दृष्टि डाली, फिर दर्पण को अपने वक्ष से लगा लिया। गोलू ने उसे कैसे अपने विशाल वक्ष में भर लिया था? आँख बंद कर उन क्षणों को याद करने लगी- ''मैं भी सौभाग्यशाली थी, ठीक उसी समय मैं वहाँ पहुँची, जब गोलू घर पर पहुँचा।'' सहसा उसने दर्पण को नीचे रखा। सोचने लगी- ''गोलू राजकुमार बन गया है, धूमाकोट का युवराज है। मैं तो उसे अपना गोलू समझ, उससे लगन लगा बैठी हूँ। बिना उसे देखे, बिना समझे; यह मन भी कैसा है? बचपन की यादों को पाल-पाल कर मैंने बड़ा कर लिया है। मैं, गोलू से कब प्रेम करने लगी, मुझे ज्ञात नहीं। चाची भानुली मेरे से अपना सुख दुख बाँटती थी। मैं जिस दिन उसके घर न जाऊँ, तो वह खाना नहीं खाती थी। चाची से मिलने क्या जाती थी? मैं तो जाती थी-गोलू के बारे में बातें करने का अवसर मिले। भानुली चाची मेरे लम्बे घने बालों पर चोटी बाँधती रहती और गोलू के विषय में हम दोनों में खूब बातें होती रहती। मेरा मन मोरपंख फैला कर नाचता; मुझे गोलू के विषय में सुनते रहना अच्छा लगता था। पर आज क्या हुआ? गोलू से भय सा लग रहा था। उसकी वीरता की कहानियाँ सुन मैं पहले हर्षाती थी, पर आज उसे श्वेत वस्त्र धारी तपस्वी के भेष में देख, मुझे वह अनुभूति क्यों नहीं हुयी? शायद इसलिए कि मैंने अपने मस्तिष्क में उसका रूप राजकुमार जैसा बैठा रखा था। श्वेत घोड़े पर राजसी वस्त्रों से सज्जित, धनुष लिये; परन्तु अब तो वह तपस्वी वेष में एक महान धीर-गम्भीर साधु लग रहा है। उसके चरण स्पर्श करने की लालसा हो रही थी। उसने मुझे वक्ष से लगाया; परन्तु तब तक मैं उसे साधु ही मानती रही।''

झटके से वह खड़ी हो गयी, उसने अपने अटपटे विचारों को त्यागा, वह श्रृंगार करने लगी।

लेकिन मन के दरवाजे और खिड़कियों को बंद कर लेना क्या सरल है? बहुत कठिन है। प्रयत्न पूर्वक बन्द कर भी लो, तो भी किसी न किसी झरोखे से प्राणदायनी हवा इस कक्ष में प्रवेश कर ही जाती है।

इस हवा को हंसा कैसे रोक पाती? सोचने लगी- गोलू अब गोलू नहीं रहा, वह एक राज्य का युवराज है। क्या वह हंसुली को अपने मन में स्थान देगा? एक शूद्र की पुत्री को? अब तो गोलू क्षत्रिय का

पुत्र है, राजकुमार है; वह महान नायक बन चुका है। वह तो मुझे अभी भी झगुली से नाक पोंछने वाली हंसुली ही समझता है। क्या-क्या विचार मन में आ-जा रहे थे। पर हाथ उसके सिंगार करने, सजने-सँवरने में लगे थे। वह शीघ्रता से सजधज कर चाची के घर की ओर जाने के लिए उतावली हो रही थी। हंसा का मन कटी पतंग की भांति आकाश में गोते लगा रहा था।

चौपाल

भाना का छोटा सा आँगन-पटाँगण, गोरीघाट ग्रामवासियों से खचा खच भरा था। बूढ़े, बच्चे, नौजवान, महिलों, पुरुषगण पूरा गाँव ही उमड़ कर आ गया था। कोई धूमाकोट के राजकुमार को देखने, तो कोई शरारती गोलू को देखने; कोई बचपन के गुलेल धारी पनिहारिनों के कलशों, घड़ों को निशाना बनाने वाले को, तो कोई मसाण का वध करने वाले वीर पराक्रमी, धनुषधारी, राजकुमार वीरगोरिया के दर्शन हेतु भाना के आँगन में खड़ा था।

पर सब आश्चर्य चकित! आँगन के चबूतरे पर हाथ जोड़ कर खड़ा युवक इनमें से कोई भी न था। वहाँ पर खड़ा था- एक लम्बा चौड़ा, धीर, गम्भीर श्वेत वस्त्र धारी, तेजस्वी साधु-तपस्वी। उन्नीस-बीस वर्ष का युवा, जिसकी तपस्या से तपी, साधना से सधी,श्रम से बनी सुगठित देह। पवित्र, अलौकिक, निश्छल मुखाकृति,चारुशील-सदात्मा-सा। प्रकृति प्रदत्त गौरवर्ण, किंचित लाली युक्त मुखमण्डल, स्वच्छ सरोवर सी आँखें, कंधे तक लम्बे घुँघराले स्वच्छ केश। तपस्वी के पूरे शरीर व मुख पर एक अनोखा अलौकिक भाव था। ऐसे गोलू की तो ग्राम वासियों ने कल्पना नहीं की थी। सब एकटक उसे निहार रहे थे। किसी के मुँह से कोई बोल नहीं फूट रहे थे। बस तपस्वी को अपलक देखते ही जा रहे थे।

तपस्वी निश्छल मुस्कान के साथ चबूतरे से आँगन में उतर आया। सबसे आगे खड़े वृद्ध हिरदा पधान के चरणों की ओर झुका, हिरदा ने उसे गले लगा लिया। बगल में खड़ी हंसा का दिल जोरों से धड़क रहा था। तपस्वी ने एक नजर हंसा पर डाली, एक स्निग्ध मुस्कान के साथ वह आगे बढ़ गया। बारी बारी सबसे मिला। आँगन में खड़े हर व्यक्ति, हर वृद्ध, नारी को यथा सम्मान अभिवादन करता, पुन: आँगन के चबूतरे पर आ खड़ा हुआ। उसके बायीं ओर वृद्ध तपस्वी महानन्द थे, दायीं ओर भाना-भानुली।

नि:शब्दता को तोड़ते हुए भाना ने कहा, ''आप सब यथा स्थान बैठ जायें। आप लोग मौन खड़े हैं, क्या आप लोग गोरिया से कुछ कहना चाहते हैं?''

वृद्ध हिरदा पधान ने मौन तोड़ते हुए कहा, ''हम सब असमंजस में हैं, हम धूमाकोट के राजकुमार, धनुर्धारी, वीरगोरिया के दर्शन पाना चाहते थे। पर ......।''

हिरदा पधान को टोकते हुए, वृद्ध महानन्द ने कहा-''सामान्य व्यक्ति सत्ता, धन, वैभव पाकर दंभी हो जाता है, वह अपने वैभव व शक्ति का प्रदर्शन कर अपना प्रभाव समाज में स्थापित करना चाहता है। जब मनुष्य दंभी हो जाता है, तब उसकी सोचने की शक्ति कम हो जाती है। वह स्वार्थी, लोलुप, आत्म केन्द्रित, सुख भोगी हो जाता है। आप जिस साधु को देख रहे हैं, यह पहले तपस्वी है, कर्मयोगी है, श्रेष्ठ

गुरू गुरुगोरखनाथ का शिष्य है, त्यागी है; सुखभोगी नहीं है। दंभ व दिखावा नहीं है इसमें। यह आपके लिए एक साधारण ग्रामवासी है। साधारण वेशभूषा में आपका अपना गोलू, आपका गोरिया, आपका ग्वेल है। साथ ही यह बलशाली है, वीर है, संघर्ष से पीछे न हटने वाला। अन्याय को न सहने वाला, उत्तरापथ का महा जननायक है। आपके लिए साधारण तपस्वी है। दुष्टों के लिए पराक्रमी वीरगोरिया है। भाना-भानुली के लिए बालागोरिया है। हंसुली के लिए गोलू है, आपका गोलू।''

भीड़ में किसी ने कहा, ''हम गोलू को राजकुमार के वेश में देखना चाहते हैं-वीर धुनर्धारी राजकुमार। मैं और मेरे कई साथी उसकी सेना में भरती होकर उसका साथ देना चाहते हैं। उसके संघर्ष के सहभागी बनना चाहते हैं।उत्तरापथ को अन्याय एवं अत्याचार से मुक्त करने में राजकुमार का हाथ बँटाना चाहते है।''

गोरिया ने दृष्टि घुमायी, वह साहसी युवक को देखना चाहता था। उसने देखा वह एक हृष्टपुष्ट ब्राह्मण युवक था। गोरिया को अभी भी उसका चेहरा याद था। वह ब्राह्मण गुरूकुल का वही सम आयु बालक था, जिसने उसे बचपन में गुरुकुल में प्रवेश से रोका था। उसका गोत्र व शूद्र होने पर उसका उपहास किया था। उस पर फब्ती कसी थी-व्यंग्य किया था; परन्तु आज वह उसी शूद्र गोलू से मिलने आ गया था। उसका नाम था- पण्डित देवकीनन्दन। उसे अपनी भूल का अनुभव हुआ या नहीं, यह नहीं ज्ञात; परन्तु वह उत्तरापथ के अन्याय के लिए संघर्ष का सहभागी बनना चाहता था। तपस्वी गोरिया ने उसे भेद भरी तीक्ष्ण दृष्टि से देखा।

श्रेष्ठ मनुष्य जो कुछ करता है, सामान्य लोग वैसा ही अनुसरण करने लगते है। वह जैसा आदर्श उपस्थित करते है, उसी का लोग अनुगमन करने लगते हैं।

वीरगोरिया ने इस नौजवान को चबूतरे पर आमंत्रित किया। नौजवान सधे कदमों से चबूतरे पर चढ़ा, गोरिया ने उसे अपने बगल में खड़ा किया। बड़े आत्मीयता से उसके कंधे पर हाथ रखा। उस उत्साही वीर ब्राह्मण युवक की ओर देखा और ग्रामवासियों को सम्बोधित करते कहा-

''मनुष्य की पहचान उसके वस्त्रों, वेषभूषा से नहीं, उसके कर्मों से होती है। प्रथम दृष्टि में भले ही कोई न जान पाये; परन्तु जब उसकी सत्यता सामने आती है तो लोग उसे सराहते हैं। इस नौजवान ने भी शिक्षा ग्रहण की है। श्रेष्ठ गुरुकुल में, श्रेष्ठ गुरूओं के सानिध्य में ज्ञान अर्जन किया है, तभी आज इसे उत्तरापथ में हो रहे अन्याय के विरुद्ध संघर्ष की ललक है। मैं चाहता हूँ, हर बालक को ज्ञान प्राप्त करने का अवसर प्राप्त होना चाहिए-वह बालक, बालिका चाहे किसी जाति, कुल, गोत्र से क्यों न हो। हमें धरती पर एक ही ईश्वर ने भेजा है। माँ-बाप के कर्मों के आधार पर कोई वर्ग स्थापित करना मूर्खता है। सामाजिक कर्म का नियंत्रण धार्मिक नीति से होना चाहिए, पर धर्म का उद्देश्य समाज का आध्यात्मिकीकरण, एकीकरण करना है, पृथ्वी पर भ्रातृभाव की स्थापना करना है। स्वयं श्रेष्ठ कार्य करते हुए दूसरों को श्रेष्ठता हेतु प्रोत्साहित करना भी एक संघर्ष है।''

युवा तपस्वी की वाणी में गम्भीर घोष था। उसकी चमत्कारिक वाणी में बुद्धिमत्ता, साहस, स्पष्टता प्रकट हो रही थी। सामर्थ्यवान होने पर भी व्यवहार में नम्र था। पूरा ग्राम हतप्रभ था। यह राजकुमार है, अथवा कोई महान साधु,संत, ज्ञानी? हंसा का मुँह खुला का खुला था। वह सोचने लगी, यह मेरे साथ

नारंगी व ककड़ी चुराने वाला गोलू, मेरी भाभी की मटकी फोड़ने वाला ग्वेल, ग्यारह वर्षों में कितना बदल गया है। कहाँ से इतना ज्ञान का भण्डार भर गया है इसके मष्तिष्क में! क्या यह राजकुमार है? कहना कठिन है।

तभी नदी की ओर से भारी कोलाहल, अश्वों के टापुओं की आवाजें आने लगीं। सभी का ध्यान उधर मुड़ गया। देखते ही देखते लगभग सौ सैनिकों की टुकड़ी भाना के घर की ओर तेजी से बढ़ रही थी। वीरगोरिया ने देखा, सेना के आगे उसके धूमाकोट का राजध्वज लहरा रहा था। निश्चित ही ये सैनिक इधर ही आ रहे थे; परन्तु उसने तो किसी को सूचना नहीं दी थी? वह तो गोपनीय ढंग से गोरीघाट की ओर रवाना हुआ था। सेना घर से कुछ दूर रुक गयी। एक श्वेत अश्व आगे बढ़ा, उसमें एक योद्धा बैठा था। वह अश्व से उतरा और सीधे चबूतरे की ओर बढ़ गया।

यह योद्धा कोई और नहीं घाट मण्डलप्रमुख मणीभद्र था। चबूतरे के नीचे खड़े हो कर उसने ऊँचे स्वर में कहा, ''राजकुमार वीरगोरिया की जै।'' सभी सैनिकों ने दोहराया, ''राजकुमार वीरगोरिया की जै।'' राजकुमार ने संकेत कर मणीभद्र को ऊपर चबूतरे पर बुलाया। मणीभद्र अभिवादन कर, चबूतरे पर चढ़ गया। राजकुमार ने कहा,'' ''वीर मणीभद्र! आपको मैंने कोई सूचना नहीं पहुँचायी थी, फिर भी आप को कैसे ज्ञात हुआ कि मैं, गोरीघाट आया हुआ हूँ? फिर सैनिकों के साथ यहाँ आने की आवश्यकता का कोई औचित्य नहीं था।''

पाठकों को याद होगा कि घाटकामसाण के वध के बाद घाट प्रान्त का प्रभारी मणीभद्र को बनाया गया था। वह वीर, साहसी, चौकन्ना योद्धा था। वह घाट प्रांत का प्रभारी बनकर सफलता से मण्डल का कार्य देख रहा था। मणीभद्र ने विनम्रता से सिर झुका कर कहा।

''राजकुमार क्षमा करें, मेरे कुछ गुप्तचरों ने आपको तपस्वी वेश में यात्रा करते हुए पहचान लिया था। ये गुप्तचर घाटकामसाण के वध के समय रामेश्वर तीर्थ में आपके साथ थे। मैं समझ नहीं सका कि आपका इस तरह यात्रा करने का कारण क्या था? अत: सुरक्षा की दृष्टि से मैं, कुछ सैनिक लेकर आपकी खोज में निकल पड़ा। गोरीघाट में आपकी उपस्थिति की सूचना प्राप्त होते ही मैं इधर की ओर आ गया।यदि धृष्टता हो तो कृपया क्षमा करें।''

''मणीभद्र! क्या मुझे किसी सुरक्षा की आवश्यकता है? यह मेरी व्यक्तिगत यात्रा थीं। मैं अपने माता-पिता व ग्राम वासियों से मिलने आया था। मैं चाहता था कि एकांत में उनसे मिलूं। पर लगता है, अब सेना से पीछा नहीं छूटेगा।''

''क्षमा करें राजकुमार, यदि आज्ञा हो तो हम ग्राम के बाहर पड़ाव डालते हैं। जब आपको लौटना हो, मैं अश्व लेकर उपस्थित हो जाऊँगा।''

राज कुमार वीरगोरिया ने कहा, ''यह उचित होगा। मुझे ज्ञात हुआ है, कि मेरे गाँव के कई युवक स्वेच्छा से सेना में भर्ती होना चाहते हैं। तुम्हारे यहाँ आने से यह लाभ हो गया कि तुम अपने शिविर में योग्य व स्वेच्छा से भरती के इच्छुक युवकों का चुनाव कर लो।'' राजकुमार पुन: ग्रामवासियों की ओर देखते हुए कहा, ''जो उत्साही युवक स्वेच्छा से सेना में सम्मिलित होना चाहते हैं, वह घाट प्रान्त के मण्डलप्रमुख मणीभद्र के सैनिक शिविर में जायें। मणीभद्र आपका योग्यतानुरूप चुनाव करेगें'' कुछ

क्षण रुक कर गोरिया ने कहा, ''परन्तु मैं पंड़ित देवकीनन्दन को सेना में भर्ती नहीं कर सकता हूँ।''

सभी सन्न रह गये। पण्डित देवकीनन्दन ने ही तो सबसे पहले सेना में सम्मिलित होकर संघर्ष करने की इच्छा व्यक्त की थी। फिर वीरगोरिया ने उसे चबूतरे पर भी खड़ा कर रखा था। क्या वीरगोरिया अपने साथ पंडित देवीकीनन्दन द्वारा किये बचपन के दुर्व्यवहार को नहीं भूला था? कहीं वह देवकीनन्दन को दण्ड तो नहीं देना चाहता है? लोगों के मन में कई विचार घुमड़ने लगे। तभी भाना ने कहा।

''बेटा गोरिया! पंडित देवकीनन्दन यदि सेना में भर्ती हो कर अपना योगदान राज्य के प्रति देना चाहते हैं तो उन्हें क्यों रोक रहे हो? ये तो बहुत पढ़े लिखे ज्ञानी हैं, उन्होंने उच्च शिक्षा प्राप्त की है।''

राजकुमार ने कहा, ''मैं ऐसे ज्ञानी पुरुष को अपनी सेना में भर्ती नहीं करूँगा, यह मेरा आदेश है।''

सभी एक दूसरे का मुँह देखने लगे। पण्डित देवकीनन्दन ने सिर झुका लिया। उसे अपना अपमान सहन नहीं हो रहा था। वृद्ध महानन्द ने कहा, ''राजकुमार, कठोर न बनें, पण्डित देवकी नन्दन गौरीघाट के प्रथम युवक है, जिसने साहस कर संघर्ष में सम्मिलित होने की इच्छा प्रस्तुत की, वह बलिष्ठ है, ज्ञानी भी है। क्या उसे एक अवसर देना उचित न होगा?''

देवकीनन्दन को याद आया कि किस तरह उसने बालागोरिया को अपमानित कर गुरुकुल के अन्दर नहीं घुसने दिया था। उसे शूद्रपुत्र कहा था। बदबूदार मछुवारिन का मछली मारने वाला बेटा कहा था। देवकीनन्दन मन ही मन सोच रहा था कि लेकिन, जब मैंने यह बातें कहीं थी तब मैं बालक था, मुझे समाज की गहरी समझ न थी। तभी तो मैं आज भूल को सुधारने हेतु यहाँ आया था। किन्तु गोलू मुझसे बदला ले रहा है- अपने अपमान का बदला। अब वह राजकुमार है, समर्थवान है। मैं कर भी क्या सकता हूँ? अपमान का बदला अपमान, अब तो सहना ही पड़ेगा।

राजकुमार ने आदेश दिया, ''मणीभद्र, आप जायें, गाँव से पर्याप्त दूरी पर अपना शिविर स्थापित कर लें। युवकों की आवश्यक परीक्षा लें; जो उत्तीर्ण हों उन्हें कल मेरे समक्ष लायें, मैं प्रत्येक से मिलना चाहता हूँ; परन्तु देवकीनन्दन सेना में भर्ती करने के योग्य नहीं है।''

मणीभद्र ने अभिवादन किया और तेज कदमों से भाना के आँगन से बाहर चला गया।

देवकीनन्दन का सिर अभी भी झुका था। उसके पास कोई विकल्प भी तो न था। उसने साहस एकत्र किया और राजकुमार की ओर हाथ जोड़कर कहा।

''राजकुमार! मेरे बचपन की भूल को क्षमा करें; तब मैं बुद्धिहीन, विवेकहीन था। उचित, अनुचित का ज्ञान मुझे नहीं था। आज मैं उसी भूल का प्रायश्चित करने के लिए ही तुम्हारी सेना में भरती होकर, उत्तरापथ में तुम्हारे न्याय के संघर्ष में हाथ बँटाना चाहता हूँ। मैं ब्राह्मण जाति वर्ग से हूँ; मैंने बचपन में अज्ञानता में आपका अपमान किया था, परन्तु ब्राह्मण वर्ग का होना कोई पाप तो नहीं है।''

पण्डित देवकीनन्दन के हाथ जुड़े थे। पूरी भीड़ स्तब्ध थी। भाना-भानुली सशंकित थे। गोरिया ने तीक्ष्ण नजर से आँगन में खड़ी भीड़ की मंशा को परखा। पुन: उसने पण्डित देवकीनन्दन की ओर देखकर कहा- ''प्रायश्चित करने से अपराध कुछ कम अवश्य हो जाता है; परन्तु समाप्त नहीं होता है। ब्राह्मण देवकीनन्दन! आपको इसका भारी मूल्य चुकाना ही होगा! कठिन दण्ड का भार उठाना ही होगा। क्या आप तैयार हैं?''

पूरा गाँव सन्न! वृद्ध महानन्द ने राजकुमार के निकट जाकर कुछ कहना चाहा, लेकिन राजकुमार ने उन्हें हाथ दिखा कर रोक दिया। साधुवेषी राजकुमार ने कहा- ''मनुष्य के दुष्कर्मों का फल देने वाला मात्र राजा या व्यक्ति ही हो, यह आवश्यक नहीं। इस सृष्टि का नियंता ही मुख्य दण्ड विधान धारक है। वह समाज, देश सभी के लिए दंड का निर्धारण अवश्य करता है। पर उस दंड का क्या रूप होगा? दण्ड कब देगा? यह समय ही बताता है। इसके पूर्व कुछ नहीं ज्ञात होता है, पर दण्ड मिलेगा अवश्य।''

राजकुमार की बात किसी के समझ में नहीं आयी। देवकीनन्दन के बदन में भय से कँपकँपी आ रही थी। पूरा खचाखच भरा आँगन शांत और सन्न था। सुई भी गिरने की आवाज सुनायी दे। राजकुमार तो ज्ञानी लग रहा था, इतना कठोर और निर्मम क्यों? कौन सा कठोर दण्ड पण्डित देवकीनन्दन को वह देने जा रहा था?

राजकुमार कुछ देर शांत रहा, फिर वह एक कदम आगे बढ़ा। देवकीनन्दन के निकट आकर कहा-

''पण्डित देवकीनन्दन, आप बड़े ज्ञानी हैं। आपने उच्च शिक्षा प्राप्त की है, आपने श्रेष्ठ गुरुओं से ज्ञान प्राप्त किया। इसी कारण मुझसे किये दुर्व्यवहार पर आप पश्चाताप करने, उत्तरापथ के हित में संघर्ष करने हेतु प्रस्तुत हो गये हो। मुझे ज्ञात है, अधिकांश ब्राह्मण ज्ञानी होते हैं। कई प्रतिभावान, गुणी शिक्षक हैं।कई विद्वान वैद्य हैं, विचारवान हैं। ब्राह्मणों में कई विशेष गुणधारी मुखर वक्ता होते हैं, जिनकी बातों का गहरा अर्थ होता है। कई बार राजा भी उनकी बातों से असहमत नहीं हो पाते हैं। इस प्रकार यह वर्ग बुद्धिजीवी वर्ग है। परन्तु यह भी सच है कि इसी वर्ग में कुछ वर्गभेद को बढ़ाने वाले, छूआछूत को फैलाने वाले पाखंड़ी भी है। कारण जो भी हों, वर्तमान में यह वर्ग शिक्षा और गुणों में आगे अवश्य है। संभवतया इन्हीं गुणों को सुरक्षित रखने के लिए इन्होंने अपना विशिष्ट वर्ग बना लिया है। अन्य वर्ग के लोगों को शिक्षा दे कर उन्हें ये अपने वर्ग के साथ जोड़ना नहीं चाहते हैं ताकि इन्हें प्रतियोगता का सामना कम करना पड़े और इनका बुद्धिजीवी व्यवसाय यों ही चलता रहे।''

काँपते सिर से देवकी नन्दन से सहमति जताई। गोरिया ने दृढ़ स्वर में कहा,''तो ठीक है बाह्मण-पण्डित देवकीनन्दन! मैं तुम्हें एक कठोर दण्ड सुनाता हूँ।''

राजकुमार कौन सा कठिन-कठोर दण्ड पंडित देवकीनन्दन को देने वाला है? लोगों में और अधिक व्यग्रता बढ़ गयी। राजकुमार आज इतना कठोर क्यों हो गया है?सभी सन्न हैं। भाना-भानुली ने हस्तक्षेप करना चाहा; परन्तु कठोर हृदय बन चुके ज्ञानी गोरिया ने अनसुना कर दिया। यह गोरिया का कौन सा रूप है-महानन्द विचार में पड़ गए। भाना-भानुली उदास हो गए। हंसुली तनिक रुष्ट दिख रही थी।

राजकुमार ने गम्भीर वाणी में कहा-''पण्डित देवकीनन्दन, तुम्हें दण्ड दिया जाता है कि तुम्हें उत्तरापथ से अज्ञानता, निरक्षरता, अंधविश्वास को दूर करने हेतु संघर्ष करना होगा। तुम्हें दण्ड दिया जाता है कि तुम पूरे उत्तरापथ में स्थान-स्थान पर गुरुकुल खोलो, शिक्षा के आश्रम खोलो, जिसमें बिना भेदभाव के, बिना किसी की जाति पूछे प्रवेश हो। उन्हें अपने जैसा ज्ञानी बनाओ। ज्ञान की गंगा सभी वर्गों में बहाने के लिए संघर्ष करो। इस हेतु धूमाकोट राज्य तुम्हें पूरी आर्थिक सहायता तथा संरक्षण प्रदान करेगा। मैं चाहता हूँ- जैसे मुझे शिक्षा प्राप्त करने के लिए अपनी ममतामयी माँ से बचपन में ही

दूर जाना पड़ा, वैसे किसी को न जाना पड़े। मैं चाहता हूँ-जैसे मुझे ब्राह्मण गुरुकुल से पीड़ित होकर वापस लौटना पड़ा, वैसे किसी बालक को बिना शिक्षा के, अपमान सहित घर न लौटना पड़े। पण्डित देवकीनन्दन आपको यह दण्ड देता हूँ कि आप इस गुरुकुल के कुलपति होंगे। आप इस गुरुकुल के संस्थापक होंगे। क्या आपको अपने दण्ड के विषय में कुछ प्रतिवेदन करना है?''

देवकीनन्दन हक्का-बक्का! वीरगोरिया के मुख की ओर देखता रह गया, क्षण पश्चात वह वीरगोरिया के चरणों में झुक गया; परन्तु वीरगोरिया ने उसे उठा कर जोर से गले लगा लिया। पंडित की आँखों से आँसुओं की अविरल धार बह निकली। उसे इतना बड़ा सम्मानित दण्ड मिलेगा उसे आशा न थी। वह काफी देर वीरगोरिया से लिपटा रहा। पंडित रो रहा था। सहसा वीरगोरिया से विलग हुआ और हाथ उठा कर जोर से चिल्लाया। ''राजकुमार गोलू महाराज की जै।'' हतप्रभ, उल्लसित ग्राम वासियों ने एक साथ स्वर दिया। ''राजकुमार गोलू महाराज की जै।''

तपस्वी एवं वीर योद्धा राजकुमार गोलू के परस्पर विरोधी चित्र एक साथ लोगों के मस्तिष्क में छाये रहे। भाना- भानुली ने पुत्र गोरिया को सीने में समेट लिया। वृद्ध महानन्द की आँखों से मोती निकल कर उसकी दाढ़ी में विलीन हो गये। हंसा को गर्व था, उसकी आँखें नम थीं। हिरदा पधान का सीना चौड़ा हो गया था। गर्वोन्वत ग्राम वासियों की आँखें राजकुमार गोरिया, अपने गोलू से हटती न थी। गौरीघाट का नटखट गोलू, पनिहारिनों की मटकी फोड़ने वाला गुलेलधारी ग्वेल, भोले भाले ग्रामीण क्या समझ पा रहे थे, कि वह एक महान कर्मयोगी है! एक महाबली योद्धा है। वह वही गोलू है जो उत्तरापथ का होने वाला महान न्यायकारी राजा है?

पूरी रात भाना के आँगन में मेला था। राजकुमार गोरिया ने उत्तरापथ के लिए एक नयी सुबह की नींव रख दी थी। जहाँ बिना जात-पात, भेदभाव के बालक-बालिकाओं को शिक्षा दी जायेगी। ज्ञान और शिक्षा की उजली धूप, सूर्य की किरणों की भाँति हर व्यक्ति के घर पर समान रूप से बिखरेगी। इस ज्ञान की धूप में सबको पनपने का अवसर मिलेगा। देवकीनन्दन अभिभूत था। उसने अपने मन में ढेरों कार्यक्रमों, ढेरों व्यवस्थाओं का खाका खींचना प्रारम्भ कर दिया था। उसे अपने दण्ड का सफलता पूर्वक निर्वहन करना था।

सबको नयी सुबह की प्रतीक्षा थी।

संन्यासी का प्रेम-नारी का त्याग

रात्रि का द्वितीय प्रहर। धीरे-धीरे ग्रामवासी रात्रि भोज के बाद घरों को लौटने लगे थे। हंसा पूरे घर में दौड़ दौड़ कर व्यवस्था देख रही थी। भानुली के मुँह पर एक ही नाम-हंसा ये करो, हंसा वो करो। फिरकी की तरह दौड़ती रही हंसा, किन्तु थकने का नाम नहीं। तपस्वी गोरिया उसे ध्यान से देखता रहा। गोरिया सोचने लगा यदि घर में हंसा न हो तो ईजा-बाबू का क्या होगा? मैं न तो यहाँ ठहर सकता हूँ, न ही ईजा बाबू गाँव छोड़ेंगे। विचार मंथन में तपस्वी गोरिया डूबा था कि तभी भानुली ने कहा।

''बेटा गोरिया! तू भीतर जा और देख क्या भोजन पर्याप्त है, अथवा नहीं। हंसा को भी खाने के

लिए कहा।'' गोरिया दूसरी मंजिल तक गया, पर हंसा कहीं दिखाई नहीं दी। हंसा को खोजते खोजते घर के पीछे बने चबूतरे तक पहुँचा और देखा- हंसा चबूतरे पर पाँव लटकाये बैठी है। गोरिया धीरे से उसके पास गया और अचानक उसकी चुटिया खींच ली। हंसा डर से घबराकर गोरिया से जा लिपटी। कुछ सँयत होने पर, लजाते हुए, विलग हो कर कहा।

''गोलू, तुम्हारी आदतें अभी वैसी की वैसी ही हैं। पहले भी तुम्हें मेरी लटी खींचे बिना चैन नहीं मिलता था। बातें तो तुम बड़ी-बड़ी करते हो, अब तुम्हारे अन्दर वह पहले वाला गोलू नहीं दिखाई देता।''

हंसा सोचने लगी- कितने वर्षों बाद आज एकांत में मिला, परन्तु इसका तपस्वी रूप देख कर मैं डर जाती हूँ; पुरानी यादें सज-सँवर कर मेरे स्मृतिपटल पर आती-जाती हैं। पर इन उमड़ती-घुमड़ती स्मृतियों को इस तपस्वी के सामने कैसे रखूँ? मर्यादित रहना ही होगा। इसका कौन सा रूप सही है, कौन जाने? उसका हृदय तेजी से धड़क रहा था। मन गोलू के मुख से प्रेम संवाद सुनने के लिए व्याकुल था। हंसुली को चुप देख कर गोरिया ने कहा।

''अरी, तुम भी तो बड़ी हो गयी हो, देखने में सुन्दर और काम में सुघड़ हो गयी हो। अब झुगुली से नाक पोंछने वाली हंसुली थोड़े ही हो। अब तो मैं तुम्हारा विवाह शीघ्र कराऊँगा।''

हंसुली ने झट से कहा, ''तुम क्या अभी बच्चे हो? तुम भी तो जवान हो गये हो, तुम्हें अब राजकुमारियों की क्या कमी? कोई राजकुमारी से ब्याह रचा ही लोगे। अब तुम्हें हंसा जैसी लड़कियाँ थोड़े ही पंसद आयेंगी। मैं तो गाँव की निरा अनपढ़ हंसुली ठहरी।''

हंसा अपने मन का भेद न छुपा सकी। तुरन्त ही उसने नार्योचित गुण से लजाकर अपना सिर झुका लिया और मुँह फेर कर खड़ी हो गयी। तपस्वी गोरिया कुछ क्षण में उसके सम्मुख आकर खड़ा रहा। उसने धीरे से उसके सुन्दर मुखड़े पर लम्बी च्यूनी को ऊपर उठाते हुए बड़े स्नेह से कहा-

''हंसा, क्या तुम किसी राजकुमारी से कम हो? क्या राज कुमारियों के चार हाथ-पाँव होते हैं? मेरे लिए मेरी हंसुली किसी राजकुमारी से कम नहीं है।'' अपनी प्रशंसा सुन हंसा का हृदय तेज धड़कने लगा, पर वह चुप थी। तपस्वी गोरिया हंसा की मन:स्थिति को समझ चुका था। हंसा के मन में अपने प्रति उपजे प्रेम अंकुर का आभास उसे भी हो चुका था। उसने अपने दोनों हाथ हंसा के कंधे पर रख कर कोमल स्वर में कहा- ''हंसा, तुम मेरे बचपन की सखी हो। मैं संसार की स्त्रियों में अपनी दो माताओं के बाद यदि किसी से सबसे अधिक स्नेह करता हूँ, तो वह तुम हो।''

तपस्वी गोरिया एक क्षण के लिए रुका। हंसा ने धीरे से एक नजर गोलू के मुख पर डाली, पुन: आँखें झुका ली। हंसा का हृदय उसके वश में न था। क्या गोलू के मन में भी मेरी तरह ही प्रेम का भाव है? कुछ क्षण मौन के थे। गोलू ने धीर गम्भीर स्वर में कहा। ''हंसा! तुम जानती हो, मैंने दस वर्षों तक गुरूगोरखनाथ के आश्रम में संन्यास की शिक्षा ली है। मैं वास्तव में एक साधु-तपस्वी हूँ। मुझे गुरू गोरखनाथ व देवहरू ने दो शिक्षाऐं दी हैं। प्रथम-एक त्यागी तपस्वी की, दूसरा-अन्याय के विरुद्ध शस्त्र उठाकर, उत्तरापथ के अत्याचारियों, मसाणों, खबीशों का अन्त कर उत्तरापथ के लोगों के जीवन को सुरक्षित व व्यवस्थित करने की। मैंने गुरु को यही प्रण गुरुदक्षिणा के रूप में दिया है। मेरा सम्पूर्ण जीवन इन्हीं दो उद्देश्यों के लिए समर्पित है।''

हंसा ने कुछ नहीं कहा, वह सिर झुका कर पूर्व की भाँति खड़ी थी। वह क्या कहती? वह अपने मन की बात जानती थी, जो सहसा उसके मुँह से निकल गयी थी। तपस्वी गोरिया ने पुन: कहा।

''हंसा, तुमने मेरे ईजा-बाबू की जितनी सेवा की है, उसका मैं जीवनभर ऋणी रहूँगा। तुमने उन्हें मेरे घर पर न होने की कमी नहीं होने दी। उनका हर सुख-दु:ख में साथ दिया। पहले तुम मेरी बचपन की सखी थी, परन्तु आज से तुम मेरी बहन हो। मैं तपस्वी-राजकुमार, अपनी इस बहन की सदैव रक्षा के लिए तत्पर रहूँगा। जब भी तुम पुकारोगी में उपस्थित हो जाऊँगा। जैसे द्रौपदी की पुकार सुन सखा कृष्ण दौड़े चले आते थे, मैं भी अपनी सामर्थ्य से तुम्हारी रक्षा करूँगा, ऐसा वचन देता हूँ।''

हंसा की आँखों से झर-झर अश्रु बह रहे थे। उसका मन विह्वल था। तपस्वी की पवित्र वाणी सुन आँखों की अश्रु धार से मन स्वच्छ हो चुका था। अब वह मन के संचित स्मृतिसिंधु को आत्मविस्मृत कर तपस्वी गोलू के चरणों में थी। गोलू ने हंसा को अपने चरणों से उठाया और स्नेह से हृदय से लगा लिया। कंठालिंगन के साथ दोनों सखा-सखी रो रहे थे।

स्नेहमयी, वीर, योगी, जितेन्द्रिय, तपस्वी भाई का सानिध्य पा, हंसा धन्य हो गयी थी।

दूसरी ओर से आ रही सिसकियों की ध्वनि सुनकर दोनों ने पीछे मुड़कर देखा- भाना, भानुली, हंसा के माता-पिता हिरदा पधान व पार्वती सभी रो रहे थे। वृद्ध महानन्द की आँखें नम थीं। सभी की आँखों से आनन्द के अश्रु निकल कर भाना के घर-आँगन को पवित्र कर रहे थे। भाई-बहन के पवित्र मिलन को देखकर-सुनकर सभी के हृदय में अक्षतवीर्य तपस्वी गोरिया के प्रति अगाध श्रद्धा व विश्वास सदैव के लिए स्थापित हो गया। वृद्ध महानन्द अभिभूत हो, इस लोक में न थे। वह मन ही मन स्वंय से कह उठा- ''महानन्द, तुम्हें इस अवतारी पुरुष के और कितने महान रूप देखने होंगे?'' उनकी अनुभवी आँखें इस अवतारी पुरुष को पहचान चुकी थीं।

ईश्वर कौन होता है? अवतारी जब पृथ्वी पर प्रकट होता है, तो वह किसी न किसी रूप को धारण कर ही प्रकट होता है। ईश्वर स्वयं के कार्यों हेतु पृथ्वी पर अवतरण नहीं लेता है। वह अवतरित होते हैं, मनुष्यों के कष्टों के निवारण, धर्म-न्याय की रक्षा के लिए। मनुष्य उन्हें समझ सके तो समझे, पहचान सके तो पहचाने, ईश्वर माने तो माने। वह किसी से नहीं कहता कि तुम उसे अवतारी या ईश्वर मानो। ईश्वर के प्रतीक के रूप में किसी व्यक्ति की पूजा नहीं होती है, पूजा होती है उसके द्वारा प्रतिपादित लोककल्याण की मर्यादाओं की, उसके महान सद्विचारों की। वृद्ध महानन्द ऐसे अनुभवी पुरुष थे जो उसे पहचान चुके थे, मान चुके थे कि यह बीस-बाईस वर्ष का कर्मयोगी कोई साधारण मानव नहीं है, अवश्य ही कोई अवतारी है।

संन्यासी राजा

राजा हालुराई के बड़े मान-मनौवल एवं माँ कलिंगा के आग्रह पर राजकुमार वीरगोरिया ने राजा बनना स्वीकार कर लिया; परन्तु उसने स्पष्ट कर दिया कि वह राजमहल के भीतर राज सिंहासन पर नहीं

बैठेगा, जब तक कि पूरा उत्तरापथ राक्षसों,मसाणों से पूरी तरह मुक्त न हो जाए। मैं राजसी ढंग से जीवन यापन नहीं करूँगा। मैं पूर्व की भाँति ही राजमहल के उपवन में बनी कुटिया में ही निवास करता रहूँगा, साधारण भोजन ग्रहण करूँगा। साधारण बिछौने में सोऊँगा। वह राजा का सम्पूर्ण कार्यभार सँभाल लेगा लेकिन राजमुकुट के स्थान पर मात्र पगड़ी पहनेगा। इस प्रकार एक नितांत सादे समारोह में उसे राजा का सिंहासन सौंप दिया गया। उसने सिंहासन पर राजा का राजमकुट रखा और राज्य का भार अपने हाथों में ले लिया। उसके सलाहकार परिषद में, महामंत्री नरोत्तम, नागनायक महानन्द, सेना सलाहकार वृद्ध वीरसिंह रौतान, वाणिज्य सलाहकार विक्रमपति शाह, उपसेना नायक उग्रभट, उग्रदेव व विकटदेव थे। राजा वीरगोरिया के भाई कलुवावीर व कालसिण को अलग-अलग कार्य सौंपे । कालसिण को सम्पूर्ण सेना व बाह्य सुरक्षा की जिम्मेदारी दी गयी। कलुवावीर को धूमाकोट नगर, राजमहल की सुरक्षा का भार, भण्डार तथा वित्त का भार दिया गया।

धूमाकोट को हर तरह व्यवस्थित करने के बाद पहली बार वीरगोरिया ने एक बड़ी सभा आयोजित करने का निर्णय लिया। उत्तरापथ में छोटे माण्डलिक राजाओं के द्वारा मनमाने तौर-तरीकों के द्वारा प्रजा को शोषित किये जाने तथा धर्म एवं मर्यादानुकूल राजधर्म का पालन न करने से वीर व समर्थवान राजा गोरिया क्षुब्ध तथा चिंतित था। उसने गुरुगोरखनाथ को वचन दिया था कि वह उत्तरापथ में न्याय व धर्म की स्थापना करेगा। अब उसे अपने प्रण को क्रियान्वित करना था। अब उसे पूरे उत्तरापथ को एक गणतंत्र के रूप में स्थापित कर, वहाँ धर्मानुकूल एक समान न्याय व शासन व्यवस्था लागू करनी थी।ये छोटे राजा स्वछंद होकर अत्याचार करते, अनाप-सनाप कर वसूलते, प्रजा से बेगारी कराते थे। वर्तमान में इनमें कोई नियंत्रण न था। पूरे उत्तरापथ को एक सूत्र में बाँधकर न्याय का राज्य स्थापित करने की परिकल्पना रखी गयी थी। तराई भावर से लेकर भोटांचल तक, केदारमण्डल से डोटी तक बिखर चुके मण्डलों को एक सशक्त केंद्रीय सत्ता के अधीन एकत्र करने का कार्य प्रारम्भ हो चुका था।

मंथन के बाद पूरे उत्तरापथ के सभी राजाओं, माण्डलिक राजाओं-चाहे वे अपने को धूमाकोट के अधीन मानते हों या नहीं,सभी मण्डलप्रमुखों को नियत तिथि पर धूमाकोट में उपस्थित होने का आदेशात्मक आग्रह प्रसारित कर दिया गया था। सभी की सूची तैयार की गई। जहाँ के मण्डल प्रमुख अपने को स्वंतत्र राज्य घोषित कर चुके थे उन पर विशेष दृष्टि रखने का दायित्व महामंत्री पर था। संकेत स्पष्ट था कि वे अपने को स्वतंत्र राज्य न समझें। यदि वे इस सभा में उपस्थित होकर धूमाकोट के प्रति सत्यनिष्ठा प्रदर्शित नहीं करते हैं तो उन पर बल का प्रयोग किया जा सकता है। शक्तिशाली सामड़मसाण व घाटकावीर का वध व छिपुलानरेश को परास्त करके, सभी को यह संकेत पहले ही पहुँच चुका था कि यदि उन्होंने धूमाकोट की प्रभुसत्ता स्वीकार नहीं की तो उन मण्डलों को राजा वीरगोरिया से युद्ध के लिए तैयार रहना पड़ सकता है।

सभी मण्डलप्रमुखों, स्वयंभू राजाओं, माण्डलिक राजाओं को इस सभा में आवश्यक रूप से उपस्थित होने का सन्देश दिया गया था। अब प्रतीक्षा थी कि कौन से माण्डलिक राजा व मंडलप्रमुख इस महासभा में उपस्थित हो कर राजा वीरगोरिया के सम्मुख सत्यनिष्ठा व्यक्त करते हैं, और किन्हें युद्ध का सामना प्रिय है। धूमाकोट महासभा की तैयारियों में जुट चुका था।

धर्मानुकूल मर्यादित राज व्यवस्था तथा महासभा

धूमाकोट अतिथियों के स्वागत में सजा-धजा था। चारों ओर उत्साह-उमंग फैला था। नगर का राजमार्ग पैदल, अश्वारोहियों, पालकियों पर सवार राजपुरुषों, मण्डलप्रमुखों से भरा पड़ा था। जिसे देखो वह धूमाकोट के राजभवन से सटे विशाल सभा स्थल की ओर बढ़ रहा था। वीर उग्रदेव व वीर विकटदेव के नेतृत्व में हजारों सैनिक पूरे धूमाकोट नगर में व्यस्था सँभाले हुए थे। सभास्थल में पत्थर की स्वच्छ सीढ़ियों पर नागरिक गण बैठने लगे थे। सभा मण्डल के दोनों ओर मण्डल प्रमुख, माण्डलिक राजाओं के लिए सीढ़ियों पर आसन बिछे थे। सैनिक व्यवस्थाओं को सुनिश्चित करने में व्यस्थ थे। सभा स्थल के एक ओर सेना नायकों, वीर योद्धाओं के लिए स्थान सुरक्षित थे। विशाल शरीरधारी वीर स्यूरा, प्यूरा अपनी गदा व चमचमाती तलवार लिए मुख्य मण्डप के दोनों ओर खड़ें थे। सभास्थल में उपस्थित लोग उन्हें अति उत्सुकता से देख रहे थे। सभा स्थल के चारों ओर सशस्त्र सैनिक पहरा दे रहे थे। वीर उग्रदेव व विकटदेव अश्व दौड़ा-दौड़ा कर व्यवस्था का आकलन कर रहे थे। मुख्य द्वार के निकट वीरकलुवा व कालसिण सेनानायकों से पल पल की सूचना प्राप्त कर रहे थे। घाट प्रान्त के मणीभद्र की सेना चमकदार भाले व खड्ग लेकर कतारबद्ध खड़ी थी। दूसरी ओर व्याघ्रेश्वर के मण्डल प्रमुख उग्रभट अपने सेना नायक खसवीर संग्राम सिंह के साथ सुदृढ़ सेना टुकड़ी के साथ एक ओर अनुशासनबद्ध खड़े थे। यह पूरी सेना धनुषधारियों एवं चमकते तलवारधारी सैनिकों की थी, संग्राम सिंह दफौटी की धनुषधारी सेना को बाणवीर गोरिया ने स्वयं प्रशिक्षित किया था।

आरक्षित स्थानों पर कई माण्डलिक राजा व मण्डल प्रमुख आ-आ कर बैठ चुके थे। ये सभी भारी अस्त्र शस्त्रों से सज्जित थे। राजा वीरगोरिया की सेना में प्रमुख वीर योद्धाओं में-देवहरू के अनुयायी रूदियावीर, वीरमेलिया, वीर औदलिया, वीर उजियालिया, विशाल खड्ग व लम्बे चमकते भालों के साथ वीरगोरिया के बल को प्रदर्शित कर रहे थे। उनके साथ कई सशस्त्र वीर सैनिक भी विराजमान थे।जहाँ एक ओर पाल बिलौना से देवऐड़ी, के प्रतिनिधि सेनानायक वीर ओवलिया अपनी वीरों की टुकड़ी के साथ विशाल त्रिशूल व भारी लौह दण्ड लिए बैठे थे तो दुसरी ओर जोशीकोट से महातपस्वी व योगीवीर भद्रराज व वीर सिलकुणी अपने आसनों में विराजमान थे। सिंगारकोट के छुरमल, लाड़ियाधार के वीर भूमिया चमचमाते खुकरियों व त्रिशूलों के साथ यथा स्थान बैठे थे। कमस्यार मण्डल के नाग प्रमुख महानन्द अपने पाँच वीर पुत्रों और शस्त्र सुसज्जित सेना के साथ उपस्थित थे। उनके बगल में छिपुलाकोट व‌‌ नरेश अपनी सेना टुकड़ी के साथ राजा गोरिया के सत्य निष्ठ हो पूरे उत्साह के साथ विराजमान थे। छिपुला नरेश के दायीं ओर वीर हरिधौल भी बैठे थे। दूसरी ओर पुँगराऊँ के वीर विणभट अपनी सेना के साथ उपस्थित थे। देवहरू ने अपने अनुयायी वीरों को विशेष रूप से इस आयोजन को सफल बनाने हेतु भेजा था। जिसमें लाटूवीर व बारूवीर अपनी सेना के साथ वीर कलुवा एवं कालसिण के कंधे से कंधा मिलाकर व्यवस्था में लगे थे। कलुवावीर के चार वीर योद्धा रगतुवा वीर, सोबुवा वीर, लोडिया वीर व चैथियावीर विशाल भाले, त्रिशूल लिए मुख्य द्वारा की सुरक्षा में तैनात थे। सभा स्थल

के चारों ओर वीर फैलपाल, शंखनाथ, नीलपाल, वीरभीलू, वीरकालू अपने घोड़ों पर सवार हो, शस्त्र लहराते, घोड़ों को दौड़ाते हुए सुरक्षा कार्यों में व्यस्त थे। राजा वीरगोरिया के ये सब सत्यनिष्ठ वीर यह दर्शाने के लिए पर्याप्त थे कि उसका सैन्यबल कितना सुदृढ़ है।

स्वतंत्र मण्डलीक राजा, वीरगोरिया के इस सैन्यबल को देख अचंभित तथा कुछ भयातुर लग रहे थे। अन्य जो वीरगोरिया को मन से अपना नायक मान चुके थे, अपने को सुरक्षित पा कर गर्व का अनुभव कर रहे थे।

इस प्रकार पूरे धूमाकोट नगर में माण्डलिक राजाओं, मण्डलप्रमुखों, वीरों व योद्धाओं का जमावड़ा लग चुका था, तो दूसरी ओर मण्डलप्रमुखों, मांडलिक राजाओं का निरन्तर आगमन जारी था। जिन मण्डल प्रमुखों, माण्डलिक राजाओं को संदेश भेजा गया था उनकी उपस्थिति पर महामंत्री नरोत्तम व राजगुरु देवदत्त नजर रखे थे।

दण्डधारी पहरेदार, सभास्थल पर पहुँच रहे मण्डलप्रमुखों व उनके दल को मार्ग बताते, उनको नियत स्थान पर पहुँचा रहे थे। मुख्य मण्डप से उनके आगमन की सूचना प्रसारित की जा रही थी। मुख्य मण्डप में ऊँचे आसन लगे थे, जो अभी खाली थे। चारों ओर सैनिक आदेशों का पालन करवा रहे थे।

पूरा सभा स्थल खचाखच भर चुका था। सभा का निर्धारित समय निकट था। चारों ओर लोगों में राजा वीरगोरिया को देखने का कौतूहल था।

सहसा सभा स्थल के मुख्यद्वार पर हजारों अनुशासित खड़े सैनिकों ने गम्भीर घोष किया, ''राजा वीरगोरिया की जै।'' जय घोष से पूरा धूमाकोट प्रकंपित हो उठा। जय घोष की ध्वनि निरन्तर तीव्र होती जा रही थी। जो जहाँ था, जड़वत् चित्र खचित-सा खड़ा रहा। सभी की दृष्टि मुख्य द्वार की ओर थी।

राजा वीरगोरिया ने मुख्य द्वार के भीतर प्रवेश किया। वह श्वेत वस्त्रों में, ऊँचे श्वेत अश्व पर सवार था। ऊँचे कद व बलिष्ठ शरीर, कमर पर लम्बा खड्ग लटक रहा था। वीरगोरिया का बलिष्ठ, शरीर सौष्ठव स्पष्ट छलक रहा था। कंधे पर भारी धनुष, पीठ पर तूणीर जिसमें तीक्ष्ण बाण झलक रहे थे। सिर पर गुलाबी उष्णीष था, जिस पर छोटा सा मोर पंख शोभा को बढ़ा रहा था। कंधे पर लाल राजसी अंग वस्त्र। उसके सुदीर्घ हाथ में घोड़े की लगाम थी। दूसरे हाथ से उसने विशाल दिव्य धनुष को थाम रखा था। एक तपस्वी व योद्धा का मिश्रित दिव्य रूप था-वीरगोरिया। सर्वत्र सन्नाटा छा गया। सब की दृष्टि गोरिया पर जा कर जम गयी। वीरगोरिया का अश्व मुख्य द्वार पर कुछ पल रुका। वीरगोरिया ने अपने ऊँचे श्वेत अश्व को थपथपाया और हलकी एड़ लगायी। अश्व गर्वीली, मन्द गति से चल पड़ा। चारों ओर सभास्थल पर बैठी प्रजा व वीर अपने स्थानों पर खड़े हो गये और राजा वीरगोरिया की जैकार के घोष करने लगे। सभास्थल में बैठे तरूण वीर अपने अस्त्र-शस्त्र ऊँचे कर उत्साह पूर्वक जय घोष कर रहे थे। भाले, त्रिशूल हवा में ऊँचा कर के योद्धागण जयघोष की पुनरावृत्ति कर रहे थे। वीरगोरिया के पीछे वीर कलुवा, कालसिन, वीर उग्रभट, उग्रदेव, विकटदेव, मणीभद्र, संग्राम सिंह, वीर रूदिया, वीर मेलिया, वीर भूमियाँ, वृद्ध वीर महानन्द आदि योद्धा लम्बे, चमकते अस्त्र शस्त्रों के साथ मंद गति से मुख्य मण्डप की ओर बढ़ रहे थे।

राजा वीरगोरिया का अश्व मुख्य मण्डप के पास पहुँचा ही था कि वीर स्यूरा ने घोड़े की लगाम

थाम ली। राजा वीरगोरिया उछल कर सवेग अश्व से नीचे जा कूदा और तेज कदमों से मुख्य मण्डप पर जा चढ़ा, जहाँ पहले से ही महामंत्री नरोत्तम, राजगुरू देवदत्त, सुरक्षा सलाहकार वीर देव सिंह रौतान, वाणिज्य सलाहकार विक्रमपति शाह, विद्या शास्त्री पण्डित देवकीनन्दन उपस्थित थे। सभी ने अपने आसनों से खड़े होकर राजा का स्वागत किया। वीरगोरिया ने सबको अभिवादन किया और अपने ऊँचे आसन पर जा बैठा। सभा स्थल पर अभी भी जय घोष की गूँज लहरों की भाँति उठ रही थी।

स्यूरा-प्यूरा वीरों ने श्वेत ध्वज लहराया जो सभा स्थल को संकेत था कि शांत हो जायें। धीरे-धीरे उपस्थित जनमानस शांत हो गया। राजा वीरगोरिया ने चारों ओर तीव्र दृष्टिपात किया। पूरा सभा स्थल सुव्यवस्थित था। सभा स्थल के बाद वीरगोरिया ने एक तीक्ष्ण दृष्टि माण्डलिक राजाओं व मण्डल प्रमुखों की ओर डाली। महामंत्री नरोत्तम देव को राजा के संकेत की प्रतीक्षा थी। संकेत प्राप्त होते ही स्यूरा, प्यूरा ने श्वेत व लाल ध्वज दोनों एक साथ लहराया-संकेत था सावधान, शांति।

कर्मयोगी राजा गोरिया का उद्घोष

राजा वीरगोरिया की आज्ञा पाकर महामंत्री ने सभा का आरंभ किया। उसने सभी उपस्थित वीरों का नाम पढ़ा। उसने उन मण्डल प्रमुखों व माण्डलिक राजाओं के नाम पढ़कर सुनाए जिन्हें सभा में आने का संदेश भेजा गया था। तत्पश्चात जो उपस्थित थे, उनके नामों की घोषणा की गयी। जब जो नाम पढ़ा जाता, वह खड़े होकर राजा का अभिवादन करता था। परिचय प्राप्त होने के बाद महामंत्री ने कहा-

''उत्तरापथ के महान कत्यूरीवंशजों के एक प्रतापी राजा झालुराई के पोते एवं परम प्रतापी राजा हालुराई के यशस्वी पुत्र राजा वीरगोरिया एक साधारण राजा नहीं हैं। इनका यश राजा बनने से पूर्व ही पूरे उत्तरापथ में फैल चुका है। यह मात्र एक राजा नहीं हैं। राजा से पूर्व यह गुरुश्रेष्ठ गुरुगोरखनाथ का प्रियतम शिष्य है। यह धर्म का पालन करने वाला-जितेन्द्रिय है। योगबली योगसिद्ध तपस्वी भी है। वीरगोरिया ने गुरुश्रेष्ठ से मंत्र व वेदों का ज्ञान, अस्त्र-शस्त्रों एवं धनुर्वेद का ज्ञान, तर्क शास्त्र का ज्ञान और न्याय व दण्ड शास्त्र का ज्ञान प्राप्त किया है। गुरुदक्षिणा के रूप में गुरूगोरखनाथ ने एक ही प्रण वीरगोरिया से लिया था; वह था-उत्तरापथ में धर्म व न्याय की रक्षा, देवस्थली-देवभूमि को अन्यायियों, अत्याचारियों से मुक्त कराने का। छोटे-बड़े, धनी-निर्धन, ऊँची-नीची जाति का ध्यान न देकर, एक समान न्याय व्यवस्था का। किसी के लिए पृथक व विशिष्ट न्याय प्रणाली नहीं। उत्तरापथ में न्यायकारी राज्य की स्थापना ही मुख्य उद्देश्य होगा। राजा वीरगोरिया ने सर्वप्रथम योगधर्म को धारण किया है, उसका तात्पर्य यह नहीं कि वह गेरुआ वस्त्र धारण कर संन्यासी बन जाये। उसने कर्मयोग को अपनाया है। न्यायकारी राज्य की स्थापना के लिए ही उसने भगवान राम की कथा की प्रेरणा लेकर धनुष धारण किया है। वह युद्ध लिप्सा नहीं रखता है। वह युद्ध प्रिय नहीं है। अनावश्यक रक्त नहीं बहाना चाहता है; परन्तु न्याय की रक्षा हेतु, प्रजा की सुरक्षा हेतु, स्वेच्छाचार की समाप्ति के लिए, वह युद्ध व संघर्ष से पीछे भी नहीं हटता है। अन्यायियों व अत्याचारियों के विरुद्ध उसका विशाल खड्ग व तीक्ष्ण बाण सदैव तैयार रहते हैं। आज राजा वीरगोरिया के इस संघर्ष का साथ देने, उत्तरापथ के हजारों वीर योद्धा व तरुण अपना जीवन उत्सर्ग

करने के लिए प्रस्तुत हैं। जैसा आप चारों ओर देख रहे हैं।''

इसी बीच सभा स्थल पर हजारों वीर तरुण योद्धाओं ने अपने भाले, त्रिशूल, चमचमाते खड्ग ऊँचे कर ''राजा वीरगोरिया की जै'' का भीषण उद्घोष किया, जिससे पूरा सभा स्थल प्रकंपित हो उठा। स्यूरा-प्यूरा वीरों ने तुरन्त लाल व श्वेत ध्वज फहराया। सभा स्थल शांत हो गया।

महामंत्री नरोत्तम ने पुन: कहा- ''अपने प्रण के अनुरूप राजा वीरगोरिया ने आज यहाँ उत्तरापथ के सभी मांडलिक राजाओं, मण्डल प्रमुखों व योद्धाओं को इस सभा में आमंत्रित किया है। यशस्वी राजा वीरगोरिया अपना संदेश सभी उपस्थित मांडलिक राजाओं व मण्डल प्रमुखों व उपस्थित प्रजाजनों के समक्ष रखेंगे। उत्तरापथ के जो माण्डलिक राजा व प्रमुख इस सभा में उपस्थित नहीं हुए हैं, यह संदेश उनके लिए भी होगा। यहाँ निर्धारित न्याय के नियम पूरे उत्तरापथ के लिए होंगे। स्वतंत्र रूप से अपने को राजा घोषित कर चुके उत्तरापथ के राजाओं के लिए भी यह स्पष्ट चेतावनी होगी। राजा वीरगोरिया अपने पड़ोसी राज्य में हो रहे अन्याय व अत्याचार को निरपेक्ष भाव से यों ही सुनता-देखता नहीं रहेगा, कि वह स्वतंत्र राज्य है। वीरगोरिया का अवतरण सम्पूर्ण उत्तरापथ में न्याय की स्थापना के लिए हुआ है। उसकी स्थापना किसी भी मूल्य पर की जाएगी।''

पुन: सभा स्थल राजा वीरगोरिया की जैकार के घोष से गूँज उठा।

ऊँचे आसन से राजा वीरगोरिया धीरे से नीचे उतरा, उसने अपना भारी दिव्य धनुष आसन पर टिका दिया था। पर उसके कमर पर अभी भी चमचमाता भारी खड्ग बँधा था। वह मण्डप के अग्रभाग पर आ खड़ा हुआ। सभा स्थल नि:शब्द था। राजा ने आगे बढ़ कर सभा स्थल में चारों ओर घूम कर अभिवादन किया। प्रत्युत्तर में पूरा सभास्थल राजा की जैकार से गूँज उठा। धूमाकोट के पर्वत, घाटियाँ, भवन इस गम्भीर घोष से गुंजायमान हो उठे। स्यूरा-प्यूरा ने कुछ क्षण रुक कर श्वेत व लाल ध्वज लहराये। ध्वज संकेत देखकर सभास्थल शांत होने लगा। कुछ देर में सभा स्थल पूर्ण नि:शब्द हो गया। राजा वीरगोरिया ने अपना उद्घोष प्रारम्भ किया-

''देवाधिदेव महादेव व्याघ्रेश्वर की असीम कृपा से तथा गुरूश्रेष्ठ गुरुगोरखनाथ, देवहरज्यू, देवसैम, देवनिरंकार, देवऐड़ी से आशीर्वाद पाकर मैंने धूमाकोट का राजा बनना स्वीकार किया है। मेरे पूज्य पिताश्री के वृद्ध हो जाने व मेरी अनुपस्थिति में धूमाकोट राज्य में चारों ओर हो रहे अत्याचार, अन्याय का साम्राज्य देखकर, मैंने राजा बनना स्वीकार किया है। मुझे राज्यसत्ता का सुख प्यारा नहीं है, मुझे धर्म व न्याय प्यारा है। मैंने राज्य व राजसत्ता हथियाने के लिए या राज्य विस्तार के लिए शस्त्र विद्या ग्रहण नहीं किया है। मैंने धर्म की स्थापना, अन्याय का अन्त, दुष्टों के विनाश के लिए शस्त्र शिक्षा प्राप्त की है। यह सत्य है कि राजसत्ता के माध्यम से धर्म व न्याय की स्थापना करना सम्भव है, सरल है। हमें ऐसा वातावरण स्थापित करना है जहाँ जाति-वर्ग की संकीर्ण भावनायें न हों। सच्चाई, समानता व न्याय जैसे उच्चादर्शों पर राज्य-नीति आधारित हो। हमें ऐसे आदर्शों से अनुप्राणित होना होगा जिसमें अन्याय व शोषण न हो। राज्य का चिंतन मानवीय, सामाजिक समानता, समान अवसर, सामाजिक न्याय के आदर्शों की नींव पर हो जो धर्मानुकूल है। सत्ता को धर्म से पृथक करना उचित नहीं है; परन्तु हर स्थिति में आवश्यक है कि त्याग, संयम व तर्क का साथ न छूटे। इसी कारण गुरुश्रेष्ठ ने मुझे कर्मयोग व धनुर्वेद

की शिक्षा से पूर्व तप-त्याग व तपस्या की शिक्षा दी है। व्यक्ति का धर्म-तप, करुणा, क्षमा, अक्रोध है। विनय व त्याग भी मनुष्य की शोभा हैं; किन्तु जब समुदाय का प्रश्न हो, न्याय-अन्याय का प्रश्न हो, अत्याचार-क्रूरता का प्रश्न हो; मनुष्य को जब हिंस्र पशु रूपी मनुष्य घेर लें, जीवन का प्रश्न हो, तब तप-त्याग छोड़कर बल व शस्त्र का प्रयोग आवश्यक हो जाता है।''

''हम उत्तरापथ के लोग भोले-भाले व निर्धन हो सकते हैं, पर चेतना शून्य व भीरु कदापि नहीं। अपने प्रति हो रहे अत्याचार, अन्याय के विरुद्ध जागरूक हैं। प्रकृति की कठिन परिस्थितियों ने हमें संघर्षशील व जुझारू बनाया है। शोषित, पीड़ित और अन्याय की मारी प्रजा, किसी सक्षम नायक को पाकर उसके साथ हो लेती है। तब यह जनवाहिनी अन्याय के विरुद्ध युद्ध चाहती है; वह अपने शोषण का प्रतिशोध भी लेना चाहती है। प्रत्येक समस्या का समाधान युद्ध या सैनिक अभियान नहीं होता है। हमें लोगों का आत्मबल बढ़ाने हेतु जनजागृति फैलानी होगी। मुझे जन साधारण में जा कर उसकी समस्या सुननी है। जन साधारण, शासक वर्ग के सामने आने से प्राय: डरता है, जिससे वह अन्याय को सामने लाने से भी डरता है। मेरा काम राज्य में मात्र न्याय करना ही नहीं, लोगों को न्याय के प्रति जागरूक करना भी है ताकि वे अन्याय के विरुद्ध निर्भयता से पुकार करें, न्याय के लिए धात-पुकार लगायें-बिना डरे।''

सभा स्थल पुन: राजा वीरगोरिया की जैकार से गूँज उठा। तरुणों में अपार उत्साह झलक रहा था। लाल व श्वेत ध्वज के लहरते ही सभा धीरे-धीरे शांत हो गयी। राजा ने अपना उद्बोधन जारी रखा-

''उत्तरापथ में कहीं भी अन्याय, असमानता, अत्याचार को सहन नहीं किया जाएगा। यदि उसके लिए युद्ध करना पड़ा तो हम पीछे नहीं हटेंगे; किन्तु हमारा युद्ध स्वार्थ पर आधारित नहीं होगा, हमारा युद्ध अन्यायाचरण के विरुद्ध न्याय का युद्ध होगा; पीड़ित जनों की मुक्ति का युद्ध होगा। हिंसा करना, नृशंस होना आवश्यक नहीं है; परन्तु क्रूर, अधर्मियों, राक्षसों, अत्याचारियों, मसाणों के प्रति दयावान होने का अर्थ है समाज व सामान्य जन के प्रति अन्याय। अत: ऐसे दुष्टों, अधर्मियों, पापियों के प्रति हिंसक होना, नृशंस होना अधर्म नहीं है। राज्य प्रजा का होता है शासक का नहीं। इसी कारण उत्तरापथ को किसी जन विरोधी अन्यायी शासक के हाथों में जाने से बचाना आप सब का भी दायित्व है। सभी शोषक एवं उत्पीड़क कुप्रथाओं को समाप्त किया जाएगा। दमनकारी, स्वेच्छाचारी तन्त्र से उत्तरापथ को मुक्ति दिलानी है। शिक्षा के समान अधिकार के लिये मैंने गुरु देवदत्त व ज्ञानी पण्डित देवकीनन्दन को सभी वर्गों के लिये समान शिक्षा देने का भार सौंपा है। शोषक, डोली प्रथा समाप्त की जाती है। वृद्ध, अशक्त और नवविवाहिता वधुओं के अतिरिक्त किसी को मनुष्यों द्वारा डोली पर ढोया जाना अपराध होगा। दलित, दीन, पीड़ितों को भोजन वस्त्र प्राप्त हों, उसकी समुचित व्यवस्था की जाएगी। राज्य के राजकर-शुल्क के अतिरिक्त, बिना मूल्य चुकाये कोई भी वस्तु राज्य की नहीं होगी। बिना पारिश्रमिक, बल पूर्वक श्रम कराना अपराध होगा। मैं धूमाकोट में शांत नहीं बैठा रहूँगा। मैंने प्रत्येक ग्रामसभा में राज्य के प्रतिवेदक नियुक्त कर दिये हैं। साथ ही ग्राम प्रमुखों को भी दायित्व दिया गया है कि प्रजा की धात, आर्त-पुकार सुनें और उसकी सूचना मुझ तक शीघ्रता से पहुँचाएँ। मैं हर समय, हर जगह; चाहे मैं सो रहा हूँ या खा रहा हूँ, चाहे में धूमाकोट में हूँ या धूमाकोट के बाहर। मैं घोड़े में सवार हूँ, चाहे पैदल। तप ध्यान में हूँ, चाहे पूजापाठ में। जैसी भी स्थिति में हूँ। स्थान का, समय का, ध्यान दिये बिना कातर पीड़ित

जन की धात मुझ तक अवश्य पहुँचे ऐसी व्यवस्था होगी। प्रजा के हित का काम, मेरा सर्वोपरि कर्म, दायित्व व परम धर्म होगा। साथ ही प्रजा भी शांति से निवास करे। विधान, नियम और मर्यादाओं की रक्षा करे, नियमों का पालन करे, राजकर व शुल्क समय से जमा करे। सभी नियम प्रजा की सुख शांति के लिए राज्य द्वारा निर्धारित किये गये हैं, जिसका पालन करना प्रजा का भी दायित्व होगा। तरुणों को अपने उत्साह को अनुशासित रखना होगा। हम सभी उत्साही तरुणों को नियमित सेना में नहीं रख सकते हैं। हम एक विशाल वेतनभोगी सेना तैयार नहीं कर सकते हैं। विशाल सेना का अर्थ है, विशाल व्यय भार। विशाल व्यय भार का अर्थ होगा प्रजा पर बड़े बड़े करों का बोझ। बड़े करों के बोझ का सीधा प्रभाव प्रजा के सुखों पर कुठाराघात होगा। कर न चुका पाने की स्थिति में उनका शोषण होगा। अत: हम वीर योद्धाओं की सीमित नियमित सेना रखेंगे। अनेक उत्साही, तरुण वृत्ति-वेतन के बिना भी सेना में सम्मिलित हो कर संघर्ष हेतु तत्पर हैं, परन्तु वृत्ति अथवा वेतन न भी देना पड़े तब भी भोजन, वस्त्र, आवास, शस्त्र की आवश्यकता तो होगी ही। उसमें भी व्ययभार पड़ेगा। युद्ध परिषद ने निर्णय लिया है कि ग्रामीण युवकों का नागरिक सैन्य बल तैयार किया जायेगा। ये नवयुवक अपने गाँव, शहर में रहकर अपना व्यवसाय या कृषि कर्म करते रहेंगे, खाली समय में उन्हें सैन्य अभ्यास कराया जायेगा। इन्हें कुछ अस्त्र शस्त्र रखने का अधिकार दिया जायेगा। सामान्य परिस्थितियों में ये ग्रामवार हमारे राज्य के प्रहरी होंगे। इन्हें सूचना पहुँचाने व राज्य का संदेश लोगों तक पहुँचाने का कार्य सौंपा जाएगा। इनको प्रत्येक क्षेत्र में भूमि व मार्गों की रक्षा का भार भी दिया जायेगा। इस हेतु उन्हें यथा सम्भव अल्प पारिश्रमिक दिया जाएगा। युद्ध की स्थिति में यही जन-सैनिक हमारी मुख्य सेना में सहयोगी कार्यों में प्रयुक्त होंगे। इस प्रकार कृषि व व्यवसायिक कार्य भी प्रभावित नहीं होंगे, न ही राज्य पर अधिक व्यय भार पड़ेगा।''

सभा स्थल में उपस्थित जन शांत होकर, प्रथम बार किसी राजा के मुख से इतने विस्तार से राज्य संचालन के विषय में जानकारी प्राप्त कर रहे थे। ऐसी ज्ञान की बातें तो निश्चित ही किसी श्रेष्ठ गुरू से ज्ञान प्राप्त मनुष्य ही कर सकता था। पूरे सभा स्थल में उपस्थित जन समूह का हृदय एक वीर व ज्ञानी राजा को पा कर गर्व का अनुभव कर रहा था। जन समूह वीरगोरिया की वाणी को ध्यान से हृदयगम्य कर रहा था।

राजा वीरगोरिया ने आगे कहा- ''इस प्रकार व्यवस्था करने से समाज के हर स्तर पर हो रहे अन्याय, अत्याचार व शोषण की सूचना देने का तंत्र विकसित होगा। राजा न्याय भी तो तभी कर सकेगा जब उसे सूचना प्राप्त होगी। कभी-कभी राजा के नाक के नीचे ही अत्याचार हो रहा होता है, परन्तु सूचना तंत्र के अभाव में वह न्यायी होने पर भी अन्याय का पक्षधर दिखायी देता है। कातर, पीड़ित, शोषित मनुष्य की धात् (पुकार) मुझ तक आवश्यक रूप से पहुँचे ऐसी व्यवस्था की जा रही है। धात् पर न्याय अवश्य होगा; परन्तु यदि धात् लगाने वाले के आरोप असत्य पाये गये तो धात् लगाने वाला भी दण्ड का भागी होगा। छोटे,बड़े, अमीर, गरीब, ऊँची जाति, छोटी जाति सबके लिए एक समान न्याय; किसी के लिए भी पृथक व विशिष्ट न्याय प्रणाली नहीं होगी।'' कुछ क्षण रुक कर पुन: कहा।

''वर्ण व्यवस्था हमारे समाज का अंग है, वर्तमान परिवेश में इसे एकदम किसी नियम से बदला नहीं जा सकता है। समाज को बनाने में अथवा बदलने में सैकड़ों वर्ष लगते हैं। हमारी वर्ण व्यवस्था में गिरावट का मुख्य कारण समान न्याय व्यवस्था का न होना है। मनुष्य ने भेदभाव, छुआछूत तथा

पाखण्ड का आवरण ओढ़ कर समाज में वर्ग स्थापित कर दिये हैं। क्या मात्र किसी के छू लेने से कोई अशुद्ध हो जाता है? पानी के छींटे डाल लेने, स्नान करने से क्या वह पुन: शुद्ध हो जाता है? कोरा झूठ है; यह कोई अच्छे समाज का लक्षण नहीं है। मैं एक दलित के घर पला बढ़ा हूँ। एक दलित नारी के वक्ष के दूध से मेरा यह लौह स्वरूप देह तैयार हुआ है। मुझे बताया गया कि मैं क्षत्रिय राजा के घर पैदा हुआ था; परन्तु जब से मुझे सुधबुध आयी, मैं निश्चित रूप से जानता हूँ कि मैं एक दलित माँ व गरीब मजदूर मछुवारे का पुत्र हूँ। अपने उन गरीब, दलित माँ-बाप पर मुझे गर्व है। मेरे लिए कोई दलित अथवा शूद्र नहीं है, न कोई ब्राह्मण न कोई क्षत्रिय है। न मेरे लिए कोई ऊँचा है, न कोई नीच। मैं सबको समान मानता हूँ। सबके साथ समान व्यवहार करूँगा। सबके घर का अन्न-जल ग्रहण करूँगा, सबको गले लगाऊँगा। मैं समाज से भी आग्रह करूँगा कि वह इसका अनुसरण करे।'' सर्वत्र सन्नाटा छाया हुआ था।

''मैं विश्वास करता हूँ कि कोई भी समाज हर दृष्टिकोण से पूर्ण हो, कठिन है, या कह सकता हूँ कि असम्भव है, क्योंकि पूर्णता की परिभाषा नित्य-प्रति बदलती रहती है। सुधार की सम्भावना सदैव बनी ही रहती है। अत: हमें भी अपने समाज में निरन्तर सुधार करना होगा। उत्तरापथ में समान न्याय व्यवस्था की घोषणा कर चुका हूँ। किसी वर्ग विशेष, जाति विशेष के लिए पृथक व विशेष अधिकार प्राप्त नियम नहीं होंगे। जाति विशेष के विशेष प्राप्त अधिकारों को तत्काल समाप्त किया जाता है। कृषक-दासों से पारिश्रमिक या अन्न-वस्त्र के भुगतान के बिना कार्य कराना अपराध होगा। उच्चवर्ग बलपूर्वक बेगार के रूप में कैनी, छयौड़े जैसे दास नहीं रख सकेंगे। मैं, अन्त में घोषणा करता हूँ कि मुझे राज्य विस्तार की लिप्सा नहीं है। मैं पूरे उत्तरापथ को अपना घर, अपना राज्य मानता हूँ, गुरूगोरखनाथ को दिये प्रण के अनुरूप पूरे उत्तरापथ में कहीं भी अनीति, शिथिलता, कर्तव्यहीनता, अन्याय, अत्याचार, असमानता, ऊँच-नीच, मान-हानि, उत्तरदायित्वशून्य आचरण दिखाई देगा तो मैं सशरीर, सशस्त्र वहाँ उपस्थिति मिलूँगा, चाहे वहाँ किसी का शासन हो, किसी का राज्य हो। उसके लिए मुझे कोई भी मूल्य चुकाना पड़े, बलिदान, त्याग करना पड़े, करूँगा। जय महाकालभैरव।'' राजा वीरगोरिया ने उद्बोधन पूर्ण किया।

सभास्थल में उपस्थित लोग इतनी तल्लीनता से उसका उद्घोष सुन रहे थे कि राजा वीरगोरिया ने अपना उद्घोष कब समाप्त कर दिया, किसी को बोध भी नहीं हुआ। सहसा सभा के मध्य में गंभीर घोष गूँजा, ''न्यायकारी राजा वीर गोलज्यू महाराज की जै।'' उसके साथ ही धर्मदास ने नौबत बजानी शुरू कर दी। सबकी जैसे तन्द्रा टूटी हो। पूरा सभास्थल अपने स्थान पर खड़ा होकर गगन भेदी जैकार कर रहा था।

''न्यायकारी राजा वीर गोलज्यू की जै। न्यायकारी राजा वीरगोरिया की जै।''

राजा व सभी सभासद गण मंच से जा रहे थे, परन्तु सभा स्थल में न्यायकारी राजा गोलू की जैकार की ध्विन गूँजती ही जा रही थी। यह जैकार की ध्वनियाँ लहरों की भाँति ऊँची होतीं, थमतीं, पुन: उठतीं। वह प्रजा के हृदय में राज करता जा रहा था; परन्तु वह जितेन्द्रिय योगी-वीर अपनी प्रशंसा व ख्याति से नितांत अलिप्त था।

दूसरे दिन मंत्रि परिषद के साथ महासभा में उपस्थित राजाओं, माण्डलिक राजाओं, मण्डलप्रमुखों की बैठक निर्धारित थी। बैठक समय से प्रारम्भ हो गयी थी। धूमाकोट से सत्यनिष्ठा रखने वाले माण्डलिक

राजा एवं मण्डल-प्रमुख सभी सभा में उपस्थित थे। जो माण्डलिक राजा स्वयं उपस्थित नहीं थे, उनके वरिष्ठ प्रतिनिधि सभा में उपस्थित थे। महामंत्री नरोत्तम व राजगुरू देवदत्त ने ऐसे माण्डलिक राजाओं की सूची तैयार कर ली थीं जो सभा में उपस्थित नहीं हुए थे, न ही उनसे कोई संदेश प्राप्त हुआ था। उसमें डोटी के राजा नृपत डोटियाल, कोशी मण्डल के गरूणभट, चम्पावत का राजा नागेश्वर नागनाथ प्रमुख थे।

परिषद ने दो बातों पर चर्चा की। प्रथम-उपस्थित माण्डलिक राजाओं व प्रमुखों को राजा वीरगोरिया की राज्य करने की नीति-रीति से विस्तार में परिचित कराया गया। राज्य द्वारा निर्धारित नियमों मर्यादाओं को संसूचित किया गया। इन नियमों, नीतियों के अनुसार सभी को अपना शासन प्रशासन चलाना था। दूसरा-जो माण्डलिक राजा सभा में उपस्थिात नहीं हुए हैं, उनके राज्य के कार्यों की समीक्षा की गयी; यदि आवश्यकता हो तो उनके विरुद्ध सैनिक अभियान चलाकर उन्हें न्याय के मार्ग पर चलने को बाध्य किया जाएगा-यह निर्णय लिया गया।

राज्य में न्यायकारी नीतियों का अनुपालन सुनिश्चित हो चुका था। सभी मण्डल प्रमुखों व माण्डलिक राजाओं को स्वतंत्र व निर्बाध रूप से काम करने का अधिकार था; परन्तु स्पष्ट कर दिया गया था कि निर्धारित रीति-नीति, राज मर्यादा के विरुद्ध कार्य करने पर दण्ड का सामना उन्हें करना पड़ेगा। राजा वीरगोरिया की शक्ति व बल का भान सब को हो चुका था।

किसी की देश की केन्द्रीय सत्ता का शक्तिशाली होना आवश्यक है; शर्त यह है कि वह न्याय व धर्म के मार्ग पर चल कर कार्य करती रहे।

डोटी का अभियान

डोटी जनपद की पीड़ित प्रजा की आर्त पुकार तपस्वी वीरगोरिया के कानों में निरंतर पड़ रही थी। राजावीरगोरिया की वीरों की छोटी, परन्तु शक्तिशाली सेना डोटी पर युद्ध के लिए तैयार थी। युद्ध में प्रस्थान के पूर्व राजा वीरगोरिया, माँ कलिंगा व महाराज हालुराई से आशीर्वाद प्राप्त करने उनके कक्ष में जा पहुँचा। माँ कलिंगा का कष्ट था कि अभी राजा बने मास भी समाप्त न हुआ था कि पुन: युद्ध में उसके पुत्र को जाना है। पर वह जानती थी, वीरगोरिया ने धूमाकोट में न ठहरने का प्रण लिया है। उसने प्रण लिया था कि वह पूरे उत्तरापथ में स्वयं भ्रमण करेगा। प्रजा के दुखों व अन्याय का तुरन्त निराकरण करेगा। अत: उसे तो धूमाकोट छोड़ना ही था।

''चारों दिशाओं को जीत कर आओ, पीड़ितों को न्याय दिलाकर आओ, जल्दी लौट कर आओ पुत्र! मेरा आशीर्वाद तेरे साथ है।'' माँ कलिंगा ने आशीर्वाद देते हुए पुत्र को विदा किया।

माँ को आश्वासन देकर, ढाँढ़स बँधा कर, राजा वीरगोरिया डोटी को रवाना हो गया। धर्मदास वीरबाजा बजाता, योद्धाओं को उत्साहित करता, आगे बढ़ता जा रहा था।

डोटी की सीमा के भीतर प्रवेश करते ही ननकुवा के अत्याचारों व क्रूरता के कृत्य सामने आने

लगे। एक विधवा वृद्धा नारी ने वीरगोरिया को अपनी व्यथा सुनाते हुए कहा।

''वीर धनुर्धर, मैंने अपने सात पुत्रों को भारी कठिनाइयों से पाला-पोसा था। वह खेती बाड़ी का कार्य कर, परिवार का पालन कर रहे थे। डोटी के राजा के सेनानायक ननकुवा ने हृष्ट-पुष्ट देख एक-एक कर मेरे सातों पुत्रों को बलपूर्वक अपहरण कर लिया। अब वह कहाँ हैं, मुझे वर्षों से ज्ञात नहीं; वे जीवित हैं अथवा मृत यह भी ज्ञात नहीं है। मुझ वृद्धा की विपदा को दूर करो वीर; न्याय करो, इस क्रूर अत्याचारी ननकुवा से मेरे पुत्रों को छुड़ाओ। राजा वीरगोरिया तेरे न्यायप्रिय शासन की कीर्ति पूरे डोटी में फैल चुकी है, मुझे भी न्याय दिलाओ।''

वीरगोरिया ने उस माँ की आकुल अंत:गुहार को समझ लिया था। वीरगोरिया ने कहा, ''माता! धैर्य रखें, तुम्हारे पुत्र तुम्हें अवश्य मिलेंगे। यदि मैं तुम्हारा कष्ट दूर कर सका तो अपना जीवन धन्य समझूँगा। माता विचलित न हों। मैं अपनी समूची शक्ति से प्रयास करूँगा।''

'' धन्य है पुत्र! तू धन्य है! तूने पीड़ित माँ की पुकार सुन ली। सुना है तू दो माताओं का लाल है, परन्तु आज तूने सिद्ध कर दिया तू तो पूरे उत्तरापथ का लाल है। तू सहृदय है, दयालु है। युग-युग तुझे याद करेगा।'' वृद्धा ने वीरगोरिया को अंक में समेट लिया और वह फफक पड़ी। वीरगोरिया ने वृद्धा को वचन दिया, ''माता! मैं वचन देता हूँ, यदि तेरे पुत्र जीवित हुए तो मैं उन्हें तुम्हारे पास लेकर ही आऊँगा। तभी डोटी छोड़ूँगा। यदि कुछ अनर्थ हुआ, तो ननकुवा का सिर तेरे कदमों में होगा।''

वृद्धा को विविधि प्रकार से वीर ने ढाँढस बँधाया और वह पुन: संघर्ष पथ पर चल पड़ा।

वह जिस ग्राम, बस्ती से गुजरता उसे डोटी नरेश की क्रूरता की नित नयी कथायें सुनने को मिलतीं। अब वह डोटी पर आक्रमण के लिए और अधिक उतावला हो उठा। डोटी का राजा भी बड़ा हठी था। उसने अपनी वीरों की सेना ननकुवा, मनकुवा व लुकुड़ावीर के नेतृत्व में गोरिया की सेना से युद्ध के लिए रवाना कर दी। वह स्वयं युद्ध के लिये मैदान में नहीं आया। उसे अपनी विशाल सेना और क्रूर सेनापतियों पर बड़ा घमण्ड था। उसने वीरगोरिया को सामान्य योद्धा समझने की भारी भूल कर दी थी।

डोटी की सीमा के अन्दर तक पहुँच चुके वीरगोरिया का मार्ग ननकुवा, मनकुवा ने रोका। हजारों सैनिकों के सामने वीरगोरिया की छत्तीस रौतानों, बावन वीरों की छोटी सी सेना को देख, ननकुवा के हर्ष की सीमा न थी। उसने वीरगोरिया को ललकारा। क्रूर, अत्याचारी ननकुवा की ललकार सुन, वीरगोरिया का क्रोध बढ़ा। उसकी इच्छा हो रही थी कि इस क्रूर का सिर एक तीक्ष्ण बाण से काट कर भूमि में गिरा दे। तुरंत ही उसे वृद्धा को दिये वचन की याद आ गए। उसे वृद्धा के पुत्रों के विषय में जानकारी प्राप्त कर उन्हें वापस ले जाना था। जिसके लिए ननकुवा का जीवित रहना आवश्यक था। राजा वीरगोरिया ने ननकुवा की ललकार के उत्तर में कहा।

''क्रूर ननकुवा, निहत्थे, निरीह, भोले-भाले लोगों पर अत्याचार कर, उनपर अपना खोखला बल प्रर्दिशत करने में अपनी वीरता समझते हो। शायद तुमने अभी तक वीरों से युद्ध नहीं किया है।'' श्वेत अश्व से वीरगोरिया भूमि पर उतरा और उसने गुरू गोरखनाथ का ध्यान किया, दिव्य धनुष की प्रत्यंचा चढ़ा कर एक दिव्य बाण ननकुवा की सेना पर छोड़ा। ननकुवा की सेना क्षण भर में भूमि पर अचेत पड़ी थी। ननकुवा ने पीछे मुड़ कर देखा, उसे छोड़ पूरी सेना अचेत होकर भूमि पर पड़ी थी। वह बार-बार

अपनी सेना को देखता, पुन: वीरगोरिया को देखता। उसकी समझ में कुछ नहीं आ रहा था कि एक ही बाण से यह कैसे संभव है?

वीर गोरिया ने कहा, ''मैं चाहता तो इन सभी सैनिकों के प्राण भी हर सकता था। तेरे प्राणों की मुझे अभी आवश्यकता है, पर मैंने अनावश्यक रक्तपात न करने का प्रण लिया है। अब तू भी इन सैनिकों के साथ अचेत होना चाहता है अथवा हमें अपने अन्यायी राजा के पास लेकर चलेगा?''

ननकुवा कभी इधर-देखता, कभी उधर, कर्तव्यविमूढ़ हो खड़ा था। उग्रभट आगे बढ़ा, उसने ननकुवा की खुकुरी उसके हाथ से छीन ली और उसे बंदी बना लिया। उसने तनिक भी प्रतिरोध नहीं किया।

ननकुवा एक सम्मोहित व्यक्ति की भाँति डोटी के राजा नरपत डोटियाल के सम्मुख खड़ा था। राजा वीरगोरिया की छत्तीस रौतानों, बावन वीरों की सेना ने डोटी के महल पर बिना अधिक प्रतिरोध के अधिकार कर लिया था। डोटी के महल में अधिक सेना शेष ही नहीं बची थी। उसने अपनी भारी सेना, गोरिया से युद्ध हेतु भेजी थी, जो अब अचेत हो, युद्ध भूमि पर पड़ी थी। नरपत डोटियाल को समझते देर न लगी कि वह पराजित हो चुका है। राजा वीरगोरिया का विशाल चमचमाता खड्ग व दिव्य धनुषधारी छवि को देख, उसने अपने हथियार डाल दिये। वह वीरगोरिया के कदमों पर गिर कर क्षमा याचना कर रहा था।

राजा वीरगोरिया ने कहा- ''राजा नरपत! डोटी, उत्तरापथ व धूमाकोट का भाग है। यदि उत्तरापथ का भाग नहीं भी है, तो भी मैं अपने आस पास अन्याय, अत्याचार होते सहन नहीं करूँगा। तू अगर धूमाकोट की रीति, नीति व मर्यादाओं के भीतर राज्य चलाने का प्रण लेता है, तो मैं तुझे एक अवसर दे सकता हूँ।''

नरपत डोटियाल, वीरगोरिया के चरणों में प्रणिपात हो, विविध प्रकार अनुनय विनय करने लगा और आश्वासन देने लगा कि वह राजा वीरगोरिया के आधिपत्य को स्वीकार करता है और उसके आदेशों के अधीन रहेगा।

राजा वीरगोरिया ने उसे क्षमा किया और एक अवसर प्रदान करते हुए कहा; ''मैं तुम्हें एक अवसर देता हूँ, किन्तु याद रहे, प्रजा पर अत्याचार, दुराचार, अन्याय किसी भी परिस्थिति में सहन नहीं होगा। तुम्हारे कृत्यों पर मेरी तीक्ष्ण दृष्टि सदैव रहेगी। मेरे गुप्तचर एवं प्रतिवेदक डोटी में निरंतर रहेंगे। तुम्हारी करनी की प्रत्येक सूचना मुझे मिलती रहेगी। तुम्हें आज ही उन बंदियों, दास-दासियों को मुक्त करना होगा, जिन्हें तुमने बल पूर्वक दास बनाया है या बल पूर्वक सेना में भर्ती किया है।''

नरपत ने पूर्णरूप से अभ्यर्पण कर,सभी बातें स्वीकार कर लीं। अस्वीकार का प्रश्न भी न था। धूमाकोट द्वारा प्रतिपादित नियमों, रीति-नीति और राजमर्यादाओं का ज्ञान नरपत को कराया गया। नरपत ने उस राजाज्ञा को सिर-माथे पर लिया। राजा वीरगोरिया की विविध प्रकार से अभ्यर्थना की।

दूसरी प्रात: राजा वीरगोरिया, नरपत डोटियाल, ननकुवा सहित उस स्थान पर गये, जहाँ नरपत डोटियाल के सैनिक अचेत पड़े थे।

राजा वीरगोरिया ने कहा- ''राजा नरपत! मैं, अनावश्यक रक्तपात में विश्वास नहीं रखता हूँ। ये सभी अचेत सैनिक भी हमारे ही उत्तरापथ की संतानें हैं। हम सब बंधु-बांधव हैं। परस्पर लड़कर अपना ही रक्त क्यों बहायें? राज्य तथा राजा की अनीति का फल निर्दोष सैनिकों को क्यों भुगतना पड़े? अत: मैंने एक विशेष सम्मोहनी शस्त्र से इन्हें कुछ घड़ी के लिए अचेत कर दिया था। ये शीघ्र ही सचेत हो जायेंगे।''

राजा वीरगोरिया ने क्रोधित आँखों से ननकुवा पर तीक्ष्ण दृष्टिपात किया। ननकुवा तुरन्त वीर के चरणों में लोट गया। वीरगोरिया ने कहा, ''केलीघाट की एक वृद्ध नारी के सात पुत्रों का तुमने अपहरण किया था, वह सब कहाँ हैं? मैं उन्हें तुरंत मुक्त देखना चाहता हूँ।''

ननकुवा ने क्षमा याचना करते हुए कहा, ''देव, मैं सैनिकों की कमी को पूरा करने के लिए हट्टे-कट्टे नौजवानों को बल पूर्वक सेना में भर्ती करता था, ताकि उन्हें वेतन न देना पड़े। वे सातों नौजवान भी इन्हीं अचेत सैनिकों में हैं।''

राजा वीरगोरिया ने कहा, ''राजा नरपत, राज्य को बड़े सैनिक बल की आवश्यकता तब होती है जब उसे अपने पड़ोसियों से भय हो अथवा राज्य में प्रजा को बल पूर्वक दमन करना हो। तुम्हें तुरन्त उन सभी सैनिकों को मुक्त करना है, जो अनिच्छा से सेना में भर्ती किये गए हैं। तुम्हें अल्प संख्या में ही सैनिक रखने होंगे। अब तुम्हें बाह्य भय नहीं है। जब तुम्हें संकट हो तुम मुझे याद करोगे, मैं बिना विलम्ब किये, तुम्हारी सहायता को प्रस्तुत होऊँगा।''

कुछ घड़ी पश्चात् धीरे-धीरे सैनिक सचेत होने लगे थे।

राजा नरपत डोटियाल नतमस्तक हुआ। उसने वीरगोरिया को ससम्मान विदा किया। वृद्धा के सातों पुत्रों को लेकर राजा वीरगोरिया केलीघाट लौट आया। वृद्धा को अपने सातों पुत्रों को पाकर अपार हर्ष हुआ। उसने गोरिया को हृदय से आशीर्वाद दिया। वृद्धा ने अश्रु विह्वल हो, देवी देवताओं से वीरगोरिया के लिए कई मनौतियाँ माँग डालीं।

पूरे डोटी में हर्ष व्याप्त था। राजा वीरगोरिया की वीरता की-कहानियाँ पहले ही वहाँ के जन-जन तक पहुँच चुकी थीं। आज जिस तरह बिना रक्तपात किये नरपत डोटियाल का घमंड चकनाचूर हुआ था, उससे लोगों में असीम हर्ष था। यदि भीषण रक्तपात हुआ होता तो हजारों माँओं के लाल काल के गाल में समा चुके होते। उनके परिवारों पर भी भीषण विपदा आ जाती। वीरगोरिया की चमत्कारी शक्ति का चारों ओर लोग बढ़ा-चढ़ा कर बखान कर रहे थे।

डोटी की प्रजा के हृदय में स्थान पाने के साथ ही, नरपत की सेना का प्रत्येक जवान अपने को जीवित पाकर और उसके पीछे छिपे वीरगोरिया की अहिंसा की भावना जान,उसका हृदयतल से आदर करने लगा। हजारों सैनिक जिन्हें अनिच्छा से सैनिक बनाया गया था, वे घरों को लौटकर, अपने-अपने ग्रामों में पहुँचने लगे और वीरगोरिया की जीत की गाथा सुनाते। उन्होंने राजा वीरगोरिया को मुक्तिदाता ईश्वर मान लिया था। कई कुप्रथायें समाप्त की जा चुकी थीं जिससे प्रजा चैन की साँस ले रही थीं।राजा वीरगोरिया की जै-जैकार डोटी के गाँव गाँव में होने लगी। गाँव के चैपालों में उसकी वीरगाथा सुनायी जाने लगी। गायकों ने उसकी वीरगाथा के गीत बना डाले। पूरे डोटी में वीरगोरिया लोगों के हृदय में राज करने लगा।

केलीघाट से लौटकर राजा वीरगोरिया झूलाघाट पार करता हुआ सोर, अस्कोट, सीरा, कण्डालीछीना, सेटी, खड़ायत, सातसिलिंगी, महर, सोनबल्दिया, रौल आदि सभी पट्टियों, ग्राम-बस्तियों से होता, न्याय करता, राजधानी घौली धूमाकोट की ओर बढ़ गया।

पूरा धूमाकोट नगर विजयी राजा वीरगोरिया की आरती उतारने, नगर के मार्गों में प्रतीक्षारत था। उसकी जगह-जगह आरती उतारी जा रही थी। नारियाँ छज्जों से पुष्प वर्षा कर रही थीं।

धूमाकोट महल में रानी कलिंगा ने अपने वीर पुत्र की आरती उतारते हुए महल में प्रवेश कराया। सभी सभासद गणों ने बत्तीस रौतानों, बावन वीरों की कोटिश: प्रशंसा करते हुए इस बात पर विशेष हर्ष व्यक्त किया कि बिना रक्तपात के ही डोटी पर विजय प्राप्त कर ली गयी और सोर तथा डोटी के लोगों को भविष्य में कष्ट, अन्याय व अत्याचार का सामना नहीं करना पड़ेगा।

राजा वीरगोरिया अपनी कुटिया में राजमहल के सुखों को त्याग, न्यायकारी राज-काज सम्पन्न करने लगा।

धनपिपासु गरुण को झाँकर के सैमज्यु का मार्गदर्शन

गरूणभट-धूमाकोट का पूर्वसेनापति, महारानी सुगंधा का अनुज, सामड़मसाण का बड़ा भाई जिसने कोसीप्रांत में अपना स्वतंत्र राज्य स्थापित कर लिया था, को जैसे ही यह सूचना प्राप्त हुई कि सामड़मसाण का वध किया जा चुका है; धूमाकोट में पहले ही राजकुमार गोरिया अधिकार जमा चुका है, वह भयभीत हो गया। गरूणभट एक योग्य चतुर योद्धा था। वह राजकुमार के जन्म व मारने के षडयंत्र से पूरी अनिविज्ञ था। राजा के उत्तराधिकारी न होने की स्थिति में उसे लाभ अवश्य था; परन्तु वह किसी प्रकार के षड्यंत्र में संलग्न न था। उसने भीमाताल से लेकर सोमईश्वर मण्डल तक अधिकार जमा रखा था। उधर विराट नगर से लेकर गढ़ प्रदेश की सीमा के भीतर तक उसका अधिकार क्षेत्र था। उसने राज्य को सुव्यवस्थित कर रखा था। वह किसी प्रकार का व्यसनी न था; परन्तु उसे अधिक से अधिक धन जमा करने की लिप्सा थी। धनलिप्सा के कारण वह प्रजा पर कई प्रकार के विचित्र कर लगाता था।वह प्रजा के हर कर्म पर कर लगाने की जुगत में रहता और करों को कठोरता से वसूलता था।ये विचित्र प्रकार के कर जैसे-हड़कर, अर्थात् मुर्दा न जलाने पर कर। एक प्रकार से वह स्वतंत्र राजा की तरह व्यवहार कर रहा था। परन्तु अब स्थितियाँ बदल रही थीं। राजकुमार वीरगोरिया के पराक्रम की नित नयी सूचना उसे प्राप्त होती जा रही थी। वह बड़े असमंजस में था कि क्या करें?

उधर राजा हालुराई ने राजकुमार को संकेत दिया था कि गरूणभट, अन्य सभी की तुलना में उत्तम है, उस पर सीधी चढ़ाई न कर उसे समय दिया जाय कि वह अपनी सत्यनिष्ठा धूमाकोट के प्रति प्रदर्शित करे। यदि वह ऐसा नहीं करता, तब बल का प्रयोग किया जाय। निर्णय यह हुआ कि गरूण को पर्याप्त समय दिया जाय।

वीरगोरिया का अवतरण संघर्ष हेतु हुआ था, जो अभी पूर्ण नहीं हुआ था। कुछ माण्डलिक राजा

अभी भी स्वतंत्रे रूप से राज्य कर रहे थे। राजा वीरगोरिया उनके राज्य व्यवस्था के संबंध में सूचना प्राप्त करता जा रहा था। कोशीमण्डल के राजा गरूड़भट राजसभा में उपस्थित नहीं हुआ था। वह पूर्व महारानी सुगन्धा का सबसे बड़ा भाई था। वह जनता पर भारी करों का बोझ लादता जा रहा था। हालाँकि उसका क्षेत्र संपन्न था। अच्छी कृषि पैदावार थी; पर प्रजा नित नये करों के बोझ व कर वसूली के शोषण से मुक्ति चाहती थी। राजा गरूड़ एक समय राजा हालुराई का सत्यनिष्ठ रहा था। सभी माण्डलिक राजाओं की भाँति राजा हालुराई के वृद्ध एवं असहाय हो जाने का लाभ उसने भी उठाया था। अभी भी वह धूमाकोट का अनिष्ट नहीं चाहता था; पर भाई सामड़ की मृत्यु व बहन सुगन्धा को मृत्यु दण्ड की घोषणा से भयभीत था। वह राजा वीरगोरिया के सम्मुख आने की शक्ति नहीं एकत्र कर पा रहा था। इसी बीच राजा गरूड़ ने देवदारु के सघन वनों से घिरे नागेश्वर महाधाम-जागेश्वर की यात्रा की और मृत्युंजय महादेव की पूजा-अर्चना की, जहाँ से उसे ज्ञात हुआ कि राजा वीरगोरिया के मामा देवसैम, निकट ही सघन देवदारू वन में अपने सिद्ध-स्थान झाँकरसैम में तपस्यारत हैं।उसे आशा की किरण नजर आई। वह जब धूमाकोट का सेनापति था तब उसे देवसैम के सानिध्य में कई बार रह कर उनकी सेवा करने का अवसर मिला था। देवसैम दयालु, ज्ञानी, परम सिद्ध थे। राजा गरूण ने पूरे परिवार के साथ झाँकरसैम की कठिन पैदल यात्रा तय की। वह देव सैमज्यू के चरणों में प्रणिपात हो गया। दूर्वाधारी, भक्तवत्सल, सिद्ध पुरुष देवसैम ने गरूणभट को आशीर्वाद दिया। गरूणभट ने देवसैम को अपनी व्यथा सुनाई। उसने प्रार्थना करते हुए कहा, ''दैव सैमज्यू, मैं यह जानकार परमपीड़ा का अनुभव कर रहा हूँ, कि मेरी बहन महारानी सुगन्धा व छोटे भाई सामड़भट ने धूमाकोट के उत्तराधिकारी को मारने का षड्यंत्र रचा था। महाराज हालुराई के सबसे विश्वास पात्रों में महारानी सुगन्धा, मैं स्वयं व सामड़भट ही थे। मैं कभी भी इस घृणित षड़यंत्र में सम्मिलित नहीं था, न ही मुझे इसका भान था। मैं लज्जित हूँ, कि मेरी बहन व छोटे भाई ने ऐसा कुकृत्य किया। राजा हालुराई के वृद्ध व अवसादग्रस्त होने के कारण मैंने अपना अलग स्वतंत्र राज्य स्थापित अवश्य कर लिया था, किन्तु मैंने कभी भी धूमाकोट का अहित नहीं चाहा।'' वह कुछ पल रुका। देवसैम ने कहा, ''अब तुम क्या चाहते हो? तुमने भी तो राजा हालुराई को निराश्रित छोड़ दिया था। तुमने विगत सत्रह-अठारह वर्षों से उनकी सुध नहीं ली। परोक्ष रूप से सामड़ व महारानी सुगन्धा के कुकृत्यों का समर्थन ही किया।''

गरूणभट ने हाथ जोड़ कर कहा, ''नहीं देव! ऐसा नहीं है। धूमाकोट, सोर, छिपुलाकोट, घाटप्रांत, अस्कोट, कमस्यार मण्डल एवं व्याघ्रेश्वर मण्डल में सामड़भट के वीरों, खबीसों, मसाणों ने अधिकार कर लिया था। वीरता में सामड़भट के सार्मथ के आगे मेरा बल कहीं नहीं ठहरता था। इस कारण भय से मैंने अपना राज्य उससे अलग कर लिया था। महारानी सुगन्धा के षड़यंत्र व उसके पीछे के कारणों को मैं न जान सका था। मेरा दोष इतना था कि मैं महारानी सुगन्धा व सामड़ से अलग अपना राज्य चाहता था।''

''अब तुम मुझसे क्या चाहते हो?'' देवसैम ने पूछा।

''देव, आप राजा वीरगोरिया के गुरू भी हैं, मामा भी हैं। मैं राजा वीरगोरिया व जीजा हालुराई के समक्ष जाने में भय खा रहा हूँ। लज्जित भी हूँ। मेरी बड़ी बहन मृत्यु दण्ड पाकर अभी बंदी है, छोटा

भाई सामड़ मारा जा चुका है। मैं किस तरह जीजाश्री व राजा वीरगोरिया का सामना करूँगा। मैं पश्चाताप् करना चाहता हूँ। मैं अपनी सत्यनिष्ठा राजा वीरगोरिया के सम्मुख प्रकट करना चाहता हूँ। आप मेरी सहायता करें, देव!'' गरूण, देवसैम के चरणों में नमन करता हुआ बोला।

देवसैम ने कहा, ''मेरे ज्ञान व सूचना के अनुसार यह तो निश्चित है कि तुम वीरगोरिया की हत्या के षड़यंत्र में सम्मिलित नहीं थे। इस षड़यंत्र का तुम विरोध कर सकते थे अत: तुम्हें इसमें सम्मिलित नहीं किया गया था। इस कारण तुम्हारा अपराध अक्षम्य नहीं है। तुम्हारा अपराध है कि तुमने राजा हालुराई को असहाय छोड़कर, उनके प्रति सत्यनिष्ठा न दिखा कर, अपना राज्य पृथक कर लिया। इसमें भी सम्भवत: तुम से अधिक दोष सामड़ व रानी सुगन्धा का था। तुम अपने राज्य को कुछ सीमा तक ठीक-ठाक चला भी रहे हो। इसी का प्रतिफल है कि परम प्रतापी, न्यायप्रिय वीरगोरिया की वक्र दृष्टि तुम्हारी ओर नहीं हुई है; परन्तु तुम्हारे राज्य के कार्यों की समीक्षा वीरगोरिया कर रहा है। मैं तुम्हें यही शिक्षा देता हूँ कि तुम अविलंब, राजा वीरगोरिया की शरण में जाओ। वह धीर, गंभीर, ज्ञानी एवं वीर है, वह तुम्हें क्षमा कर देगा। उसने उत्तरापथ की प्रजा के हितों के लिए, अन्याय को समाप्त करने के लिए कुछ महत्वपूर्ण रीति, सिद्धान्त व राज मर्यादायें स्थापित की हैं उसका तुम्हें भी पालन करना होगा। राजा वीरगोरिया कृपालु है। वह तुम्हें स्वतंत्र रूप से कोशी प्रांत में राज करने का अवसर देगा, ऐसा मेरा विश्वास है। अब तुम विलम्ब न करो।'' गरूण ने कहा, ''देव मैं आपको कोटि कोटि प्रणाम करता हूँ, मैं प्रण करता हूँ कि मैं हर वर्ष आपकी इस सिद्ध स्थली में सपरिवार जात्रा लेकर आऊँगा, आपका आशीर्वाद प्राप्त करने। आप अपनी कृपा बनाये रखें।''

देवसैमज्यू ने एक भोजपत्र में राजा वीरगोरिया हेतु कुछ संदेश लिख कर राजा गरूण को देते हुए स्नेह सहित विदा किया।

झाँकरसैम की पवित्र स्थली और अलभ्य प्राकृतिक सौन्दर्य एवं शीतल वायु से गरूण के अशांत मन में अपार शक्ति का संचार हो गया था। उसे देवसैम का मार्ग दर्शन एवं आशीर्वाद प्राप्त हो चुका था। अब वह निर्भय होकर धूमाकोट को प्रस्थान कर गया।

जटियामसाण का आतंक

यदि कोई मनुष्य वीर और संघर्षशील हो, साथ ही उसमें त्याग, क्षमा व न्याय की मर्यादा हो; अहंकार उसे छू तक न गया हो तो वह निश्चित ही समाज में आदरणीय ही नहीं धीरे-धीरे पूज्य बनता चला जाता है। सभी मनुष्यों में ईश्वर का अंश समान रूप से विद्यमान है। उस ईश्वरीय अंश का वह कितना सदुपयोग कर, अपने को संसार में कहाँ पर स्थापित करेगा, उसकी इच्छा शक्तियों पर निर्भर करता है। जब कोई अपनी सम्पूर्ण ऊर्जा को केन्द्रित कर कोई महान कार्य कर दिखाता है तो सामान्य जन उसे चमत्कार कहते है।

उत्तरापथ में राजा वीरगोरिया आज इन्हीं ईश्वरीय शक्तियों का प्रतीक बनता जा रहा था। हर शोषित, पीड़ित मनुष्य उसकी ओर न्याय की आशा से देखता था।

उत्तरापथ में वैभव प्राप्त चंपावत राज्य में न्याय प्रिय, धर्मात्मा शासक नागेश्वर नागनाथ का शासन था। नागनाथ न्याय प्रिय शासक था; परन्तु वृद्धावस्था के कारण शासन की बागडोर शनैः शनैः उनके हाथ से ढीली पड़ती जा रही थी। राजा की कोई संतान भी न थी जिस कारण उत्तराधिकारी का प्रश्न भी आ खड़ा हुआ था। इसी मध्य जटिया नाम के राक्षसी प्रवृत्ति के मसाण ने चम्पावत राज्य के विभिन्न भागों में आतंक फैलाना प्रारम्भ कर दिया था। वह महाबली व पराक्रमी था। सामड़मसाण की भाँति ही उसने चम्पावत राज्य के कई क्षेत्रों को आतंकित कर लिया था। लोगों का विश्वास था कि वह मनुष्यों का अपहरण करता है, उनकी बलि देकर उनका मांस खा जाता है। बनबोक्सा के पर्वतीय प्रांत से लेकर, पूरे चम्पावत, काली कुमाऊँ में जटियामसाण ने हा-हाकार मचा रखा था। वह सामड़मसाण की भाँति ही पानी में छुप जाने की सिद्धि प्राप्त कर चुका था। साथ ही कई विषयुक्त शस्त्रों का संग्रहण भी उसने कर लिया था। सामड़मसाण की भाँति वह जिस जलाशय में पानी के अन्दर छुपता था, उसका नाम सैमाड़ताल पड़ गया था।

क्षेत्र में हा-हाकार मचा था। प्रजा व कई मण्डल प्रमुख अपने राजा नागेश्वर नागनाथ से गुहार लगाने पहुँचे। राजा नागनाथ स्वयं वृद्ध थे। उसकी सेना ने एक-दो बार साहस किया लेकिन जटियामसाण के गुरिल्ला युद्ध से उन्हें भारी पराजय का सामना करना पड़ा था। फिर उन्होंने ऐसा साहस दोबारा नहीं किया। जटियामसाण के कई क्रूर सैनिक जंगलों, तालाबों में छुपे रहते थे, जो आमने-सामने के युद्ध से बचते थे। आते-जाते लोगों, मन्दिरों, मेलों पर छिपकर आक्रमण कर लोगों को हताहत करते। पुरुष, स्त्रियों, कन्याओं को बंदी बनाकर जंगल की ओर भाग जाते थे। जटियामसाण की दो बहनें भी इस मसाण के कुकृत्यों की सहायक थीं, वह भोले भाले यात्रियों को अपने रूप-जाल में फँसा कर, झाँसा देकर, जटिया के हवाले कर देती थी।

नागेश्वर नागनाथ अत्यंत दुखी थे। वे न्याय प्रिय व धर्म में आस्था रखने वाले ज्ञानी राजा थे, पर दुष्टों व अत्याचारियों के विरुद्ध संघर्ष करने की क्षमता अब उनमें व उनकी सेना में नहीं रह गयी थी। विचार-वार्ता की गयी। राजा ने अपने दरी-दीवानों, सद्दी-मुसद्दियों से भी सलाह विमर्श किया। अंत में यही निर्णय लिया गया कि- इस क्रूर अत्याचारी, पराक्रमी जटियामसाण के छापामार युद्ध का सामना कर उसका मर्दन यदि उत्तरापथ में कोई कर सकता है तो वह है- धूमाकोट का वीर, पराक्रमी राजा वीरगोरिया। उससे सहायता माँगने का निर्णय लिया गया। महामंत्री लोहासिंह ने राजा से कहा-

''महाराज नागनाथ! राजा वीरगोरिया द्वारा उत्तरापथ की एकता हेतु आहूत की गयी राजमहासभा के आमंत्रण पर आपने कोई विचार नहीं किया, न ही हमने उसके संदेश का कोई प्रत्युत्तर भेजा। उसने उत्तरापथ के हितों हेतु कुछ राज मर्यादायें निश्चित कर ली हैं। हमें उसकी रीति-नीति व मर्यादाओं के पालन का आश्वासन देना उसे देना होगा, तभी वह हमारी सहायता करना स्वीकार करेगा। जो उचित भी है।''

नागनाथ ने कहा, ''लोहा, तुम उचित कह रहे हो, यह हमारी भूल थी, हमें वीरगोरिया के राजसभा के समर्थन में कम से कम अपना संदेश तो भेजना ही चाहिए था; परन्तु मैंने भी कभी अन्याय का समर्थन नहीं किया है। प्रजा पर क्रूरता और दमन का पक्ष नहीं लिया है। धर्मोचित ढंग से ही राज व्यवस्था

का प्रयास किया है। अत: हमारे तथा राजा वीरगोरिया द्वारा निर्धारित रीति-नीति व राज मर्यादाओं में अधिक अन्तर नहीं है। राजा वीरगोरिया महातपस्वी, गुरूगोरखनाथ का शिष्य है। गुरूगोरखनाथ के चम्पावत राज्य में स्थित तामली आश्रम में ही वीरगोरिया ने शिक्षा दीक्षा ग्रहण की है। उसका स्नेह चम्पावत पर होगा यह निश्चित है। ऐसा ही सुझाव बाबा भोगेश्वर ने भी दिया है। अत: मैं चाहता हूँ कि लोहा सिंह तुम स्वयं धौली-धूमाकोट मेरा संदेश ले कर जाओ और हमारा निवेदन वीरगोरिया के समक्ष रखो। वह न्याय प्रिय, तपी व ज्ञानी शासक है। वह हमारा निवेदन अवश्य ही स्वीकार करेगा।''

विचार स्थिर हुआ कि सेनापति लोहा सिंह राजा चम्पावत का संदेश व आमंत्रण लेकर धौली-धूमाकोट को प्रस्थान करें। लोहासिंह अपने दृढ़ विचारों व स्पष्ट वाणी के लिए जाना जाता था।

पूरा उत्तरापथ हमारा है

कुटिया के बाहर लगा घन्टा बज उठा। प्यूरावीर द्वार पर जा पहुँचा। वह एक राजसी वस्त्रधारी, खड्‌गधारी योद्धा को गोरिया के निकट ले आया। उसने गोरिया को नमन किया।

गोरिया ने पूछा, ''वीर व योद्धा प्रतीत होते हो! अपना परिचय दो और न्याय हेतु घन्टा बजाने का क्या प्रयोजन है बताओ।''

उस योद्धा ने नमन करते हुए परिचय देते हुए कहा- ''राजा वीरगोरिया की जै हो, राजा वीरगोरिया की जै हो। मैं, धर्मात्मा राजा चम्पावत-नागेश्वर नागनाथ का सेनापति लोहा सिंह अपने राजा का संदेश लेकर आपके समक्ष उपस्थित हूँ; यदि आज्ञा हो तो मैं उनका संदेश आपको सुनाता हूँ।''

वीरगोरिया ने कहा, ''लोहा सिंह तुम्हारा स्वागत है। तुम उचित आसन ग्रहण करो। मैं चंपावत के राजा का संदेश कुछ क्षण पश्चात् सुनना चाहूँगा।''

स्यूरावीर ने लोहासिंह को आसन पर बैठाया। लोहा सिंह की दृष्टि वीरगोरिया से हट नहीं रही थी।वह सोच रहा था-न कोई राजसी ठाठ, न कोई सिंहासन, न कोई मुकुट। मिट्टी के ऊँचे आसन पर, घास से बनी चटाई पर एक बलिष्ठ, तेजस्वी, धनुर्धारी, खड्‌गधारी नौजवान बैठा है। यह कैसा राजा है? पर इसकी राजसभा में एक से एक बलिष्ठ व अस्त्र-शस्त्र धारी वीर बैठे हैं। दो अति लम्बे व चौड़े वीर नग्न खड्‌ग लेकर पहरा दे रहे हैं। काले रंग के विशाल, बलिष्ठ शरीर धारी कलुवावीर को देखकर ही वीरों में भी भय व्याप्त हो जाये। कालसिन, उग्रभट, विकटदेव, कलुवा के अगल बगल चार अन्य वीर रगुतुवीर, सोबुवावीर, लोड़ियावीर, चैथियावीर अस्त्र-शस्त्रों के साथ विराजमान हैं। छत्तीस रौतानों और बावन बीरों के साथ यह कोई राजसभा न होकर वीरों की युद्ध परिषद की सभा लग रही थी। लोहा सिंह को अपने धूमाकोट आने के निर्णय में सार्थकता लग रही थी।

लोहा सिंह ने चंपावत के राजा नागेश्वर नागनाथ का संदेश राजा वीरगोरिया को पढ़ कर सुनाया तथा संदेश पत्र राजा को सौंप दिया।

चम्पावत के प्रधान सेनानायक ने निवेदन करते हुए कहा, ''राजा वीरगोरिया, आपके न्याय

व वीरता की जो ख्याति उत्तरापथ में फैली है, उसका प्रत्यक्ष दर्शन भी मैंने आज कर लिया है। कोई धैर्यशील, ज्ञानी व परमवीर ही क्षमा करने का साहस दिखाता है। ऐसे ही वीर नायक के हाथों में किसी भी राज्य का भविष्य निश्चित ही सुरक्षित और उज्ज्वल रह सकता है,इसमें संशय नहीं। आपका ऐश्वर्य, आपका वैभव पूरे उत्तरापथ में ही नहीं, पूरे आर्यावर्त में फैले, ऐसी मैं कामना करता हूँ।''

राजा वीरगोरिया अपनी अधिक प्रशंसा सुनना पसंद नहीं करता था। उसने लोहा सिंह को रोकते हुए कहा। ''सेनापति लोहा सिंह, मेरा ऐश्वर्य, मेरा वैभव यही है कि मैं सारे उत्तरापथ की सेवा करता रहूँ। मेरा वैभव, मेरी सफलता-न्याय की रक्षा करने एवं अन्याय के विरुद्ध सतत संघर्ष करने में है।'' कुछ क्षण रुक कर उसने पुन: कहा,''आपके महाराज नागेश्वर नागनाथ चाहते हैं कि मैं, उस क्रूर व बली जटियामसाण का दमन करूँ, जिसका दमन महान वैभवशाली राज्य चम्पावत की सेना भी नहीं कर पा रही है।''

लोहा सिंह ने कहा, ''देव, यह जटियामसाण एक भयंकर, दुर्दान्त दस्यु है।वह एक क्रूर मसाण है। उसकी सेना अचानक ग्राम, कस्बों में आती है और लूटपाट करती, लोगों की हत्या करती, उनका अपहरण करके भाग जाती है। उनका विकराल रूप व शरीर देख प्रजाजन प्राण बचाकर त्राहि-त्राहि करते हुए भाग खड़े होते हैं। बालकों, कन्याओं का भी अपहरण कर उनकी रौद्र नरबलि चढ़ाता है। उनका मांस भक्षण करता है। इन आतताइयों के भय के कारण लोग चम्पावत की सेना में भी सम्मिलित नहीं होना चाहते हैं। उसके पास कई मारक विष भी है। एक बार चम्पावत की सेना का सामना उससे हुआ था, परन्तु उसने एक ऐसा अस्त्र फेंका कि पूरी सेना अचेत हो गयी। मैं उस सेना का नेतृत्व कर रहा था। हमें दो दिन के पश्चात् ही चेतना लौटी। हम जिस गाँव की रक्षा करने गये थे, उस क्रूर ने उस गाँव के किसी भी मनुष्य को जीवित नहीं छोड़ा तथा स्त्री व कन्याओं के साथ दुराचार कर उनकी हत्या कर दी।''

''बस! शांत हो जाओ लोहा सिंह, मैं, अधिक नहीं सुन सकूँगा।'' वीरगोरिया ने लोहा सिंह को रोका। तभी कलुवावीर ने उग्र हो कर कहा-

''लोहा सिंह, चम्पावत का राजा जब एक दस्यु से प्रजा की रक्षा नहीं कर पा रहा है तो उसे राज्य करने का अधिकार नहीं है। तुम्हारे राजा ने वीरगोरिया द्वारा आहूत की गयी उत्तरापथ के राज्यों की एकता महासभा का आदर नहीं किया। वह अपने को श्रेष्ठ, न्यायकारी व स्वतंत्र राजा समझता है, तब वह हमसे कैसे आशा करता है कि हम उसकी सहायता करेंगे?''

कलुवावीर की बातों का समर्थन उपसेना नायक उग्रभट व विकट देव ने भी किया। उग्रदेव ने कहा-''धूमाकोट के वीर योद्धा कोई भाड़े के सैनिक नहीं हैं, जो कहीं भी जाकर युद्ध करें। यदि चम्पावत अपने को स्वतंत्र राज्य मानता है, तो हम बिना शर्त उसकी सहायता क्यों करें? चम्पावत ने कभी धूमाकोट को कर व शुल्क भी नहीं दिये हैं।'' राजा वीरगोरिया सभासदों की बातें ध्यान से सुनता रहा।

महामंत्री नरोत्तम ने कहा-''कलुवावीर, उप सेनानायक उग्रभट और विकट देव का तर्क कुछ सीमा तक उचित है। लोहा सिंह, क्या चम्पावत नरेश को यह स्वीकार है कि वे राजा वीरगोरिया द्वारा निर्धारित राजकाज के सिद्धान्तों, मर्यादाओं व न्यायकारी विधान को अपनायेंगे? यदि नहीं तो फिर धूमाकोट के वीर योद्धा अपना रक्त चम्पावत के लिए क्यों बहायें? राजा चम्पावत ने राजा वीरगोरिया

द्वारा आहूत की गयी उत्तरापथ के राजाओं की महासभा का भी अनादर किया है।''

सभी सभासद गणों का एक स्वर से मत था कि बिना पूर्व शर्तों के चम्पावत नरेश का प्रस्ताव स्वीकार योग्य नहीं है। लोहा सिंह असहाय-सा खड़ा था। उसने अपने राजा से शर्तों के विषय में कोई चर्चा नहीं की थी। वह स्वयं अपनी ओर से आश्वासन कैसे देता? परन्तु अन्तिम निर्णय राजा वीरगोरिया को लेना था। लोहासिंह विचार करने लगा- कठिन है राजा हमारी सहायता करेगा। अपने सभासदों, अपने वीर योद्धाओं के मत के विरुद्ध निर्णय ले पायेगा? महामंत्री ने भी शर्तों का समर्थन कर दिया है। सभी सभासद गण आपस में चर्चा में व्यस्त हो गये। कुछ समय पश्चात् वीरगोरिया ने सहज-शांत और स्थिर वाणी से कहा-

''आप सब व्यवस्था भंग न होने दें, और उत्तेजित न हों।'' उसने चारों और दृष्टि फेरी। सभा में कुछ पलों में ही नीरवता छा गई-गहन नीरवता।

सबकी दृष्टि वीरगोरिया पर जम गई। राजा वीरगोरिया का गम्भीर स्वर गूँजा- ''हमारे पास बल और पराक्रम है, हमारे साथ वीर योद्धा हैं। हमारे पास क्षमता है अर्थात हम हर तरह से शुत्र विजय में समर्थ हैं। देवाधिदेव महादेव की कृपा से हमें न्याय की स्थापना, अधर्म के विनाश हेतु दिव्य अस्त्र-शस्त्र प्राप्त हुए हैं। क्या हमें महादेव व गुरू गोरखनाथ ने यह शक्तियाँ, क्षमताऐं और तुम जैसे वीर इसलिए प्रदान किये हैं कि हम इस देवभूमि में अत्याचार, अनाचार, अन्याय होते देखते रहें? क्या पूरा उत्तरापथ हमारा नहीं है? देवभूमि में कहीं से भी निरीह, निर्दोष, पीड़ित जनों की आर्त पुकार मुझे सुनाई देगी, मैं स्वयं को रोक नहीं सकूँगा। भले ही वह कातर पुकार मेरे शत्रु की ही क्यों न हो। वीरो, जब कोई मनुष्य विपत्ति में हो और उसका पक्ष न्याय का हो और रक्षा हेतु पुकार करे तो पुरुषोचित व्यवहार यही है कि हम उसकी रक्षा के लिए दौड़ पड़ें-परिणाम जो भी हो। परिणाम के भय से न्याय का साथ न देना भीरुता है। कर या शुल्क लेने के पश्चात् ही हमारा कर्तव्य प्रारम्भ नहीं होता है। हम चम्पावत के राजा नागनाथ की सहायता करने के लिए नहीं, उत्तरापथ की पीड़ित प्रजा के लिए लड़ने जाना चाहते हैं। जटियामसाण से युद्ध, चम्पावत का व्यक्तिगत युद्ध नहीं है। यह तो अत्याचारी के विरुद्ध पीड़ित जनता के लिए स्वातंत्र्य युद्ध होगा। जटिया मसाण की हिंसा, क्रूरता, आतंक से पिसती जनता का दर्द हम कैसे भूल सकते हैं? हमारा एक ही सिद्धान्त है-न्याय व धर्म की स्थापना। युद्ध सदैव राज्य विस्तार के लिए ही नहीं होता बल्कि युद्ध आत्मरक्षा के लिए, चुनौतियों के प्रतिकार के लिए, प्रजा के आत्मसम्मान एवं अन्याय के विरुद्ध भी लड़ा जाता है। यदि युद्ध के परिणाम का प्रतिफल-शांति, न्याय, धर्म की स्थापना होने का दिखाई देता हो तो वह युद्ध उचित है वह हिंसा न्यायोचित है। मैंने बुराइयों को नष्ट करने के लिए ही अस्त्र-शस्त्र धारण किये है।''

राजा वीरगोरिया एक पल रुका, फिर एकाएक वह उठ खड़ा हुआ और ऊँचे स्वर में बोला-

''हम इस देवभूमि पर अनाचार, अनैतिकता, अमर्यादा,उच्छृंखलता और अन्याय को सहन नहीं करेंगे। जो भी इस महान भूमि को अपनी कुदृष्टि से कलुषित करने का कुप्रयास करेगा, हम उसका सर्वनाश करेंगे।'' वीरगोरिया ने अपना दिव्य धनुष ऊँचा उठा कर उद्घोष किया।

जब दबाव एवं विरोध हो तब भी हठ के साथ सत्य का साथ देना वीरता का लक्षण है।

वीरगोरिया के योद्धाओं का रक्त उबल पड़ा। उनके भीतर अनोखी ऊर्जा का संचार हो उठा। वे आक्रोश से अपनी मुट्ठियाँ बाँधे उठ खड़े हुए। उनके शस्त्र खड़क उठे।तलवारें चमकने लगीं। तरुण योद्धाओं के उत्साह, उमंग और विजय की लालसा उनके उत्साहित कंठों से जयनाद बन गूँज उठी।

''राजा वीरगोरिया की जै, राजा गोलूज्यू महाराज की जै।'' ''हर-हर महादेव, जै महाकाल, जै महाकाल।'' इस गूँज से सभागृह प्रकंपित हो उठा। वीर योद्धाओं के शस्त्र हवा में चमकने लगे। चंपावत का सेनापति इस संकट-त्राता के मंत्रमुग्ध करने वाले वचन सुन, अपना खड्ग हवा में लहराते हुए उत्साहित,उल्लसित कंठ में बोल उठा-

''न्यायकारी राजा वीरगोरिया की जै।''

''महाराज वीर गोलज्यू की जै।''

ज्ञानी, प्रतापी, न्यायकारी वीरगोरिया के जयघोष की गूँज चम्पावत तक सुनायी देने लगी थी। चम्पावत राज्य में उत्साह की लहर फैल गयी। गढ़ी चम्पावत के नौजवानों में नवीन उत्साह जाग उठा, वे अपने जंग लगे शस्त्रों को चमकाने लगे। वे अपने उद्धारक, अवतारी, धर्मज्ञ, राजा वीरगोरिया के चम्पावत आने की बाट जोह रहे थे। गढ़ी चंपावत में चारों ओर उसके स्वागत की तैयारी होने लगी।

लोहाघाट के देव भोगेश्वर

बाराकोट, मरोड़ाखान होते हुए उसकी सेना लोहावती नदी के तट पर स्थित गुरूगोरखनाथ के परम भक्त एवं शिष्य भोगेश्वर के आश्रम के निकट जा पहुँची। आश्रम से कुछ दूरी पर उचित स्थान पाकर सेना ने पड़ाव डाला। इस पड़ाव से एक कोस दूरी पर देव भोगेश्वर का आश्रम था। भोगेश्वर गुरू गोरखनाथ के वरिष्ठतम शिष्यों में एक थे। ये देवहरूज्यू के समकालीन थे। देवहरूज्यू की भाँति ही सिद्ध योगी, भविष्य दृष्टा व निरंकारी साधु थे। लोग दूर-दूर से अपनी समस्यायें लेकर गुरू भोगेश्वर के पास आते थे। उनकी सारी समस्याओं, कष्टों का हल गुरू भोगेश्वर करते थे। वीरगोरिया की दीक्षा पूर्ण होने के अवसर पर गुरू भोगेश्वरनाथ स्वयं गुरू गोरखनाथ के आश्रम में उपस्थित थे। वे भी वीरगोरिया की अद्वितीय शक्तियों, क्षमताओं से परिचित थे। गुरू ने अपने शिष्यों को राजा वीरगोरिया को स्वागत सहित आश्रम में लाने का आदेश दे दिया था। राजा वीरगोरिया ने नंगे पाँव पैदल चल कर गुरू के आश्रम में प्रवेश किया। गुरू भोगेश्वर के चरणों में प्रणिपात होकर आशीर्वाद लिया। गुरू भोगेश्वर ने वीर, बलिष्ठ, तेजस्वी, दिव्य-धनुष-धारी, श्वेत-वस्त्र-धारी, कर्मयोगी,बाहुवीर्य; परन्तु अति विनम्र नौजवान को तीक्ष्ण दृष्टि से निहारा, फिर अपने निकट आसन पर बैठाते हुए कहा।

''अहो वीरगोरिया! तुम उम्र में मुझसे काफी छोटे हो, तुमने भी गुरू गोरखनाथ से ही दीक्षा, शिक्षा ग्रहण की है। इस प्रकार तुम उम्र में छोटे होकर भी मेरे गुरुभाई हो। मेरी ही भाँति तुम्हें भी गुरूश्रेष्ठ गुरुगोरखनाथ ने शिक्षा दी है। किन्तु तुम्हें गुरुदेव ने मुझसे कहीं अधिक कठिन भार सौंपा है, जिसके तुम सर्वथा योग्य हो, यह तुमने सिद्ध कर दिखाया है। तभी तो कहा गया है:-

''गुणा: पूजास्थानं गुणिषु, न च लिंगम न च वय:।''

इस प्रकार कम आयु में ही गुरू ने जो महत्वपूर्ण कार्य तुम्हें सौंपा है। तुमने गुरूदेव से दिव्य धनुष ग्रहण करते हुए उनके समक्ष जो प्रण किया था, गुरू ने तुम्हें जो कर्मयोग की दीक्षा दी थी, निरीहों, पीड़ित व शोषित प्रजा के कष्टों को दूर करने का भार सौंपा था, उन सबका तुमने अक्षरश: पालन किया है। तुम्हारी ऐसी लगन, कर्तव्य निष्ठा तथा गुरुभक्ति अनुपम है। तुम धन्य हो, तुमने हमारे गुरू का भी मान बढ़ाया है। तुम युग-युगान्तर तक स्मरण किये जाओगे।''

गढ़ चम्पावत की धरती पर राजा वीरगोरिया के कदम पड़ चुके थे। गुरू भोगेश्वर ने सैनिक पड़ाव में वृहद व्यवस्था कर दी थी। खान-पान, रहने आदि की व्यवस्था चमत्कारी थी। सब के मुख पर बाबा भोगेश्वर के चमत्कारी गुणों की चर्चा थी। संभवत: उनका नाम इसी कारण बाबा भोगेश्वर पड़ा होगा। वह अपने चमत्कार से अपने शिष्यों के लिए कई खाद्य-भोग पदार्थ क्षण में उपलब्ध करा देते थे। अतिभोजग्राही स्यूरा व प्यूरा सुस्वादिष्ट भोज पा कर तृप्त हुए। ये दोनों देवाधिदेव से मनौती करने लगे कि किसी तरह उन्हें गढ़चंपावत में सदैव रुकने को मिल जाये ताकि इसी तरह सुस्वादिष्ट भोजन मिलता रहे। देव भोलेनाथ कृपा कर इनकी प्रार्थना सुन ले!

गढ़ चम्पावत राजा वीरगोरिया के स्वागत में सज-धज चुका था। युवकों में उमंग था। नगर वासियों के मन खिल उठे थे। जटियामसाण के आतंक के अंत का क्षण निकट था। गाँव-गाँव, नगर-नगर चर्चायें चल पड़ी थीं। दिव्य धनुषधारी वीरगोरिया के दर्शन हेतु गढ़ में भीड़ उमड़ने लगी थी।

उसे नायक मिल गया

राजा वीरगोरिया की हजारों की संख्या में सेना गोरिल चैड़ के मैदान में पड़ाव डाल चुकी थी। सैकड़ों अश्वों, खच्चरों, सैनिकों से मैदान अटा पड़ा था। लोहा सिंह राजा वीरगोरिया का संदेश लेकर गढ़ी चम्पावत के लिए प्रस्थान कर चुका था।

राजा नागेश्वर नागनाथ स्वयं अपने सभी सभासदों व सेनानायक लोहा सिंह के साथ गोरिलचैड़ मैदान में, राजा वीरगोरिया से मिलने जा पहुँचा। लोहा सिंह के नेतृत्व में हजारों वीर योद्धाओं की सेना राजा वीरगोरिया की सेना से कंधे से कंधा मिलाकर युद्ध हेतु आतुर थी। वृद्ध राजा नागेश्वर नागनाथ का राजा वीरगोरिया ने अपने शिविर में स्वागत किया। राजा नागनाथ ने वीरगोरिया को विह्वल होकर अपनी वृद्ध बाँहों में भरते हुए कहा।

''वीरगोरिया, तुम अद्वितीय हो! तुमने उत्तरापथ को राक्षसों, खबीशों, मसाणों से मुक्त किया है, तुमने अधर्म का नाश किया है। न्यायकारी राज्य की स्थापना का बीड़ा उठाया है। आज तुम्हारे कारण उत्तरापथ निरापद होता जा रहा है। प्रजा में तुम्हारी जैकार हो रही है। वीरगोरिया के युद्ध कौशल की दुंदुभी बज रही है। वीरगोरिया तुम मेरे पुत्र के समान हो। तुम दीर्घायु होओ। जग में तुम्हारा सम्मान बढ़े। तुम्हीं उत्तरापथ के नायक के योग्य हो। इसमें लेशमात्र भी संशय नहीं कि जटिया मसाण का अंत निकट

है। तुम विजयी होओ। मैं तुम्हारा स्वागत अभी गढ़ी चम्पावत में करना चाहता था; पर तुम्हारा यह प्रण जान कि जटिया के दमन के पूर्व तुम गढ़ चंपावत में प्रवेश न करोगे, मैं गद्गद हो गया हूँ। तुम जटिया का दमन कर, गढ़ी चम्पावत में वापस आओ, मैं तुम्हारी प्रतीक्षा करूँगा। पूरे चम्पावत नगर की प्रजा तुम्हारे कदमों के गढ़ी चम्पावत में पड़ने की प्रतीक्षा कर रही है पुत्र! विजयी भवः।''

वृद्ध राजा नागनाथ की आँखों से अश्रुधार निकल पड़ी। एक वृद्ध व सात्विक राजा को क्या चाहिए? चाहिए तो दो बलिष्ठ भुजाओं का सहारा, एक न्याय प्रिय, प्रतापी वीर व्यक्ति का सहयोग।

आज गढ़ चम्पावत कृतार्थ था, किन्तु राजा वीरगोरिया का काज पूर्ण नहीं हुआ था। यद्यपि चारों ओर ऐसा आभास था जैसे विजय प्राप्त हो चुकी हो। वीरगोरिया ने आदर पूर्वक राजा नागनाथ से कहा,

''राजन् आपके पास लोहा सिंह जैसे वीर योद्धा के नेतृत्व में हजारों वीरों की सेना है, फिर भी आप जटियामसाण के दमन में सक्षम नहीं हैं, ऐसा क्यों? क्या जटियामसाण के पास विशाल सेना है?''

राजा नागेश्वर नागनाथ का वृद्ध सिर झुक गया। उसने कहा, ''वीर! जटियामसाण छापा मार युद्ध करता है, उसकी कोई नियमित सेना नहीं है, दुष्टों, राक्षसों, खबीशों, धूर्त तांत्रिकों का एक दल है। उसने कई विष एकत्र कर लिए हैं, उसने तांत्रिक विद्याओं से पानी में छुपने की शक्ति प्राप्त कर ली है। वह अदृश्य होकर भी वार करता है। उसका आतंक समाप्त करने में हमारे हजारों सैनिक जान गँवा चुके हैं। वह घात लगाकर वार करता है और फिर जंगलों में भाग जाता है। गाँव में जाकर सामान्य, निर्दोष लोगों पर अत्याचार, अनाचार करता है।''

राजा वीरगोरिया ने बीच में टोकते हुए कहा, ''महाराज, आप चिंतित न हों, मुझे आपकी इस विशाल सेना की आवश्यकता नहीं है। बड़ी सेना को देखकर वह जंगलों में छुप जायेगा। उसे छोटी-सी सेना से ललकारना होगा तभी वह सामने आएगा। छोटी सैन्य टुकड़ी देख कर वह सम्मुख आकर ललकारेगा। मैं यही चाहता हूँ, कि वह सामने प्रकट हो जाये। वह चाहे जितना बलशाली हो, दुष्ट व तांत्रिक हो, उसके विनाश के लिए मेरे छत्तीस रौतानों, बावन वीरों की सेना पर्याप्त है। केवल सेनापति लोहासिंह मेरे साथ रहेंगे।''

राजा वीरगोरिया ने राजा नागेश्वर नागनाथ को आश्वस्त किया कि वे छोटी सैन्य टुकड़ी देख किसी प्रकार शंकित न हों। जटिया मसाण के दमन के पश्चात् ही वह गढ़ चम्पावत में प्रवेश करेगा। राजा नागनाथ आश्वस्त होकर गढ़ी चम्पावत लौट गये। लोहासिंह की सेना व विभिन्न मण्डलों से साथ आई सेना को गौरिलचैड़ में रोक दिया गया। प्रतापी राजा वीरगोरिया अपनी छत्तीस रौतानों, बावन वीरों की छोटी-सी टोली के साथ जटिया के ठिकाने की ओर प्रस्थान कर गया। धरमदास के बाजे की गूँज घाटियों, वनों, गाँवों में गूँजती जा रही थी। धरमदास के बाजों की ध्वनि सुन वीरों का उत्साह उछालें मारने लगा। चम्पावत के लोग निर्भय होते जा रहे थे।

धूर्त अनुजा और अक्षतवीर्य गौरभैरव

चम्पावत नगर दूर होता चला गया, गाँवों की सीमायें भी समाप्त हो चुकी थीं। गहनतम वनप्रदेश प्रारम्भ हो चुका था। जटिया का ठिकाना कहाँ है? खोजना कठिन था। इन दुर्गम वनों, पहाड़ियों, उपत्यकाओं,सरोवरों में उसे खोजना आसान न था; परन्तु आज उसे खोजने की आवश्यकता नहीं पड़ेगी। वीरगोरिया तो उसे स्वयं सूचना दे रहा था कि हम आ गये हैं-लड़ने के लिए। जटिया को आवाहन कर रहा था-धरमदास का बाजा। सबसे आगे स्यूरा-प्यूरा वीर लाल ध्वज व विशाल नग्न खड्ग के साथ चल रहे थे। पीछे धरमदास के वाद्ययंत्र-ढोल-दमुवा, तूरी-भोंकर ऊँचे स्वर में जटिया मसाण को सूचना दे रहे थे कि हम जंगल में हैं, आ हमारा सामना कर। धरमदास की ललकार, जटियामसाण के कानों तक स्वत: ही पहुँचेगी। छोटी-सी सैन्य टुकड़ी देख कर जटिया स्वयं ही उत्साहित हो कर छापामार युद्ध हेतु कूद पड़ेगा। पर आज उसका सामना उत्तरापथ के गोरिल्ला युद्ध के महानायक वीर गोरिया से था। वीर गोरिया की छत्तीस रौतानों, बावन वीरों का यह छोटा सैन्य दल गोरिल्ला युद्ध में महारत प्राप्त था।

वीरगोरिया के इस सैन्य दल की विशेष युद्ध कला की ख्याति के फलस्वरूप प्रजा में यह भी चर्चा थी कि इस महानायक का नाम गोरिया इसी गोरिल्ला युद्ध की विशेषता के कारण पड़ा है। कारण जो भी हो; परन्तु आज इन योद्धाओं के इस युद्ध कला की भी परीक्षा थी।

घने और बीहड़ जंगलों के भीतर कोसों चलने के पश्चात् इस सैन्य दल को कुछ खुला स्थान और कुछ झोपड़ियाँ बनी दिखायी दीं। दूर से धुआँ उठता देख कर वीरगोरिया ने अपने छत्तीस रौतानों, बावन वीरों की सेना को जंगल में झाड़ियों में छुप जाने का आदेश दे दिया। राजा वीरगोरिया ने धरमदास के बाजे की छोटी सी टुकड़ी साथ ली और स्यूरा-प्यूरा के साथ आगे बढा। अब राजा वीरगोरिया पैदल चल रहा था, उसके आगे स्यूरा,प्यूरा पीछे धरमदास बाजा बजाते खुले स्थान की ओर बढ़ा, अब झोपड़ियाँ निकट थीं। झोपड़ियों के बाहर नर कंकाल बिखरे पड़े थे। कई खाली मद्यभाँड लुढ़के पड़े थे। भुने मांस की गंध चारों ओर फैली थी। झोपड़ियों के निकट पहुँच कर धरमदास ने धीमे स्वर में बाजा बजाना आरम्भ कर दिया ताकि बाजा की ध्वनि सुन यदि कोई आस पास हो तो वह सामने प्रकट हो। वीरगोरिया सतर्कता से एक हाथ में अपना दिव्य धनुष थाम, सधे कदमों से आगे बढ़ रहा था। स्यूरा व धरमदास भी आगे आगे थे। सहसा एक झोपड़ी के सामने दो सुन्दर युवतियाँ प्रकट हईं, लम्बी-चौड़ी, सुन्दर नाक-नक्श, चमकीले वस्त्र, गहनों से लदी-फँदी। वीरगोरिया का संकेत पाकर धरमदास व स्यूरा, प्यूरा ठहर गये। राजा वीरगोरिया अकेला ही आगे बढ़ा। उसने दोनों युवतियों को अभिवादन किया और पूछा- ''देवियों, आप कौन हैं, और इस वीरान जंगल में अकेले क्यों?''

दोनों युवतियों ने भरपूर दृष्टि वीरगोरिया पर डाली। अपने सामने अति गौर वर्ण, बलिष्ठ शरीर सौष्ठव के नौजवान को देखकर, उनके भीतर एक अनोखा रोमांच उत्पन्न हो उठा। ऐसा गौरवर्ण वाला आकर्षक बलिष्ठ नौजवान उन्होंने अपने जीवन में पहली बार देखा था। दिव्य रूपधारी, धनुषधारी गोरिया के मुख मण्डल से वह अपनी दृष्टि को विलग नहीं कर पा रही थीं। वीरगोरिया कभी एक युवती

को देखता, फिर दूसरी युवती को। वीरगोरिया उनकी दृष्टि का अर्थ समझ रहा था। उसको यह अनुभूति हो चुकी थी कि वह दोनों युवतियाँ जटियामसाण कुल से ही हैं, वह सर्तक था। कुछ क्षण पश्चात् ही दोनों युवतियों में से एक जोर-जोर से रोने लगी, तथा दूसरी जोर से हँसने लगी। उनके भावों को देखकर राजा वीरगोरिया जैसा धैर्यवान भी कुछ पल के लिए विचलित हो उठा। उसने अपना हाथ धनुष से ढीला किया और आगे बढ़ा। उसने स्नेह पूर्वक नम्र स्वर से पूछा- ''अरी देवियों! तुममें से एक हँस रही हो तो दूसरी रो रही हो, यह कैसी विचित्र बात है, क्या जटियामसाड़ ने तुम्हें सताया है? तुम मुझे बताओ मैं उस दुष्ट राक्षस का वध करने ही यहाँ आया हूँ।''

दोनों युवतियों ने पुन: तीक्ष्ण दृष्टि राजा वीरगोरिया पर डाली। दोनों और अधिक जोर-जोर से रोने तथा हँसने लगीं। जो युवती रो रही थी, वीरगोरिया उसके निकट गया, उसने स्नेह से उसके सिर पर हाथ फेर कर पूछा- ''देवी, कृपा कर बताओ तुम्हें क्या कष्ट है, तुम जोर जोर से क्यों रो रही हो। मैं तुम्हारा कोई कष्ट दूर कर सकूँ, तो मैं अपना सौभाग्य समझूँगा।''

रो रही नवयवना नारी ने शीघ्रता से वीर, बलिष्ठ गोरिया को अपने बाहुपाश में समेट लिया। जब तक वीरगोरिया कुछ समझता, उस कामासक्ता ने वीरगोरिया के प्रगाढ़ प्रेमालिंगन के साथ कई कई चुंबन उसवे कपोलों पर अंकित कर दिये। वीरगोरिया ने कठिनाई से अपने को विलग किया; परन्तु वह सुरतरंगी नवयौवना उसको बड़े ही कामातुर दृष्टि से निहारती रही। वह आलिंगन की मुद्रा में अपनी बाँहें फैलाये थी। राजा वीरगोरिया कुछ कदम पीछे हटा और कहा, ''दुःखी नारी, मैं तुम्हारा कष्ट दूर करना चाहता था पर तुम ....?''

बीच में टोकते हुए कामिनी नवयौवना नारी ने कहा, ''मैं अपना कष्ट ही तो दूर कर रही थी। मैंने तुम्हारे जैसा रूपवान, तेजवान, बलवान युवक अपने जीवन में पहले कभी नहीं देखा है। मैं तुम्हारे और अधिक निकट आना चाहती हूँ। तुम्हारी अत्यंत मोहक छवि देख, हम बहनें अपना आपा खो चुकी हैं।''वह कामासक्ता नवयौवना आँख गड़ाये वीरगोरिया को देखती रही। उसे गोरिया में एक सम्पूर्ण पुरुष दिखाई दे रहा था। उस रतिलंपट ने कई पुरुषों को देखा था। इन दोनों ने कई पुरुषों को अपने सुरतरंगी रंग में नचाया था। उनमें से उग्र होकर कई की हत्यायें की थी; किन्तु यह पुरुष तो अति गौर वर्ण का, ऊँचा कदकाठी का था, जिसके मुख पर मोहक मुस्कान थी। पुष्ट शरीर, सिंह के समान चपल। इतना आकर्षक व बलिष्ठ पुरुष! पर इसका धनुष व खड्ग? यह तो वीर भी प्रतीत होता है। वह दृष्टि गड़ाए देखती रही। वह सोच रही थी, अब तक देखे पुरुषों में यह सर्वश्रेष्ठ पुरुष है। यह मेरा प्रेमी होने योग्य है, यह तो जटिया को भी परास्त करने की क्षमता रखता है। वह रोते हुए बोली।

''वीर पुरुष, तुम कौन हो, और जटिया से युद्ध क्यों करना चाहते हो?''

''देवी! क्या तुम जटिया को जानती हो? मैं जटिया राक्षस का वध कर पूरे चम्पावत राज्य को उसके आतंक से मुक्त कराना चाहता हूँ।''

सहसा उस युवती ने अपना भाव बदला, ''अरे, तुम तो वीर दिखाई देते हो; पर हो बड़े मूर्ख। तुम्हें ज्ञात है, वह जटिया मेरा बड़ा भाई है। वह परम शक्तिशाली मसाण है, उससे आज तक कोई नहीं जीत सका है। तुम उसके साथ युद्ध का विचार त्याग कर सुख के साथ हम दोनों बहनों के साथ यहाँ रमण

करो, भोग करो, अन्यथा तुम्हारा जीवन बचना कठिन हो जायेगा।''

वीरगोरिया ने दृढ़ता से कहा। ''तब तो मैं उचित स्थान पर पहुँच गया हूँ। जटियामसाण की मृत्यु निकट है; जाओ उससे कहो कि वीरगोरिया उससे युद्ध करना चाहता है।'' एक नवयौवना नारी पुन: जोर से रोने लगी और वह बोली। ''अरे मूर्ख! इसी कारण से तो मैं रो रही हूँ। तेरे जैसा बलिष्ठ, रूपवान जो मेरा प्रेमी होने योग्य है, नाहक मेरे वीर खबीश भाई के हाथों कालकवलित हो कर मेरे भाई का आहार बन जायेगा। वह तुम्हें कच्चा चबा जायेगा। मेरा कष्ट तभी दूर होगा यदि तू युद्ध की बात भूल जा और मेरे साथ इस जंगल में रमण कर। तू आनंद से रहेगा, अन्यथा मैं तेरे वियोग में जीवन भर वैसे भी रोती ही रहूँगी।''

''देवी! निश्चित ही तुम अब जीवन भर रोती ही रहोगी, क्योंकि तुम दोनों ने भी क्रूर जटिया के आतंक को बढ़ाने में सहयोग किया है। अब तो तुम्हारे जीवन में दुःख व रोना ही शेष है।''

तभी दूसरी नवयौवना अपना विकराल रूप लेकर अट्टहास करती वीरगोरिया के निकट आ गयी। वीरगोरिया ने बिना विचलित हुए उससे पूछा,

''विकट देवी! आप क्यों अट्टहास कर रही हैं? अपनी बहन की भाँति रो क्यों नहीं रही हो?''

''तू मूर्ख मनुष्य है। तू जटिया मसाण को नहीं जानता है, वह एक फूँक मार कर ही तुम्हें सदैव के लिए मृत्यु के गाल में पहुँचा देगा। तुझे तो शस्त्र उठाने का अवसर भी नहीं मिलेगा। इसी कारण मैं हँस रही हूँ कि तू कितना बड़ा मूर्ख है जो बिना सोचे समझे स्वयं काल के गाल में जा रहा है। मेरा भाई काल है, काल।'' तभी इस युवती ने चपलता से अपनी कमर से चमचमाता खड्ग निकाल कर वीरगोरिया पर अप्रत्याशित वार कर दिया। वीरगोरिया को एक नारी द्वारा अचानक वार किये जाने की आशा न थी। उसने एक कदम पीछे हट कर वार बचाया, पर खड्ग का एक कोना उसके कंधे पर लम्बा-सा घाव दे गया। उससे रक्त निकल पड़ा। तब तक वीरगोरिया अपना खड्ग बाहर निकाल चुका था। युवती अट्टहास करती रही और अपने वार से वीरगोरिया के शरीर से निकलते गर्मरक्त को देखकर हर्षित हो रही थी। उसने जीभ बाहर निकाल कर गर्म रक्त को चाटने का भाव दिखाया। वीरगोरिया नारी पर वार नहीं करना चाहता था। युवती अट्टहास करते हुए चिल्लायी- ''मेरा भाई काल है-काल, उससे कोई नहीं बच पाया है। मेरा भाई काल है-काल। तुम्हें अभी भी हम चेता रहे हैं; जटिया से युद्ध भूल कर हमारे साथ सुख भोग करते हुए रह।''

राजा गोरिया पर वार होता देख कर झाड़ियों में छिपे छत्तीस रौतानों व बावन वीरों की टोली नग्न खड्ग, तलवार, भाले लिए इस ओर दौड़ पड़ी। वे चिल्ला रहे थे- ''जटिया काल है तो वीरगोरिया महाकाल है। इस अरण्य में महाकाल आ पहुँचा है। महाकाल आ पहुँचा है। जटिया तू महाकाल से कैसे बचेगा? महाकाल आ रहा है, महाकाल आ रहा है। जै महाकाल, जै भैरव! चारों ओर भैरवनाद हो रहा था। पूरा पर्वत, वन, महाकाल के जयनाद से गूँजने लगा ''जै महाकाल, जै कालभैरव।'' धरमदास ने भी जोर से रणभेरी बाजा बजाना शुरू कर दिया। देखते ही देखते दोनों नवयुवतियों को बंदी बनाया जा चुका था। जटिया मसाण की दोनों दुष्ट अनुजायें वीरगोरिया को महाकाल के रूप में देखने लगीं। उन्हें लगने लगा निश्चित ही यह गोरा महाकाल, गौरभैरव इस महारण्य में प्रवेश कर चुका है। आज तक उन्हें कोई

मनुष्य बंदी नहीं बना सका था। दोनों सोच रही थीं, इस वीर मनुष्य में कुछ तो है, जिस कारण हम दोनों सम्मोहित हो गयी थीं। पहले ही इस पर वार कर इसको मारने के स्थान पर हम दोनों इस रूपवान पुरुष के रूपजाल में कैसे फँस गयीं? आश्चर्य! एक ओर तो यह सुन्दर मनमोहित करने वाला गौर वर्ण पुरुष है, तो दूसरी ओर यह साक्षात् कालभैरव का रूप है।

यह तो कालाभैरव नहीं गोराभैरव लग रहा है।-गौरभैरव।

निर्णायक युद्ध की ओर

दोनों बंदी युवतियों से पूछताछ पर उन्होंने सूचना दी कि जटिया यहाँ से पाँच कोस दूरी पर एक जलाशय के किनारे घने जंगलों में रहता है। लेकिन ये दोनों युवतियाँ बार-बार जटिया व उसकी सेना के बल का बखान कर वीरगोरिया की सेना को डराने का प्रयास कर रही थीं। इधर वीरगोरिया की बत्तीस रौतानों,बावन वीरों की छोटी सी सेना के लिए कोई खबीश मसाण, राक्षस राह का रोड़ा नहीं बन सकता था। उन्हें जीवन की चिन्ता किये बिना वीरगोरिया के द्वारा निर्धारित लक्ष्य को पूर्ण करना था।

जटिया की दोनों बहनों के बताये मार्ग पर यह सेना सतर्क होकर आगे बढ़ रही थी। इसका शीघ्र ही जटिया से साक्षात्कार होना निश्चित था। घने जंगलों को पार करता वीरगोरिया अपनी सेना के साथ धीरे-धीरे बड़ी सावधानी के साथ आगे बढ़ रहा था। अब तक वे चार कोस चल चुके थे।

अचानक जटिया की दोनों बहनों ने मुँह से विचित्र स्वर निकालने शुरू कर दिये। वीरगोरिया युद्ध पारंगत था। वह तुरन्त समझ गया कि यह दोनों जटिया को इन विचित्र स्वरों से संदेश पहुँचा रही हैं। उसने अपनी सेना को सतर्क रहने का आदेश दिया। सभी सैनिक अपने शस्त्रों को उठाये किसी भी अप्रत्याशित वार के लिए तत्पर थे। वीरगोरिया ने अपने धनुष पर बाण चढ़ा लिया था। स्यूरा, प्यूरा वीरों ने ध्वज एक पेड़ पर टिका दिया और अपने विशाल खड्ग को उठा कर तीक्ष्ण नजरों से जंगल, झाड़ियों में चारों ओर दृष्टि गड़ाने लगे। जटियामसाण की बहनें बार-बार नये प्रकार के तीक्ष्ण स्वर निकाल रही थीं। वह दोनों जटिया की सेना को गुप्त संदेश देती जा रही थीं। वीरगोरिया ने उन्हें नहीं रोका, वह चाहता था कि छोटी सैन्य टुकड़ी देख जटिया शीघ्र सामने आये। बत्तीस रौतानों, बावन वीरों की सेना निर्भीक होकर धीरे-धीरे आगे बढ़ती रही।

तभी अचानक भीषण कोलाहल हुआ और चारों ओर से सैकड़ों जटिया के सैनिकों ने वीरगोरिया की सेना को घेर लिया। वे पेड़ों के ऊपर थे, झाड़ियों के पीछे थे। कुछ खुले में विशाल खड्ग, तलवार, खुकुरी, भाले लिये वार के लिए तत्पर थे।

धरमदास ने संकेत पाकर एक विशेष ध्वनि में लड़ाकू बाजा बजाना प्रारम्भ कर दिया। यह युद्ध का संकेत था। बत्तीस रौतानों, बावन वीरों का रक्त उबलने लगा। उन्हें अपने युद्ध कौशल को दिखाने का एक बड़ा अवसर मिला था। वीरगोरिया अपने धनुष पर बाण चढ़ा कर चारों ओर दृष्टि घुमा रहा था।

तभी गढ़ चम्पावत के सेनापति लोहा सिंह ने हुँकार भरी, ''वीरगोरिया की जै,'' ''महाकाल की

जै,'' महाभैरव की जै।'' महाकाल की जै की भीषण गर्जना से जंगल गूँज उठा। बत्तीस रौतानों, बावन वीरों की सेना जटिया के सैनिकों पर टूट पड़ी। धरमदास का बाजा तीव्रतर होता गया। गोरिया के वीर, जटिया के सैनिकों का वध करते जा रहे थे। वीरगोरिया अपने जिस वीर को कमजोर पाता वह दूर से ही बाण का वार कर जटिया के सैनिकों को मृत्यु दण्ड दे रहा था। भीषण मारकाट मचने लगी, पर जटिया प्रकट नहीं हुआ था। वीरगोरिया की आँखें उसे खोज रही था। जटिया की सेना कमजोर पड़ती जा रही थी। वीरगोरिया के भी कई वीर घायल हो चुके थे।

कुछ क्षणों पश्चात् वातावरण में एक तीव्र विषैली गंध फैल गयी। जटिया की बहनों ने हिनहिनाने की एक विशेष ध्वनि निकाली। वीरगोरिया जान गया कि यह ध्वनि-संकेत है कि राक्षस जटियामसाण कोई विषैला पदार्थ हवा में फैला रहा है, जिसके प्रभाव से सभी अचेत हो सकते हैं। जटिया की बहनों व जटिया को आशा थी कि कुछ क्षणों में ही वीरगोरिया सहित उसकी सेना इस विषैले गंध से अचेत हो जाएगी। पर यह क्या? इस गंध का वीरगोरिया व उसके बत्तीस रौतानों, बावन वीरों व लोहा सिंह पर कोई असर नहीं हो रहा था। जैसे जैसे विषैली गंध का प्रकोप कम होता जा रहा था तैसे तैसे जटिया बहनों का भय बढ़ता जा रहा था। इस गंध से स्पष्ट हो चुका था कि जटिया आस पास ही अदृश्य हो कर विष को हवा में फैला रहा है। वह शीघ्र ही सामने प्रकट होगा। जटिया के अधिकांश सैनिक मारे जा चुके थो कुछ युद्ध छोडकर जंगलों की ओर लुप्त गये थे। वीरगोरिया के भी कई सैनिक घायल थे, दैवयोग से हताहत कोई न हुआ था।

लोहा सिंह ने कहा, ''वीरो, चारों ओर आधे कोस के भीतर फैलकर खोज करो, अवश्य ही जटिया मसाण यहीं कहीं है।'' सभी सैनिक छोटी-छोटी टुकड़ियों में चारों ओर फैल गये। चार घड़ी बाद सभी सैनिक आधे कोस का चप्पा-चप्पा छान कर लौट आये, पर जटिया का कोई पता न लग सका। जटिया की बहनें पेड़ से बँधी हँस रही थीं। बीच बीच में वे दोनों बहनें अनोखी तीक्ष्ण आवाजें मुँह से निकाल रही थीं। वीरकलुवा ने कहा, ''ये दोनों दुष्टा अवश्य ही इन आवाजों से जटिया को सावधान कर रही हैं, इनके मुँह को कपड़े से बाँध दिया जाये।''

सैनिकों ने दोनों के मुँह में कपड़ा ठूँस, बाहर से बाँध दिया। अब जटिया को संकेत नहीं मिल सकते थे।

तभी उग्रभट, जो पूर्व में घाटकामसाण का सेना नायक रह चुका था, वीरगोरिया के निकट गया उसने कहा- ''राजा वीरगोरिया, यदि आज्ञा हो तो कुछ सुझाव निवेदन करूँ।''

''हम युद्ध कर रहे हैं, यहाँ हर योद्धा का सुझाव महत्वपूर्ण हो सकता है;शीघ्र बतायें।''

''राजा वीरगोरिया! आप जानते हैं कि मैं दुष्ट घाटका के साथ रह चुका हूँ, ये मसाण अदृश्य रह कर वार कर सकते हैं। आपको पता ही है ये मसाण पानी के भीतर भी छुप जाते हैं। ये दुर्दान्त दानव हिंसा कर कहीं अपने दुरुह, दुर्गम दुर्ग में जा छुपते हैं। यह यहीं कहीं अदृश्य है या वह निकट के सैमाणताल में छुपा है। आप कुछ ऐसा उपक्रम करें कि यह जटियामसाण सामने प्रकट हो जाये, अन्यथा कई दिन तक हमें इस घने जंगल में भटकना पड़ेगा।''

''महाराज, उग्रभट का कथन उचित है, क्योंकि जटिया सेना को देख कर छुप जाता है। वह प्रत्यक्ष

युद्ध नहीं चाहता है। जब हम पिछली बार बड़ी सेना लेकर इस क्षेत्र में आये थे तो वह छुप गया। एक माह तक वह दृष्टिगोचर नहीं हुआ। सेना भूख प्यास से व्याकुल होकर, थकहार कर जब जंगल से वापस जाने लगी तभी उसने घात लगाकर सैकड़ों सैनिकों को मार डाला। हजारों सैनिक घायल हो गये। हमारी सेना को भारी हानि हुई। तब से महाराज नागनाथ ने उससे युद्ध का साहस नहीं किया।''

राजा वीरगोरिया ने कहा, ''उचित है, इस क्रूर व भीरु जटिया की मृत्यु निश्चित है; तब इस कार्य में अधिक विलम्ब क्यों? इस हेतु मुझे गुरूगोरखनाथ से प्राप्त दिव्य धनुष-बाण का प्रयोग करना ही होगा।''

सभी सैनिकों व सेना नायकों के हृदय प्रसन्नता से खिल उठे। राजा वीरगोरिया ने कहा,''सभी सैनिक मेरे पीछे आ जायें, मैं चार दिशाओं में चार बाण चलाऊँगा; परन्तु जब भी मैं बाण चलाऊँ सब मेरे पीछे ही रहें।''

तभी वीरगोरिया को पेड़ से बँधी जटिया की बहनों का स्मरण आया। वीरगोरिया ने कहा, ''इन दोनों यमअनुजाओं को भी अपने साथ मेरे पीछे रखना, अन्यथा इन्हें भी दिव्य बाणों से हानि हो सकती है।''

लोहा सिंह ने कहा, ''राजन्, जटिया की ये क्रूर हत्यारिन बहनें भी मृत्यु को प्राप्त होती हैं तो हो जायें, इन्हें जीवित रखने का प्रयोजन क्या है?'' वीरगोरिया ने कहा, ''लोहा सिंह, इन बाणों से मृत्यु नहीं होगी, मात्र शरीर में असहनीय पीड़ा उत्पन्न होगी, तीव्र पीड़ा के असर से जटियामसाण कहीं भी छुपा न रह पाएगा, वह जहाँ भी होगा, अवश्य प्रकट हो जाएगा। मैं, इन दुष्टात्मा जटिया की अनुजाओं को मृत्यु दण्ड तो दे सकता हूँ, पर अनावश्यक उत्पीड़न नहीं करना चाहता हूँ। इन बाणों के असर से मनुष्य में होने वाली पीड़ा, कष्ट के कारण मनुष्य अपने सभी कर्म को भुला बैठेगा। जैसे ही जटिया पर इस बाण का प्रभाव होगा, वह अपनी अदृश्य होने की शक्ति को खो देगा और वह जहाँ भी होगा प्रकट हो जाएगा।'' सेनानायक लोहा सिंह ने जयघोष किया, ''राजा वीरगोरिया की जै।'' सैनिकों के भारी जयघोष से जंगल के पशु पक्षी कलरव कर, इधर उधर भागने लगे।

राजा वीरगोरिया ने दिव्य धनुष पर बाण को अभिमंत्रित कर संधान किया, मस्तक से लगाया और महादेव का स्मरण कर बाण पूर्व दिशा की ओर छोड़ दिया। फिर वह मुड़ा, उसने दूसरा बाण भी मस्तक से लगाकर उत्तर दिशा में छोड़ दिया। क्रमश: चारों दिशाओं में बाण छोडे। सभी सैनिक क्रम से राजा वीरगोरिया के पीछे खड़े होते गये। अब सब को प्रतीक्षा थी इन बाणों के प्रभाव को देखने की।

सहसा दक्षिण दिशा में कोलाहल सुनायी दिया। सभी सैनिक अपने अपने अस्त्र ऊँचे कर सावधान व सतर्क हो गये। वीरगोरिया अभी भी तन के खड़ा था और उसके धनुष पर बाण अभी भी चढ़ा हुआ था। उसकी तीक्ष्ण दृष्टि दक्षिण दिशा में कुछ खोज रही थी।

कुछ समय बाद, सैकड़ों राक्षस सैनिक खड्ग, भाले, शूल, लौह दण्ड हाथों में लेकर दौड़ते हुए वीरगोरिया की ओर झपटे।

लोहा सिंह ने हुंकार भर कहा।''हर-हर महादेव! जै महाकाल।''

सैनिकों ने उद्घोष को दोहराया, ''हर हर महादेव! जै महाकाल।''

दोनों तरफ के सैनिकों के मध्य भीषण युद्ध छिड़ गया, पर वीरगोरिया की दृष्टि जटियामसाण को खोज रही थी। इधर वीरगोरिया के बत्तीस रौतानों, बावन वीरों ने जटिया की सेना को गाजर मूली की भाँति काटना प्रारम्भ कर दिया। जटियामसाण की सेना न तो अनुशासित थी, न ही युद्ध कला में निपुण थी। वे बस शस्त्रों से हिंसक पशु बल के साथ प्रहार कर रहे थे। उनके अधिकांश वार व्यर्थ जाते थे। इधर गोरिया की सेना अनुशासित, युद्ध एवं शस्त्र विद्या में पारंगत थी। किस योद्धा से एवं किस शस्त्र से, किस तरह निपटना है, उन्हें पूर्ण ज्ञान था। जिसके कारण वीरगोरिया की सेना आसानी से इन राक्षस वीरों के वारों से स्वयं को बचाते हुए, उन्हें सरलता से महाकाल के गाल में पहुँचा रही थी। युद्ध लगभग समाप्ति होने की ओर था। तभी दक्षिण दिशा से एक भूचाल सा आ गया। अट्टहास, चीत्कार, गुर्राहट करता विशालकाय, उन्मादी, उन्मत्त जटियामसाण प्रकट हुआ। उसका कद एक बड़े चीड़ के पेड़ के समान लम्बा था। उसका सिर लूटे-घास के एक सुव्यवस्थित बड़े ढ़ेर के समान बड़ा था। थाली के समान बड़ी आँखें, अंगारों की भाँति दहक रही थीं। उसका विचित्र व विशालकाय शरीर देखकर ही सामान्य मनुष्य मूर्छित हो जाता। क्रोधान्मत्त जटिया हुंकार भरता हुआ, विक्षिप्त-सा दौड़ता आगे बढ़ा। वह दाँत किट-किटाता, पूरी शक्ति के साथ वीरगोरिया की ओर झपटा। वीरगोरिया पहले से ही अपने दिव्य धनुष पर बाण का संधान किये खड़ा था। उसने अभिमंत्रित बाण छोड़ दिया। बाण सीधे जटिया की नाभि पर जा लगा। देखते ही देखते जटिया वा्â विकराल रूप पल भर में ही नष्ट हो गया। उसके स्थान पर जटियामसाण एक साधारण योद्धा के रूप में परिवर्तित हो गया था। उसकी शरीर बढ़ाने की शक्ति समाप्त हो चुकी थी। अब वह सिद्धि विहीन योद्धा रह गया था। फिर भी जटियामसाड़ बिना किसी हिचकिचाहट के वीरगोरिया की ओर वेग से झपटा। तभी कलुवावीर ने जटिया को अपनी बलिष्ठ बाँहों से बाँध लिया और उसे भूमि पर पटकने का प्रयास करने लगा।

जटिया पिंजरबद्ध सिंह की भाँति तड़प रहा था। जटिया ने अपना सम्पूर्ण बल लगाया, पर वह कलुवावीर की जकड़ से छूट नहीं पा रहा था। वीरगोरिया के अन्य सैनिक उसकी ओर झपटे, यह देख खबीश जटिया ने वीरकलुवा के बाँह पर अपने तीक्ष्ण दंत गड़ा दिये। तीक्ष्ण दाँतों के गड़ने के कारण वीरकलुवा की बाँह से रुधिर की धार बह निकली। उसकी पकड़ ढीली पड़ गयी। तभी जटिया उछल कर विलग हो गया। भाई वीरकलुवा के बहते लाल रक्त को देख, वीरगोरिया सह नहीं सका। उसके नेत्रों में क्रोध उतर आया, आग्नेय नेत्रों से उसने जटिया को घूरा और कहा-

''अरे! क्रूर, पाख़ंडी,स्वेच्छाचारी मसाण, उत्तरापथ में तेरे सभी राक्षस साथी मारे जा चुके हैं।तेरे पापों का घड़ा भर चुका है। अब तू भी महाकाल के गाल में जाने के लिए तैयार हो जा। तुझ पापाचारी, अत्याचारी, अभिचारी, अन्यायी का पल भर भी इस देवभूमि में जीवित रहना तनिक भी उचित नहीं है।'' अगले ही क्षण वीरगोरिया के दो तीक्ष्ण बाणों ने जटिया के दोनों बाहों को इस प्रकार बींध दिया कि बाण बाहों को पारकर उसके शरीर में जा धँसे। उसके दोनों बाँह उसके शरीर से जा सटे। अब वह अपनी दोनों बाँहों को हिला तक नहीं सकता था। तभी वीरगोरिया ने एक भीषण मुष्टिका का प्रहार जटिया की छाती पर किया। भीषण मुष्टिका-प्रहार से जटिया रक्त वमन करने लगा। वह कटे वृक्ष की भाँति भूमि पर जा गिरा। जटिया की दोनों बहनें अपने भूमि पर बिछे बलशाली भाई से लिपट कर रोने लगी। वीरगोरिया के संकेत से उनके बँधे मुँह से कपड़ा खोल दिया गया।

जटिया की दोनों क्रूर अनुजायें दहाड़े मार कर रोने लगीं। पूरा जंगल इन क्रूर बहनों की रोने की कर्कश ध्वनि से प्रकंपित हो उठा। धीरे धीरे जटिया अचेत होकर मृत्यु के द्वार पर पहुँच चुका था। जटिया की दोनों नरभक्षिता अनुजा यह जानकर कि उसका वीर भाई मृत्यु के द्वार पर है, उन्होंने एक दूसरे को संकेत किया और दोनों ने पलक झपकते एक दूसरे पर छोटे से विष बुझे चाकुओं से वार कर दिया। दोनों बहनें पल में ही मृत्यु को प्राप्त हो गयीं, जबकि जटिया अभी भी अंतिम साँसें गिन रहा था। उग्रदेव ने कहा, ''राजन्, यदि आज्ञा दें तो इस अत्याचारी दुष्टात्मा जटिया का शिरोच्छेदन कर इसकी इहलीला समाप्त कर दी जाए।''

''उग्रदेव, इसकी आवश्यकता नहीं पड़ेगी। जटियामसाण ने जो तांत्रिक शक्तियाँ प्राप्त की थीं, वह दिव्य बाण के प्रहार से समाप्त हो चुकी हैं। जिन तांत्रिक अंधविश्वास तथा अभिचार कृत्यों से इसने सत्य का गला घोटने का कुप्रयास किया था, जिस पशुबल से इसने मनुष्यों पर अत्याचार, अनाचार, पापाचार किया था। मनुष्यों पर ही नहीं अन्य जीवों पर भी इसने अत्याचार किया, वही अर्जित पाप का बल इसका गला शीघ्र ही घोंट देगा।'' वीरगोरिया ने कहा।

कुछ क्षणों बाद ही देवभूमि उत्तरापथ उस दुराचारी, पापाचारी जटियामसाण के भार से मुक्त हो गया।

सभी वीर योद्धाओं ने अपने खड्ग, भाले,त्रिशूल, तलवार ऊँचे कर हवा में लहराये , ''राजा वीरगोरिया की जै'' के घोष से अब यह अभय अरण्य पुन: गुंजायमान हो उठा।

कालीकुमाऊँ का उज्ज्वल सूर्य, जो जटिया रूपी काले बादलों से ढक गया था। वह वीरगोरिया के वीर कृत्यों से धवल-चन्द्र की भाँति प्रकाशित हो उठा था। वह धवल-चन्द्र-प्रकाश चम्पावत के नगर द्वार पर पहुँच चुका था। चारों ओर निर्भयता, उमंग-उल्लास का नया वातावरण था।

उत्तरापथ को मिला न्यायकारी राजा

''धनुर्वेद, धर्मशास्त्र, तर्कशास्त्र, न्यायशास्त्र, दण्डनीति में पारंगत गुरूश्रेष्ठ गुरुगोरखनाथ के श्रेष्ठ शिष्य, तेरा अवतरण उत्तरापथ में न्याय की स्थापना, अधर्म के विनाश हेतु हुआ है। गुरूगोरखनाथ ने एक नितांत अशिक्षित व प्राकृत ग्रामीण को परिमार्जित कर उत्तरापथ का नायक बना दिया है। उसके पश्चात् उसी अवतारी पुरुष ने अपने कर्मों से गुरुऋण को भी चुका दिया है। उत्तरापथ को राक्षसों से मुक्त करने के पूर्व सिंहासन पर न बैठने का तुम्हारा प्रण भी अब पूर्ण हुआ। उत्तरापथ खबीश, मसाड़, राक्षसों से पूर्ण रूप से मुक्त हुआ। मुझे संतोष है कि मुझे ऐसा उत्तराधिकारी मिल गया है जिसे मैं उत्तरापथ का सम्पूर्ण भार सौंप, निर्विकार हो, वानप्रस्थ को प्रस्थान कर सकता हूँ।'' चम्पावत का वैभवशाली राजा नागेश्वर नागनाथ गद्गद कंठ से कह उठा।

उन्होंने अपना रत्न जड़ित स्वर्ण मुकुट उठाकर वीरगोरिया के सिर पर रख दिया। पूरे राजमहल में स्निग्ध आलोक-सा बिखर गया।

''महादेव, आपकी कैसी सुन्दर लीला है यह!'' गढ़ चम्पावत के सेनापति ने श्रद्धा से सर झुका लिया। वह नागनाथ के निर्णय से सहमत हो, अभिभूत हो उठा।

वीरगोरिया ने वृद्ध राजा नागनाथ के चरणों पर माथा टेक कर कहा। ''नहीं महाराज! मुझे कुछ नहीं चाहिए। मैं तृप्त हो चुका हूँ। मैंने राक्षस जटिया का दमन गढ़ चम्पावत को जीतने, उस पर अधिकार प्राप्त करने के लिए नहीं किया है। मेरी राज्य विस्तार की आकांक्षा नहीं है। मैंने जो भी किया है, वह उत्तरापथ की प्रजा की सुख-शांति के लिए किया है। राज्य आपका है। मैं ऐसा अपराध नहीं करना चाहता हूँ।''

''पुत्र, कैसा अपराध? तुम उत्तरापथ के विख्यात वीर पुत्र हो, वीर-बलिष्ठ, धर्मप्रिय, न्यायप्रिय, पराक्रमी होकर भी अतिविनम्र व शीलवान हो। मूलत: संन्यासी होकर भी योद्धा हो। उत्तरापथ के बड़भाग हैं जिसे इस युग में तुम्हारे जैसा अवतारी नायक प्राप्त हुआ है। यह देख मेरा हृदय प्रफुल्लित हो गया है। तुम और तुम्हारे वीरों के समुद्योग से आज सम्पूर्ण उत्तरापथ भय मुक्त हुआ। गढ़ी चम्पावत के भाग्य विधाता हो तुम। प्रजा के संकट-त्राता हो। मैं वृद्ध हो गया हूँ। यह भारी खड्ग मुझसे उठता नहीं है। धर्मशास्त्र यही कहता है कि वृद्ध राजा को चाहिए कि योग्य उत्तराधिकारी को अपना राज्य सौंप कर वानप्रस्थ में जाए। वर्तमान में तुम से योग्य उत्तराधिकारी उत्तरापथ में ही नहीं अपितु सम्पूर्ण आर्यावर्त में कोई नहीं है। तुम ही इस देवभूमि उत्तरापथ की रक्षा कर सकते हो, देवभूमि की प्रजा को न्याय दिला सकते हो।''

राजा नागेश्वर नागनाथ ने वीरगोरिया को अपनी वृद्ध बाँहों मे समेट लिया।

राजा नागनाथ व राजा वीरगोरिया अलिंगनबद्ध होकर अश्रु प्रवाह कर रहे थे।

तभी सेनापति लोहा सिंह ने हर्षोन्मत्त हो, जयघोष किया, ''गढ़चंपावत के राजा वीरगोरिया की जै।''

पूरा सभा मण्डल जैसे स्वप्न से जागा हो; एकाएक गगन भेदी स्वर में पुकार उठा-''गढ़चंपावत के राजा वीरगोरिया की जै।'' ''न्यायकारी वीरगोरिया की जै'' ''न्यायकारी राजा गोरिया की जै''।

पूरे महल में देर तक जैकार गूँजती रही। राजा नागेश्वर नागनाथ ने राजा वीरगोरिया को अपनी बाँहों में थाम कर गढ़ चम्पावत के राज सिंहासन पर बैठाया, पुष्पहार पहनाकर, चन्दन, रोली, अक्षत लगाकर राजतिलक किया। राज्याभिषेक कर गढ़चम्पावत का राज्य वीरगोरिया को सौंप, राजा नागेश्वर नागनाथ निश्चिंत और निर्विकार हो कर बाबा भोगेश्वर के आश्रम की ओर वानप्रस्थ हेतु प्रस्थान कर गया।

पूरे गढ़ चम्पावत नगर में दीप मालाों जल उठीं। चारों ओर मंगलगान होने लगे। धरमदास नौबत बजाने लगा। पूरी गढ़ी चम्पावत में बधाइयाँ दी जाने लगीं। उत्तरापथ धर्मशील, न्यायकारी राजा को पाकर धन्य था। जहाँ यह समाचार मिलता वहीं दिवाली मनायी जाने लगी। वहीं ढोलकों पर थाप पड़ने लगती।

चारों ओर आनन्द-उमंग, उत्साह-उल्लास और निर्भयता व्याप्त थी।

नीतिमान दृष्टिकोण

राजा वीरगोरिया ने अपनी राजधानी गढ़ चम्पावत में स्थानान्तरित कर ली थी। माँ कलिंगा, वृद्ध पिता हालुराई भी चम्पावत आ चुके थे। न्यायकारी राजा गोलू ने अपनी सात सौतेली माताओं को घोषित मृत्यु दण्ड को धूमाकोट महल में नजरबंद दण्ड के रूप में पहले ही बदल दिया था। वे सातों मातायें धूमाकोट महल में ही रहेंगी, यह आदेश हो चुका था।

कत्यूरीराजवंश के सबसे महत्वपूर्ण राज्य गढ़ चम्पावत के राजसिंहासन पर बैठने के पश्चात् राजा वीरगोरिया को उत्तरापथ में फैले अनीति, शिथिलता, कर्तव्यहीनता, असमानता, ऊँच-नीच आदि को समाप्त करना था। अब वह इन तत्वों को निष्क्रिय करने में अपनी सारी शक्ति लगाना चाहता था। वह राजधानी में टिकना पसंद नहीं करता था। मण्डल प्रमुख या उनके प्रतिनिधियों द्वारा की गयी किसी अमर्यादित, अनीतिपूर्ण व्यवहार की सूचना वीरगोरिया तक पहुँचे, उसके लिए एक तंत्र विकसित किया जा चुका था। बिना इस तंत्र को विकसित किये लोगों को न्याय मिल पाना कठिन था। राजा को यदि सूचना ही न मिले तो न्याय अन्याय की बात ही कहाँ उठेगी। प्रजा अपने कष्ट को किसके सामने प्रकट करे? गरीब, निरीह, साधनहीन, दबे-कुचले लोग, कब-कहाँ किसे पुकारें? यह कठिन प्रश्न था। राजा वीरगोरिया ने हर ग्राम सभा में राज-प्रतिनिधि नियुक्त कर दिया, जिनका काम था, राजा को सूचना पहुँचाना। पीड़ित प्रजा एक ऊँचे स्थान से धात(पुकार) लगाती कि ''हे राजा गोल्ज्यू, मेरे साथ अन्याय हो रहा है, तू ही न्याय करना।''

सूचना तंत्र धात की सूचना राजा तक पहुँचाता, उस धात पर परीक्षण कर, पीड़ित को तुरंत न्याय देने की व्यवस्था की जाती थी। कभी-कभी गलत आरोप सिद्ध होने पर धात लगाने वाले को भी दण्ड दिया जाता था, ताकि मिथ्या दोषारोपण की प्रवृत्ति को रोका जा सके। इस प्रकार शीघ्र कष्ट निवारण का तंत्र विकसित हो चुका था। कष्ट का शीघ्र निवारण ही न्याय की धारण का महत्वपूर्ण बिन्दु था।

राजा वीरगोलू शांत नहीं बैठता था। गुरूगोरखनाथ, मामा देवहरज्यू व सैमज्यू द्वारा दिये गये अनुशासन व ज्ञान के कारण और अपने आत्म-नियंत्रण के बल पर वह अन्यायपूर्ण, असमानता, अत्याचारों को सुनते ही उत्तेजित नहीं होता था। कारण के मूल को समाप्त करने की आँच उसे तपाती रहती थी। जैसे धूनी के किनारे खौंसा गया चिमटा धीर-धीरे तपता रहता है उसी प्रकार वह प्रजा के कष्टों को दूर करने के लिए तपता रहता था। वह कारणों के स्थाई निवारण की ओर ध्यान देना चाहता था। वह सोच रहा था-''मुझे दो स्तर पर कार्य करना पडेगा, प्रथम-पीड़ित को शीघ्रता से न्याय प्राप्त हो। दोषी को शीघ्रता से दण्ड मिले। इस व्यवस्था से अत्याचारों व दुष्टकर्मों की पुनरावृत्ति की प्रवृत्ति पर अंकुश लगेगा। दूसरा-कारणों का दीर्घकालीन व स्थाई समाधान हो, ताकि ऐसी परिस्थितियाँ उत्पन्न न हों, जिससे अपराध, अत्याचार, असमानता की प्रवृत्ति का विकास हो।उसे ज्ञात था कि वर्तमान में उत्तरापथ की प्रजा अपने छोटे-छोटे राजाओं की मनमानी, स्वेच्छाचारिता, उत्पीड़न से त्रस्त है। यह असंतुष्ट और पीड़ित जन समुदाय चीड़ के वृक्ष से निकलने वाले ज्वलनशील लीसे के समान है। उसका नेतृत्व करने

वाले के उकसावे, वाणी, व्यवहार से कुछ ही क्षणों में विप्लव हो सकता है। अत: मुझे संयम व धैर्य से काम लेना होगा।'' वीरगोरिया ने मंथन किया।

राजा वीरगोरिया ने राजसभा में उद्घोष किया-''राजा का कार्य जन कल्याण होना चाहिए। राजा प्रजा के दमन, अत्याचार व उस पर बलपूर्वक शासन करने के लिए नहीं है, उसकी रक्षा व सेवा के लिए है। राज सत्ता से राजा की अधिक आसक्ति उचित नहीं है। आसक्ति अन्याय को जन्म देती है। राज्य प्रजा का होता है, शासक का नहीं। अत: राज्य को अन्यायी जन विरोधी शासक के हाथों से बचाना प्रजा का भी दायित्व है।'' वह प्रजा को भी अन्याय के विरुद्ध जाग्रत करना चाहता था।

राजा वीरगोरिया ने घोषणा की, ''प्रजा पर हलके कर लगाये जायें ताकि प्रजा पर भारी करों का बोझ न पड़े। राजा को करों की वसूली उसी प्रकार करनी चाहिए जैसे माली बाग से फूल चुनता है। वह पेड़ों को फलने-फूलने देता है, उसमें से आवश्यकता के अनुसार ही फल-फूल चुनता है। उसके बदले वह बाग को खाद, पानी व सुरक्षा भी देता है। जिसके फलस्वरुप उसे अच्छे फल-फूल सदैव मिलते रहेगें। तभी बाग भी सुन्दर दिखायी देगा और माली भी उसे देख हर्षित होगा।''

सभा में उसने अपना मंतव्य स्पष्ट करते हुए कहा-''मनुष्य समग्र तभी होगा जब वह मानवीय मूल्यों को पहचानेगा, दूसरों के दर्द को समझेगा। जीवन का लक्ष्य सम्पदा जोड़ने व राज्य विस्तार करने में कटिबद्ध करने से अच्छा है, कि मनुष्य अपनी आंतरिक शक्तियों को बढ़ाये एवं उपलब्ध संपदा को सुनियोजित करने का कार्य करे। मनुष्य के भीतर संवेदना व विचारणा की प्रवृत्ति सदैव निहित होनी चाहिए। इससे सामाजिक दायित्वों के साथ नैतिक मूल्यों के प्रति प्रतिबद्धता उत्पन्न होती है। भाव-संवेदना का अभाव बुद्धिमान मनुष्य को भी क्रूर व बर्बर बना देता है। इसी कारण मैंने शिक्षा के प्रचार पर बल दिया है। मनुष्य का बौद्धिक विकास के साथ साथ भावनात्मक विकास होना आवश्यक है। यदि सामड़मसाण के अन्दर भाव-संवेदनाओं का संचार हो गया होता तो वह क्रूर व अत्याचारी न बनता। बौद्धिक विकास के साथ भाव-संवेदना न होने से व्यक्ति का व्यक्तित्व खंडित हो जाता है। यह स्वयं उस मनुष्य एवं समाज दोनों के लिए हितकर नहीं है।''

राजा वीरगोरिया की वाणी अमृत रस के समान उत्तरापथ में फैलती जा रही थी। उस पर प्रजा का विश्वास व श्रद्धा गहरी होती जा रही थी।

राजा वीरगोरिया का धर्म कोरी प्रार्थनाओं, कर्मकाण्डों, पूजा-पाठ तक सीमित नहीं था। उसका प्रथम धर्म था-समाज व राज्य के लिए हितकारी काम करना। समाज के सभी वर्गों में भेदभाव समाप्त करना, प्रजा के सुख हेतु मार्गों का निर्माण करना, नौलों-पानी के स्रोतों का समुचित व समान उपयोग कराना, घोड़िया मार्गों का सुधार, जड़ी बूटी के ज्ञान को बढ़ावा देकर रोगों को दूर करने का कार्य महत्त्वपूर्ण था। नागवंशी नायक महानन्द और औषधि-वनस्पति ज्ञाता हरिधौल को राजा ने इस कार्य का प्रभार सौंपा था। वह औषधीय व विषैले पौधों का उपयोग समाज के हित में किस प्रकार हो, उस पर ध्यान केन्द्रित किये हुए थे। उधर विद्याधरों, गन्धर्व वंशियों की विविध विद्याओं का समाज हित व लोक कल्याण में लगाये जाने का प्रयास होने लगा था। आश्रमों, गुरुकुलों की स्थापना, व्यवस्था एवं विस्तार की प्रक्रिया पण्डित देवकीनन्दन की देखरेख में पहले ही प्रारम्भ हो चुकी थी। मार्गों, तीर्थों व

धर्मशालाओं का निर्माण कराने के आदेश दिये गये।

उसने कर प्रणाली, भूमि व्यवस्था, शिक्षा विस्तार, स्वास्थ्य, कृषि आदि पर विस्तार से चर्चा की। शिक्षा के लिए हर मण्डल में कई गुरुकुल खोलने का निर्णय लिया गया। गरुकुलों में बिना जाति-वर्ग भेद के सभी को समान शिक्षा प्रदान की जाएगी। उसके लिए राजगरु देवदत्त व पण्डित देवकीनन्दन को भार सौंपा जा चुका था। भूमि व्यवस्था, भूमि सुधार, भूमिहीनों को भूमि वितरण की व्यवस्था, कृषि की वृद्धि, पहाड़ों पर अनाज की व्यवस्था, भावर-तराई प्रांत में उपलब्ध अतिरिक्त अनाज के समुचित वितरण-व्यवस्था का दायित्व भूमियादेव (भूमिसेन), जिसे क्षेत्रपाल भी कहा जाएगा को सौंपा गया। गौ-वर्धन, पशुओं की सुरक्षा का भार चमलदेव और ऐड़ीमल को दिया गया। स्वास्थ्य की सुरक्षा का भार नागनायक महानन्द और औषधि विशेषज्ञ हरिधौल को दिया गया। इन दोनों ने सामड़मसाण से युद्ध के समय घायल सैनिकों के उपचार में महत्त्वपूर्ण भूमिका निभायी थी।

भण्डार एवं वित्त का भार राजा गोरिया के भाई कालसिण को सौंपा गया। उसे राजा का दीवान कहा गया। राजा के दूसरे भाई कलुवावीर को उत्तरापथ के उत्तर पश्चिम-केदार मण्डल में उसके बारह बयाल व चार वीरों के साथ न्याय व धर्म की स्थापना का कार्य सौंपा गया। उसके साथ थे-चार वीर जिनके नाम थे रगुतुवावीर, सोबुवावीर, लोड़ियावीर व चैथियावीर। तय हुआ कि उत्तर पूर्व व दक्षिण के अभियान की बागडोर राजा वीरगोरिया स्वयं सँभालेगा।

दूसरी ओर, वह वीर, साहसी, पराक्रमी था। उसके पास एक छोटी पर सशक्त सेना थी। उसके पास दिव्य अस्त्र-शस्त्र थे, दैवीय शक्तियाँ उसके पास थीं। अपने योग के बल से उसने अपनी अतींन्द्रिय क्षमताओं को सुदृढ़ कर लिया था जो उसमें पहले से ही विद्यमान थीं। राजा को धर्मज्ञ, न्याय प्रिय, क्षमाशील व धैर्यवान होने के साथ-साथ वीर, पराक्रमी, साहसी और संघर्षशील होना भी आवश्यक था। राजा वीरगोरिया के एक सभासद ने सभा मध्य वीरगोरिया से प्रश्न किया।

''राजा वीरगोरिया, आप तो मूलत: संन्यासी थे। क्या आप तप, सिद्धि व त्याग के बल पर दुष्ट मानवों की प्रवृत्ति नहीं बदल सकते थे? आपको अस्त्रों-शस्त्रों व हिंसा का सहारा क्यों लेना पड़ा?''

प्रश्न महत्त्वूपर्ण था। निरंकारी गुरू गोरखनाथ के संन्यासी शिष्य को शस्त्र क्यों उठाने पड़े? वीरगोरिया कुछ देर सोचता रहा, फिर उसने गंभीर स्वर में कहा।

''मैंने भी गुरूश्रेष्ठ से यह प्रश्न किया था कि क्या हिंसा का मार्ग आवश्यक है? क्या अस्त्र-शस्त्र की शिक्षा आवश्यक है? तब गुरू श्रेष्ठ ने कहा था कि त्याग, तप, करुणा, क्षमा, मनुष्य की प्रवृत्ति को पूर्ण रूप से बदल सकते हैं, उसे सद्मार्ग में ले जाते है। व्यक्ति का धर्म है, तप, करुणा, क्षमा। व्यक्ति की शोभा है, धैर्य, विनय, त्याग; परन्तु पतित हिंस्र पशुवत समूह की कुवृत्तियों के समक्ष सदैव तप, क्षमा का वश नहीं चलता है। विशेष रूप से जब समुदाय का प्रश्न हो, प्रजा की सुरक्षा का प्रश्न हो। तब कुछ मतिभ्रष्ट पापाचारियों के शोध के लिए एक ही उपाय बचता है-शस्त्र। अन्यायी, अत्याचारी, क्रूर व्यक्ति के सामने एक साधन हीन, असहाय मानव गिड़गिड़ाए, वह उसकी विवशता को प्रकट करता है। परन्तु एक न्याय प्रिय, वीर, साहसी, बलिष्ठ, साधन सम्पन्न, जिसकी भुजाओं में बल है, वह ऐसे निकृष्ट मनुष्यों के सामने क्यों गिड़गिड़ाये? ऐसे अत्याचारी, दुराचारी, अन्यायी का समूलनाश करने में विलम्ब क्यों?'' कुछ क्षण

रुक कर राजा वीरगोरिया ने पुन: कहा।

''मुझे शिक्षा देते हुए यह बताया गया कि मनुष्य की वास्तविक परीक्षा तब होती है, जब उससे समाज किसी प्रकार के बलिदान की अपेक्षा करता है। समाज यह आशा करता है और देखता है कि अपने आदर्श उद्देश्यों की प्राप्ति के लिए कौन कितना त्याग, बलिदान करने के लिए तैयार है? अत: मेरा उद्देश्य है, कहीं भी अन्याय के विरुद्ध संघर्ष की आवश्यकता होगी तो मैं उस हेतु अपना रक्त बहाने से पीछे न हटूँगा।''

उसका उद्देश्य था पूरे उत्तरापथ को एक सशक्त केंद्रीय सत्ता से जोड़ना। उसने अपना मत प्रकट करते हुए कहा।

''जब केंद्र की शक्ति कमजोर हो जाती है तो माण्डलिक राजाओं में अनुशासन समाप्त हो जाता है। परिणाम यह होता है कि छोटे-छोटे मण्डल अपने को राष्ट्र समझने लगते हैं, वह मनमानी करने लगते हैं। न्याय-अन्याय, रीति-नीति का ध्यान दिये बिना स्वहित में निर्णय लेने लगते हैं। प्रजा पर निरंकुश ढंग से राज करते हैं। ये छोटे छोटे राज्य बाहरी शक्तियों से लड़ने के स्थान पर आपस में ही युद्ध करके अपने को श्रेष्ठ प्रमाणित करना चाहते हैं। धीरे-धीरे ये राष्ट्र के अस्तित्व को भूलने लगते हैं। अन्तत: कोई बाहरी शक्ति उन्हें निगल लेती है और राष्ट्र पराधीन हो जाता है। यही स्थिति आज उत्तरापथ की है। कत्यूरी राजाओं के अत्याचारी व कमजोर हो जाने के बाद अब माण्डलिक राजा अपने अपने हित साधने में लगे हैं। पूरे उत्तरापथ को एक समान न्याय व्यवस्था, नीति, मर्यादा में बाँधना होगा। उन्हें रोकने, टोकने की आवश्यकता है। उन्हें सही मार्ग दिखाया जाना आवश्यक है। आवश्यकता पड़ने पर बल व शक्ति का भी प्रयोग करना पड़े तो किया जायेगा। इन सब को एक छत्र के नीचे एक न्यायपूर्ण, नीति, नियम, मर्यादा के अधीन राज काज चलाने पर बाध्य करना आवश्यक होगा।''

यह कार्य पूरे उत्तरापथ में यदि कोई करने में सक्षम था तो वह था, राजा वीरगोरिया और उसने यह कर दिखाया। उत्तरापथ में कत्यूरियों के डूबते सूर्य से फैले अंधकार में यह चंद्र प्रकाश की भाँति शीतल-श्वेत-धवल प्रकाश बन फैल रहा था।

राजा की वीरता का गुणगान चारों ओर होने लगा।

मिले प्रेम-श्रद्धा के कई नाम

वीरगोलू की न्याय व मानवता के प्रति अप्रतिम आस्था थी। उसकी यह शक्ति धन व शस्त्र शक्ति से बड़ी थी। न्याय के सिद्धान्तों पर आस्था की शक्ति इतनी बड़ी हो गयी कि प्रजा में पशुबल एवं शस्त्र भय समाप्त हो चुका था। उनमें अन्याय के प्रति संघर्ष करने की ललक उत्पन्न हो चुकी थी। अब प्रजा को विश्वास था कि उनकी कातर पुकार सुनी जायेगी, उन्हें न्याय अवश्य मिलेगा।

दीन, गरीब, निरीह, शोषित व दलित प्रजा में नयी ऊर्जा का संचार हो गया था। उन्हें अपना उत्थान करने वाला, उनको सम्मान देने वाला, नायक मिल गया था। जो उनके घर में प्रवेश करता हो,

उनके साथ मिल-बैठ अन्न-जल ग्रहण करता हो। उनके छूने पर शुद्धिकरण का पाखण्ड न करता हो। उन सब को राजा नहीं अपना बेटा मिल गया था। उनके खाली भण्डार को अन्न से भरने वाला, भूमि वितरण करने वाला राजा मिल गया था। अत: वे दीन, दलित उसे 'भनरिया' के नाम से पुकारते, उसकी वंदना करने लगे। वह दलित भाना-भानुली का राजा गोलू था। दलितों में अपूर्व उत्साह था।

भाग्यशाली तो भाना, भानुली थे ही, अब वैभवशाली भी हो चुके थे। उनको सूचना मिली, दोनों प्रफुल्लित हो उठे। उनके मुख में कोई शब्द न थे, बस आँखों से अश्रु ही सब कुछ प्रकट कर रह थे। पूरा गोरीघाट, भाना भानुली के घर पर जमा था। गुड़, रेवड़ियाँ, पकवान बँट रहे थे। नटखट गुलेल धारी ग्वेल, उत्तरापथ का सम्राट बन चुका था। अब वह भूमि पर ही नहीं लोंगों के हृदय पर राज कर रहा था। अब वह राजा वीरगोरिया था। अब वह राजा गोलू था। कहीं वह वीर ग्वैल था, तो कहीं राजा गोरिल था। उसे कहीं गोरिल्ल, कहीं गौरभैरव कहा गया। वह है दिया गोला था। कोई स्नेह से ग्वल, कोई ग्वाला कहता तो कोई रखवाला कहता। वह दीन, हीन, का भण्डार भरने वाला भनर्या था। कोई उसे ग्बला, ग्वौल कहता,कोई पाँखू गोलू तो कहीं पर वह राजा गोला था। कहीं चैधानी गोरिया था। वह कहीं दूधाधारीगोव्ला था। नरसिंह था, निरंकार था, तो कहीं उसे ठूठप्यालिया गोल्ला कहा जाता था। स्नेह, प्यार, ममता, सम्मान, श्रद्धा से हर कोई उसे अपना नाम देता था। उसे सब नाम प्रिय थे, वह सबके हृदय पर राज कर रहा था। वह सबका था, सब उसके थे। सबके मुख से एक ही स्वर निकलता था, ''जै गोल्ज्यू महाराज''।

राजा वीरगोरिया, राजा गोलू, अब ग्वलज्यू बन चुके थे। वह सबके हृदय में सम्माननीय तथा पूज्यनीय स्थान पा चुका था। यह लोकनायक-जननायक क्रांति का शंखनाद करता, अन्याय के विरुद्ध अलख जगाता, अराजकता, अनैतिकता, स्वेच्छाचारिता के विरूद्ध संघर्ष करता, मसाणों, खबीशों, राक्षसों, टोलों, अधिनायकवादियों का मूलोच्छेदन करता, उत्तरापथ को निरापद, सुरक्षित, व्यस्थित करता चला जा रहा था। प्रजा की कातर पुकार उस तक पहुँचे, उसकी व्यवस्था करता, उसे त्वरित न्याय दिलाता जा रहा था। उसने सम्पूर्ण उत्तरापथ का भ्रमण किया, जहाँ उसे अन्याय दिखाई पड़ता वह बिना बुलावे भी वहाँ पहुँच जाता। उसका व्यक्तित्व चमत्कारी था, वह समस्या के प्रत्येक पक्ष पर गंभीरता से विचार करता, उसे तौलता, उसका विश्लेषण करता, उसकी तह तक जाता था। जब उसकी प्रतिक्रिया प्रकट होती थी तो वह तर्कसंगत होती थी। उसके निष्कर्ष से कोई भी असहमत नहीं हो पाता था।

वह प्रत्येक विषय पर स्वयं आत्ममंथन करता, धर्म, कर्म, राजनीति व समाज की जटिल, गुत्थियों पर वह सोचता। वह कहता था, ''राजा से प्रजा भयभीत क्यों होती है? उससे अपनी व्यथा क्यों नहीं स्पष्ट करती है? अन्तत: राजा होता ही क्यों है? इस छवि को सुधारना होगा। राजा के अनुचित कार्यों का विरोध क्यों नहीं किया जाना चाहिए? अन्यायपूर्ण आज्ञा की अवज्ञा करना क्या धर्म नहीं है?अनुचित, धिकृत, निंद्य मर्यादाओं को भंग करना अधर्म है क्या? उसे जो अनुचित लगता उसे व्यवस्थित करने में लग जाता।

उत्तरापथ के बनबोक्सा, तल्लाभावर, डोटी, चैमहल्ला, रिच्छा, रुद्रपुर, थारू मण्डल,से ले कर पाली पछाँऊ, फर्ल्दी कोट, बारामंडल, चैगर्खा, रामगाड़, दानपुर, भनारी, चैर, बसोट, तारेश्वर, मंनील,

गागरगोल, कैडारौ, चैथान से लेकर सुई (श्रोणितपुर) तक। उधर ध्यानी रौ, चैभेंसी, सोरपट्टी, खड़ायत, सेरी, सातसिलंगी, महर और सौनबल्दिया, रौल, सीरा कोट से लेकर छिपुला केदार, दारचुल तक उसने भ्रमण किया। सभी जगहों पर राजदरबार लगाये। अन्याय पर गुहार सुन कर वह हर जगह पहुँच गया।

धनियाकोट, उचाकोट, च्यूनी चैथान, भीमताल में विधवा को न्याय दिलाता, घोड़ाखाल पहाड़ी पर शिविर लगाया। छखाता, कोटोली होकर कोटा भावर, चिलकिला, गोविषाण-काशीपुर, कठेर मण्डल तक उसका सम्मान था। उसकी वीरता व न्याय प्रियता का पूरा उत्तरापथ लोहा मानने लगा।

स्यूनरा, तिखैन होते हुए वीरगोरिया ऐड़ीद्यौं पर्वत पर पहुँचा। वहाँ अपने मामा देवऐड़ी के दर्शन किए और देवऐड़ी से उसने आशीर्वाद प्राप्त किया। देवऐड़ी ने राजा वीरगोरिया को दक्षिण दिशा से पठानों के हमले से आगाह किया। जहाँ लगभग सोलह सौ पठानों की सेना पर्वतों की ओर आक्रमण करने के लिए तैयार बैठी थी। राजा वीरगोरिया ने शीघ्रता से निर्णय लेकर एक सैन्य शिविर दक्षिण में स्थापित किया। सोलह सौ पठानो की आगे बढ़ती सेना को उसने देवऐड़ी के सहयोग से तथा अपने तीक्ष्ण बाणों व शिला-प्रेक्षण यंत्रों की भीषण मार से खदेड़ दिया। वीरगोरिया आगे बढ़ते हुए गोरोरा, कैडोरो, विसौरो, उच्च्योरा होते हुए कलमटिया में रुका, दरबार लगाया। महानन्द के गाँव केदारलिंग जा कर उसने महानन्द के परिवार का आभार व्यक्त किया और वहाँ दरबार लगाया।

वह सेहूजपुर, बुकसाड़ गुजिरपुर, सीताहूर, भ्गांबर होते, छखाता के लोगों को न्याय दिलाता आगे बढ़ता गया। उच्च हिमालय के चैदास, व्यास, दारमा, जीवर, जिसे चतुदौष्ट्र मण्डल कहा जाता है, में भी उसका सम्मान हुआ। महरगाँव, डोटी से लेकर जोशीमठ तक। छिपुला से भावर, थारू मण्डल, बनबोक्सा तक उसके न्याय का डंका बजता था।

महाबली राजा वीरगोरिया के वीरता व चमत्कारों की गाथायें पूरे उत्तरापथ में बड़े चाव से गायी व सुनी जाने लगीं। घरों में, चैपालों में उसके शौर्य गीत, बड़ी श्रद्धा व विभोरता से गाए जाने लगे। उसके वीर रस की गाथायें सुन, मनुष्य का रक्त गरम हो उठता था। धरमदास जब गाजे-बाजे, ढ़ोल-तासे, थाल-खड़ताल के तीव्र स्वरों के साथ उसकी वीर गाथाओं और न्याय का बखान करता तो लोग भावपूर्ण हो नाचने लगते, झूमने लगते। उनके भीतर एक अनोखी शक्ति का संचार हो उठता था। जब जब भी धरती पर अन्याय, अत्याचार बढ़ा, अधर्मियों, अत्याचारियों, राक्षसों का जन्म हुआ, ईश्वर ने किसी न किसी रूप में अवतार लेकर धर्म, सत्य व न्याय की रक्षा की है और करता रहेगा।

समाप्त

जीवन परिचय एवं साहित्य साधना एवं पत्रकारिता

साहित्यकार का नाम- कौस्तुभ आनंद चंदोला.

माता का नाम- स्वर्गीय कौशल्या देवी

पिता का नाम- स्वर्गीय चेतराम चंदोला

पत्नी - श्रीमती सुधा चंदोला

पुत्र- रोहित और राहुल चंदोला

जन्म तिथि - 7 फरवरी 1957

शैक्षिक योग्यता - वाणिज्य स्नातकोत्तर

मूल जन्म स्थान - ग्राम बिन्तोली, पोस्ट -चमरथल, जिला -बागेश्वर, उत्तराखंड।

वर्तमान स्थायी निवास - 529/229, पंतनगर कालोनी, खूर्रमनगर, लखनऊ-226022

ईमेल - kanandchandola@ gmail.com

मोबा.न.- 9415542112, 83718977152

अ- कार्यक्षेत्र- सरकारी सेवा से सेवानिवृत्त। साहित्य साधना एवं स्वतंत्र लेखन, समाचार पत्रों में स्तंभ लेखन, पत्रकारिता और सामाजिक सेवा में संलग्न।

ब- उत्तराखंड सरकार द्वारा-

'उत्तराखंड भाषा संस्थान, देहरादून, का २०२० में संस्थान के आधारण सभा का 'सदस्य' नामित किया गया। सन् २०२२ में संस्थान की सभा का पुनर्गठन करते हुए पुनः तीन बर्ष हेतु सदस्य नामित। जहां से कुमाऊनी और हिंदी भाषा और साहित्यकारों के उन्नयन हेतु निरंतर प्रयासरत।

प्रकाशित पुस्तकों का नाम-

1. उपन्यास- "संन्यासी योद्धा"- जन नायक, उत्तराखंड में न्याय के देवता कहे जाने वाले जननायक गोलू देव की जीवनगाथा पर आधारित 440 पृष्ठ का वृहद उपन्यास। इसके तीन संस्करण प्रकाशित हो चुके हैं।

2 - उपन्यास- 'Asetic warrior' 'संन्यासी योद्धा' उपन्यास का अंग्रेजी संस्करण।

(इस उपन्यास का कुमाऊंनी भाषा में भी लेखक अनुवाद कर रहा है।)

3. उपन्यास- " चंद्रवंशी "- अल्मोड़ा पर रुहेला पठानों के आक्रमण के काल खण्ड पर आधारित ऐतिहासिक उपन्यास।

4. उपन्यास - 'प्रेत-मां' नारी उत्पीड़न पर आधारित उपन्यास।

5. कविता संग्रह- 'संपुटी'

6- कविता संग्रह - 'छांव तले

7- कहानी संग्रह - 'गर्म राख'

8- कहानी संग्रह- 'सफेद झूठ'

9- 'हिमालय की चिट्ठियां' - निबंध संग्रह

10- 'सत्यम शिवम् '- निबंध संग्रह।

11- पत्र-पत्रिका व पुस्तक सम्पादन-

- आत्मकथा "मैं और मेरी यादें"

-'पर्वत संदेश'

- 'संस्कृति' और 'जनकल्याण वार्ता'

- 'स्वास्थ्य जागरुकता संदेश' पत्रिका

12 - कई कुमाऊंनी कहानियां एवं कविताएं प्रकाशित और पुरस्कृत।

13- चार दर्जन से अधिक निबंध, लेख, समसामयिक समाचार, स्तंभ लेखन और कहानियां विभिन्न पत्र-पत्रिकाओं और समाचार पत्रों में प्रकाशित।

14-भाषा क्षेत्र - हिन्दी और कुमाऊंनी।

15- कुमाऊनी भाषा में पर्यावरण और लोक संस्कृति के उत्थान हेतु गीत श्रृंखला में एक दर्जन सीडी का निर्माण और गीतों का लेखन। यूट्यूब पर उपलब्ध।

सम्मान प्राप्त-

1- उत्तर प्रदेश हिंदी संस्थान, लखनऊ द्वारा -"अमृतलाल नागर साहित्य सृजना पुरस्कार -2015" .

2- राज्य कर्मचारी साहित्य संस्थान,उ.प्र. द्वारा- "अमृतलाल नागर साहित्य सम्मान 2017 "

3- 'अंजुमन' इलाहाबाद द्वारा-   "सारस्वत सम्मान"-2018

4- पर्वतीय महापरिषद उत्तर प्रदेश, लखनऊ द्वारा 2019 में 'गोपाल उपाध्याय स्मृति साहित्य सम्मान',

माननीय मुख्यमंत्री उत्तर प्रदेश श्री योगी आदित्यनाथ जी के कर कमलों द्वारा।

5- हिमालयन इंस्टीट्यूट आफ मैनेजमेंट लखनऊ द्वारा-

'हिमालय गौरव सम्मान" जिलाधिकारी लखनऊ के कर कमलों से-2016

6 - सुमित्रानंदन पंत जयंती पर सुमित्रानंदन पंत विथिका, कौसानी द्वारा- 2017 'साहित्य सम्मान'

7 - अटल अंत्योदय फाउंडेशन, लखनऊ द्वारा -

"अटल साहित्य सम्मान -2019"

8 - जन जागृति सेवा संस्थान, लखनऊ द्वारा 'साहित्य सेवा सम्मान'-2018।

9 - खुशहाल सेवा संस्थान, लखनऊ द्वारा- "समाज रत्न सम्मान"- 2017

10 - उत्कर्ष संस्था द्वारा- राष्ट्रीय पुस्तक मेला लखनऊ में 'उत्कर्ष साहित्य सम्मान'-2019

11- मुलुक लोककला एवं सांस्कृतिक संस्थान, लखनऊ द्वारा-
'लोक साहित्य सम्मान-2020।

12- उत्तराखंड मानव सेवा समिति, दिल्ली द्वारा साहित्यिक, सांस्कृतिक संवर्धन हेतु 2022 में 'सम्मान पत्र'।

13- मुनाल साहित्य एवं कला केन्द्र लखनऊ द्वारा मुनाल महोत्सव-2023 में साहित्य एवं समाजसेवी का सम्मान।

14- कुमाऊनी भाषा में लिखी मेरी कहानी को कुमाऊनी भाषा की प्रतिष्ठित पत्रिका 'पहरु' द्वारा
'कुमाउनी कहानी लेखन प्रतियोगिता'
में पुरस्कृत किया जा चुका है।

15- राष्ट्रीय कुमाऊनी भाषा सम्मेलन बागेश्वर 2021 में -पुरस्कृत और सम्मानित।

16- हल्द्वानी लिटरेचर फेस्ट (आयोजक- प्रतिष्ठित पांचजन्य पत्रिका) 2022 में मेरी दो पुस्तकों का विमोचन और साहित्य सम्मान।

17-राष्ट्रीय कुमाऊनी भाषा सम्मेलन हल्द्वानी- 2022 में साहित्य सेवा हेतु सम्मान।

18- सत्यम साहित्य संस्थान, लखनऊ द्वारा 'आजादी के अमृत महोत्सव' पर -2022 में 'साहित्य सेवा सम्मान दिया गया।'

18- मेरे कुमाऊनी गीतों पर कई कलाकारों द्वारा गीत गाया गया है, यूट्यूब पर उपलब्ध हैं।

19-दर्जनों अन्य मंचों से सम्मानित।

20-दर्जनों विचार गोष्ठियों,कवि सम्मेलनों में प्रभावी संभाषणों में भाग लिया।

सामाजिक सेवा क्षेत्र-

1- सामाजिक क्षेत्र की विभिन्न सांस्कृतिक व सामाजिक संस्थाओं में- संयोजक ,अध्यक्ष, महासचिव, उपाध्यक्ष, सांस्कृतिक सचिव जैसे महत्वपूर्ण पदों का वर्तमान में भी निर्वहन किया जा रहा है जिसके माध्यम से समाज सेवा में निरंतर संलग्न।

www.ingramcontent.com/pod-product-compliance
Lightning Source LLC
LaVergne TN
LVHW101352051026
849519LV00005BC/1522